恐ろしき四月馬鹿《エイプリル・フール》

横溝正史

日下三蔵 編

横溝正史ミステリ短篇コレクション

1

柏書房

目次

横溝正史ミステリ短篇コレクション 1

恐ろしき四月馬鹿《エイプリル・フール》

恐ろしき四月馬鹿《エイプリル・フール》

四月一日の午前三時頃、M中学校の寄宿舎の一室に寝て居《い》た葉山と云《い》う一学生は、恐ろしい夢からふと眼覚めた。彼の肌衣《はだぎ》はべっとりと汗に濡《ぬ》れて居た。彼は其《そ》の心持《こころもち》悪さに寝返《ねがえ》りを打とうとした。其の瞬間、彼はふと部屋の中に怪しい気勢《けはい》を感じて思わず息をひそめた。それは満月に近い夜で、カーテンを引き忘れた窓を通して、美しい葡萄《ぶどう》色の月光が部屋一杯に流れ込んで居た。其の月光の下に、寝て居る葉山とは一間《けん》と離れない処《ところ》に、一個の黒い影が恐ろしくも静かに蠢《うごめ》いて居る。咽喉《のど》を絞めつけられる様な息苦しさを感じ乍《なが》らも葉山は薄暗《うすやみ》の中に凝視《ぎょうし》を続けた。

曲者《くせもの》は静かに押入《おしいれ》の中から一個の行李《こうり》を取り出した。それから着物を脱ぎ始めた。曲者が着物を脱ぎ終った時、葉山は明瞭《はっきり》と彼の白い襯衣《シャツ》の上に、夜目にも著しく血の痕を見た。曲者は其の襯衣をも脱いだ。そして素早く其の襯衣と他の何物——葉山はそれを短刀の中味と認めた——かを行李の中に投げ込んだ。そして最後に、彼は窺《うかが》う様に葉山の方へ振り向いた。其の瞬間、葉山は冷水を浴びせられた様に驚愕《びっくり》した。何故《なぜ》ならば、其の曲者は、現在此《こ》の部屋に寝て居なければならない筈《はず》の、同室生の栗岡であったからだ。

×

四月一日の朝、M中学校の寄宿舎では恐ろしい事件が発見された。それは此の休暇を寄宿舎に残っていた小崎《おざき》と云う五年級の優等生が、深夜に、何者かに彼自身の部屋で殺害されたらしい事であった。彼の部屋は宛然《えんぜん》大掃除の後の如《ごと》く、雑然として、机は覆《くつがえ》り、インクは流れ、石膏細工《せっこうざいく》や置物は無惨にも破壊されて、其の破片は六畳の部屋中に散乱して居た。そして其の部屋の中央に広げられた夜具の白いシートには生々しい血汐《ちしお》がべっとりと附いて居た。然《しか》も肝心の死体は、其の部屋の中の何処《どこ》にも発見されなかった。

此の不幸な被害者の二人の同室者は共に帰省して居た。曲者はそれを知って居たに相違ない。唯《ただ》不思議な事は、部屋の中の有様が余程の格闘があったらしい事を示して居るにも拘《かかわ》らず、其の部屋の両隣に寝て居た学生達の中《うち》、一人として物音を聞いた者はなかったことだ。

校内では舎監《しゃかん》の命《めい》によって直《ただ》ちに死体の大捜索が開始された。小崎の実家は学校とは余り遠くない処にあるのだが、死骸《しがい》が発見される迄《まで》何事をも知らさない事にした。勿論《もちろん》警察の方へも、学校としては、出来るだけ秘密に解決したかったのだ。

斯《こ》うした間、葉山は幾度か同室の栗岡を訴えようとしては躊躇《ちゅうちょ》した。が遂に思いきって訴える事にした。それは午前九時頃だったが、此の異状な告訴によって栗岡は直ちに逮捕された。彼の部屋は捜索された。そして遂に動かす事の出来ない証拠品の数々が発見された。

寄宿舎では直ちに予審を開く為に七名の陪審官《ばいしんかん》が学生の中《うち》から選抜された。只一人速水《はやみ》と云う学生のみは固く此の光栄を辞して列席しなかった。

予審は十一時頃迄続けられた。然《しか》し全然失敗に帰した。此の間被告の栗岡は一言をも発しなかった。彼は唯青白い、全然表情を持たない顔をして立って居た。

「此の上は」と舎監は残念相《ざんねんそう》に言った。「愈々《いよいよ》死体が発見される迄待たなければならない」

其の途端、扉《ドア》が開いて速水の顔が窺《のぞ》き込んだ。

「先生、死体が発見されました。裏の古井戸からです」

是《こ》れを聞いた八名の顔色は一斉に変った。そして舎監も陪審官の学生も皆、被告唯一人を取残して廊下の外に流れ出た。

一人取残された栗岡は、人々の忙《せわ》しく走《は》しって行く足音に静《しずか》に耳を傾けた。彼の顔色は今迄と全然異《ちが》って生々《いきいき》と輝いて居た。

「到頭《とうとう》やって来たな」と彼は嬉《うれ》しそうに呟《つぶや》いた。「皆の奴、嘸《さぞ》驚いて居るだろう」

そして彼は悪戯者《いたずらもの》らしく忍び声を圧《おさ》え乍《なが》ら耳を澄した。然し彼の期待して居るどよめきは何時《いつ》迄経《た》っても起らない。只時々忙しく廊下を走って行く靴音《くつおと》が響いて来たりしたが、それも直《す》ぐに物凄《ものすご》い沈黙の中《うち》に吸込まれて消えて行った。

斯うした時が五分十分と流れて行くに従って栗岡の胸には或《あ》る不安が根ざし始めた。

「速水の奴、古井戸の中からですと言ったな。俺は其麼《そんな》事を信じようとは思わない。然し」と彼は腕時計を見た。針は丁度十一時五分を指して居る。「小崎がやって来たにしては時間が早過ぎる様だ。約束は十二時の午砲《ごほう》を合図にと云う事だった。そして小崎は何時も約束を一分だって違えた事はない」

栗岡の不安は次第に昂まった。

「小崎が来たのでないとすると、速水が欺《あざむ》いたのだろうか。然し速水の態度は確《たしか》に、確に……」

栗岡は血に塗《まみれ》た小崎の姿を想像した。そして慄然《りつぜん》と戦《おのの》いた。

「嘘《うそ》だ、嘘だ！」と彼は又自らを鼓舞《こぶ》せんとして叫んだ。「其麼筈《そんなはず》はない。あれは狂言じゃないか。エイプリル・フールの御念の入った芝居じゃないか。昨夜万事の手筈がついた時、『では明日十二時にはやって来るよ』と、ぴんぴんして帰《か》えって行ったじゃないか」

そして彼は又静かに耳を澄した。然し塵《ちり》一つ落ちた音でも聞えてきそうな静けさは、益々《ますます》彼の心を搔《か》き乱した。

「俺はかつてこんな小説を読んだ事がある。或る男が小説を書いた。彼は其の小説の主人公が自殺する決心をして居る処を書いて居た時に殺された。犯人は巧みに彼が書いて居た原稿を利用して、彼の死を自殺だと人々に思わしめた。俺の今の立場は丁度其の殺された男と同じではないか。誰か小崎を恨んで居る者があって、若し僕達のこの計画を知ったなら、是れ程好《よ》い機会が又と有ろうか。誰一人俺の此のこしらえた証拠品を信じようとしない者があるだろうか」

彼は自分で自分の恐ろしい想像に戦《おのの》いた。そしてそれ等《ら》の妄想《もうそう》を払い退《の》け様《よう》とするかのように手を振った。

其の時廊下の端の方から静かな足音が聞《きこ》えて来た。そして真に法廷に臨《のぞ》むが如き厳粛《げんしゅく》さを以って、予審判事の舎監と七名の陪審官——速水を加えて——が這入《はい》って来た。栗岡は彼等の顔色を読んだ。それは「絶望」だった。

威圧する様な沈黙の後、舎監は重々しく口を開いた。

「栗岡君、君の有罪は愈々《いよいよ》確実となりました。此処《ここ》に有る証拠品に動かす事の出来ない幾重もの輪を懸けるべき証拠が挙《あが》りました。それは小崎君の死骸です」

舎監の言葉はかすかに慄《ふる》えて消えた。

「嘘です。嘘です」と栗岡は信じまいとして叫んだ。然し彼の心は却《か》えって彼の言葉を否定して居た。

彼は人々の前にすべてを告白した。然し誰も彼の物語には耳を貸さなかった。

「本当です。本当です」と、彼は如何《どう》すれば人々を信じさす事が出来るだろうかと身を悶《もだ》えた。「本当に、エイプリル・フールの狂言に過ぎなかったのです。私達は机を覆しました。インクを流しました。石膏細工を壊しました。そして鳩《はと》を殺して血を流しました。そうです鳩の血に相違ないのです」

「其の鳩は如何《どう》しました」と舎監が訊《き》いた。

「其の鳩は小崎が持って帰りました」

「それでは証拠にならない」と速水が呟《つぶや》いた。

「証拠になってもならなくっても本当です。『屹度《きっと》皆が驚くだろう』と笑って帰りました。そして今日十二時には来る筈です」

「其の小崎君は死体となって帰《か》えって来ました」

「いゝえ。それは私の知った事ではありません。では小崎君は僕の悪戯《いたずら》の犠牲になったのだ」

作者は不幸にして是《これ》以上此《こ》の厳粛な場面を書く筆を持《もた》ない。簡単に言《いえ》ば栗岡は自ら掘《ほっ》た穴に落ちて意識を失って了《しま》った。

然し幸いにして栗岡の意識は間もなく回復した。彼は自分の部屋に自分を取巻く数人の友人を次から次へと見て居たが突然愕然《がくぜん》として叫んだ。

「小崎‼」

小崎は微笑を以《も》って応じた。

「裏切者‼」と、栗岡は低い嗄《か》れた声で叫んだ。

「僕じゃないよ。栗岡、速水さ。又速水にやられたのさ。僕は真面目《まじめ》に家に居たのだよ。すると十時半頃速水がやって来て、もうエイプリル・フールも終ったから、やって来給えって言うのだ。だから僕は君がすっかり白状したのだと思ってやって来たのさ。すると、反対に君がエイプリル・フールにかけられていたのだ。いや、実際君には気の毒な事をした」

小崎は真に痛まし相《そう》に友人の肩に手をのせて言った。その時、友人達の中から速水は手を差し延べて言った。

「君達は余りに注意が足らなかった。第一小崎君が悪い。君は夜具の中で突然曲者に襲われて、死体となって運び出される役だ。だから寝衣《ねまき》のまゝで隠れて居なければならない筈なのだ。然るに君は帽子を被《かぶ》り、下駄をはき、御丁寧に袴《はかま》まで着けて出た。第二に、あの部屋は余り作り過ぎた。あれだけの格闘をやれば、其の物音だけでも誰か目が覚めるだろうし、又被害者にしても充分救助を呼ぶ余裕は有る筈だ。最後に、下から沢山の石膏細工の破片が出た。君考えて見給え。床を敷いて寝て居る処へ悪漢が忍び込んだ。そして格闘の時石膏細工が壊れた。其の破片が態々《わざわざ》床の下へもぐり込むかい。まあ其麼《そんな》事から僕はエイプリル・フールだなと思ったのさ。然し許して呉《く》れ給え。僕はあんなにひどく裏を掻《か》く心算《つもり》じゃなかったのだから」

深紅の秘密

一

其《そ》の頃僕は神戸の山下通りの、小さいながらも、きちんとした西洋館に住んで居た。

当時の僕の生活は実際素敵だった。何物にも煩《わずら》わされる事なしに、気に入った召使いと唯《ただ》二人で、自分の思う儘《まま》な生活をする事が出来ると云《い》う事は、何《なん》人《びと》にとっても嫌な事ではあるまい。

僕の親父《おやじ》はよく、学校を出て漸《ようや》く外国を二三年見て来たぐらいでは、何事も出来ない事を知って居《い》た。だから僕が任命された神戸支店の秘書の役を、怠《おこた》り勝ちで有《あ》っても別に何とも言っては来なかった。勿《もち》論《ろん》支店長にしたって他の連中にしても、社長の御令息でいらせられる僕に、叱言《こごと》を言う事は遠慮されて居たらしい。

其の頃、神戸の下山手にはクラブ・アミューズメントと云う素敵に痛快な倶楽部《クラブ》が一軒有った。其処《そこ》へ行くと自分の嗜好《しこう》はいくらでも充《みた》されたし、気の合う友達を求める事にも、少しも困難はなかった。

恰度《ちょうど》、此《こ》の事件の起る一週間程前から、私達若い痛快な連中は、或《あ》る素敵な会の計画をして居た。海岸通りや居留地を、我が物顔に闊歩《かっぽ》して居る、毛唐《けとう》の若い恋人同士達を、呀《あ》ッと言わす魂胆《こんたん》だった。

忘れもしない十月二十八日の夜も、私達は其の相談の為にA倶楽部に集まった。然《しか》し其の夜、僕は頻《しき》りに頭痛と軽い吐気を覚えた。連日連夜の暴飲と睡眠不足が、事茲《ここ》に至らしめたので有ろう。僕はそぞろに冷い夜気と、其の後に来る暖い寝床が恋《こ》いしくなった。で其の夜は失敬して早く帰ろうと決心した。他の連中は皆僕の顔色を見て心配して呉《く》れたが、僕は唯簡単な挨拶《あいさつ》を残して、車も呼ばずにぶらりと倶楽部の正門を出た。

それはもう十時を過ぎた頃だったろう。十月の終りと云えば、遉《さす》がの神戸も可成《かな》り寒かった。それに其の夜は少し風が有ったので、僕は大股な急ぎ足で唯足許《あしもと》ばかり見詰めて歩いた。

倶楽部を出て可成り歩いた時分、僕は段々と徒歩で出た事を後悔し始めた。頭痛が治まって行くと同時に、今度は今迄《まで》懐しんで居た夜の冷気が苛《か》酷《こく》に思われて来たのだ。

人ッ子一人通らない夜の山手通りの静けさ寂しさ、僕は外套《がいとう》の襟《えり》を立てゝ、唯歩く事のみに生きて居る人間の様に、無闇と急いで歩いた。時々帽子が、風に吹き飛ばされ相《そう》になったりした。

女学院の抑えつける様な真暗な建物の前を通過《とおりす》ぎて、其処の角を下手に廻ると僕の宅は直《す》ぐ近くに見えた。其の建物は、真暗だった。

「安蔵《やすぞう》の奴、景気よく灯《ひ》でも点《つ》けて置けばいゝに」

と僕は思わず舌打ちをした。

其の途端、何者かゞ恐ろしい力で僕に衝突《ぶつか》った。僕は危く背後《うしろ》にのめり相《そう》になったのをたじくと漸く踵《かかと》で支えて、

「無礼者!!」

と激しく極めつけた。

然し曲者《くせもの》は其の瞬間大きな背《せ》後《な》を、ちらりと鈍い街灯の光の下に曝《さら》したゞけで、直ぐ次の瞬間には蝙蝠《こうもり》の様に闇の中へ吸い込まれて行った。

先刻《さっき》から焦《じ》れ切って居た僕の心は、到頭《とうとう》爆発して了った。

僕はやり場のない憤怒《ふんぬ》を、いつも安蔵の上に持って行くのが常で有った。僕は激しく扉《ドア》を叩いた。然し、忠実な安蔵は、一分間も僕を寒い夜風の中に立たさせる事なしに扉《ドア》を開いて迎えて呉れた。

「安蔵、灯を点けてお呉れ。家中の電灯を一つも残さずに、此那《こんな》夜は明るくでもして置かなきゃあ……」

僕は外套と帽子を彼の手に渡し乍《なが》ら、出来るだけ穏《おだやか》に言った。

そして僕は真直《まっす》ぐに自分の部屋へ這入《はい》って行った。僕は第一に部屋中の電灯を残らず明るく輝やかせた。そして安蔵が火種を絶やさない様に気を附けて呉れて置いた暖炉《ストーブ》へ、充分な石炭を投込んだ。

恰度《ちょうど》其の時、突然二階の北の方の部屋に当って、安蔵の奇妙な叫び声が起った。そしてそれに続いて彼がばたばたと廊下を走る足音が聞えて来た。僕は驚いて、脱ぎかけた上衣《コート》を再び着ると慌《あわただ》しく部屋をとび出した。

二人は具合よく階段の下で出会った。

「何《ど》うしたのだ」

「泥棒です、若旦那《わかだんな》!!」と安蔵が叫んだ。

二

僕には、先刻《さっき》表で衝突した大男の事が思い出された。彼《あ》の男の慌て方は決して尋常《じんじょう》じゃなかった。それに今から考えて見ると、彼《かの》男の突然な出現は、何だか街路の方へ向いて居る書斎の窓からでも飛下りたらしく思われるのだ。

僕はかじかんだ指先を、暖炉《ストーブ》に暖め乍ら書斎を見廻して居た。奇妙な盗難に昂奮して了《しま》った僕の頭は、到底安らかに休まる事を許さなかった。

書斎の中には可成り金目な物が有るのだ。それに曲者は少しもそれ等《ら》の物に目を触れようともせずに真直ぐに書斎の方へ進んで其処から三冊の書籍を抜取って去って居るので有る。勿論彼は此の書物のみを目的《あて》に来たらしい。

茲《ここ》で僕は、此の書籍に就《つい》て少し説明して置く必要が有る。

それは僕が外遊の際、戦後の独逸《ドイツ》のある町から買取って来た物で、全部で五冊有った。

恰度僕が其の町に行った時、有名な化学者ロットシュタイン氏の死と、彼の遺産の競売の噂《うわさ》で、町中は一杯だった。僕が独逸で知り合いになったKと云う男は、後学の為にと僕を其の競売に誘い出した。そして到頭彼の為に此の五冊の書籍を買わされる事になったのだ。

彼に言わせると、僕の様な金に不自由のない連中が、自分はよし読まなくても、他の誰かの為にいつか役立てる様に、有名な学者の蔵書ぐらいを所有する事は、国の為にも義務で有ると言うのだ。

然しそれはそうとして、僕には其の五冊の書物の表紙が気に入ったので有った。それは皆孰《いず》れも同じ大きさの同じ型で、滑《な》めらかな古代の獣皮で覆われて居た。そして長い年月《としつき》がそれ等の皮を磨き立てゝ、非常に美しい輝しい物にして居た。然し其の色は決して一様ではなかった。其の中の二冊は血汐《ちしお》の様な真赤な色で塗られ、他の三冊は各々《おのおの》、黄、紫、緑の表紙を持って居た。それは非常に艶《あで》やかな色で、いつも水に濡《ぬ》れて居るのではなかろうかと思われる様に、鮮《あざやか》に光って居た。

私はいつも其の五冊の書籍を、書架の中央の一番よく見える処《ところ》へ並べて置いた。それが今歯の抜けた様に三冊だけなくなって居るのだ。紫と黄と赤の一冊と。

然し唯是《これ》だけの事実で有るなら、僕は多分単なる盗難事件として、深く気にもとめずに軽視し去ったゞろう。此処《ここ》には猶《なお》この事件に重大な意味を嫁《か》すべき事実が有るのだ。

それは一ケ月程以前の事で有った。

僕は独逸の秘密探偵局《シークレット・サービス》から一通の書面を受取った。それによって僕の買取った五冊の書物を要求して来たのだ。そして一週間程以前に又秘密探偵局《シークレット・サービス》の派遣員から電報がとどいて居た。それは、彼が十月二十九日に当地に到着して直ちに問題の書籍を受取りに来ると云う報告で有った。

十月二十九日、それは明日、否《いや》もう今日なのだ。

僕は勿論、最初から潔く書籍を引渡してやる覚悟で居た。然し盗まれて了った物は何《ど》うする事も出来ない。果して彼は此の盗難事件を信用するだろうか。否、屹度《きっと》疑い深い眼で僕を睨《ね》めつけるに違いない。僕にはそれが嫌だったのだ。痛くない腹をさぐられる、それは僕の最も嫌悪する処なのだ。

此の時突然、先刻から熱心に其処ら四辺《あたり》を検《しら》べて居た安蔵が小さな声をあげた。僕は其の声にふと瞑《めい》想《そう》から甦《よみが》えって頭をあげた。

安蔵は窓際の絨氈《じゅうたん》の上から、小さな紙片《かみきれ》を拾い上げて僕に示した。

それは小さい手帳を引裂《ひきさ》いたらしい紙で、乱暴な独逸字で次の様に書いて有った。

“Gelb《ゲルブ》; 124, 246 Grün《グリューン》; 326, 439 Purpur《プルプル》; 178, 376”

（註――黄、百二十四、二百四十六、緑、三百二十六、四百三十九、紫、百七十八、三百七十六――）

三

僕は朝の新聞を読み乍ら、密《ひそか》に独逸人の来るのを待受けて居た。何《ど》う云う風に昨夜の盗難を説明しようかと思い乍ら。

午前十時。きっちり針が其処を示した時、安蔵が名刺受けに名刺をのせて這入って来た。

其の顔色を見ると直《ただ》ちに、訪問客の誰で有るかゞ推察された。

「応接室へ」

と僕は名刺を取上げ乍ら簡単にそう言った。

「ザーメン・ラーゲ」

と名刺の表には、美しい独逸流の活字が並んで居た。そして裏面には見覚えの有る秘密探偵局《シークレット・サービス》のマークが有った。

ラーゲ氏は背《せい》の高い、どちらかと云えば痩《や》せた方の男で有った。その風采《ふうさい》、態度には斯《と》う云う職業にも似合わない立派な紳士らしさが有った。独逸人と云うよりも寧《むし》ろ英国人らしい上品さが有った。

「失礼致します。私がザーメン・ラーゲです」

と彼は英語で言った。然し其の発音は決して立派なものではなかった。

「何卒《なにとぞ》お懸け下さい。僕が江《え》馬《ま》正司《しょうじ》です」

と僕は独逸語で言った。

「用件は予《あらかじ》めお話して置いた筈《はず》ですが」

と彼も不自由な英語を止《よ》して自国の言葉で言った。

「はい慥《たし》に聞いて居ました。処が大変な事が起ったのです」

と僕は思切《おもいき》って言った。

「大変な事ですって！」

と彼は果して驚いた容子《ようす》で不安相《そう》に訊いた。

「実は昨夜盗人《ぬすびと》が這入ったのです」

「盗人？　それじゃ盗まれたのですか。彼《あ》の書籍を」

と彼は慌しく訊いた。

「えゝそうです」

「皆ですか、皆盗まれて了ったのですか」

「いゝえ、皆じゃ有りません、二冊だけは残って居ます、三冊盗まれたのです」

「三冊だって」

と彼は絶望的な身振りをして叫んだ。

「同じ事だ、同じ事だが」

と直ぐに彼は其の困乱を抑えつけて、

「盗まれたのは、黄と緑と紫の表紙を持った書物でしたろう」

と訊いた。

「いゝえ、そうじゃ有りません、黄と紫とそして赤が一冊とです」

「赤ですって？」

と彼は不審相に訊返《ききかえ》した。

「そうです」

「赤、赤」

そう言い乍ら独逸人は考え込んで居たが、

「失礼ですが、残りの書籍を見せて戴《いただ》く訳には参らないでしょうか」

と言った。

僕は直ちに呼鈴《ベル》を押した。

そしてそれに応じて這入って来た安蔵に、

「昨夜の残って居た本を持ってきて呉れ」

と命じた。

安蔵が軈《やが》て命じられた物を持って這入って来た時、独逸人は飢えた者が食にとび附く様に書物にとび附いて行った。

そして其の二冊の書籍を手にするや、直ちに緑色の書籍の方の頁《ページ》をばらばらと繰り初めた。

僕はじっと其の手先を見詰めて居た。

黄と紫と緑の書籍の中に、屹度《きっと》何か重大な秘密が存在して居るのに相違ない。

然し若《も》しそうだとすると、昨夜の曲者は何故《なぜ》緑の方を置いて帰《か》えったのだろう。そして何故赤の方を持って帰えったのだろうか。彼は緑の書物の重大な事を知らなかったのだろうか。否《いな》、其那《そんな》事は有り得ない。現に彼が落して帰えった紙片《かみきれ》にも緑の字が見えて居るではないか。では彼は緑と赤とを見誤《みあやま》って持って帰えったので有ろうか。或《あるい》は又赤の方により重大な秘密が伏在して居るので有ろうか。

「有難《ありがと》う御座《ござ》いました」

と、其の時ラーゲ氏はバッタリと書物を閉じた。

そして遠慮深い調子で言った。

「総ての諒解《りょうかい》はついて居るのだと思いますが……」

「え〻、御遠慮には及びません。何卒《どうぞ》二冊ともお持ち帰えり下さい」

と僕はきっぱりと言った。

「有難う御座います。では……」

と言ったが、ふと又考え直した様に言った。

「実は未《ま》だ領事館の方へも出頭して居ないので、今から直ちに其の方の手続きをしなければならないのですが、多分遅くなるだろうと思いますから、お気の毒ですが今日もう一日是れを保管して置いて戴けないでしょうか。赤の方は構わないのです。此の緑の方だけが欲しいのですが……」

「よろしゅう御座ります。どうぞ」

と僕は直ちに快諾した。

四

其の夜、僕は何処《どこ》へも出ないで早くから自分の寝室へ退《ひ》いて床の中に這入って居た。

昨夜《ゆうべ》から今朝にかけての事件は、疲れて居た僕の神経を可成り刺激したらしく、安らかに床の中に這入って居ると、方々の節々が抜ける様な疼痛《とうつう》を覚えるので有った。

主人思いの安蔵は、十時が鳴る迄側《そば》に居て頭を冷して呉れたり何彼《なにか》と世話をして呉れたが、十時を打つと彼の部屋へ退《ひ》いて行った。

明るいと眼を閉じて居ても視神経を苛立《いらだた》せるので、

僕は部屋の中を真暗にして置いた。

静《しずか》に目を閉じて居ると頻《しきり》に昨夜の事が思い出されて来た。

表で衝突した男、あれが屹度犯人に相違ない。今から思えば彼の後姿は確《たしか》に日本人じゃなかった。

然し一体彼の三冊の書物の中には何那《どんな》秘密が伏在して居るのだろう。はる〴〵独逸から日本迄やって来る以上、屹度何等かの重大な物が其処に有るのに相違ない。それは一体何那秘密なのだろう。

それよりも猶僕の知り度《た》い事は、曲者が何故緑色の方を置いて行ったのだろうかと云う事で有った。ラーゲ氏の態度から推《お》して見れば、確に赤色の方は無価値な物に相違ないのだ。其の価値のない物を盗んで、何故重大な緑色の方を盗まなかったのだろう。故意だろうか。過失だろうか。

其那《そんな》事を頻に考えて居ると黄だの紫だの赤だの緑だのが種々《いろいろ》な不思議な交錯《こうさく》をなして僕の眼の前に表れて来るのだ。

其の時ふと、僕の耳朶《じだ》を打った微《かすか》な物音が有った。それは確に書斎の方からで有った。

僕は直ぐ二冊の書物が彼処《かしこ》の書架に在る事を思い出した。然し僕は直ぐ自分の臆病を嘲《あざけ》った。昨日《きのう》の今日、再び其那《そんな》事が有る筈はない……と。

然しそれでも僕の耳は、何那些《どんなさ》細《さい》な物音をも聞き洩らすまいとして、鋭く尖《とが》って居た。

突然!!! 激しい物音が書斎の方で起った。

僕はバネ仕掛けの様にはね起きた。

激しい物音は猶続いて居る。それは確に二人の男が相争って居るらしい物音で有った。僕は大急ぎでドレッシング・ガウンを引懸《ひっか》けると直ぐ扉《ドア》を開いて廊下へ飛出した。此の時安蔵の部屋の扉《ドア》が開く音がした。そして二人は恰度階段の下で出会った。

「何事だろう」

と僕が叫んだ。

安蔵は蒼白い顔色をして二階を見上げて居た。

此の瞬間、恐ろしい叫びが夜の静けさを破って高く響いた。僕は未だ嘗《か》つて怎那《こんな》恐ろしい声を聞いた事はなかった。

然し、それを聞くと僕は猛然として階段を駈け上って行った。勿論安蔵も続いた。

僕が書斎の扉《ドア》を開けた瞬間、恐ろしく強い光線がさっと僕の顔を射た。僕は呀《あ》ッと叫んで其処へよろめいた。其の瞬間窓の硝子《ガラス》障子が閉まる音がして、続いて誰かが街路へ飛び下りたらしい音がした。然し強度の光に眩惑《げんわく》されて了った僕の眼は何物をも見る事は出来なかった。

軈《やが》て暫《しばら》くすると僕の眼は段々と闇に慣れて来た。入口の処で安蔵が呆然《ぼうぜん》として立って居るのが見えた。

「安蔵、電気を点けろ」

と僕が怒鳴った。

此の声に、初めて眼が覚めた様に、安蔵がスイッチをひねった。バッと室内が明るくなる。

僕は見違える程乱雑になった室内を呆然として見廻した。椅子も卓子《テーブル》も皆覆《くつが》えってインクは其処ら四辺《あたり》の絨氈を一面に青く赤く染めて居た。

「呀《あ》ッ」と其の時安蔵が恐ろしい声で叫んだ。

「彼那処《あんなとこ》に人が‼」

其の声に驚いて僕は其の方を見た。そして同じ様に驚愕《きょうがく》の声を上げた。横になった卓《テーブル》の向うに、人間の頭が見えたのだ。僕は静に其の死骸《しがい》の方へ近附いて行った。

僕がその死体を抱き起した時、生温《なまぬ》るい血汐がベットリ掌《てのひら》に附いた。見ると其の胸には一本のナイフが突立《つきた》って居るのだ。

「独逸人だ‼」と僕は叫んだ。

それは慥《たしか》に独逸人に相違なかった。

「書物《ほん》だ、書物《ほん》だ、安蔵。昨日の書物《ほん》は有るかい」

「有りません、若旦那」と安蔵が叫んだ。

「二冊とも有りません」

僕は絶望的に抱いて居た死体を離した。がっくりと其の死体は横になって倒れた。其の時、其の死体の下に一冊の書物《ほん》が有るのがふと僕の眼についた。

僕は直ちにそれを拾い上げた。それは緑色の表紙を持った方で有った。

「有難い」

と僕は思わず叫んだ。

緑の方は有った。盗まれたのは再び赤の方で有った。

「不可解な謎《なぞ》よ……」

五

其の翌朝の十時ごろ、ラーゲ氏が慌しく訪れて来た。彼は屹度昨夜《ゆうべ》僕の家《うち》で起った事件を誰かに聞いたのだろう。

「貴下《あなた》、盗まれましたか」

と、彼は僕の顔を見ると直ぐ絶望的な容子で然《そ》う言った。

「まあ落附いて居て下さい」

と僕は態《わざ》とゆっくりとした調子で言った。

「緑の方も盗まれたのですか」

とせき込んで聞くので有った。

其の態度を見ると、僕は気の毒になって来たので、穏《おだやか》になにも彼《か》も言ってやった。

「御安心下さい。緑の方は無事です。盗まれた事は盗まれましたが、それは赤の方でした」

「何、赤の方ですって」と彼は驚いた様に叫んだ。

然し次の瞬間、安蔵によって緑色の表紙を持った問題の書物が持って来られた時、彼の驚きは直ちに喜びに変じた。

「有った、有った」

と彼は抱き締《だし》める様にして其の書物《ほん》に接吻《せっぷん》した。

そして僕に一昨夜からの出来事の総てを話す事を求めた。

「では此の紙片を曲者が落して行ったのですね」

と、僕が事件の顚末《てんまつ》をすっかりと話した時、彼は然《そ》う言って不審相《そう》に其の紙片を見詰めて居た。

「此の紙片が有り乍ら……」と彼は思わず呟《つぶや》いた。

「ねえ、ラーゲさん」

と此の時、僕は思い切って自分の想像を語った。

「紫と黄と緑の表紙を持った三冊の書物《ほん》の中に何か重大な秘密が有るのでしょう。そして彼の紙片に在った数字は其《その》書物の中の頁を意味して居るのでしょう。然うじゃないのですか」

然しラーゲ氏は何とも答えずに唯仕方なしに笑っ

て居た。然し僕は其の笑いを同意と解して質問を進めた。

「然し、若し然うだとすれば、何故曲者は二度迄緑の方を盗み損《そこな》ったのでしょう。其の紙片を持って居るからには、彼も必要なのは赤ではなくて緑だと云う事を知って居たに相違有りません。又最初の夜、間違って赤を持って帰えったから、二度《ふたたび》緑の方を取りにやって来たのではないでしょうか。それだのに又赤の方を持って帰えったと云うのは何《ど》う云う訳でしょう」

「其の点に就いては私も不思議に思って居るのです」

とラーゲ氏は思わず釣込《つりこ》まれて言ったが、直ぐ又慌てて口を噤《つぐ》んだ。

「何事も軈《やが》て明らかになるのでしょう」

と、彼は僕の質問に対して唯それだけを繰返《くりか》えすのだ。

そして警官の眼に触れたくないらしい彼は軈て目的の書物《ほん》を一冊かゝえて、逃げる様にして出て行った。

六

それから半年程、僕は此の事件に就いて何事も知る事は出来なかった。

勿論僕が一切を秘密にして居たので、警察の方でも殺人犯人の見当は少しもつかないらしかった。否、殺ろされた男の身許さえも不明で有った。

僕にも時々、曲者が何故緑の方を盗み損ったのかと云う事が気になったが、軈て何も彼も忘れて了った。

其の事件が有ってから半年経った翌年の四月の或る日で有った。僕は思懸《おもいが》けなくも独逸語の手紙を受取った。勿論それはザーメン・ラーゲ氏からの手紙で有った。

此の手紙は再び僕に半年以前の事件を思い出させて呉れた。と同時に、彼の当時僕が抱《あ》いて居た疑問を総《すべ》て氷解して呉れた。僕は今其手紙を茲《ここ》に翻訳して掲載して見よう。

「江馬正司様、彼の当時は種々《いろいろ》と御厚情に与《あずか》りまして有難う厶《ござ》いました。患《わずら》わしい不愉快な事件の中に貴下を巻き込んで了ったのは大層残念な事でした。私も出来るだけ早く総ての事件の真相を明らかにして、煩わしい秘密の羈絆《きはん》から、貴下をお救いし度《た》いと思って居たのですが、今日《こんにち》迄其の機会が御座いませんので、心ならずも失礼して居ました。

　然し今は何も彼もお話する事が出来ます。事件はすっかり綺麗に落着しましたから。

　貴下も御承知の通り、戦時中我が国に勃興した発明思想と云う物は非常なものでした。

　あちらでもこちらでも到る処で珍しい有用な武器が発明されて、我が国の立場に強味を与えて呉れました。

　然《そ》うした発明家の中でも、最も有名だったのはロットシュタイン氏でした。氏が様々な武器の発明を完成して連合軍を悩ました事は、多分貴下も御承知だろうと思います。其のロットシュタイン氏が、戦争終了前後非常に奇抜な、そして非常に破壊的な或る武器の発明に従事して居る事を我が秘密探偵局では探知しました。

　其の武器の内容は何人《なんぴと》にも知る事は出来ませんでしたが、我が秘密探偵局では密《ひそか》に此の発明に注目して居ました。ところが不幸にして此の老発明家は、未だ其の発明品を発表しない前に病死して了いました。そして彼の遺産は全部競売に附せられたのです。

　斯《こ》うして彼の発明は、完成したのか或《あるい》は未完成の儘《まま》で残って居るのか、それすら知る事が出来ないで暗《やみ》から暗《やみ》へと葬られようとしました。処がふと其の後彼の発明の秘密が或る処から洩《も》れて来ました。それによると、其の発明は慥《たし》かに完成して居るので、而《しか》も其の秘密は全部彼の所有して居た有機化学の書物《ほん》三冊の中に隠蔽《いんぺい》されて居る事が判ったのです。それは実際恐ろしい発明でした。其の発明が一私人の手に帰する事は、即《すなわ》ち人類の滅亡を意味するのでした。是《か》くの如き発明は永久に葬られて了わねばなりません。

其処で私が其の目的の為に、其の秘密の方式の書かれた三冊の書物《ほん》を受取りに派遣されたのです。

処が此処にもう一人此の秘密を嗅《か》ぎ知った男が有りました。それは故ロットシュタイン氏の助手を勤めて居たウワッサアと云う男です。彼は此の秘密を知るや直ちに友人のクノーテンと云う男と共に日本へ貴下を追駈けて参ったのです。

そして私が貴地に到着した前日の夜、クノーテンが先《ま》ず冒険を冒《おか》す事になりました。然し此の冒険の結果は不成功に終りました。何故ならば、彼は誤って赤色の表紙の方を盗んで来たからです。目的の書物《ほん》の中の黄と紫の分は得られました。然し緑の分を盗み損じたと云う事は致命的な失敗でした。斯うした重大な発明に於ては何那《どんな》些細な方《ほう》法《しき》も非常に重大な意味を持って居るのですから。此の失敗が二人の間に大きな反感を画《えが》きました。

ウワッサアは口を極めて相手を罵倒《ばとう》しました。

その翌日の夜、ウワッサアは又一つの野心を持って一人で貴下の邸《てい》へ忍び込みました。彼は此の発明品の権利を独占する心算《つもり》だったのです。然し是れを知ったクノーテンがそれを唯おく筈が有りません。彼は直ちに裏切者の後を追駈けて行きました。そして貴下も御承知の通りの犯罪が構成されたのです。

然し此の時も、何《ど》うした物かクノーテンは再び失敗しました。彼は又緑の代りに赤を盗んだのです。

然し彼は其の獲物を持って自国へ引上げました。勿論彼も緑を盗む事に失敗した事に気は附いて居たに相違有りません。然し彼は他の二冊によって此の発明を完成しようとしました。是れは非常に無法な考えです。此の致命的な誤りによって彼は遂に命を失わねばならなくなったのです。

三月上旬の或る日、彼の実験室は大音響と共に爆発しました。そして運命の書物《ほん》、黄と赤との表紙を持った二冊の書物は、永久に葬られてしまいました。

斯うして此の発明は到頭悲劇に終って了いました。然し結局此の方が人類の為に幸福なのです。

事件は是れだけです。

然し此処に今一つの疑問が残りました。夫《それ》は何故クノーテンが緑の表紙の書物《ほん》を盗み得なかったかと云う事です。

是れに就《つ》いては種々《いろいろ》の説が伝えられて居ます。が最も慥《たしか》な説を此処に掲げて見ましょう。

それは、クノーテンと云う男は赤色の色盲だったのだろうと云う説です。此の説は単なる臆測ではなく、立派な根拠が有るのです。化学者にはいつか、或る非常に強烈な赤色の刺戟《しげき》を受けた結果、往々斯う云う不幸に陥ることが有ります。クノーテンも多分、其那《そんな》人間の一人だったのでしょう。然し彼自身では、何時《いつ》の間にか其那欠陥が自分の身の上に出来て居ると云う事は少しも気がつかないのです。

貴下も御承知の通り赤色の色盲ですと、赤い色は全部其の余色たる緑色に見えるのです。彼が緑色の代りに赤色を盗んだのは多分其処に根ざして居るのだろうと思われます。

斯うして総ての秘密の真相を明《あきらか》にする事によって、幾分か彼《あ》の当時の貴下の御厚情にお報いする事が出来ただろうと思います。では左様《さよう》なら……」

画室《アトリエ》の犯罪

此《こ》のお話はもう二十年も前に起った事件である。言わば是《こ》れが私の初陣《ういじん》の功名であり、此の事件の思いがけない成功が、私を、今日《こんにち》の此の職業に引摺込《ひきずりこ》んだ導火線とも言える。其《そ》の意味に於《おい》て、是れは私にとって、最も忘れがたい事件の一つである。

講談で有名な大久保彦左衛門の初陣の功名は、確か十六歳の時であったと思うが、それに較《くら》べると私のは、殆《ほと》んど十年遅れていた訳で、当時、私は二十五歳であった。其の頃、此の大阪に一人の従兄《いとこ》が住んでいたのでそれを頼って、私は故郷《くに》から飛出《とびだ》して来て、そこに半年余りも厄介《やっかい》になっていた。此の従兄というのは、私より十二三も年上で、其の頃既に女房もあり、子供もたしか二人程あったと思う。そうでなくとも、余裕のないきりつめた生活をしていた所へ、私という、好《い》い若者がふいに飛入りをしたものだから、世帯《しょたい》は余程苦しかったに違いない。でも従兄も従兄のお神《かみ》さんも、お揃いの好い人物だったので、長い間、苦い顔一つ見せるでなく、よく私の面倒を見て呉《く》れていた。

前にも言った通り、当時私は二十五にもなっていたが、田舎の中学を途中で止めたきり、なに一つ是れと言ってまとまった仕事をするではなく、ぐうたらな生活ばかりを続けて来ていたので、大阪へ出て来たとて、中々、おいそれと思うような就職口がある訳ではなかった。自然と従兄に頼って、彼が働いている、其の方の口へでも入れて貰《もら》えまいかと思うようになった。言い忘れたが、其の従兄と云《い》うのは、E——署に務めていた、相当幅の利く刑事だったのである。其の頃の彼は、私などとは違って、そうした職業に特別の興味を持っていた訳ではなく、言わば活《い》きんが為に、しょうことなしに其の職業を続けていたに過ぎなかったので、彼自身がそうした職業に這入《はい》っている事すら後悔していたところだったから、私までがそれと同じ道を辿《たど》ろうとする事は、言う迄《まで》もなく、頭から不賛成であった。其処《そこ》に、自然と面白くない小競合《こぜりあい》が起った。従兄は始終、困ったというように顔を暗くして、成るべく私と顔を合さないようにするし、私はまた私で、従兄が自分の出世の道を阻んでいるのだという風に、故意《わざ》とひねくれた考えかたをするので、一家の中は兎角《とかく》険悪になり勝ちであった。

丁度、こうした雲行《くもゆき》の最中へ、あのS町の殺人事件が起ったのである。

今から思えば、従兄が此の事件に私を連込《つれこ》んだというのは、寧《むし》ろ、刑事という仕事が、如何《いか》に難しい仕事であるか、そして、如何に不愉快な仕事であるか、それをよく私の脳裡《のうり》に徹底させて、刑事になろうなどと云う無謀な私の思いたちを、たちどころに断念させる為であるらしかった。そうだとすると、彼の其の試みは、全《まった》く反対の結果を産んだ訳で、此の事件によって、私は確実なる第一歩を、E――署の刑事溜《だま》りに踏入れたのである。

S町の殺人事件――お話すれば諸君の中にも未《ま》だ記憶されている方もあるだろう。其の事件の顚末《てんまつ》が、どんなに当時の新聞を賑《にぎ》わせたか、そして奇怪極まる其の事件の真相が、どんなに当時の世人を驚倒せしめたか。何しろ被害者というのがさる大会社の社長の息子で、それだけでも既に世間の問題になりそうなのに、彼自身、若い天才画家として、新聞や雑誌の消息欄をいつも賑わしていた青年であったし、その上、犯人として目された人物というのが、是れも亦《また》しば〱世間の問題になっていた、女優上りの有名な美人のモデル女だったのである。

だが、私はこんなに先の事をお話する筈《はず》ではなかった。順序よく、纏《まとま》ったお話をしなければならない。

忘れもしない、それは六月のじめ〱とした、或《あ》る夜の十時頃であった。従兄に連れられた私は、生れて始めて、犯罪の現場《げんじょう》というものに足を踏入れた。S町は今でもブルジョア階級の邸宅の多い所だが、その当時からそうだった。何々会社の重役だの商業会議所議員だの市の助役だの、さては又さる大銀行の支店長だの、そう言った風の知名の富豪達が豪奢《ごうしゃ》な邸宅の軒《のき》を連ねている中に、両方から押しへしゃげられるようにして、一軒のさゝやかな洋館が建っていた。さゝやかなと言っても、それは決して、貧弱なという意味ではないのである。小さいながらも、充分に贅《ぜい》を尽した二階建の建築物で、見るからに其の家《や》の主人の異常性を偲《しの》ばせるような、グロテスクな建てかたをしてあった。勿論《もちろん》、そんな事は総《すべ》て後になってから気の着いた事で、其の夜はたゞ、一刻も早く現場を見たいという欲望で、初心《うぶ》な心をまっしぐらに駈《かけ》りたてゝいたから、邸外はさておき、邸内の光景さえ、現場を除くの他は、ろく〳〵眼にも止らなかった。

その洋館というのは、階下が居間と寝室と食堂とに、そして、階上が書斎と画室《アトリエ》とに別れていた。画室《アトリエ》を除くの他、総ての部屋がかなりお粗末で手軽に出来ているのは、此の家全体が、画室《アトリエ》として建てられている為であるらしい。思うに此の家《や》の主人は、製作に忙しい時は、此処《ここ》に寝泊りをするが、そうでない時は何処《どこ》か別にある所の、本宅で起居しているに違いない。犯罪の行われたのは、其の最も贅を尽した画室《アトリエ》の中であった。

「惨酷《ざんこく》を極めた現場の光景」

当時の新聞は、三段抜きにそう書立てゝいたが、全く其の通りに違いなかった。書斎と画室《アトリエ》との間の扉《ドア》を押しひらいた瞬間、飛附くように網膜《もうまく》へ喰入って来たあの最初の一瞥《いちべつ》に、例《たと》い僅《わず》かの間にしろ、呆《ぼう》然《ぜん》と立竦《たちすく》まない者があったであろうか。

「これはひどい！」

閾《しきい》の上に、釘附けされたように立止まった従兄が、押しへしゃがれたような声を立てた。その肩越しに、私は此の世に於いて、初めて殺人の現場というものを見たのである。あの時のあの印象は、永久消ゆる事なしに、私の脳裡に止《とど》まっているだろう。今でも、其処にある物を見るように、私はまざ〳〵とあの場面を思出《おもいだ》す事が出来る。先《ま》ず、屋根裏の光線取《あかりとり》より差込む青白い月の光、それがその画室《アトリエ》に於ける唯一の光線だった。そしてその下に姿を曝《さら》している物、それこそ、恐ろしい人間の暴力と争闘の痕でなくて何《な》んであろう。言って見れば、其の部屋全体が“Cold blood murder”とでもいう画題を冠《かぶ》されそうな、一枚の大きな画布《カンバス》であった。私は画《え》の方の事は余り詳しく知らないので、一々、何が何《ど》う云う風にと言う事は出来ないが、凡《およ》そ、その部屋にあったもので、常のまゝな形を保っている物は、一《いっ》としてなかったと言っても宜《よ》い。画布《カンバス》は破れパレットは二つになり、絵筆は毛がちぎれ、チューブより絞出《しぼりだ》された様々な色の絵具が、そこら一面を、べた〳〵と彩っていた。その他、時計だの、花瓶《かびん》だの、彫像だの、凡《およ》そ壊し得る程の物は、片っ端から壊さなければ気が済まなかったように、無残な破片が足を入れる隙もない程に、床の上を埋《うず》めていた。向うの隅には等身大の石膏像が腕をもぎ取られて、浅ましい姿をさらしているかと思うと、此方《こっち》の壁の側《そば》には、六尺豊《ゆたか》の大姿見《おおすがたみ》に無惨な亀裂《ひび》が入って、そこひにかゝった眼のような、白い、どんよりと曇った裏面を悲しげに見せていると云う有様だった。そして悪魔の狂乱のようなその部屋の中を、よくもかくまで恐ろしく流されたものだと思われる程多量な血潮が、べた〳〵と、壁と言わず床と言わず、そこら一面を染抜《そめぬ》いているのであった。私は思わずブルッと身慄《みぶる》いをした。

「気を附けなきゃいけないよ。証跡《しょうせき》を消してはならないからね」

従兄は抜足差足《ぬきあしさしあし》部屋の中へ踏込んだ。私も其の背後《うしろ》から従った。心臓がどきん〳〵と波打って、額《ひたい》には気持ちの悪い汗がべっとりと浸出《しみだ》して来た。一体、肝腎《かんじん》の死体は何処にあるのだろうと、きょろきょろと辺《あたり》を見廻していると、従兄がぐい〳〵と袂《たもと》を引くのだ、ふと指差される方に眼をやると、其処に、若い男の仰向《あおむ》けざまに倒れているのが見られた。それは、殊《こと》にモデルの為にしつらえてあるのだろう、掛布《カーテン》で一間《けん》四方程の小部屋を仕切ってある、その掛布《カーテン》の裾《すそ》に纏《まつわ》るようにして倒れているのであった。その辺《あたり》、バケツの水を打撒《ぶちま》けたように、血潮が未《いま》だ乾き切らないで溜っている。一尺程の両刃の、外国製らしい大ナイフが、死体の直《す》ぐ側《そば》に、血に塗《まみ》れてどす黒く光っていた。それが此の家《や》の主人、画家安田《やすだ》恭助《きょうすけ》、その人だったのである。

「随分、ひどいことをしたものですね」

私達より、三十分程遅れて到着した検視官の一人が、べた〳〵とそこらに押された、鮮血の手型をつく〳〵と見廻しながら、恐ろしそうに眉を顰《ひそ》めて呟《つぶや》いた。勿論その時分には、打壊《ぶちこわ》された装飾灯《シャンデリア》の後へ、五十燭光の電球が差しこまれていたのである。

「そうでも有りませんよ」

検屍を終った警察医は、手を拭《ふ》きながら立上った。

「被害者の蒙《こうむ》った傷は、心臓を貫いた致命傷が唯《ただ》一つだけ、従って被害者としては、最も楽な、一《ひ》と思いの死にかただったに違いありませんよ」

「では」と其の時私は従兄の背後《うしろ》の方から、おそるおそる声を掛けた。「此処らにある血潮は被害者のじゃないんですね」

被害者という、職業的な言葉が口を衝《つ》いて出た時、私はかなり変な気持ちになった。

「そうです、多分加害者のでしょう」

前にも言った通り、私の従兄はE――署の中でも、かなり幅の利く方だったので、私という変てこな人間を連れていても誰も文句を言う者はなかった。却《かえ》って、従兄から何んとか私の事を吹込んであったらしく、興味を持った態度で、言いかえれば、冷やかし半分の態度で、皆《みんな》が私に接して呉れた。それに、其の夜其処へ来会わせていた人達というのは、警察官という名から私が想像していたのとは、全然《まるっきり》違ったかなり大ざっぱな、悪く言えば間が抜けている程人の好い人物の集《あつま》りであった。

「是れが加害者の血潮だとすれば、加害者自身も余程の怪我《けが》をしているに違いありませんね」

「そうです、先ずそう見なければなりますまい」

「それで逃亡する事が出来たでしょうか」

「逃げるには逃げられたでしょう。しかしそれも傷の箇所によりけりですがね」

こう云う問答が私と警察医との間に取交《とりかわ》されている間に、従兄は死体の側《そば》へ跪《ひざまず》いて、かなり入念に検《しら》べていた。私も其の方へ寄って、出来るだけ邪魔をしないように、死体を観察した。

安田恭助という青年は、私より二つ三つ上であろうか、細面《ほそおもて》の、鼻の鋭くとがった、眉の不似合いなほど濃い、唇の締まった、顔全体から言えば勿論の事、その一つ一つを引離して見ても神経質という言葉が、そのまゝ当嵌《あてはま》る容貌だった。死んでいるからであろうが、皮膚の色は不愉快な土気色《つちけいろ》をしていた。生前といえども、余り色の白い方ではなかったに違いない。頭は、画家に多く見られるように、長く頭髪《かみ》を伸ばしていた。

「随分痩《や》せていますね」

「肺病だったからなんだよ」

「肺病？」

従兄は立上って膝《ひざ》の塵《ちり》を払った。

「検べて御覧、何か判るかい」

私は仔細《しさい》らしい顔をして従兄の後へ膝《ひざ》まずいたが、勿論、どう云う風に検べていゝものか、さっぱり判らなかった。致命傷は先刻医者が言っていた通り、心臓を抉《えぐ》った一突《ひとつき》で絵具で汚れた作業服の、丁度胸のあたりに、赤黒い血潮がのめ〳〵とこびり附いていた。ふと見ると、被害者の穿《は》いているスリッパが、じっとりと水気を含んでいた。「おかしいぞ」直覚的にそう感じた私は死体を一寸《ちょっと》動かして見ると、作業服の丁度尻のあたりに、二つ三つ、まだよく乾き切らないはねの痕があった。殺される少し前に、何処かの泥土《でいど》の上を歩いたのに違いないのである。続いて、先刻《さっき》従兄がやっていたのを見ていた通りに、被害者の両手を一つ一つ丁寧に検べて見た。と、私の心臓はどきんと一つ大きく波を打った。それは彼の掌《てのひら》が真紅に血潮で染っていた。しかし私の驚いたのはそれが為ではなかった。余程よく注意しなければ判らないのだが、殆んど、何《ど》の指にも、爪の間に泥らしいものが、ちょっぴり挟まっているのである。

一体是れは何を意味するのだろう！

そこへどや〳〵と、指紋係りだの、敏捷《びんしょう》な新聞記者だのが、多数入込《いりこ》んで来たので、私は遠慮をして立上った。恰度《ちょうど》其の頃、隣の部屋の書斎では、証人調べが初《はじ》まっていたので、私は其の方へ行った。此の証人調べの一問一答は、初めての私にとっては、非常に興味もあり、また参考にもなった事であるが、それを一々こゝにお話する事は、到底その煩《はん》に堪えぬし、それに第一時間も許さない事であるから、こゝでは簡単に、犯行の発見される迄の顚末をお話する事にしよう。

先刻も言った通り、被害者の安田恭助は、製作に急《いそ》がしい時の他は、いつも本宅である父の邸で寝起をしていた。従って画室《アトリエ》の方には、留守番の為にも、またその他のいろんな場合の用事の為にも、誰か身許のしっかりと判った人間を雇入《やとい》れて置く必要があった。其の雇人、おもと婆《ばあ》さんの陳述である。

その日の昼過ぎの事である。突然主人《あるじ》の安田恭助がやって来て彼女を驚かした。此の頃は、製作のほうは絶えてお留守になっていたので、彼が其処へ姿を見せたのは、実に久しぶりだったのである。何かまた、仕事をする気にでもなったのであろうか、そう彼女が思っていると、彼の言う事には、今日は此処で待合せる人があるから、お前は何処《どこ》へでも遊びに行っていろ、しかし、晩の十時頃には帰《か》えって来て呉れ、そう言って十円紙幣一枚を彼女に呉れたと言うのである。おもと婆さんは不審に思ったが、別に苦情を言うべき筋でもないので、云われるまゝに直ぐ身仕度をして画室《アトリエ》を出た。彼女の一人の甥《おい》というのが玉川町で小さい商売をしているので、そこで半日を遊んで来る心算《つもり》だったのである。ところが、運の悪い事には、甥の家《うち》まで行くと表の戸が締まっている。近所の人に聞いてみると、江州《ごうしゅう》にいる嫁の母親が亡くなったので、一家を挙げて其の方へ行ったという。がっかりしたおもと婆さんは、他には知人とてはないので、仕方なしに、あまり好きでもない活動写真を見たりなんかして、どうやらこうやら半日の時間を消した。活動写真を一回《ひとまわり》見て、表へ出てまむしか何かを喰べてお腹《なか》がくちくなると、丁度その時が八時半、もうそれ以上はどうにも時間を消しようがないので、少し早いとは思ったが仕方がないので、S町の画室《アトリエ》へ帰える事にしたのである。

「邸の前まで来ますと、家中《うちじゅう》が真暗なので、どうしたのだろうと思いながら、表の扉《ドア》を開きますと、丁度其の時、画室《アトリエ》の方で、がちゃんと何か壊れる音がしたのです。それに吃驚《びっくり》して、大急ぎで二階へ駆上って見ると、此の有様だったのです」

即ち、私達が書斎の扉《ドア》を開いた瞬間の、いや、もっと〳〵大きな驚きに、彼女は打たれたに違いないのである。狼藉《ろうぜき》を極めた室内のたたずまい。血糊《ちのり》、死体――しかも、その死体の直ぐ傍《かたわ》らに、それこそ文字通り幽霊のような女の影を、彼女はその時見たのである。何んと言って宜《い》いか、まるで活人画の中の人物のように、その女の影は身じろぎもしないでそこに立っていた。その手には、まだ血潮の滴《したた》り落ちている短刀《ナイフ》を握っている。

「ド――何誰《どなた》です！」

おもとはがく〳〵と慄《ふる》える舌の根を抑えながら、辛うじてそれだけの声を出した。其の声に女はついと此方を振返った。

「あッ坂根《さかね》さん！」

その女と言うのは、よく其の画室《アトリエ》へ出入をする、モデル女の坂根百合子《ゆりこ》であった。

「ひゝゝゝゝゝゝゝ」

それこそ、骨の芯まで透《とお》るような物凄《ものすご》い笑声を立てたかと思うと、坂根百合子は手に握っていた刃物をそこへ投出《なげだ》して、ばったりと其の場へ昏倒《こんとう》して了《しま》ったのである。

以上がおもと婆さんの陳述だった。彼女の陳述が終ると、其の女、坂根百合子が喚出《よびだ》された。彼女は階下の寝室で、医者やおもと婆さんの手篤い看護を受けて、先刻正気に復したところだと言うので、未《ま》だどこか、はっきりとしない顔色をしていた。年は二十五六なのであろう、モデルをする位だから、言う迄もなく男を惹附《ひきつ》けるに充分な肉体を持っていたが、そのために、確かに年の二つ三つは若く見えるのである。見ると胸から帯へかけて、夥《おびただ》しい血潮を浴びている。彼女はぐったりと其処にあった椅子の上へ腰を下ろした。

　さて、その坂根百合子の陳述であるがそれは至って簡単なものであった。

　其の日の昼過ぎ、安田恭助から彼女の許《もと》へ電話がかゝって、今夜の九時過ぎに、S町の画室《アトリエ》までやって来ないか、好《い》いものを見せてやるから、と、こう言うのである。で彼女は其の言葉に従って、九時少し前に画室《アトリエ》を訪れた。其の時も家の中は真暗であったが、彼女は恭助が何か悪戯《いたずら》でもする為に、故意《わざ》と電気を消したのであろうと思って、其の裏を掻《か》く心算で跫音《あしおと》を忍ばしながら、よく勝手を嚥込《のみこ》んでいるその画室《アトリエ》へ這入った。其の時、彼女がどんなに驚いたか、それは恐らく、血も凍る程の驚きだったに違いないのであるが、そんな事は此処に一々お話する迄もあるまい。

「其の時、ふと見ますと、安田さんの胸に大きなナイフが刺さっていたんです。私は何んの気なしに、ほんとうに今から思えば、何故あんな大胆な真似《まね》をしたのでしょう、其のナイフの柄へ手をかけて、ぐっと引抜きました。と、其の途端、生温《なまあたた》い血潮が、それこそ凍っていた噴水が、ふいに解けて吹出して来た時のように、飛出して来まして——」

と、こう彼女は言うのであった。即《すなわ》ち、彼女の胸から帯へかけての血潮は、其の時浴びた血潮だったのである。

　だが諸君、坂根百合子の此の陳述には、何処か曖《あい》昧《まい》な所がないであろうか、彼女の言葉を其のまゝ信用して了《しま》うには、あまりに話がうまく行き過ぎてはいないだろうか。此の疑惑は、私ばかりではなく、其の場に居合わせた、総ての人々の胸に湧起《わきお》った事に違いなかった。其の証拠には、彼女は其の場から、態《てい》の好い口実の許《もと》に、拘引《こういん》されて了ったのである。

　その夜晩《おそ》く、S町の画室《アトリエ》からE——署へ引上げる途《みち》すがら、私と従兄とはいろんな事を語りあった。重《おも》に坂根百合子の行動に就《つ》いて。

「兄さんは（従兄を、私はそう言う風に呼んでいたのである）あの女を怪しいと思いますか」

「そうだね、今のところ何んとも言えないがあの女の陳述を、其のまゝ信用して了う事は出来ないね」

「若《も》しあの女が犯罪に関係があるとすれば、原因はやはり痴情ですか」

「多分そうだろう。だが健《けん》ちゃん（それが私の名前である）はよく探偵小説というやつを読んでいるじゃないか、こんな事件位は朝飯前だろう」

だが、私の耳には、従兄のそうした揶揄《やゆ》も入らなかった。或るすばらしい考えが、その時私の頭の中に渦巻きはじめたのである。それは未《ま》だ、えたいの知れない、莫然《ばくぜん》とした『もの』に違いなかった。然《しか》し何かそこへ『核《たね》』になるものを放込《ほうりこ》んでやれば、屹度《きっと》立派な纏《まとま》ったものになるに違いない、と私は思った。私は猛然と、其の考えに向って突進したのである。

化学的に大きな結晶を得ようとする場合には、どろ〳〵とした溶液の中へ、その物の結晶を放りこんでやればよいのである。そうすると、物理学の法則によって、溶液は其の結晶を中心として、更に大きなそして完全な結晶を造るものである。

私は、私の頭に浮んだ、其の莫然とした考えの結晶核ともなるべき、何物かを摑《つか》もうとする為に、其の夜からまる〳〵四日間、少し大袈裟《おおげさ》な言い分だが、食う物も食わずに考え抜いたのである。何を何《ど》う言う風に考えたか――だが、それを言う前に、先ず其の四日の間に、事件が何《ど》う発展して居たか、それから先きへ話して行く事にしよう。

警察では、先ず第一に、モデル女坂根百合子と、安田恭助との間の関係を洗い上げた。其の結果は、悉《ことごと》く坂根百合子にとって、不利なものになって了ったのである。

坂根百合子はもと、歌劇か何かの下廻りの女優だったのであるが、それで成功する事が出来ずに、殆《ほと》んど食うに困る程の窮境に陥入《おちい》っていたところを、画家の安田恭助に発見されて、始めて彼の為にモデル台へ立ったのである。彼女の蠱惑的《こわくてき》な肉体の美しさは、忽《たちま》ち若い洋画家連の間に喧伝《けんでん》された。そうこうしている間《うち》に、百合子と恭助との間には、画家とモデルとの間に屢々《しばしば》かもされる、或る特殊な関係が結ばれて了った。恭助は彼女を熱愛した。百合子は――彼女には恭助程の熱があったかどうか、それはよく判らないが、兎《と》に角《かく》、彼の愛を甘んじて受入れた。だが、斯《こ》うした情熱的《パッショネート》な恋愛が、そう長く続くものであろうか。果して間もなく其処に破綻《はたん》がやって来た。それは安田恭助の健康の問題だった。彼は以前から肺尖《はいせん》をやられていて、医者からいつも鋭い忠告を受けていたのに、百合子との間がそう云う風になってからは、全然《まったく》それを忘れていたのである。乱暴な、無節制な性的生活が、どんなに肺病患者を損うものか、それは誰もがよく知るところだ。恭助の病勢は、近頃になって急に進んだ。若し、今のような生活を早速廃《や》めないならば、彼の生命は此の夏を越すのも危険であろう、医者はそう言って最後の忠告を放ったのである。ところが、医者の此の言葉に惧《おそ》れを抱いたのは恭助よりも寧ろ百合子の側であった。彼女は遊戯のような恋愛の為に、自分のすばらしい健康を犠牲にする事を好まなかった。それに恭助の肺病患者特有の執拗《しつよう》な抱擁《ほうよう》にも、もう大分《だいぶ》以前から飽き〳〵していたところだったので、それを好い機会に、お為《ため》ごかしの別ればなしを、彼女の方から持ちかけた。勿論恭助がそれを受入れる筈がない。こうして彼等二人の間には不愉快ないさかいの絶間がなくなった――

と言うのが最近の彼等の状態だったのである。其処に此の犯罪の動機が有りはしないだろうか、と誰しもが考えるところだ。況《いわん》や彼女は、最も「疑わしき」状態に於て、現場《げんじょう》に発見されたのだから、警察が総ての嫌疑を彼女にかけるのも無理はないのである。

「百合子は何か白状をしましたか」

犯罪のあった日の翌日の夕方の事である。晩飯の茶ぶ台の側《そば》で、今来たばかりの夕刊に目を通しながら、私はそう言って従兄に聞いた。

「未だゞよ。大分しぶとい女でね」

「一体警察では、何《ど》の程度迄の疑いをあの女にかけているのです」

「すっかりだよ。あの女が犯人か共犯者かに違いないと睨《にら》んでいるのだ。唯気懸《きがか》りなのは彼《あ》の女が口を割る前に、犯人が（あの女が共犯者である場合にはだね）逃亡しやしないかとそれを虞《おそ》れているのだ」

「だが、あれだけ怪我をしていちゃ、到底逃亡はおぼつかないでしょう」

「そうだ、警察でもそう言っているのだ。だから市中の医者へすっかりと手を廻しているのだがね、まだそれらしい怪我人は挙らないのだ。しかしまあそう大した事件でもないよ、新聞が騒ぎたてる程ね」

従兄の言う通り其の事件に関して、新聞の騒ぎようったらなかった。どの新聞もどの新聞も、其の記事を以《も》って其の日の呼物にしていた。安田恭助とモデル女坂根百合子のローマンス、そう言った標題《みだし》の甘ったるい記事が事件の顚末よりも寧ろ大きな活字で人の眼を惹《ひ》いていた。

「ところで指紋ですが、何か怪しい指紋でも見附かりましたか」

「それなんだよ」従兄は一寸眉を顰めた。「あれだけの大格闘をしながら、指紋を残さないというのは解《げ》せない話だが、真実のところ、あの部屋には怪しい指紋なんか一つもないんだよ」

「はあ、怪しい指紋がないんですって？」

「そうだ、べた〳〵と押されていた手型ねえ、あれも調査の結果、皆被害者のものだと決まったのだ、尤《もっと》も、掛布《カーテン》に一つと卓子《テーブル》に一つだけ、やはり血潮のついた百合子の指紋が残っていたが」

「凶器には？」

「凶器にも被害者と百合子のより他、変った指紋は見当らないのだ」

「可笑《おかし》いですね」

「別に可笑くはないよ」従兄は詰らなさそうに、莨《タバコ》の灰を落しながら言った。「結局犯人はあの百合子さ。もっともまだ解らないところもあるにはあるがね」

「だが――」

私は急に口を噤《つぐ》んだ。私の頭に混沌《こんとん》として渦を巻いていた考えが、段々と、はっきり其の形をなして来るのだった。

ところが、そうこうしている間《うち》に、こゝに一つ不思議な事実が曝露《ばくろ》した。それは事件の日から数えて四日目の朝の新聞の記事である。今度こそは、此の事件に始めから大した興味を持っていなかった者迄、すっかりと驚かされて了った。いや、驚かされるというより寧ろ呆《あき》れさせられたのである。と言うのは斯うだ。あの画室《アトリエ》の中を無茶苦茶に染めていた血潮、それが為に諸新聞に『惨酷極まりなき』と迄言わせたあの血潮、あれが総て、人間の血潮ではなかったという警察の発表である。何んと奇抜な、そして滑稽《こっけい》な発見ではないか。此の記事を読んだ時、そして呆気《あっけ》に取られている世人の間抜面《まぬけづら》を想像した時、私は些《いささ》か得意にならざるを得なかった。と言うのは、此の事実を一番最初に感附いたのは、斯《か》く言う私だったからである。

此の記事が出た前の日の事だ、私はあの事件の晩からお馴染《なじみ》になったE――署の署長町田《まちだ》氏を署に訪れたのである。其の時、私は少からぬ興奮に胸をわくくとさせていたのだ、一体何《ど》う言う風にして面会を申込んだものか、何う言う風にして署長の前へ通されたものか、後《のち》になってさっぱり思い出せなかった。

「君は西野《にしの》君の従弟だという青年だったね、そうそう名前は健二君とか言ったっけ、さあさあ遠慮せずと其処へお掛け」

そう言う町田氏の言葉に、やっと私は心を落ち附かす事が出来た。手に持っていた風呂敷包みを床の上に置くと、署長の前の椅子へ腰を下ろして、私はいきなり叫んだ。

「署長、私は大変な発見をしました」

言ってから失敗《しま》ったと思った。此処へ来る迄、どう言う風に此の話を切出してやろうか、どう言えば一番皆を驚かす事が出来るだろうか、そんな事を考えて、いろ〳〵話の順序を組立てゝいたのだが、いざとなると全く気が騰《あが》って了って、そんな懸引《かけひき》どころではなかったのである。

「何んだね、大変な発見と言うのは」

町田氏はにこにこと笑って、意気込んでいる私の顔を見ていた。

「実は――」とごっくり唾《つば》を嚥込《のみこ》みながら、「S町の事件の事ですが、あの血潮に就いて鑑定をして頂《いただ》きたいのです」

「何？　血潮の鑑定をしろ？」

「そうです、私の想像する所では、あれは人間の血じゃなかろうと思うのです」

「何？　人間の血じゃない？」

町田氏の顔面は見る〳〵緊張して来た。彼は椅子から乗出すようにして、

「そりゃ一体、何《ど》ういう意味だ」

「これなんです」

私は床の上に置いてあった風呂敷包みを取上げると、それを開いて中の物を取出して見せた。

「何んだ、鶏《とり》じゃないか」

「そうです、御覧なさい、ずた〳〵に斬りさいなまれているじゃありませんか。S町の殺人事件の犠牲者というのは、実は此の鶏なのですよ」

町田氏は暫時《しばらく》ぽかんとして私の顔を見つめていたが、軈《やが》て卓子《テーブル》の上の鈴《ベル》をチンと鳴らした。そして這入って来た給仕に何事かを命じた。給仕が出て行くと、彼は椅子の中へ深々と身を埋《うず》めて、さて、ぐっと私の顔を真正面から睨みつけるのであった。

「今、そう言って置いた。一時間もすれば其の結果が判るだろう。だが健二君、其の前に何処からその鶏を見附けて来たのか、それを聞こうじゃないか」

私は心中の得意を隠す事が出来なかった。子供のように顔を火照《ほて》らせながら、私は話をしたのである。

「最初、被害者のはいていたスリッパがじっとりと濡《ぬ》れているのを見た時から、私にはふと或る疑問が起ったのです。調べて見ると、あの時着ていた作業服の裾に、二つ三つはねの痕《い》がある、しかもそれが未《ま》だよく乾いていないのです。猶《なお》その上被害者の両手の爪の間に、極く僅かではあるが泥が挟まっていました。それで私は、被害者が死ぬ少し前に、何処か泥の上を歩いて、そして其の泥に触ったに違いないと思ったのです。スリッパをはいて行けるような

場所ですから、無論家の外でない事は確かです。其の事を今朝ふと思い出した私は、S町へ行って、あの画室《アトリエ》の庭を見せて貰いました。貴方《あなた》も御覧になったに違いありませんが、四坪程しかないあの庭に、植木棚が二段に作ってあります。其の上には、直径二尺程もある大きな鉢が、ぎっしりと並んでいました。ところが其の中に唯一つ、躑躅《つつじ》を植えた鉢だけが地面の上へ下ろされて、其の跡が歯の抜けたように空《す》いているのです。おもと婆さんに聞いて見ると、誰が其処へ下ろしたのか知らぬと言います。然《しか》もあの事件のあった日の昼までは、たしかに棚の上に在ったと言うのです。で私は其の意味有りげな植木鉢を除《の》けて見ました。と、其の下だけ、白い土が上へ出ているのです。つい近頃になって、誰かが其処を掘返えしたに違いないと私は思いました。で、おもと婆さんの手を借りて掘ってみると、果して此の鶏の死骸が出て来たのです」

町田氏は腕を組んで、黙然《もくねん》と聞いていたが、私の話が済むと、

「では、君の話が本当だとすると、被害者自身が其の鶏の死骸を埋めたのだと言う事になるのだね」

「そうです、御覧の通り此の鶏は綺麗に羽根がむしってあります。即ち被害者自身が絞めたのではなくて、何処かの鶏肉屋《かしわや》から買って来たものに違いないのです。そう思ったものですから、S町の鶏肉屋を片っ端から訊《たず》ねて歩《あ》るいて見ると、果して、あの日の昼過ぎ、被害者らしい人物に鶏を一羽売ったという店が見附かりました」

「ふむ」

町田氏はまじまじと私の顔を見詰めていた。其の眼の中には、「此の若僧、中々油断のならぬ奴だわい」そう言った色がはっきりと読まれるのだった。

「じゃ君の意見を聞こう、君には何も彼も判っているようだが、一体何《ど》う説明したら好いのかね、冗談か、冗談にしては、安田恭助の殺されていたのは事実だからね」

「其の説明はしばらく待って下さい。血液鑑定の結果が、私の言う通りでしたら、其の時お話する事に

します」

そこで私達は待つ事になった。あゝ、其の間の如何に長かった事であろうか、だが私は茲《ここ》で小説の筋書をお話しするのではなかったから、冗々《くだくだ》しい形容は抜くこととして、兎《と》に角《かく》半時間程の後、町田氏は電話で報告を聞いたのである。そして其の結果は、果して私の推測と一致していたのである。

「さあ健二君、愈々《いよいよ》君の考えを聞く番だ。何んだか、非常に面白くなって来たよ」

私の全身はとめどもなく打慄《うちふる》えた。それ以来、私は此の職業に携《たずさ》わって、長い間にはかなり多くの手柄を立てて来たが、此の時程晴々《はればれ》しい幸福感に酔わされた事は、一度もないと言っても宜い。

「私の考えと言うのは、安田恭助の死は他殺じゃなくて、自殺であろうと思うのです」

「何？　自殺？」

「そうです」私はともすれば皺嗄《しわが》れようとする、自分の声を忌々《いまいま》しく思いながら、一気に言葉を続けた。

「貴方は天才の異常性というものを御存じですか、それから、自殺者の虚栄と言うものを。新らしく高い建物が建ちます。すると一ケ月を出ずして、必ず其処から飛降りて自殺する者が出ます。彼等は少しでも変った方法で、世間をあっと言わせてやろう、そう言った共通の虚栄に捉われるものです。其の結果が、華厳《けごん》の滝《たき》から飛込んだり、名士の邸宅の門前で首を吊《つ》ったり、或《ある》いは又、全身に火を点《つ》けて焼死して見たり、兎に角常識では考えられないような突飛《とっぴ》な方法を考え出す事は、貴方もよく御存じでしょう。今度のS町の事件も、要するに是れではないか、私はふとこう思附《おもいつ》いたのです。是れは推理の力ではありません。何んと言いましょうか、少し大袈裟な言いかたですが、霊感とでも言うのでしょうか、あの画室《アトリエ》の扉《ドア》を開いて一瞥《ひとめ》あの中を覗《のぞ》いた時、私にはぴいんとこう感ぜられたのです。『何んとまあ上手に飾りたてた事であろう、まるで劇《しばい》の舞台装置を見るようだ』と。此の考えは後になる程強くなって来ました。無関心に見ていれば、唯《ただ》大格闘の跡だとのみ見られるあの部屋の乱雑さには、よく注意してみていると、ある一種のリズムの保たれている事に気が附きます。そこには無秩序の中にも一脈の秩序があり、筆一本、石膏の破片《かけら》一つでも、無駄には落ちていないのです。殊にあの血潮の塗りようと来たら、それこそ、巧妙を極めたもので、一滴だって『絵』にならないような場所には落ちていないのです。そうです。今私は敢《あえ》て『絵』と云う言葉を使いましたが、それは最も正しい言いかたでしょう。天才画家安田恭助は、自殺するに当って、自分の画室《アトリエ》全体を一つの大きな絵とする事を企らんだのです」

是れだけの事を言って了うと、私はぐったりとした。まるで大仕事を済ました時のような疲労を覚えたのである。町田氏は間もなくおもむろに口を開いた。

「成程《なるほど》、それは面白い意見だ」

彼は頻《しき》りに髭《ひげ》を嚙《か》んでいた。

「そして或いは正しい観察であるかも知れぬ。だが――」ふいに椅子から立上ると、彼は私の鼻の先まで顔を持って来て、そして言ったのである。

「それは要するに君の主観に過ぎないのだ。それがよし正しいとしても、警察としてそんな事が世間へ対して発表出来るだろうか、世間と言うものは君のように芸術的な感受性を持っている者じゃないよ。殊に一方に於て、嫌疑者のない場合は兎に角だが、此の度のように、誰の眼からしても、一点疑う余地のない程有力な嫌疑者のある場合、物質的根拠というものを全く欠いている君の考えを、世間はそのまゝ受入れるだろうか」

町田氏の此の言葉は少からず私の心持ちを悪くした。そこには、従来の警察の遣口《やりくち》の卑劣さが、歴然と裏書きされているのではないか。

「成程、貴方の被仰《おっしゃ》る事も御尤《ごもっと》もです。だが、私は、私の此の意見に、物質的証拠を全然欠いているとは思いません」

「では何か証拠が有ると言うのかね」

「そうです、書置きがあります」

私は椅子から立上りながら、出来るだけ冷然と言い放った。

「S町の画室《アトリエ》を捜索して御覧なさい、屹度《きっと》何処かに書置きがあるに違いありません」

その言葉を後に残して、私はE——署を出たのである。

さて、其の翌朝《よくあさ》の新聞を見ると、どの新聞にも血液鑑定の結果は発表して有ったが、自殺の点に就いては、一斉に沈黙を守っているのである。丁度其の夜は従兄が勤務の番で、帰宅しなかったものだから、私の意見がE——署内にどんな結果を齎《もたら》したか、それを知るよすがもなかった。逼《さすが》に気になるものだから、昨日《きのう》あんなに憤《おこ》って出て行ったE——署を私は再び訪れたのである。町田氏は私の顔を見るとにやにやと笑った。

「健二君、君の意見はどうやら危いぜ、今S町の画室《アトリエ》から電話が懸ったが、捜索の結果はすっかり駄目だと言ったよ」

「そうですか、だが未《ま》だ画室《アトリエ》に何誰《どなた》か被居《いらっしゃ》いますか」

「あゝ、君の従兄の西野君がいる筈だ」

「では一寸《ちょっと》電話を拝借致します」

従兄は直ぐに電話の向うへ出た。

「兄さんですか、僕、健二です。捜索の結果は駄目だったそうですね、だが——」

私の頭には Poe の “The Purloined Letter” が浮び出していた。

「画室《アトリエ》には日暦《ひごよみ》が有りませんか、有ったらそれを調べて下さい、こゝ十日程の間で好いのです」

私が十日程と、日を限《き》ったには理由《わけ》があるのだ。若し自分が安田恭助の立場にあったとしたら、書置きが何日頃発見されるのが、一番本望であろうか。それは余り早くても、又余り遅くても可《い》けないのである。世間が其の殺人事件で有頂天になっている、其の真最中に書置きが発見されゝば、一番其の反響が大きい訳ではないか。そして彼は、地下で皮肉な笑いを浮べる事が出来るのだ。私が書置きがあるに違いないと考えたのも、実は此の理由に他ならぬのである。暫時《しばらく》すると従兄から電話が懸って来た。だがそれは失敗であった。日暦の何処にも書置きらしい文字は見当らぬと言うのである。

「ではおもと婆さんを電話口へ出して呉れませんか」と私は言った。

おもと婆さんは直ぐに出た。

「おもとさんですか、あのね、此の二三日の間にね、是非《ぜひ》共《とも》取出さなければならぬ物に、お前さん心当りはないかね」

おもと婆さんは暫時《しばらく》考えていたが、軈《やが》て、あるかも知れないが今のところ思出《おもいだ》せないと言う返事であった。私は少しいらいらして来た。

「今日は六月の二十七日ですよ、二十八、二十九、三十、と此のあたりに是非出さなければならないものはないかね、よく考えて見て下さい」

「そうですね――ああ、節季《せっき》になると地代の通帳《かよいちょう》を出しますが、そんなものでは――」

「それだッ」私は思わず飛上ったのである。何んと云う簡単な隠し場所だろう。それに気が附かなかったなんて――私は早速其の由《よし》を従兄に報せた。暫時待っていると、従兄から果して成功の報告が有った。

「有りました、地代の通帳の間に挟んでありました」


其の一句一句を私は嚙《か》みしめて聞いたのである。

さて諸君、其の時発見された安田恭助の、変てこな書置きを朗読する事によって、私の此の手柄話に幕を下ろす事にしようと思う。それはこんな簡単な一文だったのである。


皆様、私の此の自殺の方法を素敵だとは思いませんか。世の如何なる画家も未だ曽《か》つてなし得なかった大作を、私は今此の世におさらばを告げる前になし遂げたのです、題して、「画室《アトリエ》の犯罪」出来栄え如何《いかん》？

××××年×月××日

画家　安田　恭助拝

以上の話は、ある夜ある会合の席で、名探偵として有名な西野健二氏の物語ったところである。ところが、不思議な宿命には、其の話は是れだけで終りとはならなかったのである。と云うのは斯う云う次第だ。

　その時、其の場に居合せた沖野氏《おきの》という医者が、彼の話の終るのを待兼ねて口を開いたのである。

「で西野さんとやら、其の坂根百合子という女は結局どうなりましたか」

「無論百合子は無罪になりました。だが運命ですね、それから間もなく急性肺炎でぽっこりと死んで了いました」

「死にましたか」

「えゝ、死にました」

　沖野氏は眼をつむって暫《しば》らく打案《うち》じていたが、軈てつとそれを開くとぐるりと、一同を見廻した。

「では私も一つお話致しましょう。此の話は何んとなく今の西野さんのお話と関係がありそうですが、果して有るかどうか、それは私の保証の限りではありません。何しろ時間も余程《よほど》遅い事ですから、出来るだけ簡単に話す事にしましょう」

　五年程前、満鉄の病院に勤めていた時分の事です、其処で亡くなったある患者が、死ぬ少し前に、ふと次のような事を語りました。話と言うのは、その患者の物語なのです。

　十五年程も昔の事と、其の時言いましたから、現在から言えば丁度二十年程前になりましょう、当時大阪にいた松本（仮りにそう呼んで置きましょう）は、或る夜の八時頃、或る一軒の家を無断で訪問しました。それが当時の彼の職業だったのです。彼が其の夜訪問したのは、画家の画室《アトリエ》でゝも有ったらしく、天井の馬鹿に高い、そして其処に青い硝子《ガラス》の嵌《はま》った一室だったと申します。其の部屋に一歩踏入れた刹那《せつな》、彼はぎょっとして其処に立止まりました。其の時の心持ちを、彼は『頭のてっぺんから大きな錐《きり》を刺込まれたような思い』と言っていました。彼が驚いた理由《わけ》と言うのは、其の部屋が言語に絶した乱雑さを見せていたからなのです。きっと人殺しか何かゞあったに違いないのだが死骸は何処にも見えませんでした。暫時《しばらく》彼は其処に呆然と立っていると、階段の下の方から、誰かゞ上って来るらしい音がしたので、彼は周章《あわ》て、画室《アトリエ》の中に掛っていた掛布《カーテン》の向う側に姿を隠しました。

這入って来たのは二十七八の青年で、如何にも画家らしい風貌を持っていたと言います。何か心配事があるらしく、真蒼《まっさお》な顔をして——尤もそれは月の光でそう見えたのかも知れません——ごと〳〵と部屋の中を歩き廻りました。そして時々立止っては床の上に身を踞《かが》めて、血潮の痕を見たり、壊れた石膏像に見惚《みと》れたりするのです。暫時《しばらく》そんなことをしていたが、やがてひゅっと高く口笛を一つ吹くと、何事かを決心したように、向うの隅にあった卓子《テーブル》の上から一挺《ちょう》の大ナイフを取上げました。見るとそれにはべっとりと血が着いています。青年はそれを両手で、逆手《さかて》にぐっと握締《にぎりし》めて心臓の上へ擬《ぎ》しました。それで、松本は何も彼も判った、と思ったのです。即ち其の青年は、人殺しをして、自分も自殺しようとしているのに違いないと思ったのです。

だが彼は死にませんでした。いや、死ねなかったのです。何遍も何遍も、彼は同じような動作を繰返していたが、やがて、「はァッ」と長い嘆息を洩すと、ふいにナイフを床の上へ投げ出して、どっかり壊れかゝった椅子へ腰を下ろしました。そして暫時、天井の硝子越しに、凝《じ》っと青い月を見詰めていましたが、しばらくすると突然、咽喉《のど》の奥の方で、くっくっと笑い出しました。と、それが段々大きくなって、終《しま》いには椅子の上で身体《からだ》をくねらして笑い転げるのです。其の気味の悪い事と云ったら！　ところが、其の笑声に迎えられるように、其の部屋へ突然もう一人の人物が現れたのです。それは二十四五の美しい女であったと言います。松本は青年の方にばかり眼をやっていたので、其の女が何時《いつ》、何処から這入って来たのか、少しも気が附きませんでした。だから其の女がふいに、

「まあ貴方《あなた》、どうしたと言うの」

と叫んだ時には、彼は殆んど耳の側《そば》で百雷が轟《とどろ》いた程の驚きに打たれたのです。青年も其の声に、初めて女の存在に気が附いたらしく、つと笑声を止《や》めて振返えりました。

「あゝ百合ちゃんかい、何時《いつ》来たのだい」

「今来たばかりよ、だが、此の部屋は一体何《ど》うしたと言うの、驚かす事ってぇのは是れなの」

青年は又笑い出しました。そして如何にも気が軽々したと言う風に、手足を伸ばして其の部屋の中を踊るように歩き廻りました。

「貴方電気を点《つ》けちゃどう、何んだか恐ろしそうな構えね」

女がそう言うと、青年は一声、ゲラ〳〵と笑って、そしてぴったりと女の前へ立止りました。

「百合ちゃん、俺《おり》ゃね、たった今自殺しようと思っていたんだよ」

「自殺？」

「そうだよ、だが俺ゃもう止《や》めたよ。誰かゞ言ったね、余り死に接近し過ぎたものは、到底二度と自ら死を選ぶ勇気を持たぬと、そうだよ、其の通りだよ。俺は余り計画し過ぎた。計画している間に段々熱が冷めて来て、死ぬのが厭《いや》になって来た。だからもう死ぬのは止めだ。俺は生《いき》るのだ。もっと〳〵生るんだ」

青年は其の言葉を、殆んど独白《せりふ》のように、喋《しゃべ》り散らすのでした。女は身顫《みぶる》いをしながら、又男に迫りました。

「でも、此のお部屋はどうしたというの、血が一面に涜《こぼ》れているじゃないの」

「大丈夫、心配は要らないよ、これは鶏の血よ、即ちそいつが俺の計画だったんだよ。此の掛布《カーテン》の裾に、俺が仆《たお》れていりゃ、此のナイフを心臓に突立てゝ仆れていりゃ、俺の偉大な絵は完成する事になるんだ。だが、俺はもう止めた。そんな馬鹿馬鹿しい野心は放棄する事に極めたんだよ」

掛布《カーテン》の蔭でそれを聞いていた松本は、呆然として了いました。彼は改めて其の部屋の中をぐる〳〵と見廻しました。誰が見たとて、それを作り事と思う者がありましょうか。

其の間にも、青年は絶間なしに何かぐちゃ〳〵と喋っていましたが、暫時すると、女の方がこう聞きました。

「まあ、じゃ書置きまでちゃんと書いてあるの、用意周到ね——で、此のナイフで心臓を突く事になっていたのね」

　其の声に松本がふと掛布《カーテン》の蔭《かげ》から覗いて見ると、女は手に例の大ナイフを握って立っていました。其の丁度前に、青年は気が狂ったように、まだ絶間《たえま》なしに何か喋ったり笑ったりしているのでした。瞬間、女の顔にはさっと残忍な色が浮かびました。危ない！　と思った刹那、既に其のナイフは青年の心臓の上に突立《つきた》っていたのです——

丘の三軒家

一

其《そ》の丘の上に、妙にひねくれた形をした三軒の家が、櫟《くぬぎ》の木に取囲まれて建っていた。

もと其の三軒の家というのは、赤い煉瓦《れんが》の塀をめぐらせた一軒の邸《やしき》だったのだけれど、その持主が事業に失敗して、それを売払わなければならなくなった時、便宜上その煉瓦の塀を取毀《とりこわ》して、今あるように三軒に分割したのである。だから其の三軒が三軒ながら、変に思い思いの形をしていた。第一、其の中の一軒を除いた他は、便所だの炊事場だのという、日常生活に是非《ぜひ》必要な部分を、後になって建加えたものだから、何となく其の恰好《かっこう》に落附きがなく、ぎこちない感じがするのは已《や》むを得なかった。

其の三軒の中《うち》、一番東側に在るのは、それが多分昔の母屋《おもや》なのだろう、いちばん手広くもあったし、また、建て方に於《お》いても一番凝《こ》っているようだった。此《こ》の頃郊外を散歩するとよく眼に附く、あの「赤い屋根」の洋館なのだが、時代が附いているせいか、割合いに落附きがあって、よく見るいやに安っぽい感じからも免《まぬが》れていた。第一、風雨に曝《さら》されてかなり黒くなった壁から、六甲瓦《ろっこうがわら》の赤屋根へかけて、網の目のように這《は》い上っている蔦葛《つたかずら》の蔓《つる》を見ても、そうなる迄《まで》には、仲々ではなかったであろう事が容易に察しられるのだった。昼は昼で其の蔦葛の繁りのために、夜は夜でまた窓を漏れる灯火の為に、其の「赤い屋根」の洋館がどんなに物語めいて見えた事か。そして其の「赤い屋根」の洋館のために、其の丘の上全体がどんなに物語めいて見えた事か。だから其の附近の村の人達は、今でも其の丘の上の三軒家を引っくるめて、一口に「赤い屋根のお邸」と言って了《しま》うのだった。

其の「赤い屋根」の洋館には現在では山田畑三郎《やまだはたさぶろう》氏と其の家族が住んでいる。山田畑三郎と云《い》う人は相当お金持ちに違いない。別に何をしているという風も見えないのに、かなり贅沢《ぜいたく》な生活をしていた。家族というのは、其の奥さんと、小学校へ通ってい る可愛《かわい》い女の子が一人と、それに十八九の女中が一人と、都合四人――いや、其の他に主人が可愛がっている獰猛《どうもう》な面構《つら》えのブルドッグが一匹いるから、しめて都合四人と一匹という家の大きさに較《くら》べると少し淋《さび》し過ぎる一家だった。それにたった一人の女の子が、わざ〳〵電車でO市の小学校へ通っているので、其の送り迎えを女中がやらなければならなかった。だからお昼の間は、いつも侘《わび》しく森《しん》と静まり返っていて、たまに、奥さんの弾ずるピアノの音が、やるせなげに漏れて来るぐらいのものだった。

其の奥さんと云うのは、三十前後の、美しいが少し顔に険のある、一口物を言うにもいやに勿態《もったい》振らなければならぬ婦人で、大分《だいぶ》ヒステリーの気があると見えて、時々家の中から凄《すさ》まじい金切声を聞かせる事があった。そんな時御亭主の山田畑三郎氏はどうしているかと言うと、いつも次に述べるところの隣家へ避難しているのだった。そして其の後では、思わず息を詰め、五体を縮めなければならぬ程荒々しい鍵《キイ》板の音が、丘の上の空気を旋風のように掻廻《かきまわ》すのである。

さて其の、御主人公山田畑三郎氏であるが、彼は四十を二つ三つ出ているのだろう。頭が、丁度亜米《アメ》利加《リカ》の喜劇役者ベン・タ－ピンのような形に禿《は》げ上がった、いつもにや〳〵と、人を喰ったような笑いかたをしている男である。此の人の正体はどうも分らない。一寸眼《ちょっとめ》には女房の尻に敷かれている好人物のように見えるが、よく〳〵観ると、仲々どうして狡《ず》るそうなところがある。第一、奥さんのヒステリーだって、彼がわざとその意に逆らって、爆発させるのではないかと思われる節がある。そう云う風に、妻を憤《おこ》らせたり、或《あるい》はなだめたり、自由自在に操る事に、自分の優越を認めて満足しているのではなかろうか。兎《と》に角《かく》、何となく底気味の悪い男である。

「お金のあるのも宜《い》いけれど、山田さんの家庭のようじゃ詰《つま》んないわねえ」

「だからお前は、俺のような貧乏人を亭主に持った事を感謝するんだね」

だから私達は、よくそんな事を言ったものだ。

其の山田畑三郎氏の邸宅の直《す》ぐ西側に、少し北へ引込んだ位置に一軒の平家《ひらや》が建っていた。それは多分昔隠居所か何かだったのだろう、八畳に六畳の二間きりの平家だったが、其の造作には随分金がかゝったろうと思われる所があった。それに此の平家の好《よ》いところは、それを取囲んでいる風物にあった。昔は此の建物を中心として、庭園の趣《おもむ》きに数寄《すき》を凝らしていたらしく、妙にひねくれた名前の植木だの、こんな物に迄一々名称があるのかと驚かされるような、変てこな恰好をした天然石だのが、此の付近に一番多かった。以前には立派な池もあったのだそうだが、夏になると蚊《か》が多くて困るという理由で埋《うず》められて了った。

此の平家には、多賀長兵衛《たがちょうべえ》という初老の年輩の男がたった一人で住んでいた。見たところ別に、何処《どこ》も悪そうには見えないのだが、彼は自分で肺病だと言っていた。そして其の養生のために、不自由を忍んでこんな所へ来ているのだと言っていた。彼も山田畑三郎氏に劣らぬお金持ちだった。いや、どちらかと言えば、山田畑三郎氏よりもお金持ちだったかも知れないのである。何でも、O市で有名な薬種商の当主が、彼の兄弟であるという話だった。

「奥さんはお有りじゃないのですか」

何かの序《ついで》に私はそんな事を聞いた事がある。

「女房ですか、女房は例の流行性感冒の時に取られて了いましたよ。倅《せがれ》が一人あるのですが、それは兄貴の宅から学校へ通って居《お》ります。私がこんな体だから、感染《うつ》ってはならぬと思って、なるべくこちらへは来ないように申しつけてあるのですよ」

そう言う訳で、彼はそんな年齢にも拘《かかわ》らず自炊しているわけであるが、そんな自炊なら、おそらく誰にだってそう苦痛ではあるまい、いや苦痛どころか、私などから見れば実に羨《うらや》ましさの限りである。何しろ、三日にあげず0市の方から、女中が何か御馳走らしいものを持ってやって来るし、其のつどお掃除はして呉《く》れるし、汚れ物は持って帰って呉れるし、だから多賀長兵衛氏自身は、結局自分の好き勝手な事さえやって居れば宜《よ》かったのである。聞くところによると、若い時代の彼は随分ボヘミアンであったらしく、其のためにどんなに妻を泣かせたか、そしてお終《しま》いには到頭《とうとう》、妻の死目にも遇《あ》えなかったと言う程の彼であったが、此の頃ではすっかり行いすまして、植木いじりと金魚とが唯《ただ》一つ、彼に残されている慰安であるらしかった。

「昔の私を知っている人に会うと、よく驚かれるんですが、実際自分ながらも意気地がなくなったものです。然《しか》し、こんな体じゃもう仕方がありませんからねえ」

何かのはずみでふと昔話が出ると、感慨深い調子で彼はそんな事を言った。然し、概して現在の生活に満足しているらしく、何分咲きとかの朝顔を作ったり、何とか頭《がしら》の金魚を作ったりして、子供のように得意になっていた。殊《こと》に金魚に就《つ》いては大分造詣《ぞうけい》が深いらしく、時々品評会や何かに自分の作った金魚を出品して、大分金牌《きんぱい》や賞状を溜めていた。

さて、後に残ったもう一軒の家であるが、それにはかく言う私、水野《みずの》千太郎《せんたろう》と其の妻の咲子《さくこ》が細い煙を立てているのである。其の私の家というのは、前の二軒からずっと離れて、丘の西の端に立っているのだが、前の二軒に較べると、それはもうお話にならない程お粗末なものである。此の家は、昔召使いか何かのために建てられたものであるらしく、造作にも古木が使ってあったり、戸や障子がうまく立たなかったりして、外観はとも角、住んで見るとお話にならぬ程不愉快な箇所が多かった。強《し》いて好い所を求めようと思えば、丘の西の端《はず》れに建っているために、他の二軒と較べると、幾分眺望がよく利くのと、それに周囲《まわり》に樹立《こだ》ちが少いので、日当りの好い事であった。それでも私達夫婦は、出来るだけ此の好い方面ばかりを見るように勉《つと》めながら、此の貧しい家に満足していたのである。

二

ある朝、この丘の上に、大変な惨事が発見された。それは八月に這入《はい》ってから間もなくの事である。月見草の黄色っぽい花が、点々として緑深い丘の上を彩っている明方《あけがた》の事である。

多賀長兵衛氏の宅の、勝手口を出ると直ぐ其の右手に、此の頃掘りはじめた深い井戸の底に、長兵衛氏自身がはまり込んで、敢《あ》えなく最期《さいご》を遂げているのが発見されたのである。第一番にそれを見附け出したものは、山田畑三郎氏の宅の女中だった。どうして彼女が、そんな井戸の中を覗《のぞ》き込んだものか――そんな事はどうでも宜い、彼女の報告で、丘の上は大騒ぎになったのである。丘の上と言っても、多賀長兵衛氏を除いては、私の一家と山田畑三郎氏の一家があるだけだ。一体丘の上の三つの家族は、以前から附近の村から全《まった》く孤立した生活をしていたので、こんな時には一番困るのだった。だが、私と山田畑三郎氏とが大童《おおわらわ》になって其の死骸《しがい》を井戸の底から吊出《つりだ》すのに苦心していると、誰が報《し》らせたのか村へも知れたと見えて、屈強の若者が数名駈《か》け着《つ》けて、私達に手を貸して呉れた。

井戸は随分と深かったので、それは大変な骨折《ほねおり》であった。だがまあ、大勢の力でどうやらこうやら吊上げる事が出来た。そうこうしている間に、医者が来る、駐在所からは警官が、佩剣《はいけん》をがちゃ〱言わせながら駈着けて来る。弥次馬が集《あつま》って来る。お蔭《かげ》で、いつもは眠っているような退屈な丘の上は、どこかの遊園地のようにすっかり活気附いたものである。

お昼過ぎになって、O市の方から彼の兄の多賀源《げん》兵《べ》衛《え》氏や、彼の一人息子の多賀新一郎《しんいちろう》などがやって来た。しかし、それは要するに死骸を引取りに来たまでの事で、それ以上の事はどうする事も出来なかった。何しろ頸骨《けいこつ》と大腿骨《だいたいこつ》が折れているのだから、其処《そこ》に落ちた瞬間に命はなくなったに違いないのである。多分それは、夜中の一時か二時頃の事だろうという話であった。

むろん其の事に就《つ》いては彼自身の過失以外の何物も考えられない事である。自殺をするとは考えられない事だし、他殺の場合を想像する事は、それ以上に困難である。尤《もっと》も、丘の上の住民と、丘の下の村民との間に、予《かね》てから一種の蟠《わだかま》りのあったという所から、警察では一寸《ちょっと》他殺説が出たそうだが、それとても深い根柢《こんてい》があった訳ではないから、直ぐに立ち消えとなって了った。第一其処には、他殺とみなさるべき何等の証拠もないのである。

一体今度の事は、誰の罪でもなく何から何まで多賀長兵衛氏自身の過失なのだ。彼が命を取られたところのあの井戸も、彼が死ぬる数日前から掘り初《はじ》めたものだが、彼処《あすこ》へ井戸を掘ると極《きま》った時、井戸掘りの男は一応考え直して見るようにと奨《すす》めたものだ。と云うのは、何しろ小高い丘の上の事だから、水脈へ掘り当てるまでには、随分と深く掘込まなければならぬと言うのだった。然しあれで仲々剛情なところのある多賀長兵衛氏が井戸掘り風情《ふぜい》の言に耳を藉《か》す道理はなかったのである。それに、其処に井戸があれば、彼の仕事の一つであるところの植木の水掛けに、大変楽だという理由もあった。

彼が其処へ落ちた夜は、丁度井戸が五間《けん》程の深さに掘れていた。そして予想された通り水はまだ一滴も湧出《わきだ》してはいなかったのである。若《も》し多少なりとも其処に水があれば、或いは彼の命も助かったかも知れないのだ。

「それにしてもおかしいですね」

其の事件に一段落ついて、丘の上が漸《よう》くもとの静けさに返ったある日、山田畑三郎氏との話の間に、ふと其の事件の話が出たので、私はこんな事を言った。

「誤って落ちたとしても、一寸おかしなものですね。あの人はここに井戸があるという事はちゃんと知っていたのだし、それにいくら夜中だって、あの井戸の側には、勝手口の電気が点《つ》いていたので、かなり明るかった筈《はず》ですからね」

「まあ人が災難に遇う時には、どんな事があってもやっぱり遁《のが》れられないものですよ」

山田畑三郎氏はそう言った。

「然し、それにしても、あんな真夜中に、なんだって多賀さんは外出したんでしょうね。あの人は此の頃、日が暮れると蝸牛《かたつむり》のように家に閉じ籠《こも》っているんですのに」

「さあ――、何か急に用事でも思い出したのでしょうよ」

「しかしあの晩、私はたしかに多賀さんがあの井戸の上へ蓋《ふた》をしているのを見たんですよ。『早く囲が出来ないと険《あぶな》いですねえ』と私の方から声を掛けたくらいなんです」

「そんなことがあったんですか――。だが警察の方でも詳しく調査していたから抜かりはないでしょう。まああまり疑ってかかると言うことは好《よ》くありませんね」

彼の言う通り、私自身も口で言っている程疑惑を抱いていた訳ではないので、直ぐその言葉に賛成した。

「しかし貴方は、平常《ふだん》多賀さんと仲よくして被居《いらっしゃ》ったから、さぞお淋しい事でしょう」

私がそう言うと、山田畑三郎氏は一寸暗い顔をした。

「まあそんなでもありませんがねえ――、然しあの井戸は早速埋めて貰《もら》うようにしようと思っています。何だかあれを見ると暗い気持がするし、それに第一険くもありますからねえ」

彼の其の言葉は間もなく実際となって現れた。数日も掛って漸く掘上げたあの井戸を、大勢の人夫がやって来て半日程の間に埋めて了った。若し多賀長兵衛氏の死に秘密があるとすれば、おそらくそれは、此の井戸と共に永久に埋められた事であろう――と私は思った。

三

だが、読者諸君よ。

それにも拘らず多賀長兵衛氏の死は矢張《やは》り他殺だったのである。現在のところ、それを語り得るものは此の世の中にたった一人、此の私があるだけなのだ。

「誰に？」

「何のために？」

「どういう手段で？」

「そして、どうしてそれが分かったのか？」

まあそう忙《せ》き給うな。ゆっくりとお話をするから。

四

事件が片附いてから、二ケ月程して後、多賀長兵衛氏の住んでいた家へ、今度は彼の一人息子の新一郎がやって来て住む事になった。尤も今度は彼一人ではなくて、四十ばかりの、彼の乳母《うば》だという女が附いて来ていた。彼も矢張り肺病だという話だった。そして如何《いか》にも肺病らしい、皮膚の色の黝《くろず》んだ、産毛《うぶげ》の長い、眼のぎら〱とした青年だった。それにしても何故《なにゆえ》彼は、撰《よ》りに撰《よ》ってこんな不吉な家へ、あれからたった二ケ月より経《た》たぬ今やって来る気になったのだろう。肺病患者というものは、人一倍物事を気に病むという話を聞いた事があるのに。

然し間もなく多賀新一郎は私達の家庭と親しくなった。一体多賀長兵衛氏の時代には、私達の家庭はあまり近所と交際しなかった。何しろ多賀長兵衛氏にしろ、山田畑三郎氏にしろ、私達のとても及ばないブルジョアである事だから、彼等と交際していると事毎《ことごと》に自分の負目《ひけめ》を感じるのだった。だから勉めて彼等を避けるようにしていた。言わば丘の上の三軒家の中で、私の一家だけは除《の》け者となって甘んじていた訳だが、今度の多賀新一郎の代になってからは、いつの間にか私の家庭もお交際《つきあい》の仲間に這入って了った。多賀新一郎は、病身のために幾分暗いところのあるのは否《いな》まれなかったが、どちらかと言えば、明るい快活な青年であるように私は思った。然し私の妻はそれに就いて、全く反対の意見を抱いていたものである。

「貴方は駄目よ、他人を見る事が出来ないんだもの。あの人の快活さは、ありゃ本当のものじゃないわ。独りぽっちでいる時の彼《あ》の人を見て御覧なさい。そりゃぞっとするような恐ろしい顔をしているわ。あの人、お父さんの死にかたに就いて、妙な考え方をしているのじゃないでしょうか」

或いは妻の此の観察が当っているのかも知れない。しかし私はそれに就いて、あまり深く考えて見ようとは思わなかった。

「そりゃ多分、あの男の病身のせいだよ」

ぐらいにあっさりと片附けるのだった。

私の家へそうしてしげ〳〵と出入りをすると同時に、彼は丘の上のもう一軒の家であるところの、山田畑三郎氏の家へも、よく出入りをするようだった。彼にはピアノが弾けるので、山田畑三郎氏の奥さんのよいお相手だった。

「新一郎君がやって来てから、家内のヒステリーが大変よくなりましたよ」

ある時山田畑三郎氏は、例の通り人を喰ったような底気味の悪い笑いを湛《たた》えてそんな事を私に言った。

実際多賀新一郎と山田畑三郎氏の家庭の親密の度は、私達の想像以上であるらしかった。僅《わずか》の間に、どうしてそんなにうまく、あの気むずかしやの奥さんに取入ったのか、不思議に思うくらいだった。

「多賀さんが来て下さると、奥さんの御機嫌がよいので、わたしにとって有難《ありがた》いのですけれど、何だかいやな事が起りはしないかと、それが心配でなりませんの」

山田畑三郎氏の女中がそんな事を、私の妻に漏したと云うところから見ても、如何に彼が山田畑三郎氏の奥さんの気に入っているかという事が想像されるのである。それに就いては、私の妻は次のような驚くべき意見を持っていた。

「新一郎さんが山田さんの奥さんに取入っているのは、きっと何か深い企みがあるに違いないと、私は思っているのよ。まあいつか、私が一人いる時やって来たあの人の話振りを、どこかで聞いていて御覧なさいな。そりゃ実際、しつこい程山田さんの家庭の事や、山田さん御自身の事や、そしてお終《しま》いには貴方《あなた》の事まで聞こうとするのよ。わたし考えるのに、あの人山田さんの奥さんに向っても、やっ張り同じような風に聞きほじっているのじゃないかと思うわ。そこで私考えたのよ。あの人きっと、自分のお父さんが貴方か、山田さんに殺されたに違いないと思い込んでいるのよ。それであゝして様子を探っているのじゃないかと思うわ」

「そうするとつまり、親の仇敵《かたき》の動勢探りという所なんだね」

「そうよ、あなた気を附けなきゃ駄目よ、あんな人何をし出すか知れたものじゃないわ」

妻のその予言は、間もなくある方面に現れて来た。

多賀長兵衛氏が落ちて死んだ井戸は、山田畑三郎氏の提言によって埋められたという事は、先刻《さっき》も言った通りだが、突然その井戸を、多賀新一郎がもう一度掘り初《はじ》めたのである。

或る朝、周章込《あわてこ》んだ妻の報告によって、その事を知った私は、びっくりして其の場へ駈着けた。見ると二三人の人夫の中に交《まじ》って、多賀新一郎がぎらぎらとした眼を光らして立っていた。

「どうしたのです。そんな所へ又井戸を掘るのですか」

私は幾分非難するようにそう言った。

見ると山田畑三郎氏の邸宅の、二階の窓から奥さんが不安そうな顔をして覗いていた。山田畑三郎氏の姿は其の辺には見えなかった。

「あゝ、貴方には未《ま》だお話しませんでしたかねえ。実は父が大切にしていた胴巻きが、何処《どこ》にも見えないのです。其の中には大切な証書類や何かゞ、種々《いろいろ》と這入っている筈なのですが、それが何処にも残っていないのです。で、ひょっとすると、父が此の井戸へ陥ちた時、身に附けていて、それだけが其処に残ったものじゃないかと思っているのです。どうせ徒《むだ》だと思いますが、それで一度掘って見ようと思ったのですよ」

　彼はそんな事を言った。

「そうですか、それなら宜《い》いけれど――、だが山田さんにも其の事を仰有《おっしゃ》いましたか、あの人の言葉で井戸を埋める事になったのですから、一応お話して置かれないと、気を悪くなさるかも知れませんよ」

「えゝ、そりゃ大丈夫です。彼の人にはもう此の間からお話してあるのです」

　其の井戸は、日一日と深くなって行った。考えてみると、どうもそれは正気の沙汰《さた》とは思えなかった。一尺や二尺の穴ならとも角、三十尺という地下の事だから、果して此の前と同じ所へ掘って行けるかどうか、頗《すこぶ》る疑問であるように思えた。尤も、一井戸掘りの言葉によると、断じて其の心配はないそうであった。何しろ垂直に掘って行くのだから、最初の地点さえ間違っていなければ、五間《けん》が六間でも、以前と同じ跡を掘って行くのは、決して困難ではないと言う話だった。それにしても、私には矢張り多賀新一郎のやり方は、無謀であるように思えて仕方がなかった。第一、地の底で果して其の書類が腐敗せずにあるかどうか――、そう考えると何となく彼の其の行動には、単に書類を掘出すというだけの意味ではなく、何か他の理由がありそうに思えてならなかった。そう云う口実の許《もと》に、もう一度井戸を掘ろうとするのではなかろうか。父の落ちて死んだ井戸を、其の息子がもう一度掘り返す――、何となく其処に伝奇的な意味がありそうではないか。

　私は其の事が気になって仕方がないので、毎日のようにその井戸の深くなるのを見に行った。

「どうです、今日はどの位になりました」

「三間と少しばかりです。もう直ぐ前の深さになりますよ」

　そう言ってから多賀新一郎は、一寸皮肉な微笑を浮べるのだった。

「しかし水野さんには、此の井戸の深くなるのが、大変気になるようですね」

　其の一言は、私の心に妙に強く響いた。帰ってから其の事を妻に話すと、彼女は蒼《あお》くなって憤《おこ》った。

「だから言わない事じゃない。子供みたいに毎日毎日、あんな物を見に行くから可《い》けないのです。此の頃は誰も彼も様子が変だから、あまり外へ出ないようになさいよ」

そう言う彼女の言葉は本当だった。井戸が深くなり行くに従って、多賀新一郎の態度には一種の昂奮《こうふん》が現れて来た。そしてそうした気持ちがいつの間にか山田畑三郎氏の上にも伝染したと見えて、いつも人を喰ったような微笑を浮べている彼も、此の頃何となくそわ〳〵としているように思えた。

おゝ、一体これはどうした事だろう。平和な此の丘の上に、悪魔が魅入ったのではないか。

私は何となくよくない事が起りそうに思えて仕方がなかった。

そして到頭《とうとう》、井戸の深さは五間まで漕着《こぎつ》けたのである。

五

其の夜十二時頃である。私の宅の表戸を、とんとんと忍びやかに叩くものがあった。私達はまだ寝てはいなかったので、直ぐに其の物音を耳にしたのであるが、何となく不安だったので、しばらく息をひそめて寝た風をしていた。戸を叩く音は仲々止まなかった。私が起きて行く迄叩き起す心算《つもり》に違いない。妙に辺をはゞかるような其の物音が、一層私の心を暗くした。

「水野さん——水野さん——、お寝《やす》みですか、お願いですから起きて下さい。僕、多賀新一郎です」

間違いもなくそれは多賀新一郎の声だった。どうしたのだろう、此の夜中に。

「お止《よ》しなさいよ、わたし何だか恐しいわ」

妻はそう言って止めるのだったが、いつ迄も寝た風をしている訳には行かなかった。私とて気味の悪くない事はなかったが、勇を鼓《こ》して飛起《とびお》きると、如何《い》にも今眼が覚めたところだと云う風に眼をこすりながら表の戸を開いた。

「どうしたのです、今頃」

「済みません」

見ると彼は、まだお昼の仕事着を着更えてもいないのであった。井戸掘りを手伝うために着る、茶色の半ズボンには、濡《ぬ》れた砂がこびり附いていた。

「誰か病人でもあるのですか」

彼は黙って頭を振った。よく見ると、真蒼《まっさお》な顔をして、眼ばかりぎら〳〵と熱病患者のように光らせているのだった。

「どうしたのです、一体」

心配でもあったが、私はそれよりも腹が立った。で、思わず言葉強く相手を叱《しか》り附けた。

「大変なんです――井戸の中に人が――」

「えッ、又誰か陥《はま》ったのですか」

私は思わずせき込んだ。

「いゝえ、陥ったのじゃないのです、誰かゞ中へ這入って行ったのです」

「馬鹿なッ、君は気でも違ったのじゃないか」

多賀新一郎は、それでも段々昂奮から冷めていった。

「いゝえ、気も何も違ってやあしません。お願いですから一緒に来て下さい。彼の男は今にも逃げるかも知れないのです」

「逃げる？　一体何の意味だ、もっとはっきり言って呉《く》れ給え」

「一緒に来て下されば何も彼《か》も分ります。私は貴方に、証人となって戴《いただ》きたいのです。お願いですから、どうぞ、どうぞ」

彼は私の手を取って引摺《ひきず》らんばかりにするのだった。それを振離《ふりはな》して、彼を追返す訳にはどうしても行かなかった。仕方なしに私は言った。

「まあ待って呉れ給え、こんな風じゃ寒くて仕様がない、何か引掛けて来るから、一寸《ちょっと》待っていて呉れ給え」

着物を着せて呉れる時、妻は心配そうな声で囁《ささや》いた。

「大丈夫？　私なんだか心配で耐《たま》らないわ」

「大丈夫だよ、大分昂奮しているらしいから、今夜のところは素直に言う事を聞いてやった方が宜いよ」

「じゃ要臀《ようじん》なさいましよ。井戸へ突落されないようにね」

妻は真面目《まじめ》にそんな事を考えているらしかった。私も一寸寒い気持ちがした。

「お待遠《まちどお》さま、さあ行こう」

何しろ十一月半ばの事だったので、表は寒かった。空には星一つなく、樹々の木立がざわ〳〵と気味の悪い音を立てていた。素足で分けて行く草の露が間もなくびっしょりと裾《すそ》を濡《ぬら》した。

「あれです」

ふいに、多賀新一郎が上ずった声で低くそう囁いた。見ると十間程彼方の地の底から、ぼっと蛍火《ほたるび》程の淡い光が外へ漏れていた。私も思わずぎっくりとして其処に立止った。多賀新一郎の言った通り、誰かが井戸の中に這入っているに違いないのである。私達は足音を忍ばせて其の方へ近寄って行った。

「誰だ！」ふいに多賀新一郎がびっくりする程大きな声で井戸の中へ向って叫んだ。其《その》途端井戸の中の光はふいと消えた。

「誰だ！」

もう一度多賀新一郎は叫んだ。「井戸の中にいるのは誰だ」

答えはない、辺《あたり》は森《しん》として、時々梢《こずえ》の上でかさこそと鳥が身動きをするのみである。

「答えないな、答えなきゃ石を放込《ほうりこ》むぞ、好《い》いか」

それでも答えはない。多賀新一郎はふいに、二つ三つ手ごろな石を拾うと、私の止める遑《いとま》もなく、井戸の中へ投込んだ。

「これでも言わないか、言わなきゃもっと大きな石を投込むぞ」

私はその恐しさに思わず身を慄《ふる》わせた。何だか外国の怪談を読んでいるような気がするのであった。

「言う――言う――、俺だよ、俺だよ」

井戸の底から、かすかに皺嗄《しわが》れた声が、重い空気を慄わせ乍《なが》ら伝わって来た。おゝ、それは山田畑三郎氏の声ではないか。私は石のように固くなった。然し多賀新一郎は其の事を予期していたらしく、別に驚いた色も見せなかった。

「むゝ、矢《や》っ張《ば》り山田畑三郎だな、何の為に其の山田畑三郎が今頃こんな井戸の中へ這入って行ったのだ」

　答えはない。多賀新一郎は咽《のど》の奥の方でかすかに笑った。「言わなくても宜い、よく分っている、親《おや》爺《じ》の胴巻を探しに這入ったのだろう」

　無言――。

「だがそれは駄目だよ。一生地の中を掘ったとて、親爺の胴巻が出て来るものか、親爺の胴巻は、ちゃんと手文庫の中に蔵込《しまいこ》んであったのだからな」

　その時、井戸の底で身動きをするらしいかすかな物音が聞えた。私は息を飲んで、此の井戸の上と、井戸の底との対話に耳を傾けていた。

「どうして此の俺が、そんな嘘《うそ》を吐《つ》いて此の井戸を掘らせたか、今になって見ればお前にもよく分ったろう、これは罠《わな》だったのだ。親爺を殺した男を捕えるための罠だったのだ。其の罠に落ちたのはお前だ。取りも直さず、お前、山田畑三郎が親爺を殺したのだ」

「違う、違う」

　其の時、井戸の底からどら〳〵を叩くような声が湧き上って来た。

「そんな事が、――そんな事が――」

「何？　違う？　では何故親爺の胴巻を探しているのだ。胴巻の中に、なにか薄暗い事を書いた書類があるからだろう。そして其の書類が発見され〻ば、お前の罪が白日《はくじつ》に照らされる事になるからだろう」

　井戸の中は黙していた。多賀新一郎はぐっと体を前へ乗出して叫んだ。

「言え！　山田畑三郎、若《も》し此処で素直に白状すれば、俺は何も彼《か》も忘れてやろう、若し言わないと言うならば、若し言わないと言うならば――」彼は一段と声に力を入れた。「此の場でお前を生埋めにしてやる」

　無言――、何処かでばた〳〵と鳥の羽ばたきの音がした。

「どうだ」

「言う――」細い、縺《もつ》れたような声がゆらゆらと立《たち》蒸《のぼ》って来る。私の体は木の葉のように細かく慄《ふる》えていた。

「言う？　じゃ、矢っ張りお前が殺したのだな――よし、じゃ、原因から聞こう、何の為にお前は俺の親爺を殺したのだ」

「種々《いろいろ》ある」

「種々？　よし、それでは一番直接な原因を聞こう、それだけで宜い」

「金魚を此の俺が殺したのだ。それが一番手近な原因だ」

「金魚――！」

「そうだ、お前の親爺は変てこな金魚を作り上げた。何でもそれは未曾有《みぞう》の変り種だったのだそうだ。それを出品して、お前の親爺は同好者たちをあっと驚かす心算《つもり》だったのだ。ところが何も知らない此の俺が、親爺の留守の間にその金魚に麩《ふ》をやった、金魚は直ぐに死んで了った。そこへお前の親爺が帰って来てかん〳〵に怒ったのだ。あの時のお前の親爺の怒りようを誰かに見せたかったな、誰も本当にしはしないだろう。そんなにひどく怒ったのだ、そして俺は到頭《とうとう》謝罪状を一枚書かされた。其の謝罪状を取返したいと思って、俺は今夜此の井戸の中へ降りて来たのだ」

「それだけの事でお前は親爺を殺したのか」

「そうだ。事毎《ことごと》にお前の親爺は其の事で俺に当るのだ。それが煩《うるさ》くて仕様がない、一層《いっそ》殺して了え、という気になったのだ。丁度そこへ、お前の親爺を殺すに至極《しごく》都合の宜い、種《いろ》んな条件が俺の眼に並べられた。其のあまりうまく揃った条件が俺を誘惑したのだ。つまり始めの間は、お前の親爺を殺そうと思って種々《いろいろ》と手段を考えていたのだが、終《しま》いには其の手段の方が気に入って、もうどうでも宜いと思っていたけれど、到頭やっつけて了う事にしたのだ」

「一体、其の手段というのはどんな事だ。万人の眼を晦《くら》ました其の手段を、俺は気が狂う程聞きたいのだ。実は、俺には死んだ親爺なんかどうでも宜い。其の素晴しいお前の手段のほうが、俺にはずっと魅力があるのだ」多賀新一郎は井戸の上からじり〳〵と体を乗り出して行った。あだかも魔法にかゝったように次第次第に井戸の中へ引摺り込まれて行くのだった。井戸の底からは山田畑三郎氏のかすかな笑い声が響いて来た。

「よし、話してやろう。それは至って簡単な事だ、馬鹿らしい位簡単な事だ。先《ま》ず、此の井戸が、お前の親爺の宅の勝手口を出ると直ぐ其の右手にある事が、俺を最初に誘惑したのだ。あの夜、先ず俺は此の井戸の蓋を取除いた。そして、それから表へ廻ると周章《あわただ》しく戸を叩いた。

『多賀さん、大変だ、大変だ、火事です、火事です』

其の声にお前の親爺は周章《あわ》て飛び起きると、表の方へ出て来る。が、そうは行かない。表の戸は開かないように外から俺がしっかりと押しているのだから。

『駄目です、大きな石が支《つか》えています、勝手口の方から廻って被居《いらっしゃ》い、早く早く、早くしないと焼落ちますよ』

お前の親爺はすっかり逆上して勝手口から飛出す、そして次の瞬間には、俺が思っていた通り井戸の中へ落ちて了ったのだ」

沈黙――、深い沈黙。夜露の落ちる音。

「だが――だが――」多賀新一郎は喘《あえ》ぐように言った。「俺の親爺は盲目ではない、それに当時、此の勝手口の廂《ひさし》には電気がついていたから、此の井戸の周囲はそんなに暗くはなかった。如何に周章《あわて》ていたとは言え――」

其の言葉は、突然井戸の底から遮《さえぎ》られた。低く、高く、気が狂ったような笑い声が、井戸の周囲《まわり》の壁を慄わせて駈上って来た。

「そうだ、誰もがそう思うところだ。ところがお前の親爺は盲目だったのだよ！」

「あゝ！」其の途端、多賀新一郎の体は、真逆様《まっさかさま》に井戸の中へ滑り落ちた。覗いて見ると、真暗な井戸の底から、冷い風と共に微《かす》かな、鈍い物音が聞えて来た。

キャン・シャック酒場《バー》

一

「――君」

と沖野《おきの》藻一郎《そういちろう》が言った。

「すてきな所があるんだよ、行かないか」

「これからかい？」

私は時計を見た。十時半を過ぎている。

「無論これからさ。そりゃ、ウヮンダフルなんだよ」

「何だい一体？　おどり場かい？」

私は不機嫌だった。彼のはしゃぎに調子を合わす事が出来なかった。で、つまらなさそうに訊《き》いた。

「うんにゃ、酒場《バー》なんだ」

「なんだ酒場《バー》なんて！」私は軽蔑の意《こころ》をこめて言った。「しようがないじゃないか」

「ところがさ」

と沖野藻一郎は私の気持ちなんて一切お構いなしで、ジャック・カトランに一寸《ちょっと》似ているその眼を、いたずららしく輝かせながら、卓子《テーブル》の上に体を乗出して言うのだ。

「それが世の常の酒場じゃないんだ、とても素敵なんだよ」

「君の事だから、又別嬪《べっぴん》でもいるというのだろう」

私はどこ迄《まで》も不機嫌である。

「別嬪もいるにはいるがね、僕の謂《い》う所のウヮンダフルなる所以《ゆえん》は、もっと別の所にあるんだよ」

「なんだい一体、はっきり言って了《しま》えば宜《い》いじゃないか」

私は到頭癇癪玉《とうとうかんしゃくだま》を破裂させて了った。

私の不機嫌には理由《わけ》がある。

私たちの今居《い》る場所というのは、元町×丁目にある「紫の城」という喫茶店なのである。

私はそこの女給《ウエイトレス》の一人に一寸思召《おぼしめし》があって、此《こ》の三ケ月程というものは、日毎夜毎《ひごとよごと》通いつめていた。むろん十銭の紅茶を一杯飲んで、一円紙幣《さつ》を置いて帰るという、馬鹿な真似《まね》もしばしばやってみた。そして私は自惚《うぬぼ》れていた。彼女も俺に好意を寄せているに違いがない。でなけりゃ…………と、私は種《いろ》んな場合の彼女の態度を思い出して、自分に都合の好《い》いように、勝手に解釈していたのである。

ところが今夜という今夜、私ははっきりと知った。彼女の好意を寄せているのは私ではなく、私の友人の沖野藻一郎なのである。つまり私はみじめに敗北したのだ。

だから私は不機嫌なのである。

そして沖野藻一郎は反対に上機嫌なのである。

そして彼の上機嫌が、一層私を不機嫌にするのである。

「言えたって、一口に言えやアしないよ。行ってみれば直《す》ぐに分る事だ。ね、行こうよ」

彼は立上って私の袖《そで》を引ッ張りそうにした。

「止《よ》せ！　俺は今晩、ちっとばかり不機嫌なんだから」

「不機嫌は分ってるよ、だからさ、こんな所にいつ迄いたってしようがないじゃないか。行こうよ、そこへ行けば君の不機嫌はたちどころに釈然として解けるよ。ね、行こうよ、行こうよ」

此《こ》の友人のたった一つの美点というのは、どんな場合にでも相手の気持ちに捉われないという事である。相手が不機嫌であろうが、悲観していようが、彼の気持ちは少しも影響されないで、何処《どこ》までも自分の気持ちを無邪気に突っ張るのだ。そして大ていの場合、その無邪気さが相手の強情を打負《うちまか》して了《しま》う。

「一体どこなんだ、その酒場《バー》というのは。遠方だと、俺《おり》ゃアいやだぜ。今晩は大分疲労しているんだから」

私は到頭折れて了った。

「なアに、つい其処《そこ》だ。三番の踏切を上ると直眼《すぐ》と鼻の所なんだよ」

「じゃ」私はしかたなしに立上った。

「欺《だま》されたと思って、一時間ばかりつきあってやろうかな」

そして私たちは「紫の城」を出た。むろん勘定は沖野藻一郎が払った。

二

ところが彼の言葉には大分掛値があったらしく、三番の踏切を越えても仲々どうして目的の酒場《バー》には行着かないのである。

十二月も終りに近い晩の事だから、寒い事は言うも迄ない。六甲颪《ろっこうおろし》という奴がびゅーっと横なぐりに来る。たまらないのだ。

私の不機嫌はいよ〳〵募《つの》って来るばかりだ。

「おいおい、三番の踏切から眼と鼻の間だなんて、とんだ広い目と鼻の間なんだなア」

「まア、そう言い給《たも》うな。もう直ぐなんだから、ほら、あすこに青い灯《ひ》が見えてるだろう、あれなんだ」

見ると其処には、いつ頃から出来たのか、間口一間半ばかりの、一寸小綺麗な酒場《バー》があった。看板を見ると、
Kyan-Schakk Bar
と金文字で書いてある。

「なんだい、キャン・シャックというのは、独逸語《ドイツ》かい、仏蘭西語《フランス》かい?」

「スペイン語なんだそうだ。意味は知らないよ」

そう言いながら沖野藻一郎が、重い硝子戸《ガラスど》をギイと押す。客は一人もいなかった。

四畳半の部屋を四つか五つ寄せたくらいのそう広くはない土間で、卓子《テーブル》が十ばかりある。電灯をすべて青い布で包んでいるのは気持ちが好《よ》いが、なんとなく冷たい部屋だ。でもそんなに悪い感じではない。

「何に致しましょう」

私たちが、電気ストオヴに近い卓子《テーブル》に腰を下ろすと、一人の女給《ウエイトレス》がやって来た。一寸可愛《かわい》い女だが、そんなに美人という方ではない。此の他に、女給だまりとも云《い》うべき所に三人の女が集まって何かひそ

ひそ話をしていたが、みたところ、ほう、これは、という程の美人もいないようだ。一体何処がウヮンダフルなんだろう。

「トリンケンをやる?」

と沖野藻一郎が訊く。

「やっても宜《い》いね。金《ゲルト》が充分なら」

私は至って冷淡だ。不機嫌が――癇癪がむら〱起きかゝっているのだ。

と其処へ、奥の方から掛布《カーテン》を排して、もう一人の女がその土間へ顔を見せた。おや、と私が思う刹那《せつな》、相手の女も、まア、という表情をしてみせた。

「Y――さんじゃないの?」

女はつか〱と私の方へ寄って来た。

「やア」私はある感情のため、思わず咽喉《のど》の詰《つま》るのを覚えた。

「随分久し振りだったねえ。こんな所へ来ていたのかい?」

「ほんとうに久し振りだわ」彼女は懐かしそうに指を折りながら、「あれから丁度、まる三年になるのねえ」

「ほんとうにそうだ。だがよく見忘れないでいたねえ」

「あら、あなたこそよ。あたし忘れるもんですか」

「光栄の至りだ。おい沖野、トリンケンさせろよ、金《ゲルト》なんていつでも宜いじゃないか、ねえ――何《な》んとか言ったね、君は?」

「あらいや!」彼女は一寸睨《にら》まえるような真似《まね》をしながら、「でもねえ、あたしあの時とは名前を変えてるの。お静ってえのよ、こちらでは」

「お静ちゃんか、宜いなあ、宜いなあ」

私は忽《たちま》ち上機嫌になった。大いに心が弾んだ。そして大いにはしゃぎ始めた。そして酒を飲んだ。

すると私とは反対に、今度は沖野藻一郎が急に沈んだ顔付をしているのだ。

「おいどうしたのだい、えゝ、おい?」

「なあんだい」彼は言った。「君たちは既にお馴染《なじみ》だったのかい」

そして彼はつまらなそうな顔をしていたが、何を

思ったのか、ふいににやりと笑った。と忽ち、彼一流の快活さに戻って、

「どうだい、ウヮンダフルだろう」

と言った。

私がもっと落着いていたら、彼の其の言葉にある矛盾を感じなければならなかった筈《はず》だが、何しろ上機嫌になっていた時である。

「ウヮンダフルだ、ほんとうにウヮンダフルだ」

と私はたあいもなく悦に入っていた。

すると暫時《しばらく》してふいに彼が立上った。そして言うのだ。

「お静ちゃん、一寸」

「なアに」

「一寸顔を貸してくれないか」

「いやアよ」彼の女は言うのだ。

「口説《くど》こうたって駄目よ。今夜は珍客があるんだもの。ねえ」

「そんな事じゃないんだ。他に頼みがあるんだから、一寸来たまえよ」

「可《い》けないよ、そんな事ア、卑怯《ひきょう》じゃないか。言う事があるなら、堂々とこゝで発表しろよ」

むろん私は既に、かなり酔払っていたのだ。

ところが私が反対するにも拘《かかわ》らず、彼《か》の女《じょ》は椅子から立上った。

「じゃ一寸の間だけよ」

そして彼の女は私の方を振り向いて言った。

「おとなしくして居らっしゃい。ね、直ぐ帰って来るから」

ところが彼らの話というのが仲々済まないのだ。土間の一番奥まった所で、誰が見ても喃々蝶々《なんなんちょうちょう》たる態度で、しかもその合間〳〵に、

「いやアよ」だの、

「まあ」だの、

「お止しなさいよ」だの、
聞いていると、とても気になる感嘆詞を挟みながら、その話は仲々済みそうに見えない。

「おい、お静ちゃん、酒がなくなったよ、酒が――」

私がいら〳〵して叫ぶと、

「はアい」と他の女が立って来そうにした。

「君じゃないよ。お静ちゃんだ、おい、お静ちゃんたら！」

「今行くわよ」

彼の女は振向きもしないで答えた。

その態度がぐっと私の癪《しゃく》に触った。私は思わずひょっこりと椅子から立上った。よろ〳〵とよろめいた。

「何ッ！」

「やかましいわよ、話が出来ないじゃないの」

沖野藻一郎がちらりと私の方をみると、にやりと笑った。そして相変らず彼女との間にひそ〳〵話を続けるのをやめなかった。

「おい！」私は叫んだ。

「来ないな、こん畜生《ちくしょう》！　いよ〳〵来ないんだな」

ガチャーン、と私の手に持っていたものが床の上にくだけた。

「おい！」

ガラララ！　と二合瓶《びん》が土間の上を転がった。みんなが一斉に私の方を見た。沖野藻一郎が意地悪そうに、笑いながら私の顔を見ていた。

「畜生！」

灰皿が灰けむりを上げて飛んだ。向うの硝子戸に哀れな亀裂《ひび》が入った。

だが！

何故《なぜ》誰も止めようとしないのだろう。

第一、いつも私が暴れ出すと、真蒼《まっさお》になる沖野藻一郎が、どうしてあんなに泰然としているのだろう。

畜生！　自棄《やけ》くそだい！

一輪ざしが、壁に当ってみじんにくだけた。女の首みたいなしみがそこに出来た。

「うぬ！」

「おい、Y――よ」

沖野藻一郎がにこ〳〵しながら声をかけた。

「その鏡を割るのだけは止したまえ。高くつくから」

「何？」

だが本当を言うと、私はもうたんのうしていた。

宵《よい》からのむしゃくしゃも、それだけの暴力の発揮で、釈然と解けていた。それ以上暴力を揮《ふる》うのはむだな事だった。

で、肩で息をしながら、黙って友の顔を睨《にら》んでいた。

すると彼は機嫌の好い声で言った。

「さあ〳〵、それで癇癪がおさまったら、後背《うしろ》を御覧」

私は本能的に後背《うしろ》を振返った。すると、そこには壁一杯に大きくこんな事が書いてあるのだった。

癇癪持ちのお客様がた。

腹が立ったら何かお毀《こわ》しなさい。

破壊本能を抑えてるなんて馬鹿げた事です。体に毒ですよ。

――何？　奥さまと喧嘩《けんか》をして入《い》らっしゃった？　ではコップをおやりなさい。

――何？　課長の面《つら》が癪に触わる？　では一輪差しをお毀しなさい。

――何？　何も彼もが癪の種だ？　それは困りましたねえ。じゃ姿見《すがたみ》でもやっつけるか。

但《ただ》し皆様、損料は実費で頂戴致します。

癇癪酒場《キャン・シャック・バー》　主人敬白

読者諸君よ！

こういう酒場《バー》を開こうと思いますが如何《いかが》でしょう！

広告人形

一

広告人形――といっても、呉服店などのショーウインドウの中によく見る、あの美しいかざり人形のことじゃないんだ。ほら、よく繁華な街通り、例えて言って見れば、東京なら銀座だとか浅草、大阪なら道頓堀だとか心斎橋筋、京都ならまた四条だとか、そう云《い》う風な賑《にぎ》やかなところを、よくのこ〳〵と歩いている張子の人形があるだろう。なるべく人眼を惹《ひ》くように変てこな恰好《かっこう》に拵《こしら》えてあって、その中へ人がはいって歩くんだ。そして擦違《すれちが》う人毎《ごと》に広告のちらしを配っている――あれなんだ。あの広告人形なんだ。その中へはいった男の話なんだよ、今私がお話しようと思っているのは――

その男、大海源六《おおみげんろく》というへっぽこ画工《えかき》なんだがね、その大海源六がなぜその広告人形の中へはいったか、と云うのは、こう云う理由からなんだ。君はマルセル・シュオブの「黄金の仮面をかぶった王様」という話を読んだことがあるかね。悪病のもちぬしであるところの王様が、やみくずれた自分の顔をひとに見られたくない為に、黄金の仮面をかぶって暮しているという話なんだ。その男、大海源六というへっぽこ画工が、広告人形の中へはいったと云う理由も、ちょっとそれに似かよっているんだよ。と、いって、先生何も天刑病者《てんけいびょうしゃ》ではないがね、実は、非常に醜《しゅう》怪《かい》な容貌のもちぬしなんだ。私もこれまで長い間、ずいぶんいろんな人間とも交際して来たが、実際あれくらいご念のいったご面相をした男を見たことがないね。これを昔流に言うと、「色は炭団《たどん》のくろ〴〵と、かなつぼ眼《まなこ》その下に、居《い》ずまいくずす団子鼻、綿どっさりの厚布団、二枚かさねし唇の、間を洩《も》る〻乱杭歯《らんぐいば》」――というんだが、中々それどころじゃない。ほら、少し前にノートルダムの駝背男《せむし》という写真が来たろう？　その駝背男のカシモドに、亜《ア》米利加《メリカ》のロン・チェーニーという男が扮していて、その凄《すご》い扮装振りが本国亜米利加では勿論《もちろん》、日本でも大分《だいぶ》評判に上ったようだが、へっぽこ画工《えかき》の大海源六という男は、そのロン・チェーニーの扮したカシモドの顔にそっくりそのままなのだ。いや、それ以上であろうとも、決してそれ以下ということはないのだ。とまあ、そう言った風など面相なんだから、先生、何よりも人に顔を見られることが嫌いなんだ。ことに妙齢の美人連のなかへでも出ようものなら、それこそ宇野浩二《うのこうじ》先生の小説じゃないが、先生忽《たちま》ちぶる〴〵と泡を吹いて、人癲癇《てんかん》を起すという始末なんだ。嘘《うそ》じゃない、本統《ほんとう》の話なんだよ。それなら先生、人に顔を見られるような場所へ出なければ好《よ》いんだが、職業柄、また人ごみの中へ出る必要は少しもないんだが、そこがまた何たる因果だろう、先生わけもなく、しょっちゅう、人波の中にもまれていたい、と云う性分なんだ。難儀だね、難儀だよ。ほら、ポーの The Man of the Crowd の冒頭に、「独りなるを能《あた》わぬ大いなる悲劇」とあるが実際悲劇だよ。表を歩くと人毎《ごと》に顔を見られる、そして死ぬような辛い目をする、癲癇の発作を起すことがあるくらいだから、死ぬような思いにちがいないやね。その癖《くせ》しょっちゅう表へ出ていたい、出来るだけ人の雑踏する賑やかなところを、ぶら〴〵歩いていたい、と云うのだから実際難儀だよ。「河豚《ふぐ》は食いたし命は惜《お》し」というが、その通りだね。いや、先生にして見れば冗談どころじゃない。何でも彼は孤児《みなしご》でね。少年時代をちんぴらの仲間で送ったもんだそうだ。ちんぴらって知っているかい。新聞などでよく悪童と書いてチンピラとルビを振ってあるがあれだ。どこの盛場《さかりば》へ行ってもきっといる。何をして活《い》きているのか、何処《どこ》で夜露をしのいでいるのか、多分掏摸《すり》だの万引きだの窃盗だのを常習としているのだろうが、警察でも仕様がないので大ていは放ってある。そう言うちんぴら仲間から兎《と》に角《かく》、曲がりなりにも画工《えかき》という名の附くものになったのだから、言わば彼も一種の成功者に違いないが、その少年時代の生活が根強く残っていると見えて、先生一日に一度は盛場の空気を吸って来ないと、よく眠られないというのだ。

尤《もっと》も彼とて貧乏画工《えかき》のことだから、いかにそう人ごみの中にもまれていたいと思っても、おてんとう様のある間は、そう無闇に外出するわけには行かない。それ相当の仕事があるんだからね。でまあ、昼の間はどうにか、こうにか、仕事に追われてまぎれているわけだが、夜になると、さあもうたまらない。仕事はないし、宅《うち》（といっても汚い下宿の一室なんだが）にいても、そう云う風の男だから、誰一人話相手はいない、となると、もう一時もじっとしていることが出来なくなるんだ。しばらくの間は、それでも立ったり坐ったり、帯を結んだり解いたり、なんかとやっているんだが、時計の針がいよ〳〵七時近くに進んで来ると、遂にたまらなくなって、もうそれこそ無我夢中といったありさまで、飛出《とびだ》して了《しま》うという段取になるんだ。ところでその結果はというと、それ前にも言った通りで癲癇を起すとか、まあそんなことは稀《ま》れだが、大ていの場合、少からず気分を悪くして帰って来るんだ。

そこで先生つく〴〵と考えたね。なんとか是《こ》れには方法はないものかって。方法といって外出しなければ、それが一等好いのだが、そこが先生かりにも芸術家のはしくれなんだ。欲望を抑制するなんて事の出来ない性分なんでね。で、今迄《まで》通り人ごみの中へ出るには出るが、ひとからじろ〳〵と顔を見られない法――無理だね、それこそ首のすげかえでもしなけりゃ駄目な話だ。だが先生考えたね。もし仮面をかぶって歩くことが許《ゆ》されるなら、一番にそれをやるんだが、残念ながらそう云うわけにはゆかない、そこで仮面に代わるものをいろ〳〵と考えていた時、ふと思い付いたのが、ほら、広告人形なんだ。

どうだ。実際いゝ考えじゃないか。広告人形という奴は、人の少いところは歩かないものだ。出来るだけ、人の雑踏しているような場所を選《よ》って歩くのが職業《しょうばい》だ。しかも誰に顔を見られるという心配はなし、第一、あの人形の中にどんな男がはいっているんだろう、などと、そんな馬鹿々々しいことを考えるような人間は一人もいないからね。それに又、些少《しょう》ながら金儲《かねもう》けになるというんだから素敵じゃないか。窮すれば通ずというが本当だね。

二

で、大海源六先生、さっそくその職業をやり始めたね。時候が丁度夏だったので、ある呉服屋の夏物大売出しの広告だ。人形はお定まりの張子製で、浦島太郎の恰好にしてあるんだ。浦島太郎が呉服屋の広告をするのは少しおかしいが、そんなことはどうでも宜《よ》いんだろう、人目に附きさえすればいいんだからね。

やり始めてみると、ところが、それが又中々面白いんだ。つまり期待しなかった面白さがそこにあるんだね。何しろ自分の方の姿は相手に見られないで、しかも自分の方からは幾《いく》らでも相手を見ることが出来るんだ。つまりその浦島太郎の腹のところに開いている穴が、浮世の窓みたいなものだ。そして大海源六自身はその浮世の外側にいて、その窓を通して思う存分に自分とは全《まった》く無関係な浮世の内側の、さまぐ\な悲喜劇を観察することが出来るんだ。それにそう云う格好をしていると、頭の悪い人間は、ついうっかりとその中にいる人間の存在を忘れて了うと見えて、彼が横町の暗いところで一息入れていたりすると、時々飛んでもない珍劇が身の廻りで演じられることがあるのだ。

へっぽこ画工《えかき》の大海源六先生、すっかり有頂天になって了ったね。人生にこれ程愉快な遊戯はないとさえ思われた。そしてこんな愉快な遊戯に導いてくれたのだから、自分の醜悪な容貌もまんざらではないとさえ思われるんだ。で彼はもう夜の来るのを待ちこがれるようにして、そのあまり軽くない、被《かぶ》ればむっと息詰まりそうな浦島太郎を、すっぽりと頭から被って、のこ〳〵とその町の盛場S——へ向かって出かけて行くんだ。暑さなんか、その楽しみに比較すると問題じゃない。

だが、そう云う楽しみもあまり長くは続かなかった。先《ま》ず彼のうんざりとしたのは、やっぱりその暑さだな。その楽しみの刺激が、まだ新しくてぴりぴりと体にこたえていた時分には、その暑さもあまり気にならなかったが、少しばかりその刺激にもなれて、楽しみが薄れてくるとなると、もうたまらない。何しろ八月という盛夏のことだから、それでうんざりしなければしない方が嘘だ。汗と埃《ほこり》とでもそれはもうたまらないんだからね。

それにはさすがの大海源六先生も少々閉口《へこ》垂《た》れたね。そこでもう一度彼は考えた。それを止《よ》すとなると、好きな、というよりも彼の生活にとって是非《ぜひ》必要な、夜の散歩が出来なくなる。いや出来るには出来るが、そこには前に言ったように、大へん大きな精神的な苦痛を伴って来る。一体、素面《すめん》の散歩の時に受ける精神的苦痛と、浦島太郎を被っての散歩の時の肉体的苦痛と、どちらがより大きいだろう。あれも辛いが、そうかと言ってこれも楽ではない。然し、どちらかと言うとやっぱり後の方が楽のようでもある。第一、時々思いもうけぬ収穫に遇うことがあるし——。

で、そこで彼が考えたのは、いや〳〵、やっぱり浦島太郎とは別れないことにしよう、それにしても今のまゝではあまりに辛いから、少しその辛さをまぎらせるために、何か一つ好いことを発明しよう——と、そこで大海源六先生、罪のない悪戯《いたずら》を思いついたのだ。

今迄言わなかったけれど、へっぽこ画工《えかき》の大海源六先生、その当時ある内職をやっていたんだ。それはどんなことかと言うと、画工《えかき》がよくやる、図案文案引受けます、というやつだ。つまりウインドウ・バックを書いたり、ちらしの文句を考えてやったり、まあ、そう云った風なものだね。で、その職業柄、今迄手にはいったちらしだの新聞広告の切抜だの、というような、彼の職業の参考や研究資料になるものは、かなり丁寧に蔵《しま》って持っているんだ。ことに活動写真館が撒《ま》きちらす広告のちらしは、彼が度々その方へ散歩するもんだから、大ていの物はかなり沢山持っているんだ。そうした古いちらしを一つ面白く利用して見ようと、大海源六先生考え附いたのだね。

一体、どう云う風にやるのかと言えば、こうなんだ、聞き給え。

その古いちらしを種々《いろいろ》と用意しておいて、それを彼が配るべき呉服屋のちらしの中へ挟んで置く。そして呉服屋のちらしを配りながら、時々その古いちらしの方を、何気なく人に渡すんだ。それも漫然とやるんじゃ面白味がないから、ある見当をつけるんだね。それが為に彼は、予《あらかじ》めちらしをその文句によって撰抜《えりぬ》いて置くんだ。だから彼が多く用いたのは大てい活動写真のちらしだったよ。それをどう云う風に見当をつけるかというと、こうなんだ。

例えば向うの方から芸者を連れた男がやって来るとするだろう、その男にはきっと女房があるんだ。その女房は今頃家《うち》で冷い飯を淋《さび》しく食っているだろう。そしてその男が家へ帰った時には、「少し会社のほうが忙しくてね」とかなんとか、そんな風にうまく誤魔化《ごまか》すことだろう――と、まあ大海源六先生大いに空想を逞《たくま》しくするわけだが、そんな時彼は持っている古ちらしの中から、ルイズ・ストーン氏ニタ・ナルディー嬢リアトリス・ジョイ嬢共演、「妻を欺《あざむ》く勿《なか》れ」全七巻○○館を選《え》って渡すんだ。

それから又、男の方が至ってお目出度《めでた》い夫婦連れが来るだろう、背広の立派な紳士が子供を負《おぶ》ってさ、フラウの方は耳隠しかなにかで端然と澄しているんだ。よく絵葉書なんかにある図だね。そんな時に渡すちらしは日活会社特作映画。名優、山本嘉一氏。艶麗《えんれい》、高島愛子嬢狂演喜劇「弱き者よ男」全六巻○座と云ったものだ。

とまあこう言った工合だね。素敵な美人に出会ったりすると、チャールス・レイの「吾が恋せし乙女《おとめ》」が早速役に立ってそのほか彼がさかんに用いたものに、「良人《おっと》を変える勿《なか》れ」だの、「何故《なにゆえ》妻を変えるか」だの、「吾が妻を見よ」だの、「罪はわれに」だの、随分いろんなのがあるが、一々言っていてはきりがないからそれは略すとして、たゞ、今お話しようと思っている此《こ》の事件を、直接惹起《ひきおこ》す動機となった、そのちらしの文句だけは、必要だから、といって大した必要でもないが、兎《と》に角《かく》お話ししておこうか。

ユニヴァーサル社提供
チャヂウィック映画
リオネル・バリムアー主演
俺が犯人だ　全八巻

○○○倶楽部

　これなんだ。こいつを大海源六先生さかんに用いたものだ。これをどんな場合に使用するかと言えばだね、その町になにか大事件が起るだろう。例えば人殺しだとか大盗賊《おおどろぼう》だとか、そんな風な事件が起って、まだ犯人がつかまっていない、いや、犯人の目星もついていない、そう言った場合にさかんにこれを配るんだ。或《ある》いはそれ等の犯人が、その盛場へ入《い》り込《こ》んでいるかもしれない、そして多分びく／＼ものでいるであろうところへ、そうした、「俺が犯人だ」というようなちらしを渡されれば、必ずやぎっくりと胸をさゝれる思いがするに違いない。そして狼狽《ろうばい》のあまり、よく観察していれば、何か自分にとって不利な態度を示すかも知れない、殊《こと》にそのちらしが、現在配られるべきものでないことに気が附けば、そうした古ちらしの混っていたという事が偶然か、或いは故意になされたものか、身に覚えのある者なら必ず平気でいられる筈《はず》がない——というのが空想家の大海源六先生の考え方なんだ。

　ところが世の中というものは、そううまくへっぽこ画工《えかき》の空想に対して、おあつらえ向きに出来てはいないと見えて、一向にそれ等《ら》のちらしに対して、反響がないんだ。第一それ等の古いちらしを渡された、そのことだけでも疑問を起しそうなものだが、彼等は一向に平気なものだ。中には渡された○○館のちらしと、その○○館の看板とが違っているのでちょっと首をかしげる位の者はいるが、その次の瞬間には、大てい無雑作にそれを投棄《なげす》てゝ了うのだ。それが自分に当てこすって渡されたものだなんて気の附く者は、兎に角一人もいないのだよ。これには大海源六先生少々失望したが、と言って相手に文句の言えることじゃなし、それに先生根《ね》が空想家のことだから、反響があってもなくても、それはそれで宜《よ》いのだ。唯《ただ》そんなことをやっているというそのことだけで、彼の心をロマンチックにして呉《く》れるので、ある程度までの満足はそれだけで味《あじわ》うことが出来たんだね。

ところが、犬も歩けば棒に当る——というのか、到頭《とうとう》こいつに反響があったんだよ。しかもそれが、「俺が犯人だ」のちらしに対してなんだから大変なんだ。

三

其《そ》の晩、相変らず、先生さかんにその罪のない悪戯をやっていたが、反響のないことはまたいつもの通りなんだ。で、少々もう馬鹿々々しくなりながら、S——館の側《そば》を通っていると、ふとうしろから呼びかけるものがあるんだ。

「おい〳〵、浦島の大将、ちょっと待ちなよ。おい、浦島の大将ったら」

大海源六先生はじめはそれが自分のことだとは気が附かなかったんだが、うしろから紙礫《かみつぶて》みたいなものを投げられて、ふと振返って見たんだ。するとそれは、彼と同じような広告人形の一人なんだが、むろん彼のように浦島太郎ではなくて、福助の恰好になっているんだ。

「君かい、今呼びかけたのは」

へっぽこ画工の大海源六先生、常から俺はお前達の仲間じゃないぞ、という気持ちがあったものだから、そうなれなれしく呼びかけられたことが少からず不平なんだ。

「そうだよ。まあ、そうつんけん言わずにこゝへ掛けろよ」

そう言って彼が指《ゆびさ》すのは、S——館の横の出口のところの石段なんだ。

「そうしてはいられない、然《しか》し何か用事かい。ふいに呼掛けたりしてさ」

「そうだよ。お前、なか〳〵味をやりよるな」

そう言って、むろん相手も同じように、人形の中へ隠れていることだから、顔も形もさっぱり分らないが、なんだかにやにや笑っているらしいのだ。

「味をやるって、何だい」

「なあに、ほら、あの古ちらしのことさね」

と言って、もう一度その不恰好な福助人形は、不恰好な大頭をゆら〳〵と動かすんだ。これにはさすがの大海源六先生もぎっくりとしたね。こんな方面に反響があろうとは思わなかったんだからね。幾分狼狽《うろたえ》ぎみで問返したものだ。

「なんだい、その古ちらしてぇのは」

「白《しら》を切りなさんな、『俺が犯人だ』——か、面白いな」

そしてまたその福助人形はゆら〳〵と笑うのだ。大海源六先生はそう云う相手の態度が癪《しゃく》にさわったし、それに幾分気味悪くもあったので、しばらく黙っていた。するとその福助人形は偉大な頭を摺寄《すりよ》せるようにして、低い声で彼に囁《ささや》いたものだ。

「で、どうだった、結果は。犯人の目星はついたかい」

「犯人って何さ」

「そう一々こだわりなさんなよ。分ってるじゃないか、ほらA——町の砂糖屋殺しさな」

そこでへっぽこ画工《えかき》の大海源六先生、思わず浦島太郎の腹の中で、はたと胸をつかれる思いがしたね。というのは、その晩、先生がさかんにその、「俺が犯人だ」のちらしを配っていたというのは、実はその事件のためなんだ。A町といえばその盛場のSの——と目と鼻のところにあるんだから、その町で昨夜《ゆうべ》起った恐ろしい殺人事件の犯人が、ひょっとするとこの歓楽境へ出没しているかも知れない、と、こう考えたんだね。

「どうして君は、そんな事を知っているんだ」

　すると、またその福助人形はゆら〳〵と笑いながら、

「到頭兜《かぶと》を脱いだね、そりゃあもう――」と一寸大頭をしゃくって見せながら、

「然し、お前まだあたりが附いていないようだな」

「うむ、からっきし駄目なんだ」

「なんだい、手前職業《しょうばい》のくせに眼がきかねえな。少し八ツ目鰻《うなぎ》でも喰うたらどうだい」

　というその口ぶりから察すると、その男はへっぽこ画工《えかき》の大海源六を、刑事か何かと間違えているらしいんだ。

「と、そう言われると、なんだか君の方にあたりがありそうに見えるね」

「あるとも、大ありだよ」

　と、そこでもう一度、その福助人形は、大きな不格好な頭をしゃくって見せながら、

「実はね――」

　と、いやにひそ〳〵と話し出したことがこうなんだ。

　若い、美しい女がふいに低い叫びをあげた。めまいがしたようにふら〳〵と二三歩体をうしろへのめらせた。そしてなんとなく不安を感じたように、そわ〳〵とあたりを見廻していたが、落附かない態度で、いざりあしで向うへ行って了った。その時、福助人形の中へ這入《はい》っているその男は、彼女のすぐ側《そば》にいたので、彼女の顔が蠟燭《ろうそく》のように真蒼《まっさお》になった事から、彼女の顔の筋肉が死人のように固くなった事、彼女の五体が小鳥のようにわなゝいていた事まで、手に取るように見る事が出来た。何がそんなに彼女を驚かせたのか。その時彼の面前へ、皺《しわ》くちゃになった紙屑《かみくず》が彼女の手によって投棄《なげす》てられた。拾って見ると、それが今言うそのちらしだった。「俺が犯人だ」のちらしだった。

「あの驚きはとても普通の驚きじゃないよ。何かあるんだ。きっと何かあるんだ。尤も、A――町のあ

の事件に関係があるかどうかは分らないがな」

と、その福助人形の男の話なんだ。

「で、その女はどうしたい。見失って了ったのかい」

「なか〳〵。お前じゃあるまいし、その女というのは、ほら、そこにいるんだ」

と、その男の指さしたのは、S——館の隣りにある、あやめバーという西洋料理店の二階だった。大海源六先生、思わず浦島太郎の腹の中で、ぎっくりと唾《つば》を嚥込《のみこ》んだね。こりゃ非常に面白いことになったという気持ちと、ちゃんぽんになった感じだな。で彼は、そわそわと、まるで自分が悪いことをしたように、皺《しゃ》がれ声で訊《たず》ねたものだ。

「で、その女は美人かい」

「うむ、なか〳〵の美人だよ。二十五六のな」

「然し君のいま言ったゞけでは、その女がたしかにA——町の事件に関係があるとは言えないな」

「そりゃそうだ。然し『俺が犯人だ』という文句を見て驚いたんだから、その事件に関係のあるなしは別としても、充分お前が調べておく必要はあるな」

そりゃそうだ。大海源六先生なにも刑事じゃなし、また、A——町の殺人事件だけに興味を持っているわけじゃないんだから、何か面白そうでさえあればなんでもいゝ訳なんだ。

「その女はどうやら此《こ》の二階で男と会合しているらしいんだ。お前一つ上って行って様子を探って来たらどうだい」

そしてさかんに、その男は大海源六を煽動《せんどう》して、その二階の様子を探って来ることをすゝめるんだ。若《も》し大海源六が人並の容貌のもちぬしだったら、きっとその男の煽動に乗ったことだろうが、何しろ前に言った通りだから、おいそれとそう云うわけにはゆかないんだ。で彼は言った。

「そりゃ駄目だよ。若しその女が俺の顔を知っていて見ろ、いやその女は知らない迄も、あのバーの給仕たちは皆知っているからな、そうすりゃぶっこわしじゃないか。何のために此の暑いのに、俺がこんなものを被っていると思うんだ」

と、そう云ってから、大海源六、われながらうまい事を言ったものだと感心したね。尤もそのバーの給仕たちが彼の顔を知っているのは事実なんだ。と、言うのは、そこのビラだの装飾絵だのを、始終彼は書かして貰《もら》っているんだからね。そうすると、成程《なるほど》と、その福助人形の男は感心したように首を振ったが、しきりにそれを残念がるんだね。なんだかその男の言うところによると、その相手の男さえ見て来れば、何も彼《か》もが分ってしまうと云うような口振りなんだ。大海源六先生だんだんおかしく思うようになって来たね。いかに彼が迂闊《うかつ》にしろ、考えてみればそれはおかしいじゃないか。第一その男の話全体が、とっ附きはいかにも彼の空想にこびているので、まあはじめは相当尤もらしく聞えるんだが、しかしよく〳〵考えて見ると、どうもそれはぴったりと実感に添って来ないんだ。大海源六という男は、彼自身かなり突飛《とっぴ》な空想家で、変てこな自分の空想をひとりで喜んでいるという男なんだが、いざ、実際問題にぶつかるとなると、人一倍理性の発達した常識家なんだ、だからその場合でも、その男の話を信用して、彼が言うところのその女なる者を疑うよりも、寧《むし》ろその男自身の方へ疑いを向けた方が、より実際的じゃないか、と、そろ〳〵そんな風に考え出したんだね。そう疑うと、なる程そこには怪しいところがあるんだ。それと言うのはその男の話し工合だ。さっきからそれは気が附いていたんだが、その男の話し工合というのは、いやにぞんざいなんだが、それがどうも真底からぞんざいなんじゃなくて、わざとそう努力しているらしく思われることなんだ。何しろその男も人形の中にかくれているので、姿かたちはよく分らないが、どうも相当教養のある男のように思える。そうだとすると、それは随分変てこだ。いや、考えてみると別に変てこでないかも知れない。第一、そこに彼自身という好《よ》い例があるんだからね。そこで大海源六考えた。その男も、ひょっとすると彼と同じような醜貌のもちぬしかも知れないぞ。そして彼と同じような「雑踏の子」であるかも知れないぞ——などと、大海源六そう云う風にしばらくとつおいつ考えたね。考えたとて、それは結局分ることじゃないのだが。

　すると、そう云う彼の気持ちを、どうやらその男は気が附いたかして、言いわけをするように言うんだ。

「お前《めえ》さんの疑うのは尤もだね。しかし、今に分ることだよ。もう直《す》ぐその女は出て来るだろう、なあに、はいったものが出て来ないという法はないさ。それにしても、あの女が一体どんな男と会合するのか、それをよく見て置きゃ好いんだがな。出て来るときには多分別々になるだろうからな」

　そうだ。この男はさっきからしきりに、その男というのを気にかけている。一体、それは何のためだろう。彼が口に出して言っている、それだけの理由からだろうか。それにしてもおかしいじゃないか。ちらしを見て驚いた女が、此のバーへはいったことは尾行をして分ったんだろうが、彼女がそこで男と会合するというのは、どうして知れるんだろう。そうだ、そうだ、この男はやっぱりたゞ者じゃないぞ。そう気が附くと、大海源六先生、ぴり〱と全身の筋肉が慄《ふる》えたね。曲者《くせもの》は、バーの中にいる人達より、寧ろこの男の方なんだ。そう思って彼は福助人形の腹のところにある、薄絹《うすぎぬ》を張った穴の中をのぞいて見たが、むろん中の男の顔の見えることじゃない。

　とに角、そんなことで彼等はそこで一時間あまりも立話をしていたゞろうか。むろん有難《ありがた》いことには、そんな姿なのが却《かえ》って人目を惹《ひ》かないんだ。広告屋が二人、あまり暑いので油を売っているな。見る人が見たとて、そうとより以上には思えないんだ。その人形たちの腹の中で、そんな葛藤《かっとう》が起っているとはだれの眼にだって分らないからな。

　すると、ふいに福助人形の方がぎっくりと体をうしろへ引いたんだ。で、大海源六はいち早くあやめバーの方を見ると、丁度その時、階段を降りて来る女の、はでな姿の裾《すそ》の方から、ちら〱と見えて来た。そこの二階は、よくバーやカフェーにあるように、往来から直ぐ上れるようになっているんだ。で、見ていると、間もなく二十五六の、素敵に美人でハイカラな女が、その階段を下りて来た。それが待ちうけていた女であることは、福助人形の腹の中にいる男の息使いでただちに察しられるんだ。だが、その女の顔を一目見たせつな、大海源六は思わず浦島太郎の腹の中で「うむ」と唸《うな》ったね。と言うのは——いやまあ、それは未《ま》だ言わないことにしようや。

さて、女性は往来へ出ると、きょろ〳〵と、いかにも不安そうな態度であたりを見廻していたが、やがてうしろへ振向くと、手をあげてなんだか合図らしいことをするんだ。そうして置いて、彼女はもううしろも見ずにとっととそのバーの入口を離れると、S——館の角を西へ向って曲って行くんだ。その彼女の直ぐ後から、今度は二十歳前後の色の白い、セルロイド縁の眼鏡をかけた青年が、臆病らしくおどおどした態度で出て来たが、それがまたS——館の角を西の方へ曲がってゆくんだ。ちょっとよく見ておれば、そうして別々に出て来た彼らが、連れであることは直ぐに分るんだ。あまり人目にたゝないところまで行けば、きっと彼らは又一緒に、肩を並べて歩くことだろう。

彼らがS——館の角を西へ曲って了うと、福助人形は例の不恰好な大頭を振りたてゝ、腹の中で何だかぶつ〳〵と呟《つぶや》いていたが、ふと思いついたように、側《そば》に立っていた浦島太郎に言葉をかけた。

「あれだ、あれなんだ。あの女が『俺が犯人だ』のちらしを見て色を失ったんだ。ぐず〳〵していては可《い》けない、直ぐに後を尾《つ》けて行かなくちゃ——」

そこで大海源六先生、ちょっと首をかしげて考えて見たんだが、結局その男の言葉に従うよりほかはないように思われたので、まあ一緒に行くことにしたんだ。で、そこに奇妙な、思い出しても吹き出しそうな追跡が開始されたわけだね。この追跡が、浦島太郎の大海源六にとっても、またもう一人の福助人形の中の男にとっても、どんなにスリリングな思いであったか、そう云う事はこの際余談だから一切省略するとして、さてその女とその青年だ。彼らはやっぱり疑うべくもなく連れであったと見えて、人通りのまばらな裏通りへ来ると、いかにも親しげに、所謂《いわゆる》喃々《なんなん》喋々《ちょうちょう》といった形で、肩もすれ〳〵に並んで行くんだ。そう云う後から、二人の男が汗と埃《ほこり》と、それから疲労のためにぐだ〳〵になりながら尾《つ》けて行くんだが、そう云う光景を想像すると、たしかに滑稽《こっけい》を通り越して一種の悲惨だね。そう云う尾行がもの〻二十分も続いたことだろうか。到頭、今は疑うべくもない彼ら恋人同志も、さすがに疲れて来たと見えて、ある暗い、人目のない裏通りで立止まった。そしてそこでしばらくひそ〳〵と立話をしていたんだが、やがて驚いたことには、彼らはそこで接《せっ》吻《ぷん》をしたんだ。大海源六思わずうむと唸ったね。嫉《しっ》妬《と》とも羨望《せんぼう》ともつかぬ、ある曖昧《あいまい》な感情で、彼はもう眼がくらみそうなのだ。すると、不思議のことには、彼のそばに立っていた福助人形の中の男も、同じような思いなのか、ふいにがた〳〵と慄《ふる》え出し、どうして宜いのか分らないように、そこらあたりをうろ〳〵と歩き廻るんだ。そしておろ〳〵と何やら低い声で訳の分らぬことを喋《しゃべ》り散らしているんだ。それはもう、まぎれもない相当教育のある紳士の言葉使いだ。大海源六はもうたまらなくなった。で、つか〳〵と恋人同志のほうへ向って進み出たんだ。

「水谷《みずたに》さん、水谷さん」

むろんそう呼びかける彼の声は慄えていたね。いや、慄えているのは声ばかりか、彼の全身なんだ。魂の底まで慄えているんだ。

女は、いや恋人同志は、エクスタシイのさなかに、ふいとそんな化物のような姿をした者に声をかけられたので、冷水《ひやみず》を浴びせられたようにぎっくりとしたに違いない。わけても男の方の狼狽のしようったら、まるで地蔵仏の裾にかくれる幼児のように、女のうしろに身をすくめて了った。むろん女の方だって平静でいられる筈はない。真蒼《まっさお》な顔に歯を喰いしばって無礼者、寄らば斬らんという身構えなんだ。大海源六、つく〴〵と情けなくなって、半分泣き出しそうな声で言ったものだ。

「私ですよ、水谷さん、私ですよ」

そう言って彼は浦島太郎の腹のところにある穴から、例のまずい面《つら》を突出《つきだ》したものだ。女はとう見、

こう見していたが、

「あら、桑渓《そうけい》さんじゃないの、どうしたのよ。その姿は」と、さも〳〵呆《あき》れたという声で叫んだ。

言い忘れたが大海源六は、桑渓という雅号を持っていたんだ。

「そうです。私です、大海桑渓です」

彼は眩《まぶ》しそうに彼らの視線を避けていたが、やがて彼らの無言の詰問《きつもん》に答えるべく、まるで堰《せき》を切って落したような勢《いきおい》で喋り初《はじ》めたんだ。彼がいかにしてそこに立っている福助人形と心易くなったかということから、福助人形の男の話、それに続いてA——町の砂糖屋殺しの事件まで、それこそ落ちもなく雄弁に喋り立てたんだ。

「しかし私は知っています。貴女《あなた》のような有名な歌劇女優、水谷らん子ともあろうものが、人殺しなどする筈《はず》は毛頭ないし、第一此の男、誰だか分らないが、福助人形の中に隠れている此の男の話がみんな嘘だということは、今夜私が貴女にちらしを差上げた覚えの少しもないことからしても分るんです。此の男はきっと、うまく私を操って貴女たちの様子を探らせようと思っていたに違いないのです。幸い私が貴女をよく知っていたからよかったようなものゝ、ほかの者ならどんなに飛んだ間違いが出来たかも知れません。ひどい奴です。ほんとうにひどい奴です」

と云うようなことを、くど〳〵と、羞恥《しゅうち》と慙愧《ざんき》と、そして不思議なことにはある一種の快感との、ごっちゃになった複雑な心持ちの中で喋り立てたものだ。

有名な歌劇女優の水谷らん子は、その能弁に気圧《けお》されたように、しばらくはぽかんと立っていたんだが、やがてやっと彼の言うところの意味が嚥込《のみこ》めると、ふいに憤然としてそこに立っていた福助人形の方へ向った。彼も多分、大海源六の多弁に足がすくんで逃遅《にげおく》れていたんだろうが、女のその態度に初めて我に還って、おくればせながら足を浮かせた。しかし、何しろそんな物を身に附けているものだから、逃げるにも逃げられず、忽《たちま》ち女の手に捕えられて、猫のように哀れな悲鳴を挙げたんだ。

「まあ！　あなた！　あなた！　やっぱりあなた

ね！」

女のその金切声に振返ると、福助人形は無残に腹のところを打破られて、そこから五十近い、頭の禿《は》げた、しょぼしょぼ髭《ひげ》の顔が、情ないといった様子で首をすくめて覗《のぞ》いているんだ。

「あ！　磯部律次郎氏！」

磯部律次郎というのは、水谷らん子の有力なパトロンで、言わば彼女の旦那《だんな》なんだ。職業は弁護士で、その方では随分敏腕家だという評判だが、そんなところを見ると、からっきし意気地なしだね。らん子はふいに、わっと大声で泣きだしたかと思うと、それこそ荒れ狂う夜叉《やしゃ》のように、しょげ切っている男の胸に縋《すが》りついて行ったものだ。

「畜生《ちくしょう》！　畜生！　やきもち焼きめ！　いつぞやはあたしに秘密探偵をつけて、散々にあたしを困らせたのに、それだけでは慊《あきた》らないで、今度は自分から探偵の真似《まね》をしているんだな。そうだ、あたしが良《よ》っちゃんと始終、あのあやめバーで出合っているということを何処からか聞いてきて、それでそんな風をしてあたしを監視していたんだろう、馬鹿！　馬鹿！　やきもち焼き！　しかも桑渓のような化物とぐるになりやがって、あゝ、くやしい、くやしい」

そして、ヒステリー女の力というもの恐ろしいものだね。路傍《みちばた》に落ちていた手ごろな棒切れを拾いあげたかと思うと、当の本人磯部律次郎は云うに及ばず、へっぽこ画工《えかき》の大海源六までを、それがために三週間病院で呻吟《しんぎん》しなければならなかったほど打って、打って、打ちすえたものだ。

四

むろんそれがために、へっぽこ画工の大海源六先生、もうそんな馬鹿々々しい真似はしなくなったよ。

裏切る時計

私は今迄《まで》、その女、山内《やまのうち》りん子殺害の動機に就《つ》いては、誰にも本統《ほんとう》の事を打開《うちあ》けはしませんでした。別にそれは、少しでも罪を軽くしようとか、或《ある》いは言遁《いいのが》れる機会を多くしようとか、そうした功利的な気持ちからではなく、実は、あまりに馬鹿々々しく、お話にもならない程頓馬《とんま》な間違いに、つい気恥《きはずか》しくて口に出す事が出来なかったのです。

悪党には悪党相応の虚栄心というものがあります。同じ年貢を納めるなら、何か気の利いた、世間をあっと言わせるような事件で年貢を納めたい、そう言った共通の気持ちがあります、おかみを散々手古摺《てこず》らせ、世間を五里霧中《ごりむちゅう》の困惑のなかに引摺《ひきず》り廻す、そうした大事件の後に捕えられるなら、悪党としては寧《むし》ろ本望でしょう。

ところが私の此《こ》の事件というのは、何《な》んという馬鹿々々しい、間の抜けた犯罪でしょう。始めから終りまで間違いに終始しているようなものです。それもお話にならない程間の抜けた間違いに……。だから私は、口が縦に裂けようとも、此の事だけは打開けたくないと思っていました。然《しか》し、此の頃ではだん〳〵気持ちも変って参りまして、どうせ先のない体なのだから、いっそ此の事を打開けて、思いきり世間の人たちに嗤《わら》って貰《もら》いたいという、今迄とは反対の欲望が起って参りました。

そういう訳ですから、今これを読まれようとする諸君は、これを死刑囚の最後の手記だという風に、堅苦しくとらわれないで、何か落語でも読まれる心算《つもり》で、暢気《のんき》に、楽々と読んで下されば結構なのです。

扨《さて》、その事件の方へ話を進める前に、私自身の身分から打開けて置きましょう。私、河田《かわだ》市太郎《いちたろう》は、大正二年に帝大を卒業した、これでも立派な法学士なのです。学校の成績は至って良好な方で、自分から言うのもおかしいが、秀才の誉《ほま》れさえ高かった程なのです。だから学校を出ますと、引手あまた有《あ》った訳ですが、私は自分から好んである貿易商に勤める事になりました。これが抑《そもそ》も間違いの原因だったので、そこへ這入《はい》った当座、数年間というものは、皆様も御存じの戦争のお蔭《かげ》でどこの貿易商も大当りです。何しろ学校を出ると早速その景気ですから、世の中に不景気などは何処《どこ》にあるかといった気持ちで、ついうか〳〵と、その日その日をしたい三昧《ざんまい》で送って居《お》りました。ところがその天罰は覿面《てきめん》で、大正九年以来のあの大不景気、それに続いていろんな天災地変のために、見かけは至って派手にやっていましたが、心に締りのなかった私の勤先は、忽《たちま》ちぐら〳〵と屋台骨がぐらつき出し、間もなく分散しなければならなくなりました。

尤《もっと》も会社は毀《つぶ》れても、××貿易商の河田市太郎といえば、相当敏腕家として事業界に聞えていたものですから、そのまゝおとなしくさえして居《お》れば、何《ど》処《こ》か確実な所へ身売も出来、まさか今日《こんにち》のような破目になる筈《はず》はなかったのですが、何しろ××貿易商にいた当時は、至って派手な商売のやり方をしていたものですから、とても堅気な会社で、新参者として勤まる筈がありません。

そこで幸い少しばかりの貯《たくわ》えがあったものですから、それを資本に、才にまかして盛んに種々《いろいろ》な事に手を出しました。ところが、悪い時には何処までも悪いもので、する事なす事が悉《ことごと》く的を外れて、終《しま》いには二進《にっち》も三進《さっち》も行かなくなって了《しま》いました。そうなるともう自暴自棄《やけくそ》です。いつからとはなく不正事業に手を染めるようになりました。

此の悪事というものが誘惑の強いもので、一たんそれに手を染めたが最後、もう到底駄目です。段々と深みへ陥って行くばかりで、とても昔の真直《まっすぐ》な生活に還ろうなど、思いもよらぬ事なのです。殊《こと》に私のように、法律の表裏に明るく、有余《ありあま》る才気を持余《もてあま》しているような男には、悪事それ自身が興味の中心となって、とても正直な金儲《かねもう》けなど、まどろかしくて仕様がなくなるのです。次《つ》ぎから次ぎへと新手《あらて》な欺偽《さぎ》を考え出しては、それで一儲けする。それがもうなんとも言えぬ程愉快なのです。一つの新しい方法を考え出しては、それを実際に行う、その時の緊張した心持ちは、とても正直な生活をしている人々にとっては分らない愉快さなのです。

お蔭で間もなく、私は相当の蓄財も出来、貿易商に勤めていた時代とは、又別なそしてとても較《くら》べ物にならぬ程の贅沢《ぜいたく》な生活をするようになりました。

その女、山内りん子と懇意になったのは丁度その頃の事なのです。言い忘れましたが私はその頃まで独身で通して居りました。好況時代は好況時代で、女房があれば遊ぶのに邪魔だというので、そして不況時代には又不況時代で、とてもそんな余裕さえなかったものですから、ついうか〳〵と独身で過して来たのですが、その頃になってつく〴〵と寡夫《やもめ》暮しの淋《さび》しさが身にしみるようになりました。そこでふと眼に附いたのが彼女、山内りん子なのです。

彼女は当時あるカフェーの女給をしていました。私は二三度そのカフェーへ行ったきりなのですが、その二三度で、すっかりと彼女が気に入って、早速家《うち》へ引入れたのです。彼女は美人という程ではありませんでしたが、しおらしい顔附きの、素直な性質《たち》の女でしたので、私のように絶えず神経を鋭く働かせている男には、持って来いの好伴侶でした——と、少くともその時はそう思っていたのです。

幸い彼女には係累《けいるい》とては一人もなく、全《まった》く孤児《みなしご》同様な身柄だったので、そういう事は至って簡単に運びました。むろん私は、自分の本統《ほんとう》の職業に就いては一言も、彼女に打開けはしませんでした。ただ、米や株をやっているのだという風に、巧みに彼女を誤魔化《ごまか》していたのです。彼女もかなり暢気な女と見え、別に深く聞きほじるようすもありませんでした。

そういう生活がものの一年も続いた事でしょうか。

その頃になって私は始めて、彼女の中に今迄全く隠れていた一つの欠点を発見したのです。それはヒステリーなのです。それも、とても激しいヒステリーなのです。尤も是《こ》れは私自身が知らず識らずの間に誘発したのかも知れません。何しろ倦《あ》きっぽい私の事ですから、同じ女と一年も同棲を続けていると、もうそろそろと彼女が鼻に附いて来るのです。するとそうした気持ちが忽ち相手に反映するのでしょう。その頃になって彼女は急にしつこく、私に附纏《つきまと》うようになりました。ところで相手がそうした態度に出ると、私の嫌気《いやき》は急に増進するのです。すると彼女は益々《ますます》うるさく私に附纏って来る。私は愈々《いよいよ》彼女が嫌《い》やになる。そこで到頭《とうとう》彼女の体内に秘《ひそ》んでいたそのヒステリーが激しく頭を擡《もた》げるに至ったのです。

　そうなると私はもう彼女の顔を見るさえ、へどが出そうです、とても耐《たま》らない嫌やさなのです。彼女は又彼女で絶えず私の行動に就いて監視の眼を怠《おこた》らない。しまいにはそれがいつの間にか私の職業にまで及んで来たようでした。今迄は嘗《か》つてなかった事だのに、私の収入の道に就いてそれとなく諷刺《あてこすり》を言ったりするのです。

　私は段々彼女が恐ろしくなって来ました。ヒステリー患者というものは、常人の四十倍もの聴覚を持っている、という事を誰かに聞いた事があります。多分それは、聴覚ばかりではなくあらゆる神経に於《お》いてそうなのに違いありません。そうだとすると、いつ何時《なんどき》彼女は私の秘密を嗅附《かぎつ》けるかも知れない。いや、既に嗅附けているかも知れないのです。そう考えるともう、うとましいどころではなく、真実彼女が恐ろしくなって参りました。ヒステリー女の嫉妬《しっと》から、何時《いつ》警察へ密告されないものでもない、そういった脅迫観念に絶えず悩まされる身となって了《しま》ったのです。

　そうした二人の心と心の間に生じたギャップに乗じて起ったのが、即《すなわ》ちその夜の事件なのです。

　珍しくその夜私は、自分で彼女と晩飯を共にしました。そうした事は実際久振《ひさしぶり》だったので、彼女も平《い》素《つ》になく上機嫌だったし、彼女の上機嫌な顔を見ているのも、たまには宜《よ》いものだと思いながら、私は思わず少々ばかり酒を過《すご》して了いました。そうした表面から見れば至って幸福そうな晩飯が済んで、さてその後の事です。どうしたはずみからか彼女は懐《ふと》中《ころ》から紙入を取出しました。そう〳〵何でも湯札を取出すためだったと覚えています。ところが紙入を取出すはずみに、ひら〳〵と片附けた食卓の上へ落ちたものがあります。見るとそれは新聞の切抜きなのです。

「何《な》んだい、これは」

そう言いながら何気なく私がそれを取上げようとしますと、その時、ふとそれを見た彼女は、

「あら！」

と不相応に大きな声をあげて、突然にそれを横から奪い取ろうとするのです。彼女がそういう態度に出なかったならば、別に私はそれを見たくも何もなかったのですが、彼女がへんに思わせ振りな風をするものですから、私は思わず片手でそれを抑え、もう一方の手で彼女の手を払いのけました。

「何んだい、何んだい、読ましても宜《い》いじゃないか」

「いけないわよ。後生《ごしょう》ですから返して頂戴《ちょうだい》よね」

「返すよ、むろん。だけど一寸《ちょっと》ぐらい見せても宜いじゃないか」

「いけないの、いけないの、読んじゃいけないの、ね、後生ですから読まないで返して頂戴よ」

そう言う彼女の声はへんに真剣で、そうした態度から見ると、よく〳〵それが重大な物らしく感じられるのでした。

「変だぜ。そう隠立《かくしだ》てされると、いよ〳〵見たくなるさ」

そう言いながら、私は右手で彼女の体を抱きすくめ、左手で四つに折ってあったその切抜きを開いて読んでみました。だが私は、その本文を読むまでもなく、初号活字で印刷してある表題《みだし》を見たゞけで、忽ちはっとして了いました。冷い刃《やいば》を襟元《えりもと》へ差附けられたような戦慄《せんりつ》が、ピリ〳〵と背筋を走りました。

「又々新手な詐欺現わる」と大きな表題《みだし》がついて、その傍《わき》に「都会人士よ御用心あれ被害金高凡そ五万

円」

それは言う迄もなく最近私のやった仕事に就いて、遅蒔《おそま》きながら騒ぎ出した新聞の記事なのです。

私は悪党たちに共通なある虚栄心から、そうして自分の仕事に就いて、馬鹿な騒ぎを演じている新聞の記事を読むのが、至って好きな方なので、それでよく憶えて居りますが、それは確かに今朝のM紙に載っていた記事に違いないのです。

何のために彼女がそれを切抜いていたのでしょうか、それは言う迄もありますまい。

其《そ》の時、私に抱きすくめられていた彼女は、私がその記事を読んで了ったと見るや、必死の力を奮《ふる》って、私の手から遁《のが》れ去ろうと身を藻掻《もが》きました。私はかっと致しました。いつもよりやゝ多く飲過《のみすご》していた酒が、一時に頭のほうへ向って逆上しました。何か自分で言ったようですが、果して何を言ったのやら、少しも憶えては居りません。多分殺気に満ちた声を発したのでしょう。彼女は激しく身を藻掻きながら、声を立てゝ救いを呼ぼうとするように見えました。そこで私は、左の手で彼女の口を抑えると、右の腕で、激しく彼女の首を締めつけました。やや暫時《しばし》彼女は手足をばた〳〵と動かしていましたが、やがてその力が劣えて来たと思うと、ぐったりとその全身の重みが私の膝《ひざ》の上にかゝって来ました。そこで始めて私は、彼女が死んで了った事に気が附いたのです。

まあ、その時の私の驚きと狼狽《ろうばい》の状《さま》をお察し下さい。私は決して彼女を殺す心算《つもり》などでは、毛頭なかったのです。第一そんな生優しい事で、人間の一命が断たれるものだなどとは、夢にも考えていなかった事なのです。その時だって、私が酒を飲過しているのではなかったら、決して彼女を死に至らしめる程も締め附けはしなかったでしょう。

でも彼女は死んで了ったのです。口の辺《ほとり》に粘っこい泡を吹出し、痰《たん》のように真白な眼をむき出した彼女の醜《みにく》い死顔！　おお、何という恐ろしい事でしょう。私の頭には種々雑多な、まるで映画のフラッシュバックの場面のような、とりとめもない想念が、眼まぐるしく廻転して居りました。

だが、段々気が落着《おちつ》いて来るに従って、私はそんな事をしている時ではないと気が附きました。若《も》し彼女を手にかけたという事が分ったら、一体どうなる事でしょう。言う迄もなく私は死刑を遁《のが》れる事は出来ますまい。誰だってそれが酒の上の過失だとは思わないでしょう。何しろ余罪が沢山あって、調べが進むに従って、それ等《ら》が曝露《ばくろ》して行くに違いないのですから。

遁れなければならない！　遁れなければならない！　こんな女のために長い将来を抹殺《まっさつ》されてどうなるものか。

私は彼女の重い頭を膝から畳の上へと移すと同時に、ふと何気なく柱時計を眺めました。丁度時間は八時半でした。一体先刻《さっき》の物音を、玄関にいる書生の葉山《はやま》は聞きつけたでしょうか。いや〳〵、勉強に夢中になっているに違いない彼の事だから何も気附かなかったに違いありません。それに物音と言っても、ほんの僅《わず》かの間だったし、お互いに立上るひまもなく、食卓の側《そば》に坐ったまま起った事件ですもの。そんなに大きな物音のした筈がありません。

扨《さて》――と。時間は八時半です。そして九時にはA駅を出る上りの列車がある筈です。そして又、私の宅からA駅までは、三分とかからない距離なのです。

おお読者よ。そんなに咄嗟《とっさ》の場合、然《しか》も恐ろしい死体を前にしながら、そんなに複雑な計画を立てた私を怪しまないで下さい。そんなに咄嗟の場合であればこそ、却《かえ》ってそんなに複雑な計画が浮び出した訳で、これが前々から考えて行われた犯罪であれば、もっと簡単な、そしてもっと合理的な手段が選ばれたのに違いありません。何しろ咄嗟の場合、こんな馬鹿々々しいカラクリでもするより他には仕様がなかったのです。尤もその時は、幾分酒に酔っていたものですから、そのカラクリが少しも馬鹿々々しくは考えられず、これこそ独創的で、申し分のないトリックだと思っていたのです。

さて、そのカラクリというのをお話し致しましょう。それは時間的に現場不在証明《げんじょうふざいしょうめい》を作ろうという考えなのです。つまり犯行は私の留守中に起ったように見せかけようというのです。それ以外には絶対に私の逃道はありそうにありませんし、それにこの現場不在証明《アリバイ》というものは、取調べの際、最も重要な役目をなすという事を知っていたものですから、その場合それに縋《すが》るのが第一だと考えたのです。例《たと》い一分にしろ、いや一秒にしろ、私が此《こ》の家《や》を出た時と、そして犯行の起った時との間に時間があれば、たゞそれだけで、その他にはどんなにもろ〳〵の証拠が揃っていたにしろ、私は無罪を主張し得るだろう。つまりそういう風に私は考えたのです。

　若し読者の中《うち》に外国の探偵小説を読まれた方があるなれば、それ等の諸君はよく御存じでありましょう。外国の犯人たちも屢々《しばしば》こういう偽証を作るために苦心するのです。そしてその偽証の手段として、彼等の一様に用いる所のものは、即ち時計であります。ある時刻、例えば夜の一時頃に犯罪を犯す、そして彼等はその犯罪がその時刻より前、あるいは後に起ったように思わすがために、時計を全く別な時刻、例えば二時だとか、十二時の所で止めて置くようにするのです。ところでこれは何んという馬鹿々々しい考えでしょう。少し眼のきいた探偵たちは、直ちに犯人たちのそのカラクリを観破しますし、観破しない迄も、故意に止められたその時刻にそんなに多くの信用を置かないでしょう。

　扨《さて》私の考えたカラクリというのは、それよりは一歩進んでいる心算《つもり》なのです。私がその時、ある一つの事さえ失念しなかったなら、きっと此のカラクリは成功していたに違いないのです。つまりそれはこうなのです。

　今私は九時発の列車で（汽車の時間というものは最も正確です）何処《どこ》かへ行く、そして一晩泊って、翌日の朝帰って来る。犯罪は多分その頃には発見されているでしょう。そしてあらゆる疑いは私にかゝって来るでしょう。ところでその時、此の部屋にあるあの柱時計が、九時十五分位の所で止まっていたとしたらどうでしょう。無論、刑事たちは私が家《うち》を出る時、予《あらかじ》め時計を其所《そこ》で止めて置いたに違いないと疑うでしょう。ところが此処《ここ》に驚くべき事には、私が家《うち》を出た後も、その時計は確かに動いていた。しかも正しい時間を示しつつ動いていた、と証言する者があったとしたらどうでしょう。刑事たちはきっと面喰《めんくら》い困惑し、そして私は皮肉な微笑を浮べながら、自分の無罪を主張する事が出来るのです。

それにはどうすれば宜いか、それは訳もない事です。つまりその柱時計を、極《ご》く僅《わず》かの角度だけ傾けて置けば宜いのです。振子のついた柱時計というものは、垂直の位置をとっていない場合、よく止まるものですが、それが動かしたすぐその場では止まらずに、幾分かの後に始めて止まるようになるのです。私は自分の経験から、その時計を極く少しだけ右なり左なりに傾けて置くと、少くとも止まる迄には二十分位を要する事を知っているのです。

さてそういう計画が頭の中で成立《なりた》つ迄には、約十分の時間を要しました。時間は丁度八時四十分です。私は立上って、早速いろんな仕事に取りかゝりました。それは要するに、私が此の家《や》を出た後で、強盗が忍込《しのびこ》んで来て、彼女を締殺《しめころ》したというにふさわしい場面を作上《つくりあ》げる仕事なのです。そして強盗と彼女との争いの間に、彼等のどちらかがその時計に触れた為に、振子が止まったに違いないと説明するにふさわしい場面なのです。

それに就いては私は、どの点から見ても一分《ぶ》の隙もない程、立派に作上げた心算《つもり》です。例えば雨戸をこじ開けた跡だとか足跡だとか、障子の破れだとか、もう何処から見ても、犯人は外部より這入ったとしか思われないように作上《つくりあ》げたのです。そんな仕事に又約十分間程要しました。無論それ等の間に、時々彼女の声色《こわいろ》を使って、話声を聞かせたりするような事も忘れはしませんでした。そうして愈々《いよいよ》九時五分前となると、私はすっかり外出の用意を整え、そして最も大きなカラクリである所の、その時計を少しばかり横に傾けて置きました。そうして置けば、その時計は九時十五分頃に止まるに違いないのです。

こうして総《すべ》ての手配を済ました後、私は悠々と玄関へ出て行きました。書生の葉山は居眠りでもしていたらしく、私の跫音《あしおと》を聞きつけると目をしょぼしょぼとさせ乍《なが》ら出て参りました。彼が居眠りをしていたという事はもっけの幸いです。で、私は内心安堵《あんど》を覚えながら、

「えゝと、これから九時の列車で×市へ行かねばならんのだがね、その後で、津村《つむら》さんとこへ電話をかけて置いて呉《く》れないか。今晩参るお約束でしたが、余儀ない事情のために参れませんといって。――そうく、津村さんは九時までは病院の方が急《いそ》がしいから、それ迄じゃ駄目だ。奥の時計が九時を打ったら、その時に一度電話をかけて御覧。それからね、此の頃あの時計は少し宛《ずつ》遅れて困るが、九時にはA駅を出る列車があるから、あの列車の発車の汽笛と、よく合っているかためして御覧、いや、別に直さなくても宜《よ》いのだ、どの位遅れているか気を附けて置いて呉れゝば宜いのだ。それが済んだら寝ても宜《い》いよ、奥さんはもう床《とこ》に這入っているからね」

これだけ言って置けば大丈夫です。彼が犬のように忠実に、私の言葉を守ることをよく私は知っているのです。

死体は多分明日の朝、彼によって発見されるでしょう。そしてどんな名医であろうとも、死後十時間以上も経過した死体から、犯行の時間を何時何分と迄正確に指摘する事は出来ないでしょう。そこに半時間位の誤差のある事は少しも分らない事でしょう。

さて、その晩私はあらゆる場所に時間の証明を置きながら、かねて馴染《なじ》んでいる女のいる女郎屋へ行って泊りました。ところが読者諸君よ、私はそこで、飛んでもない間違いを発見したのです。それは実に呪わしく、馬鹿々々しく、そして情《なさけ》ない発見なのです。

女郎屋の二階で帯を解いていた時の事です。私の懐《ふところ》からひらりと畳の上へ舞い落ちたものがあります。

「なアに、それは」

そう言いながら女がそれを拾い上げました。見るとそれは、先刻《さっき》のあの新聞の切抜きなのです。私ははっとしました。そして女の手から周章《あわ》てそれを奪い取ろうとしますと、それを面白がった女は、私の

手から逃げのびながら、部屋の隅まで行ってそれを開いて読んで了いました。私は思わず顔の真蒼《まっさお》になるのを覚えました。何という不覚でしたろう、なるほど悪事というものは、こんな些細《ささい》な事から露顕《ろけん》して行くのではないでしょうか。ところが、それを読んでいた女は、私の予期したとは反対に、ぷっと吹出したかと思うと、急にげら／＼と笑い出すのです。

「まあ可笑《おか》しい、まあ可笑しい、男のくせにこんな物を持っているなんて、まあ可笑しい」

そう笑い転げる女の手から、周章《あわて》てそれを奪還《だっかん》した私は、私も一眼《ひとめ》それを見ると、おやと思いました。それには、「不妊症の女の方によいものあげます。——玉のような子宝を挙げた御婦人方からの感謝状が山程参って居ります」

私は急いでそれを裏返して見ました。其処《そこ》には、「又々新手の詐偽《さぎ》現わる」と例の表題《みだし》があります。ところが読者諸君よ、先刻《さっき》は咄嗟の場合気が附かなかったのですが、その方は表題《みだし》ばかりでその後に続く本文は二三行だけがあって、それ以下は切取られているのです。それに反してその裏面に当る広告面の、「不妊症の女の方云々《うんぬん》」の記事は、首尾整うてそこに切抜かれているではありませんか。おゝ、これは何という事でしょう。彼女山内りん子の切抜いていたのは、その広告面の方だったので、その裏面に偶然、私の悪事を書いた記事がやって来ていたのです。その証拠には、その広告面の、東京市本郷区何々町というその広告主の住所には、まぎれもない彼女の手で、二本の横線《サイドライン》が引いてあるではありませんか。

私には始めて何も彼《か》も分りました。彼女がそれを切抜いていた理由も、彼女がそれを隠そうとした理由も——。疑心暗鬼《ぎしんあんき》とは全くこの事を言うのでしょう。可哀そうな山内りん子よ、そして馬鹿な私よ——。

総ての事が分ると同時に、私は全くしょげ切って了いました。今迄憎悪に満ちていた彼女に対する心持ちが急に変って参りました。彼女がそんなに迄して、子供を欲しがっていた理由は言う迄もありますまい。彼女はそれに依《よ》って、今一度私の愛を呼戻《よびもど》そうと思っていたに違いありません。私は急に胸が重く、瞼《まぶた》の裏の熱くなるのを覚えました。

でもそれだけの事で、私は自分の生涯を棒に振ろうとは思ってはいませんでした。彼女には済まないとは思いましたが、でも出来るだけは遁《のが》れなければならぬと覚悟をしていました。

だがこれがやっぱり天罰とでも言うのでしょうか。あんなに迄注意を払って拵上《こしらえあ》げた私の偽証に、たった一つの手抜かりがあったのです。そして私は、御覧の通り間もなく彼女の後を追わねばならぬ身となったのです。でも私は、別にそれを口惜《くや》しいとは思いません。間違いから生じた此の犯罪は、結局間違いによって解決される事になったのです。以尺報尺《いしゃくほうしゃく》、世の中の万事はこの調子なのでしょう。

さて、その手抜かりというのはこうなのです。私が唯一の頼りとしていたあの時計が、私のその過失のために、全く何《な》んの役にも立たなくなって了ったった事なのです。

書生の葉山の証言によりますと、その時計は確かに私の外出後九時を打ったそうです。そして而《しか》もその時計は、私の思惑《おもわく》通りに九時十三分の所で止まって居りました。ところが読者諸君よ、何と皮肉な事には、その時計の止まった原因というのが、私がそれを傾けて置いたからではなくて、ゼンマイの巻きがゆるんで了って、自然な止まり方をしていたのです。つまり不自然な止まり方をする迄に、止まるべき時が来て極く自然に止まったのです。分りますか諸君、その時計は不自然な止まり方をしていてこそ、証拠品の一つに数えられる事が出来るのですが、ゼンマイの巻きがゆるんで、普通に止まったのでは、それは全然問題にはならないのです。

是れが天罰とでも言うのでしょう。あんなに迄神経を尖《とが》らせ乍ら、唯《ただ》一つゼンマイを巻いて置く事だけを私は失念していたのです。

災難

まあ聞いとくなはれ、わても十七の時から田舎を飛出《とびだ》して、この年になるまで大阪住いをしてまっけど、こんな馬鹿らしい目に遇《お》うたこと、今度が始めてだす。阿呆《あほ》らしいやら、口惜《くちお》しいやら、けったいくそ悪いやらであんた、とてもお話にもならしまへん。お話にならんだけやったら宜《よ》ろしおまっけど、なんせえあんた、なりが悪うて他人さんに顔向けもならしまへんがな。まあ聞いとくなはれ。こういうわけだす。

今月の始めに、国に嫁《とつ》いでいる妹のとこから手紙が来ましてなあ、こんな事が書いてありまんのや。妹の友達のおしんちゃんちゅうのが、今度大阪で奉《ほう》公《こ》する事にならはった、それに就《つ》いておしんちゃんには、大阪にこれというて身寄りもない事やさかい、あんた何や彼《か》やと相談相手になったげておくれやす、猶《なお》それに就いては、おしんちゃんには何しろ大阪ちゅう土地が初めての事で、西も東も分らへんさかい、あんたステンショまで迎えに行ったげたらどうだすやろ。おしんちゃんも兄《あに》やに迎えに来てもろたら、こない嬉《うれ》しいことあらへんいうてはります、と、こない書いておまして、それから一番お終《しま》いにおしんちゃんは十三日の晩の夜行でこちらを立つことになったるさかい、そちらへは十四日の朝の九時二十五分に着く事になったると、汽車の時間までちゃんと書いておまんのや。

前にも言いましたやろ、わては十七の年から田舎を飛出して、そのまゝ一ぺんも帰った事おまへんねさかい、村の娘はんの名前やこし大てい忘れてまっけど、おしんちゃんだけはわけがあって、よう覚えとりまんのや。ちゅうのは、わてが村を飛出す前に、そのおなごと少しやゝこしい仲になってしもて、わてが村を飛出したのも、一つはそれが面目なかったからでもおまんね。妹のやつはそのいきさつをよう知っとるもんやさかい、わてのとこへ手紙を寄越すたんびに、おしんちゃんが今度嫁入りしやはったとか、このごろお腹《なか》が大きならはったとか、お腹が大きならはったけど、可哀《かわい》そうに五ヶ月で流産しやはったとか、姑《しゅうと》との折合が悪うて離縁にならはったとか、家へ帰っても継母《ままはは》に苛《いじ》められてお気の毒やとか、いろいろおしんちゃんのようすを、手に取るように詳しく報《し》らせて来るのだす。わても、そのおかげで、何十里とは離れていても、おしんちゃんの境遇《みのうえ》は、手に取るようによう知っとったわけだすけど、大阪へ奉公《ほうこ》に来るとはなんせえ初耳だす。

しかし、それにしても、一度は好いたの好かれたのいうた仲だすし、それに長い事逢《お》うた事おまへんけど、なんせえ幼い時から目鼻立整うた、田舎には珍しい程きりょうのえゝ娘やったさかい、さぞ今ごろは、立派な娘になっていようと思うと、そのおなごから頼りにされるちゅうことは、まんざらいやな気もせえしまへん。いやなどころかあんた、その手紙を読んだ時、正直なところ、からだ中が何やこうむずむずとするようで、何とも言えぬあまァい、嬉しィい気持ちになったもんだす。そこで十三日にはまだ間もあったもんだすさかい、妹へ宛てゝ返事を書いときました。ステンショまで迎えに行ったげるさかい、きっと汽車を間違わんように、もし何かの都合でその汽車に乗れんようやったら、こっちも主人持ちのことで、そうべんべんと待つわけには行かんさかい、予《あらかじ》め手紙で知らせてくれるなり、電報でも打ってくれるようにというてやりました。すると又折返《おりか》えして返事がおまして、あの手紙をおしんちゃんに見せたら、そらおなごのことやさかい、口に出しては言わへんけど、何とも言えぬほど嬉しそうな顔をしてはりました、気の毒なお方やさかい、兄《あに》やも出来るだけ力になったげておくれやす、とこない言うて来まんねがな。そう言われるとあんた、わての方でもぞくぞくする程嬉しうてもう十四日の日が来るのが、待遠《まちどお》しうて仕様がないような気持ちだした。

　さてその日は、旦那《だんな》はんにお話をして、朝から一日暇をもろて、約束どおりに九時少し前から迎えに行きました。ところがあんた、改札口で待っとったらええものを、なんせえ少しでも親切なとこを見せとこちゅう肚《はら》だすさかい入場券を買うてわざわざプラットまで迎えに這入《はい》ったもんだす。人を迎えに行く時には、プラットへ這入ったりするもんやおまへんなあ。改札口やったら一人一人吐出《はきだ》されて来るのを待受けてますのやさかい、見逃すちゅうことはおまへんけど、プラットやったらあんた、なんせえ大勢の人が我れ勝ちに乗ろう降りようちゅうので、押し合いへし合いだすやろ、仲々見附からしまへん。おまけにわて等《ら》は、十七の年から足かけ九年の間、逢うたことも見たこともおまへんねさかい、相手がどない変ってるやらさっぱり分らしまへん。相手も変ってますやろが、わての方は、何しろこれでも都《ま》会《ち》の水で磨きあげておますのやさかい、相手にくらべたらその変りようもモ一つひどいわけだす。そうだっさかい、こちらから見附けてやらんと、相手からはとても見当も附けへんやろ、そう思うてわては、もう汽車が着かん前《さき》から、眼を皿みたいにして待構えとりましたのだっせ。

　ところがあんた、いよ〳〵汽車が着く、駅員と赤帽が右往左往に走り廻る。乗客が早よ乗ろ思《おも》てひしめき合う、降りる人は降りる人で、一時も早よ出よちゅうので押合う、送りてと出迎い人が何処《どこ》や何処やちゅうてうろ〳〵走り廻る、馴れてるわてゞもぼうとして了《しま》いまんがな、まして田舎もんの事やさかい、さぞ困っとるやろ思て、そう思うと一層気がわく〳〵して、眼を皿みたいにして探し廻りましたのやが、さっぱりそれらしい姿が見えしまへん。まさかいかに変っとるちゅうても、田舎もんのことだすさかい、耳かくしや断髪しとるわけやおまへんやろ、蝶々《ちょうちょう》や何かに結《ゆ》うとりますのやろが、そんなおなごで、丁度おしんちゃんのような年恰好《としかっこう》のおなご、一人も眼にかゝらしまへん。どないしたのやろ、まさかあないに念を押してあるのだすさかい、これに乗っとらんちゅう事はない筈《はず》やがと、もう半分胸が重とうになって来て、それでもまだきょろ〳〵しとりますと、いつの間に出たんだすやろ、それでもえゝ塩梅《あんばい》に、丁度ブリッジの階段を登って行く、それらしいおなごの後姿が見えましたのや。髪を束髪に結うて、着物も派手な矢がすりの、仕立下ろしらしいのを着て、帯も赤いやつを大けなお太鼓に結んで、下ろしたての白足袋《たび》を穿《は》いて、当人のつもりではそれで立派な都会の人間になった気だすやろが、やっぱり田舎もんだすなあ、どことなしに、第一着物の着こなし、帯の結び方、足の運び方からして野暮くさいとこがおまして、一目見て直《す》ぐに田舎もんやと分りまっせ。それがえっちらおっちらと、大けな古い信玄袋《しんげんぶくろ》を提《さ》げて、階段を登って行きまんのや。他人が見たらあんまり見よい恰好やおまへんやろが、わてにはあんた、それがもうどんな別嬪《べっぴん》の姿より、美しい、懐しい清い尊いもんに見えたか分らしまへん。いや笑いごとやおまへん、ほんまだす。

　わてはそこで大急ぎでうしろから追駆《おっか》けると、こう呼びかけたんだす。

「おしんちゃん、若《も》し、おしんちゃんやおまへんか、そこへ行くのは――」

　するとその声にびっくりしたように背後《うしろ》向きましたのやが、まぎれもないそれはおしんちゃんに違いおまへん。争えんもんだすなあ、やっぱり昔の面影《おもかげ》があり〳〵とそこに残っとります。しかしおしんちゃんにしてみると、なんせえわての変りかたがあんまり酷《ひど》いもんだすさかい、一寸《ちょっと》の間分らなんだらしく、眼をぱち〳〵させながら、わての顔を見詰めとりますのや。

「わてやがなおしんちゃん、分りまへんか、片田《かただ》の源三郎《げんざぶろう》だすがな」

　わてがそこで、おっかぶせるようにそう言いますと、おしんちゃんもようよう分りましたんやろ、ぱち〳〵〳〵と眼を瞬《また》きますと、にっと嬉しそうに笑ったんだっせ。その嬉しそうな顔いうたら！　まああんた、そない言わんとわてに思う存分喋《しゃべ》らしておくなはれ。

「どうだす、変りましたやろがな」

「ほんまになあ」

　おしんちゃんはさも〳〵感心したように言うのだす。

「わてちっとも分らしまへなんだわ」

　むろんこんな大阪ことばやおまへんで。田舎まる出しのことばだすけど、わてもう、故郷のことは忘れてしもたさかい、大阪弁で言わして貰《もら》いまっさ。

「そうだっしゃろ、しかしおしんちゃんはその割に変っとらへんな」

「そらあんた、田舎にいたら、いつまで経ってもおんなし事だすわ」

「そや〳〵、人間ばっかりやあらへん。田舎は何んにもが変らへんさかいあかんのや。大阪を見なはれ、昨日の大阪と今日の大阪とでは、早《はや》ちょっと違《ちご》とりまっせ」

「そうだっしゃろなあ」

「それにしてもおしんちゃんは、よう大阪へ出て奉《ほう》公《こ》する気になったなあ。おなごでも、これからのおなごはそれぐらいの甲斐性《かいしょう》がないとあかへん。辛抱《しんぼう》をしなはれや、辛抱を――」

　まあそんな事を言うとるうちに、いつの間にやらわて等は改札を出て、もうステンショの表へ吐き出されとりました。

「どないしなはるおしんちゃん」わてはそこでそう訊《き》いたのだす。「あんたこれから直ぐに奉公先《ほうこさき》へ行かんならんことおまへんのやろ」

「へえ」おしんちゃんはそう曖昧《あいまい》な返事をするんだす。しかしその素振《そぶり》からして、別れともないことがわてにはちゃんと分っとりますのや。

「わても今日は一日暇を貰《もろ》ておまんね。どうだす、奉公《ほうこ》して了《しま》うと、そない云《い》うても又仲々出られるもんやおまへんよって、わてが少し見物に連れて歩いたげよか」

　するとおしんちゃんは、へえおおきにいうて、素直に頭を下げますのや、そして、「奉公先《ほうこうさき》には今日中に行ったら宜《よ》ろしおまんねさかい、晩までそんなら源さん、御苦労はんでもわてを連れて歩いとくなはるか」

とまあ、こういうやおまへんか。

わても嬉しいて嬉しいて仕様がおまへん。あんたそない馬鹿にしたもんやおまへんで、そのおしんちゃん、色こそ町の娘はんみたいに白い事おまへんけど、目鼻立《めはなだ》ちやきりょうは、言うて悪《わる》おますけど、わてとこの嬢《いと》はんより、ずっとずっと別嬪だしたぜ。うそ！　うそ！　内しょだっせ、内しょだっせ、御《ご》寮人《りょにん》はんに喋らはったらあきまへんで。

「なあおしんちゃん」わては又言うたもんだす。「あんた、うまいぐあいにわてと逢えて宜ろしおましたなあ、あんた一人で、こない大けな、（むろんその時には、わてがその信玄袋を提げとりましたのや）荷物を持ってうろ〱しとってみなはれ、それこそ――」とわては声をひそめて言いますのや。「大阪ちゅうたら、そら恐《おそろし》いとこだっさかいなあ、直ぐにポン引ちゅうて、怪しい車曳《くるまひき》がたんと寄って来まして な、乗れ乗れいうて何処《どこ》までも従《つ》いて来まっせ。あんまりうるさいもんやさかい、ついそれに乗りまっしゃろ、するともうあんた、行方不明だすがな。芝居で雲助がおなごはんを拐《かど》わかしたり、金を強請《せび》ったりしますやろ、あれとおんなじ事だす。ことにあんたみたいな――」とこゝでわては一寸言渋《いいしぶ》りましたけど勇を鼓《こ》して言いましたんや。「別嬪やったら、そらもうものにする迄《まで》離れしまへんで」

そう言うとおしんちゃんは、なんせえ初心《うぶ》な娘だすさかいなあ、恐《こわ》いのと恥しいのと嬉しいのとで、蒼《あお》うなったり紅《あこ》うなったりしもって、低い声で言うのだす。

「まあそない恐いとこだすか。それにしても源さん、あんたよう迎えに来とくなはったなあ」

「そらもうおしんちゃん」（言わしとくれやす！言わしとくれやす！　あんた！）「妹からあない言うて来とりますのやもの――」

「まあ妹はん、どない言うてはりまんのや」

「あんた、見ずだすか、お銀《ぎん》の手紙を――」

「いゝえ、ちっとも」

「そうだすか、そんならまあ宜ろしおますがな。それよりおしんちゃん、何処《どこ》から見物して行きまひょ。中之島へ行って太閤《たいこ》はんの銅像見て、それから三越へ行きまほかなあ、先《ま》ず第一に」

「へえ、どうでも、源さんの都合のえゝように」

なんとあんた、わて等そんな事を、ステンショの前に立って、十五分も話してましたのだっせ。時計を見ると、もう直ぐ十時だすがな。どうりで側を通る人がみんなくす〳〵笑《わろ》て行きまんのや、しかし人が笑うぐらいの事、何構《かも》たことおますかいな、なあ、あんた。

それからわて等、中之島から三越、白木屋、道頓堀、それからずうっと南へ行って新世界の通天閣から、天王寺まで見物して廻ったのだっせ。なんせえわては、大けな信玄袋を提げとりますのやろ、常やったら、旦那はんのお供でも、そんな事いやだすけど、その時ばかりはあんた、その信玄袋さえ、ちっとも重いとは思いまへなんだ。いやいや、もっと重い重い信玄袋でも、喜んでわては提げたことだっしゃろ。

おしんちゃんはおとなしいおなごだすさかい、滅《めっ》多《た》に口を利かしまへん。わてが話しかけても、そうだすなあ、とか、そうだっしゃろか、とか、まあとか、受答えだけしかせえしまへん。一つには、あんまりお喋りをすると、田舎言葉が出ますやろ、それが恥しおまんのやろ。しかしわては、おとなしい娘が好きだすさかい、おしんちゃんのそんな風を見ると、もう可愛《かわい》いて、可愛いて、仕様がおまへん。

「なあおしんちゃん」

わてはそこでこない言うたもんだす。あれは何処だしたかなあ、新世界の出雲屋の二階だしたかなあ、それとも、天王寺公園のベンチだしたかなあ。

「あんた、わてが村を飛出した時分のことを覚えてなはるか」

むろんおしんちゃんは、おなごとして、そないな事によう返事をせえしまへん。黙って一寸うなずいただけだす。そこでわては言うたもんだす。

「さぞあんたは恨んでなはるやろなあ、なんせえあんな仲になっていたのに黙って飛出したもんやさかいなあ、しかしおしんちゃん」わては声を励まして言うたもんだす。「悪思《わるおも》ておくんなはんなや、考えて見なはれ、あの時わては十七、あんたは十五、おまけに二人とも水呑《みずのみ》百姓の子供や、家は貧乏やし、二人ともまだ自分の口すゝぎも出来《でけ》ん年や、あのまゝあんな事をしていて、若し――なあ、出来《でけ》でもしたらどうだす。二人とも飢え死にせんなりまへんで、そうだすやろ」

おしんちゃんは微《かす》かに頷《うなず》いとりました。

「そこでなあ、あんたには済まんとは思いましたけど、二人とも深入りして抜差しならんようにならぬ間にと、つい思いきって飛出す決心をしたのだす。堪忍しとくれやすや。しかしなあおしんちゃん、あんたがお嫁入するちゅう事を聞いた時には、わて、この大阪で、どないがっかりしたか分らしまへんで。嘘《うそ》やおまへん。ほんまだす、ほんまだす」

あんた、どうだすやろ、こんな話をしている間《うち》に、わていつの間にやら涙声になって了《しも》とりますやおまへんか。見るとおしんちゃんも、真紅な顔をして、じっと俯向《うつむ》いとりまんのや、こらいかん思て、わて早速話題を変えたもんだす。しかしあんた、しばらく他の話をしていても、どうしても、低いとこに水が溜るように、わての話はそこへ落ちて行きますんや、こら仕様がおまへんな。

「なあおしんちゃん」

そこでしばらくすると、わては又言うたもんだす。

「わてもこうして大阪でも相当知られた質屋へ奉公《ほうこ》するようになりました。もう今年で丁度七年目だす。旦那はんの仰有《おっしゃ》るのに、もう四年経ったら、わても丁度三十になりまっしゃろ、そうしたら暖簾《のれん》を分けたるさかいに、お前もその気で辛抱しなはれ。とこう仰有るのや。わてもその気で主人大事と奉公《ほうこ》しとりまんのやが、なあおしんちゃん、そうなったらわても家持ちだす。いつ迄も独身《ひとりみ》で居られへん」

するとその時まで黙って俯向いとったおしんちゃ

んが、ふいに顔を挙げて云うたもんだす。

「そらあんた、源さん、あんたみたいな働き者《もん》やったら、お嫁さんにきては降る程ありますわ」

「降るほどあってもおしんちゃん、あてのこれという人は唯《ただ》一人や――」

――どないしなはった。こないな話いやだすか。そらしょがおまへんな。そんならずんと端折《はしょ》る事にしまひょ。

それから前にも言うた通り、堺筋をずっと見物して、又もとの中之島まで帰って来ましたのだす。時間は丁度四時半頃だした。おしんちゃんの奉公《ほうこ》先《さき》は曾根崎新地の近所だんね。別れるのやったら、そこで別れんなりまへんのやが、わてはとても別れる気にならしまへん。出来る事ならいつまでも、いつまでもそのまゝ二人で、一緒に歩いて居《お》りたかったんだす。ええ、ええ、その大けな信玄袋を提げて――。

そこでわて、到頭《とうとう》思い切って言うたのだす。

「なあおしんちゃん。お互いに奉公《ほうこ》人《にん》の身分や、又こうして逢うちゅうても、いつの事やら分らしまへん。あんたの都合のえゝ時はわての都合が悪い。わての都合のえゝ時は、あんたの方が悪いで、仲々思うように逢えるもんやおまへん。そやさかいになあおしんちゃん」

わては真剣に言うたもんだす。「今夜二人で何処ぞへ行て泊ろやおまへんか。わても明日《あす》は十五日のお休みやし、それに今迄、他の朋輩《ほうばい》衆みたいに、一ぺんも悪所通いをしたことのないわてやさかい、一晩ぐらい泊って帰っても旦那はん、何とも仰有らしまへん。あんたにしても今やったら、都合で一日遅れましたいうても誤魔化《ごまか》せんことおまへんやろ、どうだす。二人で何処ぞへ泊って、ゆっくり行末のことを相談しようやおまへんか」

真剣だしたぜ、わては。あんたが思うてなはるようないたずらな気持ちやあらへん。しかしおしんちゃんは、おとなしおますさかいな、初めは仲々うんと言わなんだけど、わてが真面目《まじめ》にすゝめるもんやさかい、終《しま》いは到頭承知しましたんや。

そこで未《ま》だ少し時間が早《はよ》おましたさかい、二人は又中之島公園へ這入ってベンチに腰を下ろして、何やかやと嬉しい話をしとりました。すると暫時《しばらく》しておしんちゃん、便所へ行きたい言いまんね。まさか信玄袋を提げて、便所まで従《つ》いて行くわけにも行きまへんさかい、わて所在《ありか》だけ教えてやりましてん。ところがあんた、何ぼたっても、何ぼたっても、便所へ行ったおしんちゃんが帰って来やしまへんやないか。わてそろ〳〵心配になってなあ、便所まで行ってみたんだっせ。所があんた、おしんちゃん其処に居らしまへん。尾籠《びろう》な話だっけど、わて一々便所の戸を開けてみたんだっせ。それからおしんちゃん、おしんちゃん言うて呼んでみたんだっせ。しかしあんた、おしんちゃん何処にも居らしまへん。それきりだす、あんた。そのおしんちゃんの姿を見たのは。

わてなあ、道に迷たんやないか、拐《かどわか》されたんやないかと、随分心配してお巡《まわ》りさんから、ねきにいた人から、一人々々聞いて廻ったんだっせ。それでも到頭分らずじまいだす。わてもうがっかりしましてなあ、訪ねて行くいうても、はっきりと奉公《ほうこ》先《さき》の所番地、名前を知らんもんだっさかい、訪ねて行きようもおまへん。第一荷物をわてに預けたまま、どないした事だすやろ。

訪ねあぐんで到頭家へ帰ったのが十時過ぎだした。やっぱりあんな事言うたんが悪かったんやろか、それが恐ろしゅうて逃げたんやろか、そう思うと、わてつく〴〵と後悔しました。それにしても荷物がこっちにあんねさかい、取りに来るなり、手紙を寄越すなりするに極《きま》ったるよってに、その時あんばい、あやまろ、ほしたらえゝやろ、そやそや、そう思て、わて無理に自分の心を慰めてその晩はまあそのまゝ寝たんだす。

ところがその翌日《あくるひ》のことや。わてあないに吃驚《びっくり》したことおまへんで。青天《せいてん》の霹靂《へきれき》ちゅうたらほんまにあのことだすなあ。何が言うてあんた、どうだすやろ、わてのことがちゃんと新聞に載ったるやおまへんか。あんた御存じかどうか知りまへんが、大阪××新聞についこの間まで、続きもんで大《だい》大阪の暗黒面ちゅう記事が出てましたやろ、あれだす、あしこへ出てまんね。まあこうだす。大大阪の門戸に網を張る誘拐団――「おしんちゃんやないか、」と馴々《なれなれ》しく声をかけて――、危《あやう》かりし本紙女記者――。こないな調子だす。そしてわての昨日《きのう》の行動が細大洩《も》らさず書いておますのや。それがあんた、いかにもわてが色魔《しきま》かなんぞのように、そら巧《うま》いこと書いておまんねで。新聞記者ちゅうたらようあない出たら目なことが書けるもんだすなあ。「大胆な彼は、大阪に巣喰う誘拐団、即ちポン引きの事を、さも他人《ひと》ごとのように、私に話して聞かせ、そして如何《いか》にも、私達が既に馴染《なじ》みであるが如《ごと》く振舞うのでした」やとか、それから又、「別れる間際になって彼は遂に仮面を脱ぎました。怪しげな宿屋へ一泊せんことを、彼は執拗《しつよう》に要求するのでした」やの、どうだす、わてをすっかり誘拐常習犯扱いにしてありまんのや。そればかりやおまへん、いつの間に撮りくさったんだっしゃろ、信玄袋を提げてぼんやり立っとるわての写真がそこに載っとりまんねで。まあ何ちゅうことだっしゃろな。わてがおしんちゃんやおしんちゃんや思て、一日見物に連れて歩いてやったおなごは、あんたおしんちゃんやなしに、大阪××新聞の探訪記者やったんだすがな。それにしても、まあえゝ塩梅に写真がはっきり写っとらなんださかいよかったようなものゝ、それでもわては、その二三日往来を歩いとると、人から顔を見られるような気がして仕様がおまへなんだ。信玄袋だすか、あれはむろんしょもないもんばかりだす。一文にもならんぼろ屑《くず》ばかり這入ってまんのや。

それにしてもほんまのおしんちゃんどないしたんやろ、あんたかてそない思てだすやろ。さあそれだすがな、この話の眼目は。面白《おもろ》おまんねんで、こうだす。わてなあ、おしんちゃんの奴が約束を破りくさるさかい、こない馬鹿な目に遇《あ》わんならんね、そない思いましてな、ぷんぷん憤《おこ》ってましたんだっせ。ところが一週間ほどして、そうだす、二十二日の晩に、心待ちにしていた手紙がやっと来ましたんや。差出人のとこを見ると、市内××町××方、池田しんとしてあります、もうちゃんと大阪へ来てまんのや。わて大急ぎで封をきって読んでみますとなあ、あんた、こないな事が書いてありまんのや。

お約束通り昨日十四日朝九時二十五分に当地へ着きました。それにしても源さんは何故《なぜ》迎えに来て下さらなかったの、わたしお恨み致しますわ、プラットフォームで何ぼ探しても源さんの姿が見えなかった時は、わたしほんとうに、ほんとうにがっかり致しましたわ。

何がお恨み致しますや、へん、それこそ逆恨みちゅうもんやおまへんか。こっちこそえらい目に遇わされてまんのやろ。恨みを言う段になると、こっちゃ負けもしまへん。一体今日を何日や思てるね、二十二日やおまへんか、手紙の消印を見てもちゃんと二十二日になっとりますがな、市内やさかい、一日で来ますのや、二十二日の昨日やったら二十一日やないか、何呆《とぼ》けていくさるのや……、そうだっしゃろがな、わてそない思て手紙をくしゃくしゃと破って了《しも》たりましてん。

ところがあんたどうだす。わてつくづくと考えとりましたらな、ふと気がついたんだっせ。何がちゅうて、今月の二十一日は旧暦の十月の十四日になりまんのやがな。どうだす、おかしおますやろ。旧暦と新暦の間違いだしたんや、阿房《あほ》だんなあ、どっちゃも。

へえ？　何だす？　ほんまのおしんちゃんに逢うたかちゅうんだすか。へえ、一昨日《おととい》逢うて来ました。その事はあんまり言わんときまひょ。そらあんた、贋物《にせもの》のおしんちゃんにはとても敵《かな》わしまへん。しかしなあ、あんた、人間はきりょうより気だてが第一だっせ、気だてが第一だっせ。

赤屋敷の記録

その港町の山の手は、秋はことに空気が澄んでいて、気分も至って朗《ほが》らかだった。山に近いので、いつも草っぽい匂いがそこはかとなく漂い、小溝を流れる水にしても、下町とは違って、いつも清冽《せいれつ》なせせらぎを作っていた。

町の断目《きれめ》に立って眺めると、家々の屋根瓦を越して、港の景色がはっきりと見られた。天気のよい時だと、更にその港の向うにK半島が、これもやっぱり、指呼《しこ》のうちに眺められた。海はいつも油を流したように、種々《しゅじゅ》な縞目《しまめ》を作って、穏《おだや》かに凪《な》いでいた。港には船が一杯だった。風向きの具合いによっては、それ等《ら》の船の中で打鳴らす銅鑼《どら》の音が、じゃらん、じゃらん、とその辺まで聞えて来る事も珍しくはなかった。道には、真紅《まっか》な着物を着た異人娘が、短いスカートをまくし上げながら、活発に歩いていた。

その山の手の一劃《いっかく》に、有名な異人街《いじんまち》というのがあった。扉を閉した異人屋敷だの、赤い円筒形の屋根を持った旅館だの、とりどりに色美しく西洋花を咲かせた××花壇の温室《フレーム》だのが、そのあたり、しっとりとした秋の陽光《ひざし》の中に、それぞれ上品な趣《おもむ》きを見せて建並んでいた。異人屋敷には、いつも真鍮《しんちゅう》の名札がピカピカと冷く光っていた。道は狭くて、曲がりくねっていて、おまけに恰度《ちょうど》、絵で見るスタンブールの街のように、凸凹《でこぼこ》の石が敷詰めてあるので、馴れない者には少からず歩きにくいのだったが、それが却《かえ》って、なんとはなしに異国的で好《よ》かった。

その異人街を行く者は、ある時は、緑色のペンキを塗った洋館の窓から、名も知らぬ異国の楽器の音《ね》が、まるで溜息を吐《つ》いているように、やるせなげに洩《も》れて来るのを聞き、又ある時は、二階の縁側《ベランダ》へ出て、ぼんやりと海の上を眺めている、碧《あお》い眼をした美しい異人娘の姿を見る。そうかと思うと又ある時には、思いがけなくも、眼も覚める程けばけばしい服装をした五六人の支那女《シナ》が、窓に倚《よ》りそって、何かしら小鳥のように囀《さえず》りあっている姿を目にする事がある。それ等の支那女は、全部《みんな》ある一人の支那人の妻であった。

そういう山の手の異人街へ、私は好んで杖を曳《ひ》いた。歩いていると、袷《あわせ》の背がほんのりと暖かく、ともすれば、額《ひたい》に快い汗をかんじる時候だった。そういう日和《ひより》が、ここもう一月《つき》あまりも続いていた。

その異人街の直《す》ぐ傍《そば》に、私の好きな建物――というよりも廃墟《はいきょ》と言ったほうが正しいのだが――が一つあった。

私は知っている。二年前までは、その建物は此《こ》の港町での一つの偉観だった。やぐらのように尖《とが》った屋根を五つも六つも持った、恰度中世紀の城のような、見るからに風雅な建物であった。屋根と言わず壁と言わず、一切を赤瓦――赤煉瓦《れんが》ではなしに――で張りつめてあるので、私達はよく「山の手の赤屋敷」と言ったものだ。「赤屋敷」を見に行こうや、と言う事は、小学校時代の私たちの、一つの夢のような楽しみであった。そう言えば、その建物は随分古くからあったのに違いない。私たちが初めて見た時からして、既に赤瓦には黒い錆《さび》が着いていて、程よい古色を帯びていた。

「あの赤屋敷に住んでいるのはね、眼の碧い異人さんじゃなくて、僕んたちと同じような、日本人なんだそうだよ」

小高い丘の上に建っているその建物を見上げながら、そうした言葉が、どんなに羨望《せんぼう》の念をこめて、幼い私たちの間に交わされたことか。

実際、異人街の傍に建っていながら、そして異人街の中のどの建物よりも、数等も、或《ある》いは数十等も立派なその建物が、自分たちと同じような皮膚の黄色い日本人の所有物であるという事は、まるで奇蹟のようにさえかんじられるのだった。それ程その建物は異彩を放っていたのである。

それだのに、まあ何という事だろう。私たちの憧憬の的だったその赤屋敷が、一晩の間に全《まった》き廃墟となって了《しま》うとは。

「赤屋敷が焼ける！　赤屋敷が焼ける！」

私は自分の家《うち》の物干から、その丘の上に挙がる焔《ほのお》の色を見て、思わずもそう呟《つぶや》きながら涙ぐんだのを覚えている。

それ以来、どうしたものかその焼跡には再び工事の起る模様が見えなかった。焼け朽《く》ちた瓦だの木片だのが、焼跡特有の、物悲しい雰囲気を作っているその光景は、二年前も今も何の変化もなかった。唯《ただ》雑草ばかりが、我《われ》を得顔《えがお》に伸び放題に伸びていた。

「今度はどんな家が建つだろう？　どうかアメリカ式のぎごちない建物でないように」

火事のあった当座、その側《わき》を通る毎《ごと》に、私はひそかにそんな事を楽しんでいた。そして起工の遅いのを自分の事のようにもどかしがったりした。

だが屋敷は再び建たなかった。それには理由もあった。と言うのは、その火事の時に、どうしたものか召使いたちはみんな助かっているのに、肝腎《かんじん》の主人夫婦と一人娘とその甥《おい》が無残に焼死したのだった。人々はそれを不吉がった。そして、たった一棟だけ焼残った建物に対しては、幽霊屋敷という名前が与えられた。

私は、しかし、間もなく、今度はその幽霊屋敷に対して、以前《まえ》よりずっと激しい愛着を感じ始めた。丘の上の小径《こみち》に立って眺めると、半ば崩れたその建物がまじまじと私の眼の前にあった。荒れるにまかせてあると見えて、窓という窓はすっかり扉をもぎ取られて、盲《めし》いた眼のような真っ黒な穴だけが、ぽつりぽつりと其処《そこ》にあった。有名な赤瓦もすっかり白ちゃけて了《しま》って、而《しか》もところどころ、それがはげていて、壁土がぼろぼろとそこからこぼれ落ちていた。屋根もあちこちと抜けているかして、白い陽の筋が、建物の中に斜《ななめ》に縞《しま》を作っているのが、窓越しに見られた。文字どおりに青いぺんぺん草が、瓦の合間合間にたむろを作っていた。

庭はと言うと、これはもっとひどかった。累々《るいるい》たる瓦だの木片だのが、あちこちに堆《うずたか》く盛上げられていた。池も半分あまりは土で埋《うずま》って了って、水は黄色く濁っていた。その池の中央にある半羊神《はんようしん》の像も、たゞ徒《いたず》らに白ちゃけていた。

こういう廃墟の景色を見るのが、私の一つの楽しみになった。丈《たけ》なす雑草の中を、眼であちこちと探りながら、昔はああなっていたのだろう、こうなっていたに違いないと、自分ひとりで勝手な空想に耽《ふけ》るのであった。そして、ともすればうっとりと、淡いセンチメンタリズムに捉われたりした。

それは、快く晴れたある秋のひと日だった。いつものように、散歩の序《ついで》に、例によってその丘の上の小径まで登って来た私は、ふとその廃墟の中に、一人の青年の姿を見出した。

おや！　と思って私は、思わずそこに足を止めた。

庭の隅っこの、切株の上にその青年は腰を下ろしていた。身をこゞめて、何かしら膝《ひざ》の上にあるものを一心に見詰めていた。何を見ているのだろう、と思って、私はいろ〱と自分の位置を変えてみたが、何しろその青年は斜向《ななめむ》こうを向いているので、はっきり膝の上の物を見る事が出来なかった。よくよく見ていると、その青年の傍には、土の上に何やら函《はこ》のような物が置いてあった。何しろ相当距離のある事なので、木の函だか、金属製の函だか、よく分らなかったが、一尺に一尺五寸程の長方形の函が、土にまみれて其処に転がっていた。更に又、よくよく見ていると、その青年が腰を下ろしている切株の根元に、深さ五六尺にも達しそうな穴が、土の中に掘返されていた。

「おや、これはどうした事だろう？」

私は思わず眼を瞠《みは》って、体を前に乗りだした。大きな好奇心がむら〱と胸の中に涌起《わきおこ》って来た。

確かにその青年が、穴を掘ったのに違いなかった。その証拠には、彼のズボンや、上衣には夥《おびただ》しく土の着いているのが見えた。何のために？　言うまでもなく、其処に埋《うず》めてあった小函を取出すためだろう。いや、小函の中に蔵《しま》ってあった、何かしら大切な物を取出すためだろう。

　私はもう一度、体をあちらこちらと動かして見たが、やっぱり、その青年が一心に見詰めているそれが、何であるかよく分らなかった。

　で、それを断念した私は、その代り今度はその青年の姿形《すがたかたち》を、つくづくと観察しはじめた。向うを向いているので、よくは分らなかったが、古ぼけた洋服に古ぼけた帽子といういでたちは、港によく見かける浮浪者となんの相違も見出せなかった。油じみた鳥打帽の下からは、蓬々《ぼうぼう》と伸びた髪がはみ出していた。しかし、その下に見えている頸《くび》だけは、垢染《あかじ》みているにも拘《かかわ》らず、不相応に白くて、それが彼の服装全体と不思議な対照をなしていた。私は最初、その皮膚の白さからして、西洋人ではないかと疑った程だった。

　それにしても、一体彼は何者なのだろう？　そして其処で何をしているのだろう？

　私は最初、浮浪者が何か獲物を探しているのじゃないかと思った、然《しか》し、間もなくそれの間違っているのに気が附いた。その青年の態度には、少しもそうした不安や遅疑《ちぎ》の色が見えなかった。いや、それとは全く反対に、何とはなしに安易な気持ちが、すっぽりとその青年の上に被《おお》いかぶさっているのが私にはかんじられた。

　しばらく彼は、身動き一つしないで、まるで一つの彫像ででもあるかのように其処にそうしていた。私も根気よく、彼が何か他の動作に移るまで、そこで見ていようと決心した。

　すると、間もなくふいにその青年が顔を挙げた。それによって私は初めて、彼の膝の上にある物が、何であるかを見る事が出来た。それは一冊の本だった。黒い鞣皮《なめしがわ》が、きらりと陽の中に光るのを私は見た。菊版程の黒い鞣皮の表紙を持った本で、それはあった。

　私は思わず太い息を鼻から洩《も》らした。

　彼はその本に読み耽《ふけ》っていたのだ。そして若《も》しその本が、そこにある鉄製だか、木製だかの函の中に秘められて、その穴の中に埋められてあったのだとしたら、まあそれは、何というロマンチックな事だろう。

本から顔を挙げた青年は、しばらく、又もや化石したかのように、凝《じ》っと自分の前方を見詰めていた。何かひどく感動しているらしく、双《ふたつ》の肩がかすかにぶるぶると痙攣《けいれん》しているのが見られた。私はしかしその間に、彼の横顔を観察すべく、充分な余猶《よゆう》が与えられた訳だ。

それはまあ何という青白い顔であったろうか！ 私は今迄《まで》に、そんなに迄青白い皮膚を持った人間を見た事がなかった。「幽霊のような」だとか、「蠟燭《ろうそく》のような」だとかいう平凡な言葉で、とてもその青白さは言い現わせるものではない。それはもう此の世の人間の持っている青白さではなくて、何かしら、悪魔の国からでも持って来たような青白さであった。しかもその青白い皮膚を通して、そんなに遠くの距離があるのに、血管が模様のように走っているのが見えるのである。

私もいつの間にか、その青年と同じように、一つの化石になって、凝《じ》っと彼の頸から肩へかけてのあたりを眺めていた。一体、そんなへんてこな睨《にら》めっこが、どの位続いていたのだろうか。秋の日は早《はや》西に傾いて、幽霊屋敷と呼ばれているその廃屋《はいおく》のふもとから、そろそろ黄昏《たそがれ》の色が延び始めてきた。

ふいにその青年の体が動いた。そして、私がはっとして、思わず身を引こうとした途端、切株から腰を上げた彼は、既に私の方に向って立っていた。今更となって、私は周章《あわ》て逃げ出す訳にも行かなかった。それに、別に隙見《すきみ》をしていたわけでもなし、どちらかと言うと、後暗《うしろぐら》い所のあるのは私ではなくて彼の方に違いなかった。で私は、どうするだろうと思いながら、黙って其処に立っていた。

彼は近眼ででもあるのか、はじめは一寸《ちょっと》私に気が附かないらしかった。きょとんとした様子で、ぼんやりと私のほうに向って立っていた。私はそこで、はっきりと彼の容貌を見る事が出来た。その顔を見ると、私は又もや西洋人ではないかと疑った。鼻の高い、眉と眼の間の狭い、西洋人でないまでも、非常にそれに近い容貌をしていた。混血児かもしれないなと私は思った。従って、確かに美男子とは言えた。但《ただ》しそれは、決して愉快な美男子ではなかった。へんな例を引くようだが、何処《どこ》とはなしにハムレットを思い出させるような容貌だった。

ふいに彼の表情が動いた。上半身を前へ乗り出すようにして、まじまじと私の方を眺め始めた。私の姿を見附けたのに違いない。そして間もなくそれが、人形でもなく木株でもなく、正真正銘の人間である事を確かめると、彼ははっとして、本能的に自分の身の廻りを見廻した。がそれは殆《ほとん》ど一瞬間の事で、直ぐ彼は、「何でもない、何でもない」と自分の心に言って聞かせるように首を振りながら、そして又、考え深《ぶ》かそうに私の方を見るのであった。

もうそろそろ立去るべき時だろうか？　然し私は、どうしても其《そ》のまま行って了う事が出来なかった。好奇心が私の肉体を、重い鎖で繋《つな》ぎとめて了った。

それにしてもまあ其の青年は、何という眼付きで私の顔を見るのだろうか。そして彼の唇は、まるで血を吸ったように真紅《まっか》ではないか。

間もなくその青年は、静かな歩調《あしどり》で、雑草を掻《か》き分けながら私の方へやって来た。彼はかもしかのようにスレンダーな四肢《しし》を持っていて、水だまりだの、木片《きぎれ》だのの上を、ぴょい、ぴょいと、まるで小鳥のように跳びながらやって来た。見るとその手には、黒い鞣皮の表紙の着いた本を持っていた。

「失礼ですが貴方《あなた》は」

と私の前までやって来た時彼は言った。

「此の御近所の方ですか」

「ええ、いえ」

私は稍《やや》どぎまぎとしながら答えた。

「此の近所に住んでいる者じゃありません。然し、此のへんを散歩するのが、私の日課になっているのです」

言い忘れたが、私の立っている小径というのは、その家の敷地からは一間《けん》程高くなっていた。昔はずっとそこに、長い塀がめぐらされていたのだけれど、いつとはなしに崩れて行って、今ではところどころに辛うじてその痕跡を発見するのみだった。私はだから、杖に倚《よ》りかゝりながらも、顔だけはその青年のために下を向けなければならなかった。彼は、細い、しなやかな足を二尺程開いて、両手を背後へ廻して、下から私の顔を見上げていた。

「こんな事を言うとお憤《おこ》りになるかも知れませんが」彼は言いにくそうに言った。「貴方は信用の置ける方でございましょうか」

「私？」

あまりに突飛《とっぴ》な質問だったので、私は面喰《めんくら》って思わずそう聞き返した。

「そうですね、別に、自分を悪く言わなければならぬ理由は持って居《お》りませんが――」

青年はその答えに満足したらしかった。

「実は一寸したお願いがあるんですがねえ、見ず識《し》らずの貴方を摑《つか》まえてこんな事をお願いするのは失礼なんですけれど」

「どんな事ですか、若《も》し私に出来る事だったら、聞いて上げても宜《い》いですが」

「有難《ありがと》うございます。お願いと言って訳はない事なんですけれど――御迷惑じゃないでしょうか」

「さあ、そりゃ私には分りませんね。用事というのを聞いて見なけりゃ。私だってあんまり不愉快な仕事だとか、責任のある仕事だとか、或いは、そんな事はありますまいけれど、法律に触れるような仕事だと、お引受けする訳には行きませんからねえ」

「ええ、そんな心配は毛頭ないんです。唯、少々ばかり責任は持って頂《いただ》かないと困ります」

「そりゃア、」私はそんなに率直にやられるのが少し愉快になって、「どうせ、お願いと頭を下げて頼まれるのを引受けるんですから、多少の責任は持たぬ訳には行きますまいがねえ」

「有難うございます。それじゃお願いする事にしましょう」

彼は私の直ぐ足の下までやって来て、その小径に片肱《かたひじ》を置くような姿勢で、私の顔を見上げた。私も杖の頭《かしら》に両手を重ねながら、そこへ踞《かが》んだ。

「実は、此の二十七日に私はこゝで一人の男と遇《あ》う約束をしているのです。ところが、或る都合から私はそれまで当地に泊っている事が出来ないで――、というのは、急に船の方に就職口が出来て、明後日《みょうごにち》それで出帆しなければならなくなったのです。で、お願いというのは、その男から約束を反古《ほご》にしたと思われたくないので、貴方にお願いして、代りにその男に遇って貰《もら》いたいと思うのです。如何《いかが》でしょう、御都合は――？」

「そうですね、それ位のことならお易い事ですが、どうせ毎日此の附近を散歩するのですから――然しおかしいですね、人と邂逅《かいこう》するのに、こんな場所を選ぶなんて。なにか理由があるんですか」

「ええ、大いにあるんです。然し、今のところそれを説明するわけには参りません。ところで貴方がその男にお遇いになったら、これをその男に渡して頂きたいのです」

そう言って彼が差出したのは、例の黒い鞣皮の表紙の附いた本であった。

「成程《なるほど》、唯《ただ》黙って渡して置けば宜いのですね」

「そうです、その男は多分了解するだろうと思います」

私はその本を彼の手から受取った。長い間土の中にあったらしく、じっとりと表紙に湿りが来ていた。中にはぼろぼろに腐った頁《ページ》さえあった。

「これには封も何もありませんが、読んでも構わないんですか。私は聖人じゃありませんし、それに正直のところ、君の行動は大いに私の好奇心を挑発しているんですからねえ」

薄い微笑が彼の唇の上を横切った。彼は一寸、西洋人がするように肩をゆすって、

「それは仕方がないことと思います。然し、貴方一人の読まれるのはやむを得ないとして、なるべくならば、あまり他人《ひと》に洩さないようにお願いしたいものです」

「さあ、受合いかねますが、出来るだけそういう事に致しましょう」

そして私は、返《か》えす返《が》えすもその男に固く約束をして、その場から立去った。日は早山《はや》の向う側に隠れて了っていた。

しかし私は、ものの一丁とは歩かないうちに、突然はっとするような音響に、思わず足を止めなければならなかった。私は宙を飛ぶようにして、さっきの小径のところまで帰って来た。

果して、その廃墟の真直中《まったたなか》に、先刻の青年が仰向《あおむけ》に倒れていた。おおいかぶさって来る黄昏《たそがれ》の色の中に、彼の皮膚は、まるで白蛇のように妖《あや》しく輝いていた。見ると彼の傍には、薄白い煙を吐きながら、一挺のピストルが、雑草の中にきら〳〵と光っていた。

今ここに筆を執《と》ろうとするに当って、私はもう無限の悩みを感じます。その悩みに耐えかねて、ともすれば私は、自分に都合の好いように、事実を粉飾したくなるのです。私の目下《もっか》の唯一つの願いというは、だから、何卒《どうか》して此の悩みに打勝って、事実をありのまゝに書く勇気を欲しいと云《い》うことなのです。神様！　どうか私に、その力をお与え下さいますように。

扨《さて》、物語を出来るだけ簡単にするがためには、私は先《ま》ず、この呪わしい事件の方へ筆を進める前に、私たち一家の上に纏《まつわ》っている、家庭的事情からお話してかからねばなりません。そうするがためには、是非《ぜひ》とも私の祖父の時代へまで遡《さかのぼ》らなければならないのです。一見これは、甚《はなは》だ迂遠《うえん》なようですが、この物語を終《おわり》までお読み下されば、如何《いか》に此の家庭的事情というものが、重大な意義を持っているか、お分りになるだろうと存じます。

私の祖父の速水源左衛門《はやみげんざえもん》というのは、一代にして現在私の家に伝わっている、この巨万の富を拵上《こしらえあ》げた男なのですが、そういう男の常として、貞操に就《つ》いては全くルーズな考えを持った男でした。彼は正妻の他に幾人もの女を持っていましたが、その中でも、おしんというのが、彼の寵愛《ちょうあい》を殆ど一身に引受けていました。おしんというのは、彼の正妻などとは違って、素性《すじょう》も定かならぬ、一口に言えば馬の骨とも牛の骨とも分らぬ女なのですが、それはもうとほうもない美人だったという事です。然し不幸な事には、彼女は二十四歳かの時に、祖父の子供を産落としましたが、その産褥《しとね》から再び立つ事が出来ないで、間もなく亡くなって了いました。此の時には、鬼神とまで言われていたさすがの祖父も、思わず泣いたそうです。

さて、おしんの産んだ子供は男の子でしたが、彼は産《うま》れた時から、そんな事情ですから、祖父の正妻の手に引取られて養《そだ》てられました。名を雨二郎《あめじろう》と言います。正妻には品太郎《しなたろう》といって、やっぱり男の子が一人ありましたが、当時三歳になっていました。で、おしんの産んだ雨二郎は、品太郎の弟として入籍され、そして二人は同じ家庭に養てられる事になったのです。ところが祖父の雨二郎に対する愛情というものは、それはもう大へんなもので、彼に較《くら》べると、長男でもあり、しかも正妻の腹から産れながら、品太郎の方は実にみじめなものだったそうです。

自然家庭の調子は絶えず不安定でした。どんな場合にでも祖父は雨二郎の味方であり、彼の妻は又自分の産んだ品太郎の味方なのです。親たちがこういう風に、露骨に肩を持ち合うものですから、子供たちにしても、兄弟としての愛情を感じる機会を奪われて、却って一種の敵意を抱き合うようになるのは極《ご》く自然なことでしょう。彼等は何かにつけて自分の兄弟を目の敵《かたき》にし、そしてお互いに競争するのです。

こういう状態で養上《そだてあ》げられた彼等二人は、やがて青年期に達しました。ところが、何という不幸な事でしょう、彼ら二人は、偶然同じ女を恋して了ったのです。そうでなくても敵意と競争心とに燃えている所へ、更にまた恋敵となったのだから耐《たま》りません。如何《いか》に彼等が瞋恚《しんい》の焔《ほむら》を燃やして争ったか、想像するに難くないではありませんか。

彼等の恋人というのは、妙子《たえこ》といって当時彼等の家へ寄寓していた少女なのです。彼女は殆ど同時に、二人の青年から求愛されたものですから途方に暮れて了いました。正直のところ、彼女は彼等のどちらにも、そんなに愛を感じてはいなかったのに違いありません。彼女は至って素直な少女だったのに反して、彼等二人の青年と来ては、前に言ったような家庭的な事情からして、いつの間にやら、いやに猜疑《さいぎ》心《しん》と嫉妬《しっと》心《しん》ばかりが深くて、少しも青年らしくない青年になっていたからです。出来る事なら二人とも、きっぱりと断わって了いたかったのですが、そうするには彼女の意志はあまりに弱く、それに彼等の家庭から見捨てられると、忽《たちま》ち生活に困らなければならぬという不安もあったのです。

こうしたあやふやな彼女の態度が、一層二人の青年の敵意と競争心とを煽《あお》りました。そして事態はもはや、彼等の両親の力を以《も》ってしても、如何《いかん》ともする事が出来なくなっていました。伝説にある生田川《いくたがわ》の乙女のように、妙子自身が死ぬかどうかしなければ、とても円満に解決がつきそうになくなりました。

ところが、世の中というものは不思議なもので、さしも前途を心配されていたその争いも、意外な事から、なんの破綻《はたん》もなく終ったのです。尤《もっと》も祖父にして見れば、これは何よりも大きい破綻だったかも知れません。というのは、彼の寵児《ちょうじ》雨二郎が、ふいに、何の理由もなしに失踪《しっそう》して了った事なのです。それこそ天へ馳《か》けたか、地へ潜ったか、莫大な費用をかけて捜索したにも拘らず、遂に彼の行方は杳《よう》として分らなかったのです。

彼のこの失踪は誰の目にも一つの謎《なぞ》でした。彼には何一つ、身を隠さなければならぬ理由はなかったのです。いや、寧《むし》ろ彼の気性としては、何か身を隠さなければならぬ事情が出来たとしても、兄との間がそんな風になっているその当時、痩我慢《やせがまん》にもふん張っていなければならぬ所なのです。

自然、兄の品太郎に忌《いま》わしい疑いがかかって来ました。尤もそれには、雨二郎の失踪当時の状態も、彼にとっては不利に出来ているのです。言い忘れましたが、当時一家は、神戸の山の手にある、人々から俗に「赤屋敷」と称《よ》ばれている本宅に住んでいたのですが、雨二郎の失踪した夜《よ》は、あいにく、祖父をはじめとして一家の者は、たった二人、仲の悪い兄弟だけを邸《やしき》へ残して、東京の別宅の方へ行っていたのです。

「品太郎さんが殺して何処かへ隠したのじゃないかしら」

そんな囁《ささや》きが、それとはなしに召使いたちの間に交されたりしました。そして到頭《とうとう》品太郎は、ある日警察へ招喚されて取調べまで受けましたが、結局要領を得ずに終ったのです。

ところが恰度こういう騒動の中へ、又しても彼等の一家にとってはいやな問題が起りました。というのは、雨二郎が行方不明になってから、三ケ月程してからの事なのです。怪しげな、白粉《おしろい》くさい女が「赤屋敷」を訪問して参りました。彼女は胸に産れたばかりの赤ん坊を抱えて居りましたが、それを引取って欲しいというのです。理由は、その赤ん坊は雨二郎の子供だというのです。

寝耳に水の事なので、祖父を初め一同はびっくり致しましたが、彼女はいろんな証拠品を取出して見せました。中にはたしかに雨二郎の手蹟で、彼女の体の具合を問合わせたりした手紙までありました。その他に証人まであったりして、同棲こそしていなかったが、その女——綾瀬《あやせ》ルリ子《こ》と言って混血児なのです——と雨二郎との間に関係のあった事は、もはや疑いを容《い》れない事実になりました。然し如何にそれが雨二郎の実子にしろ、素性も分らない怪しい女と、然も祖父の許しも得ないで出来たことですから、通常なら頑固一徹な祖父は、頭から拒《は》ねつけそうなものですが、恰度その当時、雨二郎の行方が分らなくなって、自然、邸中《やしきじゅう》の者が全部《みんな》、品太郎とその母に向って媚《こ》びを呈しはじめていた時なので、彼等に対する面当《つらあ》ての意味で、祖父はよく取調べもしないで、その赤ん坊を引取って了いました。その赤ん坊というのが即《すなわ》ち斯《か》く云う私、速水五郎《はやみごろう》なのです。返えす返えすもなんという呪われた運命の下に私は産れたのでしょう！

妾腹《しょうふく》の子が売春婦に産ませた子——そうです、綾瀬ルリ子は外人相手の売春婦だったのです——が私なのです。

祖父は私が二才の時に亡くなりました。彼は死ぬ前に遺言状を書いて、私に全財産の半分を割いて呉れました。但しそれは、私が二十五歳になった時初めて自由にする事の出来るもので、然もそれ迄に、私の父なる雨二郎が帰って来れば、全部それは彼のものになるのです。これを以《も》ってしても分る通り、祖父は決して心から私を愛していたのではありません。行きかがり上、息子の品太郎に飽迄《あくまで》対抗するために、私というものは唯《ただ》道具に使用されたのに過ぎないのです。

品太郎といえば、彼は雨二郎の行方が分らなくなって一年目に、到頭思いがかなって妙子と結婚いたしました。そして結婚後二年目に、迪子《みちこ》が産れました。即ち私とは三つ違いの従妹《いとこ》なのです。

扨《さて》祖父が亡くなると直ぐその後から、彼の妻も追って逝《ゆ》きましたから、従って私は、私の半生の殆ど全部を、伯父夫婦の下に暮して来た事になるのです。私の父を殺したという噂《うわさ》のある伯父のもとにです！

伯母はいつも不幸でした。彼女は良人《おっと》を信用する事が出来なかったのです。貴方《あなた》の良人は人殺しですよと言われても、彼女は他の妻たちのように、真剣になってそれに抗弁する事が出来なかったでしょう。…………或いはやっぱり、良人が殺したのかもしれない、いやいや、かも知れないじゃない、良人が殺さないで、どうしてあの人が姿を隠そうか、……………そうした不安や疑惑がどんな時でも彼女の胸を去りませんでした。だから彼女は、結婚の当夜から、笑顔というものを何処《どこ》かへ忘れて了ったのです。

彼女の良人は、結婚の当時こそ、まるで舐《な》めるように彼女を可愛《かわい》がっていましたが、氷のような彼女の表情には、さすがの彼も辟易《へきえき》しました。それに彼は、結局祖父の二代目だったのです。一方には執拗《しつよう》に彼女の愛を要求しながら、他方では既に幾人もの女を愛して来ているのでした。

さて、私自身に就いて言うならば、こうした呪われた運命のもとに産まれた人間にふさわしい、暗さだけを私は持って居りました。運命を如何に打開すべきか、そういう事は私にとっては手も届かぬ、恐ろしくむつかしい問題であるように見えました。それに私には、物心附いてからというものは、寝ても覚めても父の生死という問題が、頭を去らないのです。おお！　こういえばこれを読む人は、きっと誤解をするに違いありません。ところが何という事でしょう。私がそんなに父の生死を気にかけていたというのは、決して皆が考えているように、人道的な意味からではなかったのです。どうしてどうして、それとは全く反対なのです。

　私は前に祖父の遺言に就いて言って置きましたが、それによると、私が二十五才になる迄に父の帰って来るような事があれば、私は結局一文なしになって了うのです。父は私を路傍の石よりも猶《なお》愛さないでしょうし、私とても同じ事です。

　此の問題は絶えず私を悩ませました。そして私は、未知の人が「赤屋敷」を訪れる度に、父の音信を持って来たのじゃなかろうか、と胸を冷やすのでした。父よ帰るな！　父よ帰るな！　なんという悪魔でしょう、私はいつもそう心の中《うち》で祈っていました。そしてお終《しま》いには、どうか神様、伯父が父を殺したという噂が真実でありますように——そんな風にまで私は祈っていたのです。世の中にまあ、こんな親子の情というものがある事でしょうか！

　そういう意味からして私は、一度伯父の口からはっきりと、父の生死を聞いて置きたくて耐《たま》りませんでした。

「そうだよ、我が甥よ、お前の父はかく云う俺が殺したのだよ。だから心配しなくても宜《よ》い。二度と帰って来る事はないのだから」

　若し一言でも伯父がそう打開けて呉《く》れるなら、私は、私の財産の半分を分け与えても宜いとさえ思っていたのです。

　しかしこういう心持ちがどうして彼に分りましょう。彼は絶えず私を怖れていました。物問いたげな私の眼に遇う事を、彼は何よりもいやがるのでした。従って私たちは、同じ「赤屋敷」の中に起居しながら、滅多《めった》に顔を合わす事はありませんでした。たまにあっても、それは大てい偶然の機会なのです。

伯父は又自分ばかりではなく、伯母や従妹までが私と親しくするのをいやがるのです。ところが伯母や従妹の迪子は、伯父と違って私の境遇に同情しているものですから、自然その点では伯父に叛《そむ》く事が多いのでした。私は又私で、従妹の迪子には淡いながらも、一種の恋心を感じていました。というのは、私はそういう性質ですから、従妹以外には全く女性というものを知らなかったのです。従兄妹《いとこ》同志結婚するという例は、そう珍しい事ではないし、それに私たちの従兄妹は、父同志が腹違いであるのだから、そんなに恐れたものでもあるまい、そういう風に、私は自分一人の考え方で、考えていたのです。迪子の考えはよく分りませんでした。私に好意を持っていた事はたしかですけれど、それが恋だったかどうか疑問です。

ところが一度《ひとた》び話がこの問題に触れると、伯父はもう、他のどんな場合よりも、更に更に強硬に反対するのでした。彼は言うのです。

「天地が裂けようとも、お前たち二人を結婚させる事は出来ない。恐ろしい事だ。恐ろしい事だ」

従って、此の点でも伯父は亦《また》、私を避けなければならなかった訳です。

こういう風にお話をすれば、いかに「赤屋敷」の中が暗い気分に包まれていたか、想像するに難《かた》くないでしょう。

妻と良人、伯父と甥、父と娘、それ等が各々違った心持ちで、相手の心を探り合い、疑い合い、そして欺き合っていたのです。何という恐ろしい事でしょう。いつかはこれに破綻がやって来ないでは居りません。

破綻は到頭やって参りました。それは思いがけない所に根を張っていました。そして到頭それが私たち一家を滅亡させて了ったのです。それはこうです。

或る朝、「赤屋敷」の中では大へんな事が起りました。というのは、恰度その頃、建物の一番隅っこにある、古い土蔵に手入をしていたのですが、その天井裏から、人間の白骨が発見されたのです。それは頭から足の指まで、何一つ欠くる所のない骸骨《がいこつ》でした。思うに、他殺か自殺か自然死か、兎《と》に角《かく》死体となって其処に横たわっていたのが、そのまゝ腐敗して、綺麗に骨だけが残ったのでしょう。

私たちの胸には忽《たちま》ちある疑いがむらむらと起って参りました。伯母を始め、従妹の迪子も、そして私も、その報告を左官から受けるや、無言のうちに各々眼を以って頷《うなず》き合いました。従妹と伯母とは、もう唇の色まで真青《まっさお》になっていました。

「貴方」

夕飯の時でした。伯母がそう伯父に声をかけました。一体平素《いつも》は、私だけは食事を別にする事になっているのですが、その夜は伯母のはからいで、特別に同じ食卓に附いていたのです。

伯父はその日、一日じゅうそわそわとしていましたが、伯母にそう声をかけられた時には、本能的に、まるで敵の襲撃を受けた時のように、身をかばうような手つきを致しました。

「あなた、到頭、神様の裁きを受ける時が参りましたのねえ」

まあ何処を押せばあんな冷い声が出るのでしょうか、その声には、私までが背筋のちりちりと寒くなるのを覚えた程です。

「何を言ってるのだい、お前は?」

伯父はそれでも、弱味を見せないように繕《つくろ》いながら、そう言いました。

「もうそんなに白ばくれるのはお止《よ》しなさいよ、ね。ちゃんと立派な証拠が出て来たじゃありませんか」

「お前の言っているのは、あの骸骨の事かい?」

「あの骸骨の事かい、ですって。まあ、どうすればそんなに平気そうにしていられるんでしょう。貴方は私の思っていたより、ずっとずっと悪党ですのね」

それはいつもの伯母とはすっかり様子が違っていました。そう言えば眼の光さえ怪しく、指なども絶えずふらふらと慄《ふる》えているのです。

「馬鹿な！　何を言っているのだい！　一体お前たちはみんなそんな恐ろしい顔をして、何を考えているのだい?」

「何をって、貴方が人殺しをしている所をですわ、ねえ迪子や、お前のお父さまは人殺しをなすったのですよ。宜《い》いじゃないか、ねえ人殺しなんだよ」

「素敵だわねえ、お母様」

可哀《かわい》そうに迪子までが、母に調子を合せました。

「お父様、話して頂戴《ちょうだい》よ、人殺しって愉快？　さぞ愉快でしょうね、あたしも一度やって見たいわ。ねえお母様」

「そうね、お父様に教わってお稽古をするが宜《よ》いわ。どう？　五郎さん？　あなたもお仲間にならない？」

「そうですね、伯母さん」

何という事でしょう、私まで気が違ったのでしょうか。思わずそう相槌《あいづち》を打って了ったのです。

「あら宜いわ、兄さんもお仲間になるの、素敵だわねえ、素敵だわねえ、さあお父様、早速お稽古を始めましょうよ。ね、ね」

そういって迪子は立上がったかと思うと、ふらふらとダンスでもするように、食堂の中を歩き廻りました。

「迪子、お座り！　何という事だ、お前たちは。さあ気を落着《おちつ》けてよく私の言う事を聞くんだよ。今日土蔵の天井裏から出て来た骸骨は、決してお前たちの思っているように、雨二郎のものじゃありません。私は嘘《うそ》吐きだけれど、これだけは神様に誓っても宜《よ》い、だからさあ、安心して気を落着けるんだ」

「じゃ伯父さん」

私はすかさず訊《き》きました。

「あれは誰の骸骨なんですか」

「さあ、それは私にも分らない、然し私の考えるのに、此の邸《やしき》は昔、独逸人《ドイツじん》が持っていたんだそうだから、多分その当時のものだろうと私は思うよ」

するとその時、横合いから伯母が疳高《かんだか》い声で笑いながら、口を挟みました。

「問うに落ちず語るに落ちるとは此の事ね。あなた先刻《さっき》何と言って、これは雨二郎の骸骨じゃないと、はっきりと仰有《おっしゃ》ったじゃないの、何故《なぜ》、知りもしない骸骨が、雨二郎さんのじゃないと、そんなにはっきり分るの？　骸骨にも眼鼻はあるという洒落《しゃれ》なの？　それとも、あなたは、何処か他に、雨二郎さんの骸骨のある場所を知っていらっしゃるの？」

　伯父の顔色はさっと変りました。気違いというものは何とよく頭が働くのでしょうか。伯母の言葉はたしかに、鋭く彼の心臓を突刺《つきさ》したのに違いありません。

「そうだ、私は知っている。私は知っている。然し、妙子も、迪子も、五郎も、みんなよくお聞き、雨二郎は決して、お前たちの思っているように死んではいないのだよ。彼は現在でも、たしかにこの世に生存しているのだ」

　はっと、部屋中の心臓の鼓動が停《とま》りました。ダンスをしていた迪子も、ひっきりなしに手足をばたばたと動かせていた伯母も、そして私も、瞬間石のように固くなって伯父の顔を眺めました。だが、次の瞬間、その沈黙は伯母の高らかな笑声《わらいごえ》によって、無残に引破られました。

「また出たら目を仰有る。駄目よ、もうそんな出たら目を仰有っても、誰も信用しないわよ」

「出たら目じゃない、本当だ」

「じゃ、雨二郎さんをここへ連れていらっしゃい。どう、駄目でしょう。駄目でしょう」

　伯父は歯を喰いしばって、かすかに全身を慄わせていました。ああ、彼は何と言うでしょうか。若し、彼の言う通り、私の父が生きているとしたら、私は絶望なのです。

「よし！　連れて来てやろう」

「ええ？」

「然し、今日といっては駄目だ。少くとも一週間はかかる。そうだ約束して置こう。来週の金曜日には、お前たちに、こがれている雨二郎を遇わせてやろう。然し余め《あらかじ》言って置くが、そのために、お前たちのうちにどんな不幸がやって来ようとも、それは私の知った事ではないぞ」

　との最後の一句は、特に私に向って放たれた言葉でした。彼はそう言いすてると、幽霊のように蒼白《まっさお》になって、よろめき、よろめき食堂を出て行ったのです。

その一週間を、どんな気持ちで私は暮した事でしょう。とてもその時の気持ちを、正直に打開ける事は出来ません。それはあまりに恐ろしい事です。人の子として、己《おの》が親の帰って来るのを、そんな心持ちを以って、用意をしていた者が、又とこの世にありましょうか。但し言って置きますが、それは必ずしも財産の問題ばかりから、そうだったのではありません。産みすてるとから、いやいや、産みすてる前から、既に私というものを顧みようとしなかった、冷淡な父親に対する万腔《まんこう》の恨みも混じっていたのは言うまでもありません。

　そうした不安と焦燥の中に、一週間はまたたくひまに過ぎました。そしてそこには世にも恐ろしい罠《わな》が私を待ち構えていたのです。

　約束の金曜日の朝の事です。(おゝ、私の伯父は、わざと忌わしい金曜日という日を選んだのに違いありません。) 朝早く私は、伯父の部屋に招寄《まねきよ》せられました。そこには既に、伯母と迪子が、真白い、強張った表情をして待って居りました。

「これで全部揃った。お前たちみんな、充分心の用意は出来ているだろうね」

　私の顔を見ると、さっそく伯父がそう申しました。伯母も迪子も、此の間の夜の狂燥状態は、既におさまっていたものですから、まるで猫に睨まれた鼠《ねずみ》のように小さくなっていました。

「いや、こうなった以上、お前たちの心持ちがどうであろうとも、私はいやでも雨二郎に引遇《ひきあ》わさなければならない。二十何年間、お前たちから、そんな気持ちで見続けられて来たというのが、私にはもう心外で耐《たま》らないのだ」

「引遇わせると言って、父は今何処にいるのです」

　私が辛うじてそう申しました。

「此の邸の中にいる」

「え？　この邸の中に？」

　伯母も迪子も私も、思わずそう訊返しました。

「そうだ。昨夜《ゆうべ》こっそり、私が連れて帰って置いたのだ。こう言うとお前たちは不思議に思うだろうが、一眼《ひとめ》彼に遇えば何も彼《か》も分るのだ」

やがて伯父が先に立って、部屋を出て行きました。そして薄暗い廊下を通って、伯父が私たちを案内して行った場所というのは、建物の一番右翼の、もう長い間使った事のない、陰惨な、埃《ほこり》まみれの一室でした。

「さあ、五郎、お前の手でその扉を開けるが宜《よ》い、そして、長い間のお前たちの疑惑を晴らすが宜いのだ」

ああ！　今にして思えば、私は何故あの扉を開いたのでしょう。何故あの場から逃出《にげだ》さなかったのでしょう。思えばあの扉こそ、地獄へ通ずる関門だったのです。

私がその部屋の中に見たもの、それをはっきりと私は述べることが出来ません。あまりに恐ろしい、あまりに情けない事です。

どろどろに病みくずれた肉塊、膿《うみ》と血にまみれた醜い人間の体が、その部屋の中の寝台《ベッド》の上に横《よこた》わっていたのです。しかも彼は、私の姿を見たせつな、哀れな微笑を浮べながら、腐った両手を私のほうへ差しのべました。

何と言う事でしょう、私の父はレプラ患者だったのです。むろんそれは、彼の母親から来た病気なのでしょう。そしてその血は、私の体内にも流れているのです！

もう時間がなくなりました。私の傍《そば》にある蠟燭もだんだん残り少なくなります。私はだから、それ以後の事を出来るだけ簡単にお話しなければならなくなりました。

父の姿を一目見たせつな、私はその場に昏倒《こんとう》したのですが、それが原因で二月あまり、夢と現《うつつ》の境を彷徨《ほうこう》して暮しました。思えばそのまゝ死んで了うか、気でも違って呉《く》れたら宜かったのです。しかし何処までも呪われていると見えて、死ぬ事も出来ず、発狂もせず、私は再び此の世に蘇《よみが》えって参りました。そして癩病《らいびょう》患者の血統を引く自分を、はっきりとそこに見出《みいだ》したのです。

その悩み、その悶《もだ》え、その苦しみ、それはとても筆紙に尽くしがたい事です。こう言っているうちにも、指先から腐って行くかも知れないのです。眉毛が落ちるかも知れないのです。そう云えば、何となく全身にむず掻《が》ゆさを覚えるのは、既に体が溶けて行きつつあるのではないでしょうか。

——そうした悶えの末、私は遂に恐ろしい事を決行して了いました。「赤屋敷」に火をつけたのです。何とはなしに、此の家の空気、此の家の住人《すみて》に呪いを感じたのです。救われ難い私の運命が、すべてその邸の空気に原因しているように感じられたのです。心地よく「赤屋敷」は炎上しました。その焰の色を眺めながら、私はまるで酔いどれのような足どりで、港町を歩き廻って居りました。何も彼もを焼き払って了うことの快さを感じながら…………。

扨《さて》、それから私はどうなったでしょう。

その時の事を、私はあまりはっきりと覚えていない。気が附いてみると、むさ苦しい船底に私は押籠《おしこ》められていたのです。これはずっと後になって知った事ですが、こういう事を船員仲間では、「シャンハイされる」というのだそうです。つまり私は、ある支那船に誘拐されたのです。

そこに又苦役の数ケ月が過ぎました。そして最近漸《ようや》くその船から脱走して、さて故郷へ帰って見ると、どうでしょう。私の肉親は、みんなあの「赤屋敷」と共に灰になっているのです。伯父も伯母も従妹も、そして私自身までが——。

思うに人々は、父の骨を私と間違ったのでしょう。それも無理はありません。父の雨二郎が「赤屋敷」へ帰って来たのは、召使いさえ知らぬ私たち一家の秘密だったのですもの。これで私は到頭、生きながらにして亡者の数へ這入《はい》ったわけです。

さあこれで、話すべき事はみんな話して了いました。ああ、唯一つ、土蔵の天井裏から出て来た骸骨が謎《なぞ》として残りましたが、あれは多分、私の一家とは直接何の関係もない事なのでしょう。

それに就いては思い出す事があります。

ずっとずっと前の事です。此の「赤屋敷」はある独逸《ドイツ》人の所有だったのですが、その主人は短銃《ピストル》で自殺したという事です。彼の自殺と天井裏の骸骨との間に、何等《なんら》かの関係があるのではないでしょうか。古い館というものは、得てしてこうした秘密を持っているものです。そして思えばその秘密が、遂に「赤屋敷」を滅ぼしたのだと、言って言えない事はありません。

到頭蠟燭は消えて了いました。最後のまたゝきがしばし此の部屋を明るくしましたが、それもつかの間でありました。しかし破れた天井から、蒼白い月光が差込んで呉るので、そんなに暗くもありません。だが、私はもう行かなければならない。卓子《テーブル》の上には、一挺の短銃《ピストル》が銀色に光って居ります。間もなくそれが、総《すべ》てを解決して呉れるのです。

何という静かな事でしょう。まるで海の底のようです。人々がこれを「幽霊屋敷」と呼ぶのも無理はありません。

大正×年十月十日夜《よ》

速水五郎之《これ》を誌《しる》す。

以上が私の預かった黒い鞣皮の表紙を持った本の中に、誌されていた物語である。むろんあの廃墟の中で、短銃《ピストル》を以って自殺した青年が、この物語の筆者速水五郎だったのに違いない。それにしても、物語の終《おわり》に誌されている日附けと、青年の自殺した日との間に、一年あまりの相違があるのは不思議である。

だが考えてみると、この物語の筆者は、こういう遺書を書きは書いたものの、その当座未《ま》だ此の世に未練があって、潔《いさぎよ》く死ぬ事が出来なかったのかも知れない。それは有り得る事である。多分その当時、彼の肉体には未《いま》だ何の変調も来していなかったのだろう。それが彼に一縷《いちる》の望みを与えると共に、此の世の中に未練を持たせたのだろう。

「自殺はいつでも出来る。自分は未《いま》だ、何一つ此の世の中に快楽というものを知らないではないか。自分は生きたい。少なくとも、自分の肉体の何処かに、病気の最初の徴候を発見する迄は、生きる権利を主張しても宜《よ》いだろう」

そんな風に呟いている彼の姿を、私はまざまざと想像する事が出来る。私は又、あの鉄製だか木製だかの函《はこ》と、切株の根元に掘られた穴とを思い出した。

「そうだ、その日まで自分は此の遺書を保留して置こう。自分の眉毛の最初の一本が脱落した時、自分の肉体が崩れ始めた最初の瞬間、自分は再び此処へ帰って来て自殺を遂げよう」

そう呟きながら遺書を埋《うず》めている彼の姿を想像する事も出来る。私は深い溜息と共にその黒い鞣皮の表紙を閉じた。


だが此の物語はまだ是《こ》れで終《おわり》とはならない。読者は覚えているだろう。私はその本を、彼に代って未知の男に手渡《てわたし》しなければならなかった事を。

私は決してその約束を破りはしなかった。

「貴方ですか、ここで速水君と遇う約束をしていらっしゃった方は?」


廃墟の雑草の中に、悄然《しょうぜん》と佇《たたず》んでいる男を発見して、私はそう声をかけた。四十幾才かの船員風の男である。彼の顔に浮んでいる言いがたき苦悩の表情によって、私は、彼が既に青年の死を知っている事を感じた。

「そうです、貴方は?」

彼はやや驚きの表情を以ってそう訊返《ききかえ》した。

「私は偶然、彼の人《あ》の死ぬ数分前まで話をした人間なのです。彼は自分に代って貴方に遇う事を私に依頼しました。私も、彼が自殺をするとは気が附かなかったものですから、快くそれを引受けたのです」

私は例の黒い鞣皮の表紙を持った本を取出して彼に渡した。

「これを貴方に渡して呉れというのが彼の依頼《たのみ》でした。誤解のないうちに言って置きますが、私もその本の内容を読んで居りますよ。そうしても宜《よ》いという許可《ゆるし》を、私は彼から得たのです」

その男は、二、三頁《ページ》ばらばらとそれを繰って、目ばやく黙読した。

「遺書ですね」

「そうです。何故自殺を選ばなければならなかったかという事、並びに自分の身分を明《あきら》かにするために書き残したのでしょう。私もそれを読んで初めて彼の名前を知ったのです」

「では、貴方は終りまでお読みになった事だから、さぞ御存じでしょうが、彼の死の動機は、やっぱり自分の血統を悲観したためですか」

「そうですね、それればかりでもありますまいが、九分九厘まではそこにあるようです」

彼は黙りきってじっと土の上を眺めていた。彼の面《おもて》には、悲しみが雨雲のように拡がっていた。曇日《くもりび》の空を慄わせて、ものうい巷《ちまた》の雑音がその山の手まで伝《つたわ》って来た。此の間私が立っていた小径の上に、子供が二三人、不思議そうな顔をして私たちを眺めていた。私は言った。

「これで私の使命はすんだわけです。では失礼致しましょう」

するとふいに彼が顔を挙げた。

「待って下さい、貴方にお話をする事がありますから」

私は思わず足を止めて、彼の顔を見た。

「話と言って、やはり速水君に関係した事ですか」

「そうです。而《しか》も彼にとって最も大切な事なのです。私は今日此処《ここ》で彼に遇ったら、その話をしてやろうと思っていたのです。しかし彼はもう此の世の中にいません。早まって自殺をして了いました」

「早まって？」

私は彼の言葉を聞きとがめて、思わずそう訊返した。

「そうです、そのわけを今お話致しましょう。これも何かの因縁だと思って、どうか私の話を聞いて下さい」

私たちは雑草の中に腰を下ろした。彼は低い悲しげな声で、ぽつぽつ話を始めた。

「私は遠藤庄市郎《えんどうしょういちろう》と云って、見らるる通りの船乗り稼業をしている者です。私が彼、速水五郎と懇意になったのは、極《ご》く最近の事で、まだ六ケ月とはならない交際なのです。最初彼と心易くなったのは、彼が私の乗っていた××丸に乗込んで来た時でした。なにしろ彼は新米で、おまけに力仕事に馴れないものですから、いつも仲間たちから迫害されて居りました。私はと言うと、もう船乗り仲間でも古顔のほうで、仲間の間でもかなり顔利きなのです。私は彼が可哀そうでなりませんでした。馴れない仕事に従事するという事は、初めの間は誰にでも辛いものです。殊《こと》に海の仕事というものは、とても陸で想像する事も出来ないほど、ひどいのですからねえ。で私はなにかにつけて彼を庇《かば》うようにしてやりました。

　すると彼も私を唯一人頼りとしまして、他の者には打開《うちあ》けない事柄でも、私だけには話すようになりました。

　ある日の事です。彼はしみじみとした調子で、私に身の上話を始めました。言い忘れましたが、当時彼は偽名を名乗っていました。その偽名の事から話が始まって、到頭身の上をすっかり私に打開けたのです。

　それを聞いた時の私の驚き、それはとても想像する事も出来ないでしょう。何故といって、彼は私の息子なのですもの！

　こう言ったばかりでは分りますまいが、もう二十年も以前の事です。私は此の町で綾瀬ルリ子という女と同棲していました。彼女は私を情夫に持っている一方、当時『赤屋敷』と呼ばれていた此の家の息子の世話を受けていました。むろん彼に対しては私のことは全く秘密だったのです。

　そうしているうちにルリ子に子供が産まれました。子供は産れ月や何彼《なにか》から考えて、私の子に違いなかったのですが、当時私はまだ若くて、到底子供の親になるだけの用意は出来て居りませんでしたので、ルリ子を説伏せて、無理矢理にそれを『赤屋敷』の息子の胤《たね》にして了ったのです。

　まあ何という親たちでしょう。まるでほととぎすのように、自分の産んだ子供を他人の責任にして了って、口を拭《ぬぐ》っていたのです。『なアに、結局その方があの子の幸福なんだよ』そう言って私たちは、故意に自分の良心を麻痺《まひ》させていたのですが、何がまああの子の幸福でしたろう。二十幾年かをいろんな暗闇の中に暮らして来て、結局自分の体内には癩病の血潮が流れていると教えられるなんて………」

今は明《あき》らかに彼は泣いていた。私は黙ってその男の顔を打眺《うちなが》めた。どう云うものか私はその男を憎めなかった。私は思うのである。若し死んだ速水五郎がこの打開話を聞いたら、彼は果してどう思うだろう。「じゃ、俺はレプラの血統じゃなかったのか」と言って、跳上がって喜ぶだろうか。いやいや、仮に私が彼の立場にいたとして、その打開話を生前聞かされたら、私は喜ぶ代りに、更に自分の運命の中に、一つの醜悪な事実を発見して、より一層憂鬱《ゆううつ》になったであろう。

私は思う。

結局彼は死ななければならなかったのだ。そして適当な時期に死んだというべきなのだ。

私は無言でその男と別れた。

悲しき郵便屋 ——The Tale of Love and Cipher.——

「あなたは御存知じゃありますまいが、つい此《こ》の間まで、僕たちの仲間に伊山省吾《いやましょうご》という男が居《い》ましたがね——」

と、是《こ》れは近頃出来た私の友人、服部謙作《はっとりけんさく》の物語である。

彼と私とは、何というのだろうか、つまりカフェー友達とでも言うのだろうか。元来私はあまり友人を拵《こしら》える事を好まない方なのだが、服部謙作の様に、遮二無二《しゃにむに》、臆面もなく話しかけて来る性質《たち》の人間に遇《あ》うと、何時《いつ》のまにか引摺《ひきず》られて、顔を見ればまあ話を交すぐらいにはなるのだった。

その服部謙作の話なのである。

その伊山省吾という男に就《つ》いて、面白い話があるのですよ。お話いたしましょうか。お聞きなさい。まあ、こうなのです——。

恰度《ちょうど》、あなたとこうしてお話をするようになる、三週間程前のことでしたがね、急に東京へ行くと言いだしましてね——。それが、変な男です。東京へ行って何をするつもりだいと聞かれても、それは先生答えられないのです。さあ、何をするかな、困ったら下水掃除でもするさ——それくらいなら、何もわざ〳〵東京まで行かなくても宜《よ》いじゃないか、下水掃除のくちなら、此方《こっち》にだってあるだろ。——然《しか》し、それがね。とまあ、こう言った調子なのです。尤《もっと》も、僕たちにしても、全《まった》く理由《わけ》の分らない事でもなかったのです。と言うのは、その少し前に、一寸《ちょっと》したごたごたがありましてね、僕たち迄《まで》がまきぞえを喰って、先生大いに面目玉をつぶした事件があるのです。おおかた、彼の事だから、そいつを何時《いつ》迄もくよくよと思い悩んで、さてこそ東京行きとなったのだろうと、僕たち一同、勝手にそう極《き》めていたんです。ところが、これは後で分った事なんですが、無論それもあったのですが、それよりも先生、失恋していたんですよ。そう言えば、上京するというので、停車場まで連中みんなで送って行ってやったのですが、汽笛がピイと鳴って、汽車がごとんごとんと動き出した途端、先生急においおいと言って泣きだしましてね。――それには皆面食《めんくら》いましたよ。今から考えてみると、あの時先生、あわれ世をはかなんで、大いにセンチメンタルになっていたのでしょうね。――

さてその失恋の話なのですが、つまり僕がお話しようと思っているのは、それなんですよ。随分変った恋も恋ですが、失恋も失恋でしてね、――まあお茶でもお飲《あが》りなさい、ゆるゆるとお話いたしましょう。

その男、即《すなわ》ち伊山省吾は、当時郵便屋さんをしていましてね、そうです、僕たちの仲間で、曲《まが》りなりにも職業を持っていたのは、あの男だけでしたよ。そう言えば、僕たちの仲間では一番正直で、悪く言えば小心翼々とでも言うのでしょう。然しそうかと思うと、それで満更《まんざら》教育のない訳ではなく、K学院の神学部を立派に卒業しているのですが、それで居て郵便屋さんをしているんですから、要するにまあ、僕たちと五十歩百歩という所でしょう。

ところでその郵便屋さんをしている所の伊山省吾が、毎日配達に廻る区域というのが、山本通《どおり》のあたりなのですが、そこにあなたも多分御存知だろうと思いますが、曾我部《そがべ》と言って有名な医院がありますね？　御存知ですか？　その曾我部には綾子《あやこ》さんと言って、素敵な美人の令嬢があるそうですが、御存知じゃありませんか？　え？　御存知？――そりゃァ好都合です。それだと、此の話が満更根も葉もない、出鱈目《でたらめ》でない事がお分りでしょう。

つまり我が郵便屋さん、伊山省吾君はその令嬢に恋をしたんだそうです。
――と言っても、伊山君別にどうすると云《い》う訳でもなく、第一、始めの間は、それが恋だという事すら、自分でもはっきり気が附かなかったくらいです。無理もありません、当方《こちら》はしがない郵便屋、向うはと言えば、有名なお医者様の御令嬢、しかも女学院出身の、素人《しろうと》音楽家としてもかなり知られていると言うじゃありませんか。如何《いか》に僕たちが友達甲斐《がい》に贔屓《ひいき》してみても、始めから相撲になりゃアしませんやね、そうでしょう？

　ところで、此処《ここ》に唯《ただ》一つ好都合なのは――好都合と言っては変ですが――、何遍も言う通り、伊山君は郵便屋さんだからその令嬢の許《もと》へ来る手紙と言えば、どうしても一応彼の手を経なければならない訳でしょう？　無論彼でなくとも、自分の恋人の許へ来る手紙と言えば、誰しも無心に見遁《みのが》すわけには行きませんやね。意識的、無意識的に、いつの間にやら彼も、曾我部綾子嬢宛とさえあれば、おさおさ怠《おこた》らぬ注意を払っていたのですが、すると此処に一つ、不思議な葉書がよくその令嬢の許へ来るのを、間もなく彼は気が附いたのです。

　その葉書と言うのが、此の物語の中心をなすものなのですから、此処にその一つをお目にかけて置きましょう。ほら、こういうのです。

あなたは僕より音楽通で被居《いらっしゃ》るから、直《す》ぐお分りでしょうが、変でしょう？　一寸《ちょっと》も音律《リズム》をなしていないでしょう？　第一、タイムなんかも一目見て分

る事ですが、出鱈目極まるものじゃありませんか？　こういうのが、しかも、仮りにも素人音楽家として相当知られている令嬢の許へ来るのですから、少し音楽を解する者だったら、誰しも、こいつは変だぞ！　と思わない訳には行かないじゃありませんか。伊山君も其処《そこ》のところへ気が附いたのです。で、種々《いろいろ》と思い出してみると、一週間に一度か二度ぐらいの割合で、そういう葉書が、令嬢の許へ来るのですが、或《あ》る時の事です。彼が例によって、彼女の宅《うち》へ手紙を投込もうとしていると、折から何処《どこ》かへ出かける所と見えて、盛装した彼女が、玄関の所に立っていたのですが、彼を見ると、無論相手は、その郵便屋が自分に恋をしているなんて、夢にも知らない事ですから、郵便屋さん、あたしにも何か来ていなくって？　——ええ、お嬢さん、又いつものような楽譜が来て居《お》りますよ。——あら厭《いや》だ、郵便屋さんはよく知っているのね。——、で彼が渡したその楽譜に、一通《ひととおり》眼を通していたのですが、にっこりと笑うと、直ぐビリ〳〵とそれを引裂いてしまったんです。

其《そ》の時は、まあ別に何とも思わなかったんですが、後で考えてみると変じゃありませんか？

——で、そんなこんなで、種々《いろいろ》と思い合してみると、どうやらその楽譜が暗号らしいんですね。と、そう気が附くと、伊山省吾の性質として、何と言うんでしょうか、非常に浪漫的《ロマンチック》な事柄を好む男でしたが、忽《たちま》ち心が小鳥の胸のように躍りだしたのです。

そうだ！　こいつを一つ解いてやろう！　そうすると何か、俺の為になるような事になるかも知れないぞ！……。で、そう気が附いた日から彼は、そう云う葉書が眼に触れる度に、こっそりと自分のノオトに写して帰る事にしたのです。都合の宜《よ》い事には、彼の配達区域に、一つ共同便所があったものですから、主にその中で、そういう陰謀を逞《たくま》しゅうしていたのです。

ところで伊山省吾という男は、生れつき頭脳《あたま》の方は素敵によく出来ていた方ですから、二三日にして、その暗号を見事に解き終《おお》せて了《しま》ったのですよ。これはその後、即ち、彼が東京へ出奔してから、僕のもとへ寄来《よこ》した手紙に書いてあったのですが、従って僕のは彼の受売《うけうり》なんですよ。

つまりこういう風に彼は、推理の糸を辿《たど》って行ったのです。――最初考えなければならないのは、どの暗号でもがそうであるように、第一これはアルファベットか、それとも仮名文字かと云う点ですね。それからもう一つ此の場合には、音符の一つが一字をなしているのか、それとも一小節が一字をなしているのか……。ところでよく注意すると、音符と言っても、こゝにはたった二種類しか使用されていないでしょう？　だから此の音符一つが一字を代表するのだとすると、つまり五本の線との種《いろ》んな組合せによって、それ〴〵異《こと》なった字が出来て来る訳でしょうが、そうすると、どんなに組合せてみたところで、線は五本だし、音符の種類はたった二つだし、だから二五《にご》の十以上の字はどうしても出来っこない訳ですね。だから、当然これは、一小節が一字をなしているものと見なければならなくなりましょう？

さあ、其処まではかなり早く漕着《こぎつ》ける事が出来たんですが、それからが困るんです。と言うのは、一小節が一字をなしているとすると、其処には音符の数《すう》、音符の種類、それからもう一つ、音符の位置と、この三つが問題になって来る訳ですがそうすると随分複雑な暗号になって来ます。伊山君はここで二日ばかり頭をひねったんだそうです。

ところが、彼がふと思い出したのは、ほら、いつか令嬢がその暗号を読んだ時の事ですが、彼女はまるでそれを、片仮名を読む程の速度で読上げたんです。いかに馴れているとは言え、こういう複雑極《きわま》るものを、そう易々《やすやす》と読めるわけの物じゃありません。だから本当は、彼が考えている程複雑なのじゃなくて、もっともっと簡単なものじゃなかろうか……。そこで彼が考えるのに、音符の数、種類、及びその位置を全部考慮に入れていた日には、何時まで経ってもその複雑さは少しも減じない訳だが、これはひょっとすると、その中の一つだけは、全く出鱈目で、必要のない事かも知れないと……。そこでよくよく見ていると、この中には、二つの音符の組合せも、その数も、全く同じでありながら、唯一つその音階の違う所があるでしょう？　どうもそれ等《ら》の点からみて、音符の位置というのは、全然出鱈目じゃないかしら……。と、これ等の推理に別に無理はありますまい。

　そこで到頭彼は、考慮の範囲を、二つの音符の組合せにまで狭めた訳ですが、其処まで行くと、それから先はかなり容易なんです。と言うのは、それを考えながら彼は、その楽譜に調子を合して、コツ、コツと机の端を叩いていたんですが、すると忽ち、稲光みたいに頭の中に差し込んで来た考えがあるのです。というのは、あなたまだお気附きになりませんか、ほら、我々の誰でもが知っている事ですが、電報という奴です。電報記号というのは、取りも直さず、長いタイムと、短いタイムとを、種々《いろいろ》に組合せて、そこに仮名だと四十七文字、モールス記号では二十六文字の物を拵え上げてあるのです。ところで此処にある暗号では、複雑そうに見せかけてはあるものの、結局これは、二つのタイムの組合せに過ぎないじゃありませんか。

「うまい！」

と、そこまで気が附いた彼は、机の端から躍上《おどりあが》って喜んだと言うのです。

　幸い彼は郵便屋の事でしょう？　その方に満更縁のない訳じゃありません、早速彼の勤めている局の、電信係の男に訊《たず》ねてその電信記号を教えて貰《もら》ったんですが、果して、思っていた通り、すら〳〵と何の苦もなく暗号は解けて行ったのです。つまりこうです。

♩♪♩♪♩＝―・―・―＝サ
♪♪♪♩　＝・・・―　＝ク
♪　♩　♩＝・―　―　＝ヤ
♩♪♪♪　＝―・・・　＝ハ
♩♩♪♩♪＝―　―・―・＝シ

とこうなって、これを全部翻訳すると、

「昨夜は失礼致しました」となります。一番始めのと最後のとは、始終《しじゅう》記号で別に意味はないのです。

さて、これで暗号解読の講義は終った訳ですから、こゝに話を進める事にしましょう。

伊山省吾がこの暗号を解きにかゝったのは、ゆめゆめ不逞《ふてい》な考えがあったわけではなく唯持って生れた好奇心と、これ又持ち前の頭の好《よ》さから、つい解いてみる気になったのですが、さてそれが、こんなにうまく〳〵と解けてみると、何だかそのまゝにして置くのが惜しくなって来たのです。

それに、それから後《のち》も、度々そんな暗号の葉書が令嬢の所にやって来るのですが、そいつを一々解いてみると、或る時は、「愛する綾子さん」とあったり、或る時は又、「何処そこで逢いましょう」とあったり、そうかと思うと、「チュッ、接吻《キス》を送ります」だなんて、とても助からないんです。

で段々と、さすが小心翼々たる、そして善人の伊山君も、不逞な事を考えるようになりましてね、と言うのは、思うにその暗号は、令嬢と彼女の恋人の他には誰一人知らないのに違いありませんし、それに当の彼等にしても、此処に油断のならない郵便屋がいて、いつの間にやら、横の方からそいつを盗読《ぬすみよ》みしてるなんて、夢にも気附かないに違いありませんから従って若《も》し彼が、やっぱり同じような暗号の葉書を令嬢に送るとしたら、彼女は、何の疑いもなく、それを恋人から来たものだと思って、接吻《キス》の一つぐらい、その葉書に与えないものでもない……、とそういう風な、あわれはかない望みを、彼、伊山省吾は起したのです。

で彼は、それから後、時々自分の本心を打開《うちあ》けた、としか思われないような、そう言った文を綴《つづ》って、然し相手にすると、おなじみの恋人から来たものだそいつを暗号に翻訳して、ひそかに思っているところの曾我部綾子嬢のもとへ送ったものです。都合の好い事には、普通の字と違って、記号《サイファー》ですから、手跡の相違もそう顕著ではなく、従ってどうやら彼女は気が附かないらしい有様なんです。

ところが、こういう事をもの〻二月あまりも続けていたんですが、間もなくそれでは飽足《あきた》りなくなって来ましてね、何しろ、いくら思いのたけを打開けても、暖簾《のれん》に腕押しみたいに、一向反響のない仕事なんですから、厭《いや》になるのも無理はありませんやね。それに彼としても、追々《おいおい》度胸は出来て来るし、するといよいよ愈々《いよいよ》彼女を思うの念は募って来るし、そうなると、まるでシラノみたいな縁の下の力持ちに、厭気がさすのは当然でしょう?

　そこで到頭ある日、彼は思い切ってこんな事を、無論暗号に翻訳して曾我部綾子嬢のもとに送ったのです。

　十二日夜、八時、S校、西隅《せいぐう》

　S校というのは小学校で、彼女の宅《うち》から五六町離れたところに在るんです。伊山君は予《か》ねてから、其処で彼等が、時々密会しているらしいのを嗅《か》ぎつけていたんですが、つまりそれを利用して、彼女を其処へ呼出《よびだ》そうという訳です。呼出してどうするつもりか、それは彼にも分らないのですよ。彼女に向って、思いきって自分の心を打開けるか――、然し彼の事だから、いざとなると恐れが先に立って、彼女の姿を見るや否《いな》や、一目散に逃げ出す事やら――、がまあ兎《と》に角《かく》、勇を鼓《こ》してそいつを投函したんです。ところで変な事ですが、自分の投函したその葉書を、彼自身の手で配達する事になっている訳ですが、その時さすがに彼は、余程の事に途中で握りつぶして了《しま》おうかと思ったそうですよ。然しいや〳〵、折角《せっかく》此処まで企らんで来たんだから、駄目になろうとなるまいと、一応彼女を呼び出してやれと、彼にしては不似合に、不良性を発揮して了ったのです――。

　さて、それを彼女の宅に投込んだ翌日の晩、その晩は彼の非番に当っているのですが、そこでも彼の事だから、行こうか止そうか、いや〳〵折角だから行ってみよう……、それにしても彼女に逢ったら何と言おうかな、屹度《きっと》彼女は憤《おこ》るだろうな、そしてひょっとすると、声を挙げて人を呼ぶかも知れないな、などと、半時間も一時間も躊躇《ちゅうちょ》していたのですが、それでも到頭《とうとう》意を決して、約束の場所へ向って足を向けたのです。そしてS学校の西の隅の、大きな塵《ちり》箱《ばこ》の蔭《かげ》に身をひそめて、今か今かと、恋しい曾我部綾子嬢の来るのを待受けていたのです。――

ところがその結果がどうなったと思いますか？　それが甚《はなは》だ意外なんですよ。始めのうちは彼自身ですら、何が何やら訳が分らなかったくらいなんですからね。

と言うのは、そうして塵箱の蔭に身をひそめて、まるで猫みたいに暗闇の中に眼を光らして、そして終《しま》いには、息苦しくなる程も胸を躍らせながら、それでも彼女の来るのを楽しみに、小一時間も其処にそうしていた彼、伊山省吾は、さて彼女に逢う事が出来たかと言うと、どうしてどうして、それどころか、恐ろしい刑事に捕えられて了ったのですよ。

「こらッ、怪しい奴だ！　貴様！」と刑事。

「ボ、僕、ケ、決して怪しい者じゃ……、」と伊山君。

「何？　怪しい者じゃない？　とに角警察へ来い！」

僕も一度刑事に引張《ひっぱ》られた事がありますが、いやなものですね。ましてや気の小さい伊山君の事だから、忽ち泣き出しそうになって、心の中《うち》で諸々の神仏を念じながら、それでも仕方なしに警察へ同行したのです。

「貴様だろう？　最近頻々《ひんぴん》として起る放火の犯人は……」

と、まるで閻魔《えんま》のように恐ろしい署長に睨《にら》みつけられて、伊山君は一耐《たま》りもなく気を失って了いました――。

ところが此処に不思議なのは、あの場に刑事が行合せたのは、決して偶然ではなくて、予《あらかじ》め彼のために網を張っていたんだそうです。というのは、その日の朝警察へ無名の投書が舞込んで、今夜八時S校へ忍込《しのびこ》む男がある、その男こそ近頃所々《しょしょ》に起る放火の犯人だと書いてあって、御丁寧に其処に人相書まで書添えてあるんですが、何とそれが伊山君にそっくりそのまゝなのです。

幸いその警察には彼の親しい刑事がいて、その男の証言やら、それから、斯《か》く云う僕を始め、仲間総出で種々《いろいろ》と弁護してやったので、辛うじて事なきを得たんですが、一時は新聞に書立てられるやら、それはもう大変だったんですよ。

だが、それにしても、一体伊山君を密告したのは誰なんでしょう？　その夜彼が、S校へ行くという事は、彼より他に誰一人知る筈《はず》がないんですからね。伊山君もそれが訝《いぶか》くして耐《たま》らなかったそうです。

ところが、幸いにして嫌疑が晴れて、さて改めて又、もとの郵便屋を始めた伊山君は、ある日例によって郵便物を配達して廻っていると、その中にあの暗号の葉書が又もや混っているじゃありませんか。その時分には彼は、覚書なしでもすらすらと読める程馴れていたものですから、好奇心に駆られて、こっそりとそれを読んでみたんです。するとどうでしょう！　そこに何と書いてあったと思いますか？

「郵便屋さん、此の間はお気の毒様、だから贋《にせ》手紙なんて書くものじゃありませんよ」

ですってさあ……。

此処に伊山君の手紙がありますが、それにはこう書いてありますよ。

——思うに彼女は、早くから此の俺が、暗号を盗読みしている事に気が附いていたに違いないのだ。そして又、自分ではまんまと仕終《しおお》せたつもりでいた贋手紙にも、やっぱり何処か違う所があって、彼女は直ぐに気が附いたのだろう。従ってああいう密告書を書いたのも、屹度彼女か、でなければ彼女の恋人に違いない。憐《あわ》れなる哉《かな》此の俺は、つまり彼等のいゝ笑いものになっていたのだ——。

どうです？　面白い話じゃありませんか。

ところであなた、僕は此の間から聞いてみよう、聞いてみようと思っていたのですが、伊山君の言うのは本当なんですか。あんな罪な密告書を出したのはあなたなんですか。いゝえ、いゝえ、いくらお隠しになっても駄目です。僕はちゃんと知っていますよ。あなたが曾我部綾子嬢の恋人である事を……。

飾り窓の中の恋人

――この話は、もっと別の機会に、ゆっくりと落《お》ち着《つ》いてすれば、相当面白い話になるのだが、生憎《あいにく》きょうは時間がないから、ほんのあらまし、話の筋道だけをお話しよう。

さてその前に、ぜひ知っていて貰《もら》わなければならないのは、その男（田丸素人《たまるそじん》という男だが）彼がどんなに素晴らしい模倣癖《もほうへき》――、いや、それは癖というよりも一種の才能といおうか、それも変かな、――そうだ、文学青年などの陥る一種不可思議な感情、例えば、君だって経験があるだろう？　露西亜《ロシア》の小説を読むと、その当座ひどく憂鬱《ゆううつ》になったり、そうかと思うと、その翌日には早《はや》、フランス小説のお陰で、大へんはしゃいだり、――つまり、田丸素人のは、そういう感情が人一倍激しくて、しかもそれが、気分の上だけではなくて、屢々《しばしば》、実行の上にまで影響が現れて来るのだ。――

そういう風な男だから、その晩彼が、「どうだ君、一つ僕の恋人を紹介しようか」

とそういって、この私に、風変りな彼の恋人を紹介した時にも、僕は少しも驚かなかった代りに、そうかといって、彼を軽蔑する気にもならなかったのだ。

「ほほウ、君の恋人って、又そんなものが出来たのかね？」

と私が何気なくそういうと、

「ウン、今度は素敵なんだよ、ぜひ君に紹介して、一度意見を聞きたいと、この間から思っていた所なんだ」

と、彼は何だか上機嫌でにこ〳〵して居《い》るのだ。

「そりゃぜひとも紹介して戴《いただ》きたいね、いずれ君の事だから、恋人というのも、なか〳〵世の常の娘さんじゃないんだろう？」

だが実をいうと、僕はそれまでにも、何遍もそういう調子で、彼のいわゆる恋人、といっても、大ていの場合、彼が勝手にそう極《き》めているだけで、相手の方では何とも思っていないらしいのだが、そういう恋人に紹介された事があるんだ。だから今度の場合も、おおかたそのデンだろうと、内心何とも思っていなかったのだが、そういう様子を見せると忽《たちま》ち不機嫌になる男だから、表面だけは大いに彼に調子を合せていたのだ。

「でその恋人というのはこの近所に住んでいる女《ひと》なのかい？」

「ウン、直《すぐ》この向うだ、君も多分知っているだろうと思うが……」

「え？　僕の知ってる女？」

「ウン」

「誰？　芸者？　女給？　それとも……」

「いや」と彼が引取っていうのに、「これればかりは、君がたとえお釈迦《しゃか》様だったとしても、分りっこはないよ。それより、これから行ってみようじゃないか」

「ウン、行くのもいゝが……」

前にもいったような理由から、僕は少しも乗気になれないので、そういって言葉を濁していたのだ。

「突然に押掛けて行っちゃ、その女に悪かあないかね、それに僕の知っている女だと、一層何だか工合が悪いが……」

すると彼は、何を思ったのか、ウフヽヽヽと、変な笑い方をしながら、

「大丈夫だよ、彼女は決してそんな事を兎《と》や角《かく》いう女じゃないんだから、さあ、行こうじゃないか」

で、そういう事から、いい忘れたが、それはあるカフェーの中の話だったのだが、そこを出て、その恋人というのにあいに行ったのだが、成《な》る程《ほど》！　彼女なら、彼がたとえ百人の無頼漢を引連れて押寄せて行っても、決して文句をいわなかったに違いない

のだ。なぜといって……。

君は知っているかどうか、M――町に下総屋《しもうさや》といって、M――町一二というほどではないが、相当大きな呉服屋があるだろう？　カフェーを出た僕たち二人は、そこまで、ものゝ五町とはなかったのだが、歩いて行ったものだ。

その下総屋の前まで来た時、田丸素人がふいに立《たち》どまって、そして僕の袖《そで》をひっぱるようにしながらいうのに、

「ほら、あれだ、僕の恋人というのは！」

と、その声は何か悪い事でも相談する時のように低くて、おまけに少からず慄《ふる》えているのだ。僕は彼が顎《あご》で指すほうをみて、おや、それじゃ下総屋の娘にでも惚《ほ》れたのかな、彼にしては珍しい事だと思いながら、明々《あかあか》と電灯のついている下総屋の店の中を、それとなく注意してみたのだが、そこにいるのは男の店員ばかりで、女など、雌猫さえいそうにないじゃないか。僕はきょろ〳〵しながら、

「どれ？　君のいうのは……？」

すると彼は、

「違うよ、君、あれだよ、彼女だよ」

そういいながら、そこに大きな飾り窓があるのだが、その方へ寄って行って、やっぱり顎で意味ありげにその飾り窓の中を指すのだ。

僕はそれを見て、思わずはっとして唾《つば》を呑込《のみこ》んだのだ。その飾り窓というのは、高さにしても一間《けん》からあると思われるほどに大きなもので、その中には呉服屋などの店頭でよく見るだろう？　若い十八九の令嬢風の人形が立っているんだ。何と！　彼のいうのはその人形らしいのだ。

「君の恋人というのは、じゃこの人形の事かい？」

僕は思わず、そう大きな声でいったが、すると丁度僕たちの側《そば》に、若い女が三四人いたのが、一斉に僕たちの顔を見るんだ。さすがに彼にしても、又この僕にしても、顔から火の出るような思いをして、大急ぎでそこを離れて、それでもまだ何だか、後《うしろ》から人に見られるような気がしたものだから、暗い横小路へ曲って、そして暫《しばら》く黙々と歩いていたのだ。

「どう……？」

　大分歩いてから、それでも田丸素人は漸《ようや》く僕の意見を叩くようにそういうのだ。

「ウン……」

　だが、僕だってどういってい丶か。本当の事をいえば、僕はもうさっきから笑いたくて耐《たま》らなかったのだ。なぜといって、彼の風変りな恋の原因というのが、僕にはちゃんと分っているんだもの。

「どう思う、君？」

　僕が黙っているので、彼は物足らなそうに促《うなが》していうのに、

「似ているだろう？　ね」

「似ているって誰にさ？」

「誰って……、君」彼は一寸《ちょっと》舌打ちをするような真《ま》似《ね》をして「分らないかなあ、あれが」

　然《しか》し彼自身にしても、誰に似て居ると問われたら答える事は出来ないのに違いないのだ。なぜといって、彼のつもりでは、その人形が、昔彼の恋した誰かに似ているから、さてこそ、彼の恋心が挑発されたのだという風にいいたかったのだろうが、生憎な事には、彼の恋人の中には、そんな令嬢風な女は一人もいなかったし、第一彼は、常から人形のように美しい女は嫌いだ、嫌いだ、といい続けて来た手前もあるのだ。

「ねえ、君」とそこで彼は、その言葉はそのまゝにして、わざと大きく溜息《ためいき》を吐きながら、

「僕はやるせなくて仕様がないよ。片思いとは全《まった》くこの事だね。どんなにこちらが嫌われていても、相手が人間だったら、嫌われているという、その事にだって張合いがあるというものだが、相手が人形じゃあね……」

　彼を知らない人間が聞いたら、きっとさぞ気《き》障《ざ》に聞える事だろう、然し僕は彼の性質をよく知っているし、それにその風変りな恋の動機も分らない事はないのだ。

　君は知っているかどうか、ほら、この頃売出した、石塚佐太郎という新進の小説家、あの小説家の初めての創作集に、『飾り窓の中の恋人』というのがあ

るんだ。その五六日前に、田丸素人が僕のところへやって来て、頻《しきり》にその『飾り窓の中の恋人』の提《ちょう》灯《ちん》を持って、

「君も読んで見給えよ、ぜひ」

そういって珍しくその創作集を僕のところへ置いて行ってくれたのだ。その小説というのは、「私」という、多分それが作者なんだろう、一人の男が、銀座の雑貨店の飾り窓の中にある蠟《ろう》人形に恋するという、風変りな話を、それが新感覚派というのか、かなり新鮮な筆で書いてあるのだ。田丸素人はひどくその小説に参ったらしいのだ。そして何かに感心すると、直《す》ぐその真似をしたくなる彼の事だから、そこで彼自身も、その風変りな恋の対象に、下総屋の人形を選んだに違いないのだ。

然しそんな事をいうと、直ぐ気を悪くする彼の事だから、僕はその晩、いゝ加減に相槌《あいづち》を打って別れたのだが、困った事には彼のその病気は、その後ますヽヽ募るらしいのだ。

「君、田丸君は下総屋の人形に恋しているんだってね」

僕たちの間の共通の友達に出あうと、よくそう珍しそうにいわれるのだが、聞いてみると、呆《あき》れた事には彼はそれを自慢らしく吹聴《ふいちょう》して廻っているらしいんだ。何か間違いが起こらなければいゝが、……僕はその当時からそう心配していたのだ。というのは、その『飾り窓の中の恋人』という小説では、終《つい》に主人公がその人形を盗出《ぬすみだ》す事になっているのだ。彼のように模倣癖に富んだ男は、まさかと思うけれど、いつ何時そんな真似をしないとも限らないのだ……。

いい忘れたが田丸素人は、その当時殆《ほとん》どその日に困るという境遇だったのだ。彼の志望というのは、どこかの映画会社に入れて貰いたいというので、そういえば、模倣にしろ、ある映画をみれば、殆どそれと変りないほどの脚本を書く事が出来たし、監督にしても何にしても、現在日本でやっている位の事なら、彼にしても十分出来るに違いないのだが、そうかといって、彼のような無名の、訳の分らない一

青年に、月給を与えようという物好きな会社は、いつまで待ったとて、外《ほか》の国なら知らぬこと、日本にはありっこないのだ。だから彼は、その当座少からず自棄《やけ》気味になっていたのだ……。

ところが、到頭、僕が恐れていたような、そういう事件が起こったのだ。ある晩僕は、××署から呼び出しを喰《くら》って、何だろうと思いながら行ってみると、間違いもなく田丸素人と、そして見覚えのある彼の恋人とが、いうまでもなくそれは人形なのだが、そこにいるのだ。聞いてみると、やっぱり思っていた通り、彼が飾り窓を破って、その人形を盗み出したというのだ。

「で君は、彼と常から親交があるようだが、一体田丸素人というのはどういう男なのだね、泥棒とは見えないし、そうかといって、気違いでもなさそうだが……」

と、彼を遠ざけて置いて、署長はそうきくのだ。

僕は答えに困ったが、結局本統《ほんとう》の事をいうより仕方がないと思ったものだから、何も彼《か》も、僕の知っている限りの事を打開《うちあ》けたのだ。署長にもはじめの間はよく呑込めなかったらしかったが、そこに居合せた新聞記者なんかの註釈で、結局大笑いになったのだ。そういう訳で、下総屋へ損料を支払う事と、一週間ばかりの拘留で許される事になったのだが、始末に悪い事には、新聞が大きくそれを書立《かきた》てたのだ。新聞というものは、そういう風変りな事件の方を、ありきたりの殺人事件なんかよりも歓迎すると見えて、三段抜きぐらいに書立てたのだ。お陰で石塚佐太郎の『飾り窓の中の恋人』は大いに売れたろうと思うが、田丸素人はそれがひどく気に障《さわ》ったらしいのだ。一週間の期間が切れて、もう放免されているはずだのに、なかなか顔を見せないのだ。僕にしても気にはなるが、訪問すると、却《かえっ》て厭《いや》な顔をするだろうと思って放って置いたのだ。

するとそれから一月程後の事だ。

僕は町でばったりと田丸素人に出あったのだ。

「いよう!」

と思いがけなく彼は元気な調子で、

「いゝ所で出あった。僕はこれから君のところへ行こうと思っていた所だ」

とそういうのだ。みると彼は、驚いた事には仕立下ろしの洋服なんか着込んで、ひどく立派な服装をしているのだ。

「どうしたのだい、ひどく景気がよさそうじゃないか」

「ウン、実は、その事について君に御礼をしなければならないのだが、立話《たちばなし》も出来ないから、どこかへ這入《はい》ろう」

そういって僕をひっ張ってある一軒のカフェーへ這入ったのだが、さて彼のいうのに、

「この間はどうも有難《ありがと》う、これは些少《さしょう》だがお礼だよ」

とそういって、なんと十円紙幣を四五枚僕の方へ差出すのだ。

「どうしたのだい、これは?」

と僕がびっくりして聞くと、

「なあに、仕事の分前《わけまえ》だよ、遠慮なく取って置いてくれ給え」

「仕事?」

と僕が鸚鵡《おうむ》返しに聞くと、彼はにや〳〵しながら、懐中へ手を突込んで、そして一枚の紙片を僕の前に取出したのだ。

「読んで見給え」

僕は何だろうと思いながら、それを取上げて一息に読んでみたのだが、なんと!

「田丸素人君

先日はいろ〳〵とお骨折《ほねおり》を下《くだ》すって有難う。お陰で大好評だ。今度到頭《とうとう》十五版を印刷する事になった。本屋も大喜びだし、僕にしても有難い。これは些少だが、約束の金以外の、僕の寸志だ、受けてくれ給え。なおいうまでもあるまいが、この事は絶対に、僕の方でも、本屋にすら話してないのだ、秘密にしてくれ給え。お願いする。」

そして差出人はと見ると、それはまぎれもない、『飾り窓の中の恋人』の作者、石塚佐太郎なのだ。

「その手紙にもある通り、この事は秘密だよ。君は社員も同じ事だから打開けたのだけれど」

と彼はにや〳〵しながらいうのだ。僕はその時今初めて見るように、彼の顔をまじ〳〵と見詰《みつめ》たのだ。この男にして、こんな才があろうとは！　と腹の中で舌を巻いたのだ。

すると彼はわざと勿体《もったい》ぶって、紙入の中から、一枚の名刺を取出してみせたが、なんとそれには、「よろず宣伝会社々長、田丸素人」と鹿爪《しかつめ》らしく印刷してあるのだ。

「社長といっても、」と彼は呆れている僕を尻目にかけながらいうのだ。

「小使も同時に兼ねている訳だよ、何しろ僕一人なんだからね、仲々急《いそ》がしいよ。石塚佐太郎というのは、僕とは同じ釜《かま》の飯を食った事がある男でね、でふと思いついたのだが、思ったよりこれは好《よ》い職業だよ。現在でも三件ばかり引受けているのだが、ほら、映画女優の栗島蓉子ね、それから、今度×市に代議士の補欠選挙があるだろう、それに××党から打って出る宮島肇、それからもう一つは、最近新設された××ビール会社と、この三つだ、うまく行くと大分のものになると思うよ。ハハハハハ！」と笑ったのだ。

何と人間とは現金なものか、僕にはその笑声《しょうせい》までが、何かこう、つまり重役声に聞えたものだ。

犯罪を猟《あさ》る男

一寸《ちょっと》一ぱい
酒
さかな

筆太にそんな文字を染抜《そめぬ》いた、紺——と言いたいが、薄鼠色《うすねずいろ》に色の褪《あ》せた暖簾《のれん》を、頭で左右にかき分けて中を覗《のぞ》き込むと、さすがに真夜中近い頃のことである、土間には誰一人いなかった。

八燭光《しょっこう》の電灯を一つだけ残して、あとはすっかり消して了《しま》った、その薄暗い土間には、主《ぬし》のない卓子《テーブル》が三つばかり、それも古道具屋か何かで、別々の機会に買って来たものに違いない、めいめい違った形をしているのであるが、中には載っかっている品物の重みで、十度ばかり斜めに傾いているのさえある。

昼間見れば、さぞかし煮こぼしの痕だの、あぶら光だので、あまりぞっとしない光景に違いないが、それでも、さすがに、アスパラガスか何か、一寸気の利いた植木鉢が、それぞれに置いてある。

壁はと見れば、

小鉢物　十五銭
お銚子　二十銭

——なんどと書いた短冊が、隙間なき迄《まで》に貼られた中に、アサヒビールの広告びらが一枚と、御祝儀《しゅうぎ》の大入袋が二つ三つぶら下がっている。

併《しか》しこれは、何もこんな詳しく書くには当らなかったかも知れない。見ようと思えば、何処《どこ》の場末《ばすえ》でも見られる、あの下等なめし屋の、きまりった一つの型に過ぎないのだから。

戸田五郎《とだごろう》は、暖簾の合間から、首だけ出して、さて這入《はい》ったものか、止《よ》したものか、暫《しば》く思案をしていた。ふだんの彼ならば、身分から言っても、無論そんな所へ這入るべきではないが、そこは酔っ払いの大胆さで、到頭《とうとう》思い切って、中へ這入ってしまった。

「誰もいないのかい、おい」

声もろともに杖《ステッキ》の先で、ゴト〳〵と土間を二つ三つ叩くと、

「はアい」

と、調子外れのした寝呆《ねぼ》け声がして、さてそれから又大分待たせた後、漸《ようや》く眠そうな顔をした小女《こおんな》が、奥の仕切りの影から、ひょっこりと現れた。

「いゝのかい？　構わないのかい？」

その顔をみると、如何《いか》にこちらは客であるとは言え、到底遠慮しずに居《い》られないのだ。杖《ステッキ》をトン〳〵突いているうちに、どうしたはずみか、よろ〳〵と蹌《よろ》めいて、その蹌めいた腰をそのまゝに、其処《そこ》に在り合せた椅子に落着けた戸田は、小女の顔を見上げながら、思わずそう訊《き》いた。

相手はぼんやりと突立《つった》っている。

戸田は直《す》ぐと、自分の質問の馬鹿らしさ加減を覚《さと》った。吾《わ》れで吾《われ》がに照れた気持ちになった。で、ギーチ、ギーチ、と、鳴る椅子を、わざと手荒く直しながら、

「お銚子——、出来る？」

と、姐《ねえ》やの顔を見直して、さて、げゝっゝぷと酒臭いおくびを吐き出した。

「へえ、——おさかなは？」

姐やは眠い一方だが、でもさすがに商売は忘れないと見える。

「さあ」

と、杖《ステッキ》の頭に両手を重ねて、その上に顎《あご》を載せていた戸田はそう言われると、目だけを動かして、壁に貼ってある献立《こんだて》を見たが、はてな、こんなに沢山、何でも出来るのかしらと、つまらない事を考えた。

「何でも宜《い》いから、うまそうな所を見つくろって持って来て呉《く》んな。それから銚子はなるたけ熱くして

お呉れよ」

姐やは、へえ、とも何とも言わずに、暗い奥の方へ引込んだ。板前もやっぱり居眠《いねむり》をしていると見えて、しきりに呼起《よびお》こしている姐やの声が聞えた。

戸田は着ていた帽子をかなぐり捨てるように卓子《テーブル》の上に投出すと、じっとり汗ばんだ額《ひたい》を、ハンケチでごし〳〵擦《こす》った。そうしながら、とんだ所へ飛込《とびこ》んだなあ、と、自分で自分に呆《あき》れるような気持ちで、じろ〳〵と土間の中を見廻した。でも本当を言うと、それはそんなに不愉快な気持ちではなく、むしろその反対だった。

「たまには宜《い》いさ、こういうのも――」

一寸そうした悪戯《いたずら》めいた気分が動いているのだった。

それは年に一度ずつある、同窓会といったようなものゝ帰りだった。散々羽目を外して騒いだ揚句が、お定まりの如《ごと》く、二次会、三次会と崩れて行って、でもさすがに、みんな相当の年輩である、泊ろうという程の者もなく、程よく切上げたのが、既に一時を過ぎていた。

それから近廻りの者ばかり誘合《さそいあ》わして四五人、俥《くるま》なんかよりいっそぶら〳〵歩こうじゃないかと言う事になって、みちみち、あちらで一人、こちらで一人、と、いう風に落として行って、遂に一番最後の一人と別れたのが、ついその向うの横町だった。

その前から戸田は、何かしら頭ががん〳〵鳴るのを、黙って耐えていた。

彼はその夜《よ》の当番幹事だ。会計から総《すべ》ていっさいのことを受持《うけも》たされていたので、幾《いく》ら飲んでも酔えない気持ちだった。そいつが頭に来たのに違いない、何時《いつ》になく悪酔いをして了った。

「もう一度何処《どこ》かで、熱いやつを一つきゅうとやると直るんだがな」

と、そんな事を考えながら歩いている矢先、眼についたのが、

「一寸一ぱい」のその暖簾だった。

「へえ、お待遠《まちどお》さま」

たっぷりと十分は待たせたろう、でもさすがに持

って来たものを見ると、芋《いも》の煮ころがしに湯豆腐、まぐろのさし身に、浅草海苔《のり》が附いている。これなら案外飲めそうだ、と、思いながら、

「姐さん、お銚子のお代りを頼むよ」

と戸田は元気よく言った。

それからどれ位時間が経ったか。

そうなると底知らずに、幾らでも飲める口の戸田であった。卓子《テーブル》の上には、凡《およ》そ十本あまりもの銚子が並んでいた。

時計は大分前に三時を打った。戸田はそれも知らないではなかったが、

「なあに、いけなかったら、明日一日《いちんち》骨休めするばかりさ」

戸田はビルの四階に、婦人服の専門店を持っている。彼はちょっと世間に知られた、婦人服専門のデザイナーなのである。

と、そこは自分の持店だけに、誰に遠慮も要らない身分であった。尤《もっと》も女房の小五月蠅《こうるさ》い叱言《こごと》は覚悟していなければならないが、それとても、酔っ払った今の場合、そう大して強く感じられないのだった。

兎《と》に角《かく》戸田は、すっかり機嫌よく酔っていた。

「戸田さんじゃありませんか。あなた——」

其《そ》の時ふいにそう呼びかけられたのである。聞覚《ききおぼ》えのない声だったが、まさしく自分の名を呼ばれたので、戸田はとろんこになった眼をその声の方へと振向けた。焦点の乱れた彼の網膜に、ぼんやりと映ったのは、二十三四の、色の抜ける程に白い、髪の黒い、——それだけしか彼の眼には映らなかったのだ、——兎に角美男子とも言うべき青年だった。少し薄過ぎるのが難だなと思われる、二つの唇の間から、真っ白な歯並みをみせて、その男はニヤ〳〵と笑いながら彼の方を見ていた。

「エエ?——エ?」

呂律《ろれつ》の廻り兼ねる舌の先で、そう返辞ともつかぬ、嘆声ともつかぬ声を吐出しながら、戸田は併《しか》し思い出した。

彼が其処へ這入って来てから間もなく、彼の後を

追蒐《おいか》けるようにして、そのめし屋へ這入って来たのが、その男だった。

「おや、まるで子供じゃないか、あれでやっぱり、へえ、こんな場所へ出入りするんだなあ」

と、その時戸田はちらりとそんな疑念を起したのを覚えている。

その青年は戸田と同じように熱燗《あつかん》を註文していたが、今見ると、彼は年齢《とし》にも似合わず飲める口と見えるのだ、殆《ほと》んど戸田のそれと同じくらいに、銚子の数をならべている。

「誰？――誰でしたかなあ、君あ？」

戸田はギューッと椅子を軋《きし》らせて、重い体をその男の方へ振向けると、見透かすように首を前へ突出して、二つ三つ、まだるっこく瞬《まばた》きをしてみせた。

男は併し、意地悪く直《す》ぐには返辞をしないで、両《りょう》肱《ひじ》を卓子《テーブル》の上に突いて、盃《さかずき》を舐《な》めながら、飲むと蒼くなる性《しょう》と見える、いささか凄《すご》みを帯びた頬《ほお》に、でも、彼の方を見返しているその眼だけは、かすかに笑っているのだ。

その眼に会うと、何がなしに戸田は、たじろぎ気味に目をしょぼつかせた。

「あなたの方じゃ多分御存知じゃありますまいよ。僕はたゞ、ひょんな動機からあなたを知っているんですがね」

その男は落着《おちつ》いた、酔っ払いらしからぬ、しっかりした口調でそう言った。

「と、言うのは」

「えゝ」

と、相手は併し、変に焦《じ》らせるように、俯向《うつむ》いて皿のものをつつきながら、軽く返辞をしたが、そのまゝ顔も挙げないで、低い声で言った。

「――ほら、Dビルディングの事件――、ね、あの事件に関聯《かんれん》してあなたを知ってるんですよ」

Dビルディングの事件？

戸田は突然叩きのめされたように、手にしていた盃を、ポロリと取落とした。

「大変な事件でしたねえ、あいつあ――。あなたは巻添いを喰って、さぞ御迷惑な事でしたろう」

相手は戸田の、そんな態度に気が附いているのかいないのか、さり気ない様子でそんな事を言った。そして憎らしいくらい落着いているのだ。手を叩いて小女を呼ぶと、

「これ」

と、軽くなった銚子を指先で抓《つま》んで振ってみせた。戸田はその間に、しかし平静を取戻すことが出来た。ハンケチを取出して、手早く額の汗を拭うと、冷くなった盃を一息にぐっと飲み干した。実際こんな場所で、あの事件の事を耳にしようとは夢にも思っていなかった。それだけに全身が激しい駭《おどろ》きに揺すぶられたわけだ。

「馬鹿な、何と言う奴だろう、この男は？」

折角《せっかく》の酔いが、揮発の蒸《た》つように、体から抜けて行った。そんな不愉快な話題を持出した男を彼は心の底から呪った。

相手は併し、それを又追蒐けるように、

「でも、今日の夕刊を見れば、宜《い》い具合に犯人は決定したらしいじゃありませんか」

「え？」

戸田は思わず釣込《つりこ》まれて振返った。

同窓会の集合が、四時過ぎからだったので、彼はまだその日の夕刊を見ていなかったのだ。

「決りましたか、誰に？」

「矢張《やは》りエレヴェーター係の、須崎《すざき》という男だそうですよ。あなた未《ま》だ御存知じゃありませんか」

「いや、――併しそうか、やっぱりあの男でしたか。僕はまだ今日の夕刊を見ていないのだが」

「だが戸田さん、あなたは一体どうお考えになっているのです。矢張り須崎を犯人だと考えていらっしゃるんですか」

「僕？――さあ大して確信もないが、然《しか》し警察がそうと決めたのなら、まあそれを信用するよりほかに、我々としては仕様がないじゃないか」

「そりゃあ、それもありますがね」

其処へ小女が、その男の方へ、お誂えの銚子を持って来た。

「如何《いかが》です、お一つ」

男はその徳利を持って立ちあがり、自分の盃を戸田の方へ差出した。

「……………」

戸田は鳥渡《ちょっと》ためらった。無言で、自分の卓子《テーブル》の前に立ちはだかったその男の顔を見挙げたが、仕方なしに盃を受取った。

「そう言えばそうですがね、併し僕にしてみれば、何故《なぜ》かしら、どうも腑《ふ》に落ちない所があるんですよ」

その男はとうとう、戸田が嫌な顔をするのも、一向お構いなしに、彼の向いへ腰を下ろした。そしてさっきしていたように、両肱を卓子《テーブル》に突いて、その片手に、戸田から返された杯を支えながら、まじまじと、真正面から、無遠慮な凝視を投げかけるのだ。

戸田は何とはなしに不安な焦立《いらだ》たしさを、身内に感じた。

「どうして？　併しそんな事を自分たちが言ったところで、初《はじ》まらんじゃないか」

「それもそうですがね。併し、僕は為《ため》にする所があって、こんな事を言ってるのじゃなく、唯《ただ》自分一人の興味から、この事件を探求しているのですが、ねえ、戸田さん、若《も》し須崎が無辜《むこ》の罪に陥っているのだとすると、あなたにも確かに責任の一半《いっぱん》はあるわけですよ」

戸田は黙って鼻の穴をふくらませると、ぐっと力強く息を吸込んだ。

一体どうしようと云うのだろう？　何の為にこんな話を持出したのだろう？　彼の言うように唯単なる好奇心からであろうか？　それとも、何か為にするところがあるのだろうか。

「そんな事《こた》あないよ。成程《なるほど》、僕の証言のうちには、あの男にとって不利な点もあったろうさ、併しそりゃあ仕方がないじゃないか。僕は何も、あの男の為悪《あ》しかれと、故意に事実を枉《ま》げた覚えは毛頭ないんだからな」

「それは分っていますよ。併し――」

「併しも何もないよ」

戸田は憤《おこ》ったように激しく卓子《テーブル》を叩いた。

「一体君は何の為にそんないらない詮索《せんさく》立てをするんだ。僕は事実を話した。それだけじゃないか、それをどういう風に解釈しようと、それは警官たちの勝手さ」

「ま、ま、そう言えばそれ迄ですがね、併し人間には種《いろ》んな錯覚だの、過信から来る、迷誤《めいご》だのがありますから、あなたが、……まあ、そう憤らないで下さい、事実だと信じてお申立てになった事柄のうちにも、或《ある》いは飛んでもない間違いが秘《ひそ》んでいるのかも知れませんよ」

　戸田は暫く、黙って相手の顔を見守っていた。普通のものならとても受止められそうにない、焼附《やきつ》くような凝視だのに、相手の男は少しも感じないかの如《ごと》く、そ知らぬ顔で、盃を舐めていた。

　戸田は改めてその顔をつく〲と見直した。すんなりとした癖《くせ》のない鼻、柔か味のある眉の曲線、潤いを帯びた瞳《ひとみ》、見れば見る程、女のようにも美しい青年だった。唯《ただ》一つ、唇が少し薄過ぎて、それが心持ち反り加減なのが、著しくその顔全体に冷酷な印象を与えていて、其処に何かしら、その青年の太々《ふてぶて》しい魂を思わせるようなものが秘んでいるのだ。

「一体君は――」

　戸田は一種の威圧を感じながら、「今頃こんな話を持出して、どうしようというのだ」

「どうしようって訳でもありませんがね。唯ゝ工合にこんな場所でお目にかゝれたものだから、つい持出してみた迄ですよ。僕自身この事件にかなり興味を持っているのですし、それに恰度《ちょうど》、あなたは此《こ》の事件に就《つ》いて、最も詳《く》わしい人だから、或いは警察で知らない事迄あなたは御存知じゃないかと思うのです」

「じゃ何か、僕が隠してでもいると思うのかね」

「さあ――」

「宜《よ》ろしい。では何なりと聞き給え。お望み通りお答えしようよ」

　戸田は懐中時計を取出して眺めた。もう僅《わず》かで四時になりそうな時刻だった。小女は又何処かで居眠をしているとみえて、其処らあたりには姿を見せなかった。薄暗い土間には、唯彼等二人の姿があるだけだった。

「何でしたね。最初にあの女の屍体を見附けたのは、戸田さん、あなたでしたねえ」

「いや、僕じゃない。併しまあ、僕もその一人みたいなものだ。僕んとこの給仕が最初に発見して、一番に僕んとこへ知らせに来たものだから」

「そう〳〵、それより前に、何でもエレヴェーター係の男が不審の挙動を見せた、というような申立てがありましたが」

「それはこうだ。順序立《だて》て話す事にしよう。あの日、六月の十二日だったね、僕はいつものように、少し早目に地下室の食堂へ降りて行った。君も知っているだろうが、何しろ昼食時間になると、あの食堂は無闇と雑《こ》むものだから、僕はいつもその前に昼飯を食う事にしているのだ。さて昼飯を済ませて、さあ恰度十二時十分前頃だったろう、地下室から一階まで上って来て、——これも君は多分知っているだろうが、あのビルディングでは、エレヴェーターが地下室までは行かないのだ。で、エレヴェーターの前迄来ると、其処に、三階に事務室を持っている、遠《えん》藤《どう》という男が立っていた。見ると、彼は額に青筋を立てて頻《しき》りにエレヴェーターの呼鈴《ベル》を押しているんだ。

『どうなすったんです、遠藤さん』

と、僕がこう言うと、

『エレヴェーターの野郎、又サボっていやがるんですよ。僕、もうものゝ半時間もこうして呼鈴《ベル》を押しているのに、奴仲々降りて来ようとしないんです』

見るとエレヴェーターの指針は、四階の所に停《とま》っている。

『機械に故障でも出来たんじゃありませんか』

『それなら、併し、階段の方からでも降りて来て、そう報告しそうなものじゃありませんか。何しろ他《ひ》人《と》を馬鹿にしている』

そう言って彼はプン〳〵怒っているんだ。僕も彼に代って呼鈴《ベル》を押してみたが、成程仲々降りて来るような気配は見えない。

『仕方がないから、階段の方から行こうじゃありませんか』

と、僕がそう言うと、

『馬鹿々々しいが仕様がない。何処かで見附けたら、こっぴどく呶鳴《どな》り附けてやらなくちゃ』

併し、僕たちは幸い、大変な思いをして階段を昇る必要はなかった。と言うのは、遠藤がそう言っている所へエレヴェーターの指針が動き出して、漸《ようや》くエレヴェーターは下へ降りて来たのだ。

『何をしていたのだ、馬鹿、散々《さんざっ》ぱら他人《ひと》を待たせやがって』

遠藤が口汚くそう呶鳴り附けると、相手は黙って頭を下げたんだが、その態度には、後から考えると、隠し切れない程の狼狽《ろうばい》の様が見えていた」

「そのエレヴェーター係りの男がつまり須崎なんですね」

「そうだ。僕もその時には併しまだ名前なんか知らなかった。恰度一ケ月程前に新しく雇われて来たばかりの所だったから。兎に角《とかく》変な奴だと思いながら、でも僕は、遠藤程待たされた訳でもなかったから、別に口汚く呶鳴りもしなかった。そのうち遠藤は三階で降りる。そして僕の事務所はもう一層上の四階だから其処で降りた。そして自分の事務所へ帰ると、間もなくそんな事なんかすっかり忘れて了っていたんだ」

「其処へ間もなく、あの女の屍体が発見されたという訳なんですね」

青年は仲々要領よく質問を切出していく。戸田は厭々《いやいや》ながらも、その調子に引摺《ひきず》られないではいられなかった。

「そうだ。それは昼休みの間だったがね。僕がそうして事務室へ帰って、一服吸っていると、ちょうど十二時半ごろのことだった。昼休みだ。僕はそうして早目に飯を食うが、店員や給仕達には矢張り普通の時間に食事をさせる事にしているんだ。その日は恰度店員が休んでいて僕と給仕と二人だけだった。給仕は持って来た弁当を食い終ると、口笛を吹きながら部屋を出て行ったが、直ぐ顔色を変えて周章《あわただ》しく帰って来た。

『どうしたんだ、静かにしないか』

僕がそう極《き》め附けると、給仕は、声を慄《ふる》わせて言うのだ。

『大変です、大変です』

大変とばかりで、後は碌《ろく》すっぽ口も利けない有様じゃないか。それも無理もないさ。あんな事件に出《で》会《くわ》したら大人だって肝《きも》をつぶすに違いないよ。

『大変だとばかりじゃ分らないじゃないか。どうしたのだい、はっきり物を言えよ。馬鹿！』

癇癪《かんしゃく》を立てて僕がそう呶鳴り附けると、給仕は漸く、

『女の人が、……、女の人が死んでいるんです』

と、言うんだ。

『女が死んでいる？』

『そ、そうです』

『何処だ、それは？』

『便所の中で――』

『便所？』

僕は半信半疑だったが、まさか人が死んでいると言うのに放っても置けないから、その給仕を引立《ひった》てるようにして便所の方へ行った。ビルディングの便所というものは、何処も似たり寄ったりのものだから、説明する迄もあるまいが、まず磨硝子《すりガラス》の扉《ドア》が附いていて、それに「御手洗室」の日本字で、TOILET ROOM と横文字で其処だけは、普通の硝子で書抜いてある。こいつが後になって必要になって来るんだから、よく覚えて置いて呉《く》れ給え。で、其《そ》の扉《ドア》を押開くと、中は日本の畳に換算すれば、まあ六畳敷の部屋を、縦に二つぐらい繋《つな》いだ程の広さになっていて、その一方には大便所が六つばかり、その反対の側には小便所が、これもやはり同じくらいの数だけ並んでいるのだ。さて、僕が給仕を引張って行って、その扉《ドア》を押開くと、一番奥まった大便所の前に、若い、洋装の女が、仰向けになって倒れているのだ。見ると、恰度その前の大便所だけ扉《ドア》が開《あ》いている。

『や、どうしたのだ、こいつあ』

さすがに僕も思わずその頓狂《とんきょう》な声を挙げた。

『私がその扉《ドア》を開《ひら》いたのです。すると中からその女の人が転げ出して来たんです』

という給仕の答えだ。成程こいつは肝をつぶすのも無理からぬ話だ。僕は大急ぎで女の側《そば》へ走り寄ろうとしたが、側へ寄って見る迄もなく、女が既にこと切れている事が分ったものだから思い直して、厭《いや》がる給仕を無理に番人にして置いて警察へ電話をかけたのだ」

「成程、其処であの大騒ぎが持上がったというわけなのですね」

「そうだ。実際僕にしても驚いたよ。その時にゃまだ何かの間違いだろうぐらいにしか考えていなかったのだ。ところが検事だの検屍官だの、僕はあんまり警察方面の事あ知らないから、どういう厳めしい肩書を持っている人達か分らないが、兎に角そういう人たちが続々やって来る。そして警察署が種々《いろいろ》と手を尽して調べた結果が、結局、他殺だと極《きま》って了ったのだ。そうなると僕と、給仕とが第一の証人だから、盛んに種々な事を訊ねられる。とても一々それを此処で繰返すわけには行かないが、とに角、仕事は出来ないし、うるさい事を訊《たず》ねられるし、すっかり弱って了った事だった」

戸田は其処で言葉を切ると、傍《かたわら》の銚子を取上げた。が、生憎《あいにく》酒はもうすっかり冷くなっている。

「チェッ!」

と、舌打ちをするのを見て、相手の青年は、奥の方へ振返って小女を呼んだ。併しさすがにもう時間が時間である。彼等が話しているうちに、到頭眠込んでしまったものと見えて、いくら呼んでも起きて来る気配はなかった。

酒が来ないとなると、戸田は急に寒さが身に沁《し》むのを覚えた。そう言えば、さっきの酔いは殆ど醒《さ》めかけているのだし、其処へ持って来て、夜明けに近い空気は、雨気を含んで一層冷々《ひやひや》と肌を打つのだ。彼は雨外套《レーンコート》の襟《えり》を立てゝ肩をすぼめるようにした。

然し相手の男は、戸田のそうした態度すら一向意に介しない態《てい》で、

「で――」

と後を促《うなが》すように彼の顔を見る。

戸田はもう言いようのない憤懣《ふんまん》を、むら〱と胸の裡《うち》に燃《も》やしながら、そうした態度を露骨に相手の前に示したが、しかも、どう抵抗する事も出来ない、或る一種の力に引摺られて、又もやぼつ〱と彼《か》の話を続けるのだった。

「被害者というのは、二十四五の、どちらかと言うと、洋装をしているというのでも分る通り、妖艶《ようえん》な美しさを持った女だった。尤も洋装と言っても、薄紫色の、軽そうなドレスみたいなものを引掛けているだけで、外套《がいとう》も着ていなければ、帽子も被っていない。頭は近頃流行の断髪――、それも非常に思い切った断髪で恰度日本の子供の、お河童《かっぱ》ぐらいしかない長さに揃えて切ってあるのだ。尤もその女にはそれがよく似合っていた。さて致命傷というのは、後頭部に受けた打撲傷、――何か鈍器で強く殴られているというのだ。僕には医学的の事はあまり分らないが、とに角、それで皮下出血を起しているとか、脳震盪《のうしんとう》を起しているというような医師の診断だった。さあ、其処でビルディングの中は、一種非常警戒というようなものが張られて、少しでも怪しそうな人物は、片っ端から尋問《じんもん》を受ける。ところが此処に不思議な事には、その女が、どうして四階まで上ったかという事が問題になって来たのだ。と言うのは、そのビルディングの中にいる者で、一人としてその女を見たものがいないのだ。尤も、めい〱急《いそ》がしい仕事を持っている人達ばかりだから、そう他人様の事に気を附けている訳にも行くまいが、それにしても、あれだけ大勢の人間がいて、その女を誰一人見たものがないとは、鳥渡《ちょっと》考えられない事じゃないか。例えばエレヴェーターの運転手さ。その女は前にも言った通り洋装しているのだから、従って靴《くつ》を穿《は》いている。しかもそれが、とても踵《かかと》の高い靴なのだ。到底それで、エッチラ、オッチラ、一つ一つ階段を昇って行くなんて、考えられないじゃないか。当然エレヴェーターの力を借りたのに違いないんだ。それだのに運転手の須崎は、知らぬ存ぜぬと何処迄

も言い張るんだ。彼が言うのに、

『四階から上には、現在のところ女の人は一人もいません。従って一人でも女が、其処へ下りたら、私はきっと覚えていなければならぬ筈《はず》です。ましてや、こんな服装をしてる女なら、一層忘れる事はない筈です。併し今日のところ、此の女は勿論《もちろん》のこと、女というものは一人だって四階から上へは案内しませんでした』

——とまあ、危く事件は変な風にこんがりそうになって来たのだ」

「其処へあの証人が現れたわけですね。ほら、大森とかいいましたね、あの人は——?」

「知っているんだね、君は?」

「えゝ、新聞で伝えている程度には。併し、実際に当っていないのだから、ほんの表面的な事だけしか知らないのです。だから、やっぱり一応お聞きした方が宜《い》いようです。——で、その大森という人が?」

「大森というのは、僕と同じ四階に事務所を持っている男なんだがね。一体あのビルディングは、一階に三十ずつの部屋が在るんだが、何しろ此の頃の不景気で、四階、五階と来たら、空いている部屋の方が、塞がっている部屋の三倍もあるぐらいなんだ。大森はその四階の一番隅っこに事務所を持っているんだが、昼少し前に彼は外出したのだ。そして三時頃に帰ってみると其の大騒ぎだ。彼も早速取調べられたが、被害者を見ると彼は直ぐに見覚えがあると断言したんだ。何しろ、今迄誰一人手がかりを与える者はいなかったんだから、刑事たちは大喜びだ。大森の話によると、其の日の午前十一時過ぎ、正確な時刻は無論分らないが、彼はふと用達《ようた》しに、事務室を出て、その手洗室の前まで来たんだそうだ。ところが中へ這入ろうとすると、其処に話声がする。それがどうやら男と女とであるらしく、しかも、いやにひそ〳〵語っているのだ。こいつあ可《い》けないと彼は思った。要らぬところへ飛込んで、後で恨まれちゃつまらないと思ったものだから、気を利かして、三階まで降りて用を達したというのだ。ところが、ほら、彼が気を利かして其処を離れる時、やっぱり誰だって好奇心はあるもんだ。鳥渡《ちょっと》中を覗いてみたんだそうだ。ところが前にも言ったろう。その扉《ドア》というのは全部がスリ硝子で、文字のところだけが普通の硝子になっている。つまり彼は其処から覗いたわけなんだが、従って極く制限された、ほんの僅かな部分しか見えなかったわけだ。其の中に、彼はたしかに其の女の顔を見たと言うのだ。ところが残念な事には、その時一緒にいた男、時間から何彼《なにか》から言って、それが多分犯人に違いないのだが、その方には大して興味も感じなかったかして、少しも気が附かなかったと言うのだ。唯一つでも、これが後々有力な証拠になったんだが、その男の手にしていた雑誌の表紙を、彼は見覚えていたんだ」

「問題になった、キネマ雑誌ですね」

「そうだ。ところがこいつも仲々あやふやなんだ。刑事たちに、何かその男に就《つ》いて、覚えているものはないかと、散々訊ねられた末、やっと思い出したぐらいのことなんだからね。併しそれも無理はないさ。そんな大事件が起ろうとは夢にも思っていなかったんだから、誰だって、そんな些《さ》細《さい》な事まで覚えている筈はないからね。それにさっきも言ったように、極《ご》く僅かの隙間から、隙見しただけの事なんだから、雑誌の表題が辛うじて、それもほんの一部分だけしか読めなかったと云うのも無理ではないよ。だがこいつは蔑《あなど》り難い証拠となった。彼が読んだ、『キネマ』の三字、これがまあ今度の此の事件の要《かなめ》をなしたようなものだ」

「そうですね、其処でキネマ雑誌の大捜索が行われたという訳ですからね」

戸田は何故だか鳥渡いやな顔をしたが、でも、別に言葉を切るでもなく、後を続けた。

「そう〱、此のビルディングの中で、キネマ雑誌を持っているものは、それを持って全部集《あつま》れというわけさ。驚いたね、キネマ雑誌という奴は随分読まれるもんだね。三十あまりもあったからね。ところが、さてどれがあの犯人が持っていたものであるか、その点、証人が至ってあやふやなものだから、とても分りそうにないのだ。何しろ、唯『キネマ』という字の印象が、ぼやっと頭の中に残っているだけで、それが赤で書いてあったか、黒で書いてあったか、それすらはっきり覚えていないという始末なんだから、集まった三十何冊の中から、それを選べと言ったところで、到底出来る事じゃないんだ。仮令《たとい》出来たとしても、同じ雑誌を持っている人間は沢山あるわけだから、結局駄目になったろうが、そこはよくしたものだ。意外な方面から簡単にそいつが片附いた。というのは、それ等《ら》の雑誌の持主の中の一人が言うのに、エレヴェーター係りの須崎も、たしかにキネマの雑誌を持っている筈だのに、どうして此処《ここ》へ出さないのだろうと言うのだ。ところがこれを聞くと須崎は、さっと顔色を変えた。そして成程自分もキネマ雑誌を持っているが、今日は持って来なかったと言うのだ。ところがこいつが又直ぐに尻が割れて了った。というのは、僕自身も此の眼で見た事なんだが、確かにその朝も彼は洋服のポケットの中に、その雑誌を持っていたんだ。これは僕以外に証言するものがかなり沢山あったから間違いのない事実なんだ。所がそれを、彼は違う違うと飽迄《あくまで》言い張るんだ。成程調べてみると、彼の身の廻りには何処にも雑誌らしいものはない。別に部屋と言って持っていない彼だから、持っているとすれば、身に附けていなければならぬ筈なんだ。ところがそんな取調べをしているところへ、門衛の爺《じい》さんが、ひょっこりとやって来た。そして彼が言うのに、

『その雑誌ならおれが知っている』

と言うのだ。

『昼休み少し前の事だが須崎さんがその雑誌を紙で巻いて、表の郵便箱へ放り込んでいるのを見た』

とこう言うのだ。

これを聞いた時には、須崎はまるで紙のように真白になった。

『嘘《うそ》です！　嘘です！　そんな事あ――』

併し彼がそんな風に抗弁すればする程、却って人々の疑惑を増すという事を彼は知らないのだ。そこで早速、最寄りの郵便局へ刑事が走って取調べたのだが、うまい工合に、その郵便物はまだそこの局

に在った。そしてその中には果して、須崎の雑誌というのも混っていた。見るとその宛名は彼自身になっているんだ。何故又そんな事をしたのか、併し直ぐにその疑問は解けたというのは、刑事が其の封を破っていると、中からコロリと落ちたものがあるんだ。それは首飾などの垂れによく附いている、一種の垂飾《ペンダント》なんだ。須崎はそれを雑誌の中に封じ込んで自分の家《うち》へ送ろうとしたんだが、これが彼にかゝる疑惑を、抜差しならぬものにして了った。と言うのは、被害者の女と云うのが、やはり細い金の首飾をしていたんだが、その垂飾《ペンダント》が切れて失くなっているんだ。それを持って行くと、ぴったりと其の二つは一致するんだ。こういうわけだから、須崎に疑いがかゝるのも無理ではないじゃないか」

相手の男は黙って聞いていた。

戸田は続ける。

「尤も須崎はこんな風に弁解している。彼が四階の手洗室へ這入って手を洗おうとしてふと見ると、洗面所の水のハケ口の穴に、何だかピカ〳〵光るものが詰《つま》っている。おや何だろうと思って取出してみると、それが蛋白石《たんぱくせき》を嵌込《はめこ》んだその垂飾《ペンダント》だったと言うんだ。誰かゞ誤って落して、そのまゝ気附かずに行ったのに違いないと彼は考えた。其処でつい鳥渡《ちょっと》した出来心から、そいつを着服しようと思って、さてこそ、うっかり身に附けていて曝《ば》れちゃ大変だから、雑誌の間に封じ込んで家へ送って置こうと思ったと言うんだ。彼の言うのに、

『第一その女を殺そうにも何にも、私は今迄一度もそんな女を見た事がありません』

併し、そう言う彼の言葉には少からず曖昧《あいまい》な節があって、どうも信用なり兼ねる。そこへ持って来て、ほら、さっきも言ったように、四階で何だか長い事やっていたという証言も出て来たろう。おまけに彼は、その女を一度も見た事がないと頑《がん》として言い張るんだ。見た事がないと言って、さっきも言ったように、その事件に関係あるなしは別としても、その女が階段から上ったりする筈はないんだから、エレヴェーター係の彼としてその女を見た事がないなん

て筈はないんだ。それを又彼が飽迄《あくまで》隠すもんだから、愈々《いよいよ》嫌疑は深くなって行くと云う始末なんだよ」

戸田は其処で言葉を打切った。

時計はもう五時近くを示している。間もなく夜《よ》は明けるだろう。そう言えば、何となく表の方が薄ぼんやりとほの白くなって行くのが感じられるようだった。

「僕の知っているのは、あらましそれぐらいの事だ。それ以後又何か新しい発見でもあったかどうか、僕はその事件に就いては、新聞もなるべく読まない事にしているからあまり知らないいんだ」

「ところで、凶器は発見されたのでしょうか。何だかそれが分らないので困っているというような風評《うわさ》でしたが」

「そう〳〵、そう言えば、僕の知っている限り、凶器は遂に見附からなかったらしいよ。随分綿密に捜していた事は捜していたようだったが」

「それは併し変じゃありませんか？　須崎が犯人としたら、彼は凶器を捨てる暇なんてなかったでしょうに。そう言えばあなた方が、エレヴェーターにお乗りになった時彼は凶器らしいものを持っていたでしょうか」

「そいつは警察でも訊《き》かれたが、生憎其処迄《そこまで》は気が附かなかったよ」

「とに角これは計画された犯罪じゃありませんね。何かのはずみを喰って、つい女を殺して了ったもんだから、びっくりして、それを便所の中へ隠した……、と、云《い》うぐらいの所なんじゃありますまいか」

「警察でもそう言ってるね。併しそれだと、いよいよ須崎らしくなって来るのじゃないかな」

「そうですかね――」

その男は何かの影を追うような眼付きで、ぼんやりと空間を見詰めていた。戸田は疲れきった面持ちで、相手のその様子を眺めた。さっきの焦立《いらだた》しさはもう感じなかったが、その代り一種例えようのない不愉快さ、――それは誰しもが徹夜した後《のち》の朝に感じるあの不愉快さに、幾倍もの輪をかけたような感じだった。

暫くするとその男はふと我れに返ったように、戸田の顔を見るとニヤリと笑った。

「実はね、戸田さん、僕は変な男でしてね、こうした一事件を土台として、種《いろ》んな空想を築いてみるのが大好きなんです。此の事件もだから、その例に洩れず、僕の頭の中では、ちゃんと纏《まとま》った事件としての空想が成立っているんですよ。今あなたにお話をして戴《いただ》いたお礼に、どうです、今度は一つ、僕自身の空想的解決というのをお聞かせ致しましょうか」

「宜《い》いでしょう、じゃ一つ聞かせて貰おうかな」

戸田は大して興味もなかったけれど、勢いそう言わなければならなかった。白けた張りのない声だった。

「無論これは全部空想ですよ。だから、実際とは全《まった》く正反対の解決に到達するかも知れませんがね、併し、話としてはその方が面白いわけでしょう」

その男は、でもさすがに夜明けの寒さを感じ始めたのか、襟をかき合せながら、要領のいゝ調子で話し始めた。

「空想という奴はね、得てして奇抜を第一に喜ぶものなんです、従って僕の空想的解決に於《おい》ては、理屈はどうであろうと、須崎は犯人に非《あら》ずと云う所から出発するんですよ」

戸田はちらりと相手の顔を盗見《ぬすみみ》た。相手は併しそんな事には一切お構いなしに、ずん〳〵と彼《か》の話を進めて行く。

「そうするには併し、須崎の受けている誤解を、片っ端から打壊《うちこわ》して行かなければならないのですが、其処が事実に即しない空想の有難さですね。捉われる所がないものだから、そんな事あ朝飯前なんです。先ず第一に、彼が四階で、何をしていたか、その事からお話し致しましょう。僕の思うのに、彼は四階にそんなに長くはいなかった。彼が言っているように、洗面所で手を洗おうとして、ふとその蛋白石の垂飾《ペンダント》を発見する、それを、取出そうと努力していた時間以上には、四階に止《とど》まってはいなかったと思うのです。彼が四階にそんなに長くいたという証拠が何処にありますか。それは唯、あなたと遠藤という人の証言があるばかりでしょう？　成程遠藤という人は、半時間あまりも待たされたと証言しています。しかしこいつは甚《はなは》だ曖昧《あいまい》だと思いますよ。待たされる時間というやつは特に長く感じられるものですし、殊《こと》にいら〱している時には、わざと誇張して言いたがるものですからね。だから、遠藤という人の証言なんか一文の価値もないと思うんです。それに、その時須崎が大変狼狽《ろうばい》していたという事だって、何も女を殺した為でなくても宜《い》いでしょう？　相当高価な物をこっそり着服しようとしている所だから、突然呶鳴り附けられたら、誰だって狼狽するのは当然じゃないでしょうか。それから、もう一つ、須崎がその女を一度も見た事がないと言い張るのが、彼の立場を却《かえ》って不利にしているようですが、これだって無理もないですよ。と、言うのは、こいつ寧《むし》ろ誰も気が附かないのが、僕としては不思議なくらいですが、ほら、女は薄いドレスみたいなものを一枚着ているだけで、外套も帽子も被っていなかったと言うでしょう？　ところであの日はと言えば、雨こそ降っていなかったが変に薄曇りのした日で、今にもバラ〱と来そうなお天気だったじゃありませんか。あんな日に女が、外套も着ずに外出するものでしょうか。いや〱そんな筈はありません、何かきっと身に着けていたに違いないのです。所で警察官たちは、『あんなケバ〱しい服装をした女を見忘れるという筈がない』と、いう所に、彼の嫌疑を深めているのですが、若《も》し彼女がそのドレスの上に、何か非常に目立たないものを着ていたらどうでしょう、例えば、ほら、此の頃女たちが着るようになった、カーキ色の雨合羽《あまがっぱ》のようなものを……。須崎はあの日、四階から上へは、一人も女を案内しなかったと言っていますが、成程、このカーキ色の雨合羽の頭巾《ずきん》の着いている奴を、すっぽりと頭から被《かぶ》っていると、一寸男か女か分らないものですよ。殊にそれが曇日の、しかもそうでなくてさえ薄暗いエレヴェーターの中の事でしょう、気が附かずに過ごすのも、有り得ない事じゃないと思うのです」

「成程、しかしその外套はその後どうなったのだね」

「さあそれですね。無論犯人が何処かへ隠した事になるのですが、咄嗟《とっさ》の場合、あゝしたビルディングの中でどんな所へ隠したでしょう。僕は大いに空想を働かせてみたんですが、ふと気が附いた事に、あのビルディングには、地下室に洗濯屋がありますね。僕の空想は、僕の空想的犯人が、雨合羽を隠す場所として、その洗濯屋を選んだのに違いないと決めて了ったのです。彼処《あすこ》だと、隠すというよりも、寧ろおおびらに置いて来られるでしょう？　しかも凶器なんかを捜される場合、なまなかな所へ隠して置くと、それに連れて発見される憂《うれい》がありますが、洗濯屋だと却って安心ですからね。ところで、これは、僕としては寧ろ少し出過ぎたと思うのですが、一寸《ちょっと》したおせっかいから、その洗濯屋を探検してみたんですよ。すると果して、あの事件のあった日のお昼頃、誰かしらぬが、洗濯屋のザルの中に、雨合羽を放込《ほうりこ》んで行ったものがあると言うんです。別にそれを彼等は少しも怪しんでやしませんでしたがね」

此の話の半ば頃から、戸田はどうしたものか、隠し切れぬ焦燥《しょうそう》を示し始めた。彼の眼の中にはあらわな不安が宿り、その息は何かしら尋常《じんじょう》でない感じだった。しかも其処から腰を上げようともせずに、熱心に相手の話を傾聴している。一種の電気にかゝったような体付きだった。

「ところで、今度は方面を変えて、凶器に就いて僕の空想をお話しましょうか。これは外国の探偵小説にある事なんですがね、凶器が、余りに大き過ぎて眼に附かないというのです。というのはつまり大地に落ちて死んだ男——だから凶器は大地だが、あまりに大き過ぎるから気が附かぬというのです。此の言い方を借りるならば此の場合僕は、凶器があまりに眼の前にあり過ぎて、誰も気が附かないのだと言いたいのです。僕の空想は、こういう場合を僕に見せて呉れます。男と女とが手洗室の中でひそひそ話をしている。女というのは、あまり潔白な職業をしているのでなくて、男とはそういう方面からの知合いである。で、二人がそのビルディングの手洗室で、人目を避ける——という程でもないが、兎に角、あまり目立たない場所で話をしている。そうしているうちに、ふと二人の間にはいさかい——と、いう程のものではないが、例えば、男の方が鳥渡《ちょっと》した悪戯《いたずら》気《ぎ》から、女に接吻《せっぷん》を要求する、女の方でも厭ではないが、行《ゆ》きがかり上応じないという風を見せる——、とそういった程度のいさかいが起る。男はそうなると一層迫って来る。女は逃げる。——所で、此処で気を附けなければならぬのは、手洗室の床というやつは、装飾煉瓦《れんが》で敷詰めてあって、とても滑々《すべすべ》としています。そして女はと言えば、踵の高い靴を穿いている。其処へ持って来てそのいさかい、どうしたはずみにか女はつるりと滑って、運悪く洗面台の端で頭を打った——、という事は、まんざら考えられない事ではないじゃありませんか」

　戸田は黙っていた。彼の体は石のように固く、しかもその膝頭《ひざがしら》はガク／＼と打慄《うちふる》えている。

「男はびっくりした。誰だってびっくりしますよ、そりゃね。どうしようかと思ったが、咄嗟の場合、若しそんな事が知れたら、名誉に関する事だから、遁《のが》れられるものなら遁れたいと思う。幸い誰も見ていたものもなかったようだからと、取敢えず女の体を便所に隠し、自分は女の脱捨てていた外套を持って出る。そしてエレヴェーターの呼鈴《ベル》を押したが、ふと気が附いて階段の方から下りて行く。そして恰度時間だったものだから、人々の不審を買わぬようにと地下室の食堂へ下りて行く。するとお誂向《あつらえむ》きな事に其処に洗濯屋のザルが出ていた。彼は投捨てるようにして手にしていた外套をそのザルの中に放込んで行くのです。一方エレヴェーターの方では、誰か四階から呼んだようだがと思って上がってみると誰もいない。不審に思いながら、便所へでも這入っているのじゃなかろうかと一寸覗いてみる、いない。その序《ついで》に手を洗う気になって……、後はあなたも御存知の通りです」

　しばらく、ぎこちない沈黙が其処に流れた。戸田は何かしら逃道《にげみち》を求めるように、あたりを見廻していたがふと反噬《はんぜい》するように言った。

「しかし、あのキネマ、……あれは？　あれは？」

「あゝ、あれですか」

相手はさも事もなげに、

「あれは飛んだ間違いなんですよ。が考えてみるとまあ無理からぬ間違いでもありましょうね。なにしろ大森という人は、咄嗟の場合、しかも極く僅かの隙間から覗いたのですから、そう丁寧に一つ一つ、キ、ネ、マ、と拾い読みする閑《ひま》はなかったろうと思うのです。漠然と網膜に映じたその印象から、キネマと早合点して了ったのです。というのは、それはキネマという言葉ではなく、ネマキという言葉だったろうと思うのですよ。一体これが日本の仮名文字の欠点ですが、全体の形から一つの言葉に馴染《なじ》みがあるのじゃなくて、一つ一つ文字を拾い読みしなければならない。ところが此の場合、キという字、ネという字、マという字、この三字から出来ている言葉のうちでは、現在我々にとっては、キネマという言葉が最も親しみ深い、従って、ネマキであろうが、マネキであろうが、咄嗟の場合これをキネマと読んで了う事は極くありがちな事なんです。ところで戸田さん、あなたは婦人服専門家ですから、あなたの所へ来る雑誌の中には、さぞや近ごろ流行の、新型ネマキの広告などもある事でしょうね」

戸田はむっくりと椅子から立上がって、何か言おうとして激しい息使いをしていたが、ふいにガラ〱と咽喉《のど》の奥の方で笑った。

夜《よ》はすっかり明けている。ミルク色の朝霧が街から街へと流れていた。その中を、忙《せわ》しそうな足どりで人々の行交《ゆきか》うのが見えた。

不思議な男も椅子から立上がった。そして大儀そうに生欠伸《なまあくび》を噛《か》み殺していたが、やがて低い声で、

「あゝ、つまらない事で、到頭夜明しをして了った」

そう呟《つぶや》くと、呆然《ぼうぜん》としている戸田を尻目にかけて、ブラ〱と表の方へと出て行った。

間もなく、朝霧の中にその姿は見えなくなった。

執念

一

おりか婆《ばあ》さんが亡くなってから、既にもう一月あまりにもなるのに、彼女が隠して置いたと思われる二千何百円かの金は、未《いま》だに何処《どこ》からも発見されなかった。

天井裏と言わず、床下と言わず、凡《およ》そ彼等の考え附きそうな場所と言えば、片ッ端から引《ひっ》掻《か》き廻して見たのだが、其《そ》の結果は、いつも忌々《いまいま》しい失望を重ねるに過ぎなかった。養子の耕《こう》右《え》衛門《もん》と嫁のお作《さく》は、もと〳〵仲の好《い》い夫婦ではなかったが、此《こ》の問題が起ってからは、実際、傍《はた》の見る眼も浅間《あさま》しい程、露骨ないいさかいを日《ひ》毎《ごと》夜《よ》毎《ごと》続けている。

「畜生《ちくしょう》！　おれの留守の間に、又こんな所をひっ掻き廻しゃあがって、てめえ一体どうする気だ？　金が見附《めっか》ったら、こっそり自分のものにしてしまう気か、恐ろしい女《あま》っちょだ！」

用事があって、つい十五分程、隣の五《ご》右《え》衛門爺《もんじい》さんとこで立話をしていた耕右衛門は、家に帰って土間に草履《ぞうり》を脱ぐなり、口汚くそう言い罵《ののし》った。

「何よ！」

お作も又それに負けては居《い》なかった。「金が手に這入《はい》ったら、手に手を取って駈落《かけおち》しようと、吟松《ぎんしょう》亭《てい》の女《あま》っ子と約束しているのは一体何処《どこ》の誰だったけ？　ふん、誰がお前なんかに騙《だま》されるもんか！」

「何？　じゃてめえ、あの手紙を見やあがったな？」

耕右衛門は幾分狼狽《ろうばい》気味に言った。

「見たよ。見たがどうした。それ程大切《だいじ》な手紙なら、ちゃんとお守《まもり》さんの中へでも蔵《しま》っといたらえゝ。其《そ》処《こ》らへ放ったらかしとくお前さんが馬鹿だ。イヒヒヒヒ！」

「うぬ！」

頑丈な耕右衛門の腕が、青ぶくれのしたお作の頬《ほっ》ぺたに飛んだ。

「己《うぬ》、殴ったな、親にも触らせぬ此の顔を、己ようも殴ったな！」

女にもあるまじき形相で、お作は良人《おっと》の胸ぐらに武《む》者《しゃ》振《ぶ》り着く。耕右衛門はそれを、散々殴ったり蹴ったりした揚句、軈《やが》てヒイ〳〵言っている女の乏しい髪の毛をひっ掴《つか》んで、狭い六畳の部屋中を引摺り廻す。ある時は其処に茶碗《ちゃわん》が飛んだり燗徳利《かんどくり》が飛んだりする。そしてとゞの詰《つま》りには、お作が村中に響《ひびき》渡《わた》るような声で叫ぶのだ。

「人殺しイ――、誰か来てエ――」

然《しか》し近所でももう、殆《ほと》んど毎晩の事なので、馴れっこになっていた。

「父《とっ》つぁん、耕右衛門さんとこで、又夫婦喧嘩《げんか》をおっ始《ぱじ》めているよ」

「放っとけ！　放っとけ！　したいだけやらしといたらえゝ。止めに行って、いつかみたように傍杖《そばづえ》喰っちゃ詰《つま》らんからな」

誰もう仲裁に行く者はなかった。

耕右衛門もさすがに、こういう状態を浅間しい事だと思わない訳には行かなかった。死んでも渡さないと言った養母の金を、捜出《さがしだ》して自分のものにしようと言うのだから、どっち道不愉快な仕事には違いないが、それにしても、女房との間が円満に行っているのだったら、どんなにか気が楽だろうと彼は思った。

「なあお作や」

彼はこう言いたかった。「毎日々々こんなに喧嘩をしていても始まらんじゃないか。せめて金が見附《みつか》るまでは、お互いにもう少し夫婦らしゅうしようじゃないか。金が見附かった暁《あかつき》には、それは又別れるなり何なり、話の附けようもあるというもんじゃないか」

然《しか》し猜疑《さいぎ》に歪《ゆが》んだお作の、冬瓜《とうがん》の様に青くむくれ上った顔を見ると、彼は思わずむか〳〵としてしまって、折角《せっかく》の言葉も苦い唾《つば》と一緒に呑込《のみこ》んでしまうのだった。よし又彼がそれを言ったところで、うまく妥協が出来るかどうか。

「何世迷語《よまいごと》を言ってるんだ。わしが見附けたら無理にも山分《やまわけ》にしようと思って、自分が見附出したら、それこそ皆横取りしてしまうんだろう。へん、誰がその手に乗るもんか！」

お作はそう突放《つっぱな》してしまうにきまっていた。そんな事を思うと、耕右衛門は一層いら〳〵して来るのだった。

一体うちはどうなって行くのだろう？　耕右衛門はつく〴〵と考える。

一年中で一番急《いそ》がしい季節だと言うのに、彼等はもう長い間野良へ出ないでいるのだ。鳥渡《ちょっと》でも外へ出ている間に、相手が何処かから、その金を見附け出すかも知れない、そして秘かに着服してしまうかも知れない、そんなさもしい心で、彼等はまるで敵同志のように、陰険に、辛辣《しんらつ》に、お互いの肚《はら》の中を探合《さぐりあ》っているのだった。

「あゝ、厭《いや》だ！　厭だ！」

散々殴ったり蹴ったりした揚句の果に、誰も止めてがないので却《かえ》って張合《はりあい》抜けのした彼等二人は、いつとはなしに喧嘩を止めて了《しま》って居た。耕右衛門はさっきから、茶色にやけた畳の上にごろりと横になって、煤《すす》けたランプの灯をまじ〳〵と瞶《みつ》めていたが、何を思ったのか、ふいに吐出《はきだ》す様にそう呟《つぶや》いた。

壁と言わず、障子と言わず、見まいとしても見えるのは、気違いじみた此の一箇月あまりの捜索の跡だ。結局それ等《ら》の総《すべ》てが徒労に帰した事を考えると、矢張《やは》りその金には、老婆の執念がしつこく附纏《つきまと》っているのではなかろうかと思われるのだった。

「渡すもんか！　死んだってお前たちに渡すもんか！　わしの金だあ、しっかりとわしがこの手で握っているのだ」

そう言って、木乃伊《ミイラ》のように痩細《やせほそ》った右手を、薄い蒲団《ふとん》の下から突出《つきだ》してみせた、浅間しいおりか婆さんの臨終の姿を、耕右衛門は薄気味悪く思出した。

「なあ、お作、こんな事なら、嘘《うそ》でももう少し、婆さんの御機嫌を取結《とりむす》んで置くんだったなあ」

耕右衛門は寝転んだまゝ、女房の意《こころ》を迎えるようにそう声を掛けた。然し彼女は、ランプの灯《あかり》の達《とど》かない隅の方に、ぐったりと坐ったまゝ石のように黙りこくっていた。じじい、じじい、とランプの蕊《しん》の焼ける音が、嵐の後のように静かな部屋の中に冴え返った。

「あゝ、厭だ！　厭だ！」

暫《しばら》くすると、ふいに又同じような事を呟きながら、耕右衛門はむく〱と起上った。そして押入から蒲団を取出すと、せっせとそれを敷始めた。

「お作、おらあすっかり忘れて居たゞが、青には毎日飼葉をやって呉《く》れとるだろうな。おれはもう金の事はえゝかげんに断念して、明朝《あす》あたりから野良に出ようと思うよ。いつ迄《まで》こうしてたって始まらねえ、終《しま》いには口が干上ってしまうばっかりさ」

そんな事を言いながら、遠慮なく彼は裸ん坊になって、寝床の中へもぐり込んだ。

お作はそれを、何故《なぜ》かしらぎろりと眼を光らせながら見守っていたが、相変らず薄暗い部屋の隅を離れようとはしなかった。

二

それから一時間程経った。

居眠《いねむり》をしていたのか、それともそんな風を見せながら、良人《おっと》の眠りつくのを待っていたのか、部屋の隅に、不貞腐《ふてくさ》れた姿できょとんと坐っていたお作は、ふいに細目を開くと、そろりと耕右衛門の方へ首を伸《の》ばした。夢でも見ているのか彼は、鼻の頭に無数の粟粒《あわつぶ》大の汗を置いて、寝苦しそうに鼾《いびき》をかいている。

お作はじわりと、奇妙な尺取虫のように、体一杯を畳の上に伸して、暫く良人の寝息を窺《うかが》っていたが、やがて、低い、かすれた声で呼んでみた。

「お前さん、――お前さんもう寝たのかい？」

鼾の声が、稍《やや》鼻にひっ掛っただけで、耕右衛門は眼を覚す気配はなかった。

お作はそろりと立上ると、古ちゃけた戸棚の抽斗《ひきだし》を、音のしない開方《あけかた》で開いて、其の中から五寸程の日本蠟燭《ろうそく》とマッチとを取出した。

それからランプの灯《あかり》をふっと吹消すと、素足のまゝ土間に下りて、其処でもう一度、低い、かすれた声で呼んでみた。

「お前さん、――お前さんもう寝たのかい？　わしは是《こ》れから鳥渡《ちょっと》、青に飼葉をやって来るよ」

然し依然として答えはなく、暗闇の中に、耕右衛門の寝苦しそうな鼾だけが、何かしら地獄の責苦を思わせるように、無気味に響渡っていた。

お作は安心して、そろ〳〵と戸を開くと素足のまゝ外へ出た。

雨が来ると見えて、空には星一つなく、水飴のようにとろりと澱《よど》んだ暗がりが、其処ら一杯に広がっている。お作はもう一度、体中の神経を耳の底に集中して、そろりそろりと戸を締めた。

幸い耕右衛門は到頭《とうとう》眼を覚さなかった。

お作は外へ出てホッと一息すると、急にさっき殴られた箇所に痛みを覚え始めたので、くちなわのように体をくねらせながら、方々を撫《な》でたり、擦《さす》ったりしていたが、やがて胸を張って、生ぬるい夜気をぐっと一息吸いこむと、思出《おもいだ》したようにマッチを擦《す》って蠟燭に火を点《つ》けた。弱い、乏しい光だったが、さすがに其処の部分だけは、闇が円《まる》く引裂かれた。

お作はその裸蠟燭を片手に、暫く又家の中の様子を窺って居たが、やがて猫のように音のしない歩方《あるきかた》で二三歩行った。が、ふいにぎょくんと其処に立止まった。

「誰？――誰だい、其処にいるのは？」

蠟燭を右手に高く差上げて、その下から見透すように闇の中を覗込《のぞきこ》みながら、抜歯の間を洩《も》れる慄《ふる》え声で、二三度彼女はそう呼ばわった。無論何の答えもない。あたりは深い森の中のように、しんと静まり返っている。

お作はそれでも、安心なりかねるように、暫く闇の中を彼方此方《かなたこなた》と見廻していたが、間もなく思いあきらめたものかそろそろと又歩き出した。

やがて彼女は厩《うまや》の前まで来た。

蠟燭の灯と、女主人の顔を見とめた馬の青は、嬉しそうにブル〳〵と鼻を鳴らせて、頻《しき》りと床を蹴った。お作はしかしそんな事には見向きもしないで、蠟燭を左の手に持変《もちか》えると閂《かんぬき》を外した。

その途端、彼女は何かしら又もやぎょくんとした、本能的に後へ振返る。

「誰？——誰か其処に居るのかい？」

其の声は、良人を憚《はばか》らなければならないにも拘《かかわ》らず、可成《かな》りヒステリックに高かった。彼女は胴慄《どうぶる》いをしながら、いっそもう、家《うち》の方へ引返そうかと思った。

暗闇の中には確かに誰か人がいるのだ。姿は闇の中に溶込んで見えないけれど、何かしらその気配を、彼女は身の廻に感じるのだ。

「誰か其処に居るのなら、さっさとあっちへ行っとくれよ。わしは是《こ》れから馬に飼葉をやるんだから」

わざと気丈らしくそんな事を言ったが、言ってしまってから後悔した。いかにも言訳《いいわけ》らしい言いぐさだと自分ながら思ったからだ。

お作はどうしようかと思いながら、暫く厩の前に立ちあぐんでいた。全身が細く慄える。自分ながら自分の息がうるさい程耳に附いて仕様がない。

突然、池の向うから一陣の風が吹いて来て、楡《にれ》の梢《こずえ》をざわ〳〵と鳴らすと同時に、彼女の持っていた蠟燭を、あっと思う間に吹消した。そのとたん、何かしら薄白い物が、魔物のように地上を這《は》っているのを認めて、彼女は一瞬間、ツーッと全身が痺《しび》れるような恐怖に打たれたが、何の事だ！　ふいにガアガア啼《な》きだした。家鴨《あひる》だった。

「なあんだ！　鴨《かも》さんかいな！」

彼女はホッとすると、さっきからの恐れが急に馬鹿らしくなって、吐出すようにそう呟いたが、周章《あわて》て又蠟燭に灯を点けると、今度は何の躊躇《ちゅうちょ》もなく厩の中へ這入って行った。

青はいよ〳〵飼葉を呉れるものと思い込んだらしく、物ほしそうに、湿った鼻面を突出《つきだ》していたが、お作は邪慳《じゃけん》に見向きもしないで、ぐん〳〵と奥の方へ這入って行った。不意の光に驚いたものか、蠅《はえ》共が、独楽《こま》のような唸《うなり》をあげて、無数に飛び散った。

お作はそれを払いのけながら、厩の一番奥まで行った。其処で立止まると、帯の間から、小さく畳んだ藁半紙《わらばんし》を取出した。折目の所々破けた、古びた一枚の紙だった。それには、拙《つたな》い、かすれた筆で、辛うじて読める程度に、こんな事が書いてあった。

厩の北の隅に天井から下っている紐《ひも》を引っ張れ

お作はそれを、今日良人が隣へ行っている間に、仏壇の奥の御詠歌の本の中から見附け出したのだ。

彼女は慄える手で、蠟燭を高く差上げると、何年間か、日の目を見た事のないような厩の天井を、あちこちと見廻した。蠟燭が動く度に、奇怪な影が、何かしら此の世のものでないように物凄《ものすご》く、伸びたり縮んだりする。

「おゝ、おゝ」

不平を起した青が、激しく土間を蹴るので、お作は半ば独語《ひとりごと》のように言い聞かせる。

「静かにしといで、今にうんとやるぞ！　お金が手に這入ったらな！」

ふいに彼女は、ごっくりと大きく咽喉仏《のどぼとけ》を鳴らして息を呑込んだ。無数に張った蜘蛛《くも》の巣の間から、まぎれもない一筋の紐が、長虫のようにだらりと垂れ下っているではないか。

お作は全身の血液が、激しくざわめき渡るのを感じた。ありたけの背を伸して、その細紐に手を触れた。バラ〳〵と細い埃《ほこり》が頭から顔から、一杯に降掛ったが、彼女は容赦なく、一息ぐいと力強くそれを曳《ひ》いた。

その途端、天井はばっくりと魔物のような口を開いた。が、それと殆《ほとん》ど同時に、お作は何かしら、前頭部に激しい痺れを感じた。くら〳〵と眼がくらんで、体の中心がなくなった。

「ブル〳〵ブルッ」

青も危険を感知したらしい。激しく首を上下《うえした》に振りながら嘯《うそぶ》いた。

お作は何処か、底無沼へでも引摺込《ひきず》まれるような無気味さと、快感を覚えた。手に持っていた蠟燭が秣《まぐさ》の上へ落ちた。火は直《ただ》ちに燃え移った、蜥蜴《とかげ》の舌のような焰《ほのお》が、めら〳〵と壁から天井へかけて、勢いよく這いのぼった。

三

耕右衛門とこの厩が半分焼けた。

焼跡からはお作の死骸《しがい》が出て来た。

然し彼女の死因は、焼死ではなくて、その前に頭を殴られた為である。

そんな噂《うわさ》が村中に拡がった時分には、疑いもなく人々の眼は良人の耕右衛門に向いていた。

「耕右衛門が殴り殺したんだよ」

と村人甲兵衛《こうべえ》が言った。

「そうだ、そしてその死骸を隠すために、厩へ連れて行って火を放《つ》けたんだ」

と村人乙右衛門《おつえもん》が答えた。

「そうだ、そうだ。でなければあんな所から火の出る道理がない」

村人丙作《へいさく》がそれに応じる。

「だがやっぱり天罰だなあ、うまく焼けてしまわんうちに消えてしまうなんて」

村人丁太《ていた》が仔細《しさい》らしく言う。

「わしは見たんだよ、額《ひたい》が果物みたいに美事に割れていた」

村人戊十《ぼじゅう》が恐ろしそうに首をすくめて言った。

「恐ろしい事だ」

「恐ろしい事だ」

「やっぱりおりか婆さんの執念だよ、なあ」

人々は顔を顰《しか》めた。

耕右衛門一家の事は、もうそれ迄にもかなり村の噂にのぼっていた。彼等の一家は、亡くなったおりか婆さんを筆頭に、三人が三人ながら村の嫌われ者だった。

耕右衛門とお作は、おりか婆さんの夫婦養子だった。二人とも婆さんの遠縁に当るのだったが、だからもう少し円満に行っても宜《い》い筈《はず》であったが、どうして、村一番の厄介《やっかい》な家庭だった。始終何やかやとごたくを起しては、村の人たちに手を焼かせていた。主としてそれは婆さんの、人並外れた貪慾《どんよく》と吝嗇《りんしょく》とから来るのだったが、そうかと言って彼女ばかりも責められなかった。耕右衛門は耕右衛門で村でも有名な放蕩者だったし、お作は又お作で、「わしがおりか婆さんの立場にいたって、やっぱりあの女なら腹が立つわさ」と、村の誰にでもそう言われる程横着者だった。

こう云う三人だから家の中が丸く治まる筈がない。事実耕右衛門もお作も、交る交《かわ》る交《がわ》るよく家を飛出した。それが結局、然し帰って来ると言うのは、他でもなくおりか婆さんの財産が目当てだった。

婆さんはさすがに吝《けち》ん坊《ぼう》として名を売っているだけあって、水呑《みずのみ》百姓の身分として、何千円かの金の貯蓄をしているという噂だった。事実彼女は、村の郵便局に二千何百円かの金を預入《あずけい》れていた事があった。

ところが、さすがの彼女も到頭、頭の上らぬ床に就《つ》くようになって、さてこそ、長年翹望《ぎょうぼう》していた時節到来とばかりに、耕右衛門たちが、婆さんの貯金帳をこっそりと引張り出してみると、こは如何《いか》に、何時《いつ》の間にやらその金は、全部引出されているのであった。

「イヒヒヒヒ！」

それとなく其の事を聞かれた時、おりか婆さんは、疎《まばら》な醜い歯並を見せながら、気味悪く笑ってみせた。

「わしの金だものわしが持っているのさ、心配しなくても宜いよ。金はちゃんと此の屋根の下にあるんだから。イヒヒヒヒ！」

そう言ったきり、その金の所在《ありか》に就いては、どんなに手を変え、品を変え訊《き》かれても、到頭臨終の際迄、彼女は決して口を開こうとはしなかった。

「わしの金だあ、わしが持って行くんだあ、お前たちに渡してたまるもんかあ――」

最後の息を引取る刹那《せつな》迄、おりか婆さんは浅間しくそう叫び続けていた。

だから耕右衛門夫婦が、どんなに死にもの狂いになって、その金を探しだそうと努力した事か。

そういう事情を、村の人々はみんなよく知っていた。だからお作を殺したのは、耕右衛門を除いては他にあり得ない。そう極《き》めてしまっていた。無論彼は直ちに拘引された。

種々《いろいろ》な証拠が彼に対して不利だった。

例えば、

お作の死因が額の打撲傷にある事、

厩に火を発する道理のない事、

彼女が素足であった事、

その前夜彼等がひどい喧嘩をしていた事、

十一時頃、その喧嘩が急に静かになった事、

先《ま》ずそう云った風の理由からであった。

「どうだろう？　死刑だろうか？」

「さあ、どんなにうまく行っても無期でしょうな」

道で逢った甲村人と乙村人とはそんな会話を、到る処《ところ》で交わしていた。

が、それにも拘《かかわ》らず、当の本人耕右衛門は、人々の期待を美事に裏切って、拘引された日から数えて、三日警察に居《い》ただけで四日目の朝には、早《はや》大手を振って帰って来た。村人たちは、覚めやらぬ夢を追うように、不審の面持ちで彼を迎えたが、こんなに早くその嫌疑が晴れたのは、次のような事情からであった。

現場の附近に古びた大きな胴乱《どうらん》が落ちていた。胴乱の中には、三十円ばかりの現金の他に、質札だの印形《いんぎょう》だのが這入っていた。それ等のものからして、その胴乱が同じ村の四方十《よもじゅう》という男の所有物《もちもの》である事が分った。ところが四方十という男は火事の時にも、火事が済んだ後にもその附近に顔を見せなかったのだから、その胴乱は、それより前に、そこに落されたものに違いない。そこで早速四方十は呼出を受けた。

さて四方十が恐入《おそれい》って語るのに、

「へい、それはわっちの胴乱に違いございません、それがどうして彼処《あすこ》に落ちていたと仰有《おっしゃ》るんで？　それはこういう訳でございます。その夜晩《ばんおそ》く、そうですなあ、十二時半頃でしたか、彼処を通りかゝりますと、――どうして、そんなに晩く外出していたと

仰有るんで？　へゝゝゝゝ、それはつまり、どうか旦那《だんな》、今度だけはお目こぼし願います。鳥渡《ちょっと》手なぐさみをやらかしていたのでして、――で、其処を通りかゝりますと、ふいにおかみさんが蠟燭片手に出て来たじゃござんせんか。おやおや、こんなに晩く何をするつもりかな、と不思議に思っているうちに、ふいと思い出したのが、そら、一件の事でござんす。何しろおりか婆さんの金の事は、村でも評判でございますからな、そこで幸い、向うからはこちらの姿が見えないらしいので、何をするのかと後を蹤《つ》けまするてえと――」

と、彼が愛好するところの浪花節《なにわぶし》まがいに、長講一席そこに述べたてたのである。

「じゃお前は、厩が燃え始めた時に何故《なぜ》それを人々に知らさなかったのだ？」

「それがそれ。やっぱり掛り合いになっちゃうるさいと思ったものでございますから」

四方十の陳述には一点疑わしい箇所はなかった。

お作はだから、耕右衛門に殴り殺されたのではなくて、天井から落ちて来た、何物かに額を打たれて死んだのに違いなかった。そしてその何物かは火事の為に焼けて了《しま》ったのに違いなかった。だから兇器が見附からない訳であった。

ところで、お作が何故夜晩く、厩の隅っこの方で、そんな真似《まね》をしなければならなかったか。

それも直《す》ぐに判明した。と言うのは、彼女がその晩持っていたと同じような書附が、仏壇の奥の方から、その他二三枚も出て来たのであった。

「おりか婆さんの執念だ」

それを聞いた村の人たちは又そう言った。

「誰にも金を渡すまいとして、そんな罠《わな》を拵《こしら》えといたのだよ。金を手に入れようと慾張る者は、みんなお作さんと同じような目に逢うのだ」

「恐ろしい事だ」

「恐ろしい事だ」

四

さて、金は何処に隠してあるのだろう？

五

耕右衛門は然し、お作が亡くなったので、結局暢《のん》気《き》になった。今迄のように冗《むだ》な神経を尖《とが》らさなくても宜《よ》くなった。それだけでも、大いに助かる訳だと思った。

それに彼がひそかに気を揉《も》んでいたのは、お作が既に金を発見しているのじゃなかろうか。金をちゃんと握っていながらわざと、そんな風を見せて居るのじゃなかろうか、そうした疑いのある事だった。ところが、彼女があゝした死態《しにざま》をしたところを見ると、それ等の疑いが全《まった》く杞《き》憂《ゆう》であった事が分る。彼女もまだ金のありかを見附けてはいなかったのだ。とすると、其の金は、未だに此の屋根の下にあるに違いなかった。

耕右衛門は毎日、昼の間は野良稼ぎをし、夜になると蠟燭の灯を頼りに、倦《う》まず撓《たゆ》まず、家の中をあなたこなたと探し廻った。

「耕右衛門さん、どうだな、お金のありかは分ったかな」

道で逢うと、誰も彼もがそう訊いた。中にはこんな事を言う者もあった。

「なあ、耕右衛門さん、こんな事を言っちゃ悪いけれど、金はやっぱり厩にあったんじゃないかな。そうだとすると、どんなにお前さんが骨を折ったところで、出て来る気遣いはないぞ。えゝ加減にあきらめたらどうじゃな」

耕右衛門は然し、そんな事に耳をかそうとはしなかった。厩？　馬鹿な！　と彼は肚《はら》のうちで呟いた。おりか婆さんの性質として、大切《だいじ》な臍《へ》繰《そく》りを、そんな所へ置いとく筈がなかった。

「見とれ！　今に見附け出して村の奴等をあっと言わせてやるんだ。死んだ者の執念が強いか、生きとる人間の執念が強いか、こうなったら意地ずくでも、探出《さがしだ》して見せにゃあ」

然し、そう力んでは見るものゝ、時とすると、耕右衛門とて、甚《はなは》だ心細くならざるを得ない事もあった。

お作が死んでから早《はや》二週間になる。おりか婆さんの死んだ日から数えると、既に二箇月の日が消えようとしている。それだのに……あゝ！　と彼は心からなる溜息を吐くのだった。

そして到頭ある夜の事。

耕右衛門は例によって蠟燭片手にごそ〱と押入の中を引掻き廻していた。それはもう何遍となく探した場所だったけれど、根気よく彼は、一つ一つ古びた道具などを放出《ほうりだ》しながら、夜鷹のように眼を光らせていた。

「チェッ！　糞婆《くそばば》あ！」

失望を重ねる毎《ごと》に彼はそう口汚く罵った。

部屋の中には、まっ黒な油煙をあげながら、ランプの蕊がじい〱と燃えている。太い大黒柱、真黒な天井、赭《あか》ちゃけた畳、渋紙色の障子、一文にもならなそうな、ごた〱とした道具類、そんな中で、僅《わず》か二千何百円かの金を得ようとして、血走った眼《まなこ》を見据えている一人の男の姿は、恰《あたか》もクロンダイクに砂金を発見し様《よう》として苦労している人間だちと、同じ程度に、浅間しく、そして又涙ぐましくもあった。

「耕右衛門さん、居て？」

ふいにがら〱と土間の戸を開いて一人の女が這入って来た。耕右衛門はぎょっとして、首を伸して見透すようにそれを見た。

「何だ、おくめじゃないか、今頃何しに来た？」

彼は狼狽を押包みながら強《し》いて強い声を出してそう言った。

「何しに来たは手厳しいのね、あんた此の頃鳥渡《ちょっと》も顔を見せないじゃないの、どうしたのかと思って様子を見に来たのよ」

女はおくめと言って、耕右衛門が馴染《なじみ》を重ねている、吟松亭の酌婦だった。何故彼女が今時分やって来たのか、耕右衛門には直ちに呑込《のみこ》めた。彼は顔をしかめて言った。

「駄目だよ、今夜は。おらあ今一文も持ってやあしねえよ」

「まあ厭だ、ひとの顔さえ見れば無心だと思っているのね」

　おくめは魚のようにとろりとした眼で、彼を睨《にら》まえるように、愛想笑いをしながら、ちょいと褄《つま》をとって上へあがろうとした。耕右衛門はそれを押戻すような手附きをして、

「いかん！　いかん！　上っちゃいかん、そこら中埃《ほこり》だらけだよ」

　おくめは座敷に掛けた片足の、さすがにすんなりと白いふくらはぎを見せながら、そう言われてきょろ〳〵と辺《あたり》を見廻していたが、

「あゝ、そう〳〵お前さん評判通り、あのお金を探しているんだね」と言った。

　耕右衛門はそれを聞くと厭な顔をして黙っていた。

「それなら恰度《ちょうど》いゝわ。あたしも手伝って一緒に探してあげよう」

「いかん、来ちゃいかんと言うのに！」

　然しおくめは遠慮なく上に上って、耕右衛門が反対するにも拘らず、せっせと彼女の所謂《いわゆる》手伝いを始めた。耕右衛門も、何《なに》や彼《か》やと始めの間は文句を言っていたが、結局彼女の鉄面皮には敵《かな》わなかった。

「大丈夫、あたしに委《まか》してお置きよ、あたしの千里眼《せんりがん》で今に見附け出してあげるんだから」そんな事を彼女は言った。

　それからどれ位彼等は探していたか。

　然し間もなく、さすがのおくめも厭気がさして来たのだろう。

「あたし烏渡一服するわ」そう言うと囲炉裡《いろり》の側《そば》へ寄って、煙草《タバコ》を一本吸いつけた。

　耕右衛門は然し埃まみれになってせっせと其の仕事を続けていた。おくめはきょとんとした恰好《かっこう》で、暫く其の様子を見ていたが、何と思ったのか、ふいにブッと吹出した。と思うとそれに続いて、ウフフフフ！　エヘヘヘ！　イヒヒヒヒ！　とまるで、笑い薬でも嗅《か》がされた者のように、腹を叩きながら、とめどもなく笑い転げた。

「どうしたんだ！」耕右衛門は驚くというよりも呆《あき》れたように彼女の顔を見た。

「ど、どうしたって……」おくめは物を言う事すら

出来ないらしい。

まるで二つに切られた蚯蚓《みみず》のように、怪しく体をのたうち廻らせながら、とめどもない笑いの底から、それでも彼女は、辛うじて右手を伸すと、ある一点を指さした。

耕右衛門も其処を見た。と忽《たちま》ち、彼もまるで水母《くらげ》男のように、へなへと其処に崩折れた。体中の感覚が頭の天辺《てっぺん》から、すうっと抜けてしまった。手足が痺れて、顎《あご》がガクへと鳴った。間違いではないかと、彼は何遍も何遍も眼を瞬《またた》いたが、呪わしいそれは現実であった。

こういう状態だから、どやへと其処へ数名の人達が這入って来たのに、二人ともまるで気が附く風はなかった。

彼等は何の為にそこへ闖入《ちんにゅう》して来たのだろう、暫く怪しむように二人の狂態を見ていたが、やがてその中の一人が、ずかずかと進寄《すすみよ》って、耕右衛門の肩へ手を掛けた。

「耕右衛門！　貴様はひどい奴だ、お作を殺したのは貴様だろう！　白《しら》を切っても駄目だぞ。貴様が厩の中にあんな仕掛をしていたのを目撃していた者があるんだ。それに――」

と警官は半分焼けた細紐を取出して、

「仕掛に使った此の紐と言うのが、悪い事は出来ないものだ。おりか婆さんが死んだ時に締めていた腰紐じゃないか」

さすがにおくめはそれを聞くと、はっと笑いの酔から醒《さ》めた。然し耕右衛門は、それを聞いていたのか、いなかったのか、死仮面《デスマスク》のような顔をして、依然としてある一点を凝視している。

其処には、日本蠟燭の蕊の中に、まぎれもなく彼が探しているところの百円紙幣が、じりじりと小気味のよい音を立てて燃えているのだった。

断髪流行

浅井《あさい》信吉《しんきち》が、彼の通っているさる私立大学から帰って来ると、いつも小鳥のように歌を唄っている彼の恋人さち子が、その日に限って、どうしたものか、余《よ》程《ほど》家の近くまで来ても、彼女の美しい声が聞えて来ないのである。

はてな、いないのかしら、そう思いながら、格子戸をガラガラと押開くと、居《い》ないのではない証拠に、彼女の、唯《ただ》それ一つしかないところの、赤い鼻緒の空気草履《ぞうり》が、ちゃんと其処《そこ》にあった。

それを見ると浅井信吉は、忽《たちま》ちはっと胸の中が重苦しくなって来るのを感じたのである。というのは、雲雀《ひばり》娘《むすめ》という綽名《あだな》を奉《たてまつ》ってある程の、彼の恋人さち子は、朝眼が覚めるとから、夜床に就《つ》くまで、片時も唄っていないでは居られない性分の女なのだ。例えば、飯を食っている時とか、人と話をしている時とか、そうした時でさえも、彼女はしばしば突然に唄い出す程なのである。

「ねえ、兄ちゃん、今度の土曜日の晩には活動写真を見に行かない？　ラララララ！　ダグラス・フェヤアバンクスが来ているのよ。とても痛快なんですって。お向いの河村さんがそう言ってたわ。ねえ、行きましょうよ。ね、ね。行くの？　まあ、嬉《うれ》しい。ラララララ！」

と、ざっとこう言った調子なのである。

然《しか》し、それ程の彼女にしろ、やはり例外の場合がないでもない。それと言うのは、彼女がヒステリーを起している時なのである。そうした場合には、さすがの雲雀娘も、二時間であろうが、三時間であろうが、場合によると一日でも、よくまあ辛抱《しんぼう》が出来るものだと思える程、頑固に唄う事を拒むのである。

従って此《こ》の頃では、彼女の歌声が聞えない時は、とりもなおさず彼女の不機嫌を意味するという事を、彼のみならず、近所の人たちでさえよく知っているのだ。

「さち坊、いないのかい?」

だから浅井信吉は、困った事だ、一体何が彼女を不機嫌にしたのかしら、と思いながら、わざと元気よくそんな事を言いながら靴《くつ》の紐《ひも》をほどいたのである。見ると彼女は、卓子《テーブル》に倚《よ》りかゝって俯伏《うつぶ》せになっている。寝ているのではない証拠に、肩がぶるぶる慄《ふる》えている。彼が這入《はい》って行った瞬間から、その慄えが一層大きくなった事も確《たしか》だけれど。

「どうしたの? 何処《どこ》か悪いの?」

浅井信吉は、その肩に手をかけて、横から顔を覗《のぞ》き込みながら、努めて優しい声を出そうとするのである。

「隣の糞婆《くそばば》が又、何か言ったのかい? それとも、猫に魚を奪《と》られたの? そうじゃない? じゃどうしたのだい。――ああ、そうか、御飯が又焦げついたのか?」

すると、突然にむっくりと顔を挙げた彼女は、きっと、まるで射るように、(彼女はそう思っているのだ)彼の顔を見詰めた。そして何か激しい言葉で、相手をやり込めてやろうと思うのであったが、咄嗟《とっさ》の場合、気の利いた言葉が見つからなかったので、取敢《とりあえ》ずほっと深い溜息《ためいき》を吐《つ》いた。

そして、さておもむろに言うのである。

「呑気《のんき》ねえ、兄ちゃんは。あたしどうしようかと思ったわ」

「どうしようって、一体何が起ったのだい。分らないじゃないか、僕には」

「大へんだったのよ」

「大へんて、何がさ。火事でもあったのかい?」

「そうじゃないわよ。刑事が来たのよ」

「刑事?」

浅井信吉は、コツンと頭を一つ殴られたような気がして思わずごくりと唾《つば》を飲込《のみこ》んだ。

「ケ、刑事って、何をしに来たのさ、一体」

「家の事を調べに来たのよ」

「イ、家の事？」

信吉は再びごくりと唾を飲込んだ。

「それは又どういう訳なんだ」

「どういう訳か知らないけれど、とに角調べに来たのよ。延原《のべはら》ってあなたかと云うんでしょう。あたし仕様がないから、いいえ、延原さんは今お留守ですって言ったの。するとあなたは何だって聞くから、あたしはお部屋を借りてる者ですと言ったのよ。すると延原さんの御家内は幾人だの、原籍はどちらだのと一々詳しく聞くのよ。あたし仕様がないから、出鱈目《でたらめ》を喋《しゃべ》ったの。するとね、するとね、じゃ間違いないでしょうね、一応国許《くにもと》へ照会して見ますから、とそう言うのよ。あたしハッとしたけれど、まさか今のは出鱈目ですとも言えないでしょう、どうしようと思っているうちに、相手はさっさと出て行って了ったの。若《も》し、若し、国許へなんか照会されたら、出鱈目だって事は直《す》ぐ分るんですもの。そうしたら、そうしたら、あたし困るわ、困るわ」

無論、それ等の言葉の後半は、すっかり涙の中に埋《うず》って了《しま》って、信吉にもよく聞きとれなかった。

然し、それにしても、彼はハッと当惑したのである。

「困ったな、困ったな」

彼は西洋人がするように、狭い部屋の中を、行きつ戻りつしながら、

「何故《なぜ》知らないって言って了《しま》わなかったんだい。出鱈目なんて、直ぐ曝《ば》れる事は分りきっているじゃないか。馬鹿だなあ」

「だって、だって」

さち子は忽ちヒステリイを起して、金切声になりながら、

「つい出ちゃったんだもの、それに相手がそう言わなきゃならないように訊《たず》ねるんだもの」

「一体何処だって言ったの？」

「岡山県備中笠岡《びっちゅうかさおか》――」

「馬鹿だなあ、そんな事を言って、若し兄貴にでも

知れて見ろ、兄貴の家を言ったんだろ？　ああ、困ったな、困ったな」

彼は、長い、もじゃもじゃした髪の毛を両手で掻《か》き廻しながら、いよいよ激しく、部屋の中を行きつ戻りつし始めたのである。

何故彼がそんなに困ったか？

むろんそれにには理由があることなのだ。というのはこうである。

信吉が、恋人のさち子と同棲《どうせい》を始めたのは、つい三月程前からの事だ。

元来彼は、さる私立大学の文科学生で、岡山の方にいる兄のもとからの送金によって、学校へ通っている身分なのである。従って未《ま》だ、恋人と同棲など出来る柄ではないのだ。

それが然し、種《いろ》んな破目から、まま事のような今の生活を始めなければならぬようになったのだが、無論、彼にとっては、それは嬉しい事でこそあれ、決して不愉快なことではなかった。唯《ただ》一つ困るのは、生活費をどうするかという問題であった。

今迄《まで》でさえ、一人分に足るや足らずの送金しか貰《もら》っていなかったのだから、従って二人となると、たちどころにその月その月の生活に窮しなければならなかった。尤《もっと》もその方は、先輩たちの間を頼んで廻って、翻訳の下受けをしたり、子供雑誌に書いたりして稼ぐとして、然し、それにしても、そうした収入は月によってひどく差違があるものだから、何と言っても、兄からの送金が、やはり彼等にとって唯一つの頼みであった。ところで、国許にいる彼の兄の方では、むろん弟が、女と同棲していようなどとは夢にも知らなかった。若しそれを知ったら、憤《おこ》ってたちどころに送金を断《た》って了うのは、火を見るよりも明《あきら》かなことだった。だから信吉が、国許へ絶対に知らさないようにしてさえ居れば、当分の間、安全だという訳であった。

ところが、此処《ここ》に困った事には、同棲を始めた当時、彼等はさる二階を借りて住んでいたのだが、ある日さち子が言うのに、

「ねえ、兄ちゃん。さち坊はもう二階借りなんかつ

く〱厭《いや》になっちゃったわよ。何処でも宜《い》いから、家を一軒借りましょうよ。便所へ行くにも、御飯を焚《た》くにも、一々下へ降りなきゃならないなんてあたし厭だわ。それに下の小母さんたら、さち坊の顔を見るたんびに、変に嫌味《いやみ》たらしい事を言うのよ。兄ちゃんは学校へ行ってて宜いけれど、留守をしているさち坊はたまらないわ。ね、ね、一軒借りましょうよ。家賃なんて大したものじゃないでしょう、そうなったら、さち坊だって倹約をするから宜いわ」

と、言い出したが最後、後へ引かない彼女のことだ、盛んにそれを強請するのである。

信吉自身も、彼女に言われる迄もなく、二階借りの不自由さに就《つ》いて、考えていない訳ではなかったので、間もなくそれに同意を表した。

「まあ嬉しい、じゃ明日でも、さち坊は何処か探して来るわよ」

そうしてその翌日、信吉は学校を休んで、二人で仲よく家を探しに出かけたのだが、思ったよりも簡単に、手頃な家が見附かった。そこで早速その家へ引越すことになったのだが、いよいよとなって、彼はハタと当惑するような事にぶつかった。

というのは、信吉が一軒の家を借りて住んでいるという事が分れば、国許の兄は、必ずや不審を抱くに違いなかった。今迄にも転々と住居を変えてはいたが、いつの場合でも、下宿屋か、他人の家の間借りだったので、何某方浅井信吉であった。それが今度に限って、何町何番地、浅井信吉殿だけで手紙が届くという事を知ったら、きっと其《そ》の理由を訊《ただ》して来るに違いなかった。

「弱ったな、どうも。家を一軒借りるのは宜いけれど、うっかりしたことをして、のこのこ兄貴に出て来られた日にゃ大変だな」

さち子は、家が一軒借りられると思って、すっかり喜んでいたところへ、思いがけない邪魔が這入ったものだから、忽ち不機嫌になって了った。

「いいわ、いいわ。嫌だもんだから、あんな事を言ってるんだわ。さち坊よく分ってることよ」

信吉が如何《いか》に宥《なだめ》ても、すかしても、いっかな機嫌を直しそうになかった。

「分ってるわよ。分ってるわよ」

そして彼女は、其処ら中を手当り次第搔廻《かきまわ》すのだ。

「あ、いいことがあるよ」

と其の時、苦しまぎれに、種《いろ》んな思案をしていた信吉は、ふと一計を思いついたのである。

「そうだ。出鱈目の名前であの家を借りようじゃないか。そして僕たちはその人の家に、間借りしていることにするのだ。ね、それだったらいいだろう」

「まあ」

と、さち子は直ぐにも機嫌を直しそうなのだが、でも、幾分極《き》まりが悪いと見えるのだ。わざと不安そうに、

「そんな事が出来て?」

「出来るともさ、家を借りるのに、まさか戸籍謄本《とうほん》が要るわけじゃないだろう。大丈夫だよ。出鱈目の人物を一つ拵《こしら》えれば宜いんだから」

と、ざっとこういうことから、彼等は、延原という、何処に居るやらいないやら、訳の分らぬ人物の名前で、家を借り受けたのである。むろん、表札にも大きく、延原信太郎と嘘《うそ》っぱちの名前を書いてあるのだ。

「困ったな、困ったな、困ったな」

だから浅井信吉は心配しているのである。そしてさち子も、彼女は当の責任者だから、それにもまして不安を感じていた。

「困ったな。困ったな。困ったな」

「知らないわ。さち坊のせいじゃなくってよ。兄ちゃんが早く帰らないから可《い》けないんだわよ」

「困ったな。困った——」

その時である。表の格子戸がガラガラと開いて、彼等が思わずそれに息を詰めた瞬間、郵便！　という声がした。

二人とも忽ちはっと唾を飲込んだのである。召喚状？

信吉が恐る恐るその手紙を拾って来ると、先ず安心な事には、警察からの物ではないらしかった。不思議な事には、差出人の名前は書いてなかったけれ

ど、表書きをよくよく見ると、彼には直ぐ、それが誰からの手紙か、嚥込《のみこ》む事が出来た。

「須藤源八郎《すどうげんぱちろう》からだよ」

「須藤さん？」

信吉は鋏《はさみ》で封を切ると、中味を取出して読んだ。と思うとたちまち彼の口の辺には、変な微笑が刻まれた。

「畜生《ちくしょう》！」

「どうしたの？」

さち子は急いで立上ると、信吉の背後《うしろ》からその手紙を覗き込んだ。すると彼女も急にほぐれたような顔色を見せた。

「まあ、馬鹿にしてるわ。ひどい人ね」

手紙にはこんな事が書いてあるのだ。


拝啓、先程は御令閨《れいけい》にお眼にかかりながら、挨《あい》拶《さつ》も致しませず、誠に失礼いたしました。貴下より宜しくお伝え下さい。尚小生の刑事振り、如何に候《そうら》いしや、お聞き下され度《たく》、以上取敢《とりあえ》ず、乱筆御容赦。

須藤源八郎拝

浅井信吉殿

「さち坊はまだ須藤を知らなかったのかい？」

「ええ、初めてよ。いつもかけ違ってるもんだから」

「アン畜生！　覚えてろ」

浅井信吉はその手紙を右手に、きっと虚空を睨《にら》んだのである。

◇

須藤源八郎も、彼の友人の浅井信吉と同じように、最近新しく出来た恋人と同棲していた。尤《もっと》も彼の場合は、浅井信吉と違って、家を一軒借りているのではなくて、ある産婆の二階を借りて住んでいるのだった。

彼の恋人の玉江《たまえ》というのは、彼よりも五つも年上で、現にさる大きな商会の、かなり重要な位置についていた。

須藤はもともと、信吉とは学校友達だったのだけれど、信吉程真面目でない彼は、夙《とう》の昔に学校を止《よ》して了って、玉江とそんな関係になってからは、ずるずると彼女の下宿に厄介《やっかい》になっていた。彼はだから、玉江が勤め先の方へ出て行った後は、毎日毎日、猫のように退屈して暮らしていた。

「誰か来ないかなあ。それともまた、誰かに悪戯《いたずら》をしてやろうかなあ」

ごろりと部屋の中に横になって、塩煎餅《せんべい》をぼりぼり噛《かじ》りながら、彼はとりとめもなくそんな事を考えていた。

玉江が可《い》けないというにも拘《かかわ》らず、彼は例によって、古着屋から見附けて来た、だぶだぶの水兵服を身に附け、頭と言えば、長い事油を拒んで来たので、カサカサに乾き切っていた。俯向《うつむ》くと、だから、ばらりと其の頭髪が額《ひたい》にかかって、うるさくて仕様がないというので、巾《はば》五分ばかりの細いバンドで、鉢《はち》巻《まき》をしているのである。寝そべると、六尺豊《ゆたか》な身体《からだ》が、いよいよ長く見えるのだが、それを海老《えび》のように曲げながら、時々思い出したように、素晴しいバリトンの声で唄うのだ。その声が、そもそも玉江を引附ける第一の原因になっているのである。

さてその日も、うつらうつら眠ったり、考えたり、歌を唄ったりしていると、其処《そこ》に産婆の御亭主が、小さな小包を彼のもとに持って来たのである。此の産婆の御亭主というのが、須藤源八郎と同じように、彼の女房よりずっと年下で、そして昼間は大てい、猫のように退屈していた。彼はもと、さる呉服店の手代だったのだそうだけれど、ある時、その呉服店へやって来た今の女房の産婆が、万引をしたのだ。元手代、今の御亭主は、それを見ていながら、見ぬ振りをしていて、後からこっそりと彼女を尾行したのである。そして其の儘《まま》夫婦になって了ったという、かなり風変りないきさつがあるのだ。

「須藤さん、小包。奥さんの所へですよ」

「有難《ありがと》う」

須藤源八郎は、此の御亭主が虫が好かなかった。何だか自分自身を見せつけられているような、浅間《あさま》しい気持ちになるのだ。

「其処へ置いといて下さい」

「へえ」

御亭主は併《しか》し、そこへ坐ると、じろじろと部屋の中を見廻したり、立上って手摺りの側《そば》へ行くと、や、好《い》い景色だな、と言ったり、とも角仲々下へ下りそうにないのだ。

須藤は仕方なしに起き直ると、小包を手に取って眺めた。見るとそれは、何だかふわふわとした、その癖かなりずっしりと重味のある、表からはとても想像出来そうにもない、得体の知れぬものだった。初山《はつやま》玉江様、とのみ、差出人の名前は書いてないけれど、筆跡から見て、明《あきら》かに男から来たものである事は確《たしか》だった。

「はてな、何だろうな」

すると其の時、手摺の側に立って山を眺めていた産婆の御亭主が、くるりと振向いて、

「何だと思います？　変な物ですね」

「さあ」

「私の想うのに」

と御亭主はそろそろと彼の方へ近寄って来て、変に声を低めながら、「女の髪じゃないかと思うのですが、如何《どう》でしょう」

「え？　女の髪？」

須藤源八郎は、はっと大きく息を吸い込んだ。

「髪――？」

すると、どうしたものか、御亭主は急に狼狽《ろうばい》して、

「いや、いや、間違ってるかも知れません。唯一寸《ちょっと》そんな気がしたゞけです」

そう言い残して置いて、そそくさと下へ降りて行った。

「馬鹿、何を言《いい》やあがるんだ」

源八郎はぺっと唾を吐くような気持ちでその後を見送っていたが、その実、彼自身、大層その小包が気になった。

「何かな、一体？」

重さを計ったり、大きさを調べたり、種《いろ》んな真似《まね》をしていたが、そうしているうちに、到頭《とうとう》それでは

耐えられなくなって、思い切って中味を調べてみる事に決心した。

するとと中からは一体何が出て来たか。

まぎれもなく、それは女の髪の毛に違いなかった。

「アッ！」

源八郎は思わず、何か恐ろしい物を見たように、その髪の毛を畳の上に投出《なげだ》した。ぞろりとそれは、一匹の真黒な蛇のように、畳の上にうねっていた。

ふと見ると、其の中に何やら、手紙らしいものがある。取上げてみると、それは封筒にも入れない一枚の紙片《かみきれ》で、凡《およ》そこんな走書《はしりがき》がしてあるのだ。


玉江様。

あなたのお志《こころざし》は有難うございますけれど、あなたから、こんなものをお受けする訳には参りません。須藤君にでも知れたら一体どうしようと言うのです。とに角これはお返し致します。悪く思わないで下さい。

S　生

須藤源八郎はあだかもその文字が、虚空に躍っているように感じた。

「畜生！　畜生！」

一週間程前に、玉江が断髪した理由を、源八郎は、今初めて知ったのだ。

「畜生！　畜生！」

それにしても、Sというのは一体誰なのかしら。自分の知っている男だろうか。それとも彼女だけの友人なのだろうか。

「淫売《いんばい》め、一体何をしている事か、分ったものじゃない、畜生！　畜生！」

彼はまるで地獄の熱湯を浴びせられたように、大いに煩《もだ》え、苦しんだのである。

それから、夕方玉江が帰って来る迄、一体どんな苦痛を彼は経験した事か。

玉江は、併し、そんな事は夢にも知らないものだから、いつものように機嫌よく梯子段《はしご》を上って来た。

「只今、遅かって？」

彼女はどちらかというと小柄な方で、それに肩がいかっていて、お臀《しり》が突出《つきで》ているものだから、身体全体が何だかいびつに見える格好だった。成程《なるほど》、そう言えば近頃流行のお河童《かっぱ》にしていて、ちりり、ちりりとアイロンが当てゝある。

「あのね、帰りにね、一寸美容堂へ寄っていたの、髪の手入れに。どう、よくなって」

むろん須藤源八郎は返辞をする事を拒んだ。

「どうしたの、憤《おこ》ってるの。堪忍してね。その代りに源ちゃんの大好きなクリイム・チョコレートを買って来てよ」

彼女は、そんな事は有りがちのことなので、大して気に止めようともしずに、立上ると、するすると帯を解き始めた。

それを見ると、さっきから、押えに押えていた鬱《うっ》憤《ぷん》が遂に凄《すさ》まじい勢いで爆発したのである。

「タ、タ、タ、玉江さん！」

昂奮《こうふん》すると、ひどく吃る癖の源八郎は、吃ることによって、いよいよ焦立《いらだ》たしさを煽《あお》られながら、

「ソ、ソ、ソ、それは何ですか！」

玉江はびっくりして、解きかけていた帯をそのままに、彼の顔と、そして彼が指《ゆび》ざしている方とを眺めた。

「なアに、一体、どうしたの？」

「ヘ、ヘ、ヘ、ヘエンだ。シ、シ、白《しら》ばくれるない！　ヨ、読んで見給え、読んで見給え！」

玉江は不審そうに、横ざまに其処に坐ると、指された紙片を取上げた。

「あら、あら、あら」

彼女はたちまち悲鳴を挙げた。

「嘘《うそ》よ、嘘よ、嘘よ、こんな事、こんな事」

「ダ、ダ、駄目だよ。ダ、断髪するなんて、イ、イ、好《い》い加減な事で、ボ、僕を欺《だま》して置いて、そ、そ、そ、その男に心中立てしたんだろう。分ってらあ、ワ、分ってらあ！」

「あら、あら、あら！」

玉江は一体、どう云って、この言語《ごんご》道断《どうだん》な疑いを解いていいか、一体、何のためにこんな間違いが起

ったのか、咄嗟《とっさ》の場合、逆上して了って、何が何やら、さっぱり訳が分らなかった。

源八郎は源八郎で、併し、大分昂奮がおさまって来ると、何だか飛んでもない間違いのようにも思われて来た。併し、今更怒りを引込める訳にも行きかねた。

「ヘンだ。好い加減な事を言ってらあ。人を馬鹿にしようたって駄目の皮さ。ざまあ見ろ。見《み》ン事《ごと》男に突返《つきかえ》されて、ヘン、好い恥さらしだ」

玉江は、しばらく、まるで白痴のように、ぼんやりと虚空を睨んでいたが、急に歯をかみ合せた。

「いいわ、こうなったら、明しを立てるばかりだわ」

「明しを立てる?」

「そうよ、この髪があたしの髪じゃないって事を、証拠立てればいいんでしょう」

「ソ、ソ、そりゃそうだ」

「いいわ、じゃ、今に見せてあげるわ」

彼女は立上って、鏡台の中をごそごそと掻廻していたが、やがて何やら、瓶《びん》に入った水みたいなものを持って来た。

「だけどね、源ちゃん。あたしが此の明しを立てたが最後、もうあなたともお別れよ。駄目、駄目、今更言っても、もう遅いわよ」

須藤源八郎は、一体彼女が何をするのか、見当が附かなかった。何だか身体全体が細《こまか》く慄《ふる》えて止まらなかった。毒薬でも嚥《の》むつもりじゃなかったろうか。お別れとは果して何を意味するのだろうか。

併《しか》し、安心した事には、彼女はその瓶の中の液体を、さっと金だらいの中に打ちあけて了った。そして何をするのかと思っていると、小包で送って来た、あの一房の髪の毛を、じゃぶ、じゃぶとその中で洗い始めたのである。

「御覧なさいな。どうもならないでしょう?」

源八郎は、ごくりと唾を嚥込みながら、大きく頷いた。と、今度は、彼女は、刷毛《はけ》を取上げて、その毛にたっぷりと金盥《かなだらい》の中の水をふくませると、それで自分の髪の毛を静かに撫《な》で始めた。すると、まあこれは何と言う事だろう、今迄あんなに艶々《つやつや》としていた彼女の髪の毛が、見る見るうちに、醜《みにく》く白ちゃけて来たのである。
それ等《ら》の所作を、総《すべ》て鏡に向ってしていた玉江は、髪の毛が白くなり始めた瞬間、刷毛を投出《なげだ》して、わっと其処に泣伏《なきふ》したのである。須藤源八郎は、急いでその側《そば》へ寄ろうとした。すると彼女は激しい手附きでそれを遮《さえぎ》りながら、
「駄目よ、駄目よ。こんな恥かしい姿を見られては、もうとても愛して下さいなんて言えた義理じゃないわ。若白髪だったのよ。あたし――。それを隠すために、少しでも毛を染める手間を省くために、断髪にしたのよ。だけど、だけど、結局それが悪かったのだわ」
そう言ったのである。

その晩、須藤源八郎がぼんやり一人で寝ていると、其処へ一通の手紙が来た。

親愛なる須藤源八郎君。

僕のさち子も玉江さんの真似《まね》をして断髪したよ。ついては紀念《きねん》のために、その髪の毛を今朝程玉江さんにお送りして置いたが、受取って呉《く》れたろうか。若し受取って呉れたのなら御感想をお聞きしたいものだ。

浅井信吉拝

二伸、ひょっとすると、その小包の中に、僕の創作の原稿が一枚まぎれ込んでいはしなかったかと思うのだ。もしそんな事があったら、構わないから破り捨てて置いて呉れ給え。

須藤源八郎は、悲しい悲しい溜息を、ほっと吐き出したのである。

山名耕作の不思議な生活

一　どんな家に彼が住んでいたか

山名耕作《やまなこうさく》が、何故《なぜ》あんな妙なところに住んでいたのか、そしてまた、何故、あんな不便きわまる生活に甘んじていたのか、その当時、誰一人として、その理由《わけ》を知っている者はいなかった。

新聞記者として、むろん、そう大したことではなかったろうけれども、尠《すく》なくとも、月々六七十円ぐらいの収入は持っていたに違いない彼としては、確かにもっと別な生活が出来た筈《はず》だ。現に、それより少し以前までは、神楽坂《かぐらざか》の下宿にいて、月給日から、三日目あたりには、財布が空《から》になっているてい、の、普通の若者の生活をしていた彼だ。何を考えて、また千住《せんじゅ》みたいなへんぴな所で、あんな変てこな生活を始めたのだろうか、それは誰しも了解に苦しむところに違いなかった。

「倹約の為じゃないかな」

とある時、彼のことが話題にのぼったので、私がふとそう言ったら、居合《いあわ》せたみんなは、口を揃えてそれを否定した。

「それは、君がよく彼を知らないからだよ。あの男と来た日にゃ……」

と一人の男は、彼が決して金を残すような人間でないと断乎として言い放った。

「そうかなあ。しかし金を残すつもりではなくとも、あんな生活をしていたら、勢い残らずにはいないじゃないか」

「でも、それはやっぱり、君が彼の性格をよく知らないからだ。あの男ときたら、変に秘密を好む癖《くせ》があって、昔からよく、人に知れない冗費癖《じょうひへき》を持っていたものだからね」

併《しか》し、今にして思えば、そう言った彼の言葉は間違っていたのであって、却《かえ》って、何気《なにげ》なく言った私の考えこそ的中していたのだ。そうだ、山名耕作は、まさしく金を残さんがために、あんな妙な住居《すまい》で、あんな不便な生活に甘んじていたのだ。一月々々、どんなに守銭奴《しゅせんど》の心を躍らせながら、殖《ふ》えてゆく金の勘定を、彼が楽《たのし》んでいたか、思ってみるとそれは妙なことだ、一方彼の友人たちは、決して彼が金を残すような人間でないことを、断言しているのだから。

しかし、そうかと言って、山名耕作が徒《いたずら》に守銭奴でなかったことは私もよく知っている。むろん、彼が金を貯めようと決心したに就《つ》いては、ある一つの、風変りな目的があったのだ。そしてそれに就いてお話するのが、この物語の目的なのだが、その前に、一応私は、彼の妙な住居《すまい》——というよりも、巣といった方が、より多く感じが出るのだが——に就いて、お話して置きたいと思うのである。

私が初めて彼と言葉を交したのは、彼が既に千住へ移ってからのことであった。一度私は、むろん私一人ではなく彼を旧《ふる》くから識《し》っている古川信吉《ふるかわしんきち》と一緒に、彼の家を訪問したことがある。

そうだ、それは確かに日曜日の朝のことで、私たち、私と古川信吉とは、その前の夜を、あまり人に言えない場所で過して、そしてその帰途を、ぼんやりと吾妻橋《あづまばし》の上に立っていた。

そう言う朝のつねとして、二人とも妙にふやけた、ものわびしい気分で、世の中が殆《ほと》んど、後悔の種だらけのような気持ちがするのだ。そしてそれでいて、一方また、何だかまだ満足《みちた》りない感じも多分にあるのだ。そういう若者のかなしみを抱きながら、ぼんやりと欄干《らんかん》にもたれて、黒い河の水を覗《のぞ》き込んでいると、河の上には、うじゃうじゃする程船が往来《ゆきき》しているし、橋の上だって、ひっきりなしに、人だの車だの馬だのが通っているのだ、しかもそれ等《ら》がてんでに、急《いそ》がしさその物を表現しているのだ、ああ、世の中に怠《なま》けているのは、自分たち二人だけなのだ！とそんな気持が強く胸に迫って来るのである。

それでいて二人とも、欄干から離れようともせずに、およそ次の様な、とりとめもない会話を交していた。

「どうする？　これから——」

「どうしようたって」

「下宿へ帰ったって始まらんだろう？」

「金はもうないの」

「浅草で安来節《やすぎぶし》をきくぐらいならあるよ」

「安来節はまだ始まってないよ」

「木馬にでも乗るかな」

「木馬か、また——」

そこで二人はふと黙りこんだのだが、やがて、先刻《さっき》から、しきりに河の面へ唾《つば》を吐いていた古川信吉が、ふいに、「ねえ、君、横溝さん」と言うのである。「変なものだね、往来で唾を吐いたりする時には、別に何とも思わないが、こんな高い所から吐くと、ほら、あんなに」と此処《ここ》で又べっと唾を吐いて、「恰度《ちょうど》活動写真のスローモーションみたいに、ゆっくりと落ちて行くだろう、すると何だね、唾みたいな物でも、何だか惜しいような気がしてきて、いよいよ水面へ落ちる時には、ひやっと、取返しのつかないような気がするもんだね」

「馬鹿だね、君は」と、私は欠伸《あくび》をしながら言った。「碌《ろく》なことは考えないね」

「いや、本当だよ。君もやって見給え」

そして彼は、私が止めるのも聞かないで、しきりに、べっべっと唾を吐いていたが、やがてまた、「ねえ、君、横溝さん」と言い出した。「ここに百円金貨を百枚ほど持っててね」

「うん」

「二人で五十枚ずつ、どちらが遠くまで行くか投げっこをしたら、さぞ愉快だろうね」

「成程《なるほど》、それは一寸《ちょっと》ナンセンスでいいな、この世の思い出に、一度ぐらいやってみたいね」

「僕は一度やったことがあるよ」

「まさか」

「いや、本当だよ。尤《もっと》も百円金貨じゃなかったがね、山名耕作と二人で、日本橋の上から一銭銅貨の投げっこをしたことがあるよ」

「何だ、一銭銅貨か、銅貨じゃ始まらんな」

「でも相当スリリングだったよ。しまいには人が沢山寄って来てね、面白かったよ。――それはそうと、君は山名耕作を知っていたかしら？」

一度私は、別の友人のところで、彼と逢ったことがあるが、その時は、ただ一寸《ちょっと》顔を会わしただけで、言葉も交さずに別れた。そう言うと古川信吉は、

「面白い男だよ。そうだ、これから彼のところを訪問しようじゃないか」

と言い出した。

「訪問するって、この近所なの？」

「千住だよ。でもポンポン蒸気に乗って行ったら直ぐだ。君も、そうだ、是非《ぜひ》あの男の家を見て置く必要があるよ。ああいう住居《すまい》は一寸見られないからね」

そしてそういうことから私たちは、その欄干を離れると、古川信吉の所謂《いわゆる》ポンポン蒸気に乗って、千住まで行くことになったのである。

みちみち彼は、彼の癖で、ある男が落語家《はなしか》の三語楼《さんごろう》だと評したところの手振《てぶり》沢山を以って、山名耕作の住居《すまい》が、いかに素敵なものであるかを話すのであったが、成程、それは確かに一風変った家に違いなかった。

千住の船着場から、みちのりにしてざっと五丁もあろうか。広い市場の通を抜けて、それから二三度曲《まが》り曲ると、そこいらは早《はや》家並もまばらな、田舎くさい町になるのだが、山名耕作の住んでいる家というのは、其処《そこ》にあるのだ。それはあの大地震で、十度ばかり往来の方へ傾いたのを、そのまま手入もせずに、丸太ン棒を以《も》って支えてあるのだが、往来の方がずっと高く盛り上っているものだから、その屋根が恰度、道を歩く人々の手の達《とど》きそうなところに見えるのである。しかも、山名耕作はむろんその家全体を借りうけているわけではなく、彼の住んでいるのはそこの二階なのである。しかし、おお、それ

が果して二階と言えるだろうか。元来その家というのは、二階建ちに出来ているのではなくて、平家なのだが、その平家の、普通ならば天井を張るべき所に、天井の代りに一部分だけ棚《たな》を拵《こしら》えてあるのである。そして山名耕作はその棚の上に住んでいるのだ。そうだ、それは確かに棚に違いなく、棚以外の何物でもなかった。

最初その家の前に立った時、古川信吉は、薄暗い、穴ぐらのように見えるところの、家の中を覗き込みながら、

「おおい、山名さん、いる?」

と声をかけた。

すると、その穴ぐらの中から返事がある代りに、却って、私たちの背後《うしろ》の方から、

「やあ!」

という声がして、驚いて振向くと、向いの八百屋の店先から、山名耕作が、にこにこしながら出て来たのである。

「やあ!」と、私の顔をみると、彼はもう一度そう言って、「いつかは失敬しました」と割合に慇懃《いんぎん》に頭を下げた。

「どうしたの? 何か用事があるの?」

と古川信吉が、八百屋の方を見ながら言うと、

「いや、何もないんだが、僕の部屋には蚊《か》が多くてね、居られないんだ。しかし、どうです」とまた私の方を振向いて、「お上りになりませんか。とてもお話にならない部屋ですけれど、話の種になりますよ」

「上るよ、むろん」と横から古川信吉が言った。「その部屋を見に来たんだからね」

そして私たち三人は、急勾配《こうばい》の坂を、背後《うしろ》から突き落されるように下ると、薄暗い軒《のき》をくゞった。すると其処が一間に半間の土間になっていて、右手が六畳、左手が三畳、三畳の向うが台所になっているのだが、何処《どこ》にも障子というものを嵌《は》めてないものだから、家の中全体が、其処から一目で見渡せるのだ。

「さあ、どうぞ。危いから気を附けて下さいよ」

そう言われて、初めて私は気が附いたが、みると六畳の部屋の隅っこに、植木屋などの使う梯子《はしご》が斜《はす》に立てかけてあるのだ。それを上るというよりは、伝わるようにして、私たちは、前にも言ったところの、棚の上へ上ったのである。

広さにして、それは三畳もあるだろうか、むろん立ってなどいられる筈はなく、一番表の方などは胡座《あぐら》をかいていて、恰度その頭と、殆《ほとん》どすれすれの所に、棟木《むなぎ》だの、樽木《たるき》だのがあるのだ。それがみんな埃《ほこり》まみれになっていて、だから、一寸身動きすると、ばらばらと頭の上から細《こまか》い物が落ちて来るのだった。

「上を向くと駄目です。目へ埃が這入《はい》りますよ」

と山名耕作が言ったけれど、むろん私たちは、上を向いてなどいられなかった、海老《えび》のように背を曲げて坐ったのである。しかしこういう所に住んでいながら、彼はたしかに綺麗好きな男に違いないのだ。壁だの、畳だの、或《ある》いは天井だのは、どんな田舎芝居の道具よりも惨《みじ》めなものではあったが、でも部屋の整理されていることは、私自身の部屋などと較《くら》べものにはならなかった。一方の壁際には夜具だの行李《こう り》だの、もう一方の壁際には七《しち》りんだの、鍋《なべ》だの、釜《かま》だの、そしてもう一方の、往来に向った明取《あかりと》りの下には、机が置いてあった。私はその机の側《そば》に、奥の方を向いて坐ったのであるが、すると、私の右の方だけは壁も何もなく、しかもそこには障子も嵌めてないものだから、うっかりすると、下へ落ちそうなのである。

「ほほう、これは」と私は下の部屋を見下ろしながら言った、「うっかり寝返りでもすると、下へ転がり落ちますね」

「ええ、でも」と山名耕作は笑いながら、「さすがに寝ていても要心していると見えて、まだ落ちたことはありませんよ」と言った。

その時、私は初めて、彼の姿をつくづくと見たのであるが、成程、身に着《つけ》ているものと言えば、洗いざらしの浴衣《ゆかた》に、よれよれの帯を締めていて、その格好は確かにこの部屋全体と至極《しごく》調和が取れていたが、しかし彼は余程《よほど》身だしなみの好《よ》い男と見えるのだ。頭も綺麗に刈り込んでいるし、顔も綺麗に剃《そ》っているし、それに、部屋の様子からみて明らかに彼は自炊しているのに違いないが、爪先《つまさき》など、美爪術《マニキュアー》をほどこしているのではないかと思われる程も、見事に艶々《つやつや》としているのだった。

「どうだい、素敵だろう」

古川信吉は、彼自身もうかなり馴染《なじみ》になっている筈の部屋を、さも珍しそうに見廻しながらそう言った。私は、恰度その時、表から帰って来た、此《こ》の家の住人の息子なのだろう、鼻たれ小僧が、下の部屋に立って、じろじろと私たちの方を見ているのを、見下ろしながら、あの子供の位置からすれば、恰度自分たちは、神棚《かみだな》の上に坐っているようなものだ、と、ふとそう考えると、可笑《おかし》くて仕様がなかった。

其処で私たちは、一時間も喋《しゃべ》っていたのだが、一体何の話をしたか、今少しも覚えていない。唯《ただ》一つ、古川信吉がふと本箱の上にのっていた、一オンス入ぐらいの瓶《びん》を手に取って、

「おやおや、これは何だい？」

と聞いたのを覚えている。

見ると瓶の中には、さらさらとした、赤黒い粉末のような物が這入《はい》っているのだ。

「何だか当てて見給え」

と山名耕作はにやにや笑いながら言った。

「絵具？」

「いいや」と彼は私の方を見乍《みなが》ら言った。「梅干の皮を干して粉《こ》にしたのだよ」

「何だ、薬か」

「薬じゃないよ。お菜《かず》がない時にゃ、そいつを湯と一緒に、飯にぶっかけて食うんだよ」

や！　と私は思ったことだ。まるで落語にでもありそうなことだと思ったのである。山名耕作は、しかし、それを少しも恥しそうでなく話したのである。

山名耕作！　凡《およ》そ彼は、こんな生活をしていたのである。

二　どんな女に彼が恋をしていたか

それから後、私は段々山名耕作と親しくなって、二三度彼の住居《すまい》を訪問した。しかし彼の方からは、決して来るようなことはなく、実際彼は、穴ぐらのような自分の部屋と、新聞社の間を往復するほかには、向いの八百屋へ時々行くだけで、あとは冬籠《ふゆごも》りをしている動物のように、じっと部屋の中に閉籠《とじこも》っていた。

何故彼がそんな生活をしているのか、成程彼との親交が増すに従って、決して彼が金を残しそうな人間でない事は分って来たが、そうかと言って、何らかの主義主張を以って、そういう忍苦の生活に甘んじているのだとも見えないのである。

「どうしてまあ」

とある時私は冗談にまぎらしながら聞いたのだ。

「君はこんな変てこな生活をしているのかね」

すると彼は、にこにこしながら、

「それは言えないよ。しかし、今に分るけれどね」

「と言うのは、やっぱり、この生活に何か意味があるのかね」

「うん、まあ、あるんだね」

「一体いつ迄《まで》、まさか、永久にやる訳じゃないだろう？」

「さあ、分らないね。しかし、今のところ、二年ぐらいの予定だがね」

「二年？　その二年ということにもやはり意味があるのかい？」

「まあ、そう追求するなよ。今に分るから」

彼は実際変な男で、一方に明るい、楽天的な、開けっぱなしな所があるかと思うと、一方に於《おい》ては、非常に陰鬱《いんうつ》な秘密癖を持っているのだ。そして明らかに、今の生活は、彼の性格の、後の半面がさせるわざに違いないのだ。

ようし、一つあいつの目的というのを、是非見《み》つけ出してやろう、私は、決して悪意ではなしに、一寸そうした好奇心を起すこともあった。しかし、その後、私がだんだん、ひんぱんに彼を訪問するようになったのは、決して、その好奇心からだけではなしに、本当に彼に好意を感じて来たからに違いないのだ。彼は私を、そう大して歓迎もしなかったけれど、そうかと言って、迷惑そうな顔をするような事は一度もなかった。どんな時にでも、社に仕事のある時以外には、彼はいつも自分の穴ぐらにいた。夜になると、その部屋には電気がなくて、恰度、その部屋の床のところに、八燭《はっしょく》の電気がつくのである。言う迄もなくそれは、下の部屋と共通に、彼の部屋にも役立つのだ。従ってその部屋で、夜彼と対座していると、フットライトを受けながら、芝居をしているように、光が、顎《あご》の方からさすのだ。それがそうでなくても、怪しげな部屋の様子を、何とも言えぬ程、妖異《ようい》な感じに見せるのである。そこで彼は、相変らず頭を綺麗に刈り込み、顔を綺麗に剃り上げ、そして爪先を艶々と輝かせているのだ。これは、彼と交際するようになってから、間もなく知ったことであるけれど、やっぱり彼は、一週間に一度ずつ、丸の内へ美爪術《マニキュアー》をやりに行くのであった。何のために、そんなおしゃれをするのか、私にはちっとも訳が分らなかったけれど。

ところが、ある日のことだ。

それはもう、最初私が、古川信吉と一緒に、初めて彼の住居《すまい》を訪問してから、半年あまりも後のことであったが、日曜日でも何でもない日に、私は彼を訪問したのである。予期していた通り、彼はまだ社から帰っていなかったけれど、も早、そんなに遠慮をしなくてもいい程の間柄になっていたので、私は構わず、例の梯子を上って行った。

相変らず部屋の中はきちんと片附いていたが、朝出る時に、珍しく急いだと見えて、机の抽斗《ひきだし》の一方が開いたままになっているのだ。何気なく、私がひょいとその中を見ると、細いリボンで束にした、桃色の、明らかに女から来た手紙に違いないのだ、封筒が見えた。

おや！　と私は思ったのである。これは妙だぞ、彼には姉妹《きょうだい》というものはない筈だが、それにしても、そんな女の友達を持っているのかしら、今迄隠しているなんて、怪《け》しからん奴だ、そう思うと、それがやっぱりやきもちなのだろうか、私は急にその手紙が読んでみたくなったのである。時計を見ると、彼が帰って来るのに、まだ間がありそうに思われた。そこで私は急いでその手紙の束を取出すと、彼のような几帳面《きちょうめん》な男だ、順序などもちゃんと揃えてあるかも知れない、とそう思ったものだから、よく注意しながら、一番上にあったのを抜きとって、そしてそれを披《ひら》いて読んでみた。

　文面というのは、この間は久し振りにお目にかかりながら、あいにく時間がなかったので、碌々《ろくろく》お話する事もならず、まことに残念だった。今夜は良人《おっと》が留守だから、是非来て呉《く》れるように、女中や婆やは芝居にやる事になっているから、決して心配はいらない、とそういった意味のことを、非常に美しい筆跡で書いてあるのだ。そして差出人のところには、ただ、とき子と呼名だけしか書いてなかったが、宛名のところには、まぎれもなく、山名耕作さまと、はっきり書いてあるのだ。

言う迄もなく、それは恋文の一種に違いなかった。そして、その恋の相手というのは、文面から察するところ、明らかに人妻らしいのである。

　私ははっと胸をつかれる思いで、思わず唾《つば》を嚥込《のみこ》んだ。悪いものを見た、見てはならぬものを見た――、それにしても、山名耕作は何という男だろう。人妻と恋に落ちているのだ――。私はいそいでその手紙を、もともと通り封筒の中へ入れた。ところが、人間というものは何という悪魔の弟子だろう。一方に於て、そういう風に後悔しながらもまた別の心が、どうしても、ほかの沢山の手紙を読まなければ承知しないのである。私は何遍も何遍も、唾を嚥《の》み込み嚥み込みして、自分の不逞《ふてい》な欲望を思い止《とど》まらせようとした。しかし、やはり到頭《とうとう》、どうすることも出来ない力に打負かされて、盗人のように、こっそりとまた、例の手紙の方へ手を伸したのである。

　凡そそれは、十五六通もあったろうか、読み終ったところ、どれもこれも、そう大した相違はなかったけれど、でも、それ等からして、二人の仲がかなりの程度にまで進んでいることを察知するのは難《かた》くないのだ。

しかも、それ等の手紙の中に、「昨夜は急に、帝国ホテルの舞踏会へ出席しなくてはならなくなったので、心ならずもお約束をほごにいたしました。どうぞ、どうぞお許し下さいませ」だの、「この次の週末には、Y男爵夫人の招待で軽井沢にある男爵の別荘へ行かなければならないので、どうぞこの間の約束は取消して下さいませ」だの、そう言った意味の文句があるところからしてみれば、相手の女というのは、たしかに、相当の地位ある夫人に違いないのだ。

今はもう、私はあきらかに、嫉妬《しっと》のほのおを燃しながら、その女の姓をつき止めようと、まるで探偵のような心を以って、何遍も何遍も、それ等の手紙を繰り返し繰り返し読んでみた。しかし、相手もなかなかに要心していると見えるのだ、いつの場合でも、たゞとき子とより他には書いてなく、絶対に手がかりとなりそうな何物も見附からなかった。

そろそろ私は失望して、それにもう、彼が帰って来る時分だと思ったので、それ等の手紙を片附けていた時だ。梯子をみしみしと踏みしめながら、上って来る者があった。どきっとして、私は周章《あわ》て机の抽斗の中へそれを投込んだのだが、幸いなことには、それは山名耕作ではなしに、下のお主婦《かみ》さんだった。言い忘れたが、それはまだ火鉢《ひばち》に火の要る時分だったので、それを持って、彼女は上って来たのだ。

「遅いですねえ、山名君は！」

私は、あまり周章狼狽《しゅうしょうろうばい》しているところを見られたものだから、やや恥しくなって、そんな事を言うと、

「そうですねえ、でも、もう直《す》ぐお帰りでしょう。寒いから火を持って来ました」

「や！　これはどうも有難《ありがと》う」

お主婦さんはしかし、唯それだけで上って来たのではない証拠に、火鉢に火をいけて了《しま》ってからも、なかなか降りて行こうとしないのである。明らかに彼女は、何か私に話したいことを持っているに違い

ないのである。おや、これは妙だぞ、ひょっとすると、このお主婦さんから、何か聞き出せるかも知れないぞ、そう思ったものだから、私は、

「どうです、山名君は?」

と釣出《つりだ》すように聞いてみた。

「面白い男でしょう? ね?」

お主婦さんは一寸私の顔をみたが、

「ほんとうに、何と言ったらいいか――わたしには訳が分りません」

と言うのである。

「訳が分らないって、どういう意味?」

「いえ、もう――」と、彼女は一寸言葉を濁らせたが、やがて、急に身体《からだ》を前へ乗り出して来て、「あんな妙な方は、ほんとうにありませんよ。あなたは、あの人が、お金をどっさり持っているのを御存知?」

「え! 山名耕作が?」

「ええ、ええ」

とお主婦さんは、勿体《もったい》らしく身体を反らしたが、すぐ又、火鉢の上から、半分程もからだを乗り出して、何か一大事でも打明けるように、その骨張った肩を波打たせながら、低い、ひそひそ声で言うのである。

「わたし、ちゃんと知ってるんですよ。あの人は一生懸命隠そうとしてますがね。ええ、そうですよ。この前だってこの部屋の代を、あなた、この部屋代が一体、幾《いく》らだとお思いになって? 二円、たった二円なんですよ。易いじゃありませんか、ねえ、今時二円なんて部屋が、あるもんですか、そうでしょう。で、この前、部屋代を三円に上げて呉れと、そう言ったんですよ。わたし、ちゃんとあの人がお金を持っていること知っていたものだから、決して、無理じゃないと思って、そう言ったんですよ。ところがどうでしょう。あの人、頑《がん》として聞かないんです。言いぐさがいいじゃありませんか。お金なんて一文もありませんって。それでいて、あなた、わたし、ちゃんと知っているんですよ、晩になると、あの人、算盤《そろばん》を弾いて、お金の勘定に余念がないのだから、癪《しゃく》に触るじゃありませんか。嘘《うそ》じゃありませ

んよ。ほんとうですっとも、また、あの人ぐらい算盤を弾くのが好きな人もありませんよ、暇さえあれば、パチパチやっているんですからね、ほら、それですよ。そこに算盤があるでしょう」

　成程そう言われて、初めて気が附いたことだが、積重《つみかさ》ねた夜具の向うの柱に、大ぶりな算盤が一ちょうかけてあるのだ。山名耕作みたいな若さの男の持物としては、算盤など、たしかに不似合なものに違いなかった。

「ほんとうに、今時の若い人に、あんなのがあるかと思うと、一寸情《なさけ》なくなりますよ。あたしンちへ来てから、もう一年あまりになりますが、ついぞ、あの人が冗費《むだづかい》をしたのを見たことがありませんよ。何ぼ何でもあれじゃあんまりしなさ過ぎますよね。喰べるものといやあ、お茶漬けに梅干で、お客が来ると塩昆布《しおこんぶ》を――」とそう言いながら、彼女は部屋の中を見廻していたが、ふと本箱の上に塩昆布のあるのを発見すると、勝手にそれを火にあぶって、ムシャムシャと食い始めた。

「いかゞです？　あなたも」

　私はすっかり閉口して要らないと言うと、

「なに、いいんですよ。塩昆布ぐらい、十銭もあれば山程も買えるじゃありませんか。でお客が来れば塩昆布を出すんでしょう。大ていの人なら客の方から参ってしまいますよ。で、この頃では、お客様の方から、何か彼《か》か、お茶菓子を持って来るんですよ。ところがあなた、それが余ったからと言って、うちの坊やにやってくれるではなし、自分一人で、三日も四日もかゝって、嬉《うれ》しそうに食ってるんですよ。つくづく厭《いや》になってしまいますね。一体あなた、あなたは多分御存知でしょう？　あの人、月給をどのくらい貰《もら》ってるんでしょうね」

「さあ」と私も仕方なしに、「そう沢山もないでしょう、七十円か、せいぜい八十円くらいでしょう」

「まあ、八十円！」と彼女は唾を嚥み込んで、

「あきれた、それでまた、こんな暮しをしてるなんて、この暮しならあなた、月々二十円もあれば結構ですからね」

そしてお主婦さんはまだまだ喋《しゃべ》りそうであったが、丁度その時、夕暮の道を、向うから山名耕作が帰って来る姿が明取《あかりと》りの窓から見えたので、大急ぎで、低い天井にゴツンと頭を打突《うちつ》けながら降りて行ったのである。私はほっと救われたような思いがしたのだが、それにしても、私の眼は思わずも、あの大ぶりな算盤の方へ惹《ひ》きつけられるのであった。それはたしかに、浅間《あさま》しい手垢《てあか》にまみれて、黒光りがしているのだ。何ともいえない、救い難いやるせなさを私は感じたのである。

三　どんな夢を彼が抱いていたか

　それ以来、私は山名耕作をあまり訪問しなくなった。お主婦さんの言葉をそのままに信用してしまったわけではなかったが、どういうものか、彼の事を考えると、腹の中が固くなるような不愉快さを感じるのである。第一お主婦さんの言葉は言葉としても、私自身の眼でみたあの手紙の束は、誰が何といっても、私のあまり好もしからぬ行為を、彼がなしている事を、間違いなしに物語っているのだ。

　そう言えば、彼が金を残そうとしている事も、まんざら嘘ではなさそうだ。そういう方面に於て、誰も知らない金を彼は使っているのだ。現に、彼の不似合なおしゃれなど、たしかにその間の消息を物語っているものでなくて何であろう。

　私は、何かの拍子に、ふと美爪術《マニキュアー》をほどこした彼の爪先を想い出すと、何ともいえぬ程焦立《いらだ》たしく不愉快になるのである。あの爪先で女の手を握ったり、そうかと思うと一方では、あの不気味な算盤の玉を弾いているのだ、私はその矛盾にあきれるというよりも、寧《むし》ろ、一種のものすごさを感じるのであった。

　その後古川信吉に出逢った時、彼が言うのに、

「山名耕作って変な男だよ。僕はちっとも知らなかったんだが、あいつ確かに金を貯めてるんだよ。この間あいつの留守中に行ったらね、貯金の通帳が放り出してあるんだが、開けてみると、なんと千円近くもあいつは貯金しているんだ、実際あきれた奴だよ」

私は何とも返事のしようがなかったので、いい加減な相槌《あいづち》を打っていた。

そしてそれから三月あまりも経ったことであろうか。も早、彼の事なんか、念頭から去ろうとしている時分に、思いがけなく彼から、長文の手紙がやって来たのである。

開いてみると、それは原稿紙に、凡そ十枚ばかりも、細《こま》い字でぎっしりと書いてあるのだ。

「横溝君‼」

と先ずそう書いてあって、そして其処から、彼の奇妙な告白文がながながと始まったのである。


其《そ》の後は御無沙汰。

ちっとも顔をみせなくなったね。むろん君がやって来なくなった理由を、僕はよく知っている。今頃君は、さぞ僕の事を、たっぷりと軽蔑していることだろう。そうだ、それでいいのだ。お主婦《かみ》の喋ったことはほんとうだし、古川信吉が、多分君に洩《もら》したであろうことも真実だ。間違いもなく僕は、金を貯めようと思って、あんな変てこな生活を始めたのである。

だが、何の為に、僕が金を貯めようと決心したか、その一見馬鹿々々しくみえるけれど、しかし、僕にとっては、大へん真剣なその動機というのを、君は多分知らないだろう。僕はこゝに、破れたその夢を君にお話しようと思うのである。

最初僕が、そんな馬鹿々々しい夢を思いついたのは、マーク・トゥエーンという、君も知っているに違いない、あのアメリカの作家の小説からなのだ。或いは君も読んでいるかも知れない。

アメリカの、ニューヨークだったと思うがはっきりしたことを覚えていない、其の市のとても貴族的な旅館に、一人の、アリストクラチックな青年が投宿する。誰の目にもそれは、何処かの国の皇子か何かとしかみえない。人々は彼を、多大の尊敬と讃美とを以ってみている。彼はあたかも孔雀《くじゃく》が群鶏の中にいるように、何人《なんぴと》とも口を利かず、何人とも交際しずに、ひたすらに、貴族的な趣味生活をしている……、とみえる。一方其処へ又、もう一人の、これまたロシヤの皇女か何かに違いない、美しい高貴な女が投宿する。そして間もなく、この、誰の目にも似合いの夫婦とみられる二人は、だんだんと親しみを加えて行き、そして間もなく恋愛に陥る。そういう一週間が過ぎ、そしてある時男は女に告白するのである。

「私は……」

と女の手を取りながら彼は言うのである。

「私は実は、決して決して、皆が思っているような、外国の貴族でも、何でもないのです。どうして、どうして、本当を言えば、私はこのニューヨークの、哀れな一店員に過ぎないのです。どうしてそれが、こんなホテルに投宿してこんな身分に過ぎた生活をしているのか、ああ、どうぞ責めて下さるな、生涯の思い出に、私は一度この生活をしてみたかったのです。その為に、私は幾年間というものを、食うや食わずに金を貯めて来たのです。も早、しかし、その金もすっかり無くなって了いました。だから、あなたとお目にかかる事が出来るのも、これが最後なのです。今迄、どうか、あなたを欺《あざむ》いていた罪をお許し下さい」

すると、女もやっぱり男の手を取りながら言ったのである。

「それは」

と口籠《くちごも》り、顔を赧《あか》らめながら彼女は言うのである。

「あたしとても同じことですの。あたしも、決して決して、皆様が思っているような、ロシヤの皇女でも何でもないのです。どうしてどうして、私はこのニューヨークの、哀れな女事務員に過ぎないのです。どうしてそれが、こんなホテルに投宿して、こんな身分に過ぎた生活をしているのか、ああ、どうぞ責めて下さいますな――」

と、彼女もまた、男と同じような事を打開《うちあ》けたのである。そして、これがこの物語のおちなのだ。

僕はこの物語を、そのおちなんどには関係なしに、どんなに感激して読んだことか。これこそ僕たちの、一番欲しているネオ・アヴァンチュールなのだ。最も近代的な冒険なのだ。そうだ、自分も――。

そしてその日から僕は金を貯めようと決心したのである。

君を初め、誰一人知るまいが、僕には一方とてもだらしない所があると共に、他方には、又自分でも恐ろしくなる程の、ある根強い、執拗《しつよう》な意志の力があるのだ、そしてこの力が一旦決心した事に対しては、それを貫徹する迄、わき目もふらせない精力を持たせるのだ。だから、この場合も、一度《ひとた》びそうと決心を定めるや、その翌日から、僕は着々として、その計画を進め始めた。

それは実際、あまりに煩瑣《はんさ》で、一々筆で語ることの出来ない程綿密な計画なのだ。

四　そしてどんな結果に総《すべ》てが終ったか

先ず第一に僕は金を貯めなければならなかった。(と、山名耕作の奇妙な告白状はまだまだ続くのである。)どういう風にして金を貯めるべきか。むろん、それ迄僕には、一文の貯金もなかったし、又、親もなければ兄弟もない僕には収入と言えば、極《きま》りきったその月その月の月給のほかには何物もないのだ。だから、金を貯めるとすれば、否《いや》が応《おう》でも、その月その月の生活費を低減して行くよりほかに道はない。

しかし横溝君!!

君は金を貯めるという事が、どんなに愉快な事か知っていますか。実際僕みたいに、綿密に、着実に倹約してゆくという事は、既に一種の芸術の境地に這入っていると思うのだ。君も多分御存知であろう、僕の月給は七十円である。そして僕は、一年半の間に、少くとも千円以上の金を貯めようと決心したのだ。だから否が応でも月々五十円以上の貯金をして行かなければならない。七十円マイナス五十円イコール二十円! つまりこの二十円が僕の生活費なのだ。

こういう姑息《こそく》な金の貯めかたを、或《あるい》は君は軽蔑するかも知れない。何故何か山気のある仕事に手を出して、一時に金を儲《もう》けないのかと、君は言うかも知れない。しかし僕の考うる所では、僕の抱《いだ》いているが如《ごと》き夢を実現するためには、その金が、れいいさいな金の集《あつま》りであればある程、それは興味があるのだ。若《も》し僕が馬券だの債券だので、一度に二千円なり、三千円なりを儲けることがあるとして、その金で、そういう夢の実現が出来たとしても、僕はそれ程愉快には感じないだろう。一銭一銭、恰度いにしえの守銭奴が金を貯めるようにして、貯めた金でやってこそその夢は一層魅力を添えるのだ。君はドストイエフスキーの青年を読んだ事があるか。その中で主人公の青年が、あらゆる倹約法を攻究する所がある。例えば、どんな風に歩けば靴《くつ》の減りが一番尠《すくな》いか、とそんな点を迄彼は研究するのだ。これは確かに作者自身の思想に違いないのだが、僕の場合は、これ以上でこそあれ、決してこれ以下ではないのだ。二十円！ 僕にとってはたったそれだけの金がしかも月々幾分の剰余金が出来る程だった。僕はまるで、どんなユダヤの天才的守銭奴も及ばないであろう程の、巧みさを以って、一月一月と、生活費を減らせる事が出来るのだった。

そういう風に、一方に於ては、着々と金を貯めながら、しかし他方に於ては、僕は又、自分の夢を実現させる日のことを、決して忘れはしなかった。君は覚えているだろう。僕があんな変てこな生活をしながら、つねに美爪術《びそうじゅつ》をほどこしていたのを。実際僕は、手先の美に就いては極端に神経過敏なのだ。女に就いて言っても、僕は彼女の容貌だの、姿態だのその他普通の男が興味を惹かれるそんな部分よりも、彼女の手先の方が一番多く僕の注意を惹くのだ。

そうだ、やがて僕の通帳の預金額が千円を超えて、そして僕の夢を実現させ得る日がやって来た時に、僕の爪先が職工のそれのように、醜《みにく》くたわめられていたら、一体どうなるであろう。これは、しかし指先ばかりではない。他のあらゆる部分がそうなのだ。幸い僕は、相当美しいと言っていい程度の容貌、姿態を持っているし、もし僕が、何々子爵の令息という振れこみで、例えば、帝国ホテルなどへ投宿したとしても、それはそんなに不自然でない程の押出しは持っているつもりなのだ。

僕はそういう日のために、いろんな紳士の礼儀作法というものを余念なく練習した。そしてやがて千円という金が溜ったら、僕は軽井沢で一週間、どんな貴族も及ばないであろう程の、美しい生活をするつもりだったのだ。それは恰度《ちょうど》金を貯めていると同じ程度の情熱を持って、僕には夢想し計画する事が出来た。僕は自分のあの汚い一室の中に寝そべっていながら、手に取るように、まだ一度も踏んだことのない軽井沢という土地を知ることが出来たのだ。

こうして日一日と夢想に近附いていていながら間もなく僕の気が附いた事は、そういう僕の夢にとって、甚《はなは》だしく物足りない事は、僕がたった一人ぼっちで、ふさわしい女性のいない事だった。事実、かくの如きロマンチックな夢の中に、女性のいないという事は、甚だしく不自然ではないか。優しい、高貴な女性がいることで、私の夢は一層その光彩を添える事が出来るのだ。だが、そんなお誂向《あつらえむ》きな女がいるものだろうか、仮令《たとい》いるとしても、それが僕の夢に同情を持ってくれるだろうか。僕は常にあの汚い一室の中に閉籠りながら、そういう女を探出すことに余念がなかった。毎日毎日、壁に向って女の影像を画《えが》きつつ、描いては消し、描いては消ししていた。そして間もなくさすがに苦心のかいあって僕は到頭理想的な女を発見する事が出来た。それはある外交官の夫人で、年齢は二十四、彼女の肌はまるで乳のようになめらかで、彼女の髪の毛は、やや茶色味を帯びたブルーネットなのだ。そして聖母のように高貴であると共に、どうかしたはずみに、大へん淫蕩《いんとう》的にもみえるのだ。

間もなく僕は彼女と手紙の往復を始めとして毎夜毎夜、甘いあいびきを続けさえした。

君も彼女の手紙を見たことであろう。そして著しく、それが君を不愉快にしたようである。

しかし、横溝君！

君は彼女の正体をはっきりしらないのだ。彼女は一体何処に住んでいるのか。そして彼女の姓は何というのだろう。おお！　君よ！　それは僕でさえも知らないのだ。そして僕を除いた何者も亦《また》それを知らないのだ。というより知る筈がないのだ。何故ならば、彼女はたゞ僕の夢の中にのみ住んでいるのだから。

「では、あの手紙は？　桃色の封筒の中に這入っていたあの手紙は？」

君はそういって問返すだろう。しかし君よ！　あの手紙は成程彼女から来たものに違いない。しかし僕自身が彼女の代筆者である事を君は知っているか。

そうだ、僕はあの手紙をどんなにか胸を慄《ふる》わせて読んだことであろう。しかもその手紙を書いた者は僕自身なのだ。だが君はこういう事を知っているか。小説の中に出て来る人物ですらが、書いているうちに屢々《しばしば》作者の自由にならない個性を持って来るという事を。僕の夢の女の場合でも、彼女は間もなく、僕のどうする事も出来ない個性を持ってしばしば僕の意志に逆らって、僕と争ったり、僕の命令に叛《そむ》いたりするのだ。それだけに僕の興味は益々《ますます》つのって行き、僕の彼女に対する恋情はいよいよ深まさって行くのだ。

だが、こんな下らない話は、おそらく君を当惑させるだけで、君を喜ばせはしないだろう。それに僕自身も大分つかれて来たから、それ以後のことをなるべく簡単にお話しよう。

事態は順調に進んで行きつつあった。僕の守銭奴的天才のおかげで、思ったよりも早く、目的だけの金額が溜りそうであった。そして、将来這入るであろう収入、（預金額の利息などもむろんその計算の中に這入っているのだ。）を、細《こま》かく、細く計算してみると、後二月を以って千五百円という金が出来る事になったのだ。

千五百円！

おお、僕の夢は実現出来た。風呂代をも惜《お》しんで溜込んだこの千五百円を、僕はたった一週間で煙にして了うのだ。それを考える時、僕の胸は、思わず高鳴りするを禁じ得ないのであった。

だが横溝君！　これは一体何という事だろう。僕の楽しい夢は、ふいの出来事に打挫《うちくじ》かれて了った。

というのは昨日の事なのだ。

朝起き抜けに、僕のところへ一通の郵便が舞込んで来たのである。それは僕の見も知らぬ名前の男からであった。僕は何気なくその封を開いて読んでみた。今から思えば、もう二月、この手紙の来るのが遅れてくれたら、僕はどんなにか幸福であったろう。一体どういう事がそこに書いてあったかと思う。

僕が今迄、名前を知っているだけで、逢った事すらない僕の叔父《おじ》の山名太郎が亡くなったというのだ。そして彼には妻もなければ子も無く、従って相続人というものが其処にない訳だ。だから、彼の遺産全部、金に改めると、約五万円ばかりの物が全部僕のものになるというのである。

ああ、横溝君！　僕は一体どうしたらいいのだろう。

山名耕作の奇妙な告白状は、この奇妙な結末を以って突然に結ばれていた。

僕はそれ以来一度も彼に逢わない。

だが、僕はこれだけの事を諸君にお伝えする事が出来るのである。

彼の夢は遂に実現されなかった。そして、叔父の遺産を受継《うけつ》いだ彼は、直《ただ》ちに新聞社をよして、田舎へ引込《ひっこ》んだが人の噂《うわさ》によると哀れな彼は、今や本当の守銭奴になって了ったという事だ。

鈴木と河越の話

鈴木俊郎《すずきとしお》が、彼の身の廻りに起った不思議な異変に、最初それと気が附いたのは、そうだ、彼があの有名な小説、「莫《ばく》」を書き上げた時のことだった。その小説の、最後の一行を書き終えて、ほっとペンを擱《お》いた瞬間、何とはなしに彼は心の中が空《から》っぽになって、気が遠くなるような気がした。尤《もっと》もその前から、相当神経衰弱の気味のあった彼には、眩暈《めまい》を感ずるという事は、そう大して珍しくない事だけれど、その時の気持ばかりは別だった。何とも言おうようのない程、いアな心ぼそオい、世の中が殆《ほと》んど暗くなったような気持ちだった。いつの間にやら彼は、歯を喰いしばり、目を刮《かっ》とみひらいて、誰かと喧嘩《けんか》でもするように、肩をいからしていた。しかも彼は、その事に少しも気が附いていなかったのだかーら不思議である。そういう状態が、ものの十分間あまりも続いたろうか、しまいには、額《ひたい》にあぶら汗をさえ浸ませ、せいせいと肩で息を始めた。と思うと、バッタリと机の上に伏俯《うつぶ》せになった。そして三時間あまりも正体なく眠りこんでいた。後からつらつらと考えてみて、彼は、ああ！　あの時からだと思い当ったのである。

鈴木俊郎、その当時彼はある女学校の英語の教師だった。英語の教師をやりながら、彼はあの有名な処女作「莫」を書き上げたのである。とこういえば、諸君のうちに或《ある》いは、違う、違う！　という人があるかも知れない。「莫」の作者は、鈴木俊郎などという名前ではなく、河越卯平《かわごえうへい》じゃないか……そうだ、間違っていた。然《しか》し本当のところを言えば、この私にも「莫」の作者は、鈴木俊郎なのか、それとも河越卯平なのか、はっきりと分らないのである。それにしても、凡《およ》そ小説を口にする程の人で、長篇小説「莫」の題名を知らぬ人はおそらく一人もない事であろう。実際それは、内容の芸術的価値はさて措《お》き、分量だけから言っても、充分に世間を驚かせるに足るものであり、これを出版屋の広告流に言うならばたしかに日本文壇最初のものに違いなかった。しかも、活字になって諸君に読まれたところのものは、彼の原稿の三分の一にも足りないのであるから、この点諸君は、彼の精力に感服していい筈《はず》である。鈴木俊郎——或いは河越卯平であろうか——、彼もこの小説を書くのに、まる五年間かゝっているし、いかに毎日こつこつと書いていたとは言え、凡そ芸術であり、日記ではないのだから、それを書き上げた時、彼が放心状態に陥入《おちい》ったのも無理からぬ話である。最初彼はそれを発表する気などは少しもなかったのだが、八分通りまで書いた時、彼の旧《ふる》い友人で、現在相当文壇で売出《うりだ》している男がやって来て、勿論《もちろん》気まぐれからでもあったのだろうが、口を極めてそれを賞讃したものだから、つい野心を起して、小説体に結末をつけたのであった。一体「莫」という小説は、御読みになった諸君は御存知であろうが、デカダン的一遊蕩児《ゆうとうじ》の生活記録を長々と書連《かきつら》ねたものに過ぎないのである。だから鈴木俊郎は、それを発表するに当って、何としても自分の名前を出す事が躊躇《ちゅうちょ》された。前にも云《い》った通り、当時は女学校の教師であったし、生活に対して相当臆病さを持った彼の事だから、まだ将来の判らない文筆的野心の為に、現在の生活の安定を失うという事は、確かに一つの大きな不安であった。そこで彼は、友人の紹介で、出版元との折合いもついて、その小説を発表するに当って、つい河越卯平などゝいう出鱈目《でたらめ》のペンネエムをつけて了《しま》ったのである。そうだ、彼が二度目に自分の身の廻りに異変を感じたのは、その出版屋と最後の交渉を済《す》ましての帰り路の事である。その出版屋というのは、牛込矢来町にあり、彼の家は四谷塩《しお》町《ちょう》だから、その帰途彼は肴町《さかなまち》から、塩町迄《まで》電車に乗ったのである。さて塩町で電車を乗換える時の事だ、無論彼は連れもなく一人ぽっちの事であったから、一枚の切符を車掌に渡した。すると車掌が変な顔をして、もう一枚の切符を要求するのだ。連れもないのにもう一枚の切符？　然し車掌は確かに鈴木俊郎の連れと覚しい一人の男が、今の先降りたと云い張るのだ。無論車掌の間違いに違いなかったけれど、はにかみ屋でそういう場合、長く争っている事のできない彼は、要求される儘《まま》に、もう一枚の切符を渡すと、逃げるようにそこを離れた。人々の視線を背中一ぱいに感じながら……。たゞそれだけの事で、彼は充分憂鬱《ゆううつ》になって了った。出版屋から得て来た前途の希望も快い印象も、すっかり台無しにされたような気がした。前に私は、彼の家が四谷塩町にあると云ったが、間違っていた。当時彼は未《ま》だ家を成さず、風鈴館《ふうりんかん》という下宿に住んでいたのだ。電車の停留場から風鈴館迄は、丁度五分程の道程《みちのり》であろうか、その途中で彼は、てんかん病みのように不意に立停《たちどま》った。気が遠くなって、眼先が真暗になったような気がした。そうだ、それはあの原稿を書上げた時の気持と全《まった》く同《おんな》じだった。何かしら、無数の影が恐しい勢いで、眼の前を横ぎっている、貧血かな、それとも何か頭に異常の起る前兆ではないかしら、急に彼は恐しくなって、下宿迄一散に駈戻《かけもど》った。下宿生活をした事のある人は、誰でも知っているだろう、廊下を歩くのに、彼等はスリッパを穿《は》く。そして外出する時には、玄関にあるスリッパ棚《だな》とでも云うものへ、それを入れて置くのだ。ころげ込むように、下宿の玄関へ走り込んで来た彼が、ふと見ると、先程外出する時確かに入れて置いた筈のスリッパが見えない。でもその時の気持としてはそれはそう大して気に掛ける程の事ではなかった。棚へ入れて置いたと思いながら、その実玄関に脱捨《ぬぎす》てゝあるというような事は、珍しくない事だ。それにしてもそういう場合は、女中がちゃんと揃えて置いてくれる筈だのに、その日は何処《どこ》にも見えなかった。彼は仕方なしに、素足の儘で自分の部屋迄帰って来た。そこでふと見ると、部屋の前の廊下に、自分のスリッパがちゃんと揃っているではないか。はてな客でもあるのかしらと思いながら、彼は勢いよく障子をがらりと開けた。部屋の中には誰も居《い》なかったが、彼が障子を開いた瞬間、影のようなものが、彼の側《そば》を通り抜けて廊下へ出た、と彼は感じた。すると不意に又もや、気が遠くなり、眼先が真暗になって、鈴木俊郎はばったりと部屋の中に倒れると、昏々《こんこん》として数時間の眠りに落ちたのである。後から考えて見て、それが二度目の異変であった。やがて日を経るに従って、彼の脅迫観念は日増しに増大して来た。彼の部屋の中には、確かにもう一人、他の人間が住んでいる。最初その人間は、影のようにぼやけた輪廓をしか持っていなかったのに、それが段々と濃くはっきりと形を持って行き初《はじ》めた。例えば、彼が外出先から帰って部屋の障子を開けた時など、確かに人影と思われるものが、彼の机に向って、彼の書《か》きかけた原稿に筆を走《はし》らしているような事が屡々《しばしば》あった。そしてその月の終りの事、下宿から二人分の下宿料を請求されるに及んで、彼の恐怖は、云《い》おうようなき頂点に迄達した。何故《なぜ》その影を追っ払う事ができないのか、それとも何故その影から逃げだす事が出来ないのか、彼自身にも分らない。おまけに彼は、その影について、他人の意見を叩く事すら、恐しくて出来ないのであった。だから彼は、無言のまゝ、そして恰《あたか》もそれが当然の事であるかのように、二人分の下宿料を払ったのである。さて彼には一人の恋人があった。橋村《はしむら》みよ子と云って、同じ女学校へ勤めている女教員であった。鈴木俊郎は、彼女にすら未《いま》だ小説「莫」の事についてては、打明けては居なかった。やがてそれが出版されて、世間の問題になった際に、その匿名《とくめい》作家の正体が、自分であるということ事を知ったら、彼女はどんなにか驚くだろう。鈴木俊郎にとって、それは一つの甘い空想であった。さて、いよ〳〵その小説の第一巻が出版された日の事であった。鈴木俊郎は、彼女を誘って、下宿迄帰って来た。彼の書いた最初の小説が、本になって彼の帰りを待っている筈だ。それを橋村みよ子に読ませて、その意見を聞く事が、彼としてはどんなに楽しい事であったか。云い忘れたが、その小説の女主人公として、橋村みよ子の境遇を借りてあるのだ。彼女を案内して、自分の部屋の障子を開いた時だ、突然彼は眼の眩《くら》みそうなもの恐しさを感じた。部屋の真中《まんなか》に火鉢を引寄せて、一人の男が泰然と坐っているではないか。まだ一度も逢った事のない男だけれど、鈴木俊郎はそれが誰であるかを、忽《たちま》ちに了解する事ができた。影の男だ。とうとう成長した。とうとう輪廓を造って了《しま》った。その場合、君は一体誰なのかと、咎《とが》めだてをするのが本当だろうか。然し鈴木俊郎は何故かそれができなかった。恰もそこに居《お》るべき人が、当然居るように、而《しか》も彼に気を兼ねながら、おずおずと彼は、彼女を部屋の中に導き入れた。「やッ入らっしゃい」と見知らぬ男が云った。「僕、河越卯平です」その声を聞いて、鈴木俊郎はぎょくんとした。河越卯平？　やっぱりそうだったのか、この男が河越卯平だったのか。橋村みよ子は、見知らぬ男が居るので、鳥渡《ちょっと》の間《ま》廊下でためらっていた。すると河越卯平と名乗る男は、恰も部屋の主人がするように、立って行って彼女を部屋の中に導き入れた。彼の眼中には、鈴木俊郎など無いらしかった。鈴木俊郎も亦《また》、叩きのめされた子供のように、物を云う事すらできないで、その男の振舞うに委《まか》せるより他、何とも手の出しようがないのであった。「よく入らっしゃいました。あなたの事は、鈴木からよく承《うけたまわ》って居ります。今日は是非《ぜひ》あなたに来て頂《いただ》くように、鈴木に頼んで置いたのですが、それにしてもよく入らっしゃいました」そして彼等は、河越卯平と橋村みよ子は、二三時間に亘《わた》って盛んに文学論だの芸術論だのをやっていた。何という事だろう、彼女にも河越卯平の存在は、少しも不思議な事ではないのだろうか。鈴木俊郎は悲しげに二人の顔を見《み》較《くら》べて居るばかりで、彼らの会話の中に嘴《くちばし》を入れる事すらできなかった。やがて彼女の帰る時間が来た。河越卯平は立上って、本棚の中から一冊の本を取出すと、それを彼女に渡した。「これ僕の書いた小説です。処女作です、読んで下さい」「まア、小説お書きになるの？……」橋村みよ子は驚嘆したように眼を瞠《みは》った。「何、下らんもんですけど」そして橋村みよ子は、幸福そうに帰って行った。「おい君」と彼女の姿が見えなくなると、河越卯平が云った。「そこいらを鳥渡《ちょっと》片附け給え」そして彼自身は机に向って、せっせと原稿を書初《かきはじ》めた。鈴木俊郎は、忠実な召使いのように、彼の命令に従うより他仕方がなかった。やがてそうしてそこに、不思議な双生児《ふたご》の生活が初《はじま》ったのである。河越卯平の著書は、果然世間の注視の的となった。彼は忽ちにして、一流の流行児《はやりっこ》になり、最早《もはや》河越卯平の名前を知らぬ者はない程だった。彼の名声が高まるにつれて、彼は次第に肥太《こえふと》り、押出しができ、曾《かつ》ては影であった男とは思えない程にも、脂《あぶら》ぎって来た。彼は酒呑みで、女好きで、嘘《うそ》つきで出鱈目で……、兎《と》に角総《かくあら》ゆる悪徳を兼具《かねそな》えていた。彼が肥太るに反比例して、善良な鈴木俊郎は、次第に頬《ほお》の肉が落ち、瘦《や》せっこけ、ひょろ〳〵と背ばかり高くて、歩いていると、今にも二つに折れそうだった。今は疑うべくもなく、彼は河越卯平の影になって了ったのだ。河越卯平の小説がでゝから、三月目に鈴木俊郎は学校の方を首になった。原因は彼が河越卯平と共に、あまりに屢々《しばしば》怪しげな処《ところ》へ出入りをするというのであった。然しそれは仕方の無い事だ。それは彼自身の意志ではなくて、河越卯平の好みなのだ。そして鈴木俊郎は河越卯平の影なのだから。橋村みよ子は、鈴木俊郎が免職になってからも、屢々彼を訪ねて来る。いや、以前よりもっと屢々来る位だ。然し今は明らかに鈴木俊郎に逢いに来るのではなしに、河越卯平に逢いに来るのだった。彼女も段々と河越卯平の悪い影響を受けて、出鱈目で嘘つきな女になった。彼等は、鈴木俊郎の眼前をも憚《はばか》らず、盛んに悪いふざけ方をするのだった。たまらない事だと、鈴木俊郎は思った。然し何にも云う事ができないのであった。そうして鈴木は益々《ますます》瘦せっこけ、河越は益々太った。そんな鈴木であるにも拘《かかわ》らず、河越卯平は段々と彼を煙《けむ》たく思い初めたようだ。というのは、彼が居ては、橋村みよ子ともっと大胆な遊戯に迄進む事ができなかったから。何しろ二人は身体《からだ》のひっついた双生児《ふたご》のように、一刻も離れて居る事ができないのだから。彼は何とかして、鈴木俊郎を抹殺《まっさつ》したいものだと考えるようになった。そうしてとうとう或る朝の事……。いつも枕を並べて寝る二人の、その朝鈴木俊郎の方が、少し早く眼を醒《さま》した。彼は何気なく枕下《もと》に拡げられていた新聞に眼をやった。そこは恰度《ちょうど》死亡広告の欄であったが、ふと見るとそこに鈴木俊郎という文字が見えたので、はッと思ってその新聞を手に取上げた。

鈴木俊郎儀本日午前十時脳溢血ニテ死去仕リ候間
此段御通知申上候
　大正十五年十月十六日
　　　　　　　施主　河　越　卯　平

それを見た瞬間、鈴木俊郎は突然眩暈《めまい》を感じた。と思うと足の方から痺《しび》れて行って、全身の感覚が次第になくなるのを覚えた。それもその筈である。傍《はた》から見ていると、彼の身体は丁度雪だるまが解けるように、恐しい勢いで縮《ちぢま》って行った。そして間もなく、芥子《けし》粒《つぶ》程の大きさになった。河越卯平は驚きの眼を瞠《みは》っていたが、やがて芥子粒の鈴木俊郎をつまみあげると、蚤《のみ》を潰《つぶ》すように、爪の間でぱちッと云わせた。

ネクタイ綺譚

数年前のことである。

記憶のいゝ諸君は、多分まだ覚えていられることであろう。黄色《おうしょく》トンボ型ネクタイという、世にも変てこなネクタイが流行したことがある。

今はもう下火――どころではなく、すっかりその影をひそめてしまったが、当時に於《お》けるその流行のさまと言ったら、実にものすごい限りであった。

何処《どこ》へ行っても、黄色のネクタイだった。何処へ行っても、トンボ型のネクタイだった。およそ、二十歳代から三十五歳へかけての青年紳士で、そのネクタイを締めない者は、一人もいなかったと断言しても、敢《あえ》てそれは過言ではなかろう。あまりにその流行の勢いがすさまじかったので、終《しま》いには識者の眉を顰《ひそ》めるところとなり、或《あ》る地方では、「黄色トンボ型ネクタイ排斥《はいせき》同盟」というような、かなり神経質な組合さえ出来て、盛んに黄色トンボ型ネクタイ排斥の宣伝ビラを撒《ま》いたり、講演会を開いたりさえしたものである。私の手もとにも今、当時の宣伝ビラの二三枚が残っているが、中にはかなり振《ふる》った名文句がある。「噫乎《ああ》！　遂にまことの黄禍来《きた》れるか！」云々《うんぬん》。

しかし考えてみると、流行というものはかなり変てこなものだ。今仮りに、さあ諸君、このネクタイを締めて呉《く》れる人には、懸賞として十円出しますと言う人があっても、誰一人見向きもしないに違いない。実際今時あんなネクタイを締めて歩《あ》るいていたら、狂人《きちがい》としか思われないだろう。

それにしても、どうしてあんな奇妙なネクタイが、当時あんなに迄《まで》歓迎されたか、元来、黄色《きいろ》というものは、あまり人に好かれない色である。おまけにそれは、普通の蝶《ちょう》型のネクタイと違って、蜻蛉《とんぼ》の翅《はね》のように、先の細くなった薄手の翅が、左右に二つ宛《ずつ》、都合四つ着いているという、かなり風変りなネクタイである。それがどうして、あんなに当時の流行を風靡《ふうび》したか、それにはむろん理由がある。

最初にそういうネクタイの売出しを考案したのは、当時アメリカから帰って来たばかりの、天運堂《てんうんどう》雑貨店主人刈谷《かりや》千吉《せんきち》であった。アメリカ帰りの、そしてアメリカの途方もない宣伝競争を見て来た彼は、何か素晴らしく奇抜な商品を、素晴らしく奇抜な方法で売出してみようと思い立った。何しろ彼には、資本はありあまる程あることだし、古い老舗《しにせ》のことだから、信用も莫大だし、販路も並々ならず持っていたから、素敵な考案《アイディヤ》さえあれば、どんな事でも出来る立場にあった。彼は取りあえず次のように新聞に広告を出したのである。

「途方もなく馬鹿々々しい考案《アイディヤ》を求む。弊店より売出すに都合よき商品にして、世間をあっと言わせるに足る斬新《ざんしん》奇抜なる発明を買いたし。賞金一千円」

ざっとそう言った意味の広告であった。

無論反響は並々ならずあった。広告の出たその日から、応募解答の数は、日に五十通を下らなかった。中にはポケットの附いた靴下《くつした》だの、日本人の鼻でも止まる鼻眼鏡だの、オペラバックを兼ねたショールだのと、かなり奇抜な発明もあった。しかし、それ等《ら》はいずれも、或《あ》るいは製造が不可能だったり、或いはうまく出来ても、販路があまり広くないという欠点があったりして、結局みんな落第だった。

それに反して黄色トンボ型ネクタイは、奇抜でもあり、それに、およそ背広を着る程の男なら、ネクタイは必ずなければならぬものだし、日本の人口がいくらあるとして、その幾分の一が洋服を着るか、そして、その又幾分の一がネクタイを着けるか、等々《とうとう》と、精密な算盤《そろばん》を取ってみた揚句、結局それを当選と定める事に決心したのである。

彼は早速、政府に向って、専売特許の申請をすると同時に、一方工場に新らしい機械を購入して、旬日ならずして、十万個という、夥《おびただ》しい黄色トンボ型ネクタイを製造した。

そして間もなく都下の大新聞に、次のような広告が、大々的に掲げられたのである。

世界風俗変遷史の一頁《ページ》を飾るべき、新らしき流行、黄色トンボ型ネクタイの出現。

弊店はこの斬新《ざんしん》なるネクタイの流行のため、奇抜なる懸賞を附します。それは、第一期発売の十万個のネクタイ中の一つに、一枚の富籤《とみくじ》を縫いこみ、その富籤の発見者に、賞金として五千円を進呈すると同時に、副賞として現代映画界の花形女優、山野井咲子《やまのいさくこ》嬢に接吻《せっぷん》するの光栄を提供する事であります。山野井咲子嬢は、人も知る如《ごと》く、○○劇団出身の天才女優にして、その容姿は又現代の他の女優とは比ぶべくもなく——云々《うんぬん》。

そうして其処《そこ》には、その黄色トンボ型ネクタイを手にして、にっこりと頬笑《ほほえ》んでいる彼女の写真迄《まで》が這入《はい》っているのである。

この広告が如何《いか》に当時、大きなセンセーションを捲起《まきおこ》したか、それはここに細述する迄もあるまい。何処へ行っても、其《そ》の噂《うわさ》で持切りだった。

例えば会社だの銀行だの或いは商会だのでも、若い事務員の二三人が煙草《タバコ》を吹かしながらの雑談と言えば、第一にそれだった。

「俺はもう七本買ったよ。五千円はそう欲しくないけれど、何しろ山野井咲子と接吻が出来るんだからね」

「それもそうだけど、俺は又五千円も欲しいなあ、五千円ありゃ、あんなごみごみした所にいなくても、何処か郊外の静かなところに家《うち》を建てゝ、豚を飼って、鶏を飼って、花を植えて、あゝ！　五千円！」

などという騒ぎであった。

従って、そのネクタイの売行が、どんなに素晴らしいものであったか、これまた今更喋々《ちょうちょう》する事を要しまい。忽《たちま》ちにして街頭は、「黄色トンボ型ネクタイ」によって風靡され尽くしたかの感があった。

しかし読者諸君よ。

筆者がお話しようと思うのは、その奇妙な流行に就《つ》いての思い出話ではないのだ。

刈谷千吉の、ふとした気まぐれから発したその宣伝手段が因をなして起ったところの、いわば黄色トンボ型ネクタイ流行裏面史とも言うべき、一つの悲しき挿話《そうわ》を諸君にお伝えしたいとの意図に他ならないのである。


久井久雄《ひさいひさお》！

私も彼を知っている。彼程風変りな男で、そして又彼程の善人も世間に珍らしいに違いない。私が初めて彼と相識《あいし》った当時、彼はさる劇場の背景絵描きをしていた。貧乏のせいか、それとも根が無精《ぶしょう》なせいか、多分その両方であったのだろう、いつも梳《くしけず》らない髪を茫々《ぼうぼう》と伸《のば》して、髭《ひげ》と言ったら、月に一度も剃《あた》らないに違いない。だから、その劇場では彼の事を、山猿という、至極《しごく》平凡だが、中々に当を得た綽名《あだな》を附けていた。

山猿という名前で思い出したが、まさかそれ迄は誰も知らなかったに違いないけれど、彼は木登りが並々ならず得意なのである。しらふでいる時は、まるで意気地のない男だったけれど、電気ブランか何かで酔払って来ると、彼はもう手に負えなくなって来るのであった、と云《い》うのは、街路樹であろうが、電柱であろうが、所構わず攀登《よじのぼ》りたがるという厄介《やっかい》な習癖を持っているのだ。

そうだ、いつか、彼が牛込附近の下宿にいた時分の事だ。一度私は彼を訪問した事がある。

「久井久雄居《い》ますか？」

と女中に聞くと、

「えゝ、お部屋にいらっしゃいます」

という返事だったので、かねてから馴染《なじ》みの部屋でもあり、下宿の人たちも、よく私の顔を知っている間柄でもあったので、私は遠慮なく、二階にある彼の部屋の障子を開いた。すると意外な事には、其処にいる筈《はず》の彼の姿が、何しろ狭い部屋の事だから、見廻すまでもない事だ、見えないのである。

「はてな、便所へでも行ったのかしら」

見ると、寝転んで本でも読んでいたと見えて、部屋の片方の隅に、かなり汗ばんだ枕が放り出してあるのだが、彼が部屋を出て、そう時間が経《た》ったのでない証拠には、灰皿の中から、かすかながら、まだ紫色の煙が立っているのでも分るのである。

そのうちに帰って来るだろう、そう思いながら、私は遠慮なく部屋の中へ這入《はい》ると、足の踏み入れようもない程に散らかった、雑誌だの講談本（彼は実に驚くべき程講談本の愛読者だった）だのを、少し片隅へ寄せて、どっかりと机の前に坐った。そして彼が読みかけていたらしい、開いたまゝに伏せてあった「里見八犬伝」を取上げて、二三行、別に何の意味もなく目を通していた。

すると其の時、ふいに屋根の上がめきめきと鳴り出したのである。おや！　地震かな！　私はひどく地震嫌いなので、どきっとして思わず腰を浮かした。しかし、幸いにそれは地震ではなく、屋根の上を誰かゞ歩いて行ったのであるらしかった。誰だろう。今ごろ屋根の上を歩いているのは……私は本を置くと、開いていた窓から上半身を突出《つきだ》して、体を捻《ひね》るようにしながら、屋根の上を覗《のぞ》いてみたのである。するると、何とそこに、寝衣《ねまき》のまゝの久井久雄が、悠然と立って空の彼方を睨《にら》まえていたのであった。

「おや！　久井久雄！　君は一体其処で何をしているのだ！」

私はまだ、彼のその隠れた習癖をあまりよく知らなかったので、気でも違ったのではなかろうかと、少からず驚きながらこう訊《たず》ねたのである。すると、その声に、うっそりと振返った彼は、

「うん」

と、一寸《ちょっと》首を縦に振って置いて、「少し待っていてくれ給え、今直《す》ぐに行くから」

と、さも何でもない事のように答えた。そして、器用な足つきで、するすると屋根を伝って来るかと思うと、雨樋《あまどい》に両手をかけ、恰度《ちょうど》機械体操の、尻上りの反対の動作を以って、くるりと部屋の中へ飛込

んで来たのである。

「びっくりしたよ、屋根の上へ何か取りに行っていたの?」

「いや、別に」

と、彼は、私がどんなに驚いたかというような事を、少しも感じないらしい様子で、

「今、こゝんところ」と、八犬伝の芳流閣《ほうりゅうかく》のくだりを指《ゆびさ》しながら「こゝんところを読んでいるうちに、つい屋根へ上ってみたくなっただけの話なんだよ」

と、如何にも、しゃあしゃあした調子で答えたのである。後から考えてみると、それもしかし、木登りの別のあらわれだったのに違いないのである。

しかしこういう挿話をお話をすると、読者諸君のうちに、早くも彼の性質を感違いされる人々があるかも知れない。若《も》し彼を、こういう挿話からして、如何にも剛腹《ごうふく》で、磊落《らいらく》で、言ってみれば、豪傑肌な人間のように考えるなら、それは大間違いである。彼は実にその反対の、神経質そのものみたいな人間なのであった。殊《こと》に、女にかけての彼の臆病さは、たしかに一種病的なところさえあった。

劇場の背景絵描きをしている関係上、彼は多くの、下《した》っ端《ぱ》女優連と、しばしば顔を突合《つきあ》わせる場合があるのだが、そういう場合の彼と女優の間は、普通の背景絵描き対下っ端女優とまるきり正反対であった。彼は始終、不逞《ふてい》な女優たちにからかわれたり、ひやかされたりしては、小娘のようにはにかんでいるのだった。殊に一座のスターなどに会うと、彼は先《ま》ず足の方から細《こまか》く慄《ふる》えて来て、心臓がゴトゴトと不規則に鳴出し、間もなく眼が上ずって来るという有様であった。若し彼が、花のような美人の十数名に取囲まれるような事があったら、彼はたちどころに女癲癇《てんかん》を起した事に違いないのである。

そういう彼だから、ある日新聞のゴシップ欄か何かで、有名な映画女優の山野井咲子と久井久雄が、最近に同棲《どうせい》を始めたという事が伝えられた時、誰しもそれを、同じ久井久雄とは、夢にも思わなかった。きっと同じ姓と同じ名を持った、別の久井久雄だと考えたのである。ところが何と驚いたことには、間

違いもなくそれは、あの山猿というあだ名をもった、貧乏背景絵描きの久井久雄に違いなかったのである。

どんなきっかけで、そして又どんな魅力があって、彼のような男が、あの有名な映画女優と同棲する事になったのであろうか、私は未《いま》だにその事を知らない。しかし少くともその当時は、それを聞伝《ききつた》えた時、少からず嫉妬《しっと》の炎を燃したことであった。

だがよくよく考えてみると、山野井咲子のような女が、同棲者として、彼のような男を選ぶのは、最もありそうな事だったかも知れない。彼のような男を持っていてこそ、彼女は初めて、自由に稼げもし、自由に浮気も出来るというものだ。彼女にしてみれば、彼はたゞ忠実な飼犬に過ぎなかったかも知れないのである。

そう言えば、一度私は彼を山野井咲子の宅に訪れた事がある。無論昼間のことだから、咲子は撮影所の方へ出かけて留守であった。ところが、話をしているうちに、三時となり四時となり、時間が進むに従って、彼は段々と落着《おちつ》きがなくなり、態度がひどくソワ〳〵して来るのだった。そして屢々《しばしば》、しかも三度に一度は、故意に私に分るように置時計の方を見るのである。

「誰かと約束でもあるのかい？」

と私が見るに見かねてそう聞くと、

「いや、な、何でもないんだ」

と、そう言いながらも、やっぱり時計の方ばかりみているのである。そして、最後に、時計の針が五時間近《まぢか》くなって来た時、始めて、到頭耐《とうとうこら》え切れなくなったように、

「実はね、実はね」と早口に吃《ども》りながら、「五時半になると彼女が帰って来るんだよ。彼女が……」

そして彼は哀願するような目で私の方を見上げたのである。私は思わずごくりと唾《つば》を飲込んだ。そして、額《ひたい》にべっとりと汗さえ浮べている彼と同じ程度に、さっと顔を紅《あか》らめながら、

「あ、そうか、そ、それは失敬した」

とこう言うと、帽子と杖とを持って、挨拶《あいさつ》もせずに玄関から駈出《かけだ》したのである。

明らかに彼は、山野井咲子から留守中に友人と会う事を禁じられているのに違いなかった。そして彼のような男だから、それを口に出して、友人を断る事が出来ないのだ。彼はきっと、私が家《うち》を飛出した後で、部屋の隅々にまで、鋭い注意を払いながら、訪問者のあった事を、彼女に覚《さと》られないように苦心したことに相違ない。私はみちみち、それを考えると、少からず胸が悪くなり、彼の哀願に応じて飛出して来た自分にまで腹を立てたくらいである。それもきっと一種の嫉妬だったのであろうか。

それ以後私は半年程も彼に会わなかった。そして聞くところによると、彼はそういう風にして、段々友人を失いつゝあるらしかった。

すると其処に、突然あの広告が出たのである。まだ久井久雄が彼女と別れたという噂を聞かないから、彼はきっと、その広告に就いて、穴へも這入りたいような恥しさを感じているに違いない。それ程、仮りにも良人《おっと》と名の就《つ》く者を踏みつけにした態度はないのだから。私は正直のところ、心中少からず快哉《かいさい》を叫んだことだ。その後伝え聞くところによると、果して彼はその事に就いて、並々ならず煩悶《はんもん》していると言う事だった。

現にある日の事、街でばったり、久井久雄との間の共通の友人に会って、その話をすると、

「うん、何でも彼、その事でひどい神経衰弱なんだそうだ。そしてね、自分でも盛んに、あの変てこなネクタイを買い集めているそうだよ。やっぱり女房の接吻を他人に盗まれるのが気になるんだね、どうだ、君、須山《すやま》君、君一つあの富籤を引きあてゝ、山野井咲子と接吻してあいつを大いに煩悶さしてやらないかね」

と、彼は言ったのである。

ところが世の中というものは変なものだ、彼が冗談のように言った言葉が、間もなく事実となって現れて来たのである。というのはこういう次第である。

ある晩のこと、思いがけもなく私のところへ、長い間絶交同様になっていた久井久雄から、車夫にもたせた手紙がやって来たのである。

須山君！

お願いだ、銀座の××カフェーまでやって来てくれないか、僕は今大へん煩悶しているのだ。君！僕を救って呉れ給え！


と、！沢山の万年筆の走書《はしりがき》なのである。

「はてな、何事だろう、例のネクタイの件かな」

正直のところ、私はむしろ親切気よりも、好奇心の方がより多く手伝って、とも角《かく》彼の懇願を聞入れることにしたのである。

行ってみると、久井久雄は、ビールの瓶《びん》を半打《ダース》程も卓子《テーブル》の上に並べて、どろんとすわった眼で、しきりに辺《あたり》を見廻していた。

「や！　須山君！」

彼は私の顔をみると、腰を半分ばかり浮かせて、私の手を取らんばかりにして、彼と向い合った椅子に私を腰かけさせた。

「どうしたのだ、久井久雄、何か大事件でも起ったのか」

私は彼が註文してくれたウイスキーの盃《さかずき》を舐《な》めながら、杖の頭に顎《あご》をのせて、彼の方を見やった。

「大事件、そうだ、大事件だ、僕は……、僕は……」

と、彼は急に声を低くすると、何か恐ろしいものにでもつかれたように、くるりと四辺《あたり》を見廻し、そしてガタガタと体を慄わせながら言ったのである。

「あの、ネクタイ、あのネクタイの富籤を、到頭僕が引き当てたのだ！」

私はどきっとした。急に耳が真赤に火照《ほて》って来るのを覚えた。それから、何とも言いようのない憎悪と、嫉妬とを、目の前に坐っている、久井久雄に対して感じたのである。

「ね、君は知っている？」

久井久雄は、ビールをぐっと飲み干すと、少し落ち着いたのか、それでも幾らか息を喘《はず》ませながら言うのである。

「僕が、あの広告、天運堂のあの広告に対して、どんなに不愉快を感じたか――、君はそれを分って呉れるだろう。彼女、山野井君が、至る所で浮気をしている事は、僕だってちゃんと知っている、それからみれば、たった一度のキスなんか、何でもない事だ、そうだ、何でもない事だ、だが、しかしだ、それにも拘《かかわ》らず、あの広告に対して、僕の心がこんなに不穏になるというのは、一体どうした事だろう。君はそれを分って呉れるだろう？　ね？　分って呉れるだろう？」

彼は私の返事を促すように、ちらりと私の方を見上げたが、私がまだ何とも言い出さない前に、再び言葉を続けた。

「ところで、僕はそれを考えると耐《たま》らないんだ。何だか、体中が火網の上にかけられたようにじりじりして来るんだ。そこで僕は、なけなしの財布の底をはたいて、ネクタイを買った、実際馬鹿らしい話だけど、買って買って、買いまくった。僕がもし百万長者であったら、全財産を投出しても、あのネクタイを買いしめにしたに違いない。むろん、彼女、山野井君には内密でだ。ところが、君！」

と、其処で彼は、急に言葉を切ったかと思うと、ガタ〳〵と熱病患者みたいに慄え出し、誰も聞いている者もいないのに、殆《ほと》んど聞取れないぐらいに声を低くして、そして言ったのである。

「ところが、君、到頭——、到頭今夜、その富籤を抽《ひ》き当てたのだよ、ほら、君、これなんだ」

そして彼は、ポケットの中からハンケチ包みを大事そうに取出すと、其処でもう一度辺《あたり》を見廻して置いて、そっとそれを、腕のかげで開いたのである。私も、今はもうすっかり彼の昂奮《こうふん》に感染しながら、恐る〳〵そのハンケチ包みを覗込《のぞきこ》んだ。

それは、白い絹の布に、Kiss me, Please と黒い糸で縫い出されているのだった。私はごくりと音を立てゝ唾を飲み込んだ。すると彼は周章《あわ》てて、それをポケットの中に捻込《ねじこ》みながら、盗人《ぬすっと》みたいな眼で私の顔を見上げた。そしてしばらく黙りこんでいたが、やがて、決心したように、

「実はね、最初のつもりでは、僕、この富籤を手に入れたら直《す》ぐにもストーヴの中へ放り込んで了うつ

もりだったのだ。そうすれば、永久に彼女の接吻の相手は出て来ないわけだからね。ところが、君、僕を嗤《わら》わないでくれ給え、いよ〳〵となると急にそれが惜しくなって来たのだ。だって、考えて見給え、君、この富籤には、彼女の接吻と同時に、五千円という賞金が附いているんだよ！」

私はしかし、何のために彼が私にそんな話を始めたのか、分らなくなりかけて来た。富籤が当ったのなら当ったで、それでいゝではないか。私にそれを打明けなくても、自分勝手にそれ等《ら》の懸賞を受取ればいゝではないか。で、私がそう言おうとすると、彼の方でも早くもそれと覚ったとみえて、私を抑えつけるような手附きをしながら、

「でね、でね、君に是非お願いしたい事があるんだ、君、君は彼女と接吻したいとは思わないか、え？」

私は黙っていた。何かしらひどく癪《しゃく》に触って来たのである。

「若し、僕がそれを望むのなら、君はその富籤を僕に提供するつもりかい」

私はわざと毒々しい声でそう言った。

「そうだ、そうお願いしたいのだ、しかし君、五千円、五千円だけは僕に呉れなきゃいけないよ」

「だったら、君自身名乗って出たらどうだ」

「それが、僕には出来ないのだ。彼女が真相を知ったらどんな顔をするだろう。僕はそれを考えると恐ろしい、彼女は僕に唾を吐きかけるかもしれない。そうしなくても、きっと、きっと、この僕のいわれなき嫉妬に対して、侮蔑《ぶべつ》の限りの言葉を吐きかけるだろう。その揚句僕は捨てられてしまうかもしれない。僕にはそれが恐ろしいのだ、ね、ね、君は僕の親友だから、きっとこの無理を通してくれるだろう。お願いだ、お願いだ」

彼はそう言って酔いしれた両手で、拝むような真似《まね》さえするのであった。それを見ると、いささか彼を哀れに思わないでもなかった。それに僕にとっても、決して、全部的にいやな仕事でもなかったしするので、やゝ、腑《ふ》に落ちない事もあったけれど、とに角引受けてやる事にした。

「じゃ、とも角引受けてやろう。何だかくすぐったい事だけれどね……」

そして私は目出度《めでた》くその富籤を手に入れて、その晩彼と別れたのである。

それからどんな事があったか。

むろん私は規定通りその富籤を持って天運堂へ出向いたのである。そして規定通り、山野井咲子と接吻するの権利を得《う》ると同時に、五千円の金を手に入れた。私はむろんその金を、約束通り久井久雄に返してやった。すると何と思ったのか、彼は礼だと言って私に五百円呉れたのである。いよ〳〵彼女と接吻するという当日、都下の新聞がどんなに騒いでそれを書立てたか、おかげで私は一躍、東京市中での流行児になってしまった。新聞記者だの、雑誌記者だのが、後から後へと押しかけて来て、「山野井咲子嬢と接吻する迄」なんて記事を取って帰ったりしたのである。

しかし読者諸君よ、それにも拘らず、この物語は、まだそれで終らなかったのである。そうだ、手取早《てっとりばや》く言おう、そのことがあってから半年程後《のち》の事である。

私はある日、突然又久井久雄から手紙を受取ったのである。私はもうあの事件の事はすっかり忘れてしまっていたので、何気なくそれを開封したのだが、何と！

須山君！

あの時はいろ〳〵とお世話になった。おかげで天運堂の方も大いに発展したようだし、山野井咲子も一躍人気女優になってしまった。そしてかく言う僕は四千五百円の金を手に入れる事が出来たのである。

しかし須山君！

君はこれ等の総《すべ》てを偶然と思っているか。私は何だか、君を悪く利用したようで、気の毒で仕様がないのである。でここに、君はもう忘れているかも知れない、あの事件の真相をお話しようと思うのである。

先ず最初天運堂が募集した珍発明の事から説起《ときおこ》さなければならない。あの黄色トンボ型ネクタイのオリジンを以《も》って応募しそして見事に当選したのは、何とかくいう僕自身なのである。その結果、僕は当然あの賞金である所の一千円を受取るべきだった。しかし、僕はわざとそれを遠慮したのである。その代り僕の提出した奇抜な宣伝手段を利用してくれるように申込んだのである。奇抜な宣伝手段――それは君も既に御承知の事に違いない。それを話した時、天運堂の主人刈谷千吉は手を打って喜んだ。そして早速それを実行する事にしたのである。

だが、其処にもう一つ僕の提供した条件があった。それは、その富籤は始めから僕の手にあるように取計《とりはから》う事であった。それは一種の欺偽《さぎ》手段にもなるというので、刈谷千吉は一応考慮したが、間もなく、僕が絶対に誰にも覚られないようにするからと言うので、同意する事になったのである。

だから早く言ってみれば、あれ等の広告は、全部、刈谷千吉と、僕と、僕の愛する妻の山野井咲子との間に企まれた一種の八百長だったのだ。それにより、刈谷千吉と僕の妻は大々的な宣伝をする事になり、僕は一千円の代りに五千円を手に入れる事が出来るのだ。

ところが、こゝに困ったことには、あの富籤の当選者が山野井咲子の良人であるところの僕だという事が分れば、幾分世間に疑惑を招く虞《おそ》れがある。それは是非避けなければならない事だ。で、僕は脳漿《のうみそ》をしぼった揚句、君に対して、あゝしたお芝居をしてみせたのである。

須山君！

何卒《なにとぞ》気を悪くしないでくれ給え、そのために君は、彼女と接吻する事も出来たし、五百円という、君にとってはかなりの大金を手に入れたではないか。結局この事件で、一番馬鹿をみたのは、愚《お》ろかなる民衆だけだ。僕はあの不恰好《ぶかっこう》な黄色トンボ型ネクタイを締めている青年どもをみると、思わず噴飯《ふきだ》したくなるよ。

終りに山野井咲子は僕にとってはいとも貞淑な妻である事を附加《つけくわ》えさせて呉れ給え！

じゃ失敬！

久井久雄の手紙はそれで終っていた。

私は半時間程もぼんやりと、その手紙を持ったまゝ立っていたが何だか体がふわ〳〵して、今にも倒れそうな気がした。賢明な久井久雄！　そして愚かなる私！

やがて、私はふと気が附いて、その時締めていた呪うべきネクタイを外すと、そっとそれを机の抽斗《ひきだし》の中に蔵《しま》い込んだのである。

夫婦書簡文

一

女流作家の阿部緋紗子《あべひさこ》は、良人《おっと》の謙吉《けんきち》があまりに意気地ないので、すっかり嫌になってしまった。

成《な》る程《ほど》目下のところ彼には何一つこれという収入もなく、いわば彼女の原稿稼ぎで生活しているようなものだから、幾分控え目にしなければならないと思っているのだろうけれど、それにしても、もう少しはき〳〵と、亭主らしく振舞って貰《もら》いたいと思うのだった。

第一彼女は、家のことなどはてんで構いつけようともしないで、毎日のように遊び廻っている。外へ出ると極《きま》って夜更《よふか》しをする。悪い仲間とは交際する。酒は飲む。賭博《とばく》はする。おまけにひどいときは三日も四日も家を留守にしたりする。それだのに夫の謙吉は、ひと言も不平らしい言葉を漏らしたことがない。だから緋紗子はくさ〳〵するのだった。

「あなた、もう少し男らしく出来ないこと?」

時々彼女が癇《かん》を立てゝそういうと、

「男らしくって——」と謙吉は不精ひげを撫《な》でながら、いかにも困ったように顔をしかめながらいうのだ。「一体どうするのだ?」

「男らしくって——分っているじゃありませんか。あなたはあたしの亭主でしょう? 亭主なら亭主らしく、もっとはき〳〵と、第一あなたのその言葉つきからして、あたしには気に入らないのよ」

「だって、お前、そんなことをいったってしようがないじゃないか、これはおれの産《うま》れつきなんだもの」

「産れつきだって、あなた！　産れつきだからなんて――、だからあなたは――、あゝ、焦《じ》れッたい！」

結局彼女もなんといっていゝか分らないで、おしまいにはいつもヒステリーを起こしてしまうのだった。

とはいえ、緋紗子は決して夫を愛していないのではなかった。どうしてどうして、全《まった》くその反対だった。どちらかというと、良人が彼女を愛しているよりも、彼女の方がより多く良人を愛しているのかも知れなかった。だから彼女は一層いらいらするのだった。

謙吉は二年ほど前まで、さる劇団に関係して、舞台監督みたいな仕事をしていた。その以前には、相当名前の知られた小説家でもあった。緋紗子と一緒になったのは、彼がまだ劇団に関係を持っていたころであるが、その劇団がつぶれると同時に、彼は一切の芝居関係から身を退《ひ》いてしまった。そうかといって、昔のように小説を書こうとするのでもなかった。まだ〳〵彼の原稿をほしがっている雑誌社は、かなり沢山あったけれども、彼はすっかり引籠《ひきこ》もってしまって、全くその方に見向きをしようともしなかった。

「うちのはあれでまだ、十分いゝものが書けそうな気がするんですけれど」

緋紗子はよく友達の間でそんなことをいったが、謙吉を知っている人たちになら、その言葉は少しもおかしくはなかった。

「ほんとうね、何《な》んとかしてもう一度乗出していらっしゃるといゝのにね」

「あたしもそう思って随分つゝいているんですけれど、もうすっかり引込み思案になってしまって、どうしても動かないのよ」

「しかし、でもあなたはいゝわ。あんなおとなしい人を御亭主に持っているんですもの」

しかし、そういわれることを緋紗子は一番好かなかった。

「駄目よ、男のおとなしいのは、お豆腐のくさったのと同じよ。どうにも手がつけられないわ」

彼女は吐き出すようにいった。

「まあ、ひどいことをおっしゃるのね。でもあなたは、ひどい御亭主をお持ちになった経験がないから、そんなことをおっしゃるのよ。あたしんとこと来たら大へんよ。帰りが遅いといっては叱《しか》られるし、あまり外出し過ぎるといっては叱られるし、友達が遊びに来過ぎるといっては叱られるし、実際たまらないわ」

相手はなんの底意もなくそういっているのだけれど、緋紗子にはしかし、それがそのまゝ皮肉にとられるのだった。すると彼女は忽《たちま》ち依怙《いこ》地《じ》になってしまって、

「いゝわね。あたしそんな御亭主を持ちたいわ。女天下にはあたしもうあきあきした。女房を尻に敷くような亭主じゃないと、やっぱりあたしなんか駄目よ」

するとと相手も意地になるらしかった。

「まあ、嫌だ! あたしなんか真《ま》っ平《ぴら》よ!」

と吐き出すように言うのだ。

それが初《はじ》まりで、二人はます〳〵依怙地になり、しまいには思っていることに、十倍も二十倍もの輪をかけたような過激な意見を以《も》って、互《たがい》に負けず劣らず応酬し合うのだった。

そんな晩は、家へ帰った緋紗子は極ってヒステリーを起こした。

彼女は友達にひどく侮辱《ぶじょく》されたような気がして、そしてその侮辱のもとゝいうのも、良人のためだと思うと、謙吉ののう〳〵とした顔を見るさえ、むっとするのだった。

「どうかしたのかい、お前?」

謙吉は忽ち彼女の顔色を読取ったと見えて、遠くの方から恐る〳〵声をかけた。

彼女は向うを向いたまゝ黙りこくっていた。

「顔色が悪いよ、どこか悪いんじゃないか、それとも——」

と相変らず腫物《はれもの》に触るような調子で、

「誰かと喧嘩《けんか》でもしたのかい?」

そういう風に良人に機嫌を買われていると、彼女

のヒステリーは一層募って来るのだった。でいよいよ彼女は依怙地になって、物がいえなくなるのだった。

「あゝ、そうだ、お前の留守中に、渋谷の姉さんが来て、シュークリームを置いて行ったが、お前、一つ喰べてみない？」

「いらない！」

と、突然彼女は、少し語尾の上ったいい方で以って叫んだ。謙吉は忽ち首をすくめながら、でも、そのまゝ引込んではいられなかった。

「いらない？　いらないってお前、これ大好物じゃなかった？　それにこいつなか〳〵うまいよ。ね、ね、ほら一つ喰べてごらん」

「いらないったら、いらないのよ！」

そして彼女は、良人が側《そば》へ持って来ようとするシュークリームの箱を、取上げると、あっという間もなく庭のごみ溜めの中に、ばあっとあけてしまった。

二

ある日、緋紗子は、やっぱりその前の晩にヒステリーを起こして、そういう翌朝に限って彼女は、朝起きるのが少しきまりが悪いものだから、いつもより朝寝坊をしていた。

尤《もっと》も平常《ふだん》だって十一時より早く起きることは滅多《めった》にないのだが、そういう日はたいていお午《ひる》の三時ごろまで寝るのだった。

そういう場合、謙吉の方が早く床を抜け出すようなことがあると、また〳〵緋紗子のヒステリーがぶり返すおそれがあるので、いつも彼はお附合いに寝ていなければならなかった。そうして二人は、お腹《なか》のすいたのを耐《こら》えながら、暑苦しい布団の中で、いつまでも黙りこんだまゝ天井を睨《にら》んでいるのだった。

ところが、その朝に限って、十時ごろに緋紗子が眼を覚してみると、良人の布団は早《はや》もぬけの殻になっていた。

「おや、どうしたのかしら？」

と思っていると、暫《しばら》くしてから、謙吉は表の方から帰って来たが、その様子が何んだか緋紗子の手前を憚《はばか》っているらしいので、彼女はわざと眠った風をしていた。

　すると、四つん這《ば》いになって彼女の寝息をうかゞっていた謙吉は、やがて帯を解くと、あわてゝもとの夜具の中にもぐり込み、忽ちからいびきを聞かせ初《はじ》めた。

　緋紗子は少からず当惑した。

　一体、どこへ行っていたのだろう？

　彼女は少しも解せなかった。とはいえ、眠っていた真似《まね》をしていた関係上、口に出して、問うわけにも行かなかった。彼女はひどく煩悶《はんもん》しながらも、苦しい狸寝入《たぬきねいり》を続けていなければならなかった。

　するとその夕方のことである。

　さすがに二人ともすでに床を離れていたが、緋紗子はまだ昨夜のことにこだわって、どうしても和解することが出来なかった。それにいつもだと、謙吉の方から何か彼《か》か機嫌を買って来るのに、その日はどうしたものか、時々盗むように彼女の様子を窺《うかが》うかと思うと、あわてゝその眼を伏せたり、彼女より一層彼のほうが固くなっているらしかった。今朝のこともあるので、緋紗子は何だか気になって仕方がなかった。するとそこに、郵便！　という声が聞こえたのである。その途端、謙吉の顔色がさっと変った。

「ボ、ボ、僕、一寸《ちょっと》外出して来る」

　そういい捨てたかと思うと、彼は緋紗子の言葉も待たずに、風のように表へ飛出《とびだ》して行った。

　緋紗子は呆気《あっけ》にとられた。何が何だか少しもわけが分らなかった。とはいうものゝ、郵便！　という声が聞えた途端に、彼の顔色の変ったことだけはたしかだった。

「――？」

　緋紗子はあわてゝ玄関へ出るとそこに落ちていた手紙を拾い上げた。

　小石川区小日向台町三丁目××番地
　　阿部緋紗子様

表にはそう書いてあったが、差出人の所には、何も書いてなかった。然《しか》しその手蹟には何かしら見覚えがあるように思えた。

緋紗子は首をかしげながらその封を切ったが、何と！　見覚えのあるのも道理――。

緋紗子よ。
僕は君が気の毒で仕方がない。君のヒステリーの原因が、この僕にあることを、僕は万々承知している。然し、そうかといって僕は一体どうしたらいゝのだ。君も知っている通り僕は意気地なしだ。君が不甲斐《ふがい》なく思うのも無理はない。でも僕ははほんとうに君を愛しているのだ。君を幸福にするためになら、どんなことをしてもかまわない。一体どうすればいゝのか、それをはっきりいってくれ。　匆々《そうそう》
謙吉より

緋紗子は読み終ると思わずぷっと吹き出した。


「まあ！　馬鹿々々しいっちゃありゃあしないわ！」

彼女はその手紙を揉苦茶《もみくちゃ》にしたが、暫くしてからもう一度開いて読んでみた。

「馬鹿々々しい！」

彼女はもう一度揉苦茶にしたが、直《す》ぐに又開いて読んだ。そうしているうちに、彼女は段々嬉《うれ》しくなって来た。しまいにはその手紙がひどく気に入ってしまった。

「何んてお馬鹿さんだろう。だからさっき郵便屋が来た時、あんなに顔色を変えて飛出したのだわ」

それから彼女は、その手紙の始末をどうつけようかと考えた。良人が帰って来たら、いきなり何んとかいってやろうか、それとも、寝床へ這入《はい》ってからゆっくり返事をすることにしようか――、然し彼女はふいにいゝことを思いついた。

「そうだ、それがいゝわ」

彼女はくすくす笑いながら、机に向うとペンと便《びん》箋《せん》を取出した。

何んと書こうか、暫く考えた後彼女は先《ま》ず、

「謙吉様、あたしはあなたが、あんまり嫉妬《しっと》をなさらないのが不服なんです」
と書いた。然し直《すぐ》にそれを破いてしまうと、今度は、
「謙吉様、女というものはやっぱり男に支配されたいのです。もっともはっきりいえば、女というものは、男の専制の下にあって初めて幸福になり得るのです。だからあなたは――」
然しそこまで書くと、緋紗子は急に虫ずが走るような不快さを覚えた。
「書けないわ！」
彼女はそれも破いてしまって、それから又暫く考え耽《ふけ》っていたが、やがてたゞ簡単に
「謙吉様、あたしはあなたが嫌いです！」
と書いた。
そしてそれを封筒に入れると、表に、
小石川区小日向台町三丁目××番地
阿部謙吉様
と書いて、それをポストに入れに行った。

三

それが最初で、それ以来そこに、不思議な夫婦間の手紙のやりとりがはじまった。

前にいった手紙を、緋紗子がポストに入れに行って帰って見ると、良人の謙吉はすでに帰っていて、きょとんとした顔で座敷に坐っていたが、彼女の顔を見ると、心持ち極《きま》り悪げな顔をしたきりで黙っていた。

緋紗子もそのことについては一言も口を開かなかった。

二三日経つと謙吉から又手紙が来た。それにはこんなことが書いてあった。

愛する緋紗子よ。

何んというひどい返事だろう。僕はあの返事を見た時、頭から打ちのめされたような気がした（嘘《うそ》ばかり！　あの手紙を見た時、顔の筋一本動かさなかったじゃないか――と、思いながら緋紗子は

読んで行った）。然し僕は、あれが君の本心でないことを知っている。何んといおうとも、君はやっぱり僕を愛していてくれるのだ。ね、ね、そうだろう。お願いだ、どうかそうだといっておくれ。返事を待っている。早速書き寄来《よこ》しておくれ。

匆々

謙吉より

緋紗子は今度もぷっと吹出した。

「何んてお馬鹿さんだろう」

で彼女は今度も又、

「謙吉様、あたしは何といってもあなたが嫌いです！」

としか書かなかった。

然し緋紗子は、この機会を利用して何んとかして、ほんとうの心持ちを、ヒステリーでなしにいってみたいと思った。然しいざとなると、どうしても「あたしはあなたが嫌いです」とより他のことは書けないのだった。

間もなく謙吉から三度目の手紙が来た。

いとしい緋紗子よ。

何んというお前は頑固な女だろう。お前は一旦説を立てると、決して枉《ま》げない女だ。僕もそのよさはよく分かっている。然し今は別の場合だ。僕は神経衰弱になりそうだ。たった一筆でいいから、僕を愛していると書いておくれ、お願いだ。

謙吉より

緋紗子がその手紙を受取った時珍しく謙吉はうちに居《い》た。彼女は手紙を読み終ると、隣の部屋にいる謙吉の方をそっと盗み見たが、すると謙吉はさっきからこちらの様子を窺っていたらしく、あわてて眼を反らした。

その日は朝から緋紗子はひどく不機嫌だった。だからその手紙を見た時、急にヒステリーの発作がこみ上げて来そうになった。彼女はそれを引摑《ひっつか》んで、隣の部屋へ飛込み、それを良人の顔に投げつけてやりたかった。しかし、その時ふと彼女は別のことを思いついたのである。

四

それから一週間程して、彼女は三十枚ばかりの小説を書き上げた。その小説の筋というのは、無論彼等夫婦の生活と、最近初《はじ》まった奇妙な手紙の往復が中心になっているのだが、彼女はその中に夫に対する不満のありだけを書きならべ、そして、それを次《つ》ぎのような一節で結んだ。

――到頭《とうとう》彼女は、そんな馬鹿々々しい手紙の往復がたまらなくなって来た。良人がどうやら、その手紙の往復を子供のように享楽しているらしいのを見ると、彼女はたまらない憎悪を覚えた。たゞそれだけでも、別れなければならないと思った。するとそこに、良人からの四度目の手紙が来たのである。彼女は例によって、然し今度は、今までより遥かに力をこめて、

「ほんとうに、ほんとうにあなたが嫌いになりました。これが最後です。私たちは別れなければなりません」

と書いた。そしてそれをいつものポストへ投げこむと、その足で彼女は上野駅へ向ったのである

――

それが彼女の書いた小説の結末だった。

彼女はそれに、「夫婦書簡文」という題をつけた。さていいわすれたが、彼女の原稿はいつも一度良人の謙吉が清書をすることになっていた。それは清書という意味だけではなしに、一度彼の批評を受けたいと彼女は思っているのだった。

だから今度のような場合、良人がその原稿を読んだら、どんなに思うだろうと考えた。少しは反省するだろう。少しは自分の考えが分るだろうと思った。

そこでその原稿を書上げると、いつものようにそれを良人に渡して、

「大へん急いでいるんですから晩までに清書して、

清書が出来たら××社のほうへ速達で送っといて頂戴《ちょうだい》」

といつもの命令するような口調で言った。

謙吉は何気なくその題をながめたが、さすがにハッとしたらしく、ちらりと緋紗子の顔色を読む様に眼を挙げた。

緋紗子は原稿を手渡すと直《すぐ》そのまゝ家を飛出した。さすがにその原稿を夫が読んでいるそばには居《い》たゝまらなかった。

「ざまァ見ろだわ！　あの人のことだから、きっとひどく後悔してべそを掻《か》くように顔をしかめているに違いないわ」

緋紗子は風船のようにふわ〳〵街をあるきながら、そんなことをしきりに考えていた。少し良人をやっつけ過ぎたように思えて、時々可哀《かわい》そうに思えて来たり、後悔されて来たりするのだった。

「構うもんか、あんな意気地なし、あれくらい書いてやったって平気だわ」

然しさすがに気になるものだから、いつものように遅くまで遊んでいる気にはなれなかった。

彼女はいゝ頃合いを推しはかって、家へ帰ってみた。ところが彼女が少からず意外だったことには、謙吉の様子は以前とは少しも変っていなかった。

「お帰り、大へん早かったじゃないか」

却《かえ》ってそれには緋紗子の方が顔が熱くなるのを感じた。

どうしたのだろう？　良人はあの原稿を読まなかったのかしら？　そんな筈《はず》はない。しかし読んだとしたら、あの小説の中の意味の分らない筈はないんだけど――

緋紗子は不思議でならなかった。しかしそうかといって、口に出して聞くわけには行かず、いら〳〵しながら、お互いに腹の中を読み合っているように黙りこくったまゝ、不愉快な夜《よ》を過ごした。

ところが彼女が書いた小説がいよいよ雑誌××に発表された時である。彼女はくせで、自分の小説をいつも一番に読むのだが、何と驚いた事には、いつの間にやら彼女の「夫婦書簡文」という題が「弱い亭主」という題に変っているのだった。

そして彼女はそれを読んで行くうちに、所々彼女が書いたのと全く違っているのを発見した。おまけに、彼女がねらったところの終りというのは、全くひっくり返されてしまっていた。

——そして彼女は上野駅まで駆け着けた。然し、途々《みちみち》、とつおいつ考えているうちに、彼女の心臓はだん〱冷たくなって来るのだった。彼女は切符を買ったものゝどうしてもその汽車に乗る気にはなれなかった。汽車が早く出ればよい、早く出ればよい、そんな風に祈っているのだった。

「あゝ〱、弱い亭主には結局勝てないものだわ」

汽笛がピリッと鳴った時、彼女はほっと胸を撫《な》で下ろした。そして急に重荷を下ろしたようにそう呟《つぶや》いて微笑したのである。——

緋紗子は急にアハアハと笑い出した。

「ほんとうだわ、弱い亭主には勝てないわ！」

と彼女もまた良人が書き直したに違いないそれを読み終った時、重荷を下ろしたようにそう呟いた。

あ・てる・てえる・ふいるむ

「鳥渡《ちょっと》旅行をして来なければならないんだがね」

夕食の膳《ぜん》に向っている時であった。良人《おっと》の卓蔵《たくぞう》がふと思い出したようにそう言った時、折江《おりえ》はなにがなしにはっとして、口に入れかけた物をそのまゝに、ちらりと偸《ぬす》むように夫の顔を見上げた。卓蔵は恰度《ちょうど》女中からお代りを受取ろうとして手を伸《のば》したところだったが、折江の視線を受けると、ぎょくんと何物かに小突かれたように、周章《あわて》てその眼を他へ反らした。

「どちらの方へ？」

折江は茶碗《ちゃわん》と箸《はし》とを持った両手を、そのまゝ膝《ひざ》の上に置くと、今度は真正面から良人の眼を覗《のぞ》き込みながら、強《し》いて優しい頬笑《ほほえ》みを見せてそう言った。

「関西の方を廻らなければならないんだ。急に社の方に用事が出来てね」

「そう、行ってらっしゃいまし」

折江は静かにそう言うと鳥渡《ちょっと》首を項垂《うなだ》れた。

彼女は、何故《なぜ》もっと馴々《なれなれ》しく口を利く事が出来ないのだろう。何故もっと良人に甘える事が出来ないのだろう。今迄《まで》だと、社用の旅行の折にも無理にも駄々を捏《こ》ねて一緒に連れて行って貰《もら》っていたではないか、それだのに、何故今度に限って、それが言えないのだろう。――そう思うと彼女は、悲しくなるより、寧《むし》ろ自分自身を責めなければならないような気がした。然《しか》しそう言えば、良人にしても、いつもだと、

「折江、お前も行きたくはない？」

と揶揄《からかい》半分に言う筈《はず》だのに、今度に限って、寧ろ

反対に彼女の出鼻を挫《くじ》くような態度が見えている。一緒に行くと言い出されては困るが――、そう言った素振《そぶ》りが、言葉の端にもまざまざと見えている。

「何日位おかゝりになりますの？」

暫《しばら》くしてから折江は消入りそうな声でそう訊《たず》ねた。

「いや、そう長くはかゝらない心算《つもり》だ。何しろ東京の方も今急《いそ》がしい最中だからね、――それにしても一週間はかゝるだろうと思う」

折江はよっぽど、「あら嫌だわ、それじゃあたしも従《つ》いて行くわ」と、言おうかと思った。然しそんな事を言えば、一層不自然さが眼に立って、救えない空気をその場に醸し出しそうな気がしたので、彼女はわざと黙っていた。

自分も変っている。然し良人の方は自分以上に今迄とは変っている。第一今迄だと、旅行を言出《いいだ》すにもこんなに苦労をしなかった筈だ。寧ろ彼女の駄々を期待するように、そしてそれを焦《じ》らせて楽しむ為に、或《あ》る時は家へ帰って来るといきなりそれを切出したり、又そうでない時は、にやにやと、如何《いか》にも狡《ず》るそうな笑いを見せて、散々彼女を焦らせた揚句、やっと切出したりしたものだ。それが今度の場合は著しく変っている。夕飯の始まる前から、彼女には良人が何か言出そう言出そうとしている事がよく分っていた。それでいて、何時《いつ》迄たっても切出さなかったのが、何時《いつも》のように彼女を焦らせる事によって楽《たのし》もうという風では全然なかった。寧ろ全《まった》くその反対に、それを言出すのが如何《いか》にも恐しく億劫《おっくう》であるらしいのが、彼女にもよく分っていた。だから愈々《いよいよ》切出された瞬間、彼女にしても何時ものように無邪気に受止められなかった訳でもあった。

何時からこんな風になったのだろう、つい此《こ》の間までは、鴛鴦《おしどり》のようだと近所の人にも言われ折々訪れて来る両親からも「前の嫁よりも気に入っているらしい」と喜ばれていた自分たちだったのに――。

折江は卓蔵にとっては二度目の妻であった。彼の最初の妻というのは平常《ふだん》から体が弱かったが、二年程前にその転地先で死んだのである。噂《うわさ》によると変死だと言う話であったが、詳しい事情は彼女自身も知らなかった。折江の兄が卓蔵の友人であったので、彼女は前の細君が生きている頃から卓蔵とは時々顔を合す事があったが、当時の彼の細君というのには一度も会った事がなかった。時々卓蔵の口から、体の弱い事を聞いては気の毒に思うくらいで、そんなに親しくしているわけでもなかったので、見舞いに行った事もなかった。噂によると彼は大変その細君を愛しているのだという事だった。ところが彼女の死後、卓蔵が淋《さび》しさをまぎらす為に、しげ〳〵折江の兄を訪ねるようになり、折江の方では細君を失った彼に対する同情から、親しい言葉で慰《なぐさ》めたりしているうちに、何時しか二人はお互いの事を想うようになっていた。そうした愛は、折江の兄がふとした病気から突然亡くなった事によって急激に進んで、そして間もなく彼等は親類一同の同意を得て結婚したのである。

結婚の当初折江は時々、深い憂鬱《ゆううつ》に捉われている卓蔵を見る事があった。そうした時、彼女は直《す》ぐに良人が前の奥さんの事を考えているのだという事に気が附いたが、折江の性質としてそれは嫉妬《しっと》の種子となるより、寧ろ一層深い愛を彼に抱かせる動機になるのだった。卓蔵も間もなく、段々折江の明るい快活な性質の感化を受けて行ったものらしく、家の中の空気は日増しに明るくなって行きつゝあった。

それだのにどうして此の頃になって急に二人はこんなにお互いの肚《はら》の中を探合《さぐりあ》うようになったのだろう。——そう考えると忽《たちま》ち彼女は、この間の山の手館での事を思い出すのだった。それはあながち今に限った事ではなくて、此の頃始終彼女はその事を思い続けているのであった。こういう原因の分らない変な空気が家庭に入って来た最初の頃、彼女はふとその時の事を思い出した。

「あゝ、あれだ。あの活動写真だ」

彼女は思わずそう呟《つぶや》いた。

然しよく〳〵考えてみると、それは何の因縁《いわれ》もない事なので、彼女は直ぐにその考えを打消そうとした。然しそれは、夏の野の雑草のように、忘れようとすればする程、彼女の胸の中に、蔓《はびこ》って来るのである。

「そんな筈が」と打消す一方、ある訳の分らぬ忌《いま》わしい疑念が、益々《ますます》むく〳〵と彼女の想いの中に頭を擡《もた》げて来るのであった。それが何であるか、彼女にもはっきり正体を摑《つか》む事が出来なかった。然し、そうした疑念の影が深まって行くに従って、良人の面《おもて》にさした暗い影も、日毎《ひごと》に濃くなって行くような、気がしてならないのである。


　それは今から丁度一月程前の事であった。前にも言った通り、当時まだ鴛鴦のように仲のよかった夫婦は、ある晩いつものように手を引合って散歩に出たのである。彼等の住宅は渋谷にあったので、その晩も道玄坂を一廻りして、何処《どこ》かでお茶でも飲んで帰る心算《つもり》だった。卓蔵は前々から口数の少い方で、時々ふっと発作的に、恐ろしいほどに憂鬱になる方であったが、平常《ふだん》はそれ程でもなかった。折江はと言うと、彼女は唯《ただ》もう無邪気で、どちらかと言うと快活過ぎる程の女だったので、そうした散歩は、お天気さえよければ、一週間に二度や三度は必ずあった。

　その夜の事を、折江ははっきりと覚えているが、どうしたものか道玄坂の通《とおり》も妙に人が出ていないように思われた。尤《もっと》もそれは後になって、あゝした事が起ったので、それに結びつけて考える為に、何事も妙に淋しく、薄気味悪く思い出されるのかも知れない。それにしても何時もより淋しかった事は確かで、その時彼女は、

「どうしたんでしょう。妙に今夜は淋しいようね」

と卓蔵に言った程である。

「月曜だからだろう。それにしても成程《なるほど》、人出が少《すく》な過ぎるようだね。どうだ、お茶でも飲んで直ぐに帰ろうか」

　無邪気で快活な性質の折江は、何事に就《つ》けても淋しいというのは嫌いだった。折角《せっかく》賑《にぎや》かだと思って出て来た道玄坂が、すっかり淋れているので彼女は少からず失望した。良人の卓蔵は彼女のそういう気持ちをよく知っているので、慰める心算でそう言った

のである。

「えゝ」

後から思えば良人の言葉に従ってそのまゝ素直に帰って居《い》れば何事もなかったのである、然し折江は其の時何かしら妙に満足しないような気持ちだった。恰度その時、彼等は百軒店《ひゃっけんだな》の活動写真館の前を通っていたので、彼女はふと其《そ》の時の気まぐれから、

「あなた、活動写真を見ない？」

と言った。

「ふむ、見てもいゝけれど」

卓蔵も足を止めて、毒々しい絵看板を見上げた。

それはいつも日本のものばかりをやっている小屋で、その時も勤王美談何々といった風な時代物と、それからもう一つは現代劇と銘打って『古沼の秘密』という写真の看板が上っていた。

「鳥渡《ちょっと》見ましょうよ。詰《つま》らなければ直ぐ出るとして」

折江もその実、もうどうでもよかったけれど、強いて甘えるようにそう言った。卓蔵はそう言われると、彼もまたあまり気が進まなかったのだけれど、折江の気持ちに逆《さか》いたくなかったので、特等切符を二枚買って中へ入った。折江はその時までその小屋の名前も知らなかったくらいで、さすがに山の手だけあって、割に小綺麗な建物ではあったが、入は六分目しかなかった。殊《こと》に特等席には、椅子も少かったが、彼等二人の他には一人もいなかった。彼等が真暗な中を女給の懐中電気に案内されて程よい席に座を占めた時、映写幕《スクリーン》にはお添えものらしい西洋物の喜劇が写っていたが、間もなくそれが終ってぱあっと明《あか》く電気が附いた。

「随分淋しいのね」

折江は電気が点くと同時に、手にしていたプログラムを見ようとしたが、そのまえに平土間の客席に眼をやって、思わずそう呟いた。折江のそう言ったのも無理はない。客席には歯の抜けたように、ぽつり〳〵としか人影はなく、そしてそれ等《ら》の人々もお互いに何か話をしているのであろうが、それが妙にひそ〳〵としていて、高い所から見下していると、それが丁度虫のようにもく〳〵と動いているように

思われた。それに小屋がまだ新らしいと見えて、壁だの天井だのがいやに白っぽいのも、何かしら一層淋しさを誘うように思われて、寧ろ寒いぐらいの気持だった。

「出ようか、何だか寒いじゃないか」

卓蔵は余程《よほど》気が進まないらしく、折江の方を見てそう言ったが、折江は黙ってプログラムを読んでいた。丁度その時再び電気が消えて、其処《そこ》に『古沼の秘密』が始まったのである。

折江も卓蔵も、特別にその写真に興味を持つ因縁《いわれ》はなかったので、二人とも無関心な態度で映写幕《スクリーン》の方に目をやっていた。フィルムはもうかなり古いものと見えて、かなり痛んでいる上に、写真その物が妙に暗かったりして、見ていてもあまり愉快ではなかった。

場面は先《ま》ず東京のさる伯爵家の一室から始まって、其処に若い美しい耳隠しに結《ゆ》った令嬢が出て来る。筋というのは、その令嬢を取囲んでの、一種のお家騒動のようなものらしかったが、二巻目の終頃《おわり》に、その令嬢が悪党どもに誘拐《ゆうかい》されるところがあった。と思うと、其処から場面は急に信州に飛んで、令嬢はその辺のある一軒家に幽閉される事になるのである。其の辺から場面が急に美しくなったので、折江は見ているのに少し楽になった。本当に信州へロケーションに出かけたらしく、諏訪《すわ》の湖などがちょいちょい画面の一端に現れたりした。

「鳥渡《ちょっと》綺麗じゃないの？」

折江は何気なく良人の方を見てそう言いかけたが、その時彼女は、良人の様子が普通でないのにふと気が附いた。彼は少し上体を前に乗出すようにして、その眼は映写幕《スクリーン》に喰入るように見入っていた。しかも、呼吸《いき》を喘《はず》ませているらしく、肩が大きく波打っているのが見えた。

「あなた、どうなすったの？」

彼女はとがめるような口調でそう声をかけたが、すると卓蔵はふと我れに返ったように、周章《あわ》て姿勢を直すと向うを向いたまゝ、

「いや！」

と狼狽《ろうばい》したように言った。思いなしかその声が少し嗄《か》れていたように、後になって彼女には思われた。

「お体でもお悪いんじゃないの？」

「うゝん」

卓蔵はやはり彼女の方を振向こうとはしないで、映写幕《スクリーン》の方へ眼をやったまゝ、溜息《ためいき》を吐くような声でそう答えた。

折江もそれで仕方なしに再び写真の方に眼をやった。場面は相変らず信州の田舎で、都から追いかけて来た令嬢の恋人が、幽閉されている令嬢を救出《すくいだ》そうとして、盛んに活躍しているところで、別に面白くも何ともなかった。それだのに、良人はどうしてあんなに、息を喘《はずま》せる迄に熱心に見ていたのだろうか——。彼女は少し気になるのでそれからというものは、写真を見る合間々々にそっと良人の横顔を偸《ぬすみ》視《み》た。相変らず彼は魅入られたように凝《じ》っと映写幕《スクリーン》の方を見ているのであるが、その態度が何かしら唯《ただ》事《ごと》でないように彼女には思われた。

そうしているうちに、到頭あの事が起ったのである。彼女はずっと後まで、その時の事は忘れる事は出来なかった。その瞬間彼女は、良人は発狂したのに違いないと思ったくらいである。

場面は段々と進んで、例の青年は到頭令嬢をその幽閉されていた場所から救い出した。ところが悪党の方でも直ぐとそれに気が附いたとみえて、其処に日本物の活劇らしい追っかけが始まるのであるが、その時折江は、再び良人の上半身が段々前へせり出して行くのに気が附いたのである。彼の眼は活動小屋の暗闇《くらがり》の中にも、熱病患者の眼のように浮ずって見えた。その上に息使いが段々荒くなり、見ると彼の両手がしっかりと前の椅子の背を摑《つか》んでいるのである。無論、こんな下らない日本物の活劇の筋に、彼が夢中になるわけはなかった。従ってそんなに迄彼を緊張させるものは、何か他のものでなければならない。折江がそれを見届けようとして、写真の方へ眼をやった刹那《せつな》、其処には青年と数人の悪党との間に大格闘が始まり、令嬢は恐ろしそうに傍の崖《がけ》のようなところに身を避けた。すると場面は大写しとなって、令嬢とその背後の崖の一部分だけが映るのである。それは山崩れか何かで出来た崖らしく、石ころだの雑草だのの間に交って赤煉瓦《れんが》のようなものも混っていた。多分、西洋館のようなものが建っていた事もあるらしく、そうした活劇には誂向《あつらえむ》きの場面であった。ところが、この大写しが映った瞬間、愈々《いよいよ》体を前へせり出して、何か見究めようと焦っていたらしい卓蔵は、ふいに口の中で「あっ！」というような叫声を挙げたかと思うと、ぴょこりと椅子から立上った。

「あなた！　どうなすったの？」

折江もそれに続いて立上ると、辺《あたり》を忘れた声で思わず良人に縋《すが》りつくようにしてそう言った。それでも卓蔵は、まだ凝《じっ》と喰入るように映写幕《スクリーン》の方を見ていたが、見るとその額《ひたい》には玉のような汗がぶつ〳〵吹出しているのである。

「あなた、あなた」

と折江は二度程そう叫ぶと、良人の手を握って、それを揺《ゆす》ぶるようにした。その途端、彼女は良人の脈搏《みゃくはく》が著しく速くなっているのに気が附いた。しかも卓蔵はまだ放心したように映写幕《スクリーン》の方を見詰めているのである。

幸いにそれから以後、写真はあまり長くなかった。お定まりの目出度《めでた》し目出度しで筋を結ぶと、電気がぱあっと夜が明けたように点いた。卓蔵はそれで漸《ようや》く気が附いたように、でも、まだぼんやり折江の方を見たが、

「あゝ」

と世にも暗い、陰気な顔附きをした。折江はその顔が真蒼《まっさお》であるのに気が附いたのである。

「あなた、どうなすったの？　お気分でも悪いんじゃないの？」

そう言われて卓蔵は、その時初めて本当に気が附いたようであった。すると、彼はさっと眼の色を変えて、周章て額の汗を拭《ぬぐ》ったが、

「いや、何でもないんだ。帰ろう」

と言った。そうして偸《ぬす》むように折江の顔を見た。幸い特等席の周囲《まわり》には誰もいなかったので、彼等

の不思議な行動に気の附いた者は、一人もいなかったらしかった。折江は黙って良人の後に従ってその小屋を出たが、出る時彼女は初めてそれが山の手館という小屋である事を知ったのである。

途々《みちみち》彼等は一言も口を利かなかった。折江は聞いて見ようかどうしようかと迷ったが、どうしてもその言葉が口から出なかった。卓蔵の方も、それを聞かれる事が恐ろしいような風であった。こんな事は、彼等が結婚してからもう一年になるが、未《ま》だ一度もなかった事である。折江は前にも言ったように、どちらかと言えば、開《あけ》っぱなしな、無邪気な性質の女だったので、今迄そんな風に妙な遠慮をした事は一度もなかったのであるが、その夜だけは、妙に言葉が口から出そびれた。彼女は無言で良人の後に従いながら、今見た活動写真の事を様々に思い浮べてみた。殊《こと》に良人が椅子から立上った辺の場面を、記憶を辿《たど》って一つ一つ思出《おもいだ》してみたが、何処にどうと言って、良人を脅《おびや》かすような理由を発見する事は出来なかった。良人が立上ったのは、確かに、令嬢に扮した女優が大写しになった瞬間である。良人はあの女優を知っていたのであろうか。いや〱そんな事は考えられない。よし良人が彼女を知っていたとしても、それならば、彼女は映画の最初から出ているのだし、それ迄にも彼女の大写しは何度となく出ているのである。あの時になって初めて、あんなに驚く程ふいに気が附くとは思われない。とすれば何か他に良人の眼を惹《ひ》くものがあったのだろうか。然し折江は恰度その時分、映写幕《スクリーン》よりも良人の方により多く注意を惹かれていたので、その辺の場面は碌々《ろくろく》覚えてはいなかった。それにしても、良人や自分以外にも、あの活動小屋の中には幾十人、或《ある》いは幾百人という人がいたのだし、それ迄にだって何千何万という人間があの写真を見ているのであるが、それ等の人たちが平気で見ていたろう写真を、無論平気で見ているからこそ、あゝして上映を許されているのに違いないのであるが、良人は何を以《も》ってあんなに驚いたものであろうか——。

尤も折江がこんな風にまで突詰めて考えるように

なったのは、それから段々後になっての事であった。その夜はそれ程の事とも思わずに、彼女の方は間もなく日頃の無邪気さを取戻すことが出来たが、卓蔵の方は妙に陰気な顔附きをしていた。そして時々脅えたような眼附きで、折江の顔を偸視《ぬすみみ》したりするのであった。尤もそういう事は結婚の当初、かなり屢々《しばしば》あった事で、その当時彼女は、その眼附きを見る度に、何かしらはっとするような重さを身内に感じた事があった。

ところがその夜の事である。折江は枕を並べて寝ている卓蔵の呻声《うめきごえ》にふと眼を覚したのである。

「どうなすったの？　あなた……」

折江は起直ると急いで良人の胸に手を当てゝ揺起そうとした。然し彼は眼を覚すどころか、その反対に益々気味の悪い声を立てゝ呻《うめ》き始めた。その顔は折江の眼にもぞっとする程恐ろしく歪《ゆが》んで、額には先刻《さっき》活動小屋で見たと同じような玉の汗が一杯浮いていた。そして激しく両手を痙攣《けいれん》させながら、何かしらを一生懸命に払い退《の》けようとしているらしかった。

「あなた、あなた――」

折江は彼女自身悪夢に襲われたような無気味な恐ろしさで立上ると急いで消してあった電気のスイッチを捻《ひね》った。その途端、卓蔵はあっと言って起上ったが、折江の姿を見ると、恰度光を背に受けて立っていた彼女を、誰か他の者と間違えたものか、もう一度「ぎゃっ！」というような声を立て思わず後退《あとずさ》りした。

「あなた、あたしよ。どうなすったの。何か恐ろしい夢でも御覧になったの？」

折江は畳みかけるようにそう言って、良人の側にかけよってしっかりとその胸に抱きついた。彼女は何かなしに無性に悲しかった。良人が世にも可哀そうな人間のように思えて、思わず其処に泣伏《なきふ》したのである。卓蔵は漸く気が附いたように、

「折江、お前だったのか――」

そう言って暫くまた黙っていたが、軈《やが》て、

「もういゝよ。唯鳥渡《ただちょっと》恐ろしい夢を見ただけなんだ

から」

　と言ってまだ泣いている折江を傍《そば》に寝かしてその上に蒲団《ふとん》を掛けてやりながら、

「さあ、もう泣くんじゃない、お寝《やす》み」

　そう言って彼もまた蒲団の中にもぐり込んだが、大分《だいぶ》たってから彼はふと近江の方を向いて、

「折江、お前はいゝ女だ。無邪気な女だ」

　と歎声を洩《もら》すように唯《ただ》一言そう言った。折江はそれを聞くとまだ泣き続けながらもはっと体を固くした。

「お前はいゝ女だ。無邪気な女だ」

　そういう言葉を聞くのは今が初めてではなかった。結婚した当初、二人で差向いに話をしている折など、主人《おっと》の卓蔵は時々ふと意味の分らない憂鬱に陥る事があった。彼は疑うような探るような眼で、凝《じいっ》と折江の眼の中を覗込《のぞきこ》むのであるが、やがて悲しげに頭を振ると、あだかも溜息を吐くように、

「折江、お前はいゝ女だ。無邪気な女だ」

　と言うのであった。

　いゝ女だ、無邪気な女だ——それは文字通りにとれば彼女に対する讃辞に違いなかったが、折江は何かしらその言葉の裏に、全く別の意味がこめられているような気がした。何だろう、どういう意味だろう——、ひょいと裏をはぐって見れば出て来そうで、それでいてそれを突詰めて考えるのが恐ろしいような気がした。どうせ考えても分らないような気もするのだった。

　その日から良人の卓蔵が、もう以前の良人でなくなった事に折江は気が附いた。時々溜息を洩らしながら、凝と折江の顔を穴の開く程見ている事があるかと思うと、急に脅《おび》えたように辺《あたり》を見廻したりした。夜遅く誰か訪れて来ると、その跫音《あしおと》だけで、どきっとしたように跳上ったりする事があった。そうかと思うと居ても立ってもいられないように、部屋の中をぐる〳〵歩廻《あるきまわ》ったりするのだった。折江はそれを傍からはら〳〵としながらも、唯黙って見ているより他にはなかった。終《しま》いには到頭彼は、折江の顔を見るのさえ恐ろしいような様子さえ示すのであっ

た。折江はそれを誰にも言わなかったけれど、時々訪れて来る両親にも、それが分らない筈はなかった。

「卓蔵はこの頃どうかしているようだが、何か心配事でもあるのかい」

両親はそんな事を言って折江に訊ねるのだったが、彼女にしても、それに対して何と言って答える事が出来よう。彼女は唯黙っているより他に仕様がなかった。まさか取止めもない活動写真の話など出来る筈はなかった。

「お前も此《こ》の頃顔色が勝《すぐ》れないようだが、本当に何か心配事があるんなら、遠慮は要らないから打開《うちあ》けてお呉《く》れよ」

そういう気遣わしそうな問いに対しても、

「いゝえ、何もないんです。良人は少し働き過ぎたので、今鳥渡《ちょっと》神経が昂《たか》ぶっているだけなのです。このまゝ静かにして置いた方がいゝのです」

彼女はそう答えるより他に言方《いいかた》を知らなかった。

そうしてある日の事である。あの晩以来時々帰りの遅くなる卓蔵が、その夜も九時過ぎに帰って来た。彼は又何者かに追いかけられでもしたように、そわそわとした様子で表から帰って来たが、帰って来ると直ぐ床をとらせてその中へもぐり込んだ。折江は一人悲しげに、此の頃では言葉を交す事も稀《まれ》になったので、黙って良人の脱ぎ捨てた洋服を畳みかけたが、ふと思い出して懐中《ポケット》の中から手布《ハンカチ》や鼻紙を取出した。その時彼女はそれ等と一緒に取出された一枚の紙片にふと眼がついたのである。それは確かに活動写真のプログラムに違いなかった。彼女は忽ちこの間の事を思出したので、はっと息を飲込むと、周章てそれを披《ひろ》げて見た。然しそれはこの間の山の手館のものではなくて、大正館という彼女のまだ知らない小屋のものであった。彼女はそれに何かなしに安心して、何気なく裏を返して見たのであるが、其処に再び彼女は息を飲込むようなものを見たのである。

現代活劇

『古沼の秘密』　全六巻

やっぱりそうだったのだ。良人はやっぱりあの写真を見に行ったのだ。そう思うと彼女は、急に言知《いいし》れぬ恐怖を身内に感じた。自分の考えはやはり正しかったのである。此の頃の良人の怯《おそ》れは、やはりあの写真から来ているのだ――彼女は突然に何か真黒なものが覆いかぶさって来るような気がしたのである。

卓蔵が旅行に出たのは、それから三日目の事であった。

彼女は何かしら今度の旅行がよくない結果に終りそうな気がした。そして関西へ社用で行くのは嘘《うそ》で、何処か他のところへ行くのに違いないという気がした。他のところ――それは何故か信州に違いないような気もした。

卓蔵が送って来なくてもいゝと言うのに、だから彼女はどうしても駅まで従《つ》いて行かなければ承知が出来なかった。出来る事ならば、何処までも何処までも一緒に従いて行きたいとさえ思ったくらいである。

愈々《いよいよ》汽車が出ようとする時、折江は窓の側《そば》に寄り沿って、

「ねえ、なるべく早く帰って頂戴《ちょうだい》ね」

とたゞ一言そう言った。

然しその双《そう》の眼には一杯の涙が溢《あふ》れていて、卓蔵の側に乗っていた人が怪しむようにその二人を見較《みくら》べたくらいである。卓蔵も凝と妻の顔を見ていたが、その憔悴《しょうすい》した顔は、見る見る歪《ゆが》んで来た。彼は周章《あわて》て顔を反向《そむ》けたが、暫くすると何と思ったのか、急に窓から上半身を乗出すと、手を差伸べて辺に人がいるのも構わずに折江の手をしっかりと握った。

「心配する事はない、大丈夫だ」

と言った。それから何か言おうとして辺を見廻したが急に声を低くして、

「折江、どんな事があってもお前は驚いてはならないぞ、お前は無邪気でいゝ女なのだ、罪はこの俺にだけある」

その言葉に折江ははっとして良人の顔を見上げた。二人は暫く無言のまゝ顔を見合せていたが、やがて

卓蔵は耐《たま》らなくなったように手を離すと、汽車の中に引込んで了った。それきり彼は汽車が出て了うまで顔を見せなかったのである。

卓蔵がいなくなると、家の中は急に、がらんとしてしまった。駅から帰って来た折江は、一歩足を家の中へ踏入れた瞬間、何かしら不幸のあった家へやって来たような気がした。閉めきった良人の書斎へ入ると、薄暗い隅々から、眼に見えない恐ろしいものが、四方から彼女に襲いかゝって来るような気がした。彼女は其処に気抜けしたように坐りこんだまま、疲労と心配と悲哀に乱れた頭を以って、もう一度この間からの事を考えて見ようと思った。然しそれは、考えれば考える程彼女の頭を掻乱《かきみだ》すばかりで、何一つ整った考えは浮んで来なかった。唯一つ、此の間見た活動写真の、大写しになったあの場面がしつこくこびり附いていて、それが黐《とりもち》のように掻廻せば掻廻す程、益々絡まり縺《もつ》れて来るばかりであった。そして其処から莫然《ばくぜん》として不安と疑念がきざしはびこるのだった。

「罪はこの俺にだけあるのだ」

彼女は別れ際の良人の言葉を今まざまざと思い出した。良人に何か後暗《うしろぐら》い事でもあるのではなかろうか。あんなに恐れつゞけなければならない程のあやまちが、彼の過去にあるのではなかろうか。そういう考えは此の間から始終彼女に附纏《つきまと》っているのであるが、然し彼女はなるべくそう思いたくなかったので、今迄はそれを打消すようにと努めていた。然し今はもうそうではなかった。蓋《ふた》は到頭開かれた。そして其処にあったものは果して彼女の恐れていたと同じものである事に気が附いたのである。彼女は決してその罪の内容を考えようとは思わなかった。良人にどんな過失があるとしても、彼女は総《すべ》て許せるような気がした。

「あの人は決して悪い人ではない。どうしてどうしてあの人のような善人が、世にそう沢山ある筈はないではないか。あの人に若し何か過失があったとしても、それはあの人の知った事ではないのだ。そう言う事は唯《ただ》神様だけが知っていらっしゃる事なのだ」

その時彼女はふと卓子《テーブル》の上に放り出された一冊の古い日記帳に気が附いたのである。手に取ってみると、確かにそれは良人のものに違いなかった。卓蔵は一体手紙だの日記だのを家内の者が見る事を厳禁しているくらい嫌がっている男であるから、そうして日記帳が卓子《テーブル》の上に放り出してあるのは不思議だった。折江は暫く恐ろしいもののように凝とそれを見ていたが、やがて思いきってその一頁を開いて見た。それは年代から言ってかなり古いもので、前の細君の生きている頃のものであった。彼女は悪いと思いながら二三頁読んで見たが、別に変ったことも書いてないようだったので、安心して所々拾読《ひろいよ》みをして行った。ところがその終《おわり》の方になって、ふと折江という名前を発見したので、彼女はおやと思って、その辺から急に熱心に読出して行ったのである。それはまだ前の細君が生きていた頃の事だから、折江はまだそれ程卓蔵と親しくしていなかった筈だのに、彼女の名はかなり多く日記の上に現れていた。しかもそれが普通の書方とは違っているので、折江は怪しく胸を慄わせながら読んで行ったが、その最後の頁へ来た時、彼女ははっと思わず息を内へ引いた。其処にはこんな事が書いてあるのである。

今日は到頭たしかめた。折江もやっぱり僕を愛していて呉れるのだ。彼女は言った。

「でもあなたにはいゝ奥さまがおありじゃありませんか」

と。僕は今日一日その言葉を心の中で繰返した。よし明日は愈々信州へ転地している妻の許《もと》へ行こう。

折江はそれだけの文字を、凡《およ》そ十分間程凝視していた。ふいは彼女には何も彼も分ったような気がした。彼女にはそんな事を言ったか言わなかったか思い出せなかったが、今更それを考えてみる必要はなかった。

「でもあなたにはいゝ奥さんがおありじゃありませんか」

彼女自身、その言葉の裏にある恐ろしい意味に気が附いて愕然《がくぜん》としたのである。それは話す者と聞く者との間にひょいと入りこんだ恐ろしい悪魔の仕業だ。信州——信州——と、無意味にそう呟いていた彼女の眼前には、突然、この間の崖ぶちの光景がありありと現れて来たのである。其の崖の上を一人の男と一人の女が歩いていた。二人の人影はのろ〳〵と何か話し続けながらその崖のところまで来たが、其処で男の方がふと足を止めて女に何か話しかけた。女は病み上りと見えて影のように瘦《や》せ細っていたが、男に呼びとめられると同じように足を止めた。彼等は二言三言何か話していたが、女はその間絶えずにこ〳〵と笑っていた。

突然男の顔に恐ろしい形相が浮んだ。彼は向うを向いて立っている女の首筋を凝と見ていたが、矢庭《やにわ》に猿臂《えんび》を伸すと、その細い首をしっかりと両手で摑まえた。それはあっという瞬間の出来事で、女は抵抗する暇もなく、間もなくぐったりと男の両手の中に倒れかゝるように倚《もた》れかゝった。男はそれでも尚《なお》摑んだ手を離そうとはせずに、真蒼《まっさお》な顔をしてぎろりと辺を見廻した。折江はその男がこう言っているのをはっきり見たのである。

「お前が殺せと言ったのだ。お前の言葉を俺は俺流に解釈したのだ。お前も俺と同罪だ。いやいや、お前の方が俺よりは罪が重いのだぞ」

折江はふいに椅子から立上ると恐ろしい声で何事かを叫んだ。無論それは意味をなさない一種の悲鳴に過ぎなかった。彼女は何物かを摑まえようとするかのように、両手を差しのべてしばらく藻掻《もが》いていたが、もう一度はっきり彼女は、

「でもあなたには奥さんがおありじゃありませんか」

という言葉を思い出した。その途端四方の壁が自分の上に倒れかゝって来るのを覚えた。と思うと、全身の血汐《ちしお》が凍えるような息苦しさを覚え、激しい吐気と共に、辺が真暗になって来た。

物音に驚いた女中が駈着けた時、彼女は床の上に打倒れ、嚙《か》みしめた唇の間からは粘っこい液体がどく〳〵と流出《ながれだ》していた。

卓蔵が崖から顚落《てんらく》して危篤だという電報が信州の病院から着いたのはその翌朝の事である。そして相継いで起ったこの一家の悲惨な出来事に就いて、本当の事を知っている者は一人もなかったのである。

『古沼の秘密』という映画の上に残されたあの恐ろしい怪異が発見されたのは、それから又半年程経ってからの事である。

それは当時新聞にも盛んに書立てられ、かなり世間を騒がせた事件であるから、読者諸君の中にもまだ御記憶の方もあるだろう。此処《ここ》にはその概略を掻《かい》抓《つま》んで話して置く。

それは九州のある地方でその映画が上映されていた時である。田舎の事とて観客の数はあまり多い方ではなかったが、その中に混ってそれを見ていた一人の少年が、例の大写しの場所まで来た時、何と思ったのか突然立上って叫んだ。

「やあ！　あんな所に人の手が覗いている！」

人々はそれが何を意味しているのかよく分らなかったので、口々にその少年を制した。少年はそれでもまだ止《やめ》ようとせずに益々大声に叫出《さけびだ》した。

「人間の手だ、人間の手だ、彼処《あそこ》にきっと人が埋《うず》まっているのだ！」

後になってその場に居合せた一人に聞くと、それは恰《あたか》も悪夢のように恐ろしい光景だったという。人が埋まっている！　と少年が叫んだ瞬間、今まで彼を制していた人々も一斉に少年の指差した方を眺めた。然し其処にはぼやけたフィルムが映っているばかりで、彼等の眼には何も探出《さがしだ》す事は出来なかった。しかも場内は森《しん》と静まり返《か》えり、各々固唾《かたず》を飲みながら、フィルムと少年を交《かわ》る交《がわ》る眺めていた。少年は突然何を思ったのか、急いで椅子を離れると、ぱた〳〵と表へ駆出したが、其処に掲げてあるスチルの前へ走って行った。其処には他の様々な場面と一緒に、例の大写しの場面も掲げてあるのだが、少年は直ちにその前へ駆寄った。

「ある、ある！」と彼は叫んだ。「やっぱり人の手だ。こんな所から人の手が覗いているのを誰も気が附かないのか」

　少年の周囲には、彼を追駆けて飛出して来た、観客だの、通《とお》がかりの男だの、女給だのが首を集めていたが、そう言いながら少年の指差した一点を注視した途端、彼等の顔は一斉に真蒼になった。成程《なるほど》そう言われてよく注意して見ると、崖の中腹の雑草の間から、まぎれもなく人の指が、五本だらりと覗いているのである。丁度それは、雑草が殊に密生している場所なので、余程注意して見なければ気が附かなかったが、疑いもなく人間の手に違いなかった。

「誰か埋められているのだ」

「殺されたのかしら？」

　人々は白昼の悪夢に憑《つ》かれたように真蒼になりながら口々にそう呟いた。そんな所に手だけが生える訳はなかったから、まさしく其処に何人《なんぴと》かゞ埋められているに違いなかった。

　騒ぎは直ぐに大きくなり、フィルムは警察に没収された。そしてそれを製作した映画会社の関係者たちは召喚され訊問《じんもん》されたが、無論誰一人それを知っている者はなかった。彼等は夢にもそんな恐ろしい事に気が附かず、偶然にその場所をロケーションに選んだに過ぎないのである。彼等を取調べる事によって判明した現場は、直ぐに人を派して発掘されたが、果して其処からは一箇の白骨が発見されたのである。鑑定の結果それが二十四五歳の女子である事は分ったが、長い間埋没していた事とて、彼女の素《す》性《じょう》を知るよすがともなるべき証拠は、何一つ発見されなかったのである。誰がそれを卓蔵夫婦の悲惨な最期《さいご》と結びつけて考え得る者があるだろうか。かくして事件は迷宮に入ったまゝ葬られようとしているのである。

　唯此処に最も不思議なのは、それが撮影されたのは、凡そ二年半あまり昔の事であり、以来日本全国の常設館に絶えず上映され、幾千人、幾万人の人の眼に触れていた筈であるのに、その少年が発見する迄唯一人それに気が附かなかった事である。それが分らないと言って、当時新聞では大分騒いだようである。

角男《つのおとこ》

数年前のことです。『清朝《しんちょう》王族の失踪《しっそう》』として、日本国中を騒がせた、世にも奇妙な事件が大阪に起こったことがあります。記憶のいゝ読者諸君のうちには、多分まだ覚えていられる方もあるだろうと思いますが、なお念のために、一応その事件について、簡単ながら説明して置こうと思います。というのが、私がこれからお話しようとする、この世の外《ほか》にでもありそうな物語というのが、実はこの大事件に、並々ならぬ因果関係を持っているのです。

あれは大正×年のことでしたか、その年の六月三日の朝、大阪の××ホテルに、突然清朝王族の一人、宣統帝《せんとうてい》の従兄弟《いとこ》と称する支那《シナ》の貴族が来宿しました。不思議なことには、いかに革命のために落魄《らくはく》しているとはいえ、あんなにも栄華を誇っていた中国王族の後裔《こうえい》だというのに、従者といえばたった二人、至って質素な一行でありました。

尤《もっと》も、その従者の中の一人の常に主人のそばに附きゝっている男のいうのには、この来朝は全《まった》く御微《ごび》行《こう》であって、まだ支那の公使館へも伝えていないくらいだから、そのつもりでいてくれということでした。

ホテルの方では、最近革命騒ぎの喧《やかま》しい折から、そんな支那貴族などを泊めて置いてもよいものかどうか、少からず迷ったようでしたが、なにしろ名にし負う大金持ちの支那貴族のことですから、その方でつい欲に転んでしまったわけでした。

成《な》る程《ほど》、そういえばそれは支那の貴族に違いありませんでした。でなければ、どうしてあんなに馬鹿々々しい金の使いようが出来るものではありません。その後ホテルから警察の方へ差出した明細書によると、主従三人、しかもたった五日の滞在だというのに、一万数千円の金を使っているのです。一体、どういう風にして、そんな馬鹿々々しい金使いが出来たのか、それはこの物語の本筋とあまり関係がありませんので省略いたしますが、とも角《かく》、それは何といっても王族の末《すえ》らしい、世にも鷹揚《おうよう》な、そして世にも気高い金使いだったらしいのです。彼等はホテルの二階を全部買切って、そこでいかにものんびりとした、いかにも支那の貴族らしい生活を楽しんでいました。支払いなども、最初の日、帳場へ差出した一万円の他に、毎日々々、幾《いく》らかの金をホテル中へ振りまくことを忘れませんでした。そうして五日間は、何の変哲もなく打過《うちす》ぎました。そしてそこに突然、あの不思議な事件が起ったのです。

というのは、そうです、たしかに六月七日の夕刻でした。彼等の一行は奈良を見物して来るといって宿を出たのです。そして×××ホテルにいる何十人という人間が、その支那王族の一行を見たのはそれが最後でした。

というのが、彼等はそれっきり、まるで霧か霞《かすみ》のように消えてしまったのです。全くそれは奇跡的な失踪でした。ホテル側から懸念を抱いて警察へ届出たのが、それから五日程の事でしたが、たったその五日の間に、彼等はすべての足跡を打消して、美事にこの世から消え去ってしまったのです。警察側の全国的の捜索にもかゝわらず、遂に彼等の行方を突《つき》止《と》めることは出来ませんでした。殺されたのか、自殺したのか、しかしそれらしい様子さえ毛頭ないのです。

ところが、こゝに最もこの事件の奇妙な点は、その後一ケ月ばかりして、支那本国、その他諸所方々へ照会してみたところが、彼等が支那の貴族とは全くの詐《いつわ》りであることが分りました。宣統帝その他、帝の周囲にいる人々の言葉によってみても、彼等が何者であったかは、全然突止めることは出来ませんでした。

では、一体何のために、彼等がそんな詐称《さしょう》を敢《あえ》てしたのか、何か大々的な詐欺がそこに行われているのではなかろうか、しかし綿密な調査の結果、それらしい跡も全然なく、ホテルへの支払いさえ、普通以上に立派に払ってあるのです。

何のために、一体何者があんな馬鹿々々しい真似《まね》をしたのか。唯《ただ》分っているのは、王族と自称していた男が、年の頃なら三十五六、いかにも支那の貴族らしい風采なり容貌なりを具《そな》えていたということだけでした。

さて、ではいよ〳〵これから私の物語の本題に入りましょうか。


それは前に述べた事件より丁度二週間程前のことでした。それより少し以前まで、上海《シャンハイ》のさる商館に勤めていた私は、その商館の没落に伴って職を失い、後三年ほども、支那の諸所方々をさまよっていたのですが、その挙句が再び生れ故郷の大阪に舞戻って来ることになったのです。大阪へ帰ったからとて、しかしそんなにまで流浪癖《るろうへき》の身に浸みたこの私に、何の職が見つかりましょう。全く尾羽打枯《おはうちか》らしてしまった私は、毎日々々を、方々のカフェーなどで暮すより他はなかったのです。

カフェーなどといっても酒を飲むでもなく、女給をからかうでもなく、(どうしてまあ私にそんな余裕がありましょうか。)たった一杯のコーヒーを、出来るだけ長くかゝって飲むことに苦心していたのです。それは実にやるせない、しかし一方からいえば、それが私の性分に合っているのでしょうか、ある一種の懐しさを感じさせるような生活でした。

それにしても、大阪という都は、私のような人間にとって、なんという有難いところでしょう。そこには終夜運転の電車があります。そこには終夜営業のカフェーが至るところにあります。そしてどこのカフェーでも、この尾羽打枯らした私を決して軽蔑しようとはしないのです。私はどこのカフェーにも、いつの間にか私のものと極《きま》った一つのテーブルを持っていて、そこで懐しい倦怠《けんたい》を心ゆくまで味わうことが出来るのでした。

そうしたカフェー行脚《あんぎゃ》の生活が、凡《およ》そ二月《つき》あまりも続いたことでしょうか。その時分から私はふと、いつも私と同じように、諸所方々のカフェーへ出入りする男を発見したのです。最初のうち私の方では気附かなかったのですが、相手の方では、早くから気が附いていたのに違いありません。

ある時、千日前《せんにちまえ》附近のカフェーでいつものように一人ぽつねんとコーヒーを啜《すす》っていた時の事です。その男の方からふいに声をかけたのです。

「おや、又出あいましたね」

私は黙って相手の顔を見ていました。

「この頃、ちょい〳〵方々でお眼にかゝりますが、あなたもやっぱり……」

と、そう後の方を口の中で消してしまって、にやにやしながら私の顔を見ています。

「えゝ」と私は聞えるか聞えぬかの返事をして軽く頭を下げました。

その時が最初で、それからというものは、あちこちのカフェーで出逢うたびに、二言三言話を交すようになりました。それが段々進むに従って、到頭《とうとう》私は自分の身の上話を打開《うちあ》けるまでになってしまったのです。

「すると、支那語はよほどお出来になるでしょうね」

と、彼は少し体を乗出すようにしてそう聞きます。

「えゝ、それだけですがね」

「お話になれますか」

「まあ、大抵の支那人に負けぬくらい……」

相手はしばらく天井を見て何か考えていました。そうしていると、元来あまり若くなく、そう、年はもう四十に近い頃でしょうか、頭が少し禿《は》げかゝって、顔が金属のようにすべすべしているのですが、そうして、天井を見ている所を顎《あご》の方から見ていると、丁度蟇《がま》が何かを覘《ねら》っているところのようにも見えるのです。

「あなた」と突然下を向くと、彼はそういいました。

「一儲《ひともう》けしようという考えはありませんか?」

「いゝですね。しかし、僕みたいなものにでも、何か仕事がありましょうかしら？」

「こゝに一つあるんですがね」と、そういってから彼は私の顔をぐっと真正面に見据え、「たゞし、少し秘密の仕事なので絶対に他言をして貰《もら》っては困りますが……」

「そりゃもう……法に触れないことなら」

といって、そこで私は又忙《あわ》て附加えました。

「尤《もっと》も、少々ぐらい法に触れるようなことでも平気ですがね」

するとと男はにやりと笑いながら、

「いや、その点は大丈夫です、実は」と彼は一層体を乗出して、「私がこうして毎日カフェーへ入浸《いりびた》りになっているのも、あなたみたいな人を探すのが目的でしてね。その仕事というのは……」

と、そこで彼がいったのは、最近この大阪へ支那のさる貴族がやって来ることになっているのだが、それの召使いとして、適当な支那人が欲しいのだが、支那人という奴は気心が知れないから十分に支那人になり切り得る日本人がほしいのだというような事でした。

「で、期間は五日間なのですが、報酬としては五百円出します。無論その貴族と一緒にホテルに投宿するのだから、食費など一切要りません。いや、それどころか、支那貴族の召使いとして、どんな栄華でも出来るのですがね」

私は何だか狐《きつね》につまゝれたような気持ちでした。あまり話がうま過ぎてどこまで信用していゝのか分りません。しかし、その当時の私といえば、長い間のだらしない生活のために、いつの間にか全くこの世の常識とはかけ離れた空想を持つようになっていたのでしょう。読者諸君が考えるほども不思議な気持ちではありませんでした。

「よろしい。では一つやらせて戴《いただ》きましょう。しかし」と、私は念を押すように、

「報酬の方は間違いないでしょうね」

「いや、その点保証します。何なら先に払ってもいいのです」

そして、その奇妙な取引が成立《なりた》ったのです。

こゝまで書けば、読者諸君は、あの清朝王族の失踪事件に、この私が並々ならぬ関係を持っていることをお覚りになったことと思います。そうです。あの時召使いの一人として振舞っていた支那人こそ、かくいう私なのです。そしてもう一人の侍従というのが、私にこの仕事を与えてくれたあの男なのでした。

しかし、もう一人肝腎《かんじん》の、あの支那貴族と名乗っていた男、あの男の正体は？　それはこの私にも全く分っていなかったのです。私はその男と口をきいたことすらありません。彼はいつも黙々と、そして時には悲しげにさえ見える眼差《まなざ》しで、あの五日間というもの、いつもホテルの一室で、贅沢《ぜいたく》な葉巻をくゆらしていました。後から考えてみると、その男の正体を知られないためにあの二人は極力注意を払っていたようでした。そしてあの問題になった失踪の瞬間もそうです。私は突然一人おっぽり出されてしまったのです。尤もそのことは予《あらかじ》め話のあったことですから、かねて覚悟はしていたものゝ、実に美事な雲隠れを、世間へ対してばかりではなくこの私にまで演じたのです。それらの手段についてこゝに管々《くだくだ》しく言うことは避けますが、汽車が大阪駅を出た瞬間から、私は彼等と離れ〳〵になりました。尤も約束の金はそれ以前にすでに貰っていたのですから、私にとってはそれは何の損失もないことでしたが、それにしても世間と同じような疑問を、その事件の中に一役演じているこの私にさえ残していったのです。

そして、つい最近の機会まで、私は何事を知ることもなく打過ぎたのでした。

ところが、今から一週間ばかり前のことです。あの事件から数えてみれば六年後の今日になって、私は偶然のことから、到頭あの事件の真相を知ることが出来ました。それは世間の疑っていたように、忌わしい犯罪事件ではなかった代りに、それは世にも不思議な真相だったのです。

その日私は、——あれ以来職にありつくことは出来ましたが、長い間の習癖で相変らずだらしない生活を送って来たのでしたが——ふとした気まぐれから新世界に出ている小さな見世物小屋へ入って行ったのです。それはよく縁日の見世物などに出る、あの角男《つのおとこ》の見世物でした。

体中に一寸乃至《ないし》二寸の角みたいな物の生えている、見るからに醜悪《しゅうあく》な男の見世物で、その時私の入ったのもその一つでした。そこには一人の口上《こうじょう》いいがついていて、

「可哀《かわい》そうなはこの子でござい——」

といった口調で、いかにも女子供の同情をそゝるようなことをしゃべっていました。ところが、一目その男を見た刹那《せつな》、私は思わずはっとしました。それは実に、あの事件の時、侍従を勤めていた、そして毎日のように私とカフェーで出あったあの男ではありませんか。

しかし、それよりももっともっと私を驚かせたのはそこにいる角男です。体中の角と、世にも奇怪な扮装とで何気なく見ていれば全く気が附かなかったでしょうが、紛《まご》う方《かた》なくその角男こそ、あの清朝王族の一人だと名乗っていた当の本人に違いないのです。

あまりの驚きに、私が思わずあっと声を立てると、相手の方でもそれと気が附いたに違いありません。二人とも顔色を変えて狼狽《ろうばい》したように、今にも逃出《にげだ》しそうな風をしました。然《しか》し、逃げたとてもうおよびもつかぬことに気が附いたのでしょう。口上をいっていた方の男が、私の側《そば》によって来ると、小さい声で囁《ささや》きました。

「暫《しばら》く待っていて下さい。今すぐに体がすきますから——」

そしてその夜ある料理屋の奥まった一室で私は初めて彼らの口から不思議な真相を聞いたのです。口上いいと角男——しかし角男とは全くの偽りで、彼は完全な肉体を持った、立派な若者でありました。——とを前に置いて私は口上いいの男から、その不思議な物語りを聞いたのです。

「こゝにいるこれは（と彼は角男を指して）実は私の弟なのです。私たちはこれが幼い時分から、こんな不思議な商売を続けて参りました。可哀そうなのはこの男で、小さい時からこんな商売をしているおかげで、全く世間の楽《たの》しみというものからかけ離れて育って来ました。これがいうのです。『兄さん、私も人間と生れたからには、一生に一度でいゝから、人の真似の出来ないような贅沢がしてみたい。それさえ出来れば、あとの一生は棒に振って、死ぬまで角男になってかせいでも結構です。お願いですから、たった一度でいゝ、私に贅沢をさせて下さい』――。無理もないことです。生れてこの方、人の世の楽みというものを全く知らず、人並の体を持ちながら、あさましい振りをして世間の物嗤《ものわら》いの種になっているのですもの。さいわいこうして身を落しているおかげで、私たちには世間で思っているよりもお金が出来ていましたが、それ以来というものは、専心金を貯めることに腐心いたしました。そうして出来たのが、あの一万八千円という金なのです。それだけあれば生涯食って行くことも出来ます。この仕事から足を洗って立派な女房をこれに貰ってやることも出来ます。しかし、これは何《な》んといっても聞きませんでした。そしてたった五日で私たちはその金を、美事に煙にしてしまったのです。笑って下すっちゃいけません。弟はそれでも、すっかり満足しているのですから。いずれ私たちは生涯こうして、あさましい商売を続けることでしょう。しかし、今に又金が出来たら――その時、私たちは又、あゝした生活をしてみようと思っているのです。少くとも死ぬまでにもう一度だけ……」

川越雄作の不思議な旅館

何時《いつ》、何処《どこ》で、どうしたきっかけからあの男と懇意になったのか、今私は、どう考えてみても思出《おもいだ》せないのである。何しろあの頃からはもう八九年も経つ事だし、それに当時私は自分自身のその日その夜《よ》に、一々心痛して暮さなければならなかった体でもあった。何時とはなしに心易くなり、何時とはなしに別れて行ったその友の事など、今考えて見て思出せないのも無理ではないのである。

現に私は、今から丁度半年以前、突然彼から一通の書面を受け取った時でも、封筒に書いてある名前を見ただけでは、どうしてもそれが誰であるか思出せなかった程だ。

「川越雄作《かわごえゆうさく》——？　はてな、誰だっけな」

私はそう小首をかしげながら封を切ったのであるが、中の文面を読むに及んで、初めて、

「あゝ、あの男か！」と膝《ひざ》を打って叫んだくらいである。

川越雄作！　実にそれは八年振りの音信《いんしん》であった。私は今更のように、つくぐ〵と彼の美しい筆跡に見《み》惚《と》れながら、さて改めて最初からもう一度その手紙を読直《よみなお》してみたのだが、読んで行くうちに知らず識《し》らず遠い昔の事を思出されて、思わずも私は詩人のような感慨に耽《ふけ》ったのであった。

それはそのつい二三か月以前、ある雑誌社から頼まれて、「浅草の思出《おもいで》」という雑文を書いた時に、私は特に一番懐かしいものとしてあの廻転木馬の事を一章書加《かきくわ》えて置いた。そして私の貧困時代に、屡々《しばしば》共に木馬に乗りに行った名を忘れた友の事をも

次手《ついで》に書入れて、彼は今、何処でどうしているだろうというような感慨を洩《も》らして置いたのである。言う迄《まで》もなく、その名を忘れた友というのは川越雄作の事を指すのであるが、その雑文を書いた当時、私は前にも言った通りすっかり彼の名を忘れて了《しま》っていたので、仮りにA君と書いて置いたのだった。その時川越雄作が寄来《よこ》した手紙というのは、無論私のその一文を読んだ彼がはからずも私の事を思い出したに他ならなかった。「山名耕市《やまなこういち》君。御無沙汰」とその手紙は始まるのであった。

「その後は益々《ますます》お盛んでお目出度《めでと》う。一度お便りをしようと思っていたのだが、君の隆々たる盛名を見るにつけ、つい億劫《おっくう》になって今迄控えていた。ところが最近君の書いた『浅草の思出』という雑文を、読んで、僕は急に君が懐かしくなったのだ。山名耕市君」と其処《そこ》で彼は二つの感嘆詞を使っているのである。「我々は最早《もはや》三十を幾《いく》つか過ぎる年頃になった。そして我々が貧困時代に言い言いした、せめて毎日の生活を心配なく送りたいものだという理想を君は立派に実現したようである。そしてかく言う私も……。然《しか》し山名耕市君。今我々はかく、その日その日の生活の糧《かて》に頭を悩ます事はなくなったが、さてこの現在はあの当時より幸福であるかと問われたら、君ははっきり然りと答える事が出来るであろうか。いやいや、君はそれに答える前におそらく数分間躊躇《ちゅうちょ》を要するだろう。そしてその揚句の果てには、ことばを濁して逃出《にげだ》す事に違いない。山名耕市君。我々はどうやら曲りなりにもあの当時の夢を実現させたようだ。しかし今になって我々は却《かえ》ってあの当時の方を夢のように懐しがっていはしまいか。君の『浅草の思出』を読んで、こうした心持ちは唯《ただ》僕一人のものだけではない事を知った。若《も》し君のあの一文が君のほんとうの心持ちであるならば、君よ、暫《しばら》くこの僕に期待して呉《く》れ給え。今僕はある奇妙な計画を進めつつあるのだ。それは単に僕一人のみの計画だったけれど、君のあの一文を読んでから、急に、君にもその夢を頒《わか》ちたくなった。山名耕市君。君はこの手紙のあまりの突然さに信を置くことに躊躇するかも知れない。然しこの僕を信頼して呉れ給え。近き将来に於《お》いて君は、僕よりの奇妙な招待状を受けるだろう。その時、君は是非《ぜひ》ともその招待に応じなければならないよ。僕は決して君を失望させないつもりだ。ではいずれ又」

川越雄作の突然な手紙は、その突然さと同じように、終りに於ても突然切れているのである。私はその手紙から、彼が今何を以《も》って身を立てゝいるのか、第一何処に住んでいるのかさえ知る事が出来なかった。尤《もっと》もその文面中に、彼も亦《また》その日その日の糧を心配しなくても済む程度に成功した事を仄《ほの》めかしてあるし、そして、彼自身の口から言うくらいであるから、それは可成《かな》りの成功に違いないのであるけれど、それが一体どういう種類のものであるか、私には少しも想像する事が出来ないのだった。いや〳〵、それにも増して、彼が私に頒ち与えようという夢は、一体どんな事であるか。——

然しこの手紙全体から言うならば、これは充分私の胸を突くものであった。そうだ。私は今年三十二歳である。そして三十歳の少し前から書出した小説が、どうやら世間に迎えられて、現在では、川越雄作と交際していた時分とは幾分違った生活を生活する事が出来る状態にある。然し、彼が賢くも指摘したとおり、現在の私が、あの当時の自分より幸福であるかと訊《たず》ねられたら、恐らく私はその答えに窮する事だろう。といって、今の私を、あの当時に返《か》えしてやろうという魔術師があったら、無論私は、尻《しっ》尾《ぽ》を巻いて逃出すに違いなのだが。……

ではその当時、私はどんな生活をしていたのか、私は此処《ここ》でその事を一寸《ちょっと》述べて置こうと思う。これは川越雄作という人物を紹介する上にも便利だし、それにこの物語全体にも関係を持っている事だから。

当時私は二十五歳だった。三界《さんがい》に家なしというのは、真《しん》にあの当時の私の事だったに違いない。中学を出て間もなく勤始《つとめはじ》めたさる会社が、戦争後の不景気から潰《つぶ》れて了って、私は全《まった》くの身体《からだ》一つでこの社会へ放出《ほうりだ》されたのであった。最早私は、二度と真面《まじ》目《め》な勤めをしようという意志は持たなかったし、よし持っていたところで、中学を卒《お》えたばかりの私を、しかも、それも学校を出て四五年経っている私を雇って呉れる会社は何処にもなかった。幸い当時下谷《したや》に、伯母《おば》の一家が住んでいたので、私は其処へ転込《ころがりこ》んで半年程糊塗《こと》していたが、間もなくそれも、伯父《おじ》の都合から地方へ転任する事になったので、私はこの東京に全くおっ放《ぽ》り出されたも同様だった。今考えて見ても、当時の私が、何を以って生活していたか、不思議に思うくらいである。

尤も中学を出て、会社へ入る迄の間に慰《なぐさ》みにやっていた探偵小説の翻訳が、一度売れた事があるのを思出して、ある時古い外国雑誌の中から三四篇、百三十枚ばかり翻訳して、それを同じ雑誌社へ送って置いたところが、それが全部採用される事になった上に、他に面白いものがあったらもっと翻訳して呉れというような注文であった。然しこれとても、私がそれ程臆病でなくて、そうした機会に雑誌社のその手紙を呉れた人を訪問する勇気を持っていたら、細々ながら生活の足しにはなったに違いない。然し、私にはそれが出来ないのだった。言われるまゝに、横浜あたりから古雑誌を見附けて来ては読漁《よみあさ》るのだけれど、それが十冊に一篇とか、十五冊に一篇とか翻訳するに足る読物はないのだ。「あゝ、外国人はどうしてこんな下らないものを面白がって読んでいるのだろう」と私自身が歎息と共に雑誌を投出すくらいであったから、無論それは稀《たま》にしか仕事にならないのであった。

然し、それにしても、私には全然仕事がないのではなかった。ところが一方川越雄作は？　私は当時彼が何を以ってこの世に活《い》きていたのか知らない。彼はいつでも私よりいっそう貧乏であった。私の稀《たま》の翻訳が売れると、彼は暫く私と行動を共にしていた。そしてその金がなくなると、彼は何処へともなしに飄然《ひょうぜん》と行方をくらますのだった。そうだ。私はまだ、どうして彼と心易くなったかを言って置かなかったようだ。

当時私は、伯母の家があった近所の筑陽館《ちくようかん》という下宿の一室を借りていたのだが、前にも言ったような乏しい収入の他に何物も持たなかった私であるから、勢い毎月の下宿料が滞りなく払えることは稀《ま》れであった。私はそういう下宿に、口でこそ言わないが、顔を合せる度に金の事を言い出しそうな宿の主婦や女中の顔を見るのが恐ろしくて、毎日のように外出するのであった。然し、外へ出たとて、友達というものを一人として持たない私に、何処に行くところがあろう。上野と浅草の他に。

だから私は、毎日交《かわ》る交《がわ》る上野公園と浅草とで、まるで馬鹿のようにぼんやり日の暮れるのを待っていたのである。ところがある日の事だ。その日私は、幾何《いくら》かの金を持っていたに違いない。但《ただ》し幾何と言っても、花屋敷へ入ったり、活動を見たり、或《ある》いは一つ二十銭の天丼《てんどん》を食うにも足らぬ金だったのだが、私はふとそれで、一回五銭という廻転木馬館へ飛込んだのである。

「ホホウ、これは一寸《ちょっと》いいぞ」

回転台の上の、さすがに木馬の方には乗る勇気はなくて、自動車の方を撰んだのであるが、それがゴトン〳〵と動出《うごきだ》した時私は思わずそう叫んだのである。其《そ》の時私の他には見渡したところ四五人程しか客はなかった。それでも、その客たちが思い思いに撰んだ木馬なり、自動車なりに座を占めると同じく廻転台の上に立って切符を売っている少女の一人が、ピリピリと銀の笛を吹くのである。すると中央にある台の上で四人の楽師たちが、「真白き富士の嶺《ね》、緑の江の島」とやり出すのであるが、それと同時に、私たちの乗っている廻転台がゴトン〳〵と回始《まわりはじ》めたのだ。「真白きイ富士イの嶺か」と私もそれに調子を合せながら口の中で歌っていると、私の乗っている自動車は、木馬館の裏のほうへ廻って来たのであるが、其処には広い壁一面に富士山と三保の松原が書いてあるのだった。

それを最初に私は時々木馬に乗りに行く事を覚えた。後《あと》には二十五回分一円という回数券のある事を知った。それを買うと、五回でも六回でも好きなだけ乗っているのである。終《しま》いには切符売りの少女と心易くなって、予《あらかじ》め彼女に頼んで置いては、自動車の上で居眠りをしたりしたものである。「空にイ囀《さえず》る鳥の声か、峯から落つる瀧の音か……」と私は其処で、一種悲哀を帯びた音楽の音を子守唄にしながら眠る事が出来たのである。

ところがある日の事だ。何時《いつ》ものように三四回立続けに乗っていた私は、私より以前から同じように自動車に乗っていながら、さて私がそろ〳〵倦《あ》いて降りようとしても、まだ泰然と腰を下ろしている一人の青年を発見して少からず驚いた。「おや〳〵、世の中には俺と同じように暇な人間があると見えるな」

そう思いながら立ちかけた腰を下ろして、もう一回乗っている事に極《き》めた私は、それとなく相手の様子を眺めていた。彼は丁度私と同じ年頃の二十五六歳であろうか。向うを向いているのでよく分らなかったが、がっしりとした体格をしていて、その肩巾《はば》なども、相撲の選手のように丸々と肉が附いていた。「風と波とに送られて」という音楽で一回終ると、それでもう降りるかと思うと、どうしてどうして、彼は突然自動車の上から、楽師諸君の坐っている台の上を振仰《ふりあお》いで、

「おい君、君、今度は『此処《ここ》は御国《みくに》』をやって呉れ給え」

と元気な調子で声をかけたのである。

私は私自身、かなり馴染《なじ》みになって居《い》ながら、今迄そんなふうに注文をつけた事など一度もなかったので、彼の言葉に少からず驚かされた。彼はそればかりでなく、切符を売りに来る少女たちとも馴染みになっていると見えて、言葉は分らなかったが、種々《いろいろ》にからかっているらしかった。やがて楽師たちは彼の注文に応じて、「此処は御国を何百里」とやり出しそして木馬はゴトン〳〵と廻り始めたのである。

その青年が川越雄作であった。そして私たちは間もなく言葉を交すようになった。ある時彼が言うのである。

「どうしてあなたは」恰度《ちょうど》その時私たちは公園のベンチに腰を下ろしていた。五月頃の暖い日で、そう

してぼんやりと腰を下ろしていると、背中の方がじんくと焼けるように感じるのである。川越雄作は土の上に木片《きぎれ》で意味もない字を書いては消し、書いては消ししながら言うのであった。「どうしてあたは毎日木馬ばかりに乗っているのです」

「さあ」

と私が返辞に困っていると、彼は別にはっきりした返辞を期待していたわけでもなかったと見えて、

「浅草はいゝですな、金がなくても退屈しなくて」

と言った。

「はア」

彼はたしかに私の事をある程度まで察しているらしかった。いや、彼でなくても、凡《およ》そ同じ年頃の青年で、同じような境遇の者なら同病相憐《あいあわ》れむ心持ちからでも、直《す》ぐにも相手の境遇を察する事が出来るのだ。

「あなた宅《うち》はどちらですか。この近所ですか」

彼の方から切出さない限り、私たちの間の会話はほぐれっこなかったので、暫くすると又彼はそんな事を聞出《ききだ》した。

「下谷です。筑陽館という下宿にいるのです」

私はそう言ったが、直ぐにしまった！　こんな男に居所など知らすのじゃなかったなと私は心の中《うち》で叫んだ。すると案《あん》の定《じょう》彼は、

「下谷ですか。そうですか。僕も時々あの辺へ行く事があるんですが、今度行ったらお寄りしてもいゝですか」

と言った。

「えゝ、どうぞ」

私は咽喉《のど》に魚の骨でも支《つか》えたような声で答えたのである。

「僕はついこの近所にいるのです。畳屋の二階を借りているのですがね。毎日何もしないでいると退屈で退屈で……」

そう言って彼は、円《まる》い血色のいゝ顔に愛敬のある笑いを見せた。然し後になって知ったのであるが彼が畳屋の二階にいるというのは嘘《うそ》だった。彼は当時二十七歳で、本所には立派に呉服商をしている両親

があるのだったが、中学校を出る前の年に飛び出したきり、一度も家へは帰らないというのであった。では当時彼は、誰の家に住んでいたのか、私はそれについてこれから一寸語ろうと思うのである。

前のように彼と言葉を交わしてから、果して彼は屡々《しばしば》私の下宿へ訪ねて来るようになった。然し後から思えば、彼は決して私が心配したような人間ではなかったようである。

「あなたは好《い》いですな。それでも仕事があるじゃありませんか」

「然し、こんな事、仕事の中《うち》じゃありませんよ」

私は折から机の上に拡げていた原稿と外国雑誌を、彼にそう言われると周章《あわ》て隠すようにしながら答えた。

「いゝえ、そうじゃありませんよ。金になってもならなくても、何かしているということはいゝ事ですよ。僕なんど……」と彼は頭を掻《か》きながら、「中学を途中で止《よ》したきり何もしないもんだから、段々馬鹿になるばかりで……」

然し、他の時には彼は昂然《こうぜん》として言うのである。

「僕も近々何か始めます。僕は金を儲《もう》けます。僕なんかどうせ何も出来ないんですから、少々ぐらい不正を働いてもいゝから金を拵《こしら》えようと思っています」

そして到頭《とうとう》ある時、彼は次のような事を打明けたのである。

「実は今迄隠していましたがね。僕は本当は、木馬館におさよという娘がいるでしょう。ほら、一番年《とし》長《かさ》の色の白い、一寸可愛い娘——、実はあの娘の家《うち》に厄介《やっかい》になっているのですよ。彼奴《あいつ》が僕に惚《ほ》れましてね」と其処で彼は一寸首を縮めたのであるが、「それで、彼奴の家へ転込《ころがりこ》む事になったんですが、あれの親爺《おやじ》というのが、矢張《やは》り木馬館の楽師なんです。ほら、頭の禿《は》げた、五十ぐらいの学校の小使といったような爺《じい》さんがいるでしょう。あれなんです。僕は始終彼等に大きな事を言っているので、今に何かやるだろうというので、僕が毎日、こうぶら〳〵しているのに、娘はとも角、親爺の方だって嫌な顔一つしないんです。もうかれこれ一年にもなりますがね。僕も段々恐ろしくなって来ましたよ。だって何時迄もあんな親子を欺《だま》してもいられませんからね。だから僕は近々あの家を飛出して、自分で何か仕事を見附けようと思うのです。そうです。僕は金を儲けますよ」

と彼は言うのであった。

私はそれで初めて何も彼《か》も合点が入《い》ったような気がした。読者諸君も定めし、浅草の木馬館で五度や六度一緒になったからと言ってそんなに親しくなった私たちに不審を抱かれた事であろう。当時私自身も同じ気持ちで、いや、それどころか、彼に対して私は絶えず一種の警戒を忘れなかったぐらいだ。然し彼のその話を聞くに及んで私は忽《たちま》ち了解する事が出来たような気がした。彼は木馬館の客ではなくて寧《むし》ろ関係者の一人だったのだ。だから、彼は、私が彼に気が附く以前から私に気が附いていたのに違いない。そして向うでは、私も矢張りもっと前から彼の存在に気が附いている事と思っていたのであろう、誠に彼は、青年が青年を慕う気持ちから、私と話をする機会を覘《ねら》っていたのかも知れないのだ。

そうした私たちの奇妙な交際は凡そ半年程も続いていた。そして前に言った、「金を儲けますよ、僕は」と彼が打明けた日から三日目かに、彼は本当に私の許《もと》からも、そして木馬館の親子の許からも姿を消したのである。

さて、私は少しお喋舌《しゃべり》をし過ぎたようである。多分私は、彼の突然の失踪《しっそう》後、如何《いか》に木馬館の父娘《おやこ》が歎《なげ》いた事か、そして、さよという娘はしかし、その歎きのうちにも、如何なる確信の色を以って、きっとあの人は帰って来てくれると述べたかを、もう少《すこ》し述べるべきであろうが、今の私にはその暇がないのである。その後、私は、ずっと後になって、ふとした拍子から、今度は翻訳ではなく創作を書いたのだが、それでどうやら昔程困らない程度に生活して行けるようになった。そして最早、浅草公園で日の暮れる事の遅いのを喞《かこ》つ必要もなくなったので、従ってあの木馬館が未《ま》だあるのかそれとも無くなったかそれすら最近では知らない状態であった。

ところへ、突然の川越雄作の手紙から、私はふとあの当時を思い出したのである。

さて彼から手紙を貰《もら》ったのは六月の初めの事であったが、それから、五ケ月程たって、十月のある終りに近い日のこと私は心待ちにしていた彼からの二度目の手紙を受取ったのである。

それは真白な四角い洋封で、表面には山名耕市殿、と彼の美しい筆跡で書いてあった。そして裏を返しえてみると、相州鎌倉稲村ケ崎川越旅館、川越雄作と、丸ゴシックで印刷してあった。

「おや、旅館を始めたのか、では、彼の夢というのは旅館を経営する事だったのかな」

私はそれで、少々失望を感じながら、でも周章て封を切って見た。

拝啓、貴下益々御繁栄之段奉賀候《がしたてまつりそうろう》、扨《さて》私儀予《か》ネテ建築中ノ川越旅館此度《このたび》落成仕《つかまつ》リ、来《きた》ル十一月一日ヨリ営業ノ運ビニ相成候間《あいだ》、鎌倉へ御清遊ノ砌《みぎ》リハ是非《ぜひ》御試《おためし》ノ程伏《ふ》シテ願上奉候《ねがいあげたてまつりそうろう》、
敬白

それは右のような型にはまった開店通知に過ぎなかった。唯私の受取った分には、殿と印刷した上に山名耕市と書いたと同じ筆跡で「十月二十八日（日曜日）の午後二時頃迄に必ず来て呉給《くれたま》え。君だけを先《ま》ず驚かしたいものだ。川越雄作」と書いてあるのだった。

彼の始めた事が愈々《いよいよ》旅館の経営である事と分ると、私は淡い失望を感じないわけにはゆかなかった。

「何だ、あいつ、昔の夢だの何だのと気を持たせながら、矢張り商売じゃないか。つまらない」

そう言いながら、仮りにもどんな旅館だか分らないが、鎌倉でホテルを経営するようになった彼の事を思うと「僕は金を儲けますよ。今に儲けて見せますよ」と嘗《かつ》て言った彼の言葉を思出して、彼の成功振りを見るのも無駄な事ではないとは思った。それに彼が特別に書加えた文句から考えると其処に

何等《なんら》かの趣向が催《もう》けられているような気もするのであった。どうせ急《いそ》がしいという私の体ではなかった。私は其処で折返し、今度は彼の居所も分っていたので、必ずお訪《と》いするという返事を出して置いた。

そして十月二十八日、私は横須賀行きの汽車に乗ったのである。

鎌倉という町は、私はその時が初めてゞあった。だから駅を出ると、すぐにタクシーを摑《つかま》えた。

「どちらへ？」

「稲村ケ崎までだがね」私は自動車の中に腰を下ろしながら「稲村ケ崎にこの頃川越旅館というのが出来たろう。其処へ着けて呉給え」

「旦那《だんな》、川越旅館へいらっしゃるんですか？」

自動車が駆出《はしりだ》してから、運転手は向うを向いたまゝそう訊ねた。

「うん、そうだよ」

「何か御知合《おしりあ》いでゝも？」

運転手は訊ねた。

「あゝ、一寸、どうして？」

「いゝえね」運転手は曲《カーヴ》へかゝったので、一寸言葉を切ったが、「実は私たち不思議に思っていたんですよ。あんな所へ旅館を建てゝどうするつもりかってね」

「ふうん。そんな所に建っているのかね」

私は一寸好奇心を動かして訊ねた。

「えゝ、そりゃもう……」と相変らず彼は向うを向いたまゝ「最初あれが建始《たちはじ》めた時分、一体あんな所に何が建つのか、別荘にしては風変りな建方《たてかた》だしと思っていたんですよ。ところが此の間それが旅館だという事を聞いて一層吃驚《びっくり》したんでさあ。あんな場所へ旅館を建てゝ、わざ〳〵行く客があるんですかねえ」

「あんな場所って、俺はまだどんな所に建っているのか一寸も知らないのだよ」

「そうですか、いや何しろ大変でさあ、今に分りますがね」

が、それからものゝ五分と経たないうちに突然彼が叫んだのである。

「旦那！　あれがそうですよ、ホラ、左の方の崖《がけ》の上に白い建物が一軒建っているでしょう。あれが川越旅館ですよ」

「どれ〳〵」

私は周章て自動車の窓から覗いて見た。そして忽ち成程《なるほど》！　と驚いたのである。運転手が言うのは無理ではなかった。それは稲村ケ崎の一番出っ端《ぱし》に、まるでお伽噺《とぎばなし》の城か何かのように建っているのであった。真白な円筒形の建物で、そして屋根は西洋の寺院にあるドームのように半円形をなしていて、それが血のように真赤な色に光っているのだった。それが稲村ケ崎の蒼黒い崖の上に建っているところは如何にも一つの偉観に違いなかったが、それにしても運転手の小馬鹿にしたような言草《いいぐさ》も無理ではなかった。私の眼から見ても、そんな辺鄙《へんぴ》な所までわざわざ泊りに行く好事家《ものずき》があろうとは思われないのである。

「成程、大変な所だね。然し、自動車は入るのだろうね」

「どうして〳〵」

と運転手はその言葉を裏書きするかのように、其処でぴたりと自動車を止めて了《しま》ったのである。

「これから先へは入れませんよ」

私は仕方なしに、それから五丁ばかりのだらだら登りの狭い路《みち》を歩かねばならなかった。然し、川越旅館は近くへ来れば来る程、一層立派なものに私には見えて来るのであった。それはたしかに、近頃流行《はや》る怪しげな西洋館とはその撰《せん》を異《こと》にしていた。私にはよく分らなかったけれど、きっと何時代の何型という風に、立派な由緒ある建方に違いないと思われるのである。それにしても、これだけの物を建てる川越雄作はたしかに成功したに違いない。彼の所謂《いわゆる》、「金を儲ける夢」は見事に成就《じょうじゅ》したのだ。それは私などの比ではないとすら思われるのだった。

さて私が、そんな事を考えながら厳《いか》めしい鉄の門を入って行くと、そこには三十前後の奥様風の女がにこ〳〵笑いながら私の近附いて行くのを待っていた。

「いらっしゃいまし、お待ちして居《お》りました」

彼女はそう言って、しとやかに束髪の頭を下げたが、一瞬間、私は何処かで彼女を見た事があるような気がした。

「いや、どうも……」

何処で見たのだろうか、そして、彼女は此の家の一体何者だろうと思いながら、私が周章てお辞儀を返した時である。

「やあ、来たね」

と、何と其の言葉さえ最早《もはや》金持ちらしく鷹揚《おうよう》に、川越雄作が奥の方から出て来たのである。若し路上で彼に出逢ったら私は恐らく相手から声を掛けられても気が附かないでいるに違いない。昔から、そう言えばがっしりとした体をした男であったが、今やそれに立派な鰭《ひれ》が着いたとでも言うのだろうか、その堂々とした押出しは、私を面喰《めんくら》わせるのに十分だった。

「あ、君か。いや、その後は……」

「いゝよく〳〵。挨拶《あいさつ》は後の事だ。まあ此方《こっち》へ入り給え」

彼はそう言って私を重い硝子戸《ガラスど》の中へ導入《みちびきい》れた。中へ一足踏み入れると、私は愈々此《こ》の建物が尋常《じんじょう》でない事を覚《さと》った。それは何《な》んというか、言ってみればどんな些細《ささい》な彫刻にも主人の趣味が入念に吹込まれているらしく、そしてその趣味というのは、どうやら伊太利《イタリー》の中世期時分のものゝように思われるのである。これが若し川越雄作自身の趣味であるとしたなら、彼は僅《わず》か八年の間に、金を儲ける一方、恐ろしく自分自身を洗練したものだとも驚嘆されるのである。

「何をぼんやりしているのだ。まあ此方《こっち》へ来給え」

そう言って彼が案内したのは、山の方に面した Lounge といった風な部屋だった。私たちが其処の大きな革椅子に向会って腰を下すと、間もなく先程の女性が銀の盆の上に、二つのコップを載せて持って来た。

「紹介して置こう。これが僕の女房です」

私は彼にそう言われて、周章て腰を上げると、

「や、失礼しました。初めまして、どうぞよろしく」

と言いながら頭を下げたが、すると二人ともくすりと笑った。そして細君は私たちの側《そば》に二つのコップを置くと、そのまゝ静かに次の部屋へ退《さが》って行った。

「いつ結婚したのだい、君は？」

私は細君の足音が聞こえなくなるのを待ってそう訊ねると、

「何、大分《だいぶ》前だよ。君は？」

「僕はまだゝよ」

「何しろ御盛《おさか》んで結構」と彼はそれだけは真面目な顔で言ったが、直ぐ彼一流の笑顔に戻って、「どうだい、この旅館は」と訊ねた。

「やはり旅館《ホテル》かい、これは？」

「そうだよ。どうして？」

「だって、随分変った場所へ建てたものだね。他に幾らだって場所がありそうなものだのに」

「なあに、これでいゝんだよ。君は表に書いてある看板を見なかった？」

彼は何故《なぜ》かにやくしながら訊ねた。

「いゝや、何か書いてあるのかい？」

「フン」

と笑いながら、それを紛らすように彼は下を向いてコップを手に取上げた。

「一体、君が僕を驚かすというのはどんな事なんだい」

私は相手が一向悠々としているのに、少々焦《じ》れて来たのだ。そう訊ねると、

「君を驚かす。そうく、そんな約束だったね。然し、君はまだ驚かないかい？」

「驚かないよ。何に驚くのだ」

「この旅館《ホテル》にさ」

「この旅館《ホテル》？」と私は思わず其処でもう一度部屋の中を見廻しながら、「成程、これは立派な部屋だよ。立派な旅館《ホテル》だよ。然し僕は、この何十倍立派な旅館《ホテル》を君が建てたところで驚かないね。君の言った『昔の夢を取返す』というのは、こんな詰《つま》らない事だっ

たのかい？」

「まあ〳〵いゝよ。何んとでも言うさ」

其処へ先ほどの細君が又入って来た。

「あなた、彼方《あちら》の方へお食事の用意が出来ました」

「あゝ、そう」

川越雄作は其処で気軽に立上がったが、「おい」と細君を呼止めて、「山名君はせっかちで困るよ。早く驚かさないと承知しないんだって」

細君はその言葉に、私の顔をちらと眺めたが、直ぐ良人《おっと》のほうへその眼を返《か》えすと、「承知いたしました」と言った。

食事の用意は別の部屋で出来ていた。

「君」と彼は私に声をかけると、「あれが鎌倉の町だよ。向うに見えるのが逗子《ずし》——、どうだい、いゝ景色だろう」

成程、それは確かにいい景色に違いなかった。然し私の期待して来たものはそんな事ではなかった。その時の私は、瑞西《スイツル》の最もいゝ景色を持って来ても、慰められはしなかっただろう。

「君は景色——、自然というものに少しも興味を持たないようだね」

私が浮かぬ顔で肉釵《ホーク》を動かしているのを見ると、川越雄作は卓子《テーブル》の向うからそう言った。

「満更《まんざら》そうでもないがね。然し少くとも今日だけは、興味を持つ気になれないかも知れないよ」

すると、彼は突然大声を挙げて笑った。と、それが合図ででもあったかのように、ふいに何処からか音楽の音《ね》が聞えて来たのである。が、読者諸君よ、それはそうした旅館の中で期待する最後の音楽に違いなかった。明らかにそれは「真白き富士の嶺、緑の江の島」と歌っているのである。しかもピアノだのヴァイオリンだの、オーケストラではなくて、もっと他の低級なものだった。手取り早《てっと》く言えば、一昔以前に私が木馬館で聞いた、俗にジンタという音楽の一種だった。

「や！」

と私が思わず椅子から立上がりそうにすると、其処へ再び川越雄作の細君が入って来た。然しそれは最早《もはや》先程の細君ではなくて、あの木馬館の切符売の娘なのだ。私は漸《ようや》く彼女を思い出す事が出来た。彼女は川越雄作の昔の女おさよだった。

「山名さん、切符を切らして頂《いただ》きます」

彼女はにこ〳〵しながら言った。

「え？　え？」

と私は然し、まだはっきりと分らないで、眼をぱち〳〵させながら彼女の顔を見ていると、

「おい〳〵、それは無理だよ。山名君はまだ木馬が廻っているのを知らないんだもの」と横から川越雄作がそう言って、それから私の方へ「山名君、窓の外を見給え」と附足《つけた》した。

あゝ、その時の私の驚きを何に例えたらいゝだろう。私は一瞬間石のように固くなった。今迄私たちの眼の前にあった鎌倉の町は次第々々に左の方へ退《さが》って行って、その後へは相模の海とそれに続いて江の島が芝居の迫出《せりだ》しのように静かに右の方からやって来るのであった。一体、私は何処にいるのだろう。船にでも乗っているのか。それとも酒に酔払ったのだろうか。その時川越雄作が元気の好《い》い声で言った。

「山名耕市君、どうだ僕の廻転旅館は？」

ああ、廻転旅館！

私は然しその意味をはっきり嚥込《のみこ》む迄に凡《およ》そ半時間もかゝった事であろうか。此の大きな旅館が廻転するという事が、どうしてそう易々と信じられようか。然し、海が、島が廻転しない限り旅館が廻っている事は確かだった。私の驚きのうちに旅館は一廻転したと見えて、私たちの窓の下には、再び江の島や七里ケ浜がそしてその向うには富士の山が見え始めて来た。そしてそれはあの木馬館の壁のように絵ではなくて本当の物なのだ。

私は窓の側《そば》に走り寄ると、急いでガラス戸を押しあけた。

そして叫んだのである。

「おお！　廻転旅館！」

その時奥のほうではジンタが再び「真白き富士の根、緑の江の島」と鳴出した。

これが私の友人川越雄作が新しく発明した廻転旅

館の紹介である。読者諸君よ、諸君がもし鎌倉に遊ぶ事があったら必ず稲村ケ崎の突端《とったん》にある、世界で最初の、そして唯《ただ》一つの廻転旅館へ一泊されん事を、経営者川越雄作に代って、私からお願いする次第である。

双生児

A sequel to the story of same subject by Mr. Rampo Edogawa.

私はその日、ふと思い立って赤坂溜池の附近にある、青柳《あおやぎ》博士の研究室を訪れた。私は新聞記者という職業上の必要からよりも、私自身の趣味から、以前にもかなり度々博士の研究室を訪問した事がある。博士が日本でも有名な法医学者である事は、諸君も既に御存知の事であろうと思う。然《しか》し博士の本当の専門は精神病学にあると言う事で、その方面では日本的というよりも、寧《むし》ろ世界的と言った方が当っているとある時私は友人から聞かされた事がある。私は今迄《まで》にもかなり度々博士の研究室を訪問した事があるが、未《いま》だかつて、これは損をしたと思った事がない。博士の研究室には、何時《いつ》でも変った話題の一つや二つ転《ころが》っていない事はない。それを博士の物柔かな口から聞くのが、私にとっては何よりの楽しみなのだ。

博士と私とは大きな卓子《テーブル》を隔て向い合って坐っていた。窓から差込む秋の陽差しが、卓子《テーブル》の上に堆高《うずたか》く積上げられた、難しい外国の書物の、背の金文字を燻《いぶ》したように光らせている。今出されたばかりの珈琲茶碗《コーヒーぢゃわん》からは、香ぐわしいモカの匂いが立昇った。博士は静かにそれを掻廻《かきまわ》しながら、女性の犯罪という私の方から持出した話題について話していた。「婦人の一番恐ろしいのは偏執狂《モノメニア》だよ。一体女には大抵、大なり小なりその傾向があるものだが、これが酷《ひど》くなると手がつけられない。昔から有名な女性の犯罪者という奴を仔細に調べて見ると、十中八九迄この偏執狂《モノメニア》に罹《かか》っている。尤《もっと》もこれは大抵の精神病に伴う一種の付随病のようなものだが、然し女にとってはこいつが一番恐しい、マクベス夫人にしろ、仏蘭西《フランス》のブランヴィリエ侯爵夫人にしろ皆この顕著な一例さ」

「何かそれについて、最近の実例はありませんか?」

私はそろ〳〵と水を向けて行った。博士の方からこうした一般論が出れば、もう此方《こっち》のものなのだ。その後には必ず珍らしい事実談が出る事になっている。

「そうだね。最近と言ってはないが、二三年前の話ならある」

「それを一つお話し願えませんかね?」

「ウム、別に話しても差支《さしつか》えないが……君は三年程以前に死んだ彫刻家の尾崎唯介《おざきただすけ》という男を知っているかね」

「えゝ、名前だけなら覚えて居《お》ります。あの夫人は確かその後暫《しばら》くして自殺したというじゃありませんか?」

「君はそれを知っているんだね。世間へは病死という事になっていた筈《はず》だが」

「そりゃ……」と、私は一寸《ちょっと》笑って見せた。

「あの死因についちゃ、当時私たちもかなり骨を折って探出《たずねだ》そうとしたんですが、到頭《とうとう》分らず終《じま》いでした。先生が今お話し下さろうというのはあの尾崎夫人の事なんですか?」

「ウム」

博士は一寸憂鬱《ゆううつ》な目附きをした。私は思わず失敗《しま》ったと思った。私の方からそう積極的に出るのではなかったのである。博士は暫く目を瞑《つぶ》って考えていたが、再びそれを開くとにっこりと悪戯《いたずら》っ児《こ》らしい笑いを口許《くちもと》に浮べた。

「君が其処《そこ》迄知っているのなら、却《かえ》って話したくないんだが仕方がない。君にかゝっちゃ敵《かな》わんからね」

博士はそういうと、私がそれに答える前に立上って隣室へ入って行った。私はそれ迄忘れていた、半ば冷えかゝったコーヒーを啜《すす》りながら、楽しい期待に胸を脹《ふく》らませて博士の帰って来るのを待っていた。

博士は間もなく、手に分厚な原稿紙の綴《つづり》のようなものを持って入って来た。

「これが尾崎夫人の遺書だがね」

博士は再び椅子に腰を下ろすと、パラ〳〵とその原稿を繰りながら楽しそうに言った。

「へえ、じゃ遺書があったんですか？」

「ウム、僕は夫人の主治医だったんだが、自殺する一週間程前に、僕に宛てゝ書残《かきのこ》したものなんだ。発表して世間を騒がすにも当るまいと思って、今迄誰にも見せずに保管しておいたのだが、まあ読んで見給え、僕が下手な話をするよりその方が手取早《てっとりばや》くていゝだろう」

博士はそう言いながら私の方へその厚い原稿紙の束を差出した。見れば第一頁《ページ》に青柳先生へと大きく書いてあって、その後は、女らしい細い字でぎっしりと埋めてある。

今私は博士の許可を得たので、その遺書を原文のまゝ次に掲げようと思う。もう今となっては、これによって迷惑を蒙《こうむ》る人間は誰もいない筈である。唯《ただ》その前に一言言って置くが諸君がこれを信じようと信じまいとそれは勝手である。然し私としては、死を覚悟して書かれた遺書に、嘘《うそ》のあるべき筈がないと思っている。尤《もっと》も内容があまり奇怪なので、最初のうちは私自身も、幾分疑いを感じた事は確かであるけれど。


私がこれから申上げますような事が、果して世の中にあるものでございましょうか、今これを書こうとするに当りまして今迄自分のした事、見た事、感じた事を一応振返って見ます時、私でさえも、まあこんな事が……と疑われる位でございます。ましてや、何も御存知のない方には、きっと私の嘘か出鱈《でたら》目《め》に違いないとしかお思いになれますまい。そう思って今迄何誰《どなた》にも打開《うちあ》けなかった私でございます。

然し、先生。先生。先生ならきっとお分り下さるだろうと思います。先生には随分御厄介《やっかい》をおかけいたしましたわね。それにも拘《かかわ》らず生きている間は、到頭何事も打開ける事の出来なかった事をお許《ゆ》るし下さいませ。然し、今こうして書残して置く私の遺書が、いつか先生のお目に止まる時、成程《なるほど》、これでは私が躊躇《ためら》ったのも無理はないと、先生もきっとお頷き下さる事と存知ます。

先生、私が殺した男は、一体私の良人《おっと》なのでございましょうか、それとも良人の敵なのでございましょうか？　まあこんな事が分らないなんて……、然しそれが本当なのですから致し方がありませんわ、私には暫く私と同棲《どうせい》して居りました男が本当の私の良人尾崎唯介だったのやら、それとも他の男だったのやら、それすらも分らなかったのでございますもの。その揚句の果に、私はその男を殺して了《しま》いました――えゝ、私は殺したのです。世間体は病死という事に言繕《いいつくろ》ってありますけれど、私が殺したのに違いございません――然し、そうしてその男を殺して了ってからも、私は矢張《やは》り、同じ恐怖に悩まされなければならなかったのでございます。私が殺した男が良人だったのか、それとも良人の敵だったのか――と、一体こんな事があるものでしょうか。

最初から申上げましょう。

私の良人尾崎唯介は双生児《ふたご》の一人だったのでございます。この事を知っているのは、良人の唯介と、唯介の双生児の兄弟山内徹《やまのうちとおる》と、そしてこの私の三人を除いてはそう沢山はありません。世間では、勿論《もちろん》、唯介に兄弟があるなど、夢にも知らないのでございます。どうしてこんなにうまく秘密が保たれていたかと申しますと、唯介の兄弟の山内徹は、産《うま》れ落ちると直《す》ぐに里子にやられたからでございます。ですから本当はあの人は山内徹ではなく、尾崎徹と言った方が血筋の上から言って正しいのです。何故《なにゆえ》こんな事をしたかと申しますと、尾崎家には当時、昔気質《むかしかたぎ》な頑固な祖母がいまして、双生児というものを、何か世にも不吉な忌《いま》わしいもののように思っていられたからだという事でございました。

徹が里子にやられた山内家というのは、埼玉在の豪農でございまして、尾崎家とは遠い親類筋に当っているのです。丁度その当主というのが、結婚してから七年も経つのに、まだ子供が産れなくて日頃から淋《さび》しさを感じて居りました折からとて、尾崎の祖母からの話がありますと、一も二もなく、養子に貰《もら》い受ける事になったのです。ところが世間でせらい子とよく申します通り、山内の家では、徹を養子に貰い受けると二年目に、従って結婚してから九年目に初めて子供が産れました。女の子で、よし子と名づけました。それが私なのでございます。

徹と私とは、ですから兄妹《きょうだい》として長い事何事も知らずに育てられて来ました。徹が十九、私が十七になる迄、私たちは本当に何も知らなかったのです。後で唯介から聞いた事でございますが、唯介は十九の年まで、自分に兄弟、しかも双生児の兄弟があるなどとは、夢にも知らなかったと言う事です。それがどうして知れるようになったかと申しますと、一つには私たちの両親がふいに相ついで亡くなった上に、家産がすっかりなくなっていた事と、一つには同じ年に尾崎の祖母がお目出度《めでた》くなられた事からでございます。尾崎の御両親は、唯介と同じように徹の方だって可愛《かわい》かったに違いありません、いえ〳〵、自家で何不自由なく暮らしている唯介の方より、他《よ》家《そ》へやった徹の方が、何倍か気にかゝっていたのは当然の事でございましょう。其処へ徹が孤児同様になった上に、長い間、掣肘《せいちゅう》していらした祖母様《おばあさま》がお亡くなりになったのですから、勿体《もったい》ない話ですけれど、これを勿怪《もっけ》の幸いとばかりに徹を呼戻す事に決心されたのです。それと同時に私も一緒に尾崎家へ引取られる事になったのです。尾崎の御両親の気持ちからすれば、徹が長い事世話になったお礼心からも、又徹と兄妹のように睦《むつ》み合っていた二人の愛情からしても、私をそのまゝに捨てゝ置く訳には行かなかったのに違いございません。

徹と二人で、初めて尾崎家へ引取られた日の事を、私は今でもはっきり覚えて居ります。それは本当に奇妙な光景でした。唯介はその当時通って居りました上野の美術学校の制服を身に着け、徹はその年卒業したばかりの田舎の中学の制服をまだ着て居りました。

「唯介、これがお前の弟の徹だよ、徹、これがお兄さんの唯介だ」

そう言って尾崎のお父様が二人をお引合せになっ

た時、二人とも今にも泣出しそうな獅嚙面《しかめつら》をした事を、私は今でもよく覚えて居ります。

その時、私は何《な》んとなく思ったのですけれど、これは大へんな御兄弟だ、これじゃきっと仲の良い御兄弟にはなれまいと、子供心にも考えた程でございます。だって、誰だって自分と同じ姿を持ち、同じ顔を持ち、そして或《あ》るいは同じ気質を持っているかも知れない人間を、愛する気持ちになれないのは当然でございますわ、唯介と徹とが丁度それでした。尤も気質だけは、その後段々違っている事が分って参りましたが、顔附きと言い、姿容《すがたかたち》と言い、双生児というものはあんなに似るものでございましょうか。「徹とよし子は今日からこの家の子になるんだよ。徹は今迄田舎の方に育って来たのだから、分らない事があったら、何んでもお兄さんに聞くがいゝ。唯介も出来るだけ親切にしてやらにゃいかんぞ」

そう仰有《おっしゃ》いましたが、お父様は其処で耐《たま》らなくなられたのでしょう。横を向いて、そっと洟《はな》をおかみになられました。然しそうしたお父様のお心使いにも拘《かか》らず、この二人は立って凝《じ》っと相手の顔を見詰めたまま、にこりとも致しません。先刻の泣出しそうな獅嚙面は、何時の間にやら影をひそめて、其処にありくと見えるのは、唯《ただ》憎悪と反抗だけでございました。子供心にも私は、浅間《あさま》しさにはらくとしたくらいでございます。

その日以来、徹が家出をする迄の七年間、私は一度だってこの二人が、二人きりで仲よく話していたのを見た事がありません。

徹が家出をしたのは二十六の年でございました。書置きも残さずにある晩出たっきり帰って来ないのです。然し、書置きはなくても、私にはその動機は分って居りました。その罪の一半《いっぱん》——というよりも大部分は私にあったのでございますもの。でもそれは仕方のない事でございますわ。徹と私とは兄妹として、私が十七の年迄育てられて来たのですもの。どんなに徹を愛しようと思っても、それは兄妹の愛を出ないのは已《や》むを得ない事と思います。それに尾崎家に引取られてからは、すっかり陰気になって、絶えず何物かを狙っているように、おど〳〵と、そして著るしく意地の悪くなった徹を妹として心配こそすれ、今迄の愛情を、兄妹でない他のものに変えろというのは無理な事でございます。

それに引換えて、小さい時からお坊っちゃん育ちの唯介の方は、わがまゝで、悪戯《いたずら》好きで、明るくて、いつでも快活でした。尤も兄弟は争われないもので、私たちが結婚して、それを動機にふいに徹が家出をしてからというものは、良人の唯介も段々徹に似て来るようでございましたが……。

考えて見ますと二人の気質というのも、矢張りその姿容と同じように、全《まった》く同じものだったかも知れません。唯介に於《お》てはそれが陽に現われ、徹の場合には陰に籠《こも》っていたものでございましょう。唯介の方が、

「何んだ、徹の奴」

と一言で片附けて了うのと、徹が何も言わずに、上眼使いに凝っと兄を見詰めている気持ちと、そのお互いに持っている憎悪の度は全く同じだったかも知れません。唯、唯介の方では一言にそう言ってのけて、後へ快活そうな笑いを附加えるのに反して、徹の方では始終黙って考え込んでいるので後の方が一層強く感じられたのでございましょう。それに御両親や周囲の者もいけなかった事は確かです。唯介の方は両親の膝下《ひざもと》で何不自由なく暮して来たのに、徹の方は他家で苦労を嘗《な》めて来ている。徹がひがむのも無理はないと言った風に知らず識《し》らずのうちに徹の気持ちを承認したばかりか、何時《いつ》の間にやらそれを一層煽《あお》りたてるような結果にもなっていたのです。

徹が家出をしましたのは前にも言った通り二十六の年でした。その前の年の事でございます。唯介の方は既に学校を卒業しまして、その時初めて出品しました「ある女の像」という胸像が、上野の展覧会で素晴らしい評判を取った事がございました。ところがその五日目かでございます。展覧会に悪者が忍《しの》び込《こ》んで、他のものには眼も呉《く》れずに、唯介の「ある女の像」だけを打毀《うちこわ》した者がございました。他の誰

の作品にも手もつけてなく、唯介の製作だけを狙って来たらしい所から犯人は多分、唯介に個人的な怨《えん》恨《こん》を抱いているものだろうという評判が専《もっぱ》ら高くなりましたが、終いまで遂にその犯人は挙らずに終いました。然し私にはその犯人が分っていました。何《な》故《ぜ》と言って、その「ある女の像」というのは私がモデルだったのですもの。当時既に唯介と私との間はその程度迄進んで居りましたのですが、この製作品破壊問題以来、唯介の態度は一層積極的になったものでございます。唯介もきっとその犯人を知っていたのに違いありません。そしてその男への面《つら》あてに、これ見よがしに私たちの関係を進めたかったのに違いございませんわ。

　私はしかし、この製作品が破壊されたと聞いたその日から何んとなく空恐ろしい気持ちがして参りました。私の周囲には、世にも恐ろしい、執拗《しつよう》な葛藤《かっとう》が演じられている。まるでカインとアベルのような兄弟が、私のために争っているのだ——いえ〱、私のためと思っているのは、或いは私の自惚《うぬぼ》れで、却って彼らの争いに最もいゝ武器として私が選ばれているのかも知れない。——私は日夜そんな風に考えながら、何かしら眼に見えぬ物に咽喉《のど》を締めつけられるような苦しさを感じたものでした。

　その翌年お父様がお亡くなりになりまして——言い忘れましたが、私たちが引取られた頃、既に病気のために一室から離れられなかったお母様は、その三年程以前にお亡くなりになっていました。——最《も》早《はや》、二人の争いを掣肘する者がいなくなったから耐《たま》りません。険悪な二人の空気は一層露骨になって参りました。そして、その最も露骨な表現法として、唯介は私と結婚し、そして徹の家出となったのです。

　と、こう申しましたからと言って、何も唯介が私を愛していなかったと言うのではございません。いえ〱、唯介は深く私を愛してくれて居りましたし、私も亦《また》唯介をこの上もなく愛して居りました。若《も》し、其処に徹というものさえなければ、——家出をして了った徹、家出をして、何処《どこ》で何を考えているやら分らないだけに、私には一層無気味で恐ろしゅうございました。唯介だってその事を気にかけていたに違いございません。当座は時々打沈んで悪い事をしたというような溜息《ためいき》を洩《も》らして居りました。然し、唯介の方は日が経《ふ》るに従って、段々と忘れて行くらしく、それに名声の挙って行くに従って、社会的に忙《いそ》がしくもなりますので、間もなく表面だけは昔のように快活に還って行きました。私が、それと同じように従いて行かれたら幸福だったのでございましょう。ところが、私と言ったら、良人とは反対に、日が経《た》つに従《つ》って、無気味さは益々《ますます》募る一方でございました。せめて徹の居所でも分れば、私は安心出来た事でございましょう。何処に何をしているのやら、今頃は一体何を考えているのやら、それさえも分らない徹、――ひょっとすると家出をしたとはいうものの何処か近くで、私たちの行動を蛇のように覘《うかが》っているのではあるまいか――そんな風に考えると、私はいつも肌の粟立《あわだ》つような恐怖を覚えるのでございました。若し徹が、私に復讐《ふくしゅう》するために家出をしたのなら、それは予期以上の成功を見たと言わねばなりません。

「もう、堪忍して下さいな、徹さん」

夜中など、一人で寝ている時、私はよくそんな風に叫んだものでございます。

「私はもう立派に復讐をされましたわ。何卒《どうぞ》々々も う許してやって下さいな。そして、せめて姿だけでも見せて下さいまし」

私は暗い部屋の隅に、如何《いか》にも徹がひそんでいるかのように叫んだものでした。

そんな風でございましたから、私は間もなくすっかり体を悪くして了いました。絶えず頭を何者かに締めつけられているようで、そしてその癖、時々それが空《から》っぽになって了ったような空虚を感じるのです。医者に診《み》て貰いますと、神経衰弱だとか言う事でして、その忠告で暫く鎌倉へ静養に参る事になりました。良人の唯介の方は、仕事の都合がそうは参りませんので、矢張り東京に住んで居りましたが、土曜日から日曜日へかけていつも私を見舞いに来てくれて居りました。こうして私の鎌倉住いも三ケ月程経ちましたが、それでも私の体具合は一向よくならないのでございました。一寸した事にでも驚いたり、夜眠れなかったり、それだものですから一日頭の中に鉋屑《かんなくず》でも詰《つま》っているような気持ちのする事は、以前と少しも変りはありませんでした。

あゝ！　何んという呪われた私たちの結婚だったでしょう。他人様なら一番楽しかるべき新婚時代というのに、私は始終何者かに追蒐《おいか》けられているような恐怖に苛《さいな》まれなければならないのです。これを故《ゆえ》のない恐怖とお笑い下さいますな、徹という人の性質をよく嚥込《のみこ》んでいらっしゃらない先生には、私のこの申上げようが、大へん大袈裟《おおげさ》にお聞えになるでございましょう。然し私はよく知って居るのです。あの「ある女の像」を破壊した人が、どうして私たちをこのまゝに過して置くような事がありますものか。何時《いつ》かはきっと出て来る。そしてその時こそは私たちはあの毀された「ある女の像」のように木《こ》っ端微塵《ぱみじん》になって了うのでございます。――

私のそうした恐怖は、ある晩、到頭事実となって私の眼前に現れたのでございます。あゝ、あの時の恐ろしかったこと！

それは丁度土曜日の晩で、良人が東京から見舞いに来てくれて居りました。その頃少しずつ酒をたしなむようになった良人は、その時も少しばかり酒気を帯びて居りまして、私に向かって頻《しき》りに冗談を言って居りました。若し私が世の常の健康な妻だったら、それは喜びこそすれ、決して厭《いと》わしいものではない程度の冗談でございましたが、すっかり体を痛めて居りました私には、悩しく煩《わずら》わしいものゝ他には感じられないのでございます。良人は、しかし私の態度などは少しもお構いなしに、頻りにひとりで喋舌《しゃべ》っては笑って居りました。

風の強い晩で、稲村ケ崎の方では波の音が段々激しくなって行く嵐の前触れのように、騒《さわが》しく鳴って居りました。その時のことでございます。私は突然、何んという事なしに電気にでも打たれたような恐怖を身内一杯に感じました。それはどう説明していゝやら、丁度草双紙などにある忍術使いが、敵の城中に忍込んで呪文を唱えると、今迄すや〳〵と眠っていた殿さまが急に苦しみ出す。――あんな気持ちかも知れません。ふと気が附いて見ますと、良人もいつの間にやら冗談を止めて凝っとある一点を凝視しているではございませんか。その顔は白い蠟《ろう》のように真白で、固張《こわば》った頰《ほお》から顎《あご》へかけて何の加減か深い皺《しわ》が刻込《きざみこ》まれて居ります。私は良人のその視線を辿《たど》って、そろ〳〵と、まるで膠《にかわ》でくっつけられたような首を、非常な努力を持って窓の方へ向けました。

それきりその夜の事は覚えて居りません。私はそのまゝ気を失って了ったのでございます。良人もその時の事については、後に至るまで一言も語ってはくれませんでした。私が気絶をしてから一体どんな事があったのやら、何があったのかそれとも何もなかったのか、私はそれですから何一つ知らないのです。

唯、窓の外から額を硝子《ガラス》にすりつけるようにして中を覗《のぞ》いていた徹の顔ばかりが、まるで写真の乾板に焼きつけられたように、如何に拭《ぬぐ》えども拭えども消えないのです。私が振返った途端、にやりと唇を反らして笑ったようでございましたが、それは或いは私の思過《おもいす》ぎかも知れません。

到頭帰って来た。矢張り私の期待していた通り帰って参りました。私はあんなに姿を見せて呉れるようにとは願って居りましたけれど、あんな風に姿を見せるくらいなら、寧ろ、姿を見せてくれない前の方がどんなによかったか。――私の恐怖はその日より以前に倍増しこそすれ、決して薄らぎはしなかったのでございます。

その翌日、いつもなら晩までいてくれる良人が、何や彼《か》と口実を設けて愴惶《そうこう》として東京へ帰って了いました。あとに残された私の不安、心配、頼りなさ。――今にも徹が出て来て、私をどうかしようとしたら、私は一体どうしたらいゝのでしょう。その時ばかりは、良人の不人情らしい遣方《やりかた》が、心の底から憎くて耐《たま》りませんでした。幸いその日もその次の日も、そしてそれから、又あの恐ろしい晩が来るまで、私の身辺には何事も起りませんでした。

前の事があって、さてその次の土曜日です。どうしたものか、良人は到頭姿を見せないのでした。私が鎌倉へ来てから今迄一度だってそんな事はないのでございました。どんなに仕事の忙がしい時でも、遅くなってからやって来るとか、土曜日には来られないまでも、日曜日には必ず来ると言って電話をかけて来るとか、全く音沙汰《おとさた》のないという事はありませんでした。私は前の土曜日の事がありますので、不安は次第に昂《たか》まって参ります。終いには到頭耐らなくなって、此方から電話をかけてみますと、どうでしょう、二三日前から旅行したまゝまだお帰りにならないという話です。それを聞いた刹那《せつな》、私は何かしら、暗闇で物に躓《つまず》いたような気持ちに打たれました。私に何の断りなしに旅行に出る、――そんな事が考えられましょうか。いえ〳〵、何かあったに違いございません。何か――、あゝ、恐ろしい。私は考えているうちに、益々物事が悪くなって行くのに気がつきました。

そうしてその夜は一晩中まんじりともせずに待って居りましたが、良人の姿は到頭見えません。翌早朝、電話をかけてみましたが、矢張りまだ帰らないという返事、到頭その日曜日にも姿を見せずに終いました。

私の病気にとっては、神経を昂《たかぶ》らせる事が一番いけないのだそうでございますが、どうしてこれが平気で済《すま》されましょうか、私は自分でも自分の容態が段々悪い方に向って行くのがはっきりと分って居りました。然し、それをどうしようにもしようがないのでございます。まるで自分から蜘蛛《くも》の巣へ飛込んで行った蝶々《ちょうちょう》のように、たゞ徒《いたず》らに身を藻掻《もが》くだけで、あのねばっこい蜘蛛の糸は、愈々《いよいよ》しつこく身にまつわり着いて来るのでございました。

そうした二三日を過して、さて木曜日の夜の事でございます。それ迄にも日に五度も六度も東京へ電話をかけて居りました私は、そのつど、まだお帰りになりません、という空《むな》しい返事を聞くばかりでしたのに、その木曜日の夜、突然何の前触れもなしに、良人が訪ねて来てくれたのでございます。私は丁度

その半時間ばかり前にも電話をかけて、又しても失望して居りました所なので、

「旦那様《だんなさま》がお見えになりました」

という婆《ばあ》やの言葉を聞いた時、それこそ文字通りに飛立つような思いだったのは、全く嘘ではございません。

然し、その時でございます。今考えてみましても、私は心が氷のように冷くなるのを感じるのでございます。

「あなた――?」

といいながら玄関へ私が走って出ました時、良人は向う向きに腰を下ろして靴《くつ》を脱いで居りました。旅行の帰りを東京へは寄らずに、真直《まっす》ぐに訪ねて来てくれたと見えまして、傍には大きなスートケースが置いてありました。その良人が靴を脱いで「よいしょ」と言いながら、こちら向きに玄関へ上った時でございます。私は何かしら固いものを無理矢理に嚥込《のみこ》まされたような苦痛を感じまして「お帰り遊ばせ」と言いかけた言葉を、そのまゝ口の中で凍らせて了いました。その瞬間、良人の顔も、私と同じように、まるで仮面のように固くなったのは決して私の思過《おもいすご》しではございません。いつもなら「いよう、どうだね、体具合は?」と言ってくれる筈の良人が、ものゝ一分間あまりも、凝《じ》っと黙って私の顔を見ながら玄関に突立《つった》っているのです。そしてその揚句の果には、何故かおず〳〵と眼を伏せると、口の中でぶつ〳〵と何か言いながら、自分でスートケースを携《さ》げてずいと奥へ入って行きました。あゝ、それはあの徹の癖をそのまゝではございませんか。

こういう事は或いは夫婦でないものには分りかねる事かも存知ません。私がどんなに説明致しましても、それは到底先生の御得心の行くようには申上げかねるのでございます。これは夫婦という、眼に見えぬ糸で連《つな》がれているものだけが感じ得る事でございましょう。一眼《ひとめ》良人の様子を見ました刹那に、さっと意識しないうちに私の身内には何かしら危険を予感したのでございます。

一足遅れて部屋の中へ入って参りますと、良人は

いつものように革椅子に腰を下ろして煙草《タバコ》を燻《くゆ》らして居りました。それを見ると、私がたった今感じたのは、間違いではなかったかと思われるぐらいでございました。けれども一旦投げられた暗い影はなかなかに消えるものではございません。それからよくよく気をつけて、良人の様子を観察して居りましたけれど、其処には日頃と変った所は少しも見当らないのです。然し、それで私の恐怖が少しでも減じる事か、反対に一層募って来るのでございます。一体こんな事があり得る事でしょうか？　いえ〳〵、これは自分の思違いに違いない。こんな事を考えるのはいけない事だ。――そういう風に私は幾度か自分の心を叱《しか》りつけてみたけれど、その後からして直ぐにあの恐ろしい疑念が頭を擡《もた》げて来るのです。

　その夜以来私たちは、どんなに恐ろしい夫婦の生活を営んだ事でございましょう。それ以来というもの、私はぴったりと寝室の扉《ドア》に鍵を下ろして了って、一歩たりと雖《いえど》も良人にその中へ歩込《あゆみこ》む事を許しませんでした。よく昔の話にありますけれど、いつの間にか怪猫《かいびょう》が老婆を喰殺して、自分がその老婆になり済している、――そんな話がありますけれど、私の場合が丁度それに似た恐怖でございました。私の側《そば》にいるのは良人なのでしょうか。それとも別の男なのでしょうか。――私は気が違ったのではありますまいか。こんな恐ろしい事を考えなければならない人妻が、私の他にあることでございましょうか？

　ある時私は本宅の方から小間使いを一人呼寄せました。そしてそれとなく良人の事を聞いてみたのです。勿論《もちろん》私の抱いている疑いについては一言も洩《も》らしはせず、丁度嫉妬《しっと》深い妻が良人の様子を探るような口調で訊《たず》ねて見たのでございます。

「さあ、別にお変りになったようには存知ませんけれど……」

　と彼女は言うのでございます。

「以前のように冗談を仰有《おっしゃ》る事が少くおなりのように存知ます。それに食物なんかのお好みがお変りのように思いますけれど」

「そして、それは何時頃からの事ですの？」

「何時頃と申しまして、……そう〳〵、旅行からお帰りになった時でございます。いつも旦那様が喜んでお召上がりになります支那《シナ》料理を拵《こしら》えて置きましたところが、もっと淡白《あっさり》としたものに変えるようにとの仰せでございました。その時からでございます。今迄、どちらかと言いますと、油っこいものがお好きだったのが、その時分から、淡白したものと始終《しょっちゅう》仰有るようでございます」

私にはそれで充分でございました。食物の好みというものは、時々変るものではございますけれど、そう一時に、はっきりと変るとは存知られません。矢張りあの時からなのだ！

あの旅行と言って暫く姿を隠している間に何事かゞあったのだ！　私は見究めなければならない。見究めてはっきりと態度を極《き》めなければならない！

そうしているうちに又二三週間経ちました。そしてある夜の事でございます。私はある恐ろしい決心を定《き》めて、久振りに良人に寝室へ入る事を許《ゆ》るしました。良人は私のその突然の申出《もうしで》に、暫くぼんやりとして居りましたが、無論すぐにそれに同意致しました。

あゝ！　其処でどんな恐ろしい事があったか？　私はそれをはっきり申上げる事が出来ません。唯これだけ申上げれば充分だろうと存知ます。良人が寝入ったすきを見て、しげしげとその顔を見守っていた時でございます。私はふと奇妙な事を発見したのでございます。言忘れましたが、良人は鼻下に美しい髭《ひげ》をたくわえて居りましたが、今つく〴〵とその髭を見て居りますと、それが、どうも普通の髭ではないらしいのでございます。私はそっとそれへ手を持って参りました。と、何んという事でございましょう。その髭が、まるで木の葉のようにポロリと枕の上に落ちたではございませんか！

これ以上何を言う必要がございましょうか。本当の良人であるならば、何のために義髭《ぎし》などをする必要がございましょうか。この男は矢張り良人ではないのだ。良人に変装しているに過ぎないのだ！　私は其処で、旅行と称して暫く姿を晦《く》らましている間の事を、考えてみたのでございます。今から思えばそれは髭を伸ばすために必要な期間を得るためだったに違いございません。然し、髭というもの、殊《こと》に良人の唯介がたくわえていたような髭が、一週間や二週間でなか〳〵伸びるものでない事を悟ったその男は、義髭で誤魔化《ごまか》す事にして帰って来たのに相違ございません。何んという恐ろしい事でしょう。私の良人は一体何処へ行ったのでしょう。そしてこんな恐ろしい事の出来るのは、あの徹をおいて他にありようがないではございませんか

私はどうしてこの恐ろしい立場から切抜けたものでございましょう。私の良人は本当の良人ではございません。他の人が良人に化けているのです。と、そんな事を言ったとて誰が私の言葉を信用するでしょうか。いえ〳〵、私が少しでも良人の正体に疑念を抱いているような振りを見せたが最後、どんな恐ろしい災難が私の身に降りかゝって来るか知れたものではございません。良人を殺して——、えゝ、えゝ、きっと良人は殺されたのに違いありませんわ、——まんまとその良人になり済している程恐ろしい男ですもの、少しでも私に覚《さと》られたと知ったら、どんな恐ろしい事をするか分らないのです。

ある日の事でございます。小一時間も黙《だ》んまりのまゝ向い合って坐っていた私たち二人は——その時分良人が側にいると私は、始終心を緊張させて居らねばなりませんので、大へん体がつかれるのでした。——ふと眼を挙げた途端、思わず視線がかっちりと合いました。すると、何んと思ったのか良人はいきなり立上って、私の首に腕を巻きつけたのでございます。以前にはそんな事は度々あったのですけれど、旅行から帰ってからというものは、一度だってなかった事なので、私は思わず身を引いて唇を被《おお》いました。

「どうしたのだ、お前——？」

その声は何故か慄《ふる》えを帯びてかすかに口の中で消えて行きました。

「許《ゆ》るして下さいまし、あたし、あたし……」

その途端咄嗟《とっさ》の間に、私はある一つの妙案を思い

浮かべました。そして早速言ったのです。私の愛していたのはあなたではなかった。あなたの弟の徹さんの方だった。私があなたと結婚したのは生涯の失敗だった。私は当然徹さんと結婚すべきだったという事を、まるで囈言《うわごと》のように早口で喋舌《しゃべ》ったのでございました。その時の良人（?）の顔を生涯私は忘れる事が出来ません。それは何んと言っていゝか、今にも泣き出しそうな、それでいて、今にも笑い出しそうな、変に歪《ゆが》んだ、黝《くろず》んだ表情でございました。若しあれが本当の良人だったら、もっと他の態度がとれた筈でございます。あの曖昧《あいまい》な、訳の分らぬ表情は、たしかに徹のそれに違いありませんでした。私はその時初めて、心の中《うち》で勝利を叫んだのでございます。

徹は私のその言葉で、全く自縄自縛《じじょうじばく》におち入ったのでございますもの。再び徹の姿に還らない限り、徹は二度と私に求愛する事は出来ないのです。私の言葉を本当に信じたが最後、彼は恐ろしい後悔に責められなければなりません。兄の姿になって、うやむやのうちに、私を自分のものにしようとした男にとって、これ程小気味よい復讐があり得るでしょうか。苦しむがいゝ。煩悶《はんもん》するがいゝ、身から出た錆《さび》ではないか。——

先生はきっと、私が良人の身の上について少しも心配しないでいる事に、多分御不審をお持ちでございましょう。そうです。その時の私には、誰に対する愛情も微塵《みじん》も残って居りませんでした。私のたゞ恐れていたのは、私自身が浅間しい畜生《ちくしょう》のような身におちる事でございました。良人がどうしたか、——それを心配する前に、私は先《ま》ず私の身近にいる恐ろしい悪魔を防がねばならなかったのでございます。

私の言葉は確かに徹の胸の中を鋭くついたに違いありません。それ以来というものは、何時あっても、彼は始終考え勝ちで、たまに私の方から何か話しかけても、いつもとんちんかんな返事ばかりするのでした。勿論、製作の方は全然止《よ》して了って、その頃から始終鎌倉に寝起きをするようになっていました。

私にはあり〳〵と、何か又彼の胸の中で恐ろしい計画が樹《た》てられている事が分って居りました。それが徹の昔からの癖で、何か深い考えに沈むと、他人と碌々《ろくろく》話もせずに、始終爪《つめ》を噛《か》んでいるのです。今私は再びその癖を良人に見る事が出来るのでございました。

そうこうしているうちに、又しても一ケ月経って了いました。鎌倉には夏が近附いて参りましたので、避暑客がぼつぼつと姿を見せ始めたのでございます。そしてある時の事でございます。ふと良人の留守の間に、良人の書斎へ入って行った私は、何心なしに良人の手文庫を開けてみたのでございます。と、驚いた事には、其処に、よし子殿へ、唯介よりと書いた一通の封筒があるではございませんか。私は思わず、おや！　と思いながらそれを手に取上げますと、幸いまだ封がしてございませんので、急いで中身を取り出しました。

よし子よ。

とそれはそんな風に書き出してあるのでございました。

よし子よ。

私には今漸《ようや》くお前の心が分った。私は何んという馬鹿だろう。お前のあの恐ろしい告白を聞くまでは、お前が私を愛してくれているものとばかり信じていたのだ。私はもう駄目だ。お前の愛しているのがこの私ではなくて、私の弟であったと聞いた時、私はどんなに絶望した事だろう、私は苦しんだ。煩悶《はんもん》した。そして到頭ある決心を定めたのだ。私は生きていて用がないばかりか、お前にとっては邪魔者に過ぎない事を覚った。私は潔《いさぎよ》く身を引く。私の身にどんな事が起ろうともお前は決して驚いてはならない。そしてお前はお前の思うまゝにするがいゝ。私だの世間だのへ少しも気兼ねをする必要はないのだ。

この手紙を見た時の驚き、――これは一種の遺言状ではございませんか。一体どういう意味なのでございましょうか。矢張りあれは良人だったのでございましょうか。私の今迄の考え方はみんな間違っていたのでございましょうか。いえ〱、そんな筈がありません。あれが良人？　どうして〱、私はその頃になって、も早《はや》はっきりと私の良人が良人でなくて、別人である事を種《いろ》んな理由から知って居りましたのですもの。

　では、これは何を意味するものでしょう。

　私はその時終りの方に書いてある文句をもう一度考直してみました。其処には、自分の身を引いた後、世間などへ何んの気兼ねもなく、私の思うまゝにせよと書いてあるではございませんか。私の思うまゝ――？　あゝ、それは私の本当に愛している男と結婚しろという別の言いかたではございませんか。では、私の愛している男とは誰の事でしょう？　この遺書を書いた本人は、私が徹を愛しているとばかり信じているのです。――

　何んという巧みなトリックでございましょう。この遺書はつまり、徹の身にとって最も都合のいゝものに出来て居るのです。そしてこれを書いた男は、私の良人の唯介として死ぬ一方、弟の徹として再び生きて来ようとしているのではございませんか。一体どんな風にして行うつもりか。それは到底私などの想像の及ぶところではございません。然しそんな恐ろしい事になるくらいなら、いっそ一《ひと》思いに死んだ方がましだ――その時私はふと考えたのでございます。幸い良人は書置きを作っている。今私が良人を殺したとて、誰がこの私を疑うものがありましょうか。

　あゝ、先生！

　これは何んという恐ろしい考えでございましょう。私はきっと気が狂うか、悪魔にでも魅入られていたに違いございません。言う迄もなく私は、何度《いくど》となくこの恐ろしい考えを追払うように努めました。しかし、そうすればする程、猶《なお》しつこくこの考えは私の心の中にからみついて来るのです。

　先生、私はもうこれ以上詳しく申上げる事は出来ません。それはあまりにも恐ろしい事でございますもの。幸い良人の書置きを出すひまもなく、医者が誤診をしてくれましたので世間体は病死という事になりました。けれど、けれど、私が殺したのです。先生、私は恐ろしい人殺しでございます。私はしかし、その事に就《つ》いて何等の後悔も感じては居りません。私のような場合、女が身を護《まも》るためには、どうしても採らなければならない唯一の手段として、先生も私をお許るし下さるでしょう。

私の申上げたい事はこれで尽きました。私も、もう、長い事は生きていないつもりでございます。私が死んだ後に、これを御覧になった場合には、何卒私をお憐《あわれ》み下さいませ。

ではこれで筆を置く事に致します。

私はほっと溜息《ためいき》をついた。何んという恐ろしい事だろう。こんな事がこの世の中に果してあり得る事だろうか。

「どう思うね？　君は」

青柳博士は私が読終《よみお》わるのを見て、口からパイプを離すと静かにそう促した。私はしかしそれに就いて何んと答えてい丶やら見当がつかないくらいだった。

「さっき言った女性の偏執狂《モノメニア》の恐ろしいというのはこの事だよ」

博士は私の顔を真正面から見詰めながら沈んだ声でそう言った。

「偏執狂《モノメニア》ですって？　一体どういう意味です？　それは――」

「君に分らないのかね。じゃ君はこの遺書を全部信じているのかい？」

「じゃ何か――」

「勿論さ」博士は断固として言った。「こんな馬鹿々々しい事があるものじゃない。これはみんな、尾崎夫人の幻覚なんだよ」

「それでは、貴方は、尾崎唯介は死ぬ間際まで本当の尾崎唯介だったと仰《おっしゃ》有るのですか」

「勿論そうさ」

「しかし――？」

「君は、食物の事だの、義髭の事だの、その他尾崎夫人の感じたのをそのまゝ受入れているのだろう。だからいけないのだよ。偏執狂《モノメニア》というものは、何んでもかんでも自分の感じたところが事実に相違ないという信念を抱いている。そして総《すべ》てがそれから出発するのだ。尾崎夫人は予《あらかじ》め、徹の出現という事に少からず頭を悩ましていたのだろう。そしていつの間にやら、小説みたいな筋を、自分で組立てていたのだ。義髭だって？——あれはこの悲劇と喜劇のクライマックスなんだよ。尾崎唯介というのはどんな男だかよく知らないが、恐らく芝居気たっぷりな男だったのだろう。彼は始終妻が兄弟の事を恐れているのを見て、妙な気持ちを起したのだ。そして妻を驚かすためか、それとも他に理由があってか、自分でわざと徹という弟の真似《まね》をしていたのに違いないよ」

　私はそれに対して何んと答えていゝか分らなかった。博士は私の疑念がまだ去りやらぬのを見ると、ポケットから一通の封筒を取出して私に見せた。それは台湾の役場から来たもので、お訊ねの山内徹は大正××年マラリヤ熱のため、当地に於て死亡したという報告書であった。その日附けを見ると尾崎唯介の死よりも約一年先立っている。

「唯介も勿論弟の死んだ事はよく知っていたのだろう。然し、それが妻の心を動揺させるのを恐れて、わざと黙っていたのだ。万事は唯介の企んだ喜劇なのだ。唯其処へ偏執狂《モノメニア》がからんだために、恐ろしい悲劇に終ったのだ。次手《ついで》だから言って置くが、唯介と徹とは、尾崎夫人の書いているのとは全然反対に、非常に仲のいゝ兄弟だったというよ——」

　私はしかし黙っていた。

　そして頭の中でひそかに考えたのである。

　博士の言葉が本当か、尾崎夫人の遺書が事実か、それは今となっては神のみが知給《しりたも》うところである。

片腕

小間物屋の女将《おかみ》高木《たかぎ》やすの陳述

はい、わたくしが高木やすでございます。浅草馬《うま》道《みち》一丁目に小間物店《こまものみせ》を開いて居ります高木やすでございます。御存知でもございましょうが、馬道一丁目と言いますのは、浅草観音様の二天門《にてんもん》を出て、吉原の方へ行く途中にありまして、昔から至ってゴミゴミした町でございますが、震災後はそれでもバラック建築なりに幾分見よくなったかも知れません。元来わたくしは浅草の産《うま》れで、昔からあの御近所に住《すま》って居《お》りましたが、今のところへ小間物店を出しましたのは大正十四年の秋の事、震災の翌々年の事でございます。わたくしの亡くなりました亭主と申しますのは、高木利八《りはち》と申しまして浅草千束町《せんぞくまち》にありました呉服屋丸石《まるいし》さんところの通い番頭で、至って正直な人でございました。震災までわたくしはその亭主と、亭主との中に出来ましたみよ子という女の子と三人で、お店の附近に住んで居りましたのでございます。それが大正十二年のあの震災で——亭主は亡くなるお店はつぶれる。仕方なしにわたくしは大正十三年の秋ごろから、その頃からボツ〳〵と復活して参りました、あのもとの十二階裏の如何《いかが》わしい待合へ仲居奉公に参ったものでございます。わたくしがお妙《たえ》さんを知って居りましたのはそういう因縁からで、お妙さんは確か、わたくしがそうした奉公を止《よ》そうかと思い始めた大正十四年の夏頃に、あの土地へ、何処《どこ》かから蔵換《くらが》えして参ったように覚えて居ります。その以前には何処に居りましたものか一向存知ません。尤《もっと》もあの土地へ出るようになりました最初から、あまり悪びれをしないようでございましたから、矢張《やは》り同じような商売をしていたものでございましょう。これは後になってあの女《ひと》から直接に聞いた事でございますが、何《な》んでも産れは埼玉在でかなりの農家の娘だという事でございました。それが、どうした経路を通ってあんな所へ身を沈めるようになったのか、そこの所はわたくしもよく存知ません。あの女《ひと》の言う事はいつでも違っているので、前に申しました埼玉在というのも、本当の事かどうかはっきり申上げ兼《かね》ます。勤めに出ている時分は、どちらかと言うと瘦《や》せぎすな方で、色の白い、眉の薄い娘《こ》で、いつもその眉の薄いのを気にしていたのをよく覚えて居ります。さて、前にも申しました通り大正十三年の秋から、とも角《かく》一年そうした土地で働いて居りましたが、どう考えて見ても自分の性《しょう》には向きませんし、それに段々物心のついて来る娘のみよ子の為にもよくないと思いましたので、大正十四年の秋、いよ〳〵仲居奉公の足を洗おうと決心したのでございます。丁度その時幸いに、ある人が馬道一丁目に小間物店の店舗《しにせ》が売りに出ているという話なので、見に参りますと手頃でもありますし、値段のところも、一年間稼ぎ溜《た》めた金や、その前に亭主が残しておいて呉《く》れた貯金やらで、どうにか間に合いそうなので、到頭《とうとう》それを買う事にしたのでございます。それが大正十四年の十一月の事でございました。お妙さんはその時分まだ商売に出ていたように覚えて居ります。さて商売の方は、馴れないと言っても、根がそう難しい方ではありませんし、それに皆様がいろ〳〵と贔屓《ひいき》にして下さいますので、親子二人の口ぐらいどうやらすゝげて行くようでございました。然《しか》し、考えてみますと、娘も段々大きくなって参りますので、その日暮しではあまり頼りなく思われました。其処《そこ》で考えたのが貸間をする事でございました。然し、それとてもわたくしの方から人に頼んだり、貼札《はりふだ》をしたのではございません。そんなことを考えて居りますと、ある日途《みち》でばったりお妙さんに会ったのでございます。確か大正十五年の夏頃の事でございました。お妙さんが藍地《あいじ》に白い撫子《なでしこ》の模様を散らした浴衣《ゆかた》を着ていたのを覚えて居ります。見ると以前とは打って変って肉付きもよく、血色も立派で、見るからに幸福そうでございました。わたくしはその前に、人からお妙さんが近頃稼業を止《よ》したという事を聞いて居りましたので、成程商売を止すとこんなにも丈夫そうになるものかと思ったぐらいでございました。暫《しばら》くわたくし達は立話をして居りましたが、その時お妙さんの申しますのに、

「小母《おば》さん、この近所に貸間をする家《うち》はないでしょうか」

と言うのでございます。突然、どうしたのかと訊《き》きますと今の人に落籍《ひか》されて、ずっとこちら馬道三丁目の荒物屋の二階に世帯《しょたい》を持っていたのだが、どうもその家が御亭主の気に入らないのだという話でございました。わたくしも内々貸間をしたいと考えていたところでもありますし、渡りに舟だと存じましたが、尚《なお》念のために御亭主の職業を訊いて見ますと旅廻りの香具師《やし》だとかで、月のうち半分程しか家に居《い》ないと言う事でございました。お妙さんなら気心も知れて居《お》りますし、それに御亭主はどんな人か知りませんが、月のうち半分しかいないというなら、これに越した事はあるまいと思いましたので、其処でわたくしの家の事を話したのでございました。お妙さんもそれを聞くと大変喜びまして、早速家を見せてくれという話——そしてお妙さんにはすっかり気に入りまして、その晩改めて御亭主という人を連れて来ましたが、この人も直《す》ぐ気に入ったらしく、話はまことに簡単に片付きました。そしてその翌日、引越しと言ってもそう大した荷物がある訳でもございませんので、二人して引移って参ったのでございます。——こういう訳でございますから、わたくしがあの人たちに二階をお貸し申しましたのには、別に深い仔細《しさい》があったわけではございません。唯《ただ》もう少しでもお金が余計に入ればいゝと思いましたのと、お妙さんなら気心も知れて居りますしと思ったからで——さようでございます。わたくしが知って居り

ましたのはお妙さんの方で、御亭主の河口省吉《かわぐちしょうきち》という人は、それまで一度もお目にかゝった事のない方でございました。それがまあ、あんな事になりまして、わたくしも世間様へ対して顔向けがならないように存じて居ります。河口省吉という人は、見たところ三十そこ〳〵の、むっつりとした人で、わたくしなど、一年近くもお宿をして居りましたが、ついぞ一度打解《うちと》けてお話をした事はございません。色の浅黒い、眼の澄んだ、口許《くちもと》の引緊《ひきしま》った、どちらかというとお妙さんには勿態《もったい》ないような人でございましたが、何時《いつ》も何か考え込んでいるように、口数の少ない人なので、わたくしなど、何《な》んだか恐ろしいような気もする事がございました。とに角、わたくしの今迄知っている男の人とは、まるで違った考えを持っているように思われますので、うっかりこちらから近付けないような気がするのでした。成程《なるほど》お妙さんが初めに言いました通り、月のうち半分以上も家を空けるようでございましたが、家《うち》に居ます時は、昼間は大てい十二時頃迄寝て居りましたし、眼が覚めてからも、滅多《めった》に外出するようなことはなく、お天道様《てんとうさま》のある間は、始終お妙さんを側《そば》へ引きつけて何をするのかひっそりとして居りました。そんな時お妙さんが一寸《ちょっと》外へでも出て居たりするといつも大変で、後で随分蹴ったり殴ったりするようでございました。お妙さんは然し、余《よ》っ程《ぽど》、あの人が好きであったらしく、そんな事をされてもわたくしに愚痴一つ溢《こぼ》した事はございません。わたくしにはよく分りませんが、何んだかそうされるのが却《かえ》って嬉《う》れしいようにさえ見える事がございました。そうして昼間は大抵家《うち》に引籠《ひきこ》っていて、さて、夜になるとお妙さんを相手に酒が始まるのでございました。お酒は随分強い方で、一時に七八合は平気でした。そして酔うと幾分陽気になると見えて、お妙さんを相手に、きゃっきゃっと賑《にぎ》やかにふざけている声が聞えたり、時にはお妙さんを連れて、又別の時には自分一人で外出する事がございました。自分一人の時は大抵方々を飲んで廻った揚句、何処か如何《いかが》わしい所へ泊って来るようでございました。それについてこんな話がございます。わたくしが仲居奉公をして居りました時分の朋輩《ほうばい》で、お豊《とよ》さんという人がございますのですが、ある時そのお豊さんに途《みち》で会いまして、種々《いろいろ》と話をして居りますうちに、ふと河口省吉さんの話が出たのでございます。お豊さんの話によりますと、あの人があの土地で遊び始めたのは、わたくしが足を洗って間もなくの事らしく、初めの間《うち》は、誰と極《きま》った相手はなかったそうでございますが、間もなくお妙さんがすっかり気に入ったらしく、いつもお妙さんばかりを相手にしていたという事でございます。金離れはいゝし、男振りも悪くはなし、それでお妙さんの方からもぞっこん打込んだのだという事でございますが、身受話が出たのはそうした遊びを半年あまりも続けた後の事だそうで、それまでは待合の方は勿論《もちろん》、お妙さん自身も何処に住っている人やら、何を商売にしている人やら一向知らなかったという事でございます。何んでも愈々《いよいよ》一緒になる時、自分は今迄旅から旅へと廻っていて、定まった家も持たなかったが、お前と一緒になるについては何処か一軒家《うち》を借りなければならないが、そう急にと言って金も出来ないからというので、前に申しました荒物屋の二階を借りる事になったのだという事でございます。その時わたくしがお豊さんに言ったのでございますが、滅多に家《うち》にいる事はないし、家《うち》にいても静かで結構な人だが、何んだか気心が知れないで、気味の悪いところのある人だと申しますと、お豊さんが不審そうな顔をして、「まアそんな人かしら、でも遊ぶ時は気のおけない随分面白い人だ。尤もお退《ひ》けになると相手に出た妓《こ》が困る事があるという話だが」と言って笑って居りました。其処で何がそんなに困るのだとわたくしが訊《たず》ねますと「まあ、お前さんにも似合わない。大抵分りそうなものじゃないか。分らなきゃお妙さんに訊いて御覧、尤もお妙さんはそれが好きで、一層あの人にぞっこん打込んだという噂《うわさ》だが」とそう申しまして妙な笑い方をして居りました。あの人の商売についてわたくしは一度も疑った事はございません。成程そう言えば、たまには不審に思った事もあったように存じますけれど、何しろ当の連添う女房のお妙さんが、すっかり安心しきっている模様なので、わたくしなどが、詰《つま》らぬ事を考える暇がなかったのでございましょう。尤もそう言えばお妙さんは幾分疑っていた事があったのかも存知ません。然し何しろ省吉さんという人は、決して他人に物を言わさない人でございますし、それにお妙さんはそんな事より何より、あの人が好きで好きで耐《たま》らなかったので、無理をしてまで探り出そうとはしなかったのでございましょう。尤もわたくしの家へ参ります以前から妊娠して居りましたようで、それが産月が近くなって来るに従って、お妙さんもかなり心細くなったかして、省吉さんが旅に出る前など、よくごた〳〵がございました。わたくしなどにも、いつ何時捨てられるかも知れない、あの人には何処かに隠した情婦《いろ》があるのに違いない、などとよく言って居りましたが、それ以上の疑いをわたくしに洩《もら》した事はございませんでした。省吉さんを疑って居たと申せば、わたくしやお妙さんなどよりも、先《ま》ずあの寅松《とらまつ》さんでございましょう。寅松さんというのは、浅草の××座の下足番《げそくばん》をしている男でございますが、お妙さんがわたくしの家《うち》へ引越してから、しげ〳〵と家《うち》へ出入《ではいり》をするようになったのでございます。左の脚が鰐《わに》のように曲った不具者《かたわ》の上に、顔といったら、色の黒い、恐ろしいお出額《でこ》で、それに顔中が深い皺《しわ》だらけで、一目見るだけでもぞっとするような無気味な男でございました。わたくしの娘のみよ子なども、この男を見ると、いつも顔を隠して逃げ出したものでございます。この寅松という男が、お妙さんにすっかり惚《ほ》れているらしく、よく何や彼《か》やと言ってはわたくしの家《うち》へやって来るのでした。お妙さんの話によると、省吉さんと馴染《なじ》みになる以前からの馴染みなのだそうでございますが、お妙さんはこの男を別に好いているでもなく、そうかと言って、わたくしなどのように気味悪がったり、厭《いや》がったりする様子もございませんでした。省吉さんの留守中など、殊《こと》によくお妙さんを訊ねて参りましたが、するとお妙さんは相手が自分に惚れているのを知って、随分悪い悪戯《いたずら》をするのでございました。この男が又お妙さんの言う事なら、どんな事でも肯《き》くので、随分いゝ弄《なぶ》りものになっていました。然し、それでも、その男にとってはお妙さんにそんな風にされるのが何よりも嬉れしいらしく、笑うと一層無気味になる顔を、相恰《そうごう》を崩してえへらえへらと笑っているのでございました。この男とお妙さんとの間に関係があったかどうか、それはわたくしにも分りかねます。然し、以前は知らず、わたくしの所へお妙さんが引越して来て以来、そんな事はなかったように存じて居ります。唯一度こんな事がございました。矢張り省吉さんが旅に出ている留守中の事でございました。丁度わたくしの店先へ来て居りました寅松さんを――お妙さんは決してこの男を二階へ上げた事はございません――お妙さんが種々《いろいろ》とからかって居りましたが、そのうちに、

「寅さん、一晩わたしと何処かへ泊りに行こうか」

とお妙さんが冗談を言ったのが、段々本当になりまして、その晩到頭二人は大森とかへ泊りに行ったようでございました。その翌日お昼過ぎに帰って参りましたお妙さんを摑《つかま》えて様子を訊ねますと、

「小母さん。そりゃ面白かったわ。一晩あの男を焦《じ》らしてやった」

そう言ってあはあは笑って居りました。

「わたし、此《こ》の頃気がくさ〳〵して耐らないから、何処かへ泊りがけで行ってみたいと思っていたのだけれど到頭あの男を欺《だま》して連れ出さしてやった。小母さん、これお土産《みやげ》よ。どうせあの男の金で買ったんだから、遠慮なく、取っといて下さいな」

そう言って種々なお土産物をわたくしに呉れたものでございます。わたくしは何んだか心配で、こんな事が御亭主に知れてもいゝのかと言いますと、お妙さんは初めて顔色を変えて、小母さん、その事だけは堪忍《かんにん》して下さい。こんな事が知れたらわたし殺されて了《しま》うかも知れない、と手を合せて頼むのでございました。ですからわたくしも、この事については今迄一度も他人様にお喋舌《しゃべ》りをした事はございません。然し、その時の事だって、わたくしはどうも二人の間に関係があったとは思えないのでございま

す。その後寅松さんにそれとなく訊いてみましたが、あの男は唯えへらえへらと笑っているばかりでございました。然し、これは矢張り、お妙さんの言葉が本当のような気がしました。然し、こうしてあの男がお妙さんの嬲《なぶ》りものになっているとばかり思っていたのは間違いで——いえ、嬲りものになって喜んでいた事は確かでございますけれど——その間に、いろんな事を上手にお妙さんの口から聞出していたのでございましょう。実際、悧巧《りこう》ぶっていたわたくしだのお妙さんこそ愚者《おろかもの》で、却ってあの取るに足らぬような不具者《かたわもの》が一番悧巧だったのでございますね。尤もわたくしやお妙さんと違って、あの男にとっては省吉さんは恋敵《こいがたき》だったのですから、種々《いろいろ》と相手の素姓《すじょう》を気にかけたのは当然の事でございましょう。世の中に恋の遺恨というもの程恐ろしいものはございません。殊に寅松さんの場合は、不具者だけに一層激しかったのでございましょう。今から思えば省吉さんは薄々とこの事を感付いていたようでございます。あの人は寅松さんの顔を見るのを何よりも厭がって居りました。時々、寅松さんの事で、お妙さんとの間に、喧嘩《けんか》が始まる事さえありました。その時分わたくしは、唯寅松さんがお妙さんの昔の馴染みで、今でもお妙さんに気があるから、それであの人があんなに憤《おこ》るのだとばかり想って居りました。然し、今から思えばそればかりでなく、あの人はおぼろながら、寅松さんの恐ろしい事を感じていたのでございましょう。他の事なら、酒を飲まない限り決して他人の前で感情《こころ》の動きを見せた事のない人でございますが、寅松さんの事になるといつも眼の色まで変るようでした。それに就《つ》いてこんな事がございました。ある日、矢張り省吉さんの旅に出ている留守中、寅松さんがわたくしの店へ来て、お妙さんを相手に話をしていたのですが、生憎《あいにく》ひょっこりそこへ省吉さんが帰って来たのでございます。その時、どんなきっかけからか、省吉さんがひどく憤って、寅松さんに向って何かひどい事を申しました。その言葉を聞くと、今迄にや〳〵と得体の分らぬ笑い方をしていた寅松さんが、突然笑いを止《や》めてぎゅっと鋭く省吉さんを睨《にら》みすえました。わたくしは今迄に、あんなに変る相恰《そうごう》というものを見た事がございません。笑っていると鼻を中心にして顔中一杯に広がっている皺が、それを止《や》めると、まるで巾着《きんちゃく》の紐《ひも》をしめたように、ぎゅっと顔の真中に集《あつま》るのでございます。そしてその眼付きと言ったら、まるで、蒼い光を底に湛《たた》えているような、無気味な色でございました。然し、それもほんの僅《わず》かの間で、直ぐ元のように、巾着を開いたような相恰になりましたが、その時たった一言、「旦那《だんな》、今頃八王子に祭礼がありますかね」と言い捨てたかと思うと、そのまゝ後を見ずに店を出て行きました。その時、省吉さんがどんな顔をしましたか、わたくしは生憎寅松さんの方に気を取られていましたので気がつきませんでしたが、いきなりどた〳〵と逃げるように二階へ駆上がったと思うと、それから二三日の間は滅多に階下《した》へ顔を見せなかったようでございます。さて詰らない事を長々とお話しましたが、それでは愈々あの事件のあった日の事をお話いたしましょう。忘れもしない三月の十二日の事でございます。朝から空《から》っ風《かぜ》が吹いてとても寒い日だったのをよく覚えております。省吉さんはその三日程前に、二週間ばかりの旅から帰っていたのでございますが、今から思えば、その頃から大分様子が変っているようでございました。朝は十二時迄寝ている事、昼間はめったに階下《した》へ顔を見せない事、夕食の時にお酒を召上がる事は今迄と同じでございましたが、唯それ迄と違って、お酒を召上がっても少しも陽気になれないようでございました。「うちの、此の頃又お酒が強くなったのか、少しも酔わないのよ」とお妙さんも言っていましたが、お酒を飲みながらも始終何かを考えている風だったという事でございます。その時お妙さんも八月《つき》か九月《つき》かの、もうすっかり人眼につくお腹《なか》をして居りまして、そうでなくても神経がいら〳〵する時分ですのに、御亭主がそんな様子ですから、一層ヒステリーが昂《こう》じるらしく、始終めそ〳〵とふさぎ込んでばかり居りました。するとあの三月の十二日でございます。その日は珍らしく晩飯のお酒が済むと、省吉さんはふら〳〵と定まらない足どりで外へ出て行きました。するとそれから暫くして、さあ十時頃の事でございましょうか、お妙さんが真蒼《まっさお》な顔をして二階から降りて来まして、わたくしが何んと言っても行先も告げずにふらりと外へ出たのでございます。いずれ痴話喧嘩でもあったのだろうと思って、わたくしは深くも気に止めませんでしたが、そのまゝ、お二人ともその晩は帰って参りませんでした。ところがその翌朝の事でございます。さア、あの騒ぎで、――お妙さんが田端の所で汽車に轢《ひ》かれて死んでいるというので、――それを一番最初に報《し》らせてくれましたのは、御近所の肴屋《さかなや》の小僧さんでした。それから近所中大騒ぎになりまして、省吉さんの居所を探ねると、あの人はいつも行きつけのお豊さんの待合に泊っていたのでございます。その時の様子はあの当時矢張り詳しく申上げて置きましたが、あの時だってわたくしは、決して知っている事をわざと隠したり、省吉さんを庇《かば》うために嘘《うそ》をついたりした事はございません。まさかあの人がそんな恐ろしい事をしようとは思いもよりませんし、それにあの時分のお妙さんの様子が、いかにも身投げでもしそうな風でもありましたので、てっきり自殺だとばかり思い込んでいたのでございます。それに省吉さんが逃げも隠れもせず、ちゃんちゃんと後片付けをし、世帯を畳《たた》む前に、三十五日の法事までして行ったのでございますから、疑いを挟むひまは少しもなかったのでございます。唯あの時も不思議に思ったのでございますが、汽車に轢かれてバラバラになったお妙さんの体のうちに、左の手だけがどうしても見当らないという事でございました。省吉さんも頻《しき》りにその事を気にして居りましたが、まさかその無くなった片腕のために、後々《あとあと》あの恐ろしい事件が発覚しようなどとは、省吉さんでさえ夢にも思わなかったでございましょう。はい、省吉さんは三十五日の法事を済ませると、又当分旅烏《たびがらす》で暮らそうと言って、世帯道具など二足三文《にそくさんもん》に売りとばし、縁があったら又会いましょうと挨拶《あいさつ》を残してわたくしの家《うち》を出たのでございます。その間に、決して悪びれた様子はございませんでした。

犯人の許婚者《いいなずけ》木沢由良子《きざわゆらこ》の陳述

あたしが木沢由良子でございます。お訊《たず》ねの黒沢《くろざわ》誠吾《せいご》とは一時かなり親しくして居りました。いえ、或《ある》いは親密という以上の交際であったかも知れません。何故《なぜ》と言って、あたしたち両方の家庭では、あたしと誠吾を結婚させるつもりであったらしいゅうございますし、あたし達自身もそのつもりでいたのですから。

あたしが誠吾と初めて会ったのは、一昨年の秋、あたしが仏蘭西《フランス》から帰って間もなくの事でした。あたしは、兄が巴里《あちら》で絵の勉強をして居りますもので、すから、十七の年にそれを追いかけて、二十《はたち》の秋まで、足かけ四年巴里にいたのでございます。その時分あたしはまだ巴里で勉強を続けるつもりだったのですが、それが急に呼び戻されましたのは、誠吾との縁談が、内々両方の家庭で進められていたかららしゅうございます。御存知でもございましょうが、黒沢家は先代の子爵が数年前亡くなられて後、御長男の篤彦《あつひこ》様が後を継いでいられるのですが、その篤彦様も三年程以前から倫敦《ロンドン》の大使館付きとして赴任されています。従って東京のお邸《やしき》にはお母様と次男の誠吾の二人きりしかいないのですが、その誠吾が三十にもなるのに、兎角《とかく》身がおさまらない、それで一時も早く結婚させたかったのでございましょう。

あたしが帰って参りました時には、双方の本人さえうんと言えば直ぐにでも結婚式を挙げるぐらいの意気込みでした。然しあたしは、巴里《あちら》で誠吾の兄の篤彦様にもお目にかゝった事はありますし、何彼《なにか》とあの人のよくない噂を聞いて居りましたので、その時直ぐに同意する事は出来ませんでしたので、一年位交際した上の事にして下さいと頼んだのです。然し、会って見るとあの人は、そういう悪い噂のある人とは思えない程、物事によく気のつく、優しい親切な人でした。一体、あの人に悪い噂があるというのは、三度も四度も学校を変えたり、終《しま》いにはその最後の学校も卒業間際になって、放蕩《ほうとう》のために退校処分を受けたり――そういう事が子爵家として甚《はなは》だ迷惑だったせいでございましょう。学校を止《よ》してからも、あの人は仕事らしい仕事は何一つするでなく、暫く放蕩は止めなかったという話ですが、あたしたちが初めて会った当時は、時々姿を眩《くらま》すという悪い癖《くせ》がありました。これはあたしが知ってからも度々経験した事で、大分《だいぶ》親しくなってから、あたしが何故そう度々家を飛出《とびだ》すのですかと訊ねますと、「僕は生来放浪癖《へき》があると見えて、一月《つき》も同じ所にいると、何んだか頭がむしゃくしゃして耐《たま》らないのです。然し、あなたと結婚出来るようにでもなったらきっとこの悪い癖は改めるつもりです」と言って笑っていました。その言葉でも分るように、あの人はあたしとの結婚をかなり真面目《まじめ》に希望していたようでございます。あたしの方でもあの人との交際が深まさるに従って、次第に心を惹《ひ》かれていたのです。今から思えば、あの人には妙に人を惹きつけるような魅力がありました。それに何時の間に勉強したのか音楽にしろ、美術にしろ、文学にしろ、随分深い理解力を持っていて、時々あたしを驚嘆させるくらいでした。あの人はよく、「僕はあまり種々《さまざま》な事を知り過ぎて、結局何をする気にもなれなくなったのだ」と申して居りましたが全《まった》くその通りでした。多分それが持って産れた性格でもあったのでしょうが、あの人は普通の人々が仕事と称して生涯を捧げているあらゆる事が、馬鹿々々しくて仕様がなかったのでしょう。唯あたしに対する恋情だけは、生れて始めて感じた真剣だとあの人はよく申して居りました。これは自惚《うぬぼ》れでも何んでもありません。いつかも、「僕が本当にしたい事をしていて、母を喜ばせる事が出来たのは、今度が始めてだ」と申しておりました。然し、考えて見れば、或いはこれもほんの気紛《きまぐ》れな一瞬間であったかも知れません。あゝいう人の心持ちは、自分自身ですらよく分らないに違いありませんから。

それ程の深い交際をしていて、お前はあの男の二重生活に気が付かなかったのかと、あたしはよく訊ねられます。然し打開《うちあ》けたところ、あたしは毛筋程《けすじほど》もそんな事を考えた事はございません。無論あの人のあまり激しい逃眩《とうげん》に対しては、時々疑惑を感じた事はございますけれど、まさか、その間を浅草のあんなところで、あんな妙な生活をしていようとは誰が夢想しましょう。それに、そういう事に対しても、あの人は天才的な巧妙さを持っていたのですもの。尤も旅行から帰ったと称して自邸へ姿を現わした当座は、何時もひどく疲れ切った様子で、容貌なども多少変っているように見える事がございました。それが一日二日するうちに、段々日頃の快活さを取戻して行き、そして十日から二週間、二十日と経って行くと、今度は反対に苛々《いらいら》とした態度になって来るのでした。と思うと、大抵極《きま》って姿を眩して了います。然し、その逃げる時と言い、帰って来た時と言い、口実が実に巧みで、何時もちゃんと辻褄《つじつま》があっているので、あの人の口から種々《さまざま》と話を聞いているうちに、どんな疑いもさらりと解けて行くようでした。

あんなに上手に二つの生活を使い分けた人は、今迄かつてない事でしょう。決してあの人は、この二つの世界を繋《つな》ぐような鎖を残しませんでした。あたしの知っている限り、あの人の体の周囲《まわり》から、子爵家の次弟黒沢誠吾以外の匂いを感じた事はございません。尤も、総《すべ》てが明らさまになってから、初めて気が付いた事ですが、あの人も二重生活の終末時分にはかなり、自分自身でも破綻《はたん》を感じていたようでした。それについてこんな事がございました。ある時、あたし達は帝劇の音楽会へ行く約束で、あの人が自動車であたしを迎えに来てくれた事がございます。生憎《あいにく》時間が切迫して居りましたのであの人は門前で自動車に乗ったまゝ待って居りましたが、あたしがそれに乗るといきなり窓のシェードを降ろして了ったのでございます。あたしがどうしたのかと訊ねますと、その時は何んとも申しませんでしたが、自動車が大分走ってから「あなた先刻《さっき》、自動車に乗る時、跛《びっこ》の男が門前にいたのを見ませんでしたか」と向うの方から訊ねました。あたしが知りませんと答えますと、じゃ僕の勘違いだったのかなと申しましたが、何んだかひどく顔色が蒼褪《あおざ》めて、その夜は常時《いつ》もとは別人のように、碌《ろく》すっぽ口も利けない様子でした。それでも別れる時分には大分元気を恢復《かいふく》したと見えて、「今日は少し厭なことがあったので、あなたにまで不愉快な思いをさせて済みません。この次にはきっとこの埋合せを致しましょう」と微笑《わら》いながら謝って居りました。

その時を最初に、時々ふと、「今あなたは、跛の男が其処らにいたのに気が付きませんでしたか」と訊ねられる事がよくありました。終いにはあたしの方でも変に思ってその理由を訊ねたものですが、「いや、僕は少し頭が変になっているに違いない。然し、まあ心配しないで下さい」と言葉を濁すばかりでした。

然し、この跛の男こそ、あの人があんなに迄巧みに使い分けていた二つの生活を繋ぐ鎖の環《かん》になったのです。あの蜘蛛《くも》のような醜怪《しゅうかい》な容貌をした、跛の男こそ、あの人の秘密の世界からやって来た使者だったのでしたが、初めてこの男から手紙を受取ったのは、確か三月の始め頃の事でした。今から思えば、この月の十二日の夜、あの人は到頭恐ろしい罪を犯して了ったのです。この手紙程あたしを驚かしたものはございません。それには、細々《こまごま》とあの人の秘密の生活が書き連ねてあるのです。それは実際あまりにも意外で、あまりにも陰惨で、とても信じられないような事実の報告なのです。こんな事があってよいものだろうか、果してこんな事があり得るだろうか？　実際常識では考えられない事実です。あたしも最初は一笑に付したいくらいでした。然し、その手紙全体の調子が、あまりに平淡で、何処に何等《なんら》の威嚇《いかく》めいた文句も、注告《ちゅうこく》めいた言葉もないのが、却ってあたしの心を惑乱させたのです。そして何度も何度も繰返して読んでいるうちに、動かす事の出来ない信実さを、あたしはその手紙の中に感じ始めたのです。第一、その報告書に書かれている明細な日付など丁度あたしの日記に書かれていたあの人の行動と、完全に一致するのです。あたしの日記の上で、あの人が旅に出た翌日か、翌々日には、必ずあの人は報告書の方の世界に出現しています。そして報告書の方の世界から姿を隠したと思うと、あたしの日記の上で、あの人が旅から帰って来た事になっているのです。其処には完全な一致があり、同時に両方へ姿を現わしている事は絶対にありません。若《も》し、これが単にあの人を中傷する為に書かれたとしたら、この報告者は、あの人の身辺、行動を余程《よほど》よく知っていなければならないのです。

あたしはその時絶望的な驚怖《きょうふ》を感じました。何かしら、穢《きたな》いものが自分の体に纏《まつわ》りついているような驚怖と憤怒《ふんぬ》を感じました。あたしは直ぐにもこの報告書に書かれてある世界へ行ってみようかと思いました。然し、どうしてそんな恐ろしい事が出来ましょう。若し、それが真実だったら――あゝ、こんな恐ろしい事があるでしょうか。

然し、そうした一時の激動が次第におさまって来るに従ってあたしは段々日頃の常識を恢復して来ました。そして二日三日と経《た》つうちに、その報告書は、あたしにとって夢物語のような価値しか持って来なくなったのです。よし如何《いか》に其処に真実性がありとするも、あたしの日頃の常識は、それを一笑に付する事の出来る余裕を恢復する事が出来たのです。

そうして一月《つき》半程経ちました。そして前の事を殆《ほと》んど忘れかけているある日の事、突然二度目の報告書がやって参りました。それは前と殆んど同じ事実の羅列で、只それ以後の事が詳細に報告されているのですが、それ等の事実を一層真実づける為か、一枚の切符が同封されているのでした。それは東京駅の一時預けの引換券だったのですが、あゝ、それが何んという恐ろしい力を持っていた事でしょうか。この一枚の切符が、あの人の秘密をすっかりさらけ出して了ったのです。あたしの驚き、怖れ、絶望、それは到底筆紙《ひっし》に尽し難いものでした。あの時よく気が狂わなかったものだとあたしは思っております。あたしはその時、自分が如何にあの人を愛しているか、初めて知ったように思いました。その真実な自分の愛を、かくも無残な態度で踏みにじられた女が、世の中にある事でしょうか。あたしは誰にも語る事の出来ない悲しみと絶望のために、暫くは床から離れられないような病気になりました。

然しそうした絶望の幾日かの後には、あたしの心にも幾らかの余裕が出来て参りました。そして、あの人に迫って、総《すべ》てのことを打開けさせた後、それでもまだあたしを真実愛してくれるなら、何も彼《か》も許そうとまで思っていたのです。然し、あゝ、それも駄目でした。この恐ろしい密告者さえ、その当時知らなかった罪を、あの人は犯していたのですもの、それ以上語る事を何卒お許《ゆ》るし下さいませ。あたしは多分、この悲しみに生涯、蝕《むしば》まれながら生きて行く事でございましょう。

犯人黒沢誠吾の告白

僕は今のところ、何を語りたいとも思わない。何を語る興味も興奮も僕は感じていない。間もなく僕は死ぬだろう。然し、今のところ、僕は死を少しも恐れていない。いや、寧《むし》ろその日の一日も早からん事を希望しているくらいである。あの罪が発覚しなくても、僕は多分は生きている事をしなかっただろう。尤も、生来臆病な僕の事だから、いざとなれば、自殺を決行し得なかったかも知れないが、尠《すくな》くとも死を希望した事は確かである。彼女の前に総てをさらけ出された後の僕には、唯《ただ》もう疲労と絶望が残されているばかりであるから――。

多分諸君は、あの僕の巧妙な二重生活について聞く事を欲するだろう。然し、残念ながら僕はそれについて語る事が出来ないのである。何故ならば、僕は、僕のやって来たあの生活について、今のところ何んの感興も起らないのであるから。諸君にとっては異常であるかも知れないあの生活も、現在の僕にとっては何等《なんら》の興味もない、唯もう遠い過去の出来事のような、朧《おぼ》ろげな記憶しか残っていないのである。

では一体僕は、諸君の前に何を語ろうと思って筆を採ったのか、――そうだ、僕が今語ろうとするのは、ある完全な一つの犯罪が、目に見えぬ程僅《わず》かの偶然と、無智だが、然し執拗《しつよう》な復讐者《ふくしゅうしゃ》の為に、発覚して行く経路である。だから諸君は僕のあの二重生活については、只《ただ》簡単にあゝした事実があったと思っていて貰《もら》いたいのだ。そうだ、僕のあの生活には、別に何等深い意味はなかったのだ。ある貴族の家庭に、相当恵《めぐま》れた才能を持って産《うま》れた男が、その恵れた才能と、我儘《わがまま》な生活のために、却ってあらゆる尋常事に対して興味を失った揚句、強《し》いて変った刺戟《しげき》と経験を得るために、あんな二重生活を始めた――と、諸君は只それだけの事を承知していて呉《く》れゝばよいのである。それ以上の事を説明する事は、今の僕にとっては無理でもあり困難である。――

僕がお妙を殺そうと決心したのは、去年の暮れ頃からである。何故彼女を殺さなければならなかったか、それは一言にして言えば、僕のあの生活に対する倦怠《けんたい》からであったろう。彼女と世帯を持って三ケ月目頃から、僕は既にあゝした生活に対して興味を失っていた。飽《あき》っぽい僕ではあるが、最初熱中していた生活に、かくも早く倦怠を感じたのは、僕としては別の動機があったのだ。その頃の僕としては、消極的にあの生活に倦怠を感じるというよりも、積極的に、あゝした生活に嫌悪を感ずるべき重大な理由があった。

その理由を簡単に言って了おう。それは僕が恋をしたからだ。産れて初めて真剣な恋をしたからだ。しかもその恋の相手は、真実の僕の世界、黒沢子爵の次男誠吾の世界に存在しているのだ。この恋の為に、僕は一日も早く別の僕の世界、河口省吉の生活を抹殺《まっさつ》しなければならなかった。

然し、それでは何故、お前は黙って黒沢誠吾になって了わなかったのだ、誰もお前のそうした秘密を知っている者はいなかったのだから、何も女を殺すには及ばないではないか、――諸君はきっとこういうだろう。だが、話は自《おのずか》ら別である。僕はその新しい、真実な恋の為には、汚辱《おじょく》に満ちた河口省吉の生活を完全に抹殺したかったのだ。それにはどうしても女を殺す必要があった。しかも女は当時僕の胤《たね》を宿してさえいたのだから。

だが、こんな事はどうでもいゝ事である。僕は兎《と》に角《かく》女を殺す事に決心したのだ。そして到頭あの夜、三月の十二日の夜にそれを決行したのである。あの時の光景を、僕は今でもまざ〳〵と思い浮べる事が出来る。僕は女と肩を並べてあの薄暗い田端の橋《ブリッジ》の上を歩いていた。その宵《よい》に、僕にとっては計画的な行動の一つだったが、彼女にとっては青天《せいてん》の霹靂《へきれき》としか感じられない、ある一種の喧嘩をした。だから彼女はひどく打沈んで時々涙ぐんでさえいた。その様子を見ると、僕と雖《いえど》も多少の憐憫《れんびん》を感じた事は確かである。然し、その当時の僕は、そんな一時の感情に打負かされてはならなかった。

　夜は十一時を過ぎていた。日頃でも淋《さび》しいあの辺は、殊に前日からの空っ風のお庇《かげ》で、犬の仔一匹見当らなかった。僕は突然、猿臂《えんぴ》を伸《のば》すと、むずと彼女の咽喉《のど》を締め上げた。その途端、彼女は本能的に僕の殺意を感じたのだろう。それ迄にも度々そうした態度に出た事があるが、いつもそんな時、にやにやと笑いながら身を任せていた彼女だったが、その時ばかりは、一瞬間手足をバタ〳〵させて抵抗しようとした。実際彼女はもっと抵抗出来た筈だ。それだのに、直ぐ思い直したように僕のなすがまゝに委《まか》せていた。それが僕には、あゝ、私は矢張りこの人に殺されるのだ。そんな事は前から覚悟していた筈じゃないか、今更じたばたしたって仕様がないとそういう風に諦《あきら》めているように見えた。然し、この事は僕にとっては勿怪《もっけ》の幸いだった。僕は尚も力をこめてぐい〳〵と咽喉《のど》を締めつけたが、やがて、彼女が完全に窒息して、ぐったりと体の重みを僕にまかせ切るに及んで、僕は静かにその体を地上に寝かした。

　そして彼女が完全に死に切っているかどうかを検《しら》べると、僕は漸《ようや》く安心してその死体を抱き上げた。そして橋の上から線路へ投げ落したのである。実際その時の僕の落着《おちつ》きは我れながら驚くべきものがあった。今考えてみても、その時僕は何等の恐怖も、何等の後悔も感じなかったようである。総てが一分《ぶ》一厘《りん》も違《たが》わぬ機械的な動作のようであった。なにしろ僕は、その時橋の上に立ったまゝ、十一時何分かの下り貨物列車が、彼女の死体を寸断し去るのを見届ける迄の余裕があったのだから。

そうした総ての事が間違いなく過ぎ去ったのを見届けると僕は急に寒さを感じ始めた。風がひどく冷く、そして腹が空いているのに気がついた。其処で僕は急いで、いつも行きつけの浅草の待合へ足を向けたのだった。

その時僕は、一瞬だってそのまゝ姿を隠そうなどとは思わなかった事を告白する。僕は何も彼も綺麗に清算しなければ気が済まなかった。それに、そのまゝ河口省吉が行方を眩まして了う事の不利なのは言を俟《ま》たない事だ。僕は自分のやった事の、如何なる結果を惹起するか、飽迄《あくまで》も冷静に見届けようと覚悟していたのである。

然し、その結果は頗《すこぶ》る平凡だった。僕の期待では、今少しより多くの弁解を必要とする事と思っていた。ところが、その結果は、僕の呆気《あっけ》なく感じた程もすら〳〵と運んだ。誰一人彼女の自殺を信じない者はなかった。他殺の場合を考えてみようとするような酔興な人間は、あゝした世界には一人もいないものと見える。殺人という事が、こんなに簡単なものであるかと、僕はおかしいぐらいだった。終いには、面白半分に、自分の方から種《いろ》んな不審な点を喋《しゃべ》りたくなるくらいだった。

唯その時僕が些《いささ》か不思議に思った事は、バラ〳〵に寸断された彼女の五体のうちに、どうしたものか左の腕が見えない事であった。僕は手を尽してそれを捜索したが、遂にその行方は分らなかったのだ。然し、その当時、それがあんなに迄重大な意味を持っていようなどとは夢にも思わなかった。多分、何処かの野良犬が、啣《くわ》えて行ったものだろうぐらいに考えていたのだ。あゝ、あの片腕が、後日あんな意外な場所から現われて、動かす事の出来ない僕の罪悪を指摘しようなどと、誰が夢想し得たゞろうか。かくして僕は一切の後くされを断ち、万事の始末をつけると、これでこの生活とは完全に手を切るつもりだった。最早《もはや》二度とこの世界へ顔を出そうとは思わなかった。これで河口省吉はなくなったのだ。そして今後は、僕はたゞ本来の自分、即《すなわ》ち黒沢誠吾としてのみ生きるつもりだった。

然し、如何に大胆なる僕と雖《いえど》も、この方の後片附けが済むと、直《ただ》ちに紀久井町の恋人の方へ行くというわけには行かなかった。僕の恋が真剣であればあるだけ、一層僕は恋人に対して気《き》臆《おく》れを感じるのだった。彼女のあの純潔な瞳《ひとみ》に出会うと、一も二もなく、この破《は》廉《れん》恥《ち》な犯罪が明るみへ出されるような気がする。そうでなくても、生々しい殺人の記憶を脳裡に秘めながら、何も知らぬ彼女と相対し得ようとは、どうしても僕は思えなかった。尠くとも彼女に又会う迄には、僕は忌《いま》わしいこれ等《ら》の記憶を一切拭《ぬぐ》い去って置く必要があった。

僕はだから、浅草の方の後始末が完全につくと、直ちに旅へ出ようとした。旅行は僕の気持ちを転換してくれるだろう。僕は不愉快な思い出を一切忘れて了わねばならぬ。そして本来の自分として甦生《こうせい》しなければならないのだ。

僕は河口省吉としての最後の一日を浅草で過すと、周囲の人々に別れの挨拶を述べて、そのまゝ馬道一丁目の家を出た。そして直ちに東京駅へ向うと、一時預けにして置いた黒沢誠吾のトランクを受出《うけだ》した。僕が完全に遂行した二重生活の、こゝの世界を又《また》切《き》るものはいつもこの一時預り所だったのだ。此処《ここ》へ一方の僕の殻《から》を預けて了うと、僕はいつも完全にもう一つの僕になりおおせる事が出来た。しかも他人の疑惑を避けるには、これ程好都合な場所はない。諸君は多分、一時預り所にかくの如《ごと》き利用法がある事を聞いて驚くだろう。

さて僕は受出したトランクの中の品々によって、暫く遠ざかっていた黒沢誠吾に逆戻りをすると、河口省吉の身辺に附随している一切の持物を、その代りにこのトランクの中へ詰込んだ。そして再びこのトランクを一時預り所に委托し、そして僕は飄然《ひょうぜん》と旅へ出たのである。その時の僕の心持ちでは、二度と再びこのトランクを見ようとは思わなかった。河口省吉の記憶を、一切抹殺して了うには、このトランクを永久に預け放しにして置く必要があった。いつかこのトランクは忘れられた厄介物《やっかいぶつ》として、駅員の手で適当に処分されるだろう。その時こそ、河口省吉のあらゆる存在は、完全にこの世界から消失して了うのだ。

旅へ出ると僕は、直ちに恋人に宛てゝ手紙を書いた。それは実際物狂おしい情熱を以《も》って書かれたものだ。僕は何も彼も打忘れ、一切の魂を恋人の方に向けようとした。それは僕の幸福な予想を楽しましめると同時に、忌わしい過去の記憶を拭《ぬぐ》い去る手段ともなるのだ。殆んど二ケ月の旅行の間、僕は毎日のようにこの手紙を書くために時間を消した。最初の間《うち》、僕のこの熱烈な手紙に対しては、必ず返事があった。そしてその返事によって、彼女も亦《また》僕の事を思い続けて日を暮している事を察する事が出来たのだ。あゝ、あの頃の楽しい記憶を、僕は未《いま》だに忘れる事が出来ない。長からぬ僕の生涯に於《お》いて、あの時期こそ最も幸福なる瞬間であったろう。どんなに心を慄《ふる》わせて、僕は彼女からの音信を喜んだ事だろう。そしては又、熱烈なる想いを筆に托したものだ。

然し、この幸福もあまり長くは続かなかった。間もなく、彼女からの音信が、段々遠ざかって行くのを僕は感じ始めたのだ。三日四日、毎日のように書く僕の手紙に対して返事が遅れる事があった。そしてその返事も以前のように、楽しい僕の予想を煽《あお》り立てゝはくれなかった。何かしら、底知れぬ冷さを、僕はその手紙から発見した。それは決して、恋人から恋人に送る熱烈なる文章ではなかった。ある日僕は、彼女からの最初の手紙と比較して、愕然《がくぜん》として驚いたくらいだった。

遂にバッタリと手紙が来なくなった。僕が如何に燃ゆる想《おもい》を書送《かきおく》っても、彼女は一行もそれに答えようとはしなかった。旅の空で僕はいかにあせった事か。僕は益々募り行く恋情を、大胆に、率直に、そして寧ろ露骨にさえ彼女に書送った。それだのに、彼女はそれに対して絶対に答えようとはしないのだ。病気ではなかろうか。手紙を書く事も出来ない程病んでいるのではなかろうか。僕はその事を訊ねてやった。然し、それに対する返事さえも来ないのだ。

　僕は到頭耐《たま》りかねて、断然東京へ帰る事に決心した。幸い二月《つき》の旅行は、僕のあの忌わしい創痍《そうい》を完全に癒《いや》してくれていた。最早《もはや》僕は、何時《なんどき》彼女に会っても、気臆《きおく》れする事なく対する事が出来るだろう。河口省吉の存在は、最早遠い過去の記憶としか僕の頭脳《あたま》には残っていなかった。ましてやあの忌わしい犯罪の記憶など、まるで夢の世界か、嘘の話としか、僕には思い出せないくらいだった。

　ある日僕は到頭東京へ帰って来た。東京は最早晩春を過ぎて初夏の候を迎えていた。あの輝かしい夏の予想に、市全体が活気づいているようにさえ見えた。その中を僕は、自動車を駆って、直ちに紀久井町へと駆着けたのだ。

　然し、あゝ、其処で僕は如何なる驚愕《きょうがく》を喫しなければならなかったか。全くそれは予想だにしなかった陥穽《かんせい》だった。二ケ月の旅行によって、完全に消滅したと思われていたあの河口省吉の醜《みにく》い脱殻《ぬけがら》が、突如として僕に躍りかゝって来たのだ。

　玄関に立って僕は彼女に自分の名前を通じた。そうすれば必ずや彼女は躍るようにして、僕を迎えて呉れるだろう。何を措《お》いても彼女はそうしなければならない筈である。然し、その結果はどうであったか。暫くして出て来た女中は、如何にも困ったような顔付きで僕に言うのだ。

「お嬢様は今、あなた様にお目にかゝりたくないと仰有《おっしゃ》います」

　僕は思わず自分の聴覚を疑ったくらいである。どうして僕が、かゝる返事を予期し得ようか。暫く僕は棒のように立ちすくんでいた。

「何処かお悪いんですか。御病気で寝ていらっしゃるのですか」

　僕は思わず忙込《せきこ》んでそう訊ねた。

「いゝえ、そうではございませんけれど……」

　丁度その時、第二の女中が重そうにトランクを提げて奥から出て来た。

「お嬢様がこのトランクを持ってお帰り下さいって仰有ってです」

僕は何気なくそのトランクに眼をやった。と、僕は一瞬間気の遠くなるような驚愕を感じた。急に四辺《あたり》が白っちゃけて丁度、映画のフィルムの切れる刹那《せつな》のように、総てが緩慢に、歩調を乱した。女中たちの姿が急に、ずっと遠くの方へ消えて行くような気がした。

僕の前に持出されたトランク――それは実に、旅行に出る前に、僕が東京駅へ預けて行ったそれではないか。このトランクこそ、河口省吉の一切の秘密をこめて、僕が永久に投捨《なげす》てようとしていたそれであった。これがどうしてこの邸《やしき》にあるのだろう。どうして、彼女のもとにこのトランクがあるのだろう。僕はまるで、有り得べからざる事実に直面したような惑乱を感じた。不可解な謎《なぞ》の課題を与えられたような当惑と、それと同時に明瞭なる絶望とを意識した。

彼女は遂に僕の秘密を嗅《か》ぎ出したのだ。どうして？　それは僕の知るところでない。然し、彼女があの醜《みにく》い僕の半面を突止めた事は確かだ。このトランクがはっきりとそれを証拠立てゝいるではないか。彼女は多分、このトランクの中に秘められた、あの河口省吉の垢《あか》にまみれた品々によって、僕の破廉恥な罪科の数々を読み取ったに違いない。

僕は今迄、しっかりと踏みしめていたこの大地が、急に引っくり返ったような動乱と、絶望のうちにこのトランクに手をかけた。その時の僕に、この他の事がどうして出来よう。トランクを持って引上げるより他に仕様がないではないか。そして二度と再び、彼女と顔を合せないように努力しなければならないのだ。

僕はその後の数日を、真暗な絶望と、こみ上げて来る不安のうちに過した。何かしら食当りをしたような胸苦しさに、毎日嘔吐《おうと》を催すような日を送った。そうしているうちにも、段々日頃の平静を取返して来るに従って、僕は落着《おちつ》いてこの一件を考えて見ようとした。どうしてあのトランクが彼女の手に入ったか。どの程度の事実まで、彼女は感附いているのか。それを明瞭に突止めなければ居ても立ってもいられないような焦燥を感じるのだ。最早二度と会わない彼女である。然し、その彼女であるが、僕の記臆に対する不快さの、少しでも尠くありたい事を僕は希願《ねが》った。

或る日、僕は到頭決心を定《き》めて、二度と足踏みをしまいと思った浅草の馬道へ足を向けた。あのトランクの中へ、河口省吉の着物を詰め込む時、僕は二度とこの着物を着る事はあるまいと思っていた。それだのに、あれからたった三ケ月しか経たない現在《いま》、僕は又もやこの着物を着て、河口省吉にならなければならないのだ。僕は噎《むせ》返えるような不愉快な記臆の数々を、その着物の中に感じながら、雷門の前で電車を降りた。

僕の予想は的中していた。

小間物屋のお内儀《かみ》さんは、僕の姿を見ると、死んだ者が蘇生したように歓迎してくれた。そして僕の方から切出すまでもなく、こんな事を言ったのである。

「それはそうと、この間妙な事がありましたよ。麹《こうじ》町《まち》の紀久井町にいらっしゃる木沢由良子さんと仰有る方から、あなたの事を細々と手紙で訊ねて見えましたよ」

あゝ、それだけで充分ではないか、彼女は到頭、僕のこの醜い古巣まで突止めたのだ。お内儀さんがそれに対して何んと答えたか知らない。然し彼女は最早、子爵家の次男黒沢誠吾と、浅草の香具師《やし》河口省吉とが、全く同じ人間である事を覚《さと》って了ったに違いないのだ。そして彼女は、知らんと欲すれば幾らでも、罪悪に満ちた僕の生活を知る事が出来るのだ。

それ迄は幾分繋いでいた僕の希望も、これで完全に崩れ落ちて了った。到頭彼女は、僕の手の届かぬ遠さまで逃げて了ったのだ。かくして無惨に崩れ去った影像を洞示眼《うつろめ》で見詰めながら、馬道一丁目の小間物屋を出ると僕の足は自然と、公園の方へ向った。僕は最早何を考える能力も、意識もなくなっていた。唯《ただ》空虚な心臓が、徒《いたずら》に息づいているような気がした。

その時である。僕は突然背後から呼びかけられた。

「おや、河口の旦那じゃありませんか」

その声に振返った途端、僕はそれ迄立罩《たちこ》めていた密雲が、跟跡《あとかた》もなく晴れて行くような気がした。其処に立っていたのは、あの××座の下足番の寅松ではないか。蜘蛛《くも》が脚を拡げたような深い皺で覆われたその醜い容貌と、脚の曲った不具者の肢体を見た刹那、僕は初めて、「こいつだ！」と意識したのである。何も彼もこいつの所業《しわざ》なのだ。僕の恋人に告口をしたのも、あのトランクを彼女に送ったのも、みんなみんなこいつの所業なのだ！

僕は以前からこの男を恐れていた。執拗な不具者の魂を以って、あのお妙に惚れ抜いていたこの男を、どんなに僕は警戒していたか、若し僕の身の上に破滅が来るならば、きっとこの男からだとさえ思っていた。僕は屢々《しばしば》、楽しい恋人の逢瀬《おうせ》に、この男の幻を見て、心を縮ませた位である。この醜い容貌、下《げ》卑《び》た薄笑い、滑稽《こっけい》のように見えて、その実陰険なその眼差《まなざ》し……、こいつだ！　何も彼もこいつの所業なのだ！


「よく戻って見えましたね。旦那、あっしゃ二度と旦那は帰ってお見えになりますまいと思っていたのですよ」

いつの間にか僕はこの男と肩を並べて歩いていた。僕は何か言ってこの男に訊ねて見たかった。然し、舌が強張《こわば》って思うような事が言えないような気がした。若し口を開いたが最後、自分の方から何も彼も喋舌って了いそうな気さえするのだ。

「旦那、今度はどちらの方へ？　大分長い旅だったじゃありませんか。お妙さんが亡くなっても、たまにゃこの土地を思い出しておくんなさいよ」

お妙さんと言った時、彼の言葉は妙に調子を強めたように思われたので、僕はぎょっとして思わず彼の顔を振返った。然し、彼はさり気ない顔附きで他の方を見ていた。

僕等は到頭二天門をくゞって公園の中へ入って来た。

「それはそうと、旦那、近頃此処《ここ》に面白い見世物が出来ているんですが、旦那は昔からあんなのがお好きだったから、一寸覗いて見ましょうじゃありませんか」

「見世物って、何んだね」

　その時まで一言も口を利かなかった僕は、その時初めてそう訊ねた。

「化物屋敷でさ。大して珍らしいものじゃありませんが、それでも、今度のは仲々凄《すご》うがすぜ。中にゃよく警察で許したと思われる奴がありますからね」

　そんなものを見てどうするのだと僕は言いたかった。何かしら、この男の喋舌っている一句々々に、ある特別の意味が罩《こ》められているような気がした。然し僕はそれに反抗する事は出来ない。この男の持っている、妙に粘っこい圧迫感が、どうしても僕を引摺《ひきず》って行かないでは置かなかった。

「御覧になりますか。じゃ一寸覗いて見ようじゃありませんか。今時分が一番空いている時ですから丁度都合がようがすな」

　時刻は俗にいう黄昏《たそがれ》の逢魔《おうま》が時《とき》だった。六区から奥山へかけて、灰色の埃《ほこり》が騒然と立ち昇っていた。それでいて、妙にしんとした静けさを感じさせる、そういう初夏の、妙に魂を弛緩《しかん》させる夕べだった。僕達は一旦突切った仲店《なかみせ》を戻ってその裏側にある化物屋敷へ入って行った。僕には何んの目的も興味もない。然し、この不具者の持っている無言の威嚇が、目に見えぬ糸のように僕を引摺り込んで行くのだ。

　化物屋敷――あゝ、これか、と僕はその看板を見た時何気なく呟《つぶや》いた。夏場など、よく旅廻りの興行師が、地方の都会を持って廻る、妙に陰惨な、一種の見世物だった。入ると直ぐに、薄暗がりの中に、噎返《むせかえ》るような妖異の埃が立ち昇っていた。僕たちはざら〳〵と体に触れる笹の葉っぱを掻別《かきわ》けながら奥の方へと、ひょろ〳〵と歩いて行った。

　種《いろ》んな場面があった。四谷怪談だの、累《かさね》だの、法《ほう》界坊《かいぼう》だのそうした芝居で有名な怪談の場面が、巧みな陰惨さで写されていた。どの化物屋敷にも必ずある、安達《あだち》ケ原《はら》の一つ家もあった。それ等が悉《ことごと》く、血と泥とにまみれて、薄暗がりの竹藪《たけやぶ》の中に無言の笑いを秘めているように見えた。成程、昔の僕ならこうした見世物に対して、手を打って喜んだかも知れない。然し現在の僕は、こうしたものを見ても何等の感興も起らないのだ。時々、寅松が喋る説明めいた文句も、僕は殆んど上《うわ》の空で聞流していた。それよりも僕は、他の事を考えるのに急がしかったのだ。寅松は何故こんな場所へ自分を引摺り込んだのだろう。この男の行動の総てが、何等かの意味なしでは僕の眼には映らない程時刻外れと見えて、中には誰一人見物はいなかった。この薄暗がりの、種々《さまざま》な幽霊場の中で突如この男は出刃《でば》を振りかざして、僕に斬ってかゝるのではなかろうか。成程、それには適当な場所ではないか。

その時、突然、寅松が僕の袖《そで》を引いた。

「旦那、この次のが今度の呼物なんです。仲々よく出来てますから、気をつけて御覧なさい」

そう言われた途端、僕は思わず息を飲込んだ。急に心臓が咽喉まで脹《ふく》れ上ったような気がした。頭の中が一瞬間、ガチャガチャと崩れ落ちるような気がしたかと思うと、急に耳の中がしんとして来た。

「魔の踏切」——と題がついている。

深夜の線路なのだ。赤いシグナルが出ている。そしてその線路の上には、今轢殺《ひきころ》されたばかりらしい女の五体が、バラバラに散らかっていた。真黒な臓腑《ぞうふ》が、だらりと線路の上に流れ出している。手は手、足は足と、まざ〳〵とした切断面を見せながら、土の上に転《ころが》っているのだ。引千切《ひきちぎ》られた着物の裾《すそ》の方から、白い太腿《ふともも》のあたりがチラと覗いていた。首はと見ると、僕の直ぐ足許《あしもと》に転っていた。乱れた髪の毛と、どす黒にまみれて、薄白く微笑《わら》うように僕の顔を覗いていた。

僕は思わず、キャッといったまゝ悲鳴を挙げてとびのいた。今にもその首が僕に跳びついて来そうな気がした。お妙の首だ。確かにあのお妙の首に違いなかった。彼女の死体の跡始末に行った時、彼女の首は確かにこんな風に転っていた。そして同じような薄白い微笑《ほほえみ》を以って僕の顔を見上げていた——

「旦那、お妙さんも確かこんな風にして死んでいましたっけね」

その時、寅松が僕の耳の中に囁《ささや》くようにそんな事を言った。ねっとりとした粘っこい声で、吹き込むように囁くのだ。

「そう言えば、この首は何んだかお妙さんの顔に似ているじゃありませんか、何んだか恨めしそうに旦那の顔を睨《にら》んでますぜ」

僕はそれに対して何んと答える術《すべ》も知らなかった。逃げ出したいにも足が思うようにならなかった。細い慄《ふる》えがチリチリと、脚の方から、頭へ舞上ったかと思うと、急に千斤《せんきん》の重みをつけられたように、全体がけだるくなった。

「旦那、お妙さんが死んだ時にゃ、確か左の腕が見えませんでしたね。然し、御覧なさい。この死体にゃちゃんと両方の腕がありますぜ、ほら、彼処《あすこ》に左の腕が転ってます。あゝ！　旦那、御覧なさい！　こいつは確かお妙さんの腕に違いありませんぜ。ほら二の腕のところに大きな痣《あざ》があります。お妙さんのとそっくりだ！　おまけに、あゝ！　旦那いけない！　お妙さんの腕は何か握っている！　旦那の羽織の紐《ひも》だ！　たしかに旦那の羽織の紐だ！」

その瞬間、僕は気が遠くなった。

「魔の踏切」――その場面全体が、僕の眼の前にのしかゝって来た。そしてそれが一時に破裂したかと思うと、僕は耳の中に素晴らしい音響を聞いた。と思うと、古沼の中へ引摺り込まれるように、体の沈んで行くのを感じた。その最後の瞬間に、僕は眼の隅にちらりと勝誇《かちほこ》った寅松の嗤《わら》い顔を見たのである。

人形師服部亀八《はっとりかめはち》が新聞記者に語った話

――どうも飛んだ事になって何んとも申訳《もうしわけ》ありません。この間から警察の方に小《こっ》ぴどく叱《しか》られてすっかり恐縮しているんです。別に悪気があってやったわけじゃありませんが、つい商売気が出ましてね。

確か三月十二日の晩でしたよ。田端の方へ用事があって、その帰りがけでさ。普通の道を行くより線路を突切った方が近いんで、いつもそうしているんですが、すると、あれでしょう。ぎょっとしましてね。誰だって驚きまさあ。実に惨《むごた》らしい有様なんですからね。一時は足も宙に逃げ出そうとしましたが、ふと気が変って、滅多《めった》に見られない光景を、よく見て置こうと思ったのです。まあ、度胸と言えば度胸ですが、まあ一種の商売気ですね。汽車に轢かれた女の体というものをよく見て置こうと思ったんです。唯それだけで帰りゃよかったんですが、つい欲が出て、あの左の、左腕を懐中《ふところ》へ入れて了ったんです、後日まさか、あの片腕が大切な証拠になろうなどとは夢にも知らなかったもんですからね。なあにあっし達ゃ平生《へいぜい》から人形の手だの脚だのを扱いつけていますから、そう大して恐ろしいとは思いませんでしたよ。

然し、さすがにいゝ気はしませんでした。で、家《うち》へ帰ると直ぐ、裏を掘って葬ったんですがね。あの羽織の紐は確かにその腕が握っていたものに違いありませんよ。拾う時にゃ気が附かなかったんですが、家《うち》へ帰って初めて気附いたのです。それで腕の方は埋《うず》めて了いましたが、羽織の紐だけは大事にとって置きました。それを今度使ったという訳ですがね。

別にあの場面に羽織の紐など持たせる必要はなかったんですが、つい洒落《しゃれ》っ気が出ましてね。あの晩見た、惨《むご》たらしい場面をそっくりそのまゝ写して見ようと思ったものですから、痣から何から、えゝと、お妙さんと言いましたね。そのお妙さんとそっくりそのまゝに拵《こしら》えたというわけです。

羽織の紐ですか。警察の方が、証拠品として持って行きましたよ。

何んですって、とんだ怪我《けが》の巧妙だって？　とんでもない、こちらはもう重々恐縮しているんですよ。

ある女装冒険者の話

これは三十七の年に亡くなった叔父《おじ》の話である。

叔父は中学の教員を暫《しばら》くしていたが、それを止《よ》すと同時に官界へ入った。しかし、それもあまり長くは続かずに、三年程で止して了《しま》うと、死ぬ迄《まで》の五六年間は何もせずにぶらぶら暮していたようである。

一体、私の家は貧乏だったが、叔父は遠い親戚へ養子に行っていたので、その家についている財産で、遊んでいても食うには困らない程度——というよりは、もう少しゆとりのある生活が出来たらしい。そういう家の、つまり金庫の番人のような立場に置かれた人間の、誰でもがそうなるように、叔父も生活に対しては全《まった》く無気力になって、その代り異常な神経ばかりがいやに発達していた。

そういう叔父の奇行を、此処《ここ》に一々述べる必要はないが、現在私の持っている変な猟奇趣味なるものも、多分に彼の影響をうけている。

此処に述べようとする変てこな話は、その叔父が亡くなる数ケ月前《ぜん》に私に話してくれたことで、だから、以下私というのは叔父のことであるし、それから、叔父は神戸に生まれて神戸で死んだのだから、この話も、全部神戸を背景にしている事を承知していていただきたい。

×

その時分私は世の中が退屈で退屈で耐《たま》らなかった。一体私の血筋はお前の親父（筆者の父のこと）でも、アメリカへ行ったまま消息不明になっている兄貴（これは筆者のもう一人の叔父のことで、この叔父はその後ふいにアメリカから帰って来たが、一週間目かにあの有名なスペイン風《かぜ》に罹《かか》って筆者の家《うち》で死んでしまった）でも、どちらかといえば、がむしゃらで何かしずにはいられない方だが、私も多分にその性格を頒《わか》たれているようだ。

親戚では兄弟三人の中《うち》で私が一番幸福なように言っている。成程《なるほど》、金はある、食うには困らない。何もせずにぶらぶら遊んでいられる、だから世間の眼から見ればそう見えるかも知れないが、これが幸福というものなら、私はむしろその反対の、不幸な人というのをしみじみと羨《うらや》ましいと思う。私の立場というのは、金はあっても自由にする事は出来ず、なるべくそーっと、何もしないで、ただぶらぶらと遊んでいなければならないのだ。そうだ、ただぶらぶらと、これが私に負わされた第一の条件で、そして私にとって一番退屈なのはそれなのだ。

こういう場合、世間の人は酒を飲んだり、女狂いをしたりするようだが、残念ながら私は、その両方ながらにあまり興味を持っていない。そうかと言って、演芸、読書、音楽といった風な、この階級に一番ふさわしい道楽にも、私は一向関心を持つ事が出来ないのだ。

ある夏――そうだ今から恰度《ちょうど》二年前のことだ、私はあまり退屈で耐らないので、あの晩、書斎へ閉じこもって、一晩中鏡と睨《にら》めっこをしていた。

これは退屈な時の私の癖で、そんな時には二時間でも三時間でも、鏡に向って煙草《タバコ》を喫《す》っている。別にお洒落《しゃれ》をするんじゃない。鏡に向っていろんな表情をしてみる。おかめだの、ひょっとこだのと、自分の顔面筋肉をあらゆる恰好《かっこう》に変えてみていると、それがとても面白いのだ。

その晩もそんなことをしていた。そうしているうちに、ふと、変装をして歩けたら面白いだろうなと思った。そう考えると私は急に世の中が楽しくなって、もう矢も楯も耐らないような気がして来た。

幸い、当時妻は子供を連れて避暑かたがた、広島の方の親戚へ行っていて、一月《つき》ぐらい帰らないことになっている。家《うち》には私の他には、夜学へ行っている書生と、山だしの女中と、耳の遠い婆《ばあ》やの三人しかいない。私はどんなことでも出来るのだ。

私は一晩かかってあれやこれやとその思いつきについて考えをめぐらした。

白状するが、そんな風な空想に、思いのまま耽《ふけ》っていられる時程、私にとって世の中が楽しいことはないのだ。だから種々《いろいろ》と考えているうちに、ますます昂奮《こうふん》して来て、あらゆる場合の変装のことを考えてみた。元来私はあまり本を読まない方だから、今迄世間の犯罪者や探偵たちが、どんな風に変装をしたかよく知らないが、その晩私の考えたところでは、一番完全な変装は結局変装をしないことであると思った。

こういうと少し妙だが、その考えに基づいて、それから数日後に私が試みた変装というのは結局こうだった。

その当時私は鼻下にかなり見事な髭《ひげ》を生やしていた。この髭と鼈甲《べっこう》縁の眼鏡とは、私の容貌の上にかなり大きな印象を与えていたものだが、私は惜気《おしげ》もなくその髭を剃《そ》り落してしまった。そして大阪のある有名な鬘師《かつらし》に頼んで、剃り落した髭とそっくりそのままの義髭《ぎし》を拵《こしら》えさせた。

つまり私は、普通の変装とは反対に、日常生活に於《お》てその義髭と鼈甲縁の眼鏡を以《もっ》て変装し、変装の場合の私はその反対に生地《きじ》のままで行こうと考えたのだ。

これは私のこういう考えからであった。

変装をしている私がばったり知人に遭《あ》ったりする。向うではまじまじと私を見たり、中には無遠慮に話しかけたりするものもあるだろう。そういう場合むろん私はとんちんかんの返事をする。お人違いでしょうという。そこで知人は半信半疑で別れて行く。そういう場合私は、相手の疑惑を一掃するために、その翌日か翌々日、今度は義髭をつけ、眼鏡をかけた日常生活の私になって、わざとその知人に遭うようにしむける。眼鏡はともかく、髭は一晩や二晩で伸びるものではないから、ではやはりこの間のは人違いだったのかなと、まさか日常生活に義髭をつけているとは思わないだろうから、そこで疑いを晴らすだろう——と、つまりそういう私の考えなのであった。

そこで、ある晩、眼鏡をとり、髭を落し、髪の分けかたをかえ顔に少しばかり顔料を塗って、かねて港の附近の古着屋から買って来ておいただぶだぶの洋服を着てみると、今や私はどう見ても、樺太《カラフト》通いの汽船の事務長か何かとしか見えないのであった。私は大いに満足した。

そこで到頭《とうとう》、そういう姿でそっと裏木戸の方から家を抜け出したのである。

自分が変装しているという意識が、あんなにも物の見方を変えるものだろうか。いつも歩くあの退屈な元町の通りも、見慣れた海岸通りの建物も、歩く紳士も学生もお巡《まわ》りさんも、そうしてあるいていると、日頃とは全《まった》く違った、異常な刺戟《しげき》を私に与えてくれるのだ。私はまるで、自分が大犯罪人にでもなったようなつもりで、港に近い町々を歩き廻ったものだ。

その晩を最初として、私はそれから機会さえあれば、毎晩のようにその奇怪な散歩を楽しんでいた。そうしているうちにだんだん大胆になって来て、初めのうちはただ漫然と歩いていたのが、一週間目頃には、船員のよく出入りをする酒場をのぞいたり、怪しげな女のいる秘密の家をひやかしたりするように迄なっていた。

立場が変るということは妙なもので、それ迄あまり興味を持っていなかった酒場だの、私娼窟《ししょうくつ》だのが、そうした時にはひどく面白いのだ。

私は自分がほんとうに船乗りででもあるかのように、大胆に、放埒《ほうらつ》に、時には猥褻《わいせつ》にさえ振舞うことが出来た。そしてそれが又大そう嬉《うれ》しいのだった。

私があの不思議な人間に出遭ったのは恰度そういう頃だった。此処で何故《なにゆえ》、私がわざと人間という言葉を使うかというと、当時私は、その人物を女と呼んでいいか、男と呼んでいいか自分でも分らなかったからである。が、とにかく、その人物は、当時女の外観を持っていた。だから、これから暫く彼女と呼ぶことにしようか。

その女と初めて口を利いたのは、前に言ったような場所よりも、もう少し高級なあるカフェであった。それ迄にも時々、私は自分の妙な散歩の途次に於て、その女と顔を合せることがあった。何故彼女が特別に私の注意を惹《ひ》いたかというと、彼女は私の知っているある少年と生写《いきうつ》しの容貌を持っていたからなのだ。その少年というのは、私が中学の教師をしていたころ教えたことのある生徒で、名前は木谷道夫《きだにみちお》と言った。木谷はまるで女のように可愛《かわい》らしい子で、動作なり言葉つきなり迄、そっくり女だった。そういうことから、剛健という気風を尊《とうと》ぶその中学には居られなくなって、二年になって間もなく退校してしまった。

間もなく私もその学校を止して、官界へ入ったり、それも亦《また》間もなく止したりして、四年程彼には会わないが、今言う女というのが、その木谷道夫とそっくりなのだ。容貌ばかりではなく、言葉なり動作なりの、鳥渡《ちょっと》した癖《くせ》までが昔の木谷に生写しなのである。

「ねえ、君、君は木谷という男を知らない？」

私たちが心易くなってから間もなくのこと、ふと私はそんなことを聞いてみた。

「木谷さん？　知らないわ。どういう方？」

「何《な》んでもないんだが、君とそっくりなんだよ。ほら、そういう首をかしげる癖ね、それまでがそのままなんだ。僕は兄妹《きょうだい》じゃないかと思ってたのだがね」

「そう、でもあたし、兄妹なんて一人もないのよ」

鈴江《すずえ》——言い忘れたがその女の名は初山《はつやま》鈴江というのだった——は、何《な》んの興味もないらしくそう答えた。

だが、その後彼女と会う機会が重なって行くに従って、私の疑念はだんだん濃くなって行くのだった。

私にはどうしてもその女がほんとうの女とは思えないのだ。木谷道夫は昔から女らしい少年だったから、それがだんだん昂《こう》じて来て、自分が男であるより、女であることにより多くの喜びを見出したのじゃなかろうか。あの言葉使い、鳥渡した動作、どうしても木谷としか思えない。

年頃も恰度あっている。

それにおかしなことには、初山鈴江という女は、私と時々酒場だのカフェなどで媾曳《あいびき》をするだけで、決して自分の住居《すまい》をあかそうとはしないのだ。

「そんなこと、どうだっていいじゃないの。あたしが何処《どこ》の馬の骨であろうと、牛の骨であろうと、こうして時々逢ってお酒を飲むのに、少しも変りはないじゃないの。あたし、決してこれ以上あなたに御迷惑なんかかけないから安心していらっしゃい」

私があまりしつこく彼女の事を問いただすと、しまいには彼女はそんな風に憤《おこ》り出すのであった。

「それに、そういえばあなただって随分怪しいものよ。あなた樺太通いの船の事務長さんだと言ったわね。じゃ、一体何て船なの、そしていつ迄、こんな港にごろごろしているのよ。あたしだってそれぐらいのことは分っているわよ。ね、だからお互《たがい》にそんなこと止しましょうよ。あたしたち、こうして仲のいい話相手になっていればいいじゃないの」

彼女はその時、話相手という言葉に特別に力を入れた。というのは、私がどんなに誘惑しても、歎願しても（それというのも、私ははっきりと彼女の本性をたしかめたかったからだ）彼女はその所謂《いわゆる》話相手の域を決して越えようとはしないのだ。そういうところにも、私の疑惑はますます深まさって行くのだった。

しかし、この疑惑は決して私を苦しめはしなかった。どうしてどうしてその反対に、私は異常なよろこびをさえ味わったのだ。私はいつの間にやら、彼女を木谷道夫と極《き》めてしまっていた。その方が、風変りな私の散歩のお景物《けいぶつ》にはふさわしいからだ。

私はつらつらと思うのだ。

あいつもやはり俺と同じように、普通の刺戟では世の中が楽しめないのだ。俺だってやはり、あいつ程の若さと美貌とを与えられていたら、きっと女に化《ばけ》たことだろう。ああして女に化て、自分と同じ性《セックス》の人間を相手にしていたら、どんなに世の中が風変りで楽しいことだろう。

それからみると、自分の変装などは何んという惨《みじ》めなものだ。しかし、それにしても、あいつはこの俺の正体を看破《みやぶ》っているのかしら――。無論看破っているだろう。それだっていいじゃないか。知り合っている二人の人間が、二人とも変装していて、しかも相手の正体を知り合っていながら、わざと何気なく交際している。――

そんな風に考えると、私は久し振りでこの世の中に悦楽を感じたくらいである。

――こうして、そんな風な話相手の間柄を暫く続けているうちに、ある日私はふと、素敵なことを思いついた。

というのは、木谷がまだ中学にいる時分、ある上級生から刀をもって追いかけられたことがあったが、その時、彼は左の腕にかなり大きな傷をしたのである。傷は癒《なお》っても、その跡にはかなり大きなT字形の傷痕が残った。私はふと、そのことを思い出したのである。


そうだ、あいつを一つ確かめてやろう。

そう気が附いた私は、その次《つ》ぎ女に会った時、酔払った風をしてふいと女の左に凭《もた》れかかった。

そして何気ない様子でぐいと彼女の袂《たもと》をまくりあげたのである。

あった！　傷痕はたしかにあった。忘れもしないT字型の傷痕が歴然と残っているのだ。

「見附けたぞ、見附けたぞ」

いきなり私がそう叫ぶと、その瞬間、さすがに彼女ははっとしたように身を固くしたが、すぐ気を立《たて》直《なお》した。

「見附けたって、何んの事？」

「ほら、この傷痕さ、この傷痕があるからには、お前はやはり木谷道夫だ。もう、どんなに隠したって駄目だぞ」

「いやーね、木谷だの道夫だのって一体何のこと？　あたしこれでも立派な女よ、その傷痕がどうしたというのよ。これ、あたしが幼い時に受けた傷の痕よ、馬鹿らしい。あたしが男だなんて、いやンなっちゃうわね」

「フン、じゃ、お前が女だというのなら、俺に一つ証拠を見せりゃいいじゃないか。出来ないだろう。出来る筈《はず》がないんだ。お前はやはり木谷道夫だもの」

そう言うと、相手はさすがに蒼《あお》くなって、暫く言葉もなくぼんやりと考え込んでいたが、やがて、何を思ったのか、急に顔色が明るくなった。

「いいわ。そんなに疑うなら、仕方がないわ。でも、今夜は駄目よ。明日《あす》の晩、ね、明日の晩になったら、疑いを晴らしてあげるわ」

「へへえ、明日と延ばして、逃げるつもりだろう。ざまア見ろ」

「大丈夫、きっと、きっと明日の晩ね」

彼女は急に元気づいて何度となく念を押した。そうなると、私の方が些《いささ》か面喰《めんくら》ったかたちで、はてな、それじゃこの女、やはりほんとうの女だったのかしら、いやいやそんな筈はあり得ない、そう言って逃げるのに違いない。――私はそんな風に半信半疑でその晩は別れた。

ところが、その翌晩、約束の場所へ行ってみると、驚いたことには彼女は逃げも隠れもせずにちゃんと先へ来ている。そして、そうなると却《かえ》って二の足を踏みたくなる私をうながして、到頭ある場所へ泊りに行ったのだ。

それから後の事はあまり詳しく言えないが、彼女は正真正銘間違いなしの女だった。

それこそ完全無欠な女だった。

ところで、妙なことだが彼女が女であったことが私を満足させたかと言うに、事実はその反対だった。つまり私は、その女が木谷道夫の変装であると思っていた間こそ、妙な好奇心から彼女に興味を持つことが出来たのだ。それが、ただの街の天使に過ぎないと分って了《しま》うと、私は急につまらなくなった。何んだか夢を破られたような失望を感じた。

だから、その次ぎの晩から、彼女に逢う興味は全くなくなって了った。従って、私の奇妙な散歩からも、だんだん遠ざかって行くようになったのである。

叔父はそこでぽつんと話を切った。

然《しか》し、私は何んだか、この話がそれだけではおしまいでないような気がしたので、黙って叔父の顔を眺めていた。すると、果して彼はまた言葉をついだのである。

「ところで、最近妙なかたり、つまり一種の美人局《つつもたせ》だな、変な事件が頻々《ひんぴん》として起るのをお前も知っているだろう。一月《つき》程前から新聞にかなり盛んに書き立てられている――、ほら、××銀行の支店長もひっかかったというじゃないか。女だとばかり信じて接近して行く。そして最後には到頭一緒に泊りに行く。ところが夜が明けてみると、昨夜たしかに女だった筈なのが、いつの間にやら男に変っている。一緒に行った男はそこで激しい錯乱を感じる。その虚に乗じて多額の金を捲《ま》き上げるという手だ。お前も知っているだろう」

「知っています。しかし、あれが何か――」

「そうだ。あの事件の犯人がつまり木谷道夫なのだ。そして、この新手《あらて》の犯罪は、俺が誘導したようなものなんだよ」

「それは、一体どういう意味です」

私は驚いて叔父の顔を見た。

「私は知っているのだ。木谷道夫には影が一人あるんだ。初山鈴江という影がね。いや、木谷道夫の方が彼女の影かも知れない。私はそのことを木谷道夫からの手紙で知ったのだ。つまり木谷はあの傷痕を私に発見された晩、何んとかして私を胡麻化《ごまか》さねばならないというので、ふと、従妹《いとこ》の鈴江のことを思い出したのだ。二人は従兄妹同士といっても年も同じだし、全く双生児《そうせいじ》のようによく似ているのだそうだ。その女を替玉として私につかませたのだ。

私があの奇妙な散歩を止してから一週間程して、木谷から手紙が来た。それはこういう意味だった。

――先生、私は最初から先生だと知っていました。そして、先生が私を木谷道夫である事を知っていられる事も知っていました。でも、それで二人は大そう幸福だったのです。しかし、先生があの傷痕を発見された夜、私はほんとうに困ってしまいました。

何んとかして胡麻化さねばならぬと思ったのです。それで従妹の鈴江を頼んだのですが、それがいけなかったのでしょうか。先生、私はやはり木谷道夫です。お願いですからもう一度町へ出て来て下さいませんか。私の女装冒険も、先生がいらっしゃらないと淋《さび》しくて仕様がありません。云々《うんぬん》」

「それでどうしました。又行きましたか」

「むろん行かなかった。私はもう、そういう遊戯にすっかり興味を失っていたのだからね。でも、気になるものだから時々の彼の消息を探るぐらいのことはした。だからはっきり言えるのだ。今警察で追っかけ廻している、あの奇妙な事件の犯人が、木谷道夫と初山鈴江であることをね」

叔父はそう言って苦《にが》っぽろしい微笑を洩《も》らした。

秋の挿話

一

夏の初めから歯医者へ行かなけりゃと思い思い、つい億劫《おっくう》なのでのびのびになっていた橋本《はしもと》は、十一月のある日、到頭《とうとう》思い切って会社の帰りに立寄った。

悪いのは左の方の奥歯で、数年前に一度治療して金を冠《かぶ》せてあったのだが、今年の春、物を嚙《か》む拍子にぽろりとそれがとれて以来、すっかりもとの洞《うつ》ろになってしまった。前に治療した時に神経を抜いてあったので、大して痛むようなことはなかったが、それでも、根《こん》をつめて仕事をした後など、左の肩から頭へかけて、どんよりとした鈍痛を感じて不愉快でならなかった。

「大分《だいぶ》ひどくなってますね」

額《ひたい》のところに丸い鏡をつけた安藤《あんどう》歯科医は、長いピンセットのようなもので虫歯をつつきながらそう言った。

「そうですか。何しろ長いこと放って置いたものですから、……どのくらいかかるでしょうか」

「さあ、まあ二週間と見ておけばいいでしょうね。おところは?」

医者は手を洗うと伝票を取出して訊《たず》ねた。

「巣鴨宮仲《すがもみやなか》二八〇二。——山田重夫《やまだしげお》、そうです、重ねる夫《お》です」

橋本は何故《なぜ》こんな出鱈目《でたらめ》な名前を言ったのか自分でもよく分らない。しかし、彼には昔からこんな悪い癖があった。酒場だの旅館だの、名前があまり責任を持たない場所では、つい出鱈目な名で押通《おしとお》すことがあった。学生時代にはこれで一度、大騒《おお》動が持上がりそうになったことがあるのだが、それでもまだこの悪癖は直らないと見える。

「どうだね、歯の具合は！」

翌日会社へ行くと同僚の佐伯《さえき》が訊ねた。

「ウウン、まあね」

「まだ、歯医者へ行かないのか」

「ウン、行こう行こうと思いながら、つい億劫でね……」

駕籠町《かごまち》にあるその安藤歯科医院を教えてくれたのはこの佐伯だった。彼の名前を言えばうんと安くして呉《く》れるだろうと言う話だったが、橋本は持前《もちまえ》の臆病から、ついその機会を失った上に、偽名まで使ってしまったものだから、で直《す》ぐに言うわけに行かなくなった。つまり彼は、これで二重の嘘《うそ》をついてしまったことになった。

それでも橋本は、毎日会社の帰りに歯医者へ寄ることは怠《おこた》らなかった。日比谷から護国寺にある下宿へ帰るのには、丁度そこが乗換え場所になるので、彼のような無精《ぶしょう》な男でも、この歯医者通いはそう苦痛ではなかった。歯科医院は交叉点のすぐ近くにあった。

十日目にはゴムが装塡《そうてん》された。そして予定通り二週目には金冠がかぶせられた。その最後の日は冷たい氷雨《ひさめ》が降っていたので、橋本は蝙蝠傘《こうもりがさ》を持っていた。蝙蝠傘は穴があいていて、冷たい雨がポトポトと外套《がいとう》の襟《えり》を濡《ぬ》らした。

「二三日してもう一度いらして下さい。具合が悪いようだと、その時何《な》んとかしますから」

帰る時医者はにっこりと笑いながらそう言った。

橋本は思ったより廉《やす》く上ったので嬉《うれ》しかった。外へ出ると雨は止《や》んでいたので、彼はそのまま山吹《やまぶき》町《ちょう》まで行って、温かい牛鍋をつついた上に、新しい蝙蝠傘を買って帰った。

歯医者へはそれきり行かなかった。

二

それから一週間程後《のち》の日曜日のこと、橋本は寝床の上でゆっくりと朝日をくゆらしながら新聞を見ていた。窓の外には和《なご》やかな秋の日がさしていて、郊外散歩には理想的な日和《ひより》だった。その日は会社の団体旅行があったのだが、大体がそういうことに不向きに出来ている橋本は、病気と称して参加しなかった。今、この絶好な秋空を見ると、さすがに彼も鳥渡《ちょっと》くやむような気になったが、そうかと言って、一週間振りで出来るこの朝寝の床をそう早く離れようという気にはなれなかった。

彼は寝床の中のぬくもりを楽しみながら、新聞を隅から隅まで読んで行った。

そうしているうちに彼はふいにどきんとして思わず寝床の上に起き直ったのである。

その目は新聞の三行広告のある一点に釘づけにされている。そこにはこんな広告が出ているのだ。

> 巣鴨宮仲二〇八二。山田重夫氏へ。
> 至急現住所お知らせ下さい。
> 姓　名　在　社

実をいうとこの広告は大分前から彼の眼についていた。しかし人間の神経というものは妙なもので、口に出して、やまだしげおと発音されると、すぐそれにある親しみを感じたかも知れないが、こうして活字になったところでは、彼の視覚に訴えるのに相当の暇がかかった。殊《こと》に巣鴨宮仲二〇八二などは一度喋舌《しゃべ》ったきりで今ではもう忘れていたくらいである。

しかし、この名前はたしかに彼があの歯科医院で名乗っていた偽名に違いなかった。番地のところはよく覚えていないが、やはり二〇八二と言ったように思われる。

そうするとこの広告は間違いもなく橋本に宛てたものなのだ。そして彼がこんな偽名を使ったのは、あの歯科医院より他にないのだから、広告主は明《あきら》かにあの歯医者だということになる。しかし、安藤歯医者が何故この自分を探しているのだろう。――橋本はその理由をあれかこれかと考えてみたが、別に思い当ることはなかった。彼はまた、この広告が新聞に出るようになった迄《まで》の経路を考えてみた。すると急に一種の気味悪さを覚えて来た。

歯医者はきっと、巣鴨宮仲二〇八二へ山田重夫という男を、探しに行ったに違いない。そしてそこにそんな男なんかいなかったので――或《ある》いはそんな番地すらなかったかも知れないのだ――かんかんになって怒ったに違いない。

橋本は又しても自分の悪癖のために、とんでもないことが起りそうな気がして、気が気ではなくなった。

それから一週間程の間に、同じような三行広告が種《いろ》んな新聞に五度ばかり出た。しかし、橋本はどうしても名乗って出る気にはなれなかった。相手が自分に、一体何を求めているのか、それが分らない以上気味が悪くて名乗って出ることは到底出来なかった。

そうしているうちに、ある日橋本はふと神楽坂《かぐらざか》で中学時代の友人に出会って、一緒に飯を食うことになった。その男は中学を出てから、ぶらぶらしているうちに、探偵小説を書き出して今では相当売り出していた。自然話は犯罪だの探偵だのという話題へ落ちていった。

その時、橋本はふと自分の胸にわだかまっている近頃の不安を思い出した。それで自分のことではなしに、別の友人の話であるような顔をして例の新聞広告のことを話した。

「ほう、それは面白いね」

話を聞いていた新進探偵小説家は、急に眼を輝かせてそう言った。

「外国の探偵小説にもそういうのがあるよ。歯医者が宝石泥棒かなんかでね、盗んだ宝石の匿《かく》し場所に困って、患者の虫歯の中へ一時隠匿《いんとく》して置くというんだ。むろん患者は知らないから、ほとぼりが覚めた時分に、又そっと取出すというのだがね」

「成程《なるほど》ね」橋本は感心しながら、「しかし、それには、その後もやって来る患者でなくちゃ困るだろ。僕のは、いや僕の友人のは、それが最後の日で、それきり相手がやって来ないことが分っているのだから

――」

そう言いながら、橋本はふと、あの日、医者がもう二三日して来て下さいと言った事を思い出した。成程その時に、宝石を取出すつもりだったのかも知れない。そうすると、自分のこの奥歯には、莫大もない宝石が隠されてあるのだろうか。――

橋本は急に人生というものが気味悪くなって来た。

「とに角《かく》、その歯科医というのをよく洗ってみるんだね。一体歯医者などには、随分いかがわしいのがあるもんだよ。よく魔睡《ますい》薬をかけて置いて婦人をどうしたとかいう話があるじゃないか」

新進探偵小説家はまるでひとかどの刑事のような口調でそう注告した。

三

それから又二三日して、橋本は久し振りで駕籠町の方を廻ってみた。実をいうとあの新聞広告以来、気味が悪いのでいつも江戸川の方を廻っていたのだが、その日はあの探偵小説家の注告に従って、それとなく例の歯科医院の様子を探って見ようと思い立ったのだった。

ところが驚いたことには、暫《しばら》く見ぬ間にその表構えがすっかり変っていた。彼が通っていた頃には確か安藤歯科医院という看板が出ていた筈《はず》であるのに、今見るとそれが西田に変っている。つまり代が変ったらしいのだ。

橋本はそれを見るとドキリとした。そうするとやはりあの探偵小説家の言った言葉が正しくて、安藤歯医者は何処《どこ》かへ高飛びでもしたのだろうか。――

その日、会社が退《ひ》けると橋本はわざと同僚の佐伯と一緒になった。

「時に――」と何彼《なにか》の話の末に、橋本はさり気ない様子でそう切り出した。「いつか君が紹介しようと言っていた駕籠町の歯医者ね、あれは代が変ったらしいじゃないか」

「ウン、安藤さんか、あの人は洋行したよ」

佐伯は事もなげに言ってのけた。

「君はどうしてあの人を知っているのだね」

「あれはね。僕の従兄《いとこ》の親友なんだ。仲々勉強家だよ。今度学位をとる為に店を譲って独逸《ドイツ》へ行ったのだがね」

佐伯の話を聞いてみると、安藤歯科医は別に悪党でもないらしい。そうすると、あの探偵小説家の想像は間違っていたのかな。それにしても独逸へ行った安藤歯科医が、何《な》んのために自分を探しているのだろう。――橋本は此処《ここ》でいったん正直に例の話を打明けた方がいいと思った。そこで「実はね」と例の新聞広告のことから説き始めて、御丁寧にあの探偵小説家の想像まで語って聞かせた。

すると、その話の間、黙って聞いていた佐伯は、愈々《いよいよ》安藤歯科医が宝石泥棒だと極《きま》ると、急に大声を挙げてげらげらと笑い出した。

「失敬々々！」佐伯はやっと笑いがおさまると、呆《あっ》気《け》にとられている橋本の顔を見ながら諦《あきらめ》るように言った。「しかし君も君だ。それならそうと何故もっと早く言ってくれなかったのだね。だと、こんな大騒ぎはしなくても済んだのだ」

「大騒ぎだって？」

「そうよ、あの新聞広告を出さしたのはかくいう僕なんだからね。それはそうと君は最近新しい蝙蝠傘を持っているようだが、古いのはどうしたね」

「ウン、あれなら下宿の押入れにあるよ。しかし……」

「そうか、そいつは有難い。君は最近その古い蝙蝠傘を開いて見たことはないのだろうね、とに角、これから君の下宿へ行って見ようじゃないか」

橋本は何の事かさっぱり分らなかった。しかし、佐伯と一緒に下宿へ帰って古い蝙蝠傘を取出して見て、初めてそれが自分の持物でない事に気がついた。

「どうだね、やっと気がついたかね。問題はこの傘の中にあるんだよ」

そう言いながら、佐伯がパチッと蝙蝠傘を開くと、柄のところに、薄いノートがくるくると巻きつけてあって、ゴムのバンドでピッチリと止めてあった。

「これはね、僕の従兄の蝙蝠傘なんだよ」佐伯はそのノートをパラパラと繰りながら面白そうに語って聞かせた。「従兄というのは、J大学の研究室にいるのだがね、やはりあの安藤医院のところへ通っていたんだ。安藤さんは何しろ従兄の親友なんだからね。ところが、あの日は氷雨が降ってひどく寒かったものだから、先生無精をしてノートを傘の柄に巻きつけたまではよかったが、それをそのまま安藤医院の傘立てへ差して了《しま》ったのだ。それを君が間違えて持って帰ったのだね。それから大騒ぎをして安藤さんに調べて貰《もら》った結果山田重夫なる人物が間違ったらしいというので、巣鴨まで行ってみたのだが、無論そんな人間はいやしないさ。それであの広告を僕の発案で出すことになったのだが、なに、傘なんかどうでもいいのだ。問題はこのノートだよ。僕には分らないが従兄にとっちゃ生命《いのち》から二番目の研究の結果が書き止めてあるらしいんだ。でも、まあよかったよ。先生すっかり悄気《しょげ》ているんだが、君、これから一緒に行っておごらせてやろうじゃないか」

佐伯はそう言って愉快そうに笑った。

それから二時間程の後、橋本は佐伯の従兄という人とすっかり仲好くなって話していたが、時々彼はふと淋《さび》しそうに奥歯の金冠へ指を持って行った。其処《そこ》にはもう楽しい宝石の夢は後かたもなくなっているのだった。

二人の未亡人

今年十四になる啓太郎《けいたろう》は、父が居《い》なくなってから、急に世の中の寵児《ちょうじ》になったような気がした。

新聞には写真が出るし、美しい女の人が入れ変り立ち変り、毎日のように訪ねて来ては、種々《いろいろ》な物をくれたり、優しい言葉をかけてくれたりする。父が居る間は、まるで日陰に咲いた花みたいに顧《かえり》みられなかったのが、この頃ではどうだろう、近所中寄ってたかって、我れがちにと啓太郎の面倒を見ようとする。おまけに美しい母親が二人まで出来て、かゆい所へ手のとゞくような塩梅《あんばい》に世話を焼いて呉《く》れる。啓太郎はまるで、お伽噺《とぎばなし》に出て来る王子様のように幸福だった。

「ねえ、啓ちゃん」と、俄《にわ》かごしらえの母の一人である梨枝《なしえ》は、子供の喜びそうなお土産《みやげ》で機嫌を取りながら、「ねえ、啓ちゃん、あんたはほんとうにいゝ児《こ》ね。今に大きくなったら、きっと偉い人になるに違いないわ。ほんとうよ、それはこの小母さんがちゃんと保証しとくわ。ところが啓ちゃん、あんたお父様といつも一緒にいらしたのだから、お父様の御気性はよく御存知でしょう。お父様は普段何《な》んと言ってらして、この小母さんともう一人の小母さんと、お父様はどちらが好きだと言ってらして？」

「僕、そんなこと知らないよ」

啓太郎は今貰《もら》ったばかりの玩具《おもちゃ》を、ガタガタ言わせながら素気《そっけ》ない挨拶《あいさつ》をする。

「知らない？　そんなことないでしょう。啓ちゃんはほんとうにいゝ児だから、きっと覚えているに違いないわ。お父様はこの小母さんが一番好きだと言ったでしょう」

「うゝ、うん」

啓太郎は相変らず玩具をガタ〳〵言わせながら、否定とも肯定ともつかぬ曖昧《あいまい》な返事をする。

「そして、啓ちゃんのお母さまには、是非《ぜひ》この小母さんになって貰えと言ったでしょう」

「うゝ、うん」

「まあ、嬉《うれ》しい。やっぱりそうなのね。啓ちゃん、あんたほんとうにいゝ児ね。これから他処《よそ》の人が聞いたら誰にでもそう言うのですよ。そうすればこの小母さんが、あんたのお母様になって可愛《かわい》がってあげますからね」

啓太郎は黙ってにや〳〵と笑っていた。

だが、それから二時間も経つと、別の小母さん、即《すなわ》ちもう一人の母と称する淑子《としこ》が、やはりこれも立派なお土産を携《たずさ》えて、しきりに啓太郎の機嫌をとっていた。

「啓ちゃん、あんたほんとうにいゝ児ね。あんた大きくなったら、きっと偉い人になるに違いないわ。それはこの小母さんが今からちゃんと保証しといてよ」

と、その言葉までがさっきとそっくりなのである。

「ところで啓ちゃん」と、淑子はさてそろ〳〵と切出すのだ。「あんたお父様と長く一緒にいらしたのだから、あの方の御気性はよく知ってるでしょう。お父様は普段なんて言ってらして？　この小母さんともう一人の小母さんと、お父様はどちらが好きだと言ってらして？」

と、これまたさっきと同じようなことを訊《たず》ねるのであった。しかし、啓太郎は直《す》ぐには答えなかった。彼は今貰ったお土産と、さっき梨枝が持って来てくれたお土産を、まるで芝居の高師直《こうのもろなお》のように比較して見ながら、

「僕、そんなこと知らないよ」

と素気なく答えるのである。淑子はそれを聞くと、失望したように眉根に皺《しわ》を寄せたが、ふと気がついたように、

「そう〳〵、小母さんはこれから活動写真を見に行

こうと思っているの。啓ちゃんも活動写真好きでしよう。小母さんと一緒に行かないこと、そして帰りに鰻《うなぎ》を食べるのよ」

　すると啓太郎の顔は急に輝き出した。

「小母さん、ほんとうですとも、ほんとうに連れて行ってくれるの？」

「ほんとうですとも、誰が啓ちゃんみたいな可愛いゝ人を欺《だま》すものですか」

「そして帰りに鰻を食べるの？」

「えゝ、えゝ、啓ちゃんがいやという程食べさせてあげるわ」

「そう」啓太郎は仔細らしく首をかしげて、眼をパチ〳〵させていたが、ふいに思い出したように、「そう〳〵、僕今ふと思い出したんだけど、お父様はいつもよく言ってたよ。淑子小母さんはほんとうに親切でいゝ人だって、だから僕にもあの人をお母さまだと思えって」

「まあ」と、それを聞くと淑子は急に晴々《はればれ》とした顔になって、「お父様がそんなことを言ったの。あたしのことをそんな風に言ったの？」

「うう、うん」

　啓太郎は猾《ず》るそうににや〳〵笑っている。

「そして、啓ちゃんにこの小母さんをお母様のように思えと言ったのね」

「うう、うん」

「まあ、嬉しい。啓ちゃんはほんとうにいゝ児ね。これから他処《よそ》の人が聞いたら、誰にでもその通り言うのですよ。そうすればこの小母さんが、あんたのお母様になって、きっときっと可愛がってあげますからね」

　そう言いながら淑子は、この鼻たらし小僧の汚い頰っぺたへ、惜気《おしげ》もなく美しい顔をすりつけるのだった。

　此処《ここ》で一応、この二人の女性の身の上を説明しておく必要がある。根岸《ねぎし》梨枝というのは今売出しの閨《けい》秀《しゅう》作家である。今年二十八になる、小説などを書く女にはふさわしからぬ程美しい女性だ。女としては珍しい程、大胆な描写と、力強い筆致とを以《も》っては、有名である。誰でも知っている彼女の傑作としては、

「街を毀《こわ》つ」というのがある。

さて、もう一人の女性、香取《かとり》淑子——これは音楽会などのポスタアで、誰でも馴染《なじ》みの深い筈《はず》の名前である。メッツォソプラノの歌手としては、本邦第一と謳《うた》われている。彼女の吹き込んだ「赤い薔薇《ばら》の唄」というビクタアのレコオドは何万枚という売れ行きに達したという話である。今年二十九、彼女もまた、根岸梨枝に劣らぬ美貌の持主である。

さて、かくも有名な二人の女性に、こんなに迄《まで》慕われている啓太郎の父親というのは、余《よ》程《ほど》の天才か、或《ある》いは余程の大金持ちでなければならぬ。読者は直ぐにそう思われるだろう。ところがどうしてどうして大違い、啓太郎の父の早川賢雄《はやかわよしお》というのは、天才でもなければ金持ちでもない。実際はその反対の、全《まった》く手に負えない無頼漢《ぶらいかん》である上に、聞くも恐ろしい殺人の罪で、今牢舎《ろうや》に入っている。

尤《もっと》も悪党といい、人殺しと言っても、早川賢雄は普通の悪党や人殺しとはちょっぴりその趣《おもむ》きが変っていた。彼は時々文章を書いたり詩を作ったりする。尤もその詩といい、文章といい、全くお話にならない程拙《まず》いものであったが、世の中というものは不思議なもので、それが早川賢雄という、手に負えない無頼漢の手になったものだと言われると、まるで飛ぶように売れるのである。だから一時の彼と云《い》えば、出版屋からはまるで神様のように言われ、一流の小説家と雖《いえど》も及びもつかぬ程、途方もない人気を持っていたものである。

聞くところによると、彼の血筋は代々飲酒家と狂人によってその歴史を綴《つづ》られているという話だ。彼の母方の祖父は癲癇《てんかん》病者だったし、父方の叔父《おじ》は酒乱のために人を傷つけて発狂したという過去を持っている。賢雄はつまり、この両方の悪い血を完全に継承しているのだろう。彼は小学校を卒業するとすぐ、ある商店へ奉公にやられたが、そこで店の金を胡麻化《ごまか》したのを初めとして、三十七になるこの年までに、詐偽《さぎ》、脅喝《きょうかつ》、窃盗とあらゆる悪事を重ねて、入牢した事も二度や三度ではない。

啓太郎が産《うま》れたのは彼が三度目に入牢する前であ

る。鳥屋の女中との仲に出来たのである。しかし、彼等の世帯《しょたい》は三年とは続かなかった。啓太郎が三つになったばかりの春、賢雄は詐偽脅喝の罪名で、四年の苦役に服さねばならなかった。啓太郎の母親は、良人《おっと》が入牢してから間もなく、他に情人《おとこ》を拵《こしら》えて、子供を捨てゝ逃げてしまった。

この時分から、早川賢雄の存在はそろ〳〵世間に認められて来つゝあった。何が彼をそうさせたか、恐るべき資本主義社会の罪でなくて何《な》んであろうぞ。――かくして、社会の同情は翕然《きゅうぜん》として彼の一身に集《あつま》った。わけても救世軍一派の運動には激烈なるものがあった。罪多き社会に、哀れ迷える小羊よ！と、彼等はお手のものの太鼓を叩いて眠れる世間の同情に訴えるのに急《いそ》がしかった。

そこへもって来て、誰がどうして手に入れたのか、早川賢雄の獄中記が某雑誌に発表された。それは言々句々《げんげんくく》、読む人の肺腑《はいふ》を刔《えぐ》らずには置かぬ程、血と涙に滲《にじ》んだものであるとは、当時その獄中記を発表した雑誌社の広告文句である。

かくして一個の無頼漢早川賢雄は、四年目に出獄してみると、いつの間にやら自分が現代の英雄児と化しているのを発見した。彼の周囲には絶えず血の気の多い女性が群がっていた。

早川賢雄を救え。哀れなる資本主義社会の犠牲者を守れ。――彼女たちは熱狂的にそう叫びながら、健気《けなげ》にも彼と社会との間に立ちはだかった。

そうしているうちに賢雄は、誰に教えられたか、獄中で見たり聞いたり感じたりしたことを、ぽつ〳〵と文章や詩にまとめ上げた。すると、それは忽《たちま》ちあらゆる雑誌社から引張り凧《だこ》になったのである。

こうして幸福な月日が二年経った。その頃、早川賢雄は又もや罪を犯して入獄しなければならなくなった。すると、その判決の日、世間は一切の酒を禁じて彼のために哀悼の意を表し、自分たちの努力の至らなかった事を歎《なげ》いたのである。わけても、一番熱心な救世軍の一派は、その日伝道院に集《あつま》って深く深く神に対して、自分たちの無為無力なる事を詫《わ》びたという話である。

その次《つ》ぎに彼が出獄したのは、啓太郎が十二の年であった。しかし、忘れっぽい社会は、この前彼が出獄した時程も、彼を歓迎してはくれなかった。尤もたゞ一つ、いつも神の御心《みこころ》を自分の心としている救世軍の一派だけは、双手《もろで》を拡げて彼を出迎えてくれた。そして、今度こそ、再びあやまちを繰り返させないために、あらゆる努力を惜しまなかった。彼は方々の教会へ引張り廻され、その聞くも忌《いま》わしい懺悔《ざんげ》話は、どんな徳の高い牧師様の説教よりも有難《ありがた》いものとして聴衆を感動させた。

それでも賢雄はこの前出獄した時の歓迎振りと較《くら》べて、何んとなく不満だった。彼は又しても獄中記を書いたり、懺悔録を書いてみたりしたが、誰も振返って見てくれようともしなかった。一体、何処《どこ》にその原因があるのだろうかと彼はつくづく考えた。そして、到頭それを見究めた彼は、再び昔の名声を取返すために、思い切った悪事を働くことに極《き》めた。

彼はそこで、ある晩、浅草千束町で三人の私娼を殺害したのである。

新聞によると、変を聞いた人々が駈けつけた時、彼は血みどろの出刃《でば》を片手に持ったまゝ、カラ〳〵と笑っていたという事である。

しかし、こうして彼の計画は見事に図星を射たのである。この血腥《ちなまぐさ》い変事を聞いた時、世間の人々は一斉に自分たちの怠慢を責めた。あらゆる新聞は、この時代の犠牲者に対して深い同情を寄せると同時に、一方では彼につらかった世間の罪を鳴らした。そして誰も、それに異議を挟もうとする者はなかった。

「――我々は」とある新聞は言うのである。「この資本主義社会の哀れな犠牲者に対して、深甚《しんじん》なる同情を寄せると同時に再びこの過失を繰返さしめざらんために、彼の遺児を護《まも》るの義務と責任がある」

――つまり、こういうわけで、今年十四になる啓太郎は、今や社会の同情の的となっているのである。

そしてその同情者の中で、一番熱心なのが、閨秀作家の根岸梨枝と、声楽家の香取淑子の二人だった。

「私は」と、根岸梨枝女史はある新聞記者に向って話したということである。「あの哀れな人を救うためには、どんなことでもしようと思いました。そして、あの人に強《し》いられるまゝに、この肉体まであの人に与えたのです。あの人を救うことが出来たら、あたしのような者の体なんかどうなっても構わないと思ったのです。でも、矢《や》っ張《ば》り私の力が足りなかったのですわ。今私はそれを恥じています」

この談話は、忽ち、彼女のつゝましやかな喪服姿の写真と共に、東京朝刊へ掲げられた。すると、声楽家の香取女史も負けてはいなかった。

「——私こそ、早川賢雄から妻と呼ばれる権利を持った唯《ただ》一人の女性であります。あの人は淋《さび》しさから、おゝ、その淋しさというのは誰の罪でしょう、みんな社会の罪ではありませんか。——であの人はその淋しさから、無論種《いろ》んな女と関係したに違いありません。しかし、あの人をほんとうに慰《なぐさ》め、あの人のために身も心も投出《なげだ》したのはかくいう私より他にありません。あの人は多分死刑になるのでしょう。だから私はもう未亡人です。せめて、あの人の霊を慰め、一つには又、社会の罪を少しでも償《つぐな》うために、私はあの人の遺児を守り育てる事に生涯を投出しましょう」

この談話は、東京朝刊と競争新聞であるところの東京夕刊に掲げられた。そしてそこには、思いきって髪を切り落した香取女史の写真まで出ているのである。

それを見た根岸女史が如何《いか》に口惜《くや》しがったか。彼女も無論それを見ると同時に自分も美しい髪を切り落してしまった。そしてその翌日の東京朝刊には彼女の談話として、次のような記事が掲げられた。

「——世の中には随分物好きな女があると見えます。自分の良人《おっと》でもない人を良人と呼びたがり、妻でもなかったのに髪を切り、おまけにその男に肉体まで許したなどと、女としては一番恥ずべき事を臆面もなく述べたてる女がいますが、私にはその人の心事がよく了解出来ません。しかし、それはとも角《かく》として、私はあの人の菩提《ぼだい》を葬《とむら》うために、あの人の郷里であるC県に石碑を立てゝ、近く盛大なる法要を営むつもりで居《お》ります。無論その時には、あの人の遺児が施主となることでしょう」

言って置くが、この時は、まだ早川賢雄は未決囚で罪の判決は定《き》まっていなかったのである。しかし、世間の人は誰も女史の談話のこの矛盾に気がついた者はなかった。それどころか、人々はみんな、この健気な女性のために涙を惜しまなかったのである。

すると又してもその翌日の東京夕刊には、香取女史の談話として次ぎのような記事が掲げられた。

「――世の中はどうしてかくも我々に辛いのでしょう。彼等は私の良人を駆って罪人としました。そしてまだそれだけではあきたらず、その哀れな妻をも迫害しようとします。何故、静かに良人の冥福を祈る事を、私に許《ゆ》るしてくれないのでしょう。私の現在の気持ちは尼《あま》のそれと何んの変りもありません。私は近く、あの人の住んでいた家《うち》の近くへ移るでしょう。せめてあの人の遺児の近くに住んで、その面倒を見てやるのが私の唯一の義務だと思いますから」

この言葉通り、香取淑子女史は間もなく、その広大な邸《やしき》を売払って、啓太郎が唯一人取残された借家の近所に移り住んだ。

すると、閨秀作家の根岸梨枝女史も負けてはいなかった。彼女も又、その近所に借家を見つけると、現に住んでいた家族に莫大な立退料《たちのき》を払ってそこへ移り住んだ。

こうして今や、前科四犯、恐ろしい三人殺しの犯人早川賢雄の遺児、啓太郎を取巻いて、二人の女性の、執拗《しつよう》な母権争いが始まったのである。

閨秀作家は筆にまかせて、早川賢雄の思い出を書き綴り、一方、声楽家は早川賢雄の名義で盛大な慈善音楽会を開催した。そして、根岸女史の背後にはいつも全文壇と、東京朝刊がついていたし、一方香取女史には、全楽壇と東京夕刊が並々ならぬ力瘤《こぶ》を入れていたのである。

これで、一番幸福な籤《くじ》を引き当てたのは今年十四の啓太郎である。彼は根岸女史にでも、香取女史にでも、たった一言「お母さん」と言えば五十銭玉が一つ貰えるのである。若《も》しそれが他人の前だと後で御褒美《ごほうび》として、これが二つになるのであった。しかも、この値段は後になって段々せりあげられて行った。そして終《しま》いには「お母さん」という一言が、大枚五円にまでなったということである。

こうしているうちに、一方では早川賢雄の公判が何度も何度も開かれた。当時の記録によると、傍聴席はいつも、大半がうら若い女性で満され、しかも彼女たちは、まるで英雄でも迎えるようにこの被告を迎えたという事である。

そしてやがて、最後の判決が愈々《いよいよ》五月二十五日に言渡される事になった。

この日の東京市中の騒ぎといえば、前古未曾《みぞう》有の事であった。あらゆる教会、寺院では彼のために祈《き》禱《とう》があげられ、そして、丸の内に向い合っている東京朝刊、東京夕刊の二大新聞社の講堂では、早川賢雄哀悼のために盛大なる法要が行われることになっていた。無論前者は、根岸女史の主催であり後者は香取女史の主催である事は言う迄もない。

唯《ただ》困った事には、肝腎《かんじん》の施主である啓太郎は唯一つしか体がない事であった。しかし、そこはさすがに大新聞社だけあって、東京朝刊、東京夕刊は、事件が片附く迄一時妥協する事にして、啓太郎は一時間宛《ずつ》、その両方へ出席する事になった。

判決の言渡しは多分午後六時頃になるだろうと言う報告が両新聞社へ飛んで来た。すると、それと同時に、二つの新聞社の講堂ではいとも厳粛なる追悼《ついとう》会《え》が開催された。

筆者は此処《ここ》で、東京朝刊、つまり根岸女史の主催にかゝる追悼会の模様だけを述べる事にしよう。

最初先《ま》ず、文壇の第一人者と云われる新井浩《あらいひろし》氏が立って熱弁を揮《ふる》った。氏は人も知る人道主義小説の大家であるから、そういう情景には最も打ってつけだった。演壇の傍《そば》には、黒い喪服に身を包み、髪を切った根岸女史が悲しげに控えている。その側《そば》にはまだ幼い啓太郎が退屈そうに欠伸《あくび》を嚙《か》み殺していた。

新井氏の演説は、鬼神も泣かしむるの概《がい》があった。氏は社会の欠陥より説き起し、哀れなる犠牲者の生立ちを述べ、ついで後に残された未亡人と遺児に対して、満腔《まんこう》の同情を寄する旨《むね》を説いた。

新井氏の次ぎには有名な社会教育家泉勇吉《いずみゆうきち》氏が立った。氏も亦《また》社会の欠陥より説き始め、やがて刑法の不備を辛辣《しんらつ》な口調で指摘した。

ところが、恰度《ちょうど》その頃から、場内に不思議な現象が起ったのである。今まで散々涙をこぼし、弁士の熱弁に耳をそばだてていた聴衆の中に、不思議な呟《つぶや》きが起ったかと思うと、一人立ち、二人立ち、段々と講堂の中には残り少くなって行ったのである。そして、その呟きは、間もなく一番前列まで感染して来た。見ると彼らは一枚の号外を、次から次へと廻しているのだ。

その号外には次ぎのような記事が出ているのである。


早川賢雄発狂す。

本日判決の言渡しあるべき筈の早川賢雄は、午後五時少憩の後、再び法廷へ引出されたが、その時突然発狂した。原因は多分罪に対する悔恨と、死刑に対する恐怖ならんと言われている。従って本日の言渡しは一時延期されたが、彼は多分死刑を免れ、瘋癲《ふうてん》病院へ送られる模様である。

人々はこれを読むと、一様に、

「チェッ――」

と舌打ちをして席を蹴立てた。

間もなく主催者の根岸女史もその号外を手にした。すると彼女は忽ち、恥と憤怒《ふんぬ》のために顔を紫色にしたのである。

「お母さん、お母さん、どうしたの」

啓太郎は唯ならぬ女史の様子に、驚いてそう訊ねかけた。すると彼女はたった一言、

「止《よ》して頂戴《ちょうだい》！　薄みっともない。誰がお前みたいな子供を知るもんか」

そして彼女はぷん〳〵しながら、啓太郎に眼もくれずに席を立ってしまったのである。

後で聞くと、東京夕刊、つまり香取女史の方でも同じような事が起ったという話である。彼女も亦、

一眼《ひとめ》その号外を見ると、最早《もはや》何んの未練もないように、さっさと追悼会の中途から姿を消してしまった。

そして、それ以来、東京朝刊も東京夕刊も早川賢雄の事は一行も書かなくなった。

判決の間際に於《おい》て発狂するような臆病者は最早問題にはならないという話である。

さて、早川賢雄は発狂したまゝ、まだ××村の瘋癲病院に余命を保っている。

啓太郎は、その後、どうしたか筆者も知らない。

根岸女史と香取女史は相変らず文壇楽壇でその名声を謳《うた》われている。早川賢雄のために切り落とした髪は、幸いにも折から流行して来た外国の断髪風俗と一致した。

だから、日本ではこの二人が断髪の元祖として、未だにその先端振りを謳歌《おうか》されているのである。

カリオストロ夫人

一

水のような空気の、はるかなる彼方で突然白い煙が綿屑《わたくず》のように涌上《わきあが》った。煙はすぐ風に揉消《もみけ》されてしまったが、すると、その頃になって、漸《ようや》く、ズドンと間の抜けた砲音が聞えて来た。

スタンドを埋《うず》めていた人々は、しかし、白い煙が涌上った刹那《せつな》、ピッタリとそれ迄《まで》の饒舌《おしゃべり》を止めて、オペラグラスを持っている者はそれを眼に当て、そうでない者も体を前に乗出して、一様に瞳《ひとみ》を凝《こ》らした。

白いグラウンドの砂を蹴立てゝ、七匹のポインタアが、七つの灰色の直線を曳《ひ》いて、驀地《まっしぐら》にはしっていた。すると、その時まで一処《いっしょ》に丸く固っていた兎《うさぎ》共が、まるで蜘蛛《くも》の子をちらすように跳上《はねあが》ったかと思うと、めい〳〵場内の隅々を目差して逃げて行った。グラウンドの三分の一ぐらいまで、頭を揃えてはしっていた七匹のポインタアは、兎どもが四方に跳散《はねち》ったのを見ると、そこで急に方向を転換して、思い〳〵の獲物にむかって突進して行った。

「ネロ！」

「ジュピタア！」

「太郎、しっかり！」

スタンドからは一時に盛んな声援が起って、紫や桃色の日傘《ひがさ》が虹のように揺れた。

グラウンドの激しい争闘よりも、スタンドのそうした美しい色彩を、さっきからぼんやりと眺めていた城《じょう》は、その途端、何かしらめくらめくような気がして、思わず眼を、女のくれたプログラムに落した。

第七回
ネ　　ロ（3号）六歳
春《はる》　　風《かぜ》（7号）五歳
太　　郎（5号）五歳
ジュピタア（2号）四歳

城はそういう文字《もんじ》を無意識のうちに読みとったが、こうした場所へはじめての彼には、別に何《な》んの感興も起らない。彼は鳥の子の厚いプログラムを口に当てると、さっきから何度めかの欠伸《あくび》をかみ殺した。

その時、突然女の白い指が彼の膝《ひざ》をつかんだ。
「ほら、ジュピタアが突進したわ。きっとまたジュピタアのものよ！」

女はオペラグラスを眼に当てたまゝ、心持ち体を前に乗出している。陽に上気した額《ひたい》のあたりに、ほんのりと汗が滲《にじ》んでいる。城が黙ってそれを見ていると、突然ズドンという砲音が聞えて、それと殆《ほと》んど同時に、盛んな拍手がスタンドから涌起った。

見ると一匹のポインタアが、ぐったりとした兎を口に啣《くわ》えて、意気揚々と引上げて来るところであった。それが決勝線へ入ると同時に、二度目の砲音が聞えた。すると、それ迄めいめい獲物を追っかけていた他の犬どもは、急にその動作を止めると、思い思いに首を垂れて、悄然《しょうぜん》として引上げて来る。
「また、ジュピタアが優勝したわ。あの犬はこれで、三シーズン続けてカップをとっているのよ」

最後までオペラグラスを離そうとしなかった志摩《しま》夫人は、犬の姿が見えなくなってしまうと、初めて城の方を振返った。
「そうですか」

城は遠くの方の楡《にれ》の梢《こずえ》に目をやりながら、ぼんやりと答えた。その時分にはもう、あちらでもこちらでも、人々がスタンドから腰をあげていた。
「あなた、すっかり退屈していらしたようね。でも、もうこれで済んだのよ」

夫人は自分自身の亢奮《こうふん》にかまけて、城の事なんか忘れていた自分に気がつくと、初めて詫《わ》びるようにそう言った。城はそれに答えようともせずに、スタンドから立上ると、白い手巾《ハンカチ》で洋袴《ズボン》のすそを払った。夫人もそれを追うようにして立上ると、オペラグラスを黒いケースの中におさめ、手巾で額の汗を拭《ぬぐ》った。すらりと脊《せ》の高い婦人で、並ぶと、殆んど城の高さと変りがなかった。

二人は黙りこくったまゝ、どちらからともなく歩いていた。間もなく、彼等は、めい〳〵引上げて行く群集の中に捲《ま》きこまれて、歩くともなく、押出《おしだ》されるともなく、グラウンドの正面出口から吐出《はきだ》されていた。

表へ出ると、夫人は直《す》ぐに、待たせてあった、大きなナッシュの箱型を見つけた。彼女がそれに乗込むのを待って、城は帽子のひさしに手をかけた。

「では」

「あら」

夫人はそれを見ると、一旦腰を下ろしたクッションから、周章《あわて》て身を起して、

「いけませんわ。そんなこと。……一緒にいらっしゃる筈《はず》だったじゃございません？」

「でも、僕、他に約束があるもんですから」

「そんなこと、さっき仰《おっしゃ》有りはしませんでしたわ。まあいゝからお乗んなさい。お約束なんて、さっき迄、何も仰有りはしなかったくせに……」

刺すような眼と、命令するような口調に、城は一寸《ちょっと》ためらった。自動車に乗ってしまったが最後、又しても彼女の意志のまゝになってしまうことは分りきっていたが、しかし、こういう場合、彼のように顔が売れているという事は、たしかに都合が悪かった。二人の押問答の間に、早くも五人の若い男女たちが、自動車を取巻いて立止っていた。

「城よ」

「女は志摩夫人だね」

それに続いて、揶揄《やゆ》するような、ひそやかな笑声が起った。それを聞くと、城は耳の附根《つけね》までかっと火照《ほて》らせて、周章て自動車へ乗込んだ。

「じゃ、兎《と》も角《かく》も、途中まで送っていたゞきましょ

う」

城はそれを、わざと自動車の外まで聞えるように言ったが、夫人は皮肉な笑いを、一寸口辺《くちべ》に刻んだゝけで、何んとも答えなかった。

自動車は間もなく、郊外のひどい埃《ほこり》を捲上げながら、新宿の方向へ走って行った。

「新宿へ来たら降ろして下さい。ほんとうに今夜は約束があるのです」

「どうして」と、夫人はそこで言葉を切ると、大きな眼を瞠《みは》って、その中へ城の全身を吸込んでしまおうとするかのように、相手の眼を凝視した。

「あたしの側《そば》から逃出《にげだ》そうとなさるの?」

「いいえ」

城は周章て眼を外《そ》らせながら、

「約束があるのです。ほんとうなのです」

夫人は城から眼を離すと、ヴァニティケースを開いて、中から小さな瓶《びん》を取出した。瓶の中には白い錠剤が十ばかり入っていた。夫人はその二つ程を、左の掌《てのひら》に落すと、それなり口へ持って行って嚥下《えんか》した。

「いいえ」

夫人は暫《しば》くしてから言った。

「今日はいけません。あたし少し、お訊《たず》ねしなければならないことがありますの」

「でも……」

城がそれに対して、何か抗弁しようとしていた時に、自動車が突然、がくんと大きな動揺をした。城と夫人は、その途端、肩をぶっつけて危く前へのめりそうになった。城はそれで、後の言葉を揉《も》み消されて、そのまゝ口をつぐんでしまった。

間もなく自動車は、新宿へさしかゝったが、城が何んとも言葉をかけなかったので、そのまゝ走りつゞけた。夫人はそれに満足したらしかった。

しかし、自動車が赤坂見附から市ケ谷の方へ進んで行くころになって、今度は夫人の方に変った態度が現れ始めた。最初彼女は、自動車の前方の空虚に、何者かの姿を捕えようとするかのように、凝《じ》っと瞳《ひとみ》を据えていたが、突然口の中で鋭い舌打ちをした。

城はそれを、「畜生《ちくしょう》!」と叫んだように聞いて思わず夫人の方を眺めた。その途端、城は今迄と全《まった》く異《ちが》った夫人の顔をそこに見出した。

頰《ほお》からこめかみへかけての線が、陽の加減か全くこけてしまって、白い皮膚にも光沢というものが少しもなかった。何かこう、古い羊皮紙《ようひし》でも見るように、しなびた、生命の感じられない横顔である。おまけに二つの眼が飛出《とびだ》すように前に突出《とっしゅつ》して、その下に、黒い、大きな皺《しわ》が刻まれている。

城はそれを見ると、思わず心の中《うち》で、

「カリオストロ夫人!」

と、叫んで、ぞっとしたように眼を反らした。

夫人のそういう態度は、市ケ谷の自宅へ近附くに従って、ます〳〵激しくなって来た。彼女は何者か、眼に見えない者に抵抗しているかのように、激しく息を喘《はず》ませ、歯をかみならせ、肩を揺《ゆす》ってあらごうていたが、やがて、疲労の色が刻々と深くなっていった。やがて、肩を落し眼を閉じると、息を激しく内へ引いて、ぐったりとクッションの背に肩をもたせかけた。と、丁度その時、自動車は市ケ谷の志摩家の表まで来ていた。

「こゝで一寸停めて頂戴《ちょうだい》」

自動車が門の中へ入ろうとするのを、夫人はクッションに身を落したまゝそう言った。

「城さん、失礼しました。今日は、では、このまゝ帰って頂戴」

城は夫人の、この激しい変化が何から来ているのか分らなかった。しかし、どちらにしても、夫人のこの言葉は、彼にとってはもっけの幸いだった。自動車が停《とま》ると、彼はすぐに外へ跳降りた。

「では、これで失礼いたします」

城は帽子の廂《ひさし》に手をやったが、夫人はそれを見向きもしなかった。城は二三度激しくケーンを振ると、物の怪《もののけ》を払い落そうとするかのように、高らかに口笛を吹きながら、五六歩あゆんだ。そして、何気なく、もう一度夫人の邸《やしき》の方を振返ったが、その時、奇怪な動物が、影のように門の中へ入って行くのを見て、思わず、彼は足を緩めた。

それは、たしかに人間というよりは動物という方が当っていた。昔から、弓のようにという言葉はあるが、その老人を説明するとすれば、この形容詞は、弓をひん曲げたようにと訂正されなければなるまい。腰を中心として、体を二つに折り曲げたように、だから、顔が地面とすれ〳〵に這《は》っていると言っても、決して言い過ぎではなかった。従って、脊の高さと言ったら、三四尺ぐらいしかないのだが、それでいて、気取ったモーニングを着、高いシルクハットを被《かむ》っていた。しなびた、かさ〳〵の顎《あご》には、白い、もじゃ〳〵とした髯《ひげ》が生えて、鼻の上には金縁の鼻眼鏡《パンスネ》がのっかっている。

この奇怪な動物が、太い籐《とう》のステッキをついて、こと〳〵と夕闇の中を、玄関の方へ這って行くのを見た時、城は更に、一種の鬼気を感ずると同時に、もう一度、

「カリオストロ夫人！」

と口の中《うち》で呟《つぶや》いた。

二

城がこゝで呟いた、カリオストロ夫人なる言葉を説明する前に、カリオストロそのものについて説明して置こう。それにはハームスウォースの百科全書の言葉を借りるのが最も便利である。

Cagliostro（1743―95）伊太利《イタリー》の大欺偽師《おおさぎし》。一七四三年、パレルモの貧しき家庭に生れ、本名はギユセップ・バルサモという。若き頃、薬剤師の助手となり、化学並びに薬学の知識を得、一七六九年シシリイ島を去るに及んで、希臘《ギリシア》、埃及《エジプト》、亜細《アジ》亜《ア》、並びにマルタ島の占星術を習得す。後《のち》、美しき妻を娶《めと》り、欧洲の主要なる都市を遍歴し、錬金術師という触込みと、巧みなる弁舌によりて、貴族仲間に信望を得、云々《うんぬん》。――

カリオストロというのはこういう男である。つま

り一種の大仕掛けな欺偽師で、フランス革命の動機の一つは、かゝってこの男にあるとさえ言われている。この男の大法螺《おおぼら》のうちで、一番傑作は、キリストと語った事があるという、途方もない出鱈目《でたらめ》であった。若《も》し、それが事実とすれば、彼は実に、千七百何十年という齢《よわい》を保っている事になるのであるが、迷信深《ぶ》かゝった当時の民衆には、この言葉さえ、そのまゝに受入れられたのであった。

今、志摩夫人が、何故《なにゆえ》この大欺偽師の名前を以《も》って称《よ》ばれているかと言えば、実は彼女の年齢に対する世間の疑惑からであった。城が聞くところによると、亡くなった志摩男爵と結婚する前の彼女は、場《ば》末《すえ》の劇場の賤《いや》しい踊子《おどりこ》であったということだが、それにしては彼女は、驚くべき教養と、博識と、聡明さを持っていた。彼女は出来得る限り、その博識を包み隠そうとしているらしかったが、つい不用意にそれを洩《も》らす事があった。

彼女は憲法発布の当日の光景を、自分の眼で見たように語る事が出来たし、尾崎紅葉《おざきこうよう》の印象を、どんな文章よりも、溌剌《はつらつ》と述べることが出来た。と思えば又、我々の及びもつかぬ高貴な方の日常生活も知《ち》悉《しつ》していたし、そうかと思うとどん底の、賤しい、惨《みじ》めな女の生活にも通じていた。それはどんな経験家と雖《いえど》も及びもつかぬ、彼女自身、その生活の中にいたのでなければ、決して語られない程の生々とした印象をもって語られるのである。

一体、彼女はその過去に、どんなに広い経験を秘めているのか。しかし、よし、彼女が如何《いか》に広い経験をもっていたところで、それだけで彼女全部を説明するわけにはゆかない。何故《なにゆえ》ならば、今年二十八と称している、そして、事実それ以上には、どうしても頷《うなず》けない彼女が、憲法発布の日に生きていたわけもないし、尾崎紅葉と語った筈《はず》もないのである。それとも彼女は、カリオストロ伯爵のように、いつ迄たっても老ゆる事なき、不断の生命の泉を持っているのだろうか。

城にとっては、しかし、謎《なぞ》のようなこの夫人の愛《あい》撫《ぶ》に身を委《ゆだ》ねている事が、一度はこよなき歓《よろこ》びだった事もあったのだ。彼のような、若い、熱情的な、そして真理の探求を仕事としている芸術家にとっては、夫人を包む謎が深ければ深い程、その魅力はいや増しに募るのだった。事実、夫人は彼の最もよきパトロンであったと同時に、いつかはその域を踏み越えてさえもいたのである。

こういう城が、夫人から身を退《ひ》こうと決心したのは、だから、彼女の奇怪な正体に対して憎悪を感じたからではなくて、他に適当な相手を見附けたからであった。

事実夫人は、気まぐれな一時の火あそびには適当な相手だったけれど、生涯をともにするには、何処《どこ》か荷の重過ぎる相手だった。尤《もっと》もそれには、近頃漸《よう》く売出した城は、最早《もはや》夫人の庇護《ひご》を離れても、充分独立し得るという、打算的な考えもある事にはあったのだけれど。……

城はだから、この間の犬の競争の帰り以来、二度と夫人の邸へ足踏みをしようとはしなかった。その翌日、夫人から手紙が来たが、彼はすぐに破り捨てゝ、返事を出そうともしなかった。それは昨日の無礼を謝した後《のち》、今夜是非《ぜひ》とも来てくれとの呼出し状だった。

二三日おいて、夫人から又手紙が来た。文面は前と殆んど変りはなかった。しかし城は、むろん出向きもしなければ、返事も出さなかった。

すると、それから二三日おいて、夫人から又しても手紙が来た。それには、彼の薄情に対する、かなり手きびしい非難が述べられていた。

――私はその女を知っています。私に変ってあなたを愛撫しようとしている、その女を知っています。しかし、その女もあなたも、これだけの事はよく覚えていなければなりません。私は決して負けるという事を知らない女なのです。あなたが私の抱擁《ほうよう》から抜切って、その女と二人きりになったと思った時こそ、私が勝った瞬間です。――

城はその中に書かれている、愛撫だの、抱擁だのという露骨な言葉に、思わず眉をひそめると、何か穢《けが》らわしい物でも捨てるように、それを灰皿の中で焼捨てた。

彼は今更、そんな手紙を読んだ事を後悔した。何かしら、雨雲のようにひろがって来る不安を、彼は煙草《タバコ》の煙で吹き払おうとするかのように、無性にパイプを吸っていたが、ふと思い立って外出の支度をした。

彼は途中、廻《まわ》り途《みち》をして、彼女の好きなスイートピイを買うと、渋谷にある恋人のアパートを訪れた。

奈美江《なみえ》はその一週間程前から、膝《ひざ》関節を痛めて、麹町《こうじまち》にある神保《じんぼ》病院へ通っていたのであるが、彼が訪れた時、丁度そこへ出かけようとしているところであった。

「どうですか、工合は?」

「えゝ、もう殆んどいゝんですの。冷えたり、雨が降ったりすると、少しいけないぐらいですわ」

奈美江は静脈の透くような白い手で、薄い頬の肉を撫《な》でながらそう言った。

「今、出掛ける時だったのですね」

「えゝ」と彼女は小さい腕時計を見て、「病院は四時までゝすから」

「そう、それじゃ途中まで送って行きましょう」

「途中までと仰有らずに」と彼女はスイートピイを器用に花瓶に活《い》けながら、「いっそ、病院までつき合って下さいません? 治療はそう長くはかゝりませんのよ。後で銀座へでも出ましょう」

事実、間もなく家を持つ事になっている二人は、種《いろ》んな機会に、遠からず必要となるであろう品々を買いためたり、又買う予定を立てたりしなければならなかった。それは必要というよりも、楽しみでもあった。今日も城は、奈美江のそういう病気さえなければ、彼の方からそう言出そうと思っていたところである。だから彼女にそう言われて、拒む理由は少しもなかった。

「治療ってどんな事をするんですか」

「レントゲンをかけるんですの。それから後で一寸マッサージをするんですけれど、それがとてもよく利くんですのよ」

彼等は間もなく、自動車を麹町の方へ走らせていた。

この時、若し奈美江が、神保博士の風采に関する印象を、少しでも述べていたら、城はこの病院へのお供を止《よ》したばかりか、或《ある》いは、奈美江がそこへ通う事にすら反対したかも知れないのだ。しかし、この場合、彼等はわざと陽気な、楽しい話題ばかり撰んでいたので、そういう暇がなかったのも是非のない次第である。

三

麹町の神保病院というのは、通《とおり》から少し入ったところの、細い路地に面した、べにがら色の小さい建物だった。

城は先《ま》ず、病院とはあまりかけ離れた色彩の好みに驚かねばならなかった。と同時に彼は、淡い、一種の危惧《きぐ》というようなものを身の廻りに感じた。ほんの一瞬間、ためらった後《あと》に、でも、仕方なく城は奈美江の後《うしろ》に続いて入って行った。しかし、待合室の更に奇怪な構造を見たときには、彼はこの病院に対する不安を一層色濃く感じた。

それは何んといおうか、部屋全体が、種々な角度で結ばれた鏡の面で取りかこまれていて、部屋の中そのものが、丁度あの万花鏡《ばんかきょう》の中を覗《のぞ》いた時のような、奇妙な気心を誘うのであった。これは、この病院の院長の奇妙な好みというよりは、彼の持っている秘密な目的に役立つものであるらしかった。

というのは、彼等二人が入って行った時、何処《どこ》か目に見えない、別の入口から、周章《あわ》て抜出して行く女の後影《うしろかげ》が、鏡の一つにちらりと映ったからである。城はおやと思った。そしてもう一度女の後姿を見ようと思ったが、複雑な角度で結び合っている鏡の映像からは、果して何処に出口があるのか、それすらも見当がつかなかった。

「どうなすったの。このお部屋には驚いたでしょう」

「うん、この部屋も部屋だが、それより、今こゝを出て行った婦人ね、あなたはあの後姿を見なかった？」

「えゝ、誰か出て行ったようでしたわね」

「何んだか、僕の知っている婦人のように思えたのだが……」

「志摩夫人でしょう」

あまりはっきり言われたので、城は驚く暇《いとま》もなかった。彼はむしろ、呆《あき》れたように、奈美江の顔を打《うち》見守っていた。

「志摩の奥さまなら、此処《ここ》でお目にかゝるのに不思議はないのよ。神保博士は夫人の主治医ですから」

「あなたはどうしてそんな事を知っているのです」

「でも、あたし此処で時々夫人にお目にかゝるんですもの」

奈美江も、城と夫人との問題は知っていた。しかし、彼女の幸福だった事は、世間の噂《うわさ》で知る前に、城自身の口から打明けられた事である。むろん、城の過失は認めたが、それ以上責めようとは思わなかった。だから彼女は、割に平気で夫人の名を口にする事が出来るのだった。

間もなく、若い、無愛想な看護婦が、何処にあるのか見当のつかぬ、鏡の扉《ドア》を開いて入って来た。

「じゃ、一寸待ってゝ頂戴ね。せいぜい二十分ですから」

奈美江は薄いショールをそこに置くと、にっこりと糸切歯を見せて、看護婦の後《うしろ》に従った。

ばたあんと扉《ドア》を閉《とざ》す音と共に、彼女の姿は、白い鏡の中に吸込まれるように消えてしまった。

その遠い足音に耳をすましながら、城は心を落着けようとしたが、むらがり起る不安の念は、押えようとすればする程、むく〳〵と頭をもたげて来る。何かしら、永遠に彼女の姿が失われてしまったような、魂の空虚を感じるのであった。

この病院の院長が、志摩夫人の主治医であるという事は、単なる偶然の一致だったかも知れない。志摩夫人としては、今朝がた、あゝいうひどい手紙を寄越した以上、城の姿を見て、周章て隠れるのは当然だったろう。

しかし、たゞそれだけだろうか。

この部屋を出た彼女は、一体何処に隠れたゞろう。

——私の抱擁から逃れて、あなたがた二人きりになったと思った時、その瞬間こそ私の勝利です。

——

城はふと、夫人の手紙にあったそんな文句を思出《おもいだ》した。すると、彼を取巻いている、大小様々の鏡の上に、夫人と奈美江の姿が、焰《ほのお》のように燃え上って居《い》るのであった。

二十分と言ったけれど、手術はそれよりも長くかゝった。だから廊下の端に、再び恋人のスリッパの音が聞え始めた頃には、城は、自分自身でこしらえ上げた妄想《もうそう》のとりことなって、すっかり疲れ果てゝいた。

扉《ドア》が開《あ》いた。

そして、奈美江がよろけるようにして入って来た。その顔は、蒼《あお》いというよりも死人に近かった。それでも彼女は、城の顔を見ると、にっこりと糸切歯を見せて笑った。

「どうしたのです。顔の色がひどく悪いじゃありませんか」

「今日は治療が、少しひどかったので……」

奈美江は切れ切れな声でそう言うと、城の側《そば》へ来て、ぐったりとした体を椅子にもたせかけた。

「大丈夫ですか。歩けますか」

「えゝ、大丈夫、少し憩《やす》んで行けば気分も直るでしょう」

城は患者の体質も考えずに、そんな無茶な手術をする医者に対して激しい憤《いきど》おりを感じた。

医者に会ったら、だから彼は思い切って怒鳴りつけてやろうと思った。しかし、奈美江のすぐ後から、ことことと入って来た医者の姿を見た時、彼は思わずぞっとして、舌の根まで固《こわ》ばってしまったのである。

いつか、志摩夫人の邸宅の門前で見た、あの奇妙な、虫のような老人であった。老人はゴリラのように床《とこ》の上を這いながら、奈美江の側《そば》に近附くと、傍《そば》の戸棚からコニャックの瓶を取出して、それをコップに注《つ》いですゝめた。

それを飲むと、奈美江は少しばかり元気を回復したようだった。

「御気分は如何《いかが》ですか？」

「えゝ、おかげ様で……」

「何、すぐ慣れますよ。向うの方はうまく行きました」

老人の低い、がら〳〵とした呟きを聞くと、奈美江は初めてにっこり笑った。城には、その微笑の意味がよく飲込めなかったが、この奇怪な老人こそ、神保博士である事を、その時初めて知ったのである。

四

夏の初めに結婚する筈だった城と奈美江は、ある事情から、それを秋まで延期しなければならなかった。その事情というのは、志摩夫人の自殺だった。

考えてみると、城が神保病院で、夫人の姿を見かけた丁度その夜の事であった。夫人は多量のモルヒネ剤を呷《あお》いで自殺したのである。夫人がモルヒネ中毒患者である事は、周囲の人々にはよく知られていた。だから、分量を間違えたのではなかろうかという説もあったが、間もなく現れた遺書によって、そうでない事がはっきりした。

遺書には、自分の全財産を、画家城信行《のぶゆき》の妻になる女性に与うる旨《むね》が書いてあった。

当然この事は、新聞記事のいゝ材料になった。そして、今更のように、夫人と城との旧《ふる》い関係が仰々しく新聞の三面を賑《にぎ》わした。

城はむろん、こんな忌《いま》わしい財産なんか少しも欲しくはなかった。しかし、奈美江はこの点、割に寛大な考え方を持っていた。

「あたし、夫人の好意は真直《まっす》ぐに受けたいと思いますわ。もし夫人が何か企みがあったとしても、この贈物を受けないという事は、却《かえ》ってその企みの中に落ちるようなものじゃなくって？　それにあたし、芸術家が生活のために、心にもなく魂を売るという、そんな惨《みじ》めな例をかなり知っていますけれど、あなたにはそんな真似《まね》をさせたくありませんの」

奈美江の言うのも尤《もっと》もだった。

それに、散々新聞で叩かれた城は、それだけで充分夫人からの復讐《ふくしゅう》を受けたように思われた。せめて、遺産でも貰《もら》わなければ埋まらないという気もするのだった。

噂は七十五日経たないうちに消えてしまった。

そして秋の展覧会に、城の絵が見事にパスしたのを機会に、その祝賀の会をかねて、彼等は結婚式をあげた。

こうした二重の歓びを胸に抱きながら、城と奈美江は関西へ向って新婚旅行に出かけた。そして、その第一夜である奈良のホテルの一室で、あの奇怪な出来事が起ったのである。

真夜中の二時頃であった。

何を思ったのか城は、突然妻の抱擁から身を逃れると、周章《あわて》てベッドの外に這い出していた。彼の全身は、ある忌わしい連想と、計り知れない疑惑のために、木の葉のように慄《ふる》えていた。

奈美江はベッドに臥伏《うつぶ》せになったまゝ、ぶる〳〵と肩を慄わせていた。泣いているのか、それとも。

……

こんな事が果してあり得るだろうか。こんな忌わしい暗合が、そう沢山あってよい事だろうか。城は薄暗い部屋の灯につく〴〵と奈美江の姿を見守りながら、激しい息使いをした。

何も知らぬおとなしやかな奈美江の要求と、どくだみのようなあの志摩夫人の要求が、偶然同じであったと云《い》う事だけでも、城にとっては大きな驚きであった。しかし、彼のベッドから這い出す程も驚いたのは、たゞそれだけの事実からではなかった。

当人同志だけしか知らない、口に出して語る事も出来ぬ微妙な感じ、そういう感じの中に、城は、夫人と妻との間に共通なもののあるのを感じたのであった。彼は妻の肌の中に夫人の肌の匂いを強烈に意識した。

これが果して奈美江だろうか。

いや〳〵、奈美江にこんな大胆な振舞いが出来る筈はないではないか。彼はベッドの上へ臥伏せになっている奈美江の上に、大きく、黒い夫人の影を認めたように思った。

奈美江は暫く、臥伏せになったまゝ顔を挙げようともしなかった。肩が断続的にぶる〳〵と慄えている。間もなく、その慄えが次第に緩慢になって行った。と思うと、ふいに彼女は顔を挙げた。

しかも、驚いた事には、彼女は泣いているのではなかった。その反対に笑っていたのだった。

「私の抱擁から逃れて、自分たち二人きりになったと思った時、その瞬間こそ私の勝利です」

ふいに、低い、とぎれ〳〵な声で、奈美江がそう呟いた。その声は奈美江のものであったが、調子は最早、完全に志摩夫人のものに違いなかった。

「…………」

城は何か言おうとしたが、声が咽喉《のど》の奥にからんで、そのまゝ消えてしまった。奈美江が、夫人の手紙にあるその一節を知っている筈はないのだ。彼はあの手紙を、読んでしまうとすぐ焼きすてゝしまったし、一言《ごん》だって語りはしなかったのだから。

「どう、お分りになって?」

奈美江は突然、ベッドから滑り降りると城の側《そば》へやって来た。そして白い露《あら》わな腕を、城の首の廻りにまきつけた。

「結局、あなたは私の抱擁から逃れる事は出来なかったでしょう」

「誰だ!? 貴様は!」

「フン、お分りにならないの。たった今、あんなに驚いたくせに」

奈美江は城の首から腕を離すと鏡の前へ行った。

「御覧なさい。奈美江さんの肉体を着た志摩夫人、それが私よ。お分りになって?」

城は答える事が出来なかった。答えるすべを知らないのである。何かこう、物《もの》の怪《け》につかれたような無気味さを、あまりの意外さに、驚くというよりも、寧《むし》ろ放心状態に近かった。

「——神保先生は実にすばらしい魔術師だわ。あの人は、自由に人の霊魂を入換える事が出来るんですよ。ほら、嘘《うそ》だと思ったらよく私を御覧なさい。私が奈美江さんですか。いゝえ、違います。私は志摩夫人です。奈美江さんは私の古い肉体の中に押し込められて、そして絶望のあまり自殺したじゃありませんか。ね、私の事を世間ではカリオストロ夫人と称《よ》んでいましたわね。そのわけがお分りになりましたでしょう。私は一体、もう何年生きているのかしら。自分自身でもよく分らないけれど、随分種《いろ》んな記憶がごっちゃになっているところを見ると、多分八十年は生きているでしょう。無論、神保博士のおかげよ。あの人は、私の肉体が滅びそうになると、すぐ新らしい肉体を見附けて来て、私の霊魂をその肉体に注入して下さるの。そしてあの人自身が、その方法で随分、今迄長く生きて来られたのですよ。そう、あの人は多分、三百年は生きているでしょう。そして私たちは、永遠に死ぬという事がないのです。常に新鮮で、常に新らしい快楽を追って行く事が出来るんですの。だから、あなたももし私が捕えていようと思えば、永久に私の懐中《ふところ》から逃げる事は出来ないのよ。何故《なぜ》って、私はあなたの恋人になる人の肉体を次から次へと、私の霊魂の棲家《すみか》に変えて行く事が出来るのですから」

志摩夫人のこの恐ろしい告白の後《のち》に、どんな事が起ったか、今更説明する迄もあるまい。城はそれから三日の後に自殺した。世間ではこの自殺を、結局、志摩夫人と情死したのだと取沙汰《とりざた》している。

そして、美しい奈美江は、世間の同情と、莫大な志摩夫人の遺産の中に取残された。

カリオストロ夫人は今でも生きている。だから我々は要心しなければならないのである。

いつ彼女が、我々の妻や恋人の肉体の中に忍び込むかも分らないからである。

丹夫人の化粧台

一

昭和×年十月十八日、猟期があけて間もなくのことである。

東京から十二里、甲州街道から約半里ばかりそれた、府下S――村にたった一軒しかない「大猟屋《たいりょうや》」という宿屋の前へ、ビュイックのロオドスタアを乗りつけた三人連れの青年紳士があった。黄昏《たそがれ》ごろである。

出迎えた宿屋の亭主は、言わずとしれた狩猟客と踏んだ。

この辺は、鴨《かも》の猟場として近来俄《にわ》かにその名を喧《けん》伝《でん》されて来たので、毎年猟期があけると、京浜地方から夥《おびただ》しい狩猟客が押し寄せて来る。「大猟屋」という、田舎には珍しい和洋折衷《せっちゅう》のこの宿屋というのも、実はそれ等《ら》狩猟客のために建てられたもので、それには東京の有力な狩猟倶楽部《クラブ》の、力瘤《ちからこぶ》を入れての後援もあったが宿の亭主というのが、その附近でもかなり腕きゝの猟師で、数年以前、東京の猟客間でも有名なM――公爵のお伴を申上げて以来、すっかり知遇を得て、その後立《うしろだ》てゞ、この猟客専門の旅館経営となったのである。

従って、毎年この宿屋へやって来る顔触れは殆《ほとん》ど極《きま》っていた。また、初めての客は紹介状を持って来なければ、泊めないことにもなっているので――、つまりそれ程、小《ち》っぽけな宿ではあるが、その道では巾《はば》を利かしているというわけでもあるのだ。

さてその夕方現れた三人連れの青年紳士は宿にと

っては馴染《なじ》みのない顔触れだったが、有力な紹介状を携《たずさ》えていたので亭主は何《な》んの遅疑《ちぎ》するところもなかった。宿帳には、

高見安年《たかみやすとし》、二十七歳、無職
初山逸雄《はつやまはやお》、二十六歳、画家
下沢　亮《しもざわりょう》、二十七歳、無職

――とあった。紹介状を携えて来たのは、最後の下沢亮である。

「高見様と仰有《おっしゃ》いますのは、もしや麹町《こうじまち》の高見子爵様の御子息では……」

夕飯がすんだあとで、御挨拶《あいさつ》に上った宿の亭主が、揉手《もみで》をしながら訊《たず》ねると、一番蒼白《あおじろ》い顔をして、疲れたように柱によりかゝっていた青年が、簡単にそうだと答えた。

「それはどうも――、お亡くなりになりましたそうですが、お殿様には随分いろ〳〵と目をかけていたゞきました。それであなた様は？」

「三男だ。兄が跡を継いでいる」

「あゝ、さようで、いえ、知らぬことゝて、一向行きとゞきませぬで――」

宿の亭主は、そういうきっかけから、それからそれへと饒舌《しゃべ》っていたが、しかし間もなく何かしら、ふと気拙《きまず》いその場の空気を感じると、ふいとそのまゝ口をつぐんでしまった。この三人の青年紳士の間には、亭主の饒舌《じょうぜつ》を圧倒するに足る何かしら生気に欠けた、無気味な空気が垂れさがっているのだ。

実際、これから猟に出ようとする楽しげな、あるいは勇ましげな様子は、三人の間に微塵《みじん》も見られなかった。高見安年は前にも言った通り、疲れたような様子で、ぼんやりと床柱へ寄りかゝっていたし、初山逸雄は縁側の手摺《てすり》に腰をおろして、意味もなく外の景色を眺めている。唯《ただ》一人、下沢亮だけが如何《いか》にも猟人らしく、胡坐《あぐら》をかいたまゝ猟銃の手入をしながら、時々獲物について質問を発したりしたが、それも甚《はなは》だ素人《しろうと》くさい、その場ふさぎの感じであった。

こういう三人の客だった。

間もなく亭主が、ほう〳〵の態《てい》で引上げると、三

人はそのまゝ、殆ど一言も口を利かずに寝床に入ってしまった様子であった。

翌朝彼等が、いでたちだけはそれでもひとかどの猟人らしくめいめいく銃を肩にして宿を出発したのは、明方《あけがた》の六時ごろのことであった。

「素人のくせに、案内人もなしで、怪我《けが》をしなければいゝがな」

後《あと》見送った宿の亭主が、気使わしげに呟《つぶや》いたのも無理はなかった。間違いを起すのはいつもこういう素人の天狗《てんぐ》連なのだ。——

宿を出た三人は、亭主のこういう心配を後に、教えられた方向へ黙々として足を運んでいた。もう、これがほんとうに猟をする人々なら、この絶好な狩猟日和《びより》を、どんなにでも祝福してい筈《はず》だった、はれて行く朝霧の間から降るように聞えて来る小鳥の声は、今日の大猟を思わせるに充分だった。しかし、この不思議な三人は、めいく重い屈托《くったく》に、胸でもついえているかのように、あたりの景色も一向気にならない様子だった。彼等とは反対に、はしゃぎ切って走り廻っている猟犬さえもが、むしろこの三人にはわずらしげにさえ見えるのだ。

間もなく彼等はゆるい坂道へさしかゝった。そこらあたり丈の高い神代杉《じんだいすぎ》と櫟《くぬぎ》の林が入交《いりま》じっていて、朝霧を破って出た朝日が、斜《ななめ》にあらい縞目《しまめ》を作っていた。

「綺麗だな」

ふと、そう言って立止まったのは、下沢亮だった。二人ともそれに続いて立止まるとうしろを振返った。いつの間にそんなに登ったのか、武蔵野のゆるい起伏の中に、白い多摩川の流れが一望のうちに眺められた。暫《しばら》く三人は猟銃を杖《つえ》についたまゝ、凝《じ》っとその景色に見とれていたが、誰からともなくまた歩き出した。

こうして彼等がやっと辿《たど》りついたのは、高台にある広い杉林の中の空地だった。こゝまで来ると、下沢亮はふと足を止めて後《うしろ》の二人を振返った。二人は黙って眼で頷《うなず》き合うと同じように足を止めて肩から銃を下ろした。

「一寸《ちょっと》、待ってい給え」

二人を其処《そこ》に残した下沢は、検分するように、空地の中を一渡り歩き廻ったが、やがて帰って来ると、

「さし渡し三十間《けん》はある。あたりには人はいない」

と言った。

「結構」

初山はやゝ緊張した面持《おもも》ちで銃を取直した。

「高見――、君はどうだね」

高見安年は切株に腰を下ろして、凝っと草地を眺めていたが、その声にふと顔をあげると、よろ〱と切株から腰をあげた。下沢はその顔を見た。とたん何か言おうとして、二三歩そばへ寄りかけたが、すると、その気配を察したものか、相手がいちはやく顔をそらしてしまったので、諦《あきら》めたように肩で溜《ため》息《いき》をついた。

「じゃ、僕が距離をとろう、高見、君はそこにいたまえ。初山、君はこちらへ――」

間もなく高見と初山は、三十間の距離をおいて向い合って立った。下沢はこの二人から離れて、丁度二等辺三角形の頂点の位地に自分を置いた。

「いゝか、号令と一緒に、最後のドライで手巾《ハンカチ》を落すから、それが合図だよ。――用意!」

高見と初山はめい〱銃を構えた。

この場合、一番落ち着いていたのは初山逸雄だった。彼の白い額《ひたい》は水のように澄みきって、狙いを定めた銃口には、一分《ぶ》の違いもなさそうに見えた。それに較《くら》べると、高見の銃口には、最初波のような起伏が見られた。しかし、それもつかの間、間もなくそれもピッタリとある一点に固定した。

この中《うち》で、一番取り乱していたのは、むしろ下沢だったといえる。上着のポケットから白い手巾《ハンカチ》を取出したとき、彼の額はびっしょり汗で濡《ぬ》れていた。彼はもう一度何か言おうとして、交《かわ》る交《がわ》る二人の方を眺めたが、彼等の不動の姿勢を見ると、絶望的に肩をすぼめて一歩後《うしろ》へ退《さが》った。

「アインス!」

やがて、高らかな声が林の中に響き渡った。

「ツワイ――ドライ!」

白い手巾《ハンカチ》がひら〳〵と落ちた。

と、同時に、轟然《ごうぜん》と二挺の銃からは火蓋《ひぶた》が切って放たれた。

下沢は一歩退ったまゝ、きっと二人の様子を眺めている。高見も初山も、まだ銃を構えたまゝの姿勢で立っていた。その二人の前を、白い煙が縺《もつ》れ合って消えていった。

「助かったかな」

下沢がそう感じた瞬間である。突然三人のその均《きん》衡《こう》が一角から崩れた。初山の腕からずる〳〵と銃がすべり落ちた。と思うと、まるで枯草のように、へな〳〵と体が地上に倒れていった。

下沢と高見が駈けつけていったのは殆んど同時だった。下沢が負傷者のそばに跪《ひざまず》いて、ナイフで上衣を切り裂いているのを、高見は銃をついたまゝ見下ろしていた。白いシャツにはポッチリと血が滲《にじ》んでいて、それが見る見るうちに拡がって行った。

「右肺の上部を貫いている」

高見は何んとも答えなかった。額からつるりと玉になった汗がすべり落ちた。

下沢が水筒の口を開いて、水を注ぎ込んでやると初山はぽっかりと眼を見開いた。

彼は下沢から高見に眼を移すと、唇の隅にかすかな微笑を泛《うか》べながら手をさし出した。そして、高見がそれを握ってやると、かすかな、呻《うめ》くような声で呟いた。

「気をつけたまえ。――丹《たん》夫人の化粧台――」

それから何か、二言三言、よく聞きとれない声で呟いたがそのまゝ、高見の手を握ったまゝ、がっくりと草の上にうつ伏した。

高見は暫く凝っと死者の顔を見ていたが、やがて静かに、握りしめている指を一本々々解きほごすと、傍《そば》の切株のそばへいってそれに腰を下ろした。そして銃を置くと両手で顔を覆うた。

暫くして彼がふと顔をあげると、死人の後始末をしていた下沢が、草の上に跪いたまゝ、何かしら凝っと自分の掌《てのひら》の上を眺めていた。そして、ふと振返った眼が、高見の視線に合うと、つか〳〵と側《そば》へ寄って来て掌をその前につきつけた。

見るとくすぶった薬莢《やっきょう》がのっている。高見は不審そうに相手の顔を振仰いだ。

「見給え」下沢の声は押し殺したような低さだった。「空弾だよ」

高見はさし出された掌のうえを見ると、ぎょっとしたように身をひいた。そして、次《つ》ぎの瞬間には、向うに倒れている初山の死骸《しがい》を、泳ぐような恰好《かっこう》でながめた。

二

「――と、そういうわけで、形式はりっぱな決闘なんですがその実初山の奴、自殺したも同じことなんです」

「まあ！」

「実際、あの男が枯草のように倒れるのをみた時、――僕の弾丸《たま》があいつに命中して、あいつの弾丸《たま》から僕が完全にのがれることの出来たのを意識したとき、つまり、勝った！　と感じた刹那《せつな》ですね、僕は水のような空虚を胸一杯に感じたのですよ。勝利でもなんでもない、まるきりその反対の悲哀なんです。僕はそれでさめざめと泣いたのです。あなたも御承知の通り、今度の問題が起るまでは、あいつと僕は、兄弟以上に親密だったのですからね、なんという下らないことをしたものだ。なんという馬鹿々々しいことをしてしまったのだ、――あいつのシャツに血の拡がっていくのを見たとき、僕はとり返しのつかない悲しみに、胸もついえるばかりの思いでした。ところがどうでしょう、あいつと来たら、最初から尋常《じんじょう》に決闘するつもりなんか毛頭なかったのです。つまり体《てい》のいゝ自殺の道具に、この僕を選んだのです」

「でも、初山さんが自殺の覚悟をしていらしたなんて、あたしは夢にも考えられませんわ」

「しかし、それに違いないのですからね。宿を出る時、下沢君が二人の銃のコンディションをしらべて、我々の面前で弾丸《たま》をこめてくれたのです。それがいつの間にやら、あいつの分だけ空弾に変っていたのは、つまり、みちみちあいつがそっと実弾を抜きとったとしか考えられません。僕はその理由が知りたい、いや、あいつが自殺しようとそんなことは少しも構いません。たゞ、あいつの卑劣な自己満足、あるいは犠牲的精神、優越感、そんなものゝ相手にされたかと思うと、僕は口惜《くや》しくてたまりません。決闘はあらゆる機会、あらゆる条件が対等でなければなりません。それだのにあいつは、わざと自分の方の機会と条件を打毀《うちこわ》していたのです。もしそれが、僕に対する憐憫《れんびん》、あるいは犠牲的精神――そんなものから出ているのだとすれば、僕は耐《たま》りません。口惜しくて、口惜しくて凝っとしていることが出来ない程です」

「そんなに昂奮《こうふん》なさるものじゃありませんわ。あなたの方には何の落度もなかったのですもの」

「落度？　そうですとも、僕は堂々とやりました。何んの落度がありましょう。卑劣なのは初山の奴です。あゝ、僕はあいつの真意が知りたい。あいつの自殺の動機が知りたいのです！」

丹夫人はその時、ソファの上でそっと体をずらせた。そして怖れるように、相手の横顔をまじまじと打ちながめていた。

決闘の日から、丁度一週間目である。その間に高見の顔立ちは驚くほど変化していた。もとより、蒼《あお》白《じろ》い顔は、いよいよ白く色褪《いろあ》せて、眼もとから頬《ほお》へかけてかくし切れぬ憔悴《しょうすい》の色がみなぎっている。

元来、決闘がすむと、喜ばしい報告をもって第一番に駆けつけて来なければならない筈のこの丹家へも、今日初めての顔出しなのである。

夫人はアフタヌーンの裾《すそ》が、軽く慄《ふる》えるのを、組合わせた脚のリズムで隠しながら、わざとほかのことを訊ねた。

「――で、もう大丈夫なんですの。決闘の方の後始末は」

高見は覆うていた両手から顔をあげると、病的に光る眼をぎらぎらとさせながら、ぶっきら棒に答えた。

「その方は大丈夫です。下沢が万事うまく運んでくれました。過失という示された事実以外に、誰ひとり疑《うたぐ》っているものはありません」

「そう」夫人はふかい溜息を吐《は》きながら、「それは結構ですわ」

「結構？　奥さん、あなたは初山の死を結構と仰有《おっしゃ》るのですか」

「あら、あたし、そんな意味で言ったのじゃありませんわ」

「奥さん、ほんとうのことを言って下さい。あなたは初山の自殺の動機を御存知なんじゃありませんか」

「あたしが？　どうして？　高見さん、あなたどうしてそんなことをお考えになるの？」

「奥さん、ごま化さないで言って下さい」

高見は突然丹夫人の体を両腕でゆすぶった。そして、いきなり声を押し殺すと、

「もしや、あの男は、御主人の死と何か関係があったのじゃありませんか」

夫人はそれを聞くと、ふいにソファから立上がって、つかつかと卓子《テーブル》のまえまで行くと、くるりと振返ってきっと高見の面《おもて》を射るようにながめた。

「あなた、――あなた、どうしてそんなことを仰有るの？」

高見はそれに答えようとしないで、あらい夫人の息使いをながめていた。そこから一切の真実を読み取ろうとするかのように、意地悪く押しだまって、蒼白《そうはく》な夫人の顔をまじまじとながめていた。

「初山さんがそんなことを仰有ったの？」

夫人は卓子《テーブル》から離れると、また高見の側《そば》へ来て腰をおろした。

「もし、あの人がそんなことを言ったとしたら、それはひどい侮辱《ぶじょく》です。あたしもあの人も、良人《おっと》の死には何んの関係もありません。はい、神に誓って潔白です」

「初山は何も、そんなことを言いはしませんでしたよ」

夫人のあまり弁解めいた言葉に、高見は残酷な意地悪さを押えることが出来なかった。

「初山はたゞ、死の間際にこう囁《ささや》いたゞけです。『気

をつけ給え、丹夫人の化粧台――』と」

「まア――」

　夫人はぎっくりとしたようだった。隠し切れない狼狽《ろうばい》を、高見は全身をもって感じなければならなかった。よほどしばらくしてから、彼はごっくりと唾《つば》を飲む、咽喉仏《のどぼとけ》の鳴る音を耳にした。しかし、夫人は間もなく、白々《しらじら》とした審《いぶか》るような声音《こわね》で訊ねた。

「あたしの化粧台――？　何んのことですの、それは――」

「何んのことだか、僕にもよくわかりません」

「初山さんがそんなこと仰有ったんですって」

「そうです、今死ぬという間際にそう言ったのです。それもひどく忠告めいた語調で」

「わかりませんわ。あたしにもわかりませんわ」

　夫人の声はふいにヒステリックになった。それと同時に、彼女は高見の腕をとるとそれを、柔《やわらか》い二つの掌で揉《も》むようにしながら、息を喘《はず》ませて言った。

「高見さん、あたしは何んだか恐ろしくてたまらないわ。誰だかあたしをねらっている者があるに違いありませんわ。あたしの良人を殺したのも、あなた方に恐ろしい決闘をさせたのも、みんなみんなそいつの仕業よ」

「何か、あなたにそんな心当りがあるのですか」

「いゝえ、あたしはたゞそれを感ずるだけなのです。眼に見えない、靄《もや》のような薄気味の悪い影を感じるのです。そいつがあたしを附狙《つけねら》っているのよ、真夜中なんどに、あたしふと物《もの》の化《け》に襲われるような気持ちのすることがありますの。何んとも言えない、恐ろしい、無気味な、いやアな気持ちなの」

　夫人はそこでふと言葉を切ると、まるでそのあたりに、その気味の悪いものがいるかのように、しばらく凝っときゝ耳を立てゝいたが、突然、耐えがたいような激情をもって高見の胸にすがりついた。

「高見さん、お願いですからあたしを護《まも》って頂戴《ちょうだい》、あなたのほかには、誰もお縋《すが》りする人はありませんわ、あたしは淋《さび》しいの、恐ろしいの、ね、あたしをまもって、護って！」

　高見はだが、自分の胸に武者振《むしゃぶ》りついて来る夫人のその声音《こわね》から、どうしても真実を酌《く》みとることは出来なかった。何かしら薄い膜を透《とお》して聞く、機械的な熱情としか、残念ながら彼は感じるわけにはいかなかった。

「僕が君なら、これを機会に、あの夫人との交際は断然たってしまうね」

決闘の後で、警告するように言った下沢の言葉が、ふとその時の彼の脳裡《のうり》をかすめ去った。

高見は夫人の体を払いのけるようにして立上がった。そして冷い、押えつけるような声で言った。

「奥さん、お互いにもう少し冷静な気持ちの時に会いましょう。そして、もう一度この問題をゆっくり考えてみようじゃありませんか」

高見はそう言い捨てると、帽子をつかんで、部屋を飛出《とびだ》した。

三

一方では十分警戒しながら、そしてある種のかたくなさで心を鎧《よろ》いながら、それにも拘《かかわ》らず高見と夫人の交際は、日ごとに深みへはまっていった。

下沢の忠告を待つまでもなく、丹夫人の周囲には不可解な影が多かった。高見は夫人に詰問《きつもん》すべき問題を山ほども持っていた。それでいながら、夫人に面と向うと、何にも切出《きりだ》せない意見だった。少くとも、自分に決闘まで申込ませた初山とは、どの程度までの親交を結んでいたのか、その一事だけでも彼ははっきりと突止《つきと》めておきたかった。自分から決闘を申込んでおきながら、いざとなると、自殺にも等しい手段で自分の命を断《た》った初山、その初山をそうした絶望に逐《お》いこんだものはなんであったか、高見はそれを知る権利があるのだ。

しかも彼は、今迄のところその権利を打忘れてしまったかの感じだ。それでいながら、一方夫人との交情を度重ねてゆくことによって、高見はしだいに自分が抜きさしならぬ深味へ足を突込《つっこ》みつゝあることを意識した。

そういう捉えどころのない焦燥のある日、ひょっこりと下沢が訪ねてきた。最近、この友人に会うことを務めて避けている高見だったので、彼の名を聞くと挑戦的な態度で迎えた。

「どうしたね、馬鹿に蒼い顔をしているじゃないか」

わざと元気よくその中に充分の劬《いたわ》りをこめて言う相手の言葉を、高見はしかし、無言で弾き返すように肩をゆすった。

「このあいだから二三度電話をかけたが、いつも不在だったね」

「いたよ。いたけれどわざと出なかったのだ」

「ハハハハ、大方そんなことだろうと思って、今日は構わず押しかけて来たのだ」

「御足労なことだ。頼みもしないのに、夫人の醜聞をたくさん仕入れて来たのだろう。その話なら沢山だよ」

「まあ、聞きたまえ、今日の話というのは、むろんまんざら夫人に縁のないことではないけれど、それより初山のことなんだよ」

「初山がどうしたというのだ」

高見は、とつぜん、噛《か》みつくように言った。然《しか》し、下沢はそれには取り合わないように、

「このことは、格別夫人を傷つけるとは思わないし、それに君が知っていれば、何かのときに役に立たないでもないと思ったから、今日わざわざ知らせに来たのだが」と、下沢は高見の顔を真正面から見ながら「実は、初山の遺書を発見したのだよ」

「遺書？」

高見の体は、ふいにどきんと大きく波を打った。

「それはほんとうか」

「あの決闘の前日、君たちが僕のところへ、介添を頼みに来た時、初山が一冊の本を僕に預けていったのを君は覚えているだろう。二三日まえ、僕は何気なくその本を引操《ひっく》りかえしていたのだ。するとこの紙片が出て来たんだよ」

下沢がポケットから取出した紙片を、高見はひったくるように横から奪いとった。それはノオトを引千切ったものへ、鉛筆の走り書きで、次ぎのようなことが書いてあった。

高見君
決闘はおそらく君の勝利に帰するだろう。しかし、勝ったと思った瞬間こそ、君はおそろしい敗北の第一歩を踏み出しているのだ。丹夫人は決して僕のものでもなければ君のものでもない。非業の最《さい》期《ご》をとげた彼女の良人のものでさえなかったのだ。丹夫人の邸《やしき》で、猫の鳴声を聞いたときこそ、君は警戒すべきだ。

初山生《せい》

「何んだ下らない」

高見は五度ほどそれを読返したのち、吐きすてるようにそう言った。

「君はこれを下らないと思うかね」

「そうさ、初山のやつ、下らない妄想《もうそう》に捉われていたか、それとも神経衰弱にかゝっていたのだ。初山のやつ夫人を自分のものにすることが出来なかった代りに、俺のものにもさせまいと嚇《おど》かしているんだ。誰がそんなことに驚くもんか」

「君が下らないというのはこの最後の一節のことだろうね」

「最後の一節？」

高見は手にしていた紙片に、もう一度眼を落すと、

「そうさ、一体これは何を意味しているのだ。猫の鳴声が僕たちの間に何んの関係があるというのだ」

「僕はしかし、そうは思わないね。丹博士の最後の言葉を思い出せば、この一句にこそもっとも深い理由があると思うのだ」

高見はびっくりしたように相手の顔をながめた。それからポカンとしたように天井に眼をやっていたが、ふいに、みるみる激しい驚愕《きょうがく》の色がその顔にひろがっていった。

「まさか――、まさか、あれは死人の妄想だよ。それとこれと関係があるん――」

「僕はそう思わないね、初山は博士の最後の言葉の意味を発見したのだ。そしてそれが彼を絶望につき落したのだ。いずれは夫人に関係のあることだろうが、僕はこれと『丹夫人の化粧台』の秘密を突止め

ないではおかぬつもりだ」
「止《よ》してくれ！　そんな話もう止してくれ」
高見は両手でこめかみを押《おさえ》ながらうつむいた。

四

こゝで一再ならず噂《うわさ》にのぼった、丹夫人の良人と、その人の死にまつわる、世間に知られている事実だけを述べなければなるまい。

丹博士は人も知る如《ごと》く栄養学の泰斗《たいと》で、夫人と結婚してから既に十二年になる。結婚したとき夫人は十八だったという話だから、今年彼女は三十になっている筈だ。二人の結婚には少しばかり年齢が違うという一事をのぞいては、別に何んの奇もなく変もない。強《し》いて言えば、当時まだ女学校へ通っていた彼女の姿を、ある日丹博士が電車の中で見染めて、無理矢理に彼女の両親を説きふせたという、人の噂くらいなものであろう。

尤《もっと》もその時、博士はすでに三十八にもなっていた。それでいて研究室以外の場所で暇をつぶすことの少かった博士は、まだ独身で押し通していたのである。夫人の両親はその当時日本橋でかなり古い暖簾《のれん》の商店を経営していたのだが、相手が世間から尊敬されている学者だったので、この結婚にはむしろ乗気だった。そして夫人はといえば、古くさい店の空気に嫌悪を感じていたし、学者の家庭に一種のあこがれを持ってもいたので、したがって、この結婚にはどの点から見てもなんの渋滞もなかった。

そして、同じようなことが、十二年の結婚生活についてもいえるのである。平穏無事という一語で彼等の生活は尽きていたろう。尤も、夫人をめとる迄《まで》のあの熱心に引きくらべて、結婚後の博士は、どちらかと言えば表面冷淡な良人であった。しかし、夫人を愛していることは何人《なにびと》も認めるところだったし、夫人もまた、良人の勉強を邪魔するほど愚かな妻でもなかった。

唯《ただ》、年がゆくに従って良人と彼女の年齢の差がますます目立って来ることと、美しい夫人の周囲には、絶えず若い男の友人が群がっていることが、世間の注目をひいていたが、それとても夫人の貞淑とはなんの関係もないことだった。むしろ勉強に多くかまけて、夫人を楽しませる時間の少いことを自覚していた彼女の良人は、彼の方から若い友人を歓迎していたようである。

あの不可解な事件が起るまでは、そういう夫婦のあいだがらだった。一体世間というものは、平穏無事に暮していの人々には、何んの興味も向けないものであるが、一度その人たちが躓《つまず》くと、ふいにあらゆる神経をその方へ集中するものである。そして、大ていの場合、それは好意よりも、多く悪意に満ちているものだ。

丹夫妻の躓きは、結婚後十二年目の今年の春にやって来た。丹博士の不可解な最後である。その晩のことを簡単に述べておこう。

丹夫人はその夜、初山逸雄に誘われて帝劇のリサイタルに出かけていた。家を出たのは六時ごろで、その時博士の様子にはすこしも変ったところはなかった。

「行っておいで」

博士はそう言って優しく夫人の額に接吻《せっぷん》した。別に昂奮している様子も、疲れている風も見えなかった。夫人は九時半まで劇場にいて、初山に送られて帰った。その時博士はパジャマのある、夫人の化粧室に倒れていたのである。右手にはピストルを握って、その砲口からはまだほの白い煙が立っていた。夫人と初山がその体を抱きあげたとき、胸から一時にごぼりと血が流れ落ちた。と、同時に博士はうっすらと眼を見開いて、そしてたった一言《いちごん》、

「猫が――。猫が――」

と、言った。そしてそれきり息が絶えたのである。

他殺という証拠はどこにも見当らなかった。戸締りは厳重で、外から人が忍び込んだ形跡はどこにもなかった。致命傷となった胸の傷も、博士の握っていたピストルの弾丸《たま》からだと判明した。では自殺かというに、それにも多くの疑問が考えられる。第一、調べられた限り、博士には自殺の原因なんて少しもなかった。

それに、博士は今迄かつて、夫人の化粧室へなど入ったこともなかったのだ。何んのためにピストルを持出したのか？　何んのために夫人の化粧室へ入っていったのか？　そして何んのために第一発目の弾丸《たま》を夫人の鏡に向って発砲し、第二発目の弾丸《たま》で自分の胸を撃貫《うちつらぬ》いたのか？　何も彼《か》も不可解である。音楽会へ向う夫人を機嫌よく送り出し、その後で、明日の研究科目の用意まで整えていた博士が、突然ピストルを揮《ふる》って夫人の化粧室へ入り、そこで自殺したなどとは、どうしても狂気の沙汰《さた》としか思われなかった。

そして、事実この事件は、博士の突発的発狂として、警察の方でも最近手をひきかゝっているのである。また実際のところどの学者でもがそうであるように、丹博士も幾分エキセントリックであり、そして、近頃神経衰弱の気味でもあった。そしてこのことが、警察にとっては、自己の無能を弁明するのにいゝ口実となった。神経衰弱の結果自殺す――、こんな簡単な、都合のいゝ断案《だんあん》はほかにないではないか。

しかし、残念ながら世間というやつは、責任を持っていないだけに、警察よりも好奇心にとんでいた。そして自由な空想家でもあった。その結果、今まで貞淑の誉《ほま》れたかゝった夫人の身辺に、疑惑の眼が向けられたのは是非《ぜひ》もないことであろう。

夫人は果して何も知らないのか。あの晩、夫人は果して劇場にいたのだろうか。そして夫人と一緒だった男は、一体彼女とどんな関係があるのだろう――、夫人は、そこで苦しい立場に置かれねばならなかった。

しかし、こういう世間の指弾は、反対に夫人の周囲の者には、そのまゝ同情の種となった。そしてそれ迄、夫人のサロンの客でしかなかった男の友人たちは、それを機会にめいめい、夫人との間にある、ある一線を越えようとした。その最初の男が初山逸雄であり、それについで高見安年であった。

そしてこれが、つまり二人の決闘の動機になったわけで、その決闘に勝った高見が、到頭《とうとう》最後の一線を踏みこえてしまったのだ。そして、次《つ》ぎに述べるよう恐ろしい運命的な晩まで、高見は、前に述べたような、不安な、いら立たしい気持ちで夫人とのその交情を続けていたわけだ。

五

人々は言うだろう。女がかくも悪魔的になれた例は珍らしいと。しかし、夫人にとっては、それは世間の人々が考える程無気味な、生々しい、残酷な罪悪とは意識されなかったかも知れない。彼女にとっては、それは、珍らしい小鳥を可愛《かわい》がるほどな、気軽な遊戯だったかも知れないのだ。実際女の殊《こと》に夫人のような女の気持ちなんて、他人には絶対にわからないことだから。しかし、とまれそれは、夫人を愛する者にとっては、絶望的な、恐ろしい秘密には違いなかった。初山が自殺したのも頷《うなず》けないことはない。そしてこの事実を発見した高見が、一時気が変になったのも無理からぬ話だ。

高見の恐ろしい発見——それはこうである。

その頃、夫人と高見との関係は、召使いの者にとっても殆んど公然になっていた。だから、その夜《よ》、夫人の邸宅を訪問した彼が、特別な案内を待たなかったのは不思議でも何んでもない。

「奥さん、いる?」

玄関を開けてくれた女中にそう聞くと、

「えゝ、いらっしゃいます。お化粧室のほうに——」

「そう」

高見はそれで、女中を押しのけると、勝手を知った化粧室の方へ行った。そして彼が扉《ドア》をノックしようとした時、部屋の中で時計がチーンと鳴った。高見が思わず自分の腕時計を見ると丁度九時である。ところが、不思議なことには、部屋の中の時計は、チーンと一つ打ったきりで、そのまゝはたとまってしまった。

しかし、そんなことはむろん、後になって思い出したことで、その時彼は、別に気にも止めずに扉《ドア》を叩いた。

「どなた」

「僕です」

すると、まアというような軽い驚きの声とともに、夫人が扉《ドア》を中から開いてくれた。そして胸に抱いていた猫をそっと床の上に降ろすと、

「どうなすったの？」

と甘えるように眼で笑った。

高見は、しかしその時尋常《じんじょう》でないものを、夫人の身辺に感じたような気がした。何かしら、固い、きまずい、取乱したような動揺を、夫人の息使いなり、微笑なりに感じたような気がした。

「向うのお部屋へいきましょうよ」

夫人の手がそっと高見の腕に触った。高見はそれに逆らいもしなかったが、夫人が閉じようとする扉《ドア》の隙から、部屋の中を見ることを忘れはしなかった。

そこには、壁の中に作りつけた大きな化粧台があった。よし！　あの化粧台だな！　高見は何んとなく、心の中でそう決心した。

「どうなすったの、浮かぬ顔をしていらっしゃるわね」

「いゝえ、そうでもないんです」

「でも、お顔の色が蒼いわ。さあ、向うのお部屋でお酒でも召上れ」

二人はそのまゝ、夫人の寝室へ入っていった。

その真夜中のことである。何かしら追いかけられるような夢から、ふと眼覚めた高見は、しばらくまじ〳〵と夫人の寝顔を見ていたが、ふいにぎょっとしたように、寝台の上に起き直った。にゃあお、にゃあお——、或《ある》いは低く、或いは高く、無気味な鳴声が陰々として響いて来る。幸い夫人は、高見の計画的な酒の奨《すす》めかたで、ぐっすりと眠り込んでいる。彼は寝台からすべり下りると、そっとスリッパを引っかけて部屋の外へ出た。にゃあお、にゃあお——その鳴声が夫人の化粧室からであることに気附いたとき、高見はもう一度、背筋が冷くなるような無邪気さを感じた。

幸い、化粧室の扉《ドア》には鍵がさしたまゝになっていた。そっと鍵をひねって中へすべり込んで、カチッ

とスイッチを鳴らした途端、いままで身近《みぢか》く聞えていた猫の鳴声がはたと止った。が――、それにしても猫はどうしたのだろう。たった今迄鳴いていた猫の姿はどこにも見あたらないではないか。

高見は卓子《テーブル》の下から、椅子の下までのぞいてみた。

「しッ！　しッ！」

しばらく彼は、白々とした、部屋の中を見廻していたがふとその眼が壁にかゝっていた柱時計の上に落ちた。しかし、彼の注意を惹《ひ》いたというのは、その時計の文字盤ではなくて、下の振子の方である。止っている振子の側《そば》に、何かしら、金属製の小さな棒のようなものがつかえているのを、高見は硝子《ガラス》越しに発見した。彼はつか〳〵とその側によると、硝子戸を開いて、そっと棒を取出した。鍵だった。銀色に光っている小さな鍵だった。はてな――？　と彼が首をかしげた途端である。ふいに、耳の側で、チンチンチンと時計が鳴出したので、彼は驚いて時計を振仰《ふりあお》いだ。時計は八つを打つと、コト、コトコトと静かに、規則正しく動き出した。鍵にさゝえられて止っていた振子が動き出したので、時計はまた働き出したのだ。それにしても――？

高見はその時、卒然として、さっき扉《ドア》ごしに聞いた時計の音を思い出した。あの時、時間はたしか九時だった。そしてこの時計は一つ打ったきりで止ってしまった。即《すなわ》ち、この時計はあの時止ったのだとすれば、鍵をこゝへ隠したのは、あの時の丹夫人であらねばならない。

高見はわけのわからぬ謎《なぞ》に、ふかく思いをとざされながら部屋の中をもう一度見廻した。と、その時、彼の眼にうつったのは、壁の中に作りつけになっている大きな丹夫人の化粧台と、そして、化粧台の下部についている鍵孔だった。

そうだ。秘密はこの中にあるのだ。

丹夫人の化粧台とそしてあの猫の鳴声！　高見は矢庭《やにわ》に化粧台にとびかゝると、鍵を鍵孔に突っ込んだ。鍵はピッタリとあった。カチリ！　錠の解ける音がした――

その後のことを、高見はあまり明瞭におぼえていない。

ふいに、バタンと開いた化粧台の奥から、真黒な怪物が飛び出したかと思うと、それが、高見の咽喉《のど》仏《ぼとけ》をめがけてとびかゝって来た。人間であることに間違いはなかった。しかし何んという奇妙な人間だったろう。

高見は紙のように白い、少年の美しい、しかし猛獣のように惨忍《ざんにん》な顔と、その上に垂れさがっている、もじゃ〳〵とした長い髪の毛を見た。少年は犬のように舌をはきながら、眼をいからせて、高見の咽喉をぐい〳〵としめつけた。

そして、相手が間もなく気を失って、ぐんにゃりと床の上に倒れたのを見ると、初めてしめつけていた手をゆるめた。丹夫人がこの部屋に現れたのは丁度その時である。彼女は床の上に倒れている高見の姿から、美貌の、しかしせむしのように体の痛められた少年のうえに視線を移した。

「譲二《じょうじ》!」丹夫人は二三歩前へ進むと、叱《しか》りつけるように悲しんだ。が、その次ぎの瞬間、彼女はくるくると眩暈《めまい》を感じて倒れてしまった。

奇怪な化粧台の奥の少年を殺して、丹夫人が自殺してしまった今となっては、その後下沢の手によって発見された、初山の日記によるより、この不可思議な謎はとくべくもない。

初山の日記には、次ぎのような驚くべき臆測が書き綴《つづ》られてあった。

――夫人の高価な、諸々の嫁入り道具の中に、かくの如《ごと》き驚くべき調度が隠されてあったとは、はたして誰が想像しえよう。夫人は猫や小鳥の代りに、美貌の少年を数々の道具の中に加えておいたのだ。少年の名は鈴木《すずき》譲二、嫁入前の夫人とある種の関係があったと信ずべき筋を、残念ながら私は発見した。それにしても、十七の年からまる十二年間、化粧台の奥に隠れすんでいた少年も少年であるが、それを見事にかくまいおおせた夫人は、また何んという素晴らしい悪魔であったろうか。

私は一度この少年を見た。長い間の不規則な生活で、せむしのように肉体を痛められたこの美貌の少年と、丹夫人の奇怪な遊戯の現場《げんじょう》を目撃した時、私はもはや、この世の中のいかなるものをも信ずることが出来なくなってしまったのだ。——（後略）

下沢はこの日記を、誰にも見せずに焼きすてゝ了《しま》った。

高見はいま湘南《しょうなん》の地で神経衰弱の体を養っている。時々彼は、あの恐ろしい猫の鳴き声を耳にして、深夜がばと寝床の上に起き直ることがあった。思うにあの猫の鳴声はいまわしき男女の逢曳《あいびき》の合図ででもあったのだろう。

付録①

序にかえて想う（角川書店76年版序文）

やがて哀しきそのわざは、
身のなりわいとなりにけり。

これは宇《う》野《の》浩二《こうじ》先生の小説のなかに出てくる詩だが、作家にはふたつのタイプがあるように思う。

処女作以来計画的に、一作ごとに慎重を期し、いつ全集が出ても恥ずかしくないというタイプの作家と、ただもうむやみやたらに書くことが好きだったり、あるいはいくらかでも小づかい稼《かせ》ぎがしたかったりで、まだろくに物心もつかぬうちから書いているうちに、いつのまにやら作家と呼称されるようになっていたというタイプの作家と、ふたとおりあるようである。わが探偵文壇では江戸《えど》川乱歩《がわらんぽ》が前者に属し、私は完全に後者に属するようである。

私には少年時代から投書癖《へき》があり、まだろくに西も東もわからぬころから、あちこちの少年少女雑誌に投書したものである。それは文章だけではなく和歌俳句冠句《かむりく》と多岐多様にわたっており、ときには女の子の名前で少女雑誌に絵を応募したことさえある。それらの多くはボツになったが、たまには入賞したり、選外佳作になったりすることもあった。いま当時の心情をふりかえってみると賞品目当てでなかったとはいえないが、それよりも自分の文章なり和歌なり俳句なりが、活字になって発表される、あるいは自分の書いた絵が、そのまま写真版になって雑誌に掲載されるということが、むやみやたらと嬉《うれ》しかったのである。

いま賞品目当てでなかったとはいえないがと書いたが、もちろん賞品欲しさに応募していたのである。しかし、うっかり入賞して賞品が送られてくると、ことだった。家中にバクロして騒がれるからである。そんな場合、得意でなかったとはいわないが、得意よりもハニカミのほうが大きかった。なぜならばいつも入賞しているのでなかったから。

あるとき少女雑誌に絵を応募して、それがたまたま入賞し、賞品として赤く塗ったかわいい文箱《ふばこ》が送られてきたとき、私は家中の笑いものにされた。そのなかにあって姉だけが笑わなかったので、

「姉さん、あんたお嫁にいくときこれあげる」

「マサシ、ほんまやな」

と姉は念を押し、それから一年か二年たっていよいよ嫁《とつ》ぐとなったとき、

「マサシ、あの文箱もろていてもええやろな」

と、嫁入り道具のなかにその文箱をくわえているのを見たとき、私は子供心にもホロリとせざるをえなかった。やっぱりそういう家の貧しさが、私にあさましい賞品稼ぎをやらせていたといえなくもない。

旧制中学時代私に西田徳重という親友があり、飽かずに探偵小説を語りあっていたということは、いままでたびたび書いてきたが、その徳重にさえ私にそういう投書癖のあることを、ひた隠しにかくしていたところをみると、やっぱりあさましいという自覚があったからであろう。もっとも中学も高学年になると、私の投書癖もやんでいた。


われわれが中学を出た年の一月号から「新青年」という探偵小説を多く扱う雑誌が発刊され、当時それに飢えていたわれわれふたりの少年をこのうえもなくよろこばせた。中学を出ると私は第一銀行の神戸支店へ勤務しはじめたが、徳重はどういうわけか進学もせず、就職もせず、家でぶらぶらしていたが、それでも休みの日には私のところへ遊びにきていた。その徳重に政治という九つちがいの兄があって、そのひとが徳重の探偵趣味に大きな影響をもたらしているらしいということは、まえからうすうすしっていたが、その政治が「新青年」の十枚の懸賞小説に応募して、一等に当選しているということに気がついて、それがまた私の投書癖を刺激しはじめた。しかし、さすがに徳重の生きているあいだは、かれに対して気恥ずかしくて自分もひとつというような気にはなれなかった。

その徳重がその年の秋身罷《みまか》って、それにかわって兄の政治がしげしげと家へやってくるようになった。兄弟というものは妙なもので、九つも年がちがって

いると、おなじ趣味を持ちながら、親しく語りあうということはめったになかったらしいのだが、アカの他人となると話はちがってくるとみえ、私はこの政治から探偵小説についていろいろ啓発もされ、刺激もうけた。そこで徳重の死後自分もひとつという気になり、「新青年」に応募して首尾よく一等に当選し、十円の賞金を稼いだ十枚の小説というのが、本書の冒頭にかかげられている「恐ろしき四月馬鹿《エイプリル・フール》」である。年齢まさに十八歳。

このことが大いに私に自信をつけさせたことはたしかなのだが、いっぽうそういう滑り出しだから、その後江戸川乱歩の周旋で上京し、「新青年」の記者を本職としながら、需《もと》めがあれば書いていたのだが、書けば書きっ放しで、いちいち切り抜いて保存しておくというようなことはほとんどやっていなかった。しかもこのことは本職の作家になってからも同様だったから、まことに無責任な作家態度だったといわれても仕方がないが、それだけ自信欠乏症なのだろう。たまたま探偵小説叢書《そうしょ》のようなものが出版され、私もその一員に加えられると、その前後に書いたものだけが収録され、あとへ残ったようなものの、そういう単行本でさえ散逸してしまって、現在私の書庫にないものが相当数ある。

ところが世には奇特なひともあればあるもので、そういう私の拙《つたな》い作品のほとんど全部を網羅蒐集《もうらしゅうしゅう》保存しておいてくれた人物がある。それが本書の編者中島河太郎《なかじまかわたろう》氏である。したがってこの本は中島河太郎氏なしではできなかったわけで、ここに同氏に対して深く感謝の辞を捧げるしだいである。

私はいま私の拙い作品といった。ところがいっぽう私はちかごろ某誌の懸賞短篇小説の選者と、推理作家協会賞の選考委員を仰せつかって、相当数の短篇小説を読む機会をえたが、ごく少数の作家をのぞいては、近ごろの若い作家は短篇の書きかたをしらないのではないかと思われるのが多かった。私の若いころの手すさびによるこれらの作品群のなかには、これこそ短篇小説なのだと自負できる作品が多少はあると思っている。いずれにしてもこの一冊が大方諸賢の消閑《しょうかん》の読物になれば、幸甚このうえもないことと思っている。
終わりにもういちど繰り返させていただこう。
やがて哀しきそのわざは、
身のなりわいとなりにけり。

昭和五十一年夏

横溝正史

付録②

代作ざんげ

横溝正史

江戸川《えどがわ》さんから、時代もかわったしすることだから、この機会に昔の秘密（と、いうほどのことでもないが）を暴露して、それと同時に作品を君に返したいがどうだろうというお話があったので、私にはむろん否《いな》やはなく、そこで『X』誌上を借りて発表したのが、江戸川乱歩《らんぽ》、横溝正史《よこみぞせいし》両人連名の、あの曰《いわ》くありげな三つの作品である。

　手っ取り早く告白すると、この三つの作品は私の代作なのである。しかし、私がこの三つの作品を代作するにいたった由来、つまりこれらの作品の署名人に、江戸川さんがなった動機については、それ〴〵違った事情があるので、後日のためにそのことをこゝにはっきり書いておきたいと思う。

「犯罪を猟《あさ》る男」

　年代順にいえばこれが一番古い。江戸川さんの仲介で、私が博文館《はくぶんかん》の編集部へ入ったのは大正十五年のことであった。月給は八十円で、当時、私は二十五か六であったし、まだ、独身で神楽坂《かぐらざか》に下宿していたことだし、また、当時の物価だから、八十円という月給は決して少くはなかった。しかし、私は一方薬剤師という肩書きを持っていて、げんに神戸で薬局を経営していたのを、江戸川さんにそゝのかされて上京、そのまゝ雑誌記者に転身したのだから、江戸川さんも責任を感じられたのだろうし、又新生活のスタートに、いろいろ金もいるだろうという思いやりもあったのだろう。

「ひとつ僕の代作をしないか、いつか君の話していた小説の腹案、あれはなかなか面白いから、六十枚ぐらいに書いて見たら？」

　という話があって書いたのが、この小説である。これを書きあげて江戸川さんの宅へ持参したら、ちょうど水谷準《みずたにじゅん》君が来合わして、二人のまえで、例のあの美しいテノールの声で朗読してくれたが、その時、江戸川さんがあんまり嬉《うれ》しそうな顔をしなかったのを、いまでもハッキリ覚えている。この時の稿料四百何円かを、そっくり奥さんから頂戴《ちょうだい》したときには私も驚いた。代作というものは、ふつう稿料を山分けにするものだときいていたが、全部私が貰《もら》ってしまったらしいのである。当時の四百円である。私がそもそも遊びの味をおぼえたのは、この金を貰って以来のことであったように思う。

「銀幕《スクリーン》の秘密」

これは「A TELL TALE FILM」という題で「新青年」に発表したものである。前の作より二三年後だったと思う。この小説のことを思い出すたびに、私は穴があったら入りたいと思う。いまこの一文を書いていても冷汗がびっしょりである。その理由はこうだ。その年の「新青年」の増大号で、私はズラリと探偵小説を並べたいと思った。それにはしかし江戸川さんに書いて貰わなければなんにもならないのだが、当時、江戸川さんはぴたっと筆を断ってしまって何も書かなかった。

しかも私がこういう企劃《きかく》を立てゝいるころ、江戸川さんは京都へ旅行中だった。一晩、水谷準君のところで酒を飲みながら、私が苦衷《くちゅう》を打明けたところ、水谷君が、

「それじゃ、すぐに京都まで追っかけていってごらん。あんたがわざわざ出向いていったら、乱歩さんだっていやとはいうまい」

と、小使いのなかから旅費まで貸してくれたので、（あの時の旅費返したかな）私はその足で京都まですっとび首尾よく宿屋に寝込みを襲ったのである。何しろ帽子もかぶらず着流しで、ふらりとやって来たのだから、あの時は江戸川さんもびっくりしたらしい。しかし、なかなか書こうとはいわなかった。それを二三日京都にネバって、なだめつ、すかしつ、おだてつ、おどしつ、あらゆる手段をつくした揚句、

「それじゃこうしよう。僕はこれからまだひと月ほど旅をするつもりだが、帰りには名古屋の小酒井不木《こさかいふぼく》氏のところへ寄るつもりである。君もそこへ来てくれ。旅行中に書いておいて渡すから」

ということになって、私は鬼の首でもとったよう

なつもりで東京へ引きあげた。ところが打合せしてあった日に、名古屋まで赴いて小酒井先生のところで落合うと、何《な》んと、とうとう書けなかったという返事。その時の私の失望落胆ぶりを御想像下さい。それに当時の社では、一人の作家を追っかけて、編集主任たるものが、京三界まで旅行するとは以《も》ってのほかであるという空気もあった。私はしばし沈思黙考、長大息をしたことだが、思案にあまった揚句、こういう事をいい出した。

「僕も今度の号に小説を書いている。自分の口からいうのはなんだが、それほどの愚作とは思えない。それをあなたの名前にしてくれないか」

(あゝ、冷汗が出ますな) 何しろ締切はとうに過ぎており、それ以上口説いて書いて貰うひまがなかったので、こういう窮余の策を思いついたのだが、小酒井先生も私の立場に同情して下すって、しきりにそれをすゝめて下さる。江戸川さんもとうとうそれを承諾してくれたので、すぐに小酒井邸から長距離をかけて、留守を守っている渡辺温《わたなべおん》君にその旨を通じたのである。そこまではまだいゝ。そのあとがもっと冷汗ものなのである。その晩、江戸川さんと二人で名古屋の宿屋へ泊ったのだが、枕を並べて寝ていた江戸川さんが、むっくり起きて鞄《かばん》の中をゴソゴソ探していたが、やがて便所へいった。そして再び部屋へかえって来て曰く。

「実は僕、書いていたんだよ。しかし、あまり自信がないから小酒井さんのまえで出しかねたのだ」

私は驚喜して蒲団《ふとん》からはね起きた。

「それじゃそれを下さい。さっきのことは電話をかけて取り消すから」

「ところが、今便所の中へ破って捨てゝ来た」

ところが諸君、その時、江戸川さんが便所へ捨てた小説というのが、後に乱歩ファンを驚喜せしめた「押絵と旅する男」なのだから、私はいまでもこのいきさつを思い出すと、穴へ入りたいのである。

「角男《つのおとこ》」

この代作は江戸川さんにしても私にしても一番罪の軽い方である。ある日、博文館の編集部へ長谷川《はせがわ》伸《しん》さんがやって来られて、某誌で六人の作家に、六大都市を舞台とした小説を一篇づつ書いて貰いたいといっている。それで自分たちの耽綺社《たんきしゃ》（耽綺社の同人というのは、小酒井不木、江戸川乱歩、長谷川伸、国枝史郎《くにえだしろう》、土師清二《はじせいじ》の五氏であった）で引きうけたが、耽綺社には五人しかいない。それで君に神戸を書いて貰いたいが、その代りとして、江戸川君がどうしても書こうといわないから、君ひとつ大阪を舞台にしたやつを代作してくれ。これは江戸川君も、某誌の編集主任も承知のうえなのだからと。だからこの代作ばかりは天下晴れての公認みたいなものであった。

以上が私の代作ざんげである。神よ、そして欺《あざむ》かれた読者よ、許したまえ。

作者返上

江戸川乱歩

私の古い短篇の内、昭和六年から七年にかけて出版された平凡社の私の全集に入れなかったものが三つある。「A TELL TALE FILM」（銀幕の秘密）「犯罪を猟る男」「角男」の三篇である。全集が完了しても遂にこの三篇が入らなかったので、多くの読者から「どうしてあれを入れないのか、あれはお前の作品の内でも優れたものだから、忘れてもらっては困る」という詰問《きつもん》を受けた。入れなかった理由は、実は横溝君がうちあけているような事情で、私の作品ではなかったからだが、年月の経《た》っていない当時としては、まさか正直に告白するわけにも行かず、ついうやむやにしてしまったのである。

尤《もっと》もこの三篇を一度だけ私の本に入れたことがある。それは全集よりもずっと前に私が「陰獣」を書いた直後、博文館からせき立てられて「陰獣」という短篇集を出したが、頁《ページ》数が足りないので、やむを得ずにこの三篇を加えて一冊にした。（昭和三年）これがたった一度の例外で、その後はどの短篇集にも入れたことがない。つまりそれ以来まる二十年、日の目を見ていないわけである。これでは折角《せっかく》の作品が世に埋もれてしまう。勿体《もったい》ないことだ。と云《い》って今更《いまさら》私の名で発表するわけには行かぬ。これを世に出すためには、本来の作者である横溝君に返納して、今後は同君の著書の中へ入れてもらうという方法を採る外はない。

それには旧悪を告白しなければならないので、甚《はなは》だつらいけれども、当時の読者から「お前の作品の内でも優れたもの」と折紙をつけられたのだから、羊頭《ようとう》をかかげて狗肉《くにく》を売ったのでないという点に、いくらか意を安んずる所がある。又そういう良い作品だけに、どうかして再び世に出したいという気持にもなるわけで、実はその機会を待っていたところへ、ちょうど本誌編集部から、二十年発表途絶のこの作を求められたのである。そこで、編集者にわけを話すと、それなら両人連名で発表できる筋合だから、読者にも興味があろうということで、是非《ぜひ》にと所望され、横溝君とも相談の上、問題の三篇を再発表することになったわけである。

別項の横溝君のざんげ話を読むと、忘れていた当時のいきさつが思い出され、読者ばかりか横溝君に対しても誠に相すまなかったと、今更ら冷汗であるが、しかし作品そのものについて云えば、これからは生みの親の手元に帰って、幸福な新生活に入るわけで、その点は多年の重荷をおろしたような気持である。願わくばこの思出《おもいで》の三篇の前途に、幸《さち》多からんことを。

（昭和二十四年新春）

いずれも「X」（昭和二十四年四月号）掲載

編者解説

日下三蔵

横溝正史《よこみぞせいし》は江戸川乱歩《えどがわらんぽ》と並ぶ国産ミステリ界の巨人だが、乱歩作品が市場から消えかかると十年から二十年の周期で全集としてまとめて刊行されるのに比べると、時期による作品の入手難度の差が激しい。ひとつは作品の分量が乱歩の二倍以上、もしかしたら三倍近くもあるために、なかなか全作品を一挙に再版しにくいという事情もあるだろう。過去に二回、講談社から出た『横溝正史全集』（70年版全10巻、74〜75年の新版全18巻）も、実質的には選集に過ぎなかった。

そんな横溝作品を、もっとも多く刊行したのは、言うまでもなく七〇年代に国民的ブームを巻き起こした角川文庫である。一九七一（昭和四十六）年の『八つ墓村』から八五年の『風船魔人・黄金魔人』まで、実に八十九冊もの作品が出ている。特に探偵小説についていては、当時、存在が確認されていた作品の大半が網羅されており、ほとんど全集といってもいい状態であった。その内訳は、このようになる。

金田一耕助《きんだいちこうすけ》もの　42冊　『本陣殺人事件』『獄門島』『犬神家の一族』など
由利《ゆり》・三津木《みつぎ》もの　9冊　『真珠郎』『夜光虫』『花髑髏《どくろ》』『蝶々《ちょうちょう》殺人事件』など
時代小説　4冊　『髑髏検校《けんぎょう》』『自選人形佐七《にんぎょうさしち》捕物帳』（全3巻）
ノンシリーズ作品　15冊　『呪いの塔』『鬼火』『恐ろしき四月馬鹿《エイプリル・フール》』など
少年もの　16冊　『怪獣男爵』『夜光怪人』『黄金の指紋』『大迷宮』など

エッセイなど　3冊　『真説・金田一耕助』『横溝正史読本』『シナリオ悪霊島』

大部の短篇集『金田一耕助の冒険』が分冊で再刊されているので、八十九冊のうち二冊は内容が重複している。最後の項目にまとめた『真説・金田一耕助』はエッセイ集、『横溝正史読本』は小林信彦《こばやしのぶひこ》によるロングインタビュー集、『シナリオ悪霊島』は清水邦夫《しみずくにお》による映画脚本である。

これ以降に新たに刊行された横溝正史の著作は、下記の通り。

『金田一耕助のモノローグ』角川文庫　93年
『金田一耕助の帰還』『金田一耕助の新冒険』出版芸術社　96年
『覆面の佳人―或は「女妖」』春陽文庫　97年　※江戸川乱歩との合作名義
『横溝正史〈未収録〉短編集　双生児は囁く』角川書店　99年
『横溝正史〈未収録〉短編集Ⅱ　喘ぎ泣く死美人』角川書店　00年
『真珠郎』扶桑社文庫／昭和ミステリ秘宝　00年
『横溝正史自伝的随筆集』角川書店　02年
『お役者文七捕物暦』全5巻　徳間文庫　02〜03年
『横溝正史時代小説コレクション』全6巻　出版芸術社　03〜04年
『横溝正史探偵小説コレクション』全5巻　出版芸術社　04、12年
『横溝正史翻訳コレクション　鍾乳洞殺人事件／二輪馬車の秘密』扶桑社文庫　06年
『横溝正史自選集』全7巻　出版芸術社　06〜07年

『横溝正史探偵小説選』全5巻　論創社　08、16年

他に、二〇〇九年から『横溝正史研究』既刊6号（戎光祥出版）という専門的なシリーズも出ている。傑作選である『真珠郎』と『横溝正史自選集』を別にすると、これらの作品集は基本的に「角川文庫に入らなかった作品」を対象にしている。発掘が進んで、角川文庫では手薄だった『人形佐七捕物帳』以外の時代小説、後に改稿された作品の原型バージョン、翻案、合作、中絶作品から未発表作まで、ほとんどの作品が単行本化された。

これらは角川文庫版作品集を補完する形で編まれている訳だが、肝心の角川文庫版が近年では入手困難になりつつある。紙の本として版を重ねているのは金田一ものばかりであり、それ以外の作品の古書価は上がる一方なのだ。かつてあれだけ流布して古書店の均一本コーナーで容易に揃えられた角川文庫も、新たな供給がなくなれば市場に流通する冊数が次第に減ってくるのは道理である。

そこで手始めに、ノンシリーズものの中・短篇集十三冊を全六巻に再編集して、お届けすることにした次第。後期の作品集『悪魔の家』『血蝙蝠《ちこうもり》』などには、由利・三津木ものが数篇含まれているものもあるが、そちらは別にまとめる機会を待って、今回は対象外とした。

横溝作品を手軽な形で読者に提供したという点で、角川文庫版の功績には多大なものがあったが、校訂の面では若干の不満が残る。いわゆる差別用語を機械的に書き換えているだけでなく、図版や甚だしい場合は文章自体の脱落まである。特に七五年から七九年まではブームに乗って毎年十冊以上の横溝作品を刊行、フェアの時には月に三冊から六冊もの新刊を出していたのだから、校閲が行き届かないのも無理はなかった。

今回のシリーズでは、可能な限り初出のテキストを底本として用い、角川文庫版やその他の刊本を参照して校訂を施している。角川文庫で全部読んでいるよ、という方も、改めて目を通していただければ驚くほど印象が変わる作品も少なくないはずだ。もちろん角川文庫を読んでいない新しい読者には、何を置いても読んでいただきたい作品ばかり。本格ものだけでなく、サスペンス、ユーモア、怪奇、耽美《たんび》とバラエティに富んだ巨匠の作品群は、現代の読者をも魅了するものと確信している。

シリーズ第一巻の本書には、著者最初期の作品をまとめた『恐ろしき四月馬鹿《エイプリル・フール》』（77年3月）と『山名耕作の不思議な生活』（77年3月）を合本にして収めた。各篇の初出は、以下の通り。

恐ろしき四月馬鹿《エイプリル・フール》　「新青年」大正10年4月号
深紅の秘密　「新青年」大正10年8月増刊号
画室《アトリエ》の犯罪　「新青年」大正14年7月号
丘の三軒家　「苦楽」大正14年10月号
キャン・シャック酒場《バー》　「映画と探偵」大正15年1月号
広告人形　「新青年」大正15年1月号
裏切る時計　「新青年」大正15年2月号
災難　「探偵趣味」大正15年4月号
赤屋敷の記録　聚英閣《しゅうえいかく》『広告人形』大正15年6月へ書下し
悲しき郵便屋　「新青年」大正15年7月号

飾り窓の中の恋人　「サンデー毎日」大正15年7月特別号
犯罪を猟《あさ》る男　「現代」大正15年10月号　※江戸川乱歩名義
執念　「新青年」大正15年11月号
断髪流行　「女性」大正15年12月号
山名耕作の不思議な生活　「大衆文芸」昭和2年1月号
鈴木と河越の話　「探偵趣味」昭和2年1月号
ネクタイ綺譚　「新青年」昭和2年4月号
夫婦書簡文　「サンデー毎日」昭和2年8月21日号
あ・てる・てえる・ふいるむ　「新青年」昭和3年1月号　※江戸川乱歩名義
角男《つのおとこ》　「サンデー毎日」昭和3年3月特別号　※江戸川乱歩名義
川越雄作の不思議な旅館　「新青年」昭和4年2月号
双生児　「新青年」昭和4年2月増刊号
片腕　「新青年」昭和5年2月増刊号
ある女装冒険者の話　「文学時代」昭和5年11月号
秋の挿話　「文学時代」昭和5年12月号
二人の未亡人　「新青年」昭和6年1月号
カリオストロ夫人　「新青年」昭和6年5月号
丹夫人の化粧台　「新青年」昭和6年11月号

『恐ろしき四月馬鹿』
角川文庫版カバー

『恐ろしき四月馬鹿』
角川書店単行本版カバー

『山名耕作の不思議な生活』
角川文庫版カバー
（装画はいずれも杉本一文）

この二冊は、元々横溝夫妻の金婚式を記念して、七六年九月に角川書店から刊行された短篇集『恐ろしき四月馬鹿《エイプリル・フール》』を、十四篇ずつ大正編と昭和編に分冊したものであるから、本書では初刊本の形に戻った訳だ。著者による「序にかえて想う」は単行本版に付された序文で、角川文庫版には収録されていない。本書では資料として巻末に収めた。

文庫版は元版の編者である中島河太《なかじまかわた》郎《ろう》氏の巻末解説も、ふたつに分けて再利用しているため、

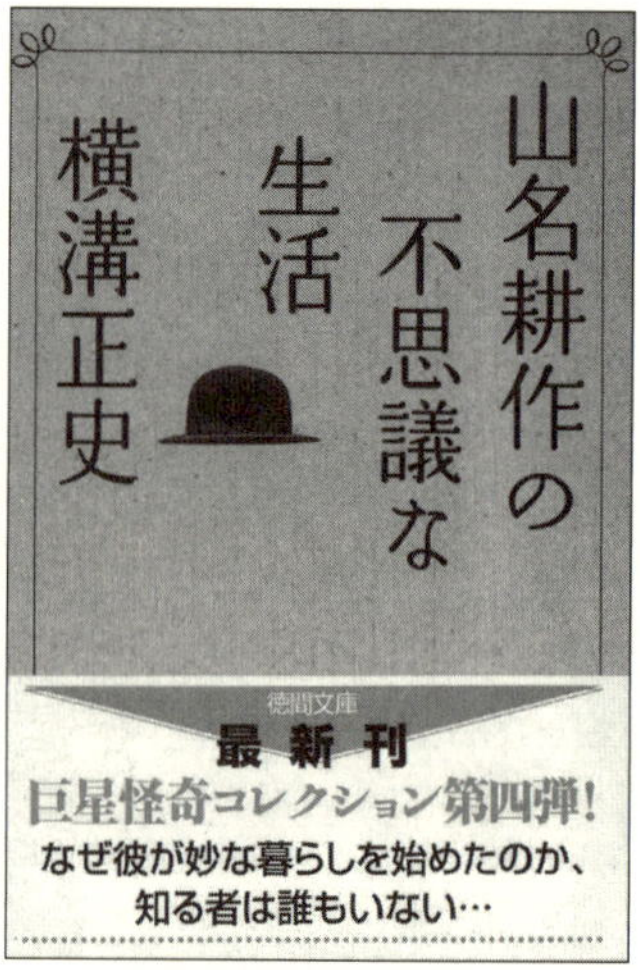

『山名耕作の不思議な生活』
徳間文庫版カバー

「あ・てる・てえる・ふぃるむ」の項目では、唐突に「～も、江戸川乱歩名義で発表されたものの一つである」となっているのはご愛嬌であった。

それにしても、単行本では「角川文庫版の先生の御著作は、ますます熱狂的な歓迎を受けて、一千万部を突破するという、前代未聞の記録を樹立するに至った」とあるのが、文庫版では「角川文庫版の横溝正史氏の著作は、二千万部を突破するという、出版界未曾有《みぞう》の記録を樹立した」となっていて、当時のブームの凄《すさ》まじさがうかがえる。単行本の刊行からわずか半年で文庫化されたのも大ブームの故《ゆえ》だろうし、その半年の間に累計部数が一千万部から二千万部に跳ね上がっているのだ。

なお、文庫版二冊のうち、『山名耕作の不思議な生活』の方は、二〇〇七年八月に徳間文庫にも収録されているが、これは角川文庫版からさらに用語の改変、修正が施されたものであった。

横溝正史は一九〇二（明治三十五）年、神戸市生まれ。学生時代から探偵小説を愛読し、古書店で海外の探偵雑誌を蒐《あつ》めていた。一九二一（大正十）年、「新青年」の懸賞に投稿した処女作「恐ろしき四月馬鹿《エイプリル・フール》」が一等に入選、同誌の四月号に掲載されてデビュー。この年に早くも五篇の作品を発表しているが、まだアマチュアの常連投稿者という位置づけであった。ちなみに角田喜久雄《つのだきくお》と水谷準《みずたにじゅん》のデビューが大正十一年、江戸川乱歩が「二銭銅貨」でデビューするのが大正十二年のことである。

大正十四年に初めて江戸川乱歩と会って、西田《にしだ》政治《まさじ》、甲賀《こうが》三郎《さぶろう》らとともに探偵趣味の会の設立に参加。大正十五年六月には最初の著書となる短篇集『広告人形』を聚英閣から刊行している。収録作品は「画室《アトリエ》の犯罪」「広告人形」「裏切る時計」「キャン・シャック酒場《バー》」「赤屋敷の記録」「災難」「路傍の人」「丘の三軒家」の八篇。この本を含むシリーズ「探偵名作叢書《そうしょ》」のラインナップは、以下のとおり。

1　死の接吻　小酒井不木《こさかいふぼく》
2　運命の塔　コオナン・ドイル　延原謙《のぶはらけん》訳
3　広告人形　横溝正史
4　都会冒険　牧逸馬《まきいつま》
5　沙漠の古都　国枝史郎《くにえだしろう》
6　笑ふ髑髏　グキン・エヴアンズ　田中早苗《たなかさなえ》訳
7　暗い廊下　ステエシ・オウモニア　妹尾韶夫《せのおあきお》訳
8　発狂　角田喜久雄

『広告人形』表紙

一九二六（大正十五）年の秋に上京して「新青年」の版元である博文館《はくぶんかん》に入社、編集者として活躍する傍《かたわ》ら、作家としても多くの作品を発表する。一九二七（昭和二）年三月から「新青年」編集長、昭和三年十月から「文芸倶楽部」編集長、昭和六年九月から「探偵小説」の編集長を歴任、編集者としても非凡な才を発揮した。

横溝は昭和七年に博文館を退社して専業作家になるから、本書はアマチュア投稿家時代から編集者との二足のわらじ時代の作品を収めたもの、ということになる。

この時期のその他の単行本には、文庫版の全集に収録された次の二冊がある。

横溝正史集　改造社（日本探偵小説全集10）29年9月
〔山名耕作の不思議な生活／ネクタイ綺譚／富籤紳士《とみくじ》／飾窓の中の恋人／悲しき郵便屋／断髪流行／素敵なステッキの話／鈴木と河越の話／夫婦書簡文／帰れるお類／広告人形／川越雄作の不思議な旅館／双生児／裏切る時計／執念／路傍の人〕

横溝正史・水谷準集　春陽堂（探偵小説全集5）29年12月
〔寄木細工の家／赤い水泳着／乗合自動車の客／空家の怪死体／生首事件／頸飾綺譚／画室《アトリエ》の犯罪／双生児／丘の三軒家／赤屋敷の記録〕

どちらのシリーズも二冊セット函《はこ》入りで売られていたものだが、本自体の表紙は無地であるため、ここでは函と本体扉ページの画像を掲げておく。

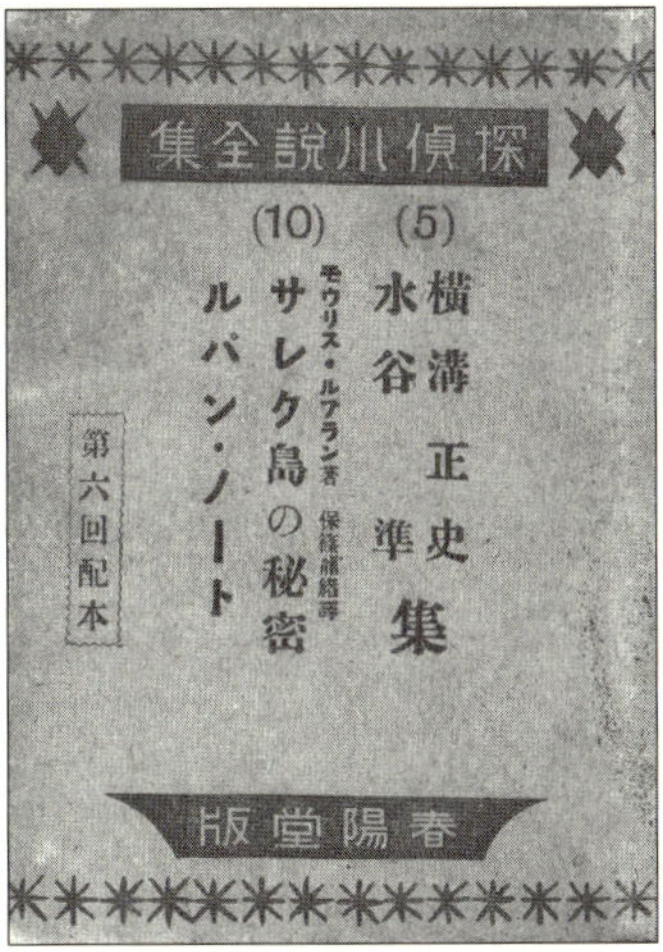

『探偵小説全集5　横溝正史・水谷準集』函

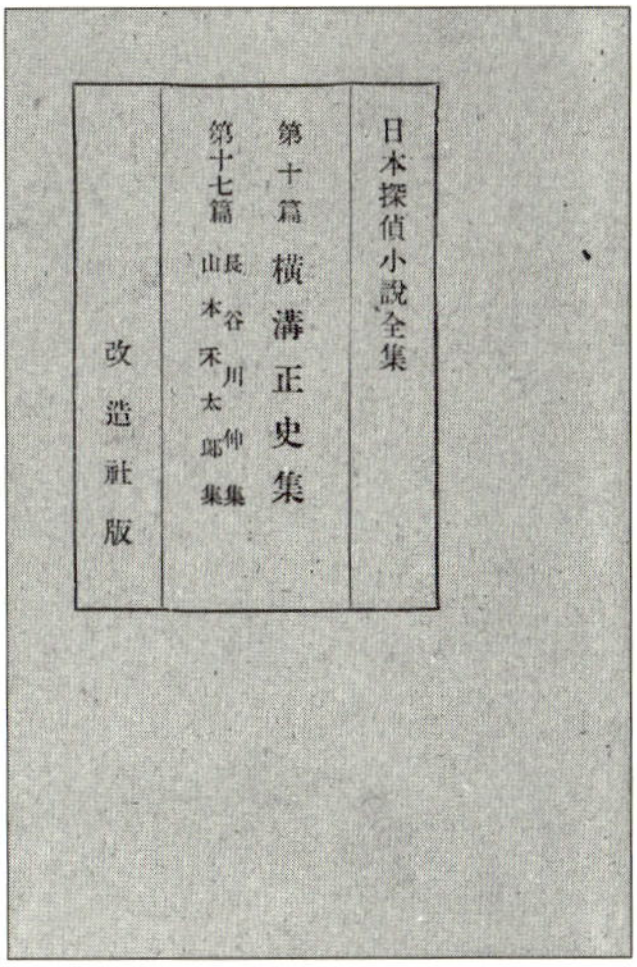

『日本探偵小説全集10　横溝正史集』函

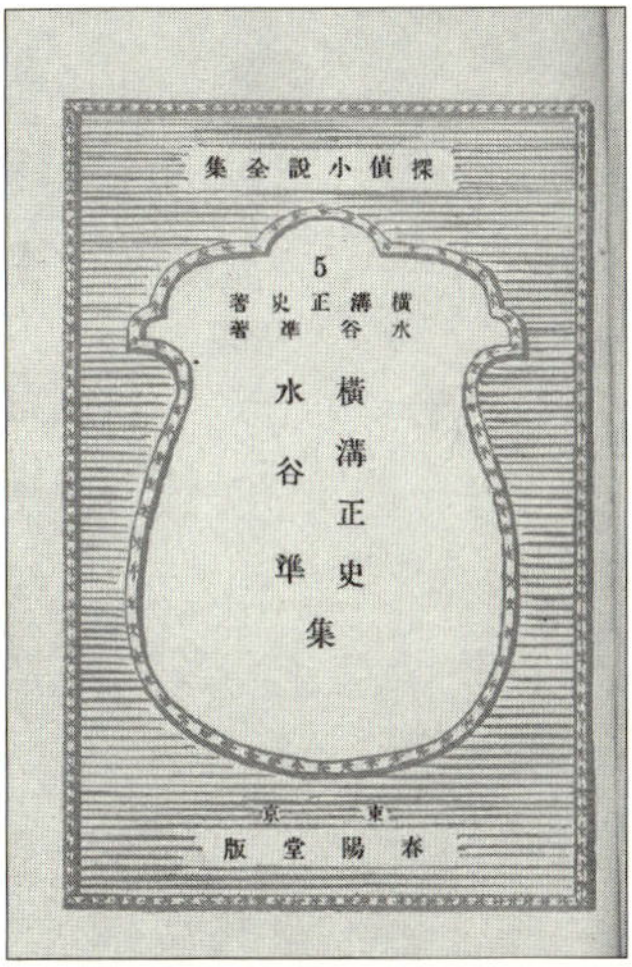

『探偵小説全集5　横溝正史・水谷準集』扉

『日本探偵小説全集10　横溝正史集』扉

「双生児」はエピグラフにあるように、江戸川乱歩が一九二四（大正十三）年に発表した同タイトルの作品の、双子の弟が兄を殺して入れ替わる、というシチュエーションを借りて書かれたもの。乱歩作品が、思わぬミスで捕まり死刑囚となった弟の告白、というスタイルだったのに対して、夫に疑念を抱いた兄の妻の遺書という形になっている。改造社版と春陽堂版、あまり間を置かずに刊行された二冊の、どちらにも入っているのは不思議である。春陽堂版の方にはエピグラフがない。

また、江戸川乱歩名義で発表された代作三篇は、乱歩の著書『陰獣』（28年11月／博文館）に収められたことがある。この三篇は、戦後、探偵雑誌「X」に乱歩と正史の連名で三号連続で再録された。一九四九（昭和二十四）年三月号に「あ・てる・てえる・ふいるむ」が「銀幕の秘密《スクリーン》」として、三月別冊に「犯罪を猟《あさ》る男」が、四月号に「角男《つのおとこ》」が、それぞれ掲載。その際、乱歩の作品がなぜ横溝と連名で再録されるのかを読者に当てさせる懸賞募集が行われた。そして「角男《つのおとこ》」と同時に横溝の「代作ざんげ」と乱歩の「作者返上」が掲載され、事情が明かされたのである。

二人のエッセイは、代作三篇をすべて収めた『横溝正史全集1　真珠郎』（70年9月／講談社）にそろって収録された後、「代作ざんげ」は横溝のエッセイ集『探偵小説五十年』（72年9月／講談社）に、「作者返上」は「作品返上」と改題されて『江戸川乱歩推理文庫60　うつし世は夢』（87年9月）に、それぞれ入っている。

「角男」は耽綺社《たんきしゃ》の企画「六大都市小説」で、書けないという乱歩に頼まれて代作したもの。耽綺社は国枝史郎、小酒井不木、長谷川伸《はせがわしん》、土師清二《はじせいじ》、江戸川乱歩、平山蘆江《ひらやまろこう》の六人による作家グループだが、実際に発表されたのは、国枝史郎「手紙」（東京）、江戸川乱歩「角男《つのおとこ》」（大阪）、渡辺均《わたなべひとし》「都をどりの夜」（京都）、長谷川伸「異人屋往来」（横浜）、小酒井不木「うゐろう」（名古屋）、横溝正史「劉夫人の腕環」

（神戸）の六篇であった。土師清二と平山蘆江も不参加で、代わりに京都を担当している渡辺均は、当時の「サンデー毎日」編集長である。

その他の作品のうち、目立った異同があるものについても触れておこう。「災難」は初出と角川文庫版では、関西弁の表記が全面的に違う。しかし、これは大正十五年の聚英閣『広告人形』に収録された際に施された改稿なので、著者自身の手によるものとして改変を活かした。

「悲しき郵便屋」は改造社版『日本探偵小説全集10　横溝正史集』に初めて収録された際に楽譜の暗号の図版が、まるまる抜け落ちている。もっとも、初出の図版は暗号が間違っているという難点はあったが、出版芸術社の『横溝正史探偵小説コレクション 1 赤い水泳着』（04年9月）に修正した図版が収録されているため、本書ではあえて初出のままの図版を収めている。ご了承いただきたい。

「犯罪を猟《あさ》る男」には初出時および『陰獣』収録時にはなかった加筆が何ヶ所か見られた。「X」の当該号が参照できなかったため、「X」再録時での加筆か講談社版『横溝正史全集1 真珠郎』収録時での加筆か判然としなかったが、修正後の方が適切と思われるので、これを活かした。

「あ・てる・てえる・ふいるむ」は「X」再録時に生じたと思われる脱落が多数引き継がれていたので、初出および『陰獣』のテキストと照合して、これを復元した。

「角男《つのおとこ》」は単行本版『恐ろしき四月馬鹿《エイプリル・フール》』で作中の「支那《シナ》」表記が「中国」に改変されている。発表年代、作中年代を考えると、これはおかしいので、初出時の表記に戻した。

「双生児」には改造社版『日本探偵小説全集10　横溝正史集』から引き継がれている脱落があったが、これを復元した。

「片腕」には単行本版『恐ろしき四月馬鹿《エイプリル・フール》』収録時に生じたと思われる脱落があったので、初出から復元した。

本書は横溝正史の原点というべき最初期作品集だが、後の本格ミステリの大家のイメージから外れたユーモアものやコント風の作品も多い。既に注文に応じてどんな作品でも器用にこなす職人作家の顔を見て取ることができるだろう。

なお、収録作品のうち、「深紅の秘密」の色盲（色覚異常）や「赤屋敷の記録」の癩《らい》病（ハンセン病）についての描写は、現在の医学知識からすると誤りを含んでいるが、九十年以上前の作品であることを鑑みて、原文のまま収録したことをお断りしておく。

本稿の執筆にあたっては、浜田知明、黒田明、栗原勝彦の各氏から、貴重な資料と情報の提供をいただきました。ここに記して感謝いたします。

本選集は初出誌を底本とし、新字・新かなを用いたオリジナル版です。漢字・送り仮名・踊り字等の表記は初出時のものに従いました。角川文庫他各種刊本を参照しつつ異同を確認、明らかに誤植と思われるものは改め、ルビは編集部にて適宜振ってあります。なお、今日の人権意識に照らして不当・不適切と思われる語句や表現については、作品の時代的背景と価値とに鑑み、そのままとしました。

横溝正史《よこみぞせいし》ミステリ短篇《たんぺん》コレクション1

恐《おそ》ろしき四月馬鹿《エイプリル・フール》

二〇一八年一月五日　第一刷発行

著　者　横溝正史《よこみぞせいし》
編　者　日下三蔵《くさかさんぞう》
発行者　富澤凡子
発行所　柏書房株式会社
東京都文京区本郷二－一五－一三（〒一一三－〇〇三三）
電話（〇三）三八三〇－一八九一［営業］
（〇三）三八三〇－一八九四［編集］
装　丁　芦澤泰偉
装　画　大竹彩奈
組　版　有限会社一企画
印　刷　壮光舎印刷株式会社
製　本　株式会社ブックアート

ISBN978-4-7601-4904-9